FOLIO PLUS

Jean Giono

Le hussard sur le toit

Gallimard

Dossier réalisé par Michel Bigot et Bruno Vercier

À LA MÉMOIRE
DE MON AMI
CHARLES BISTÉSI
ET À
SUZANNE

Si es Catalina de Acosta que anda buscando la sua estatua[1].

Calderón.

CHAPITRE PREMIER

L'aube surprit Angelo béat et muet mais réveillé. La hauteur de la colline l'avait préservé du peu de rosée qui tombe dans ces pays en été. Il bouchonna son cheval avec une poignée de bruyère et roula son portemanteau.

Les oiseaux s'éveillaient dans le vallon où il descendit. Il ne faisait pas frais même dans les profondeurs encore couvertes des ténèbres de la nuit. Le ciel était entièrement éclairé d'élancements de lumière grise. Enfin, le soleil rouge, tout écrasé dans de longues herbes de nuages sombres, émergea des forêts.

Malgré la chaleur déjà étouffante, Angelo avait très soif de quelque chose de chaud. Comme il débouchait dans la vallée intermédiaire qui séparait les collines où il avait passé la nuit d'un massif plus haut et plus sauvage, étendu à deux ou trois lieues devant lui et sur lequel les premiers rayons du soleil faisaient luire le bronze de hautes chênaies, il vit une petite métairie au bord de la route et, dans le pré, une femme en jupon rouge qui ramassait le linge qu'elle avait étendu au serein.

Il s'approcha. Elle avait les épaules et les bras nus hors d'un cache-corset de toile dans lequel elle étalait également de fort gros seins très hâlés : « Pardon, madame, dit-il, ne pourriez-vous pas me donner un peu de café, en payant ? » Elle ne répondit pas tout de suite et il comprit qu'il avait fait une phrase trop polie. « Le *en payant* aussi est maladroit », dit-il. « Je peux vous donner du café, dit-elle, venez. » Elle était grande mais si compacte qu'elle tourna sur elle-même lentement comme un bateau. « La porte est là-bas », dit-elle en montrant le bout de la haie.

Il n'y avait dans la cuisine qu'un vieillard et beaucoup de mouches. Cependant, sur le poêle bas, enragé de feu, à côté d'une chaudronnée de son pour les cochons, la cafetière soufflait une si bonne odeur qu'Angelo trouva cette pièce toute noire de suie tout à fait charmante. Le son pour les cochons lui-même parlait un langage magnifique à son estomac peu satisfait de son souper de pain sec.

Il but un bol de café. La femme qui s'était plantée devant lui et dont il voyait fort bien les épaules charnues pleines de fossettes et même l'énorme fleur violette des seins lui demanda s'il était un monsieur de bureau. « Gare, se dit Angelo, elle regrette son café. » « Oh ! non, dit-il (il évita soigneusement de dire madame) ; je suis un commerçant de Marseille ; je vais dans la Drôme où j'ai des clients et j'en profite pour prendre l'air. » Le visage de la femme devint plus aimable, surtout quand il eut demandé la route de Banon. « Vous mangerez bien un œuf », dit-elle. Elle avait déjà poussé de côté la chaudronnée de son et mis la poêle au feu.

Il mangea un œuf et un morceau de lard avec quatre tranches d'un gros pain très blanc qui lui parurent légères comme des plumes. La femme s'agitait maintenant très maternellement autour de lui. Il fut surpris de très bien supporter son odeur de sueur et même la vue des grosses touffes de poils roux de ses aisselles qu'elle découvrit en levant les bras pour assurer son chignon.

Elle refusa d'être payée et même se mit à rire parce qu'il insistait, et elle repoussa le porte-monnaie sans façon. Angelo souffrit d'être très gauche et très ridicule : il aurait bien voulu pouvoir payer et avoir le droit de se retirer avec cet air sec et détaché qui était la défense habituelle de sa timidité. Il fit rapidement quelques amabilités, et mit le porte-monnaie dans sa poche.

La femme lui montra sa route qui, de l'autre côté de la vallée, montait dans les chênaies. Angelo marcha un bon moment en silence, dans la petite plaine à travers des prés très verts. Il était fortement impressionné par la nourriture qui avait laissé un goût très agréable dans sa bouche. Enfin, il soupira et mit son cheval au trot.

Le soleil était haut ; il faisait très chaud mais il n'y avait pas de lumière violente. Elle était très blanche et tellement écrasée qu'elle semblait beurrer la terre avec un air épais. Depuis longtemps déjà Angelo montait à travers la forêt de chênes. Il suivait une petite route couverte d'une épaisse couche de poussière où chaque pas du cheval soulevait une fumée qui ne retombait pas. A travers le sous-bois râpeux et desséché il pouvait voir à chaque détour que les traces de son passage ne s'effaçaient pas dans les méandres de la route en dessous. Les arbres n'apportaient aucune fraîcheur. La petite feuille dure des chênes réfléchissait au contraire la chaleur et la lumière. L'ombre de la forêt éblouissait et étouffait.

Sur les talus brûlés jusqu'à l'os quelques chardons blancs cliquetaient au passage comme si la terre métallique frémissait à la ronde sous les sabots du cheval. Il n'y avait que ce petit bruit de vertèbre, très craquant malgré le bruit du pas assourdi par la poussière et un silence si total que la présence des grands arbres muets devenait presque irréelle. La selle était brûlante. Le mouvement des sangles faisait mousser de l'écume. La bête suçait son mors et, de temps en temps, se raclait le gosier en secouant la tête. La montée régulière de la chaleur bourdonnait comme d'une chaufferie impitoyablement bourrée de charbon. Le tronc des chênes craquait. Dans le sous-bois sec et nu comme un parquet d'église, inondé de cette lumière blanche sans éclat mais qui aveuglait par sa pulvérulence, la marche du cheval faisait tourner lentement de longs rayons noirs. La route qui serpentait à coups de reins de plus en plus raides pour se hisser à travers de vieux rochers couverts de lichens blancs frappait parfois de la tête du côté du soleil. Alors, dans le ciel de craie s'ouvrait une sorte de gouffre d'une phosphorescence inouïe d'où soufflait une haleine de four et de fièvre, visqueuse, dont on voyait trembler le gluant et le gras. Les arbres énormes disparaissaient dans cet éblouissement ; de grands quartiers de forêts engloutis dans la lumière n'apparaissaient plus que comme de vagues feuillages de cendre, sans contours, vagues formes presque transparentes et que la chaleur recouvrait brusquement d'un lent remous de viscosités luisantes. Puis la route tournait vers l'ouest et, soudain rétrécie à la dimension du chemin muletier qu'elle était devenue, elle était pressée d'arbres violents et vifs aux troncs soutenus de piliers d'or, aux branches tordues par des tiges d'or crépitantes, aux feuilles immobiles toutes dorées comme de petits miroirs sertis de minces fils d'or qui en épousaient tous les contours.

A la longue, Angelo fut étonné de n'apercevoir d'autre vie que celle de la lumière. Il aurait dû y avoir au moins des lézards et même des corbeaux qui aiment ces temps de plâtre brûlants et guettent alors à la pointe des branches comme par temps de neige. Angelo se souvenait des manœuvres d'été dans les collines de Garbia ; il n'avait jamais vu ce paysage cristallin, ce *globe de pendule*, cette fantasmagorie minéralogique (les arbres même étaient à facettes et pleins de prismes comme du cristal de roche). Il était stupéfié de la proximité de ces cavernes inhumaines. « A peine, se disait-il, si je viens de quitter les épaules nues de la femme qui m'a donné du café ! Et voilà tout un monde plus loin de ces épaules nues que la lune ou les cavernes phosphorescentes de la Chine, et d'ailleurs capable de me tuer. Hé ! poursuivit-il, c'est le monde que j'habite ! A Garbia il y avait mon petit état-major et la manœuvre à laquelle il fallait faire attention si on ne voulait pas se faire secouer les puces par ce général San Giorgio qui avait de si belles moustaches et un langage de vacher. Voilà qui me séparait du monde et me permettait de ne pas voir ces bosquets de tétraèdres. Voilà peut-être le fin du fin au sujet de ces principes sublimes : qui est tout simplement de se donner un petit état-major et un général mal embouché par terreur de s'apercevoir qu'on est enfermé sous un globe de pendule où une toute petite folie de lumière peut vous tuer. Il y a des guerriers de l'Arioste dans le soleil. C'est pourquoi, tout ce qui n'est pas épicier essaye de se donner du sérieux avec des principes sublimes. » Néanmoins, le jeu plus léger qu'un envol de plume, de ces arbres, dont il supputa que le moindre devait peser cent mille kilos, qui se cachaient ou glissaient dans la lumière, plus prestes que des truites dans l'eau ne laissa pas que de l'inquiéter. Il avait hâte d'atteindre le sommet de la grosse colline dans l'espérance d'au moins un peu de vent.

Il n'y en avait pas. C'était une lande où la lumière et la chaleur pesaient avec encore plus de poids. On pouvait même voir tout le ciel de craie d'une blancheur totale. L'horizon était un serpentement lointain de collines légèrement bleutées. Le côté vers lequel se dirigeait Angelo était occupé par le corps gris d'une longue montagne très haute quoique mamelonnée et de forme ronde. Le pays qui l'en séparait encore était hérissé de hauts rochers semblables à des voiles latines à peine un peu teintées de verts, portant sur leurs tranchants des villages en nids de guêpes. Les talus qui épaulaient ces rochers et d'où ils sortaient presque nus étaient recouverts de forêts brunes de chênes et de châtaigniers. De petites vallées dont on pouvait voir les caps et les golfes coulaient à leur pied, blondes, ou plus blanches encore que le ciel. Tout était tremblant et déformé de lumière intense et de chaleur huileuse. Des poussières, des fumées ou des brouillards que la terre exhalait sous les coups du soleil commençaient à s'élever çà et là, d'éteules [2] où la moisson était déjà raclée, de petits champs de foin couleur de flammes et même des forêts où l'on sentait que la chaleur était en train de cuire les dernières herbes fraîches.

Le chemin ne se décidait pas à redescendre et courait sur la crête de la colline, d'ailleurs très large, presque un plateau ondulé et qui s'enracinait de droite et de gauche dans les dévalements en pente douce de collines plus hautes. Enfin, il entra dans une forêt de petits chênes blancs d'à peine deux ou trois mètres de haut sous lesquels s'épaississait un tapis de sarriette et de thym. Les pas du cheval firent lever une grosse odeur qu'à la longue l'air immobile et lourd rendit nauséeuse. Il y avait cependant ici quelques traces de vie humaine. De temps en temps un vieux chemin recouvert de cette herbe d'été blanche comme la craie s'embranchait à la route et, tournant tout de suite dans le petit bois, dissimulait ses avenues, mais avait en tout cas l'intention d'aller quelque part. Enfin, à travers les petits arbres, Angelo aperçut une bergerie. Ses murs étaient couleur de pain et elle était couverte en *lauze*, qui sont d'énormes pierres plates très lourdes. Angelo tourna dans le chemin. Il pensait trouver là un peu d'eau pour le cheval. La bergerie, dont les murs étaient arc-boutés comme ceux des églises ou des fortins, n'avait absolument pas de fenêtres et, comme elle tournait le dos à la route, on ne voyait pas non plus de porte. Malgré son grade « acheté comme deux sous de poivre », disait-il amèrement dans ses accès de pureté, Angelo était un soldat de métier et, en fourrageur, il avait de l'instinct. Il remarqua qu'en s'approchant de la bergerie, elle retentissait du bruit du cheval. « Ceci est vide », se dit-il, et abandonné depuis longtemps. En effet, les longs abreuvoirs de bois poli, posés sur les pierres, étaient secs et blancs comme des os. Mais le portail large ouvert souffla un peu de fraîcheur et une exquise odeur de vieux fumier de mouton. Cependant, comme il fit quelques pas de ce côté, Angelo entendit là-bas dedans un bourdonnement aussi fort qu'un grondement et vit s'agiter dans l'ombre une sorte de lourde draperie jaune. Le cheval comprit une seconde avant lui que la bergerie était habitée par des essaims d'abeilles sauvages ; il tourna bride et fila grand trot vers le bois. Un détour de la route le ramena de loin devant la façade de la bergerie qui, sur une éminence de quelques mètres de haut, dépassait la cime des petits chênes blancs. Les abeilles étaient sorties en épaisses torsades flottantes. Dans la lumière elles étaient noires comme des particules de suie. Elles fumaient de la grande porte et de deux gros œils-de-bœuf comme des orbites et de la mâchoire d'un vieux crâne abandonné dans les bois.

Longtemps après, il était de plus en plus nécessaire de trouver de l'eau. Le chemin suivait toujours cette longue crête sèche. Dans son exaltation du matin, Angelo avait oublié de remonter sa montre. Il jugea qu'il avait dû faire au moins quatre lieues. Il essaya de voir l'heure au soleil mais il n'y avait pas de soleil et seulement une lumière aveuglante venant à la fois de tous les côtés du ciel. Enfin, le chemin se décida à descendre et, brusquement, après un détour, Angelo reçut sur les épaules une fraîcheur qui lui fit lever les yeux : il venait d'entrer sous le feuillage très vert d'un grand hêtre et, à côté du hêtre, se tenaient quatre énormes peupliers scintillants auxquels il ne voulut croire qu'après avoir entendu le bruissement des feuillages qui, malgré l'absence de vent, tremblaient et faisaient le bruit de l'eau. Derrière ces arbres il y avait encore une éteule, non seulement moissonnée mais débarrassée des gerbiers et dans laquelle étaient déjà ouverts quelques sillons tracés du matin même. Comme Angelo retenait machinalement sa bête qui mordait le mors et voulait courir, il s'aperçut que le champ continuait derrière des saules et, de ces saules, il vit sortir trois ânes attelés à une charrue. Enfin le cheval l'emporta au grand trot vers un bosquet de sycomores, de peupliers et de saules et il eut à peine le temps d'entrevoir que le laboureur portait une robe.

La fontaine était dans le bosquet au bord de la route. D'un gros canon, une eau couleur d'aubergine coulait sans bruit dans un bassin rougi de lourdes mousses. De là, un ruisseau partait arroser des prés au milieu desquels était posée à même l'herbe une longue bâtisse à un étage, austère et très propre, crépie à neuf, volets peints de frais et plus silencieuse encore que la fontaine.

Ses yeux s'étant habitués à l'ombre, Angelo aperçut, à quelques pas de lui, de l'autre côté de la route, un moine assis au pied d'un arbre. Il était maigre et sans âge, avec un visage du même roux que sa robe et des yeux ardents. « Quel endroit magnifique », dit Angelo avec une fausse désinvolture et tapant ses talons dans ses bottes. Le moine ne répondit pas. Il regardait de ses yeux lumineux le cheval, le portemanteau et, notamment, les bottes d'Angelo qui se sentit gêné et trouva qu'il faisait trop frais sous les arbres. Il tira son cheval par la bride et marcha à côté de lui vers le soleil. « A rester là, se dit-il comme excuse, on pourrait attraper une fluxion de poitrine. Cette eau nous a fait du bien et nous sommes fort capables de faire encore une lieue ou deux avant de manger. » Il avait été impressionné par cette tête d'une maigreur de bête sauvage et surtout par les tendons du cou, si apparents qu'ils semblaient des cordes attachant cette tête à ce froc. « Et qui sait quels essaims d'abeilles... », se dit-il, mais il vit, à deux ou trois cents pas devant lui, une maison qui était manifestement une auberge (on voyait même l'enseigne) et, au-dessus de sa tête un gros vol de corbeaux qui se dirigeait vers le nord.

« Salut, caporal, lui dit l'aubergiste, j'ai tout ce qu'il faut pour votre cheval, mais pour vous ce sera plus difficile à moins que vous vous contentiez de mon dîner, et, clignant de l'œil, il souleva le couvercle d'une casserole où mitonnaient des cailles lardées sur un lit d'oignons et de tomates. A la fortune des bois. Et, est-ce que vous tenez beaucoup à votre dolman ? dit-il en regardant la jolie redingote d'été d'Angelo. Mes chaises sont usées par les frocards et la paille va mordre votre drap fin comme du vinaigre. »

Cet homme sans chemise portait à même la peau un gilet rouge de postillon. Les poils touffus de sa poitrine lui tenaient lieu de cravate. Mais il se coiffa d'un vieux bonnet de police pour aller jeter deux seaux d'eau sur les jambes du cheval. « C'est un ancien soldat », se dit Angelo. Après les folies de la chaleur rien ne pouvait le mettre plus à son aise. « Ces Français, poursuivit-il, ne digéreront jamais Napoléon. Mais maintenant qu'il n'y a plus à se battre que contre des tisserands qui réclament [3] le droit de manger de la viande une fois par semaine, ni vu ni connu, je t'embrouille, ils vont rêver à Austerlitz dans les bois plutôt que de chanter "Vive Louis-Philippe" sur le dos des ouvriers. Cet homme sans chemise n'attend qu'une occasion pour être roi de

Naples [4]. Voilà ce qui fait la différence des deux côtés des Alpes. Nous n'avons pas d'antécédent et cela nous rend timides. — Savez-vous ce que je ferais à votre place ? dit l'homme. Je dessanglerais mon portemanteau et j'irais le poser à l'intérieur sur deux chaises. — Il n'y a pas de voleurs, dit Angelo. — Ben, et moi ? dit l'homme. L'occasion fait le lard rond. — Fiez-vous à moi pour vous aplatir le lard comme il doit être, dit Angelo d'un ton sec. — Il faut rire, dit l'homme. Je ne déteste pas les marchands de mort subite. Allons boire un coup de piquette » et il frappa sur l'épaule d'Angelo avec une main bien solide.

Cette fameuse piquette était un vin clairet mais assez bon.

« Les frocards du couvent font leur petit quart de lieue à travers bois pour venir en siroter leur petit *déci* [5], dit l'homme. — Je croyais, dit naïvement Angelo, qu'ils ne buvaient que l'eau de cette très belle fontaine qu'ils ont au bord de la route sous les platanes. Et d'ailleurs, est-ce permis qu'ils viennent ici boire du vin ? — Si vous allez par là, dit l'homme, rien n'est permis. Est-ce qu'il est permis à un ancien sous-officier du 27ᵉ régiment d'infanterie légère de faire l'aubergiste sur une route où il ne passe que des renards ? Est-ce que c'est écrit dans les droits de l'homme ? Ces frocards sont de braves garçons. Il y a bien, par-ci par-là, quelques coups de cloche, et une prise d'armes avec bannières et trompettes pour les Rogations mais, leur vrai travail c'est de cultiver la terre. Je vous prie de croire qu'ils ne s'en font pas faute. Et, est-ce que vous avez vu, vous, un paysan qui crache sur la piquette ? D'ailleurs leur ancien a dit : "Buvez, ceci est mon sang." Tout ce que j'ai fait, c'est de renvoyer ma nièce. Ça les gênait. A cause des jupes sans doute. C'est emmerdant quand on en porte par conviction de voir quelqu'un qui en porte par nécessité. Maintenant, je suis tout seul dans la baraque, qu'est-ce que vous voulez que ça fasse s'ils s'en jettent un petit dans le cornet de temps à autre. Tout le monde y trouve son compte. Est-ce que c'est pas ça l'essentiel ? Oh ! d'ailleurs, poursuivit-il, ils font ça comme des gentilshommes. Ils ne viennent pas par la route. Ils font un grand détour par les bois, ce qui est appréciable quand on a soif, en fait de pénitence et de tout le bazar où ils sont plus forts que moi. Et ils entrent par-derrière où je laisse toujours la porte de l'écurie ouverte, ce qui est également une mortification pour quiconque a le cœur un peu fier. N'empêche : qui m'aurait dit qu'un jour je serais cantinière ! »

Angelo faisait quelques réflexions profondes. Il comprenait qu'en habitant seul dans ces bois muets on devait avoir besoin de compagnie et de parler au premier venu. « En aimant le peuple, se disait-il, je suis comme ce sous-officier au bord de sa route où il ne passe que des renards. L'amour est ridicule. On me dira : "Foutez-nous la paix ; la vérité est dans les épaules nues de cette femme qui vous a donné du café. Elles étaient belles et les fossettes riaient gentiment malgré le hâle. Qu'est-ce qu'il vous faut de plus ? Est-ce que vous avez fait la petite bouche tout à l'heure, avec la fontaine, ou même avec l'ombre fraîche du hêtre et ces peupliers qui scintillaient aussi très gentiment ?" Mais c'est qu'avec le hêtre, le peuplier et la fontaine on peut être égoïste. Qui m'apprendra à être égoïste ? Il est incontestable qu'avec son gilet rouge sur la peau cet homme-là est bien tranquille, et il peut parler de ce dont il a envie avec le premier venu. » Angelo avait été très impressionné par le silence des bois.

« Je n'ai pas de salle à manger, lui dit finalement cet homme tranquille, et, d'habitude, je déguste mon petit frichti sur cette table de marbre que vous voyez là. Je pense que ce serait un peu couillon que nous prenions notre repas à deux tables séparées. D'autant qu'il faudra que je me dresse à chaque instant pour vous servir. Verriez-vous un inconvénient à ce que nos couverts soient mis à la même table ? Je saurai me tenir si cela vous est agréable, mais je suis seul, et... » (ce mot décida Angelo). Enfin, il s'arrangea pour faire payer le propre vin qu'il boirait.

D'ailleurs, il se tint très bien ; il avait pris l'habitude dans les bivouacs de manger sans salir sa cravate de poils.

« Les auberges du genre de la vôtre, dit Angelo, sont généralement sanglantes. Il y a toujours dans ces endroits-là un four pour cuire les cadavres et un puits pour jeter les os.

— J'ai un four mais je n'ai pas de puits, dit l'homme. Remarquez, poursuivit-il, qu'on peut très bien enterrer les os dans les bois où ce serait bien le diable qu'on y voie clair.

— Dans l'état d'esprit où je suis, dit Angelo, rien ne me serait plus agréable qu'une aventure de ce genre. Les hommes sont drôlement faits ; il est inutile de le dire, je crois, à un sous-officier qui a eu l'honneur d'appartenir au 27e d'infanterie légère. Mais j'ai tellement à débattre avec moi-même sur des sujets particulièrement difficiles que j'éprouverais un grand soulagement à être attaqué par des gaillards bien décidés et bien féroces qui en voudraient à ma bourse et ne pourraient éviter les galères et même la guillotine qu'en menaçant désespérément ma vie. Je crois que j'accepterais le combat avec joie, même dans ce petit escalier étroit que je vois là-bas ; où cependant il est difficile de faire des feintes. J'aimerais même être dans un galetas dont la porte ne ferme pas et entendre monter les assassins sur leurs pieds nus ; me dire que j'ai deux coups de pistolet à tirer et qu'ensuite il faudra régler l'affaire avec le stylet bien aiguisé qui ne me quitte jamais... » Il fit une déclaration fort mélancolique. Il était très sérieux. « Voilà, se dit-il, la seule façon de parler d'amour sans qu'on puisse se moquer de moi. » « On dit ça, dit l'homme, mais je crois que ces moments-là ne sont pas rigolos. » Cependant, comme Angelo insistait avec une sorte de feu sombre, il lui versa un verre de vin et parla avec philosophie et bon sens de la jeunesse où tout le monde est passé, ce qui prouve bien que les dangers n'en sont pas mortels. « Je me ferai ermite, se dit Angelo. Eh ! pourquoi pas ? Un petit verger, des vignes et peut-être un froc qui est en somme un vêtement commode. Et des tendons bien maigres pour attacher ma tête à ce froc. Cela en tout cas produit une impression très forte, et quelqu'un qui craint le ridicule par-dessus tout en est parfaitement protégé. Voilà peut-être un moyen d'être libre ! »

Au moment de régler la dépense, l'homme perdit toute philosophie et mendia littéralement quelques liards. Il ne parlait plus du 27e régiment d'infanterie légère mais il employa beaucoup le mot *seul*. Il se rendait compte qu'à ce mot-là, chaque fois, Angelo perdait le noir de ses yeux. Il obtint très facilement ce qu'il voulut, et il mit son bonnet de police pour avoir le plaisir de le retirer et de le garder à la main pendant qu'il accompagnait Angelo au montoir [6].

Il était à peu près une heure de l'après-midi et la chaleur était amère comme du phosphore. « Ne passez pas au soleil », dit l'homme (ce qui était à son avis d'une ironie profonde car il n'y avait d'ombre nulle part).

Il sembla à Angelo qu'au pas de son cheval il entrait dans le four dont il parlait tout à l'heure. La vallée qu'il suivait était très étroite, encombrée de boqueteaux de chênes nains ; les parois pierreuses qui dévalaient vers elle, brûlaient à blanc. La lumière écrasée en fine poussière irritante frottait son papier de verre sur Angelo et le cheval somnolents ; sur les petits arbres qu'elle faisait disparaître peu à peu dans de l'air usé dont la trame grossière tremblait, mélangeant des taches d'un blond graisseux à des ocres ternes, à des grands pans de craie où il était impossible de reconnaître quoi que ce soit d'habituel. Le long de hauts rochers anfractueux, coulait l'odeur des nids pourris abandonnés par les éperviers. Les pentes déversaient dans le vallon l'odeur fade de tout ce qui était mort loin à la ronde dans les collines blêmes. Souches et peaux, nids de fourmis, petites cages thoraciques grosses comme le poing, squelettes de serpents en fragments de chaînes d'argent, étendards de mouches abattues comme des poignées de raisins de Corinthe, hérissons morts dont les os étaient comme le lait des châtaignes dans leurs bogues, lambeaux hargneux de sangliers répandus sur de larges aires d'agonie, arbres dévorés des pieds à la tête, bourrés de sciure jusqu'à la pointe des rameaux, que l'air épais tenait debout, carcasses de buses effondrées dans les branches de chênes sur qui le soleil frappait, ou l'odeur aigre des sèves que la chaleur faisait éclater dans des fentes le long des troncs des alisiers sauvages.

Toute cette barbarie n'était pas seulement dans le sommeil rouge d'Angelo. Il n'y avait jamais eu un été semblable dans les collines. D'ailleurs, ce jour-là, cette même chaleur noire commença à déferler en vagues tout de suite très brutales sur le pays du sud : sur les solitudes du Var où les petits chênes se mirent à crépiter, sur les fermes perdues des plateaux où les citernes furent tout de suite assaillies de vols de pigeons, sur Marseille où les égouts commencèrent à fumer. A Aix, à midi, le silence de sieste était tellement grand que, sur les boulevards, les fontaines sonnaient comme dans la nuit. A Rians, il y eut, dès neuf heures du matin, deux malades : un charretier qui eut une attaque juste à l'entrée du bourg ; porté dans un cabaret, mis à l'ombre et saigné, il n'avait pas encore repris l'usage de la parole ; et une jeune fille de vingt ans qui, à peu près à la même heure se souilla brusquement debout près de la fontaine où elle venait de boire ; ayant essayé de courir jusque chez elle qui était à deux pas, elle tomba comme une masse sur le seuil de sa porte. A l'heure où Angelo dormait sur son cheval, on disait qu'elle était morte. A Draguignan, les collines renvoient la chaleur dans cette cuvette où se tient la ville ; il fut impossible de faire la sieste : les toutes petites fenêtres des maisons qui, en temps ordinaire, permettent aux chambres de rester fraîches, il faisait cette fois tellement chaud qu'on avait envie de les agrandir à coups de pioche pour pouvoir respirer. Tout le monde s'en alla dans les champs ; il n'y a pas de sources, pas de fontaines ; on mangea des melons et des abricots qui étaient chauds, comme cuits ; on se coucha dans l'herbe, à plat ventre.

On mangea également du melon à La Valette et, juste au moment où Angelo passait sous les rochers d'où coulait l'odeur des œufs pourris, la jeune madame de Théus descendait en courant en plein soleil les escaliers du château pour aller au village où, paraît-il, une femme de cuisine qui y était descendue une heure avant (juste au moment où cette vieille canaille d'aubergiste disait à Angelo : « Ne passez pas au soleil ») venait d'y tomber subitement très malade. Et maintenant (pendant qu'Angelo continuait à suivre les yeux fermés ce chemin torride à travers les collines) la femme de cuisine était morte ; on supposait que c'était une attaque d'apoplexie parce qu'elle avait le visage tout noir. La jeune madame fut très écœurée par la chaleur, l'odeur de la morte, le visage noir. Elle fut obligée d'aller derrière un buisson pour vomir.

On mangea formidablement des melons dans la vallée du Rhône. Cette vallée longeait vers l'est le territoire vert-de-gris que traversait Angelo. Il y a là, à cause du fleuve, des bosquets très hauts sur pied, des sycomores, des platanes de plus de trente mètres, des hêtres de luxe aux feuillages retombants très beaux et très frais. Cette année, il n'y avait pas eu d'hiver. La chenille du pin avait mangé les aiguilles de toutes les pinèdes ; elle avait même décharné les thuyas et les cyprès, elle s'était même transformée pour pouvoir manger les feuilles des sycomores, des platanes, des hêtres. Des hauteurs de Carpentras, à travers des centaines de lieues carrées de squelettes d'arbres, de feuillages en dentelles et en cendres que le vent emportait, on pouvait apercevoir les remparts d'Avignon comme un thorax de bœuf blanchi par les fourmis. Ce même jour la chaleur y arriva, et, des premiers coups, fit s'écrouler la charpente des arbres les plus malades.

En gare d'Orange, les voyageurs d'un train qui venait de Lyon frappèrent de toutes leurs forces à la portière de leur coupé pour qu'on vienne leur ouvrir. Ils crevaient de soif ; beaucoup avaient vomi et se tordaient de coliques. Le mécanicien vint aux portières avec la clef, mais, après en avoir ouvert deux il ne put ouvrir la troisième et s'éloigna pour aller s'appuyer du front à une balustrade contre laquelle, finalement, il tomba. On l'emporta, et il eut la force de dire qu'il fallait au plus tôt dételer la machine qui risquait de prendre feu ou d'éclater. En tout cas, il disait de tourner tout de suite à gauche et à fond la deuxième manette. De ce temps, les voyageurs du troisième coupé frappaient toujours avec grands coups de poings contre leur portière fermée.

Il y avait énormément de melons dans les villes et les villages de toute cette vallée. La chaleur leur avait été favorable. Il était impossible de songer à manger quoi que ce soit : pain, viande faisaient lever le cœur rien qu'à l'idée. On mangeait des melons. Cela faisait boire ; de grandes langues de mousse sortaient du canon des fontaines. On avait une furieuse envie de se laver la bouche. La poussière qui fumait du branchage écroulé de certains arbres, et celle qui sortait des prairies blanches comme de la neige, où le foin calciné s'écrasait sous le poids de l'air, irritait les gorges et les narines comme du pollen de platane. Les petites rues autour de la synagogue étaient jonchées d'écorces, de graines et de glaires de melons. On mangeait aussi des tomates crues. C'était le premier jour et, par la suite, ces détritus pourrirent vite. Le soir de ce premier jour ils commencèrent à pourrir et la nuit qui suivit fut plus chaude que le jour. Pour l'instant, les paysans avaient fait entrer à Carpentras plus de cinquante charretées de gros melons d'eau. A une heure de l'après-midi, une trentaine de ces charrettes vides retournèrent aux melonnières juste au-delà des murs. Au moment où, à trente lieues dans l'est par rapport à Carpentras, Angelo, à moitié endormi, se laissait porter au pas de son cheval, dans des gorges écœurantes de chaud et de l'odeur des œufs pourris, les écorces de melons commencèrent à joncher la grand-rue et même les abords de la sous-préfecture, de la bibliothèque, de la gendarmerie royale et de l'hôtel du Lion, le mieux fréquenté ; de nouvelles charretées de melons entraient dans la ville ; un médecin prenait quelques gouttes d'élixir parégorique sur un *grain* de sucre ; et la diligence pour Blovac qui devait partir à deux heures n'attela pas ses chevaux.

Comme en pleins champs, dans les villes et dans les villages, la lumière de cette chaleur était aussi mystérieuse que le brouillard. D'un côté de la rue à l'autre elle faisait disparaître les murs des maisons. La réverbération des façades que frappait le soleil était si intense que l'ombre en face éblouissait. Les formes se déformaient dans un air visqueux comme du sirop. Les gens marchaient dans une sorte d'ivresse et leur ivrognerie ne venait pas de leur ventre où gargouillaient la chair verte et l'eau des melons hâtivement mâchés mais de cette imprécision des formes qui déplaçait les portes, les fenêtres, les loquets, les portières, les rideaux de raphia, modifiait la hauteur des trottoirs et l'emplacement des pavés, à quoi s'ajoutait que tout le monde marchait les yeux mi-clos et que, comme pour Angelo, sous les paupières baissées teintées de rouge coquelicot par le soleil, tous les désirs faisaient des images d'eaux bouillonnantes dans lesquelles on trébuchait.

Il y eut de cette façon, dès les premiers jours, beaucoup de malades qui passèrent inaperçus. On ne s'occupa d'eux que lorsqu'ils n'avaient pas la force d'arriver jusqu'à leur maison et qu'ils tombaient dans la rue. Et encore, dans ces cas-là, pas toujours. S'ils tombaient sur le ventre, on pouvait croire qu'ils dormaient. Ce n'est que si, en roulant à terre, ils finissaient par y rester sur le dos qu'on voyait leur visage noir et qu'on s'inquiétait. Et encore, même dans ces cas-là, pas toujours, car cette chaleur et ces rêves de boire fortifiaient l'égoïsme. C'est pourquoi, en réalité, il y eut ce premier jour — et précisément pendant qu'Angelo sous ses paupières rouges rêvait aux carcasses de buses effondrées dans les branches des grands chênes — en tout et pour tout très peu de malades. Un médecin juif, alerté par un rabbin, surtout inquiet de pureté, vint examiner trois cadavres culbutés juste sur le seuil de la petite porte de la synagogue (on imagina qu'ils voulaient entrer dans le temple pour se mettre au frais). Il n'y eut cet après-midi-là que deux alertes à Carpentras, en comptant le cocher de la diligence de Blovac dans lequel il était difficile d'ailleurs de démêler la responsabilité de l'absinthe de celle de la chaleur (c'était un homme très gros chez lequel la soif et la faim étaient impérieuses et, après un repas à l'auberge — il avait sans doute été le seul à manger à midi dans toute la ville — où il avait englouti tout un plat de tripes, il avait bu sept absinthes coup sur coup en guise de café et de pousse-café).

A Orange, Avignon, Apt, Manosque, Arles, Tarascon,

Nîmes, Montpellier, Aix, La Valette (où cependant la mort de la fille de cuisine avait frappé le début d'un grand silence impressionnant), Draguignan, et jusqu'au bord de la mer, à peine si l'on eut (mais dès le début de l'après-midi, il est vrai ; au moment où Angelo dans son sommeil, secoué par le pas du cheval, avait envie de vomir), à peine si on eut à s'inquiéter d'une mort ou deux dans chaque endroit et de quelques indispositions plus ou moins graves, toutes mises sur le compte de ces melons et tomates qu'on mangeait partout sans retenue. On soigna ces malades avec de l'élixir parégorique sur des morceaux de sucre.

A Toulon, un médecin inspecteur de la marine de guerre insista pour être reçu dès deux heures de l'après-midi par le duc de T., amiral et commandant de la place. On le pria de revenir vers sept heures du soir. Il se conduisit d'une façon très incorrecte, allant jusqu'à élever inconsidérément la voix dans l'antichambre. Il fut finalement mis à la porte par l'aspirant de planton qui remarqua son air hagard et comme une sorte d'envie irrépressible de parler, que le médecin contenait en mettant brusquement la main sur sa bouche. L'aspirant s'excusa. Le médecin inspecteur dit : « Tant pis ! » et s'en alla.

A Marseille, il n'était question de rien sauf de cette effroyable odeur d'égout. En quelques heures l'eau du Vieux-Port était devenue épaisse, noire et mordorée comme du goudron. La ville était trop populeuse pour qu'on puisse remarquer les docteurs qui, dès le début de l'après-midi, commencèrent à circuler en cabriolets. Quelques-uns avaient des mines fort graves. D'ailleurs, cette terrible odeur d'excréments donnait à tout le monde un air triste et pensif.

Le chemin que suivait le cheval d'Angelo frappa de la tête contre un de ces rochers en forme de voile latine, et il se mit à l'enlacer en direction d'un village dissimulé dans les pierres comme un nid de guêpes. Angelo sentit le changement de cadence dans le pas du cheval ; il s'éveilla, et s'aperçut qu'il montait à travers de petites terrasses de terres cultivées, soutenues par des murettes de pierres blanches et portant des cyprès très funèbres. Le village était désert ; les murs de sa ruelle étouffaient ; les réverbérations de la lumière donnaient le vertige. Angelo mit pied à terre et tira son cheval dans la sorte d'abri que formait une voûte à moitié écroulée près de l'église. Il y avait là-dessous une violente odeur de fumier d'oiseau ; le plafond de la voûte était tapissé de nids d'hirondelles d'où suintaient des jus brunâtres ; mais l'ombre, quoique cendreuse, apaisa la nuque brûlante d'Angelo, qui était comme meurtrie et sur laquelle il ne s'arrêtait pas de passer la main. Il y avait un bon quart d'heure qu'il était là, quand il vit en face de lui, de l'autre côté de la ruelle, une porte ouverte et, au fond de l'ombre très noire, une sorte de corsage ou de chemise qui s'agitait faiblement. Il traversa la ruelle et vint demander de l'eau. C'était une femme, un peu hébétée et suante, et qui ne respirait qu'à grands efforts. Elle dit qu'il n'y avait plus d'eau ; les pigeons avaient souillé les citernes ; à peine si on pouvait essayer de faire boire le cheval. Mais la bête renâcla dans le seau, elle se lava les narines et souffla des embruns dans le soleil.

La femme avait des melons. Angelo en mangea trois. Il donna les écorces au cheval. La femme avait aussi des tomates ; mais elle dit que ces légumes donnent la fièvre ; qu'on ne peut les manger que cuits. Angelo mordit si violemment dans une tomate crue que le jus gicla sur sa belle redingote. Il ne s'en soucia guère. Sa soif commençait à s'apaiser un peu. Il donna aussi deux ou trois tomates au cheval qui les mangea avec beaucoup de précipitation. La femme dit que c'était avec des bravades de ce genre que son mari s'était rendu malade et qu'il battait la fièvre depuis hier. Angelo aperçut dans un coin de la pièce un lit sur lequel on avait entassé une grosse couverture à fleurs et un édredon qui laissaient à peine dépasser la tête du malade. La femme dit que son homme ne pouvait plus se réchauffer. Ce qu'en lui-même Angelo trouva étrange et certainement de très mauvais augure. Le visage de cet homme était d'ailleurs violet. La femme dit qu'il ne souffrait plus guère maintenant, mais qu'il s'était encore tordu de coliques toute la matinée et que ça venait sûrement des tomates car il n'avait pas voulu l'écouter, non plus, et il avait fait, comme Angelo, à sa tête.

Après s'être reposé presque une heure dans cette pièce où, finalement, on avait fait aussi entrer le cheval, Angelo se remit en route. La lumière et la chaleur étaient toujours là, à la porte. On ne pouvait pas imaginer qu'il y aurait un soir.

C'était le moment où le médecin inspecteur de la marine disait : « Tant pis ! » et s'en retournait dans Toulon. C'était aussi exactement le moment où, le médecin juif était rentré précipitamment chez lui, ayant parlé à sa femme, lui ayant fait préparer une petite valise pour elle et pour leur petite fille de douze ans, cette femme grasse, aux yeux de bœuf et à nez d'aigle quittait Carpentras par la diligence de Vaison avec l'ordre de pousser très vite au-delà en voiture de louage jusqu'à Dieulefit et même jusqu'à Bourdeaux. Elle détourna la tête de la ville où restait son mari et, un doigt sur les lèvres, elle imposait le silence à la petite fille qui, en face d'elle, ouvrait de grands yeux et suait. À ce moment-là, Angelo voyait les splendeurs barbares du terrible été dans les hautes collines : chênes roussis, châtaigniers calcinés, pâtures maigres couleur de vert-de-gris, cyprès dans le feuillage desquels luisait l'huile de lampes funèbres, brouillards de lumière qui déployaient autour de lui, en mirage, la tapisserie usée de soleil dans la trame transparente de laquelle flottait et tremblait le dessin resté gris des forêts, des villages, des collines, de la montagne, de l'horizon, des champs, des bosquets, des pâtures presque entièrement effacées sous un air couleur de toile à sac. A cet instant précis où il se demandait pour la centième fois si le soir viendrait — s'étant tourné cent fois vers l'est, imperturbablement d'ocre pur — le temps s'était arrêté à La Valette où la femme de cuisine pourrissait avec une extraordinaire vitesse devant les quelques personnes du village, plus la jeune madame, restées là pour faire honneur à la morte qui fondait à vue d'œil en inondant le lit sur lequel on l'avait étendue tout habillée. Et, pendant qu'elles étaient ainsi fascinées par le travail rapide de la décomposition, Angelo voyait peu à peu s'ouvrir autour de lui la région de châtaigneraies trouées de rochers et de villages qu'il avait vue, dès le matin, du haut de la première colline. Mais alors que le matin, et vu de loin, ce pays avait une forme et des couleurs avec lesquelles on pouvait faire bon ménage, maintenant, sous cette lumière d'une violence inouïe il se décomposait dans un air sirupeux et tremblant. Les arbres étaient comme des taches de graisse élargissant leurs formes et leurs couleurs dans les fils d'un air à grosse trame, les forêts fondaient comme des blocs de lard. A l'heure même où, devant le cadavre, la jeune madame pensait : « Il y a à peine quelques heures que j'ai envoyé cette femme en bas pour aller m'acheter des melons » ; où Angelo regardait vers l'est dans l'espoir d'y voir enfin les signes précurseurs de la fin de ce jour, le médecin inspecteur de la marine ne pouvait plus tenir en place, remontait la rue Lamalgue, prenait la rue des Trois-Oliviers, traversait la place Pavé-d'Amour, entrait dans la rue Montauban, tournait dans la rue des Remparts, passait rue de la Miséricorde où des ruissellements d'urine mûrissaient entre les pavés chauffés à blanc, descendait la rue de l'Oratoire, la rue Larmedieu, à travers laquelle le port soufflait à bouffées de dormeurs l'odeur de son estomac vert, remontait la rue Mûrier où il fut obligé d'enjamber les issues d'un lieu d'aisance, débouchait rue La Fayette, sous des platanes, s'asseyait enfin à la terrasse du duc d'Aumale et commandait une absinthe. Tout de suite après avoir bu sa première gorgée, il se dit qu'il ne fallait pas être plus royaliste que le roi. C'était une question de rapport ; il n'avait qu'à l'écrire pour dégager sa responsabilité. Chaque année on dit : « Il n'a jamais fait si chaud. » Ce ne sont peut-être que de simples dysenteries. Dans un corps usé par des excès. « Symptôme prémonitoire, symptôme prémonitoire, va donc juger d'une façon certaine dans un corps ruiné par l'alcool, le tabac, les femmes, les tours du monde, les salaisons : de quoi veux-tu que ce soit le symptôme prémonitoire ? Tout ce que je pouvais dire c'est que je le jugeais comme un symptôme *prodromique* [7]. L'amiral aurait fait une drôle de gueule, tiré de la sieste pour être mis en face d'un symptôme purement prodromique ! Collapsus. Même le collapsus. Corps ruinés dans lesquels une simple dysenterie peut présenter des formes... asiatiques. Loin du Gange. L'Inde, où la chaleur fait éclore les éléphants et les nuages de mouches. Delta de l'Indus. Boues, cinquante degrés, pas d'ombre. L'eau qui pourrit comme n'importe quel corps organisé. Au fond, cette ville sent moins mauvais que ce qu'on dit ; moins mauvais que ce qu'elle sentait il y a six mois. A moins que ce soit une question d'habitude. Cependant, je sens bien toujours l'odeur de l'absinthe. A moins que l'odeur de cette ville ait dépassé la mesure. Auquel cas la dysenterie pourrait très bien dépasser la mesure. Raspail ! Au service de l'humanité ! C'est très joli, mais je suis un médecin militaire, et un médecin militaire a des supérieurs hiérarchiques. Communiquer avec l'amiral par un rapport qui laisse ma responsabilité totalement dégagée. Le reste... si j'étais médecin civil... mais je ne suis qu'un rouage. Toutefois, ce soir, aller quand même demander une audience à l'amiral. D'autant que, d'ici ce soir, un médecin civil peut très bien... moins de pincettes à prendre devant un collapsus. Orage bleu-baleine dans le cul-de-sac du golfe du Bengale. Miasmes délétères à bord de la *Melpomène*. » Il commanda une deuxième absinthe en demandant si cette fois on ne pouvait pas avoir un peu d'eau fraîche. Au moment où on apporta la deuxième absinthe au médecin inspecteur, à La Valette, la jeune madame se disait : « Il me semble qu'il y a un siècle ! » La mort de la fille de cuisine avait aboli le temps ; la jeune madame était fascinée par le coup qui avait aboli le temps pour la fille de cuisine et écrasé de tous les côtés les chemins de fuite ; au même instant, à plus de quarante lieues dans le nord, Angelo pénétrait de plus en plus profondément dans les hautes collines à travers un paysage de châtaigneraies grises, de landes grises couvertes de centaurées grises, sous un ciel gris. Il avait l'impression d'être en plomb bouillant. Le cheval allait d'un pas de profond sommeil. Pendant qu'à Carpentras, le médecin juif, ayant décidé en un tournemain l'inhumation immédiate des trois cadavres trouvés sur le seuil de la synagogue, rentrait chez lui. Il avait terrorisé le syndic. Il était sûr que celui-là ne parlerait pas, au moins d'ici un jour ou deux. Après ? Après, eh ! bien, après, il n'était pas sur terre pour empêcher les gens de parler ; d'autant que la chose parlerait assez fort d'elle-même. Le principal était de ne rien ébruiter avant d'être sûr. La raison était qu'il ne faut jamais affoler une population quelle qu'elle soit. Il y avait également mille autres raisons. Il se demanda si Rachel trouverait un cabriolet de louage à Vaison. Il avait confiance dans Rachel ; elle était capable de trouver un cabriolet. Il se félicita d'avoir pensé à Bourdeaux qui est dans une gorge très aérée, ventée ; où l'air passe et ne s'arrête pas. Il était très fier d'avoir eu cette présence d'esprit, presque inconscience. « Intelligence qui fonctionne sur des mises en route particulières et sur des plans tout à fait détachés du domaine affectif. Fonctionnerait probablement même dans mon cadavre. Problème de l'immortalité de l'âme, peut-être seulement question d'une intelligence si habile en automatisme qu'elle fonctionne même dans le cadavre. Alors, non pas universelle, mais prérogative de certains individus, peut-être de certaines races qui auraient ainsi le privilège de l'immortalité de l'âme. » Il préparait de petites fioles de laudanum pur, et sous forme d'extrait thébaïque [8] de morphine, d'acétate d'ammoniaque, d'éther ; chacune avec un compte-gouttes particulier ; une seringue hypodermique pour du chlorhydrate de morphine ; une petite bouteille d'essence de térébenthine. Comme il bouchait la bouteille d'un coup de pouce très ferme et très exact sur le bouchon, dans le petit village où Angelo avait mangé du melon, l'homme qui grelottait sous les édredons sauta à plat hors du lit comme un ressort d'acier et roula jusqu'aux pieds de la femme qui respirait difficilement. Il resta étendu sur le carreau ; la peau noire de son visage tirée violemment en arrière par une poigne terrible faisait saillir ses dents et ses yeux. La femme se pencha sur lui. Elle se dit que c'était peut-être une mauvaise maladie qui se donne. Elle croqua vite une gousse d'ail. Elle courut chercher les voisines. Le soleil remplissait toujours la rue à ras bord d'un plâtre pur, sans une ombre. Rien ne tremblait dans l'est vers où se retournait de temps en temps Angelo. Il gravissait des mornes couverts de châtaigniers gris, descendait dans des combes grises où le pas du cheval soulevait des flocons de cendres, suivait le serpentement de vallons à parois de chaux vive, escaladait des coteaux au pas de son cheval endormi, suivait des crêtes chauffées à blanc, passait à la lisière de bois de châtaigniers et de chênes qui soufflaient une haleine de feu. Chaque fois qu'il arrivait au sommet d'un coteau, il regardait vers l'est pour voir s'il n'y avait pas un signe quelconque de crépuscule. Le ciel était dans l'est du même gris qu'au zénith. Il pouvait regarder tout le ciel sans être ébloui par le soleil ; le soleil n'était pas une boule aveuglante : il était une poussière aveuglante répandue partout ; le ciel entier éblouissait. L'est éblouissait. Il regardait vers le nord pour tâcher d'apercevoir, au flanc de la grande montagne, les traces de cette petite ville montagnarde de Banon vers laquelle il était parti. La montagne restait d'un gris uniforme presque aussi aveuglant que le gris du ciel et dans lequel il était impossible de distinguer le moindre détail. Angelo avait pris son âme militaire. Il marchait sur Banon à travers cet été graisseux, comme sur un point important du plan de bataille à travers les feux de pelotons. Il avait un peu mal au ventre. Des douleurs sourdes, parfois fulgurantes lui jetaient aux yeux des poignées de plâtre plus blanches que le ciel. Il pensait que la femme qui respirait si difficilement avait eu raison quand elle lui disait de se méfier des melons et des tomates. Mais, s'il avait vu des melons au bord de la route, il serait descendu de cheval pour aller en manger de nouveau. Il se disait d'ailleurs : « Cela est dans l'air. Cet air gras n'est pas naturel. Il y a là-dedans autre chose que le soleil ; peut-être une infinité de mouches minuscules qu'on avale en respirant et qui vous donnent des coliques. » Il arrivait pas à pas au sommet d'une éminence plus haute que tous les coteaux déjà escaladés. C'était, dissimulé sous la chaleur brumeuse, un des premiers contreforts de la montagne. Elle se voyait de loin. Elle se voyait de Carpentras. Le médecin juif la voyait de la fenêtre de son laboratoire dont il s'était approché, attiré par une odeur d'écorce de melon pourri qui commençait à remplir la rue. Dans l'éblouissement de la lumière et par-delà les toits de la ville, il apercevait à dix ou douze lieues vers l'est les contreforts de la montagne et l'éminence un peu plus haute que les autres, semblable d'ici à un bosquet d'arbres qui bossuait la longue pente grise. Il se demandait si l'infection pouvait gagner ces hauteurs ; s'il n'aurait pas mieux valu faire partir Rachel par la diligence de Blovac. Sans la chaux vive, éblouissante, de tout le ciel, et la poussière grise qui embrumait l'horizon, il aurait pu voir de la fenêtre de son laboratoire, et par-dessus l'odeur d'écorce de melon pourri qui remplissait la rue et la ville, la petite hauteur semblable d'ici à un arbre en boule un peu à droite de l'éminence au sommet de laquelle maintenant Angelo était parvenu, le village où l'homme qui grelottait sous les édredons s'était finalement débandé comme un ressort, avait roulé aux pieds de sa femme, était, à cet instant précis, contemplé par quatre ou cinq voisines accourues, toutes croquant de l'ail et chantant : « Il est mort, il est mort », à bonne distance de sa mâchoire blanche toute découverte et de ses yeux exorbités. Le médecin juif se dit que, peut-être, il n'y avait pas lieu d'être si assuré de son intelligence. Ces hauteurs lui paraissaient meilleures que Bourdeaux pour protéger Rachel et la petite Judith. Il n'était plus du tout assuré du privilège de l'immortalité de l'âme. Cela n'était plus d'un orgueil suffisant que Rachel soit capable de trouver un cabriolet à Vaison. Elle n'était sûrement pas capable d'imaginer qu'il avait pu se tromper en les envoyant à Bourdeaux. Il ne pouvait plus les prévenir ; il était obligé de rester ici pour faire son devoir. Il maudit l'intelligence. Il s'aperçut que ce qu'il devait maudire, pour être logique, c'était la fausse intelligence. Il cracha sur la fausse intelligence. Il était désespéré de n'avoir pas la vraie intelligence. Il cracha sur lui. Il cracha sur Rachel et Judith incapables de lui protéger Rachel et Judith. Il cracha sur cette race martyrisée par un dieu à facettes. Pendant qu'il maudissait, il s'aperçut que l'est se troublait et qu'il allait y avoir un soir et une nuit. Il en fut surpris comme si c'était la première fois que la nuit allait monter de l'est. Il se dit : « Tous mes raisonnements sont faux. Voilà que je ne m'attendais même plus à cette chose si simple. Ne cherchons pas midi à quatorze heures. Rachel et Judith seront très bien à Bourdeaux, en tout cas pas plus mal qu'ailleurs, et certainement mieux qu'ici. Pour le surplus tenons-nous-en aux remèdes qui ont fait leurs preuves. Pas d'explorations d'intelligence. » Il retourna à ses fioles, en posa une partie sur la table de son cabinet et une autre partie dans sa trousse. Il sifflait une petite chanson. Il guettait aussi le bruit des pas dans la rue, dans l'escalier et s'attendait à chaque instant à entendre sonner à sa porte. Au village, semblable à un arbre en boule que le médecin juif pouvait apercevoir de sa fenêtre dans le dévalement lointain des contreforts de la montagne, les femmes étaient allées chercher M. le curé. Il vint en voisin, soutane déboutonnée. « Le soir va venir, dit-il, espérons que nous aurons moins chaud. Ce pauvre Alcide ! — Il est déjà tout noir, dit une femme. — Le fait est, dit M. le curé. Ceci me paraît extraordinaire. » Il regarda le cadavre qui était horrible à voir, mais il avait confiance dans le soir qui venait. « Ne serait-ce qu'un peu de repos, se dit-il ; qu'on puisse respirer. » L'idée de pouvoir respirer lui permettait de lutter victorieusement contre l'affreuse grimace de cette bouche qui dévoilait jusqu'à la gencive ses chicots et ses dents pourries.

Le soir n'était encore qu'un peu de bleu très pâle dans l'est. Assez toutefois pour ternir les lunules et les grappes de petites lunes dont le feuillage des platanes de la rue La Fayette ocellait le trottoir près de la chaise d'osier du médecin inspecteur de la marine. Il crut que c'était le fait d'un nuage. Il poussa un grognement qui attira sur lui l'attention des consommateurs assis près de lui à la terrasse du duc d'Aumale. « Pleuvoir, dit-il à haute voix, ben, merde, alors ! » Mais il avait le respect de son uniforme. Il compta les soucoupes. « C'est pas, se dit-il, sept absinthes, quoique bien tassées, qui m'empêcheront de voir que c'est tout simplement le soir qui arrive. » Et il dit, très calmement à haute voix : « C'est le soir ; mais j'en ai vu d'autres. » Il voulait dire qu'il était décidé à affronter l'amiral. « Tout ce qu'il faut, se dit-il, c'est que je puisse prononcer correctement miasmes délétères à bord de la *Melpomène*. Pour le reste, je lui lâche le paquet. Je ne vais pas m'embarrasser de "prémonitoire" et de "prodromique". Je lui dis ce que je pense. S'il renâcle, c'est bien simple, je lui dis : "Je dis oui et vous dites non ; nous avons un truc pour savoir qui a raison : l'autopsie !" » Il appela le garçon et demanda l'heure. Il était plus de six heures et demie. Le médecin inspecteur se dressa, assura ses pieds en équerre contre l'absinthe et l'amiral, contre tout ce qui l'avait mené jusqu'à cette terrasse du duc d'Aumale. Il partit par les petites rues. Il n'avait pour lui que le soir — un peu plus bleu maintenant — et cette riche idée d'autopsie, peut-être suggérée par le soir et tout l'espoir qu'il donnait rien que par l'atténuation de la lumière. Une preuve magnifique — il pensa « indéniable » — à laquelle il n'avait pas pensé sous la chaleur abrutissante du grand jour, surtout sous cette éblouissante lumière qui aveuglait, étouffait, faisait battre les tempes et revoir de fulgurantes tranches de vie tragiques, comme quand on fait le grand saut sous l'eau verte. Maintenant, il faisait toujours aussi chaud ; il fallait toujours enjamber les ruisseaux d'évier et les suintements jaunâtres des lieux d'aisances, mais cette lumière atténuée permettait de se rétablir, il pensa : « Comme un acrobate. » Il se disait : « Amiral, c'est entendu ; mais je connais mon métier. J'ai découpé du Chinois, de l'Hindou, du Javanais et du Guatémaltèque » (ce n'était pas vrai, il n'avait jamais fait de service actif que dans les mers orientales. Il n'était jamais allé au Guatemala, mais ce mot plaisait à un petit surplus d'absinthe qu'il éliminait comme ça, avec des mots à grands rayons d'action). « Ce qui me dégoûte, se dit-il, c'est d'être obligé de discuter ; d'expliquer le coup alors que, dans mon bonhomme de la *Melpomène*, tout est expliqué de façon claire, positive et indiscutable. Ce qu'il faudrait, dans des cas comme aujourd'hui, c'est de leur en boucher le plus rapidement possible un bon coin ; qu'ils n'aient plus qu'à dire : "Ah ! Eh ! bien, c'est bien, faites le nécessaire." Tout leur amener sur un plateau, tout découpé et prêt d'avance pour la démonstration mathématique des correspondances très insolentes vis-à-vis du galon et de la société ; entre la respiration lointaine des grands fleuves et le coup d'éteignoir sur — disons — cent mille vies humaines. Plus facile à expliquer avec les preuves en main. Tenez : voilà l'aspect visqueux de la plèvre, vous voyez ? Et le ventricule gauche contracté ; et le ventricule droit plein d'un coagulum noirâtre ; et l'œsophage cyanosé, et l'épithélium détaché, et l'intestin bourré d'une matière que je pourrais comparer, pour faciliter votre compréhension des choses de science, monsieur l'amiral, à de l'eau de riz ou à du petit-lait. Pénétrons, pénétrons, monsieur l'amiral qu'il ne faut pas déranger de sa sieste, pénétrons dans ces 1,70 m sur 40 du gabier de la *Melpomène* ; mort à midi, monsieur l'amiral, pendant que vous sirotiez le moka et qu'on préparait le divan ; mort à midi, soufflé par le delta de l'Indus, et le canon pneumatique de la haute vallée du Gange. Intestin coloré de rose hortensia ; glandes isolées faisant saillie de la grosseur d'un grain de millet et même d'un grain de chènevis ;

plaques de Peyer [9] granuleuses ; tuméfaction des follicules qu'on appelle psorenterie [10], réplétion vasculaire de la rate ; purée verdâtre dans la valvule iléo-cæcale ; et foie marbré ; tout ça dans ces 1,70 m sur 40 du gabier de la *Melpomène*, bourré comme un pot à feu. Je ne suis que de deuxième classe, monsieur l'amiral, mais je veux vous assurer qu'il y a ici une bombe capable de faire en cinq sec éclater le royaume comme une grenade sanguinolente. »

Il entendit une petite clochette : c'était l'extrême-onction qu'on portait à un mourant. Il salua militairement la croix.

A l'amirauté, l'aspirant de service fut plus aimable. Ce jeune officier était d'ailleurs manifestement inquiet. Ses traits étaient tirés et, quand il mit la main sur la poignée de la porte, le médecin inspecteur remarqua qu'il avait les doigts ridés et légèrement violacés. Il se dit : « Ah ! Ah ! Un autre ! » L'aspirant ouvrit la porte et annonça : « Médecin inspecteur Reynaut. »

Au moment précis où le médecin inspecteur pénétrait dans le bureau de l'amiral, au hameau de La Valette, le curé toucha le bras de la jeune madame : « Il ne servirait à rien de rester plus longtemps, madame la marquise, dit-il, ces femmes vont s'occuper de tout ; j'ai prévenu Abdon pour le cercueil. » La jeune madame aspergea le cadavre d'eau bénite et sortit avec M. le curé. C'était le soir. Il n'était pas très marqué. Il faisait toujours cette chaleur écœurante. « J'ai l'impression, dit-elle, que c'est ma faute, j'ai envoyé cette femme m'acheter des melons au gros de la chaleur. Elle a dû être frappée d'un coup de soleil dans ces grands escaliers de pierre dont la réverbération était mortelle ; je l'ai bien senti quand je suis descendue en courant. Je suis responsable de sa mort, monsieur le curé. — Je ne crois pas, dit M. le curé. Je puis rassurer madame la marquise de ce côté-là, dit-il, quitte à l'effrayer d'un autre côté, mais je sais combien sont cruels les tourments de la conscience. Les autres tourments seront certainement plus supportables à l'âme intrépide que je connais à Mme la marquise. Trois autres personnes sont mortes cet après-midi et de la même manière, dit-il : Barbe, veuve Génestan ; Valli Joseph et Honnorat Bruno. On est venu me les déclarer presque en même temps, je suis allé les voir. C'est pour ne rien vous cacher, ce qui m'a donné l'audace d'engager madame la marquise à remonter au château. » Elle frissonna des pieds à la tête. « Courons, dit le curé affolé, cela vous fouettera le sang. »

C'était le moment où Angelo, arrivé au sommet de l'éminence, voyait enfin dans l'est les manifestations du soir. De l'endroit où il était, il découvrait plus de cinq cents lieues carrées, depuis les Alpes jusqu'aux massifs en bordure de la mer. A part les pics acérés très haut dans le ciel et les très lointaines falaises noirâtres du sud, tout le pays était encore couvert des viscosités et des brumes de la chaleur. Mais, déjà la lumière était moins violente et, malgré les tranchées [11] qui fouettaient de temps en temps son ventre, et une irritation qui enflammait ses reins et sa ceinture, Angelo s'attarda un instant pour être bien assuré du soir. C'était lui. Il était gris et légèrement jaunâtre comme de la paille de litière.

Angelo poussa son cheval qui prit le trot. Il rejoignit un petit vallon qui en trois détours le mit au seuil d'une plainette au bout de laquelle, collé contre le flanc de la montagne, il aperçut un bourg cendreux dissimulé dans des pierrailles et des forêts naines de chênes gris.

Il arriva à Banon vers huit heures, commanda deux litres de vin de Bourgogne, une livre de cassonade, une poignée de poivre et le bol à punch. L'hôtel était cossu, montagnard, habitué aux extravagances de ceux qui vivent dans la solitude. On regarda paisiblement Angelo, en bras de chemise, faire son mélange dans lequel il trempa un demi-pain de ménage coupé en cubes. Pendant qu'il touillait le vin, la cassonade, le poivre et le pain dans le bol à punch, Angelo, qui contenait une furieuse envie de boire, avait la salive à la bouche. Il engloutit son demi-pain de ménage et le vin sucré et poivré à grandes cuillerées. Ses coliques se calmaient. Il mangeait et buvait en même temps. C'était excellent, malgré la chaleur toujours excessive et qui faisait craquer les hauts lambris de la salle à manger. Il était clair que la nuit maintenant venue et brasillante n'apporterait aucune fraîcheur. Mais elle avait en tout cas délivré de cette obsédante lumière si vive, que parfois Angelo en recevait encore des éblouissements blancs dans les yeux. Il commanda deux nouvelles bouteilles de vin de Bourgogne et il les but toutes les deux en fumant un petit cigare. Il allait mieux. Il lui fallut cependant se cramponner à la rampe d'escalier pour monter à sa chambre. Mais c'était à cause des quatre bouteilles de vin. Il se coucha en travers du lit, soi-disant pour contempler à son aise la poignée d'étoiles énormes qui remplissaient le cadre de la fenêtre. Il s'endormit dans cette position sans même enlever ses bottes.

CHAPITRE II

Angelo se réveilla à une heure fort avancée de la matinée. Il s'étonna de se retrouver couché en travers du lit. Ses jambes étaient ankylosées, au bout desquelles les bottes avaient pesé toute la nuit. Les épaules et les reins lui faisaient mal et, au moindre geste, il avait l'impression de faire jouer ses os en porte à faux.

Le cheval était beaucoup plus mal en point. Angelo fit verser deux boisseaux d'avoine dans la mangeoire. Il surveilla le garçon d'écurie auquel, en quelques mots fort tendres qui touchèrent cet homme simple, il recommanda la bête.

« Vous aimez les chevaux, lui dit cet homme qui avait des yeux magnifiques, moi aussi. Donnez-moi deux sous et je verserai dans cette avoine un litre de vin. Je peux vous promettre de ne pas en boire un verre. Notre air ici est acide à cause de la montagne sur laquelle nous sommes. On ne s'en aperçoit jamais parce que la montée est en pente douce. Mais les bêtes s'essoufflent et il n'y a rien de meilleur que le vin pour leur donner du poumon. Si j'avais un conseil à vous donner, ce serait de laisser ce cheval noir au repos tout le jour.

— C'est ce que je comptais faire, dit Angelo. D'ailleurs, je suis moi-même très fatigué et je suis persuadé que vous avez raison à propos de votre air acide. Je sais très bien aussi que le vin dans l'avoine fait merveille. Voilà deux sous, et même en voilà quatre. Il fait très chaud et je ne veux pas que vous tiriez la langue en faisant boire mon cheval. Moi, je vais me recoucher.

— Êtes-vous malade ? demanda l'homme.

— Non, dit Angelo, pourquoi ? Il était frappé de la peur que le garçon d'écurie ne songeait même pas à cacher.

— C'est, dit cet homme, qu'on m'a raconté ce matin des choses pas très belles. Un homme et une femme sont morts cette nuit et notre docteur a envoyé un courrier au sous-préfet. Peut-être qu'il y a des risques.

— En tout cas pas avec moi, dit Angelo, et voilà la preuve. Allez voir le patron, et, dites-lui qu'il me fasse tout de suite rôtir un poulet. Je veux le manger dans ma chambre, dès qu'il sera prêt ; qu'on me monte également deux bouteilles du vin que j'ai bu hier soir et, allez me chercher vingt cigares semblables à celui-ci, que je ne vous donne pas parce que c'est mon dernier et que je n'ai pas encore fumé de ce matin. »

Angelo monta à sa chambre et tira les volets. Il se mit tout nu et s'étendit sur le lit. On frappa à la porte : « C'est moi, dit le garçon d'écurie, je vous apporte les cigares. — Alors, entrez, dit Angelo. — Eh ! bien, dit l'homme, ceci prouve que vous n'avez pas froid. Les deux de cette nuit grelottaient, paraît-il. Il a fallu qu'on les frotte à la térébenthine. Au bureau de tabac, on dit que ça a encore pris à quelqu'un qui serait entre la vie et la mort. — Ne vous en occupez pas, dit Angelo, il ne meurt jamais que les plus malades. Tenez, fumez ce cigare et allez boire votre litre de vin. N'oubliez pas de laisser le sien à mon cheval. — N'ayez pas peur, dit l'homme, mais si je peux vous donner un conseil, couvrez-vous le ventre. Il faut toujours avoir le ventre chaud. »

« Il a raison, se dit Angelo. Je m'entends très bien

avec les gens de la montagne. Ils ont de beaux yeux et ils savent s'effrayer tout seuls. »

Il mangea son poulet, but toute une bouteille de vin, fuma trois cigares et dormit. Il s'éveilla à quatre heures, regarda aux joints du volet. Dehors, c'était toujours la grande lumière triste. Il descendit à l'écurie. Le cheval avait repris haleine. « Celui dont je vous parlais est mort, dit le garçon. — Ne vous occupez pas de la mort des autres, dit Angelo. — Trois le même jour c'est beaucoup, dit l'homme. — Ça n'est rien tant que ça n'est pas vous, dit Angelo. — A ce train-là on y arriverait vite, dit l'homme. On n'est que six cents ici. Bien entendu, vous, vous partez ? — Pas ce soir, dit Angelo, mais demain. Connaissez-vous le château de Ser ? — Oui, dit l'homme, c'est de l'autre côté de la montagne, après Noyers. — Est-ce que c'est loin ? — Ça dépend des routes. La belle fait un grand détour. L'autre — et je vous garantis qu'avec une bête comme la vôtre je n'hésiterais pas — est moins belle, mais beaucoup plus courte. Elle part droit, là, en face de nous, vous voyez, et, au lieu d'aller faire le tour au col du Mégron, elle monte tout doucement entre les bois de hêtres et elle utilise un pas, c'est-à-dire un passage qui la fait descendre droit sur Les Omergues, un petit hameau de vingt feux sur la grand-route, de l'autre côté. Des Omergues au château de Ser il y a cinq lieues en prenant la grand-route, à droite. — Ça fait combien en tout ? dit Angelo. Je n'ai pas envie de recommencer la musique d'hier. Il a l'air de faire encore une chaleur ! — Et encore vous ne vous en rendez pas compte d'ici, dit l'homme. Il y a de quoi faire durcir des œufs. Si j'ai un conseil à vous donner, c'est de partir vers les quatre heures du matin. Il faut espérer qu'en montant vous aurez un peu d'air. A dix heures vous devez être à ce pas, qui s'appelle le pas de Redortiers qui domine Les Omergues, comme je vous l'ai dit. A partir de là, enfin, tout au moins à partir du moment où vous serez sur la grand-route, c'est une promenade de dame. Vous pouvez arriver au château à midi. »

Angelo partit à quatre heures du matin. Les bois de hêtres dont lui avait parlé le garçon d'écurie étaient très beaux. Ils étaient répandus par petits bosquets sur des pâturages très maigres couleur de renard, sur des terres à perte de vue, ondulées sous des lavandes et des pierrailles. Le petit chemin de terre fort doux au pas du cheval et qui montait sur ce flanc de la montagne en pente douce serpentait entre ces bosquets d'arbres dans lesquels la lumière oblique de l'extrême matin ouvrait de profondes avenues dorées et la perspective d'immenses salles aux voûtes vertes soutenues par des multitudes de piliers blancs. Tout autour de ces hauts parages vermeils l'horizon dormait sous des brumes noires et pourpres.

Le cheval marchait gaiement. Angelo arriva au pas de Redortiers vers les neuf heures. De là, il pouvait plonger ses regards dans la vallée où il allait descendre. De ce côté, la montagne tombait en pentes raides. Au fond, il pouvait voir de maigres terres carrelées, traversées par un ruisseau sans doute sec parce que très blanc et une grand-route bordée de peupliers. Il était presque juste au-dessus, à quelque cinq à six cents mètres de haut de ce hameau que le garçon d'écurie avait appelé Les Omergues. Chose curieuse : les toits des maisons étaient couverts d'oiseaux. Il y avait même des troupes de corbeaux par terre, autour des seuils. A un moment donné, ces oiseaux s'envolèrent tous ensemble et vinrent flotter en s'élevant jusqu'à la hauteur de la passe où se trouvait Angelo. Il n'y avait pas que des corbeaux ; mais également une foule de petits oiseaux à plumages éclatants : rouges, jaunes et même une grande abondance de turquins qu'Angelo reconnut pour être des mésanges. Le nuage d'oiseaux tourna en rond au-dessus du petit village puis retomba doucement sur ses toits.

A partir de la passe, le chemin était assez scabreux. Il finissait par arriver en bas dans des champs. Malgré l'heure relativement matinale, la terre était déjà recouverte d'une épaisse couche d'air brûlant et gras. Angelo retrouva les nausées et les étouffements de la veille. Il se demanda si l'odeur fade et légèrement sucrée qu'il respirait ici ne provenait pas de quelque plante qu'on cultivait dans ces parages. Mais il n'y avait rien que des centaurées et des chardons dans les petits champs pierreux. Le silence n'était troublé que par le grésillement de mille cris d'oiseaux ; mais, en approchant des maisons, Angelo commença à entendre un concert très épais de braiments d'ânes, de hennissements de chevaux et de bêlements de moutons. « Il doit se passer quelque chose ici, se dit Angelo. Ceci n'est pas naturel. Toutes ces bêtes crient comme si on les égorgeait. » Il y avait aussi cette foule d'oiseaux qui, vue maintenant à hauteur d'homme, était assez effrayante, d'autant qu'ils ne s'envolaient pas ; la plupart des gros corbeaux qui noircissaient le seuil de la maison dont s'approchait Angelo avaient simplement tourné la tête vers lui et le regardaient venir avec des mines étonnées. L'odeur sucrée était de plus en plus forte.

Angelo n'avait jamais eu l'occasion de se trouver sur un champ de bataille. Les morts des manœuvres de division étaient simplement désignés dans le rang et marqués d'une croix de craie sur le dolman. Il s'était dit souvent : « Quelle figure ferais-je à la guerre ? J'ai le courage de charger, mais, aurais-je le courage du fossoyeur ? Il faut non seulement tuer mais savoir regarder froidement les morts. Sans quoi, l'on est ridicule. Et, si on est ridicule dans son métier, dans quoi serat-on élégant ? »

Il resta évidemment droit en selle quand son cheval

fit brusquement de côté un saut de carpe en même temps qu'une grosse flaque de corbeaux s'envolant découvrit un corps en travers du chemin. Mais ses yeux s'ouvrirent démesurément dans son front et sa tête s'emplit soudain du paysage désolé dans l'effrayante lumière ; des quelques maisons désertes qui bâillaient au soleil avec leurs portes par lesquelles entraient et sortaient librement les oiseaux. Le cheval tremblait entre ses jambes. C'était le cadavre d'une femme comme l'indiquaient les longs cheveux dénoués sur sa nuque.

« Saute à terre ! » se dit Angelo plein d'eau glacée, mais il serrait le cheval dans ses jambes de toutes ses forces. Enfin, les oiseaux retombèrent sur le dos et dans la chevelure de la femme. Angelo sauta à terre et courut contre eux en agitant les bras. Les corbeaux le regardaient venir d'un air très étonné. Ils s'envolèrent si lourdement et quand il fut si près d'eux qu'ils lui frappèrent les jambes, la poitrine et le visage de leurs ailes. Ils puaient le sirop fade. Le cheval, effrayé par le claquement d'ailes, et même fouetté d'un corbeau ivre qui donna de la tête dans ses flancs, s'écarta et s'enfuit au galop d'esquive à travers champs en faisant voler les étriers. « Me voilà frais », se dit Angelo ; en même temps il regardait à ses pieds le visage atroce de la femme qui mordait la terre près de la pointe de ses bottes.

Ils avaient naturellement becqueté l'œil. « Les vieux sergents avaient raison, se dit Angelo, voilà donc leur morceau favori. » Il serra les dents sur une froide envie de vomir. « Alors, monsieur le troupier, poursuivit-il, vous voilà capot ! » Il entendait son cheval qui avait atteint la route et y galopait bride abattue ; mais il se serait méprisé s'il avait couru après son portemanteau. Il se souvenait des clins d'œil goguenards des vieux sergents qui avaient fait une campagne de quinze jours contre Augereau. Il se pencha sur le cadavre. C'était celui d'une jeune femme à en juger par les longs cheveux noirs de son chignon dénoué par les corbeaux. Le reste du visage était horrible à voir avec son orbite becquetée, sa chair effondrée, sa grimace de quelqu'un qui a bu du vinaigre. Elle sentait effroyablement mauvais. Ses jupes étaient trempées d'un liquide sombre qu'Angelo prit pour du sang.

Il courut vers la maison ; mais sur le seuil il fut repoussé par un véritable torrent d'oiseaux qui en sortait et l'enveloppa d'un froissement d'ailes ; les plumes lui frappèrent le visage. Il était dans une colère folle de ne rien comprendre et d'avoir peur. Il saisit le manche d'une bêche appuyée contre la porte et il entra. Il fut tout de suite presque renversé par l'assaut d'un chien qui lui sauta au ventre et l'aurait cruellement mordu s'il ne l'avait instinctivement repoussé d'un coup de genou. La bête s'apprêtait à bondir de nouveau sur lui quand il la frappa de toutes ses forces d'un coup de bêche pendant qu'il voyait venir vers lui d'étranges yeux à la fois tendres et hypocrites et une gueule souillée de lambeaux innombrables. Le chien tomba, la tête fendue. La colère ronronnait dans les oreilles d'Angelo en même temps qu'elle avait fait descendre sur ses yeux des voiles troubles qui ne lui permettaient de voir que le chien qui s'étirait paisiblement dans son sang. Enfin, il eut conscience qu'il serrait un peu trop fort le manche de sa bêche et il put voir autour de lui un spectacle heureusement très insolent.

C'étaient trois cadavres dans lesquels le chien et les oiseaux avaient fait beaucoup de dégâts. Notamment dans un enfant de quelques mois écrasé sur la table comme un gros fromage blanc. Les deux autres, vraisemblablement celui d'une vieille femme et celui d'un homme assez jeune étaient ridicules avec leurs têtes de pitres fardées de bleu, leurs membres désarticulés, leurs ventres bouillonnants de boyaux et de vêtements hachés et pétris. Ils étaient aplatis par terre au milieu d'un grand désordre de casseroles tombées de la batterie de cuisine, de chaises renversées et de cendres éparpillées. Il y avait une sorte d'emphase insupportable dans la façon dont ces deux cadavres grimaçaient et essayaient d'embrasser la terre dans des bras dont les coudes et les poignets jouaient à contresens sur des charnières pourries.

Angelo était moins ému qu'écœuré ; son cœur battait sous sa langue lourde comme du plomb. Enfin, il aperçut un gros corbeau qui, se dissimulant dans le tablier noir de la vieille femme, continuait son repas ; il en fut tellement dégoûté qu'il vomit et il tourna les talons.

Dehors il essaya de courir, mais il flottait et il trébucha. Les oiseaux avaient de nouveau recouvert le cadavre de la jeune femme et ils ne se dérangèrent pas. Angelo marcha vers une autre maison du hameau. Il avait froid. Il claquait des dents. Il s'efforçait de se tenir très raide. Il marchait dans du coton ; il n'entendait que le ronronnement de ses oreilles, et les maisons, dans l'ardent soleil, lui paraissaient très irréelles.

La vue de mûriers chargés de feuilles qui continuaient à ombrager paisiblement une petite venelle lui rendit un peu d'esprit. Il s'arrêta à l'ombre ; s'appuya contre le tronc d'un de ces arbres. Il s'essuya les moustaches sur sa manche. Il se dit : « Je vais me flanquer les quatre fers en l'air. » Des bouffées de fumée de plus en plus froides remplissaient sa tête. Il essaya de se déboucher les oreilles avec le bout de son petit doigt. Dans les intermittences du ronronnement qui l'assourdissait il entendait éclater, très loin de lui et comme le grésillement d'une huile à la poêle, le concert de braiments, de hennissements, de bêlements. Il avait honte comme de se pâmer sur un front de troupe. Il était cependant tellement habitué à se parler sévèrement qu'il ne perdit pas conscience et que ce fut de son plein gré qu'il s'agenouilla puis qu'il se coucha dans la poussière.

Le sang lui revenant tout de suite à la tête, il vit clair et entendit avec des oreilles bien débouchées. Il se remit sur pied : « Foutue poule mouillée, se dit-il, voilà les tours que te jouent ton imagination et cette habitude de rêver. Quand la réalité te tombe sur le poil il te faut un quart d'heure pour t'y remettre. De ce temps, ton sang te traite comme un pantin. Tu vas tourner de l'œil parce qu'il leur a plu de s'entre-tuer comme des pourceaux ! A moins qu'il y ait ici un tour de coquins où tu as alors ton mot à dire ! Et tâche de le dire du bon côté ! » Il regretta son portemanteau que le cheval avait emporté. Il avait deux pistolets dans les fontes et il s'attendait à combattre. Mais il retourna fort courageusement chercher la bêche et, la portant sur son épaule, il s'avança vers le reste du hameau dont les quelques maisons étaient groupées une centaine de pas plus loin.

« Hé, se dit-il, voilà encore des oiseaux ! » A son approche en effet des bourrasques d'oiseaux sortaient des portes. « Qu'est-ce qu'ils ont bien pu foutre dans ce village de merde ? J'ai l'impression qu'ils ont tous passé l'arme à gauche. Est-ce que c'est une sorte de vendetta, ou quoi ? » Il se parlait en langage sergent pour se donner du cœur au ventre.

Dans la deuxième maison il tomba sur des cadavres un peu moins frais. Ils n'étaient cependant pas pourris, mais secs comme des momies. La dent du chien et le bec des oiseaux les avaient troués de déchirures franchement dentelées, comme mordues et becquetées dans un lard de quatre ans. Ils répandaient malgré tout, cette odeur de sirop qui indiquait des cadavres récents. Ils étaient bleus, les yeux très enfoncés dans les orbites, et leurs visages, réduits à la peau et aux os, dardaient des nez immenses, effilés comme des lames de couteaux. Il y avait trois femmes et deux hommes culbutés comme les autres dans des éparpillements de cendres, d'ustensiles de cuisine et d'escabeaux renversés.

Angelo faisait mille réflexions rouges et noires. Il était très effrayé et glacé des pieds à la tête ; à quoi s'ajoutait toujours une violente envie de vomir à cause de l'odeur sucrée et de la grimace des morts. Mais cette mort faisait mystère ; le mystère est toujours résolument italien : c'est pourquoi Angelo, malgré son dégoût et sa peur se pencha sur les cadavres et vit qu'ils avaient la bouche pleine d'une matière semblable à du riz au lait.

« Se seraient-ils empoisonnés tous ensemble ? » se dit-il. Il y avait également dans cette idée une matière si familière à Angelo et qui pouvait donner tant de courage qu'il osa enjamber les morts et aller voir ce qui se passait dans une alcôve dont les rideaux étaient tirés.

Il y avait là un quatrième cadavre, nu, très maigre, tout bleu, recroquevillé sur le lit dans d'abondantes déjections de grumeaux laiteux. Des rats qui mangeaient les épaules et les bras firent un petit saut de côté quand Angelo ouvrit les rideaux. Il eut envie de les tuer à coups de bêche mais il eût fallu frapper sur le cadavre et, d'ailleurs, ils le regardaient avec des yeux enflammés, ils grinçaient des dents, s'aplatissaient sur leurs pattes comme pour bondir. Angelo avait trop envie d'entrer dans le drame, il était trop en colère contre ces bêtes qui étaient du mauvais côté, comme les oiseaux et le chien. Il ne pouvait faire aucune réflexion raisonnable. Il tira les draps et tua à coups de bêche les rats qui tombaient du lit. Mais il faillit être mordu par deux bêtes qui se jetèrent contre ses bottes. Il mit le pied sur une et l'écrasa de tout son poids ; l'autre, affolée, se mit à courir à travers la chambre et souleva une puanteur si horrible qu'Angelo dut sortir de la maison en toute hâte.

Il était trop surexcité pour ne pas entrer dans les trois autres maisons qui formaient le cœur du hameau au bord de la route. A son approche, elles dégorgèrent d'épais vols d'oiseaux et de bêtes bondissantes qu'Angelo prit pour des renards et qui étaient simplement des chats qui déguerpirent à travers champs. Dans chaque maison, il trouva le même spectacle de cadavres, de grimaces, de chairs bleues, de déjections laiteuses et cette odeur abominable, sucrée et putride, semblable à l'odeur des calices de térébinthes mangeurs de mouches.

Il y avait encore cinq à six maisons séparées de la petite agglomération, mais il suffit de quelques pas vers elles pour faire lever des nuages d'oiseaux qui encombraient leurs seuils, leurs fenêtres et leurs aires.

Il devait être à peu près midi. Le soleil tombait d'aplomb. La chaleur était, comme la veille, lourde et huileuse, le ciel blanc ; des brumes semblables à des poussières ou à des fumées sortaient des champs de craie. Il n'y avait pas un souffle d'air, et le silence était impressionnant malgré les bruits des étables : bêlements, hennissements et coups de pied dans les portes qui faisaient à peine comme le bruit d'une poêlée d'huile sur le feu au fond de la grande chambre mortuaire de la vallée.

« Je suis joli, se dit Angelo. Il faudrait certainement courir quelque part le plus vite possible pour porter la nouvelle et faire enterrer ces morts qui vont donner bientôt une pestilence du diable. Surtout si cet air continue à les cuire à l'étouffée. Et je n'ai plus de cheval et je ne connais pas le pays. »

Retourner à Banon, c'était retraverser toute la montagne. A pied, il y en avait pour tout le jour. L'émotion d'ailleurs, malgré la colère et l'appétit italien pour le mystère, avait *coupé les jambes* à Angelo. Il les sentait flageoler sous lui à chaque pas. Tout en faisant ces réflexions il marchait sur la petite route bordée de peupliers immobiles.

Elle était droite, et il avait fait à peine une centaine de pas qu'il vit un cavalier qui venait au trot. Et même, il menait par la bride quelque chose qui devait être le cheval échappé. En effet, Angelo reconnut son cheval. L'homme montait comme un *sac de cuillers*. « Attention, se dit Angelo, à ne pas perdre la face devant un paysan qui va certainement rester bouche bée de la belle histoire que tu vas lui raconter, mais après fera des gorges chaudes de ton visage défait. » Cela lui redonna des jambes et il attendit, raide comme un piquet, en préparant une petite phrase très désinvolte.

Le cavalier était un jeune homme osseux à qui les secousses du trot faisaient sauter de longs bras et de longues jambes. Il était sans chapeau, quoique vêtu d'une redingote bourgeoise, et sans cravate ; la redingote d'ailleurs était toute salie de poussière de foin et même de saletés plus grossières, comme s'il sortait d'un poulailler. « J'aurais dû garder ma bêche », se dit Angelo. Il fit un pas en travers de la route et il dit d'un ton fort sec : « Je vois que vous me ramenez mon cheval. — Je n'espérais pas trouver son cavalier sur ses jambes », dit le jeune homme. Quand il eut repoussé en arrière les longs cheveux que la course avait rabattus sur son front, il montra un visage intelligent. Sa courte barbe frisée laissait apercevoir des lèvres fort belles, et ses yeux étaient loin d'être paysans : « Il ne m'a pas désarçonné, dit très orgueilleusement et très bêtement Angelo. J'ai mis pied à terre quand j'ai vu le premier cadavre. » Il s'était rendu compte de sa bêtise mais il comptait sur le mot de cadavre pour rétablir les choses. Il avait été interloqué par les lèvres et ces yeux manifestement habitués à l'ironie : « Car il y a également des cadavres ici ? » dit très calmement le jeune homme. Sur quoi, il se mit en devoir de mettre pied à terre, à quoi il réussit enfin très gauchement quoique son cheval fût un bon gros cheval de charrette : « Les avez-vous touchés ? dit-il en regardant fixement Angelo. Avez-vous froid aux jambes ? Y a-t-il longtemps que vous êtes ici ? Vous avez une drôle de tête. » Il détachait une sorte de sacoche fixée par des cordes à la courroie qui maintenait la simple couverture pliée en quatre qui lui servait de selle. « Je suis arrivé tout à l'heure, dit Angelo. Il se peut que ma tête soit drôle mais je regarderai la vôtre avec attention quand vous aurez vu ce que j'ai vu. — Oh ! dit le jeune homme, il est probable que je vomirai exactement comme vous avez vomi. L'important c'est que vous n'ayez pas touché les cadavres. — J'ai tué à coups de bêche un chien et des rats qui les mangeaient, dit Angelo. Ces maisons sont pleines de morts. — Il me semblait bien que vous aviez dû faire le fier-à-bras, dit le jeune homme. Vous êtes exactement quelqu'un de ce genre-là. Avez-vous froid aux jambes ? — Je ne crois pas », dit Angelo. Il était de plus en plus décontenancé ; il n'avait pas froid aux jambes, mais il les sentait de nouveau en coton et inconsistantes. « On ne croit jamais, dit le jeune homme, jusqu'au moment où on en est sûr. Buvez un bon coup de ça, et allez-y franchement. » Il tendit une fiole qu'il avait tirée de sa sacoche. C'était un alcool rude, aromatisé d'herbes à goût très brutal. Dès la première gorgée — à laquelle il était allé de bon cœur — Angelo perdit la tête et il se serait rué à coups de poings sur le jeune homme s'il n'avait pas eu le souffle coupé. Il se contenta de le regarder très sauvagement avec des yeux pleins de larmes. Cependant, après avoir éternué plusieurs fois très violemment, il se sentit réconforté et avec des jambes qui lui appartenaient solidement. « En fin de compte, dit-il dès qu'il put parler, allez-vous me dire ce qui se passe ? — Comment, dit le jeune homme, vous ne savez pas ? Mais, d'où venez-vous ? C'est le choléra *morbus*, mon vieux.

C'est le plus beau débarquement de choléra asiatique qu'on ait jamais vu ! Allez-y encore une fois, dit-il en tendant la fiole. Croyez-moi, je suis médecin. » Il attendit qu'Angelo ait éternué et pleuré. « Je vais y aller un peu, moi aussi, tenez. » Il but, mais il eut l'air de très bien supporter la chose. « Je suis habitué, dit-il, il y a trois jours que je ne me tiens debout qu'avec ça. Le spectacle des villages par là-bas devant n'est pas non plus très féerique. »

Angelo s'aperçut alors que le jeune homme n'en pouvait plus et ne tenait debout que par la force des choses. C'étaient ses yeux qui l'obligeaient à cette ironie. Angelo trouva cela très sympathique. Il avait déjà oublié le souffle glacé des cadavres. Il se disait : « Voilà comment il faut être ! »

« Vous dites que ces maisons sont pleines de morts ? » demanda le jeune homme. Angelo lui raconta comment il était entré dans trois ou quatre et ce qu'il avait vu dans chacune. Il ajouta que, pour les autres, elles étaient pleines d'oiseaux et qu'il n'y avait pas de chances d'y trouver encore un vivant.

« Voilà donc la chose terminée pour Les Omergues, dit le jeune homme. C'était un bon petit hameau. Je suis venu y soigner des fluxions de poitrine il y a six mois. Je les avais d'ailleurs guéries. On buvait de bons coups dans ce coin-là, vous savez ! J'irai quand même y faire un petit tour tout à l'heure. On ne sait jamais. Admettez qu'il en reste un pas tout à fait moisi dans quelque coin. C'est mon rôle. Mais, qu'est-ce qu'on fout au milieu de la route, dit-il, vous croyez qu'on ne serait pas mieux sous ces arbres ? »

Ils allèrent s'abriter sous des mûriers. L'ombre n'était pas fraîche mais on s'y sentait délivré d'un poids très cruel sur la nuque. Ils s'assirent dans l'herbe craquante. « Mauvaise affaire pour vous, dit le jeune homme, il faut voir les choses comme elles sont. Laissez vos jambes au soleil. Qu'est-ce que vous foutiez dans ces parages ? — J'allais au château de Ser, dit Angelo. — Terminé pour le château de Ser, dit le jeune homme. — Ils sont morts ? demanda Angelo. — Naturellement, dit le jeune homme. Et les autres qui ne valaient guère mieux se sont empilés dans une chaise de poste et ont foutu le camp. Ils n'iront pas loin. Je me demande ce que vous allez faire, vous ? — Moi, dit Angelo, eh ! bien, je n'ai pas envie de foutre le camp. » Il s'adressait aux yeux ironiques. « Contre cette saloperie-là, mon vieux, dit le jeune homme, il n'y a que deux remèdes : la flamme et la fuite. Très vieux système mais très bon. J'espère que vous savez ça ? — Vous avez l'air de le savoir vous-même, dit Angelo, et cependant vous êtes là. — Métier, dit le jeune homme, sans ça je vous fiche mon billet que je jouerais la fille de l'air, et sans attendre. Paraît que ça n'a pas encore commencé dans la Drôme et c'est là derrière, à cinq heures par des chemins de montagne ; soyons réalistes. Comment vont ces jambes ? — Très bien, dit Angelo, ce sont de foutues jambes mais je vous garantis qu'elles ne vont qu'où je veux. — C'est votre affaire, dit le jeune homme. Vous avez de meilleures couleurs maintenant. Il est évident qu'avec de meilleures couleurs vous devez être un type à qui il est difficile de faire comprendre où se trouve son intérêt. — Maintenant, c'est vous qui avez une drôle de tête », dit Angelo en souriant. Les yeux ironiques eurent l'air de comprendre très exactement le sourire. « Ah ! ça, j'avoue que je suis un peu décati », dit le jeune homme. Il s'adossa au tronc du mûrier. « Voudriez-vous me passer la drogue, s'il vous plaît ? »

Grâce à l'alcool aromatisé de la petite fiole et surtout à la présence des yeux ironiques, le sang s'était remis en place dans Angelo. Il eut brusquement très envie de fumer. Il devait lui rester quelques cigares, de ceux qu'il avait fait acheter la veille à Banon par le garçon d'écurie ; juste six quand il eut ouvert son étui. « Vous avez envie de fumer, dit le jeune homme, ça alors c'est bon signe. Dites donc, passez-m'en un, pour voir. Je peux bien dire que, depuis trois jours et trois nuits, je n'y ai pas pensé ; je ne vous garantis pas que je ne vais pas tourner de l'œil, vous savez. » Mais il tira ses bouffées avec beaucoup de contentement. « On a de drôles de carcasses, dit-il, quand il eut compris que le tabac l'apaisait. J'étais un peu nerveux tout à l'heure quand je vous ai rencontré. » Angelo appréciait beaucoup son cigare aussi. « Il a de meilleurs yeux, se dit-il, et qui sont maintenant d'accord avec les belles petites lèvres d'enfant dans sa barbe. Je connais bien, va, cette ironie de *dernières cartouches* ! Ça doit être beau dans les villages d'où il vient ! »

Le jeune médecin lui raconta comment le choléra avait éclaté à Sisteron, la ville qui était au bout de la petite vallée, au confluent de ce ruisseau et de la Durance. Comment la municipalité et le sous-préfet avaient essayé d'organiser les choses au milieu de l'affolement. Comment ils avaient été alertés par un gendarme à cheval venu dire qu'il s'en passait de belles dans cette vallée du Jabron ; qu'il avait été désigné avec pleins pouvoirs ; qu'il était arrivé dans un charnier innommable. Il avait envoyé un petit pâtre de Noyers avec un mot pour réclamer dix soldats de la garnison et de la chaux vive pour enterrer les morts. « Mais, allez savoir si ce gosse arrivera même à Sisteron. Il a peut-être déjà crevé sous un genêt avec mon papier dans la poche. » De toute façon, ici la situation était claire. Ils restaient six à Noyers. Il les avait collés sur les routes de la montagne avec leurs baluchons et des drogues. « Point de direction : des bergeries, là-haut où, s'ils ont de la chance, ils réchapperont. Les autres, eh ! bien, il n'y a plus qu'à faire des fosses assez grandes. Il y en avait encore un entre la vie et la mort — à la période algide d'ailleurs — dans le petit hameau de Montfroc, à une lieue là-bas derrière ces rochers ; il m'a claqué dans les doigts ce matin. C'est un peu après que je m'étais assis devant sa porte — assis ! enfin, assis comme un sac car j'en avais plein mes bottes ! — que j'ai vu arriver votre canasson, au pas, et il n'a pas fait d'histoire pour se laisser prendre par la bride. S'il en avait fait il aurait pu courir ! J'avais toutes les peines du monde à me tenir debout. »

Il dit, en effet, que le plus difficile, c'était de trouver à manger. Tout était tellement infesté qu'il fallait bien se garder d'ingurgiter quoi que ce soit de toutes les victuailles ou cochonnailles, pains ou galettes qu'on trouvait dans les maisons. Il valait mieux claquer du bec. Seulement, on ne pouvait pas le faire indéfiniment.

« Dites donc, dit-il, c'est dans mes oreilles ou bien vous, entendez-vous aussi ces espèces de bruits ? » C'était le bruit des étables. « Voilà une autre histoire, dit le jeune homme. Ces bêtes-là n'ont pas mangé depuis trois jours. Je vais aller les faire décamper ; c'est pas rigolo de crever de faim entre quatre murs, mais, avez-vous des pistolets ? Prêtez-les moi car il faudra que je casse la tête aux cochons. Ces bêtes sont voraces et mangent les morts. »

Angelo tira d'abord une bonne bouffée de son cigare : « Je ne me donne pas pour plus courageux qu'un autre, dit-il. J'ai simplement le caractère que la nature m'a donné. Je suis assez susceptible d'être effrayé par quelque chose d'inattendu qui agit sur mes nerfs. Mais, dès que j'ai un quart d'heure de réflexion, je deviens sur le danger d'une indifférence complète. Ceci dit, et si vous n'y voyez pas d'inconvénient, je resterai avec vous jusqu'à ce que les dix soldats dont vous parliez tout à l'heure soient arrivés. Je vous donnerai un coup de main. Je ne voudrais pas vous désobliger, mais il est visible que vous êtes fourbu. — A première vue, dit le jeune homme en clignant des yeux, j'aurais parié à quarante contre un que vous êtes un de ceux qui font les couillons comme ils respirent ; et j'aurais gagné. A votre place, je donnerais deux cigares à l'imbécile qui a pleins pouvoirs dans cette vallée de Josaphat [12] et je tirerais mes grègues du côté de la Drôme où vous avez des chances d'échapper à la saloperie, si ce qu'on dit est vrai. De toute façon, je tenterais le coup. On ne vit qu'une fois. Ceci dit — comme vous dites — je ne vous cacherai pas que j'ai une frousse du tonnerre de Dieu de rester une nuit de plus tout seul dans ces parages bienheureux. Vous êtes manifestement plus fort que moi et je ne vous expulserai pas par la force. Vous n'imaginez pas, dit-il, comme il est agréable de parler et d'entendre parler, j'en dormirais... » Il est de fait qu'Angelo lui aussi trouvait plaisir à parler en phrases fort longues. Les yeux du jeune homme avaient perdu toute ironie.

« Reposez-vous, dit Angelo. — Foutre non, dit-il ; un coup de drogue, et allons-y. Ils vont agoniser dans des coins invraisemblables, parfois ; j'aimerais bien en sauver un ou deux. C'est des trucs dont on se souviendra avec plaisir dans cinquante ans. Soignez bien les cigares. On s'en payera un bon après la corvée. »

Angelo vérifia son arsenal. Il avait deux pistolets et dix coups pour chaque. « Cinq pour les grosses têtes de cochons, dit le jeune homme. Les petits, on les assommera à la matraque. Gardez le reste, il se peut qu'on en ait besoin. Sans blague, dit-il, merci de rester avec moi. Je me sens d'attaque. Vous risquez gros, hé ! Je vous préviens ! Enfin merci ; je sais que sur un choléra, surtout *morbus*, il faudrait vous couper le groin comme à une tique pour vous faire lâcher prise. Je suis un peu saoul, vous savez, mais les remerciements sont sincères. Allons-y. »

Évidemment, il devait y avoir quelques jours que les

bêtes n'étaient plus nourries. Dès que les portes furent ouvertes les moutons se mirent à galoper à travers champs en direction de la montagne. Il fallut couper la longe des chevaux. Ils étaient tellement énervés devant les râteliers vides qu'ils ruaient comme des soleils. Libres, ils s'en allèrent vers le ruisseau d'où, peu après, on les vit partir en troupes du même côté que les moutons. Angelo fit sauter la cervelle à trois gros cochons fous de rage et qui avaient déjà dévoré à moitié la porte de leur soue. Du haut d'un petit mur, le jeune homme écrabouilla à coups de serpe la tête d'une truie. Celle-là était sauvage et se ruait sur l'homme comme un taureau. Elle avait mangé ses porcelets.

« Eh ! bien, voilà le silence sépulcral », dit le jeune homme. En effet, il n'y avait plus comme bruit maintenant que le volettement soyeux des oiseaux qui ne criaient pas.

« Je vais voir un peu là-dedans, dit le jeune homme. Restez là. — Pour qui me prenez-vous ? dit Angelo. J'y suis d'ailleurs déjà entré ; c'est là que j'ai tué les rats. — Faites excuse, mon prince », dit le jeune homme. « Tu te fous de ma redingote propre, se dit Angelo, mais tu verras que je saurai la salir aussi bien que toi. »

« Incontestablement terminé, dit le jeune homme devant le spectacle des cadavres. Avez-vous regardé dans les coins ? » Il ouvrit les placards et la porte d'une souillarde basse dans laquelle il se mit à farfouiller en battant le briquet. « Qu'est-ce que vous cherchez ? dit Angelo qui avait besoin de parler. — Le dernier, dit le jeune homme. Le dernier a dû se traîner dans un coin innommable. Comme c'est celui-là qui a une chance, c'est celui-là qu'il faut trouver. Je ne suis pas ici pour le coup d'œil, moi. S'ils ont la force, ils se tirent des pattes. Je vous parie qu'il y en a d'étendus sous les genêts. Mais en cas de collapsus foudroyant, ils vont se fourrer dans des endroits dont vous n'avez pas idée. Je ne suis pas tombé de la dernière pluie, vous savez. Laissez-moi parler, ne vous en faites pas. Ça m'occupe. Hier, j'ai parlé tout le jour tout seul. C'est pas drôle de trouver des bonshommes bleus dans des trous de rats. A Montfroc, tout à l'heure, j'en ai déniché un dans le pigeonnier. Et celui-là, à un quart d'heure près, j'aurais pu lui faire de petits trucs. Il s'était trop bien caché. Je ne l'aurais pas sauvé, mais je lui aurais fait de petits trucs. Il aurait eu une mort bien plus sympathique. Eh ! bien, ici il n'y a rien, sauf un machin extrêmement précieux, mon vieux, pour vous et pour moi, et si on trouve des types à frictionner. »

Il sortit de la souillarde avec une bouteille d'un liquide blanc comme de l'eau. « Eau-de-vie, dit-il, la bien nommée ; ça, on peut se permettre de le barboter. C'est un remède. Il y a belle lurette que je n'ai plus une goutte ni de laudanum ni d'éther. Il me reste juste un peu de morphine mais je l'économise. Pour ne rien vous cacher, je les soigne un peu à la fortune du pot. En tout cas, avec ça on pourra faire des frictions superbes. J'aurais mieux aimé trouver quelque chose à me mettre sous la dent mais, naturellement, ça, c'est *tabou*. Parlez, dit-il, parlez sans arrêt, ça vous dénoue les nerfs. »

Ils visitèrent la maison de haut en bas. Le jeune homme furetait dans les recoins les plus sombres.

Dans une de ces maisons séparées du reste de l'agglomération et où Angelo n'avait pas encore pénétré, ils trouvèrent un homme qui n'était pas tout à fait mort. Il s'était caché dans une resserre, derrière des sacs de grains. Il agonisait recroquevillé ; sa bouche dégorgeait sur ses genoux des flots de cette matière blanchâtre semblable à du riz au lait qu'Angelo avait déjà remarquée dans la bouche des cadavres. « Tant pis, dit le jeune homme, on n'est pas là pour rire. Empoignez-le par les épaules. » Ils le couchèrent sur le sol de la resserre. Il fallut forcer sur les jambes qui étaient crispées. « Coupez-moi un petit bout de bois dans ce balai de bruyère », dit le jeune homme. Il fit une étoupette [13] avec un peu de charpie de sa sacoche et il nettoya la bouche de l'homme. Angelo n'avait pas encore touché le malade sauf, et avec beaucoup de répugnance, pour le sortir de sa cachette. « Déboutonnez son pantalon, dit le jeune homme, et tirez-le-lui. Frictionnez-lui les jambes et les cuisses avec de l'alcool, dit-il, et frottez fort. » Il avait versé de l'eau-de-vie dans la bouche du malade qui faisait entendre un râle très râpeux et un hoquet fort sec. Angelo s'empressa d'obéir. Il gonflait ses joues sur d'énormes vomissements de vents qui lui remontaient de l'estomac. Enfin, après s'être escrimé à frotter de toutes ses forces des jambes et des cuisses très maigres qui restèrent bleues et glacées, Angelo entendit le jeune homme qui lui disait de s'arrêter, qu'il n'y avait plus rien à faire.

« Pas un qui me donnera le plaisir de le sauver, dit le jeune homme. Eh ! dites donc, vous là, n'en faites pas plus que ce qu'il faut. » Angelo ne se rendait pas compte qu'il était resté agenouillé près du cadavre et les mains posées à plat sur les cuisses maigres souillées de riz au lait. « Bien assez de ceux qui l'ont, sans essayer de l'attraper, dit le jeune homme. Vous croyez que je n'ai pas assez de clients comme ça ? Versez-vous de l'eau-de-vie sur les mains, et amenez-vous. » Il battit le briquet et enflamma l'alcool dont les mains d'Angelo étaient recouvertes : « Vaut mieux des cloques que la chiasse par ce temps-ci, croyez-moi. D'ailleurs, ça brûle juste les poils. Ne vous essuyez pas, laissez donc ça tranquille, et venez fumer un cigare dehors dans la belle nature. On l'a gagné.

— Du diable ! Il me reste à peine la force de tirer sur votre cigare à un sou les trois, dit-il quand ils furent allongés dans l'herbe sèche, sous le mûrier où ils avaient attaché leurs chevaux. — Dormez, dit Angelo.

— Vous croyez que c'est si facile que ça ? dit le jeune homme. Je ne pourrai peut-être jamais plus dormir de ma vie à moins qu'une nourrice me tienne la main. » A sa grande stupeur, Angelo vit que les yeux du jeune homme étaient remplis de larmes. Il n'osa, bien entendu, ni lui donner sa main à tenir ni même continuer à le regarder. L'après-midi finissait. De grands pans de brume poussiéreuse recouvraient la montagne et bouchaient les lointains où s'enfonçait la route. Le silence était total.

« Un coup de cafard, dit le jeune homme : c'est mon ventre vide, ne faites pas attention. »

Quand la nuit tomba, Angelo alluma un petit feu pour le cas où les soldats arriveraient.

Jusqu'aux environs de minuit, le jeune homme ne dit plus un mot ; quoiqu'il restât les yeux grands ouverts. Angelo mettait de temps en temps du bois au feu et tendait l'oreille du côté de la route. Il se fit, à un moment donné, un drôle de bruit comme d'une bête empêtrée dans le buisson qui était à cinq ou six pas. Angelo pensa à un porc échappé et arma son pistolet. Mais la chose poussa un petit gémissement qui n'était pas celui d'un porc. Le temps d'un frisson, Angelo sentit la très désagréable proximité des maisons pleines de morts dans l'ombre. Il serrait fort sottement son pistolet quand, dans la lueur du feu, il vit s'avancer un petit garçon.

Il pouvait avoir dix ou onze ans et il semblait très indifférent à tout. Il mettait même ostensiblement ses mains dans ses poches. Le jeune homme lui fit boire de la drogue et le petit garçon commença à parler en patois. Il se tenait debout, bien planté sur ses jambes écartées et, à plusieurs reprises, il ôta ses mains des poches pour les y renfourner en remontant sa culotte. Il avait l'air placide et sûr de lui ; même quand il regarda la nuit épaisse au-delà du feu.

« Est-ce que vous comprenez ce qu'il dit ? demanda le jeune homme. — Pas complètement, dit Angelo, je crois qu'il parle de son père et de sa mère. — Il dit qu'ils sont morts hier soir. Mais sa sœur était, paraît-il, encore un peu vivante quand il est parti. Ce sont des bûcherons qui ont des cabanes à une heure d'ici. Je crois qu'il va falloir y monter. Il prétend qu'on peut y aller avec les chevaux. Vous devriez rester ici, vous, entretenir le feu et attendre les soldats. » Angelo grommela que les soldats se débrouilleraient bien tout seuls, s'ils étaient dignes de ce nom. Et il se mit en selle. « Vous êtes un sacré orgueilleux, dit le jeune homme.

« Allons, viens ici, dit-il à l'enfant, grimpe sur ce cheval, tu vas nous conduire. Hé ! vous là-bas, cria-t-il soudain à Angelo qui partait devant, pied à terre et revenez ici ; ce petit imbécile est malade comme un chien. »

En approchant du cheval, l'enfant s'était mis à trembler des pieds à la tête. « Foutez du bois dans ce feu, dit le jeune homme et faites chauffer de grosses pierres plates. » Il enleva sa redingote et il l'étendit par terre. « Voulez-vous garder ça sur votre dos, idiot », dit Angelo. Il déboucla son bagage, jeta sur l'herbe son gros manteau de pluie et son linge. « Ça sera foutu, dit le jeune homme. — Vous mériteriez que je vous casse la gueule, dit Angelo. Servez-vous de ça, et gardez vos réflexions pour vous. »

L'enfant était tombé sur le côté, sans sortir les mains de ses poches. Il soubresautait et on entendait claquer ses dents. Ils firent un lit avec les affaires d'Angelo et ils y couchèrent l'enfant. « Sacré salaud de gosse, avec ses mains dans ses poches, dit le jeune homme. Ah ! celui-là ! En remontrer à tout le monde, hein ? Où vont-ils chercher ça ? Ah ! c'est malin ! Est-ce que vous n'auriez pas dit quand il est arrivé ?... Qu'est-ce qui le tenait debout ? La fierté, hein ! Tu ne voulais pas caner, hein !

Couillon, va ! » Il le déshabillait. « Donnez-moi des pierres chaudes. Prenez la bouteille d'eau-de-vie. Frictionnez-le... Plus fort. N'ayez pas peur de l'écorcher. Sa peau repoussera. »

Sous les mains d'Angelo le corps était glacé et dur. Il se couvrait de marbrures violettes. L'enfant se mit à vomir et à faire une dysenterie écumeuse qui giclait sous lui comme si Angelo pressait sur une outre. « Arrêtez-vous, dit le jeune homme. Il a maintenant cinquante centigrammes de calomel dans le coco. On va voir. »

Ils le bordèrent de chaque côté avec une dizaine de grosses pierres brûlantes enveloppées dans les chemises d'Angelo et ils le recouvrirent entièrement avec les pans du grand manteau de pluie qu'ils avaient matelassé avec le restant du linge.

L'enfant hoqueta un moment puis vomit une grosse gorgée de ce riz au lait. « Je lui en donne encore vingt-cinq centigrammes, tant pis, dit le jeune homme. Si vous pouviez continuer à frotter, mais, sans le découvrir, en passant vos mains là-dessous. »

« Je ne sais pas ce qu'il y a, dit Angelo au bout d'un moment, c'est tout mouillé. — Dysenterie, dit le jeune homme. Je flamberai vos mains, allez-y. Maintenant qu'on y est. — Ce n'est pas pour ça, dit Angelo, je donnerais dix ans de ma vie... — Pas de sentimentalité », dit le jeune homme.

Le visage de l'enfant, devenu cireux et minuscule, était perdu dans les plis de la grosse étoffe du manteau. Ils ouvrirent le manteau pour renouveler les pierres chaudes. Il fallut changer le linge abondamment souillé. Angelo s'étonna de la maigreur soudaine de l'enfant. Tout le grillage de ses côtes apparaissait collé à la peau de sa poitrine ; ses fémurs, ses tibias, la boule de ses genoux étaient fortement dessinés dans sa chair bleue. « Prenez la poudre de votre pistolet, dit le jeune homme, détrempez-la dans l'eau-de-vie et faites-moi des cataplasmes dans des mouchoirs ou en déchirant cette chemise, je vais essayer de lui mettre des vésicatoires à la nuque et sur le cœur. Il n'est pas *flamme* [14]. Il respire bien trop court. J'ai l'impression qu'il va bougrement vite. »

A force de frictionner sans arrêt ce corps qui maigrissait et bleuissait à vue d'œil, Angelo était couvert de sueur. Les vésicatoires restèrent sans effet. Les plaques de cyanose étaient de plus en plus sombres. « Qu'est-ce que vous voulez, dit le jeune homme, on m'envoie chasser le tigre avec des filets à papillons. La poudre de pistolet, c'est pas une thérapeutique ! Ils n'ont pas voulu me donner de remèdes. Ils avaient une frousse du diable. Il semblait que la terre allait leur manquer sous les pieds. Il y a encore tout à faire. On peut le sauver. Si j'avais de la belladone... Je leur ai dit : "Qu'est-ce que vous voulez que je foute de votre éther ? Il ne s'agit pas de désinfection, je m'en fous. Il ne s'agit pas de moi. Il s'agit de courir au plus pressé." Ils se rendent pas compte qu'on a envie de sauver. Ah ! je t'en fous, avec leur trouille ! Ils avaient trop la frousse pour se foutre de moi, mais si j'avais mis la main sur leur boîte à malice ils m'auraient mordu. Et maintenant, on est beau, là, à essayer de faire marcher ce sang à coups de pouce. » Il ne s'arrêtait pas de frictionner lui aussi, le dos, les bras, les épaules, les hanches, la poitrine. Il renouvelait à chaque instant l'entourage de pierres brûlantes ; les enveloppements du ventre avec un gilet de flanelle qu'Angelo faisait chauffer à la flamme. Les vomissements et la dysenterie avaient cessé mais le souffle était de plus en plus court et spasmodique. Enfin, le visage de l'enfant qui, jusqu'à présent, était resté atone et indifférent, fut pétri par des convulsions grimaçantes.

« Attends mon vieux, attends mon vieux, dit le jeune homme, je te la donne, va, je te la donne ma morphine.

Attends. » Il fouillait dans sa sacoche. Il tremblait avec tant de hâte qu'Angelo vint tenir écartés les deux côtés de la sacoche qui se refermaient sur ses mains. Mais il assujettit fermement l'aiguille à sa seringue, il pompa très soigneusement toutes les gouttes jusqu'à la dernière dans une petite fiole et il piqua l'enfant à la hanche. « Ne le frottez plus, dit-il, couvrez-le. » Il passa son bras sous la tête de l'enfant et il la soutint. L'indifférence revint peu à peu sur ce visage. Angelo restait couché sur le corps de l'enfant sans oser faire un mouvement. Il lui semblait d'instinct qu'en le couvrant ainsi il pourrait lui donner cette sacrée chaleur.

« Et voilà, dit le jeune homme en se redressant. Je n'en sauverai pas un. — Ce n'est pas de votre faute, dit Angelo.

— Oh ! ces fleurs-là », dit le jeune homme...

Le jour était levé. Les lourdes draperies de brumes de craie se remettaient en place dans le silence.

« Désinfectez-vous », dit le jeune homme qui alla se coucher dans l'herbe jaune, à un endroit que le soleil allait atteindre. Mais Angelo vint se coucher près de lui.

Le soleil dépassa la crête des montagnes en face. Il était blanc et lourd comme les jours passés. Angelo se laissa réchauffer sans bouger, jusqu'à ce que sa chemise trempée de sueur soit sèche.

Il croyait que son compagnon dormait. Mais quand il se redressa, il vit que le jeune médecin avait les yeux ouverts.

« Comment allez-vous ? lui demanda-t-il. — Foutez le camp », dit le jeune homme d'une voix rauque qu'il ne reconnut pas. Son cou et sa gorge se gonflèrent et il vomit un flot si épais de matières blanches et orizées [15] qu'il lui masqua tout le bas du visage.

Angelo lui tira ses bottes et ses bas. Il le dépouilla de sa culotte. Il vit qu'elle était raidie de diarrhée déjà ancienne et sèche. Il fourra cette culotte sous les jambes nues du jeune homme. Elles étaient glacées, déjà marbrées de violet. Il les arrosa d'alcool et il se mit à les frictionner de toutes ses forces.

Elles semblaient reprendre un peu de chaleur. Il ôta sa redingote et il les recouvrit étroitement. Il dégagea la bouche emplâtrée du jeune homme. Il fouilla dans la sacoche pour trouver la fiole de drogue. Il n'y avait dans la sacoche que cinq ou six fioles toutes vides et un couteau. Il essaya de faire boire de l'alcool au jeune homme qui détourna la tête et dit : « Laissez, laissez, décampez, décampez. » Enfin, il réussit à lui mettre le goulot dans la bouche.

Il découvrit les jambes. Elles étaient de nouveau glacées, une cyanose épaisse avait dépassé le genou et marquait déjà largement les cuisses. Toutefois, sous les frictions qu'Angelo faisait aller de plus en plus vite, il lui sembla que la chair s'amollissait, tiédissait, reprenait un peu de nacre. Il activa le mouvement. Il se sentait une force surhumaine. Mais, en dessous du genou, les jambes restèrent glacées et maintenant lie-de-vin. Il tira le corps près du feu. Il fit chauffer des pierres. Dès qu'il s'arrêtait de frotter, la cyanose sortait du genou, arborescente comme une sombre feuille de fougère et montait dans la cuisse. Il réussissait à la chasser chaque fois en la foulant durement dans ses mains et ses pouces. Le jeune homme avait fermé les yeux. Il était ainsi terriblement ironique à cause des rides du coin de l'œil très marquées dans la décomposition du visage. Il semblait indifférent à tout ; mais à un moment où Angelo, sans se rendre compte, poussa un soupir où il pouvait y avoir un peu de contentement (il venait encore une fois de chasser la cyanose de la cuisse) sans quitter son air atone, le jeune homme tâtonna des doigts autour de sa chemise, la souleva et montra son ventre. Il était d'un bleu total, effrayant.

Il commença à grimacer et à être secoué de spasmes.

Angelo ne savait que faire. Il frottait toujours les jambes et les cuisses glacées et dont le violet avait rejoint le bleu du ventre. Il était lui-même secoué de grands frissons nerveux, chaque fois qu'il entendait craquer les os dans ce corps qui se tordait. Il vit remuer les lèvres. Il y avait encore un souffle de voix. Angelo colla son oreille près de la bouche : « Désinfectez-vous », disait le jeune homme.

Il mourut vers le soir.

« Pauvre petit Français », dit Angelo.

Angelo passa une nuit terrible à côté des deux cadavres. Il n'avait pas peur de la contagion. Il n'y pensait pas. Mais, il n'osait pas regarder les deux visages sur lesquels le feu jetait des lueurs et dont les lèvres retroussées découvraient des mâchoires aux dents de chien, prêtes à mordre. Il ne savait pas que les morts du choléra sont secoués de frissons et même agitent leurs bras au moment où leurs nerfs se dénouent, et quand il vit remuer le jeune homme, ses cheveux se dressèrent sur sa tête mais il se précipita pour lui frictionner les jambes et il les lui frictionna encore longtemps.

CHAPITRE III

Les soldats arrivèrent dans la matinée. Ils étaient une douzaine. Ils avaient fait leurs faisceaux dans un petit pré. Leur capitaine était un gros homme sanguin avec une moustache rousse en coquille, si épaisse qu'elle lui cachait jusqu'au menton.

Angelo qui avait eu peur toute la nuit et qui avait l'habitude de commander les capitaines lui parla d'un ton fort sec au sujet des soldats qui, avant toute chose, s'étaient mis un peu plus loin à faire du café en plaisantant à haute voix.

Le capitaine devint rouge comme un coq et fronça son petit nez de dogue. « Il n'y a plus de monsieur, maintenant, dit-il, et tu chantes un peu trop haut. Ce n'est pas ma faute si ta mère a fait un singe. Je vais te dresser les pieds. Prends cette pioche et commence à creuser le trou si tu ne veux pas que je te botte les fesses. Les mains blanches, moi je les emmerde et je vais te faire voir qui je suis. — Cela se voit de reste, répliqua Angelo, vous êtes un grossier personnage et je suis ravi que vous emmerdiez mes mains car je vais vous les mettre sur la figure. »

Le capitaine fit un pas de côté et tira son sabre. Angelo courut aux faisceaux et prit un coupe-chou de soldat. L'arme était plus courte de moitié que celle de son adversaire mais Angelo désarma très facilement le capitaine. Malgré sa fatigue et son jeûne, il s'était senti tout de suite à son affaire et plein de magnifiques bonds de chat. Le sabre vola à vingt pas du côté des soldats qui ne s'étaient pas interrompus de fourrer du bois sous leur plat de campement et ricanaient en regardant par-dessus leurs épaules.

Sans un mot, Angelo remonta près de son bivouac, libéra le cheval du pauvre médecin, sella le sien, le monta et s'en alla après avoir jeté un bref coup d'œil aux deux cadavres qui mordaient de plus en plus férocement. Il traversa le champ en biais au petit trot. Il avait à peine fait quelques centaines de pas qu'il entendit bourdonner près de lui des sortes de grosses mouches et, tout de suite après, le ran d'un feu de peloton tout maigriot. Il tourna la tête et vit fumer une dizaine de petits flocons blancs près des saules où les soldats avaient leurs faisceaux. Le capitaine faisait tirer sur lui. Il donna du talon dans le ventre du cheval et s'enleva au galop.

Peu après, il rejoignit la route et il continua à galoper. Il n'avait plus de redingote ni de chapeau, sa chemise était toute mouillée de la sueur de la nuit, sa poitrine aussi était moite, il trouva qu'il faisait moins chaud que les autres jours. C'était cependant le même temps de craie avec les mêmes brumes. Il n'avait plus ni portemanteau ni linge ; ses deux pistolets n'étaient chargés qu'à un coup chacun. « D'ailleurs, se dit-il en pensant à l'altercation avec le capitaine, je me ferais hacher plutôt que de tuer un homme à coups de pistolet ; même s'il injurie ma mère. J'ai du plaisir à lui régler son compte avec des armes qui me permettent surtout de l'humilier. La mort ne venge pas. La mort est bizarre, se dit-il en pensant au "pauvre petit Français". Ça a l'air bien simple ; et bien pratique. »

Il traversa un village où beaucoup de gens avaient

employé ce moyen simple et pratique. Les morts, habillés, en chemise, nus ou troussés par le museau des rats qui couraient en troupes s'entassaient devant les maisons, de chaque côté de la rue. Ils avaient tous ces babines de chiens enragés. Il y avait déjà ici des nuages de mouches. La puanteur était si épaisse que le cheval fut pris de panique et, probablement effrayé aussi par les attitudes carnavalesques de quelques cadavres qui étaient restés debout et écartaient les bras comme des croix, il prit le mors aux dents. Angelo se laissa emporter.

A la fin de la matinée, il avait traversé un pays désert où rien ne parlait de l'épidémie, sauf les champs où le seigle, quoique mûr, n'était pas coupé et commençait à verser. Il avait un peu dormi en selle bien que le cheval ait conservé une allure assez vive ; il avait chaud ; il ne regrettait pas sa redingote ; il s'était noué un mouchoir autour de la tête et, à part son ventre vide, il se sentait fort bien.

Il vit le château de Ser dans ses arbres, sur un petit mamelon. Il monta jusque sur l'esplanade. C'était une gentilhommière de montagne, revêche et très délabrée, dans laquelle on ne pouvait imaginer qu'un ménage de garçon. Elle était absolument déserte. Les coups qu'il frappa à la porte sonnèrent dans une maison vide. D'ailleurs, sous un grand chêne, il vit la terre fraîchement entassée sur un rectangle d'une assez belle grandeur. Il ne rejoignit cependant la route qu'après avoir fait deux ou trois fois le tour du bâtiment et appelé à maintes reprises vers une fenêtre du premier étage qui était restée ouverte, manifestement parce que le volet, pourri de pluie et dégoncé, ne pouvait plus se fermer. Il eut beau appeler, la maison était vide à n'en pas douter. Toutefois, il remarqua qu'ici les morts et la fuite semblaient avoir obéi à des règles très militaires. Rien ne traînait, la fosse était recouverte, et à part cette fenêtre sous laquelle il se tenait, on avait décampé dans toutes les règles de l'art du cantonnement. Aux abords des écuries, on avait même fourché le foin.

Il reprit la route au pas. La journée finissait. Il avait maintenant une faim vraiment féroce et il pensa au café que les soldats faisaient chauffer pendant qu'il se disputait bêtement avec ce gros capitaine.

L'échancrure de la vallée s'élargissait et il vit que devant lui, à une lieue peut-être, elle débouchait dans une autre vallée perpendiculaire, beaucoup plus large, où le soleil couchant faisait apparaître toute une perspective de bosquets et de longues allées de peupliers.

Il pressa son cheval dans l'idée qu'il trouverait peut-être là un pays moins dévasté. Il se disait qu'au fond il n'y avait pas grand risque par exemple à manger un poulet rôti. Sa bouche se remplit instantanément d'un flot de salive qu'il dut cracher. Il se souvint de ses cigares. Il en avait encore quatre. Il en alluma un.

Il approchait de la grande vallée quand il vit devant lui la route barrée par des tonneaux avec lesquels on avait fait une sorte de barricade. Et on lui cria de s'arrêter. Comme on s'obstinait à crier « halte ! » sans se montrer et qu'il était déjà immobile au milieu de la route, il s'approcha encore un peu de ces tonneaux. Il vit un canon de fusil qui se braquait sur lui et, enfin, émerger le buste d'un homme vêtu d'un bourgeron de treillis. « Halte ! je te dis, lui cria cette sentinelle, et ne bouge plus, sinon je t'envoie du plomb dans les côtes. »

L'homme avait un visage d'une grossièreté stupéfiante et sur lequel on aurait dit qu'on avait à plaisir collectionné les stigmates les plus bas et les plus dégoûtants. Il suçait un mégot de cigarille en papier et du jus de nicotine salissait son menton. Il était strictement rasé : barbe, moustache et cheveux, et même raclé depuis si longtemps que son crâne était aussi bronzé que ses joues. « Allons, avance ! » dit-il.

Angelo s'approcha jusqu'à toucher les tonneaux. Le fusil restait braqué. L'homme avait de petits yeux de porc, très fixes. « As-tu une billette [16] ? » dit-il. Comme Angelo ne comprenait pas, il lui expliqua que c'était une sorte de passeport que le maire du village devait lui donner et sans lequel on ne le laisserait pas passer. « Et pourquoi ? lui dit Angelo. — C'est pour certifier que tu n'es pas malade et que tu n'emportes pas le choléra dans tes poches. » « Bougre, se dit Angelo, ce n'est pas le moment de dire la vérité. » « Je l'emporte si peu, dit-il, et j'ai tellement envie de ne pas l'emporter que j'ai foutu le camp dès que j'ai su qu'il y en avait un cas. J'étais d'ailleurs dans la montagne et je ne suis pas retourné au village, c'est pourquoi je n'ai pas de billette et même pas de veste. » L'homme regardait la tête du cheval et son harnais, qui était très élégant : le frontal, le montant et la muserolle étaient incrustés d'argent, les cocardes, la gourmette et les anneaux de la sous-barbe étaient même d'argent massif. Il jeta un furtif coup d'œil autour de lui. « As-tu de quoi ? » demanda-t-il à voix basse. Angelo resta bouche bée. « Oui, dit l'homme, as-tu du *quibus* [17] ? Il faut tout t'expliquer alors ; tu es bien de ta montagne », et il fit glisser son pouce sur son index comme s'il comptait des sous.

Cette naïveté sauva Angelo d'un danger beaucoup plus grand que celui d'avoir son dîner compromis. Il était tellement heureux, après ces jours héroïques, de rencontrer un homme dont la cautèle lui parlait des paix bien reposantes de l'égoïsme, qu'il en était littéralement fasciné. Il avait aussi très faim, et malgré sa hauteur, le choléra commençait à compter. « Bien sûr que j'en ai, dit bêtement Angelo. — Aurais-tu au moins cent francs ? dit l'homme. — Oui, dit Angelo. — Il m'en faudra deux cents, dit l'homme, mais quitte la route et va passer à ce petit ruisseau là-bas. Regarde bien si tu ne vois pas à travers les arbres les autres gardes qui sont allés patrouiller jusqu'à la barricade de la route de Saint-Vincent, et viens ici de ce côté. N'essaye pas de jouer la fille de l'air, je te tiens au bout de mon fusil, et regarde ça, mon garçon, je ne suis pas de ceux qui hésitent à tirer sur un homme. » Il retroussa la manche de son treillis et il montra sur son bras — qui était énorme et poilu — le tatouage administratif des forçats à temps. Il essayait aussi de rouler ses petits yeux de porc d'une manière effrayante, mais Angelo ne pouvait s'empêcher au contraire de trouver son manège très réconfortant, et même son visage rasé qui étalait les marques de tant de vices.

Toutefois, en traversant le ruisseau, et après s'être assuré que le sous-bois était désert, aussi loin qu'il pouvait voir, il profita du moment où il passait près d'une grosse touffe d'aulnes qui le masquait jusqu'à mi-corps pour mettre sa main à la poche et compter dans son mouchoir une dizaine de louis.

« Le reste, se dit-il, tu peux toujours te fouiller. Tu es bien gentil mais j'en ai besoin. Je te ferai voir qu'à la montagne on sait aussi se servir d'un pistolet. » Il y avait plaisir à ne s'occuper que de canaillerie à deux pieds.

« Tu mets bien longtemps, lui cria l'homme. Ce n'est pas le moment de bayer aux corneilles. Tu as dû voler ce cheval. Quand on ne sait pas monter on va à pied, mon garçon. Je suis pour la répartition des richesses, moi, tu vas voir. Amène-toi. Allons, fais *luire* [18] », dit-il quand Angelo fut près de lui. « Imbécile, se disait Angelo, tu ne vois pas que si je serre la bride et donne un coup de talon mon cheval te met les deux sabots de devant dans la poitrine. Alors, adieu les *jaunets* [19]. » « Voilà tout ce que j'ai, dit-il, si ça peut vous faire plaisir, et il tira six pièces de vingt francs de son mouchoir. — Tu as des *mots*, fit l'homme, mais je connais la musique. Aboule le reste. Qui m'empêcherait de te coller un pruneau et de dire que tu as voulu manger la consigne ? — Ceux qui descendent la colline, là, vous empêcheraient sûrement », dit Angelo froidement et il dégagea un de ses pieds de l'étrier. L'homme tourna la tête pour regarder du côté de la colline et il reçut instantanément un coup de pointe de botte au menton. Il tomba à la renverse en lâchant son fusil. D'un saut, Angelo fut sur lui et il lui mit le pistolet aux reins. « Hé là, hé là ! bourgeois, pas de blague, dit l'homme. Où avez-vous appris la voltige ? Reconnaissez que j'ai été accommodant. Ne jouez pas avec les armes à feu. J'aurais pu vous faire cracher pendant que vous étiez de l'autre côté. Je dois dire que j'y pensais si vous n'aviez pas paru si bête. Vous cachez bien votre jeu, vous savez. — Mieux que tu ne crois, dit Angelo, et je ne t'ai pas encore fait voir tout ce que je sais faire. Mais je suis bon prince, et je te laisserai ce que je t'ai donné si tu me trouves quelque chose à manger. »

Angelo jeta le fusil à vingt pas de l'autre côté des tonneaux et passa rapidement sa main sur les flancs de l'homme pour s'assurer qu'il n'avait pas de couteau à la ceinture ; il était d'ailleurs vêtu du treillis d'uniforme qui n'avait pas de poches.

« Ce que ça rouille, les auberges du gouvernement, dit l'homme en se relevant. Il y a cinq ans votre entourloupette aurait fait long feu, jeune homme ! — L'important c'est qu'elle ait éclaté à point », dit Angelo en souriant. Il avait beaucoup de sympathie pour ce gros homme laid comme un pou. « Si vous êtes philosophe, dit l'homme, alors parfait. J'ai du saucisson et du pain, ça vous va ? On nous dorlote depuis qu'on nous a embauchés pour soigner la trouille. Vous auriez pu être un peu plus respectueux pour mon flingot, dites donc. Ça m'apprendra à vouloir rendre service. »

Malgré sa salive, Angelo attendit d'être à cheval pour mordre dans son quignon. Pendant que l'homme faisait le tour de la barricade pour aller chercher son fusil, il galopa vers des saules très touffus, les dépassa et galopa plus d'une demi-heure encore après les avoir dépassés.

La nuit tombait mais il fit une bonne heure de trot avant qu'il soit nuit noire. Il vit qu'il arrivait au carrefour des vallées et que son chemin s'embranchait dans une grand-route qui le coupait à angle droit. « Il faut faire ici comme en pays ennemi, se dit-il, et j'apprends vite. Il peut y avoir encore de ces barricades, filons à travers champs. » Il avait à sa droite le cours inférieur de ce ruisseau qui lui avait permis de contourner le barrage du forçat et il entendit qu'un peu plus loin, là-bas devant, il se jetait dans un torrent plus conséquent qui roulait rondement des graviers dans le silence de la nuit. « Traverse, se dit-il, et tiens-toi à égale distance de la route dont tu pourras toujours distinguer les peupliers et de cette eau qui gronde assez pour qu'on ne l'oublie pas. » Il était ravi d'avoir à faire jouer son sens militaire. Il avait beaucoup appréhendé le retour de la nuit et le souvenir du « pauvre petit Français » qui devait vainement, là-bas, retrousser ses babines contre les renards, ou la chaux vive du capitaine.

Il tomba d'abord dans des buissons de ronces dont il ne se dépêtra qu'avec difficulté et en y laissant des lambeaux de chemise, puis il rencontra une éteule rase où il put marcher en paix. La nuit était très épaisse et on ne voyait aucune étoile. Il entendit passer près de lui, à différentes reprises, le souffle soyeux des bosquets qu'il avait aperçus au soleil couchant.

L'éteule se prolongeait indéfiniment. De temps en temps le cheval achoppait en rectifiant tout de suite d'un coup de reins très habile contre des petits talus de rigoles. Bientôt, Angelo se dit : « Il est étonnant que tous ces champs qui doivent dépendre d'un village ou tout au moins de trois ou quatre grosses fermes ne m'approchent pas de quelque maison. Il n'est pas tard et il devrait y avoir de la lumière aux fenêtres. » Ayant fait attention, il vit au fond de l'ombre quelques façades blêmes. Quelques-unes semblaient avoir leurs portes et leurs fenêtres grandes ouvertes.

« Je dois également passer, se dit-il, à côté d'énormes treilles ou halliers de jasmins dont les fleurs ont été hachées par quelque orage et pourrissent », car il sentait une violente odeur de fumier sucré. Enfin, il comprit que c'était l'odeur des cadavres laissés à l'abandon, et, malgré l'imprudence qu'il y avait à le faire il donna du talon dans le cheval qui frémit mais continua à avancer avec beaucoup de circonspection.

Dans ces terres hautes, les rossignols nichaient tard. Angelo en entendit de très nombreux qui s'appelaient d'un bosquet à l'autre. Dans la nuit creuse, leurs roulades étaient d'un vermeil extraordinaire. Il se souvint que ces oiseaux étaient carnassiers. Il fit des réflexions bizarres sur eux, sur les morts pourris dont ils devaient se nourrir et sur ces élancements dorés que répercutaient les parois des ténèbres.

L'odeur, semblable à celle des jasmins écrasés, fit bientôt place à une odeur beaucoup plus forte, si épaisse que, sans la nuit, on l'aurait sans doute vue rouler comme de la fumée. Angelo dont le besoin de manger était loin d'avoir été apaisé par le morceau de saucisse et le quignon du forçat la trouva très appétissante quoique très répugnante. Il semblait qu'on faisait cuire sur la braise une énorme grive ; une bécasse bien bleue ; un faisan de vieux gourmand. « Je n'aime pas beaucoup le gibier, se dit-il, mais il paraît que pour ceux à qui *il ne reste plus que la table*, c'est une grande ressource, et qui permet de se passer d'amour. En tout cas, en ce moment, je ne reculerais certes pas devant quelques-unes de ces tranches de pain rôti sur lesquelles on écrase du faisandé bien cuit. » Toutefois, l'odeur, trop forte pour n'être pas vite désagréable, finit par l'écœurer ; et il fut obligé de se pencher pour vomir un flot de salive extrêmement salée.

A un certain moment, sa route se trouva barrée par une masse sombre où il reconnut un bosquet plus large et plus épais que les autres. Il ne voulut pas s'engager sous bois dans l'obscurité ; il n'avait aucune envie de mettre pied à terre ; il contourna le bosquet et il aperçut alors devant lui des lueurs rouges comme du sang. Il se rendit compte qu'il s'approchait d'une sorte de dépression au fond de laquelle il y avait sans doute le brasier d'où provenait cette odeur, qui était maintenant franchement désagréable et même assez inquiétante. On y sentait mêlés des baumes résineux et le parfum particulier de la fumée de bois de hêtre, mais tout cela évoquait des choses démesurées et insolites. Malgré cette démesure qui dégoûtait, cela continuait à s'adresser d'une façon directe à l'envie de manger.

Comme Angelo s'avançait, les lueurs devinrent de plus en plus éclatantes bien qu'en gardant cette intensité de couleur presque obscure du sang. Il s'aperçut qu'elles répandaient une fumée plus noire que la nuit, si lourde qu'elle retombait sur le sol et roulait en blocs gras. Bientôt, il put voir le cœur blanc du brasier.

Il s'entendit héler par quelqu'un qui devait être par là en sentinelle et l'appelait : « Monsieur Rigoard. — Je ne suis pas M. Rigoard, dit Angelo. — Monsieur Mazouillier ? — Non plus, dit Angelo. — Qui êtes-vous alors, dit l'homme qui sortait de l'ombre et s'approcha. — Je suis quelqu'un de bien étonné, dit Angelo. Qu'est-ce qui se passe ici ? — D'où venez-vous ? » dit l'homme. On ne pouvait guère voir ses traits, mais il semblait bien ordinaire et sa voix avait encore la gentillesse de celle qu'on a pour accueillir celui qui vient vous sortir d'une fichue situation. « Je cherche à descendre du côté de Marseille, dit Angelo en éludant la question épineuse. —

Vous n'êtes pas dans la bonne direction, dit l'homme, vous lui tournez le dos. — Il faut donc que je revienne sur mes pas ? — Oui, et heureusement pour vous, dit l'homme, car ici on vous empêcherait de passer. — Et pourquoi donc ? dit Angelo. — A cause du choléra, dit l'homme. On ne laisse entrer personne à Sisteron et vous êtes aux portes de la ville, rendez-vous compte. » Il désigna la nuit, au-dessus des lueurs rouges. En effet, elles éclairaient, haut dans le ciel, une ville blême et une citadelle collées contre un rocher. « Je n'ai rien à faire de ce côté, dit Angelo comme se parlant à lui-même. Mais qu'est-ce que c'est que ce grand feu là-bas ? dit-il. — Nous brûlons les morts, dit l'homme, nous n'avons plus de chaux vive. » Angelo se demanda tout à coup s'il n'y avait pas, quelque part, mêlée à l'univers, une énorme plaisanterie.

« Vous n'avez pas vu M. Rigoard ? demanda naïvement l'homme. — Je ne le connais pas, dit Angelo, et d'ailleurs on n'y voit pas à deux pas. — Je me demande ce qu'ils foutent, dit l'homme. Ils devraient être ici depuis une heure. Je commence à en avoir assez, moi. » Il avait envie de parler. Angelo était fasciné par le bûcher funèbre, la lente cérémonie des flammes rouges et de la fumée grasse, comme il l'avait été par cette bassesse si rassurante marquée sur le visage du forçat.

L'homme dit qu'on avait créé un comité de sauvegarde, avec des hommes de bonne volonté ; mais qu'il avait toujours douté de la bonne volonté de M. Rigoard. « Les gens riches se mettent toujours en avant s'il faut avoir son nom inscrit quelque part ; après, quand il s'agit de mettre la main à la pâte, ils laissent tout tomber sur le dos des pauvres bougres. Je le savais, moi, qu'il me laisserait toute la nuit. J'en étais sûr, moi, que la première fois qu'il faudrait venir ici en pleine nuit avec un tombereau de morts, il y aurait moi, il y aurait quelques pauvres bougres. En réalité, il n'y a même que moi. Les autres, c'est des forçats. Pourtant, c'est M. Rigoard, M. Mazouillier, M. Terrasson, M. Barthélémy, toutes les grosses barbes qui ont trouvé ce système de monter un bûcher ici et d'y faire charrier les morts par les forçats. Et en pleine nuit, pour ne pas "affoler la population". Je t'en fiche de la population ; le tombereau a fait plus de bruit sur les pavés que tous les tambours du régiment, et maintenant il y a ce feu qui se voit d'une lieue et qui leur tape dans les fenêtres. Sans compter l'odeur. Ça doit faire du joli. » De fait, la ville, au-dessus des flammes rouges, était muette et verdâtre.

« Beaucoup de morts ? demanda Angelo. — Quatre-vingt-trois ce soir », dit l'homme.

Angelo fit tourner son cheval assez brusquement, mais l'homme mit d'un saut la main à la bride. « Attendez-moi, monsieur, dit-il, croyez-vous que j'y fais vraiment quelque chose, moi, maintenant à ce feu qui en brûlerait deux ou trois cents sans qu'on y touche. J'ai fait mon devoir, croyez-moi. J'avoue que je ne reste pas ici volontiers. — Oui, oui, venez », dit Angelo d'une voix qu'il adoucit le plus possible.

L'homme connaissait un chemin de terre qui rejoignait la route. Celui d'ailleurs par lequel il était venu avec le tombereau. A un moment, le cheval s'écarta d'une forme couchée au beau milieu du passage et sur laquelle il avait failli mettre le pied. L'homme battit le briquet, disant qu'il était sûr cependant qu'on n'en avait pas perdu. Il se pencha avec sa lumière au bout des doigts. « C'est un forçat, dit-il. Tout à l'heure il était avec moi et maintenant il est mort. Filons, monsieur, je vous en prie. » Il souffla son briquet et marcha en tirant le cheval par la bride.

« Accompagnez-moi jusqu'au poste de garde, monsieur, s'il vous plaît. C'est à deux pas », dit-il quand ils eurent rejoint la route. Ils marchèrent encore quelques minutes dans l'obscurité puis ils virent le feu du fanal qu'on avait accroché à la barricade. « Voulez-vous un cigare ? dit Angelo. — C'est pas de refus », dit l'homme. Ils allumèrent tous les deux un petit cigare. « Me voilà requinquillé [20], dit l'homme. Vous, votre direction est par là. Suivez la route carrément, ne passez plus à travers champs : il y a des fondrières où vous vous casseriez la figure. — Et sur la route, dit Angelo, vous ne croyez pas qu'il y aura, comme ça, un petit fanal où j'irai me casser le nez ? — Pas avant deux lieues, dit l'homme, jusqu'à l'entrée de Château-Arnoux. — Et, quoi faire ? dit Angelo. — Je ne sais pas, dit l'homme, mais à votre place j'aimerais mieux en tuer quatre ou cinq, quitte à les mordre, plutôt que de rester par ici. Ailleurs c'est peut-être pire mais on ne le sait pas. »

« Et cependant il reste, se dit Angelo en le regardant filer en courant vers la barricade. Il faut aller revoir ce forçat qui est tombé là-bas en travers du chemin. Il l'a regardé bien vite il me semble. Peut-être n'est-il pas mort ? Est-ce qu'on a le droit d'abandonner un être humain ? Et même s'il meurt, est-ce qu'on ne doit pas tout faire pour qu'il meure moins mal si l'on peut ? Souviens-toi du pauvre petit Français, et comme il cherchait *les derniers* dans tous les coins, "ceux à qui il restait encore une chance", comme il disait. »

Il chercha l'embranchement du chemin de terre par lequel ils étaient venus. Il avait dû le dépasser ; il revint sur ses pas. Mais ce chemin devait déboucher dans des herbes, il eut beau fouiller les talus, briquet en main, pour tâcher de trouver la trace des roues du tombereau. Il remonta à cheval et commença à faire route au sud. Il était fort mécontent de lui. Il revoyait le regard ironique du « pauvre petit Français » et même la terrible ironie marquée dans son visage d'agonisant.

CHAPITRE IV

Il était impossible de savoir si la nuit tournait. C'étaient de tous les côtés des ténèbres opaques. La route traversait des bois.

A différentes reprises, Angelo qui allait au pas eut l'impression de passer près de gens cachés. Il se trouva bien nerveux, et fut de plus en plus mécontent de lui. Il regretta de n'être pas resté avec le capitaine pour creuser les fosses. S'il avait pu trouver un chemin pour retourner, il aurait certainement fait la folie. Il en était même à penser que, non seulement il était vulgaire et bas, mais encore que son visage devait être devenu vulgaire et bas ; que toute son attitude, sa façon de monter à cheval, même sa désinvolture, étaient vulgaires et basses.

« Sans témoin tu ne vaux rien, se disait-il. Puisque tu ne trouvais pas le chemin de terre, il fallait patrouiller à travers champs jusqu'à ce que tu arrives à ce forçat qui doit être en train de mourir et le ramener au poste de garde où on se serait occupé de lui. Ou tout au moins t'assurer qu'il était incontestablement mort. Après, tu avais le droit de continuer ta route, mais pas avant. Ou alors, tu n'as pas de qualité. » Et même il se dit : « Tu prétends que c'était difficile ; pas du tout. Tu n'avais qu'à retourner vers les lueurs rouges, à l'endroit où tu as rencontré cet homme peureux, mais qui faisait son devoir malgré sa frousse, et d'ailleurs que tu ne dois pas juger parce que tu n'es jamais resté en pleine nuit à côté d'un brasier qui brûle quatre-vingts cadavres et que tu ne sais pas si, à sa place, tu n'aurais pas fait pire. »

Il était parfaitement sincère et il ne se souvenait pas du tout de la nuit et du jour pendant lesquels il avait soigné sans arrêt l'enfant et le « pauvre petit Français », ni de sa veillée près des deux cadavres où il s'était fort bien comporté.

Dès qu'il entendit de nouveau des bruits furtifs dans les buissons, il s'arrêta et il demanda à haute voix : « Y a-t-il quelqu'un par ici ? » Il n'y eut pas de réponse, mais le tapis élastique des aiguilles de pins crissa sous des pas. « Puis-je rendre service à quelqu'un par ici ? » répéta Angelo d'une voix calme qui devait être fort belle aux oreilles de gens en détresse. Le bruit des pas s'arrêta et, au bout d'un petit moment, une voix de femme répondit : « Oui, monsieur. » Angelo aussitôt alluma son briquet et une femme sortit du bois. Elle tenait deux enfants par la main. Elle cligna des yeux pour regarder qui était dans la lueur de la flamme qu'Angelo, sans y songer, tenait près de son visage, et elle s'approcha. Elle était jeune et habillée de façon si élégante pour l'endroit qu'elle parut tout d'abord irréelle entre ces troncs de pins que le briquet d'Angelo éclairait. Les enfants eux-mêmes étaient assez féeriques : un petit garçon de onze à douze ans en costume d'Eton [21] et casquette à gland et une fillette à peu près du même âge dont les longs pantalons de linon blanc, sortant de la robe, couvraient les souliers vernis d'épais ruchés [22] de dentelle.

La jeune femme expliqua qu'elle était la préceptrice des deux enfants, qu'ils étaient arrivés tous les trois de Paris il y avait six jours à peine au château d'Aubignosc, précédant d'une semaine Mme et M. de Chambon qui devaient venir par le train et s'arrêter à Avignon où ils étaient sans doute maintenant chez leur tante, la baronne de Montanari-Revest ; sans avoir aucune possibilité pour rejoindre Aubignosc puisque toutes les routes étaient barrées. Elle savait même que le choléra était très violent dans le Comtat et qu'on ne laissait passer personne. Elle avait d'abord pensé tenir les enfants à l'abri dans Aubignosc qui est un très petit village. Mais il avait été dévasté tout d'un coup par l'épidémie qui, dans une furie de deux jours, n'avait pas laissé dix personnes vivantes. Alors, elle était partie avec les enfants dans l'espoir de rejoindre Avignon en passant par Aix-en-Provence, où l'on disait qu'il n'y avait pas encore beaucoup de mal. Son idée avait été, dans sa pénurie de moyens de transport — « Nous sommes arrivés par la diligence et elle ne passe plus » — de gagner Château-Arnoux qui n'était qu'à une lieue à travers bois, et là de louer un cabriolet pour descendre par la vallée de la Durance. Mais, la veille — hier soir, vers six heures — en arrivant à Château-Arnoux, ils avaient été arrêtés aux barrières et refoulés dans les bois, avec d'ailleurs une vingtaine de personnes de provenances diverses, qui, elles aussi, essayaient de prendre la route vers Aix. Un monsieur de Lyon qui se trouvait là, venant de Sisteron où il visitait les quincailleries pour y vendre des casseroles de fer battu l'avait obligée, en lui donnant deux tablettes de chocolat et un petit flacon d'alcool de menthe. C'était un petit homme spirituel, se mettant fort en avant et ayant des opinions excellentes. Avec ce monsieur et deux autres dames ils avaient essayé de contourner Château-Arnoux, mais, dans la colline, le marchand de casseroles était tombé malade, les deux autres dames s'étaient enfuies comme des folles et elle, elle avait eu la chance, grâce au petit garçon d'ailleurs qui connaissait bien les bois, de retrouver la grand-route au bord de laquelle ils s'étaient assis tous les trois pour attendre le jour. En entendant le pas du cheval, ils avaient cru à une patrouille de ces gens de Château-Arnoux qui les avaient menacés de les enfermer en quarantaine et, au moment où Angelo arrivait à leur hauteur, ils se tiraient en arrière dans le bois de pins pour se cacher.

Angelo demanda une foule de renseignements pour savoir où étaient placées ces barrières et ce qu'elles barraient. Il était indigné de l'inhumanité de ces gens qui refoulaient les femmes et les enfants dans les bois. L'allusion à la quarantaine lui avait fait aussi dresser les oreilles. « Voilà une autre histoire et qui ne me plaît pas du tout, se dit-il, je n'ai pas envie d'être bouclé dans quelque étable pleine de fumier. La peur est capable de tout et elle tue sans pitié, attention ! On ne s'en sortira pas ici comme avec le forçat de la barricade de tonneaux. Quel dommage que je n'aie que deux coups de pistolet à tirer, ou plutôt que je n'aie pas de sabre, je leur ferais voir que la générosité est plus terrible que le choléra. » Il était très impressionné par les trois visages d'enfants perdus que lui avait montrés son briquet.

Il interrogea le petit garçon qui semblait très sûr de lui quant à l'itinéraire à suivre pour tourner les barrières. « Eh ! bien, dit Angelo, nous allons donc traverser le bois qui, comme vous l'affirmez, n'est pas large. De l'autre côté nous ferons monter les deux demoiselles sur mon cheval qui est très doux et que je mènerai par la bride. Nous suivrons le chemin que vous indiquez. Je vais moi-même du côté d'Aix et je vous aiderai tant que vous ne serez pas tirés d'affaire. Rassurez-vous, poursuivit-il, je suis colonel de hussards et l'on ne viendra pas facilement à bout de nous. » Il sentait qu'il fallait leur donner confiance en eux-mêmes et les rassurer sur l'air vulgaire et bas qu'il croyait avoir : ce à quoi il s'imagina fort judicieusement que l'énoncé de son grade pourrait servir. Il oubliait que la nuit le couvrait et qu'on n'entendait que sa voix très aimable.

Ils quittèrent la route et traversèrent le bois. A la sortie du bois, Angelo installa la jeune femme et la petite fille sur le cheval et ils commencèrent à parcourir des collines pierreuses où il faisait un peu plus clair que dans le fond de la vallée.

Le petit garçon marchait fort crânement à côté d'Angelo et n'hésitait jamais dans la direction à prendre. La jeune femme avait une montre. Il était trois heures du matin.

Le jour commença à se lever vers quatre heures. Il éclaira de vastes solitudes ondulées. « Tant mieux, dit Angelo. Ici nous marcherons tranquilles. D'ailleurs, la grand-route doit être à notre gauche, dans cette sorte de sillon plein de brumes dormantes. Ne nous inquiétons pas ; allons de l'avant. Le plus important maintenant serait de trouver une ferme où nous puissions tous les quatre manger un peu. » Et il félicita très gravement le petit garçon ; il savait qu'ils sont plus courageux et plus audacieux que les hommes dès qu'ils sont pris au sérieux. Il voulait qu'il pût continuer à marcher gaillardement. D'autre part, Angelo le trouvait très sympathique et il y avait de bonnes raisons pour le féliciter : il avait pendant toute la nuit indiqué sans erreur la bonne direction.

Toutefois, Angelo, qui avait une barbe de trois jours, le visage tout mâchuré de ruisseaux de sueur séchée et la chemise déchirée par les ronces, n'avait pas l'air d'inspirer une grande confiance à ses compagnons. Il s'en aperçut après avoir rencontré le regard vert de la jeune femme. Il avait heureusement de fort belles bottes d'été venant de chez Soupaut, en cuir souple, quoique vernies, et si ajustées qu'il était impossible de croire qu'il les avait volées. « Voilà très exactement pourquoi je les ai payées cent francs, se dit-il ; il faut que le passeport me serve. Je ne peux cependant pas les lui jeter à la tête. » Il essaya d'en parler, mais tout ce qu'il réussit à faire c'est de persuader la jeune femme qu'il était fâché de gâter de si belles bottes dans les pierres coupantes des collines et elle lui proposa tout de go de lui rendre son cheval. « Je suis un imbécile, dit-il. Restez tranquillement assise où vous êtes. J'essayais de vous donner de bonnes raisons pour que vous me croyiez aussi excellent homme que votre marchand de casseroles. J'en fais toujours trop. Vous auriez bien vite appris, sans mes bottes, que je ne cherche qu'à vous rendre service, et l'inquiétude que j'ai vue dans vos yeux tout à l'heure quand vous avez aperçu mon piteux équipage, vous auriez été la première à en rire. Le maladroit chez moi c'est que je veux toujours contenter d'une façon totale. Neuf fois sur dix, cela me fait prendre pour ce que je ne suis pas. Je suis vraiment colonel, ce n'est pas une blague. Seulement, comme vous, depuis trois jours, j'essaye de me dépêtrer de ce pays infernal, plein de peureux et de courageux, plus terribles les uns que les autres. Et j'ai passé par des moments bien désagréables. »

La jeune femme, qui n'avait que de beaux yeux verts, sourit et dit qu'elle n'avait pas peur. De toute évidence cependant, elle ne croyait pas au colonel. Son sourire, d'ailleurs gentil, disait qu'elle avait mieux à faire qu'à contester le fait et elle serrait contre elle, comme une madone, le corps endormi de la petite fille.

Le soleil était complètement levé quand ils aperçurent, nichée dans les plis d'un vallon, une ferme près de trois terrasses d'oliviers et d'un grand champ de luzerne.

Angelo arrêta la troupe sous une yeuse. La petite fille dormait d'un sommeil si profond qu'elle ouvrit à peine les yeux quand on la descendit de cheval et qu'on la coucha par terre.

« Voici la première maison dont la cheminée fume, dit Angelo, nous avons de la chance. Restez là, je vais descendre et demander de quoi manger en le payant très bien. Ne vous souciez de rien, j'ai de l'argent. »

La maison était fermée ; barricadée même, semblait-il ; sans la fumée qui sortait de la cheminée on aurait pu la croire abandonnée. Angelo appela. Une fenêtre s'ouvrit et un homme parut qui braquait un fusil de chasse. « Passez votre chemin, dit-il. — Je ne suis certainement pas malade, dit Angelo. Et j'ai là-haut, sous cet arbre, une femme et deux enfants ; vous les voyez d'ici. Ils n'ont pas mangé depuis deux jours. Vendez-moi un peu de pain et de fromage ; je payerai le prix que vous voudrez. — Je n'ai rien à vendre, dit l'homme ; vous n'êtes pas le seul à avoir une femme et des enfants. Passez votre chemin, et vite... » « Il ne tirera pas », se dit Angelo, et il s'avança froidement. L'homme le mit en joue. Il continua à avancer. Il était au comble du bonheur. Enfin, il fit un saut et se trouva tout de suite à l'abri sous l'auvent de la porte. « Soyez raisonnable, dit-il, vous voyez que je suis décidé. Je peux très bien faire sauter votre serrure d'un coup de pistolet. Après, cela se réglera à l'intérieur où vous avez autant de chances que moi, mais pas plus. Jetez-moi de là-haut un pain et quatre fromages de chèvre. Je vous les paye d'une pièce de vingt francs que je fais passer sous la porte. L'or n'est jamais malade et, si vous avez peur, prenez la pièce avec des pincettes et jetez-la dans un verre de vinaigre. Vous ne risquez absolument rien. Mais faites vite. Je suis décidé à tout. — Sortez de là », dit l'homme. Angelo fit craquer le chien de son pistolet. « Attendez », dit l'homme. Au bout d'un petit moment, il jeta sur l'herbe un pain et quatre fromages. « Il y a une fente près de la serrure, dit-il, faites-y passer votre pièce, qu'elle sonne en tombant dedans. » Angelo obéit et la pièce sonna sur les dalles. « Je n'ai rien entendu, dit l'homme. — Je ne lésine pas, dit Angelo ; j'en fais passer une autre : écoutez bien. » Il fit passer une deuxième pièce. « Je n'ai rien entendu, dit l'homme. — Alors, écoutez celle-là », dit Angelo, et il tira un coup de pistolet en l'air en visant le ras de la fenêtre. L'homme ferma précipitamment les volets. Angelo ramassa le pain et les fromages et remonta vers l'yeuse en s'interdisant de courir.

Après avoir mangé, ils rencontrèrent un chemin de terre qui les mena assez vite à la grand-route. « Je comprends très bien, dit la jeune femme, que le plus sage serait de continuer à marcher à travers les collines, mais nous devons avoir fait au moins cinq lieues et ces enfants mourront de fatigue. Ce serait également de la folie de croire que nous pourrons aller ainsi jusqu'à Avignon. Nous ne devons pas être loin de Peyruis. Il y a là un poste de gendarmerie. J'expliquerai mon cas ; M. de Chambon est connu ; nous ne sommes pas malades, on nous fera sans doute une billette et on m'aidera à trouver un cabriolet. Je ne peux pas continuer à courir des risques avec ces enfants dont j'ai la charge. » Angelo trouva la résolution raisonnable. « Mais, continua la jeune femme, que ceci ne vous empêche pas de vous occuper de vous-même. La situation est tout à fait différente pour un homme seul, résolu et bien monté. Laissez-nous ici, nous gagnerons Peyruis par nos propres moyens ; c'est à peine à une demi-lieue. » Elle était apparemment très contente d'être sur la grand-route et elle ajouta d'une façon fort maladroite : « Vous nous avez tirés d'affaire mieux encore qu'on n'espérait. M. de Chambon vous remercierait sans doute avec beaucoup d'effusion s'il pouvait connaître votre nom. — Je ne vous abandonnerai pas avant de vous savoir en mains sûres, dit Angelo d'un ton sec. J'ai moi-même deux mots à dire aux gendarmes. » « Si tu crois qu'ils me font peur ! se dit-il. Tu es bien Parisienne ! »

Ils arrivèrent assez vite devant des barrières gardées en effet par des gendarmes qui furent très aimables et sentaient le vin. Le nom de M. de Chambon fit merveille. Ils promirent même un cabriolet de réquisition. Angelo déclara qu'il venait de Banon. Les gendarmes qui connaissaient la vie et avaient du coup d'œil apprécièrent beaucoup ses bottes. Ils le traitèrent avec diplomatie. Il avait raconté une petite histoire de brigand pour expliquer la perte de son portemanteau, de sa redingote et de son chapeau. « On ne peut pas être partout, dirent ces soldats de l'ordre qui, par ailleurs, avaient des tuniques déboutonnées, et vous avez eu de la chance ; il y en a qui perdent beaucoup plus. Quelques-uns des forçats qu'on a libérés à Sisteron pour enterrer les morts ont pris la clef des champs et, bien entendu, ça n'est pas pour dire la messe. Au sujet des billettes, ça ne fait aucun doute, on vous les fera. Vous avez l'air tous très vigoureux. Mais il faut que vous fassiez ici une quarantaine de trois jours, c'est recta. On va vous conduire dans une grange, là à côté, qui sert à ça, où vous ne serez pas mal, et où vous ne serez pas seuls. Il y en a déjà une trentaine qui attendent. Trois jours, ce n'est pas la mer à boire ! »

On les conduisit à la grange qui était pleine de gens de tout âge et de toute condition, assis tristement sur des malles ou à côté de paniers, de valises et de baluchons. Les gendarmes emmenèrent le cheval. Ils étaient aimables mais prudents. « Je n'aime pas beaucoup ce qui nous arrive, dit Angelo. — Quoi faire ? dit la jeune femme ; ils m'ont promis un cabriolet, j'attendrai, mais je suis fâchée pour vous. Vous seriez déjà loin. — Peut-être vaut-il mieux que je sois près de vous, dit Angelo. En tout cas, venez, tirons-nous un peu à part. »

La sentinelle rentra, accompagnant un gros homme en tablier bleu. Il se campa sur ses jambes et dressa le cou pour regarder tout le monde. « Ceux qui veulent à manger, dit-il, envoyez la commande. — Et, qu'y a-t-il à manger ? dit Angelo en s'approchant. — Ce que vous voudrez, baron, dit le gros homme. — Deux poulets rôtis ? dit Angelo. — Pourquoi pas ? dit l'homme. — D'accord, dit Angelo, deux poulets rôtis, du pain et deux bouteilles de vin, et achetez-moi vingt cigares comme celui-là. — Envoyez la monnaie, dit l'homme. — Combien ? dit Angelo. — Trente francs pour vous, dit l'homme, et parce que vous avez de beaux yeux. — Vous ne perdez pas le sens des affaires, dit Angelo. — Il ne serait pas perdu pour tout le monde, dit l'homme, tant vaut-il que je le garde. Ajoutez trois francs pour les cigares. Avez-vous un truc pour que j'y emballe votre matériel ? — Non, dit Angelo, pliez tout dans une serviette et mettez un couteau. — Un écu pour la serviette et un pour le couteau. »

Angelo fut le seul à commander à manger. Tout le monde le regarda avec une curiosité mêlée d'effroi. Un vieux monsieur, avec une très jolie petite barbiche blanche et l'air cassant, lui dit : « Vous faites courir les plus grands dangers à tout le monde avec votre imprudence, jeune homme. Vous allez faire entrer ici une serviette venant du village où il y a sans doute des malades. Tout ce qu'on peut se permettre, par des temps pareils, c'est de manger des œufs à la coque. — Je n'ai pas confiance en l'eau bouillie, dit Angelo, et le grand tort que vous avez, vous et ceux qui me regardent avec de grands yeux, c'est de ne pas vivre comme d'habitude. Il y a trois jours que je meurs de faim. Si je tombe d'inanition, vous allez croire que j'ai le choléra, et rien que de la frousse, vous en crèverez comme des mouches. — Je n'ai pas peur, monsieur, dit la barbiche, j'ai fait mes preuves. — Continuez, dit Angelo, on n'en fait jamais assez. »

Il mangea son poulet et il fut très content de voir que

la jeune femme et les enfants mangeaient l'autre sans appréhension. Ils burent du vin. Pour rassurer tout le monde, Angelo jeta la serviette par une lucarne. Il vint donner un cigare à la sentinelle et il resta sur le pas de la porte à fumer le sien.

Il était là depuis un quart d'heure et un peu ébloui par la lumière du grand soleil blanc, quand il entendit une sorte de brouhaha dans la grange. C'étaient des gens qui s'écartaient précipitamment d'une femme étendue sur la paille. Il s'approcha de la malheureuse qui claquait des dents et avait une grosse marque bleue sur la joue. « Quelqu'un a-t-il de l'alcool ? dit Angelo ; de l'eau-de-vie », répéta-t-il en regardant tout le monde. Enfin, une paysanne sortit une bouteille de son panier. Mais elle ne la donna pas de la main à la main. Elle la posa par terre, elle s'éloigna et elle dit : « Prenez-la. »

La malade était jeune, avait de très beaux cheveux et une nuque de lait. « Y a-t-il ici une femme courageuse, dit Angelo, pour qu'on vienne défaire son linge, lui dégrafer son corsage et son corset, à quoi je n'entends rien ? — Coupez les lacets », lui dit-on. Une femme se mit à rire nerveusement. Angelo revint à la sentinelle. « Écartez-vous de la porte, lui dit-il. Il y a une femme malade. Il faut que je la sorte et que je la mette au soleil pour la réchauffer et pour empêcher que cette bande de péteux ne crève de peur. Je me charge de la soigner tout seul. Enfin, ce qu'on peut faire, à moins qu'il y ait un médecin au village. — Qu'est-ce que vous voulez qu'il y ait au village ? dit la sentinelle. — Eh ! bien, je ferai tout ce que je peux faire, dit Angelo. Mettez-vous là-bas en face si vous craignez qu'on s'échappe. Mais on les prendrait tous sous un chapeau [23].

« Allons, il me faut pourtant, dit-il en rentrant, quelqu'un qui m'aide à porter cette femme dehors, un homme ou une femme. Ou un enfant, si les autres se croient de trop grandes personnes, ajouta-t-il avec un petit rire sec. — Ne mêlez pas les enfants à ces tristesses, dit la petite barbiche blanche. *Genus irritabile vatum* [24]... Je vais vous aider, moi ! »

Ils portèrent la jeune femme dehors, sur un lit de paille. Le vieux monsieur la déshabilla avec beaucoup d'habileté, et même réussit à la débarrasser de son corset sans trop la heurter, ce qui était difficile car elle ballait de la tête et des bras. Pendant cette opération, elle dégorgea un peu de ce fameux riz au lait, mais Angelo lui nettoya la bouche et la força à boire. Les cuisses de la jeune femme, quoique glacées et marbrées d'épais ruisseaux violets, étaient grasses et satinées. Elle se souillait d'en bas, sans arrêt. La sentinelle s'était détournée et regardait les collines torrides où la chaleur se décomposait dans une buée d'herbe comme sur un biseau de verre. On parlait fort dans la grange, avec des éclats de rire nerveux. La jeune femme mourut au bout de deux heures. Angelo s'assit à côté d'elle. Et le vieux monsieur aussi. Du village venaient des cris solitaires et de longs gémissements presque paisibles que l'ardent soleil faisait paraître noirs. « *Si Pâris avait vu la peau d'Hélène telle qu'elle était*, dit le vieux monsieur, *il aurait aperçu un réseau gris-jaune, inégal, rude, composé de mailles sans ordre dont chacune renfermait un poil semblable à celui d'un lièvre ; jamais il n'aurait été amoureux d'Hélène. La nature est un grand opéra dont les décorations font un effet d'optique.* [25] » Angelo lui tendit un cigare. « Je n'ai jamais fumé de ma vie, dit le vieux monsieur, mais j'ai bien envie de m'y mettre. »

Avant le soir, un homme mourut dans la grange. Très vite. Il échappa tout de suite aux doigts et ne laissa pas une seconde d'espoir. Puis une femme. Puis un autre homme qui faisait sans arrêt les cent pas, s'arrêta, se coucha dans la paille, se couvrit lentement le visage de ses mains. Les enfants se mirent à crier. « Faites taire ces enfants et écoutez-moi, dit Angelo. Approchez-vous. N'ayez pas peur. Vous voyez précisément que moi qui soigne les malades et qui les touche, je ne suis pas malade. Moi qui ai mangé un poulet entier, je ne suis pas malade et vous qui avez peur et vous méfiez de tout vous mourrez. Approchez-vous. Ce que je veux vous dire, je ne peux pas le crier par-dessus les toits. Il n'y a qu'un paysan qui nous garde. Dès qu'il commencera à faire nuit, je le désarmerai et nous partirons. Il vaut mieux risquer la vie sans passeport plutôt que de rester ici à attendre une billette qui ne sert à rien si on est mort. »

Le vieux monsieur était décidément du côté d'Angelo. Il y eut également deux hommes à allure de paysans solides et une dizaine de femmes avec des enfants qui acceptèrent ce parti. Les autres dirent qu'on ne pouvait abandonner les bagages, qu'ils ne pouvaient pas porter les malles sur les épaules à travers champs.

« Il s'agit de savoir, dit Angelo, si vous préférez vous confiner jusqu'à ce que ces villageois et ces gendarmes morts de peur vous donnent une chance de vivre ou si vous préférez vous en occuper librement vous-mêmes. Et alors, que fait une malle dans tout ça ? »

Mais non, les malles faisaient beaucoup, et ils dirent qu'il en parlait à son aise.

« Eh ! bien, restez, dit Angelo, tout le monde est libre, mais il insista auprès de la jeune préceptrice.

— Non, dit-elle, je reste ici également. »

Elle avait une confiance inébranlable dans le nom de M. de Chambon. Elle était sûre d'avoir un cabriolet et surtout cette fameuse billette avec laquelle elle se voyait traversant le pays comme une flèche.

« Je ne peux pas me permettre de courir de risques, dit-elle.

— Vous en courez un plus grand en restant ici », dit Angelo.

Alors, elle dit avec beaucoup plus de fermeté qu'elle était bien résolue à voyager d'une façon régulière. Il n'y avait aucune raison qu'elle se mette à courir les routes comme une bohémienne. Les gendarmes qui savaient bien qui est M. de Chambon lui avaient promis un cabriolet et une billette. Elle ne partirait d'ici qu'en cabriolet et avec une billette, comme il se doit. Il n'y avait aucune raison pour qu'elle fasse autrement. Hier soir, elle était en plein bois, dans la nuit, au bord de la route, c'était un cas. Angelo lui avait rendu service. Elle le remerciait, mais maintenant, c'était un autre cas. Elle avait une promesse ferme. « Vous l'avez entendu comme moi. Ils ont même dit que, s'il n'y avait pas de cabriolet volontaire pour mener à Avignon les enfants de M. de Chambon, on en réquisitionnerait un. Je n'ai pas osé vous dire qui est M. de Chambon : M. de Chambon est premier président de la Cour, voilà. Alors, vous comprenez ! »

Là-dessus, le soir étant tombé, Angelo lui répliqua :

« Je vais vous montrer ce que c'est qu'un gendarme, vrai ou faux. »

Il s'approcha de la sentinelle et il la désarma avec une extrême facilité, l'autre ne se rendant pas compte pourquoi il lui prenait son fusil. Il croyait que c'était pour le regarder.

« Mets-toi de côté et laisse-nous passer, dit Angelo. Nous sommes quelques-uns qui avons envie de jouer la fille de l'air.

— Vous n'avez pas besoin de mon fusil pour ça, dit la sentinelle, et vous pouvez me le rendre. Vous n'êtes pas les premiers qui foutez le camp et les autres n'ont pas tant fait d'histoires. Je peux même vous dire qu'à cent pas à gauche de ce cyprès qu'on voit encore, il y a un chemin qui, après une petite lieue de détour, vous mènera à la grand-route. »

Cette placidité déconcerta beaucoup quelques

femmes qui avaient décidé de partir et qui décidèrent alors de rester.

Le départ d'Angelo et de ceux qui le suivirent fut donc assez penaud, d'autant que la sentinelle ne cessait de les accabler des renseignements les plus circonstanciés sur la façon de tourner le village. Angelo cependant persistait à croire qu'il valait mieux partir. « Et pourquoi se plaindre quand tout va bien ? se dit-il. Cependant, cesse d'imaginer toujours le pire et d'en faire trop. Cette petite institutrice doit se moquer de toi. »

Ils se trompèrent de chemin à cause du trop grand nombre de renseignements qu'avait donnés la sentinelle et parce que chacun les interprétait à sa manière. La nuit, le grand air, les initiatives à prendre et aussi la crainte de s'être décidés à un parti qui paraissait moins raisonnable du moment qu'il était à la portée de tout le monde, irritèrent les femmes qui traînaient des enfants maussades. Enfin, au bout d'une heure, ils arrivèrent sur la grand-route où ils se séparèrent, les deux paysans partant à travers les collines et les femmes s'étant tout simplement assises de nouveau sur le talus. Angelo s'en alla avec le monsieur à la barbiche.

Ils marchèrent plus de deux heures avant de voir devant eux, au bord de la route, une maison longue et basse dont les portes cochères soufflaient une grande lumière et un certain tohu-bohu.

« Encore un piège à mouches ? dit Angelo.

— Non, dit le vieux monsieur, cette fois c'est une auberge de roulage ; je la connais. »

CHAPITRE V

Comme ils approchaient, ils entendirent que le brouhaha était fait de chansons où l'on forçait la note et de miaulements de femmes aussi agaçants que ceux des chattes en chasse. Angelo ne put s'empêcher d'être ému par ces cris de femmes chatouillées qui étaient très directs et sans équivoque. Il pensa à l'amour. Il fut tout décontenancé d'être ainsi pris brusquement au dépourvu par un sentiment qui d'ordinaire l'envahissait peu à peu après beaucoup de détours et de mélancolies. D'autre part, malgré la facilité avec laquelle il avait désarmé le débonnaire paysan déguisé en gendarme qui gardait la quarantaine de Peyruis, il était toujours en posture d'héroïsme...

La salle de l'auberge, longue et large, contenait une vingtaine d'hommes et de femmes ivres et qui ne se gênaient pas. Ils étaient assis autour de la grande table d'hôte sur laquelle ils avaient fait beaucoup de ravages dans des plats, des écuelles, des bouteilles dont quelques-unes étaient renversées. La scène était éclairée par deux énormes punchs qui brûlaient dans des seaux d'écurie et par une profusion de lampes à pétrole et de chandeliers qu'on avait disposés de façon à ne pas laisser un seul coin d'ombre dans cette vaste pièce voûtée.

Angelo arrêta un palefrenier qui passait, les bras chargés de bouteilles. Il lui demanda d'un ton fort sec qui étaient ces gens-là. Il était en colère à cause des attitudes et des gloussements de quelques femmes qu'on fourrageait ouvertement.

« Des gens comme vous et moi », lui répondit cet homme qui était d'un certain âge et avait un bon parfum de rhum dans la voix.

Il alla distribuer ses bouteilles. Il revint en traînant les pieds. Il s'essuyait les mains à son tablier de cuir. Il avait l'œil vague et très bienveillant.

« Et à part ça, dit-il, qu'est-ce que je vous sers pour passer le temps ? »

Comme Angelo ne lui répondait pas et continuait à froncer un front courroucé, cet homme qui était peut-être l'aubergiste lui-même et se méprenait sur les raisons de cette colère lui dit :

« Ce n'est pas la peine de vous fâcher. Et d'ailleurs, à quoi ça sert ? Vous n'êtes pas le seul, comme vous voyez. Attendez un peu. Demain matin, dès qu'il fera jour, on s'arrangera pour tourner les barrières de quarantaine. Mon fils et moi nous connaissons les collines comme notre poche. Mais, si vous voulez boire, dépêchez-vous. Le vin monte. Il se vend déjà trois sous.

— Est-ce que le vin ne fait pas mal ? demanda Angelo d'un air grave.

— Le mien n'a jamais fait de mal à personne en tout cas ! » répondit l'homme que cette gravité éberluait.

Angelo demanda alors une bouteille mais il dit :

« Je ne veux pas boire avec ces gens-là. N'avez-vous pas une chambre ?

— Ce ne sont pas les chambres qui manquent mais alors il faudra que vous buviez dans le noir. Ils m'ont raflé toutes les lampes et les chandelles de la maison. Ils ne pouvaient absolument pas supporter le moindre coin d'ombre derrière leur dos. Il faut convenir qu'on est dans des temps curieux. Je ne vous conseille pas de boire en Suisse. Le plus sûr actuellement c'est d'être bon garçon. Est-ce qu'on sait ce qui nous pend au nez d'un moment à l'autre ? Ils sont tous arrivés, les uns après les autres. Ils ne se connaissaient pas ce matin. Regardez-les. Dans une heure, vous serez de la partie. »

Angelo était trop bouleversé pour pouvoir répondre. Il avait une peur bleue de ces femmes, les pieds posés sur des barreaux de chaises et qui faisaient voir leurs jambes presque jusqu'aux genoux et pas mal de jupons d'une grande finesse. Il ne pouvait supporter la vue de ces corsages ouverts sur des chemisettes et des rubans de corsets. Il pensait à la vallée où était mort le petit Français comme à un paradis. Il était persuadé qu'il n'y avait aucun ridicule à être fait de cette façon.

Il porta sa bouteille et son verre au fond de la salle, sur une petite table solitaire.

Le vieux monsieur, avec la jolie petite barbiche blanche, s'était approché de la compagnie. Quoique encore très sage, il avait mis ses binocles et il regardait d'un air niais, en riant aux anges, une jeune femme brune et laiteuse assez dépoitraillée. Elle était vivement prise à partie par deux hommes à moustaches cirées, très commis voyageurs ; elle se défendait en composant coquettement avec une demi-défaite.

Pour calmer ses mains énervées, Angelo tripotait la clenche d'une petite porte contre laquelle son banc s'appuyait. A la fin, la porte s'ouvrit. Elle donnait dans une écurie. Il y avait au moins trois ou quatre chevaux aux râteliers et plusieurs de ces boggeys légers dont usent les négociants en voyage.

« Tant pis pour la canaille », se dit Angelo. Il appela cet homme qui renouvelait les bouteilles.

« Veux-tu gagner trois louis ? lui dit-il.

— Les comptes se font par cinq désormais », répondit l'autre qui était habitué à l'air des routes et à qui il fallait plus qu'un tutoiement pour faire tourner la tête. Et comme Angelo essayait de faire des phrases :

« Mon prince, lui dit-il, il ne faut pas essayer de rouler le père Guillaume. J'ai assez mangé de soupe dans ma vie pour savoir que tu ne vas pas me donner cinq louis et peut-être même six pour un travail de premier communiant. Si je te dis mon prix, c'est que tu peux y aller. Vas-y et parle comme tout le monde. »

Malgré l'insolence avec laquelle tout ceci était dit, Angelo expliqua longuement que sa jeune femme et deux enfants étaient retenus dans la grange qui servait de quarantaine au village. Ne pourrait-on pas emprunter le cheval et la voiture d'un de ces hommes, ou celui d'une de ces femmes ? dit-il férocement.

« C'est purement et simplement une affaire d'argent », dit l'homme.

Il ajouta, après s'être gratté la tête, caressé le menton et regardé son interlocuteur du haut en bas :

« A un point que... où allez-vous après ?

— A Avignon.

— Entrez donc par ici. »

Il tira Angelo dans l'écurie et referma la porte sur eux. L'odeur des chevaux fit perdre la tête à Angelo.

« Voilà comment je vois l'affaire, dit l'homme. On ne peut pas laisser la petite dame et des enfants dans cette histoire. On meurt comme des mouches, vous savez. Casquez dix louis comptant et voilà ce que je vais faire. Vous avez vu la blonde qui perd ses bas là-haut ? Eh ! bien, elle est connue. Et, si je vous dis qu'elle est connue, c'est qu'elle est connue. Elle en a sûrement avec le gros qui a des bottes Souvaroff. Celui-là, c'est un marchand de bestiaux de par ici et, cheval et voiture, il en a comme d'autres ont des puces. Ils n'ont qu'à s'arranger ensemble. Moi, j'aime la famille. Je vous vends le boggey de la dame en toute propriété. C'est celui-là, tenez, et le beau petit cheval roux. De quoi aller à Avignon si c'est votre fantaisie. Je ne peux pas mieux vous parler. Dix louis et en toute propriété. Je m'arrangerai avec les parents de la fille, comme on dit. »

Angelo essaya fiévreusement de transiger à sept, moins pour l'économie que pour la sorte de victoire qu'il voulait toujours remporter. Mais l'homme lui dit doucement, d'un ton paternel :

« On ne marchande pas la vie de sa femme et de ses enfants. »

« Tant pis pour la blonde, se dit Angelo pendant que l'homme attelait. Mais, cette petite demoiselle si fière et qui a tant confiance dans les gendarmes apprendra, une bonne fois pour toutes, que l'habit ne fait pas le moine. » Il pensait aussi au beau petit garçon. Il se souvint qu'il avait un joli col anglais, bien amidonné et à la petite fille dont, à diverses reprises, le jour précédent, il avait surpris le regard posé sur lui.

Au moment de partir, et comme Angelo secouait déjà les rênes, l'homme lui dit :

« Vous me plaisez, vous êtes trop beau. Vous allez sûrement vous perdre dans les chemins de traverse. Je vais vous donner mon fils ; il vous conduira. Vous n'aurez, après, qu'à le laisser sur la route. »

Il revint avec un garçon d'une quinzaine d'années auquel il faisait la leçon à voix basse.

« Et sois poli avec le monsieur », ajouta-t-il d'un air singulier.

Après plus d'une heure de vadrouille dans des chemins de terre à travers des arbres pelucheux qui devaient être des saules et frottaient contre la capote de cuir, ils arrivèrent à la fameuse grange qui servait de quarantaine. Les grincements des ressorts dans les ornières dures avaient réveillé toutes les chouettes qui s'appelaient éperdument dans les échos d'un très vaste silence.

Angelo arrêta la voiture dans un bosquet. Il donna les rênes au garçon.

« Attends-moi ici, dit-il. Arrange-toi pour que cette bête reste tranquille. »

Il faisait toujours très chaud et il y avait en effet une sorte d'odeur légère mais dans laquelle le cheval secouait obstinément la tête et faisait tinter son mors.

Le silence était total sous les gémissements lugubres des chouettes.

« Ils dorment tous, se dit Angelo. Il faut que moi-même je sois très silencieux et que je fasse très attention de ne réveiller que la petite institutrice et les deux enfants pour qu'il n'y ait pas de tapage. La sentinelle pourrait être moins commode que celle de cet après-midi. Je soufflerai sur la braise de mon briquet et j'espère qu'ils auront assez de présence d'esprit pour me reconnaître tout de suite et ne pas pousser des cris en voyant tout à coup mon visage éclairé dans l'ombre. D'abord, je réveillerai le petit garçon qui a l'air très courageux. »

Il s'efforçait en même temps de reconnaître dans la nuit très noire l'emplacement où devait se tenir la sentinelle. Il s'était arrêté à quelque dix pas de la masse sombre des murs, plus noire que la nuit et il guettait le bruit, pour si léger qu'il soit, que ne manque pas de faire un homme qui veille. Au bout d'un moment, n'entendant rien d'autre que les chouettes qui s'appelaient il se dit : « La sentinelle doit également dormir » et il s'approcha en étouffant soigneusement ses pas dans l'herbe.

Il se trouva bientôt devant la porte large ouverte de la grange comme il en jugea par une sorte d'écho qui lui faisait face. Il n'y avait pas trace de sentinelle. Le silence de la grange était également assez surprenant. Il s'attendait à entendre des bruits de respiration et les craquements de la paille sous les corps inquiets, mais les murs, ayant couvert le cri des chouettes, ne contenaient qu'un silence plus compact que la nuit.

« Est-ce que nous nous serions trompés ? » se dit-il.

Il s'avança à tâtons. Son pied rencontra un obstacle. Il se baissa et toucha des jupes. Il se mit à genoux et battit le briquet. Il souffla sur les braises de sa mèche d'amadou et, dans l'éclair rouge, il reconnut, déformé par une grimace affreuse, le visage de cette paysanne qui n'avait pas voulu partir pour garder sa malle. Elle était morte. Il souffla de toutes ses forces sur les braises et regarda autour de lui mais les éclairs rougeâtres ne lui permettaient de voir que dans un très petit rayon. Il enjamba la paysanne et fit quelques pas pour voir plus loin. Il trouva encore un cadavre d'homme ; et des bagages abandonnés. Enfin, il crut reconnaître ces volants en points d'Irlande sur de jolis petits souliers à boucles au bas de pantalons de linon. C'était la petite fille. Elle avait les yeux grands ouverts dans un terrible étonnement. Elle avait dû mourir très vite et sans soins car sa toilette n'était même pas dérangée. Le petit garçon était un peu plus loin, cramponné dans la jeune préceptrice toute convulsée, les lèvres retroussées sur des dents cruelles comme un chien enragé qui va mordre.

Angelo soufflait sans arrêt sur sa mèche de briquet et ne pensait absolument à rien. Il marcha ensuite à l'aventure dans l'ombre et il trébucha encore sur deux ou trois corps ; peut-être étaient-ce les mêmes car, sans savoir comment cela s'était fait, il se retrouva dehors avec les chouettes.

Il appela. Il chercha le bosquet dans lequel il avait laissé l'attelage. Il tomba dans une rigole d'arrosage pleine d'eau. Il appela encore. Il sentit les ornières dures du chemin sous ses pieds. Il trouva le bosquet et il appela à voix très haute en marchant, les bras étendus devant lui. Le boggey n'était plus là. Il entendit, très loin, le galop d'un cheval et le roulement d'une voiture sur la grand-route.

Il était dans une telle colère qu'il soufflait comme une braise et ne réussissait même pas à jurer. Il se mit à courir droit devant lui et ce n'est qu'après avoir roulé encore deux ou trois fois dans la rigole d'arrosage qu'il eut finalement l'esprit de s'asseoir dans les roseaux.

Il était atterré par la fourberie du garçon qui l'avait abandonné et qu'on avait dû soigneusement chapitrer. Cela lui paraissait plus inquiétant que la mort.

L'odeur légère qui avait fait secouer la tête au cheval devenait un peu plus précise depuis qu'un petit vent fiévreux soufflait par bouffées venant du village. Il y avait aussi, à cinquante pas de là, la grange avec sa propre cargaison. Angelo imagina le soleil livide et lourd qui allait se lever dans quelques heures.

Son impérieux besoin de générosité, surtout en ce moment où il perdait pied dans ce qui semblait être un atroce malentendu général, lui fit envisager très sérieusement l'idée d'attendre le jour sur place et d'aller ensuite au village se proposer pour aider à enterrer les morts. Mais il se souvint de la veulerie de la sentinelle et il se dit : « Ces paysans te détesteront parce que tu as ton idée sur le courage ; ou simplement parce que tu en sais plus qu'eux ; surtout si tu leur parles de chaux vive. C'est vite fait de te flanquer dans la fosse avec un coup de bêche sur la tête. Ce serait bête. » Ce mot le décida.

Il retrouva le chemin de terre. En tout cas, il se promettait de tirer les oreilles à l'aubergiste. Il éprouva un grand soulagement d'esprit à l'idée que cet homme râblé et trapu serait probablement épaulé par son fils qui devait être rentré avec le boggey. « Ce sera une bonne partie d'époussetage et ils se souviendront de moi. » Il détestait être dupe !

Il arriva à l'auberge comme le jour allait se lever. On voyait encore la lueur des lampes dans la nuit élimée. Mais, là aussi, les choses avaient marché rondement. La grande salle était froide et vide. Un homme était étendu à plat ventre au milieu. C'était un de ces deux qui avaient la moustache cirée. Une femme affalée sur la table paraissait dormir. Angelo l'appela doucement. Il appuya sa main sur le front de la femme. Il était brûlant. Il l'appela encore en lui disant madame avec beaucoup de douceur. Il lui releva le visage. Elle était manifestement morte. Les deux yeux ouverts étaient blancs comme du marbre. Et c'est la machine physique qui déclencha la chute brusque de sa mâchoire inférieure, ouvrant la bouche d'où jaillit lentement un flot épais de matières blanches semblables à du riz au lait mais extraordinairement puantes.

Angelo fit le tour de la salle. Il y avait un autre mort accroupi derrière des chaises dans un coin. Il passa, puis il revint sur ses pas. Il venait de penser au petit Français. Il écarta les chaises mais comme il portait la main sur les bras croisés dans lesquels était caché le visage, il sentit une telle raideur dans les membres crispés qu'il comprit qu'il n'y avait plus rien à espérer pour celui-là, non plus.

Après avoir visité la cuisine où le feu continuait à brûler dans le fourneau sous des casseroles qui sentaient bon la daube de bœuf et l'écurie où ne restaient ni chevaux ni voitures, il prit l'escalier et monta aux chambres. Il y en avait une dizaine de chaque côté d'un long couloir central. Il les ouvrit toutes, les unes après les autres, poussant le scrupule pour certaines qui étaient obscures jusqu'à aller ouvrir les contrevents des fenêtres. Toutes les chambres étaient vides : lits intacts. Sauf la dernière dans laquelle il trouva un énorme rat de grenier, gras et luisant qui devait venir juste de sortir de son trou et qui le regarda de ses yeux rouges, une patte en l'air. Angelo referma la porte.

Il descendit, traversa la salle où les trois personnages de la Belle au bois dormant n'avaient pas bougé et il sortit. C'est en sortant qu'il se rendit compte que la femme morte était brune ; ce devait être celle qui riait quelques heures avant.

Il prit la route du côté du sud. Le jour se levait. Le soleil était encore fort bas sous les collines ; le ciel était mi-partie de nuit ; à peine si un liséré blême soulignait l'ombre du côté de l'est et la chaleur était déjà étouffante.

Angelo marcha plus d'une heure avant de se rendre compte que le silence était très extraordinaire. Il traversait des bois de petits pins et de petits chênes. Les arbres étaient parfaitement immobiles, sans le moindre frémissement. Il n'y avait pas d'oiseaux. La route dominait le lit de la Durance qui, à cet endroit-là, avait presque une demi-lieue de large. Il était entièrement rempli de galets blancs comme du sel. Il n'y avait pas d'eau. Quelquefois, au bord de la route, le bois était défriché sur quelques arpents autour de quatre ou cinq oliviers immobiles qui ne bougeaient absolument pas. Le jour montait sans couleur. Le ciel était semblable au lit de la rivière, entièrement couvert de galets de sel. Au-dessus des bois, la crête de la colline portait un village couleur d'os. Il n'y avait pas de fumée.

« Elle a bien fait », se dit-il.

Il revoyait la femme brune en train de rire, le pied posé sur un barreau de chaise, découvrant ses jambes dans des flots de jupons très blancs.

Peu à peu le soleil s'éleva au-dessus de l'est. Il n'avait ni forme ni couleur. C'était de la craie éblouissante. Il y eut, pendant le temps d'un frisson, un léger froissement, comme la fuite rapide d'êtres invisibles qui se renfonçaient plus profondément encore sous les feuillages et l'herbe immobiles.

Enfin, Angelo entendit un cheval qui venait au trot. Il mit la main à sa poche et il tira un de ses pistolets.

Bientôt, il put voir le cavalier qui arrivait. C'était un homme corpulent qui *pilait du poivre* [26]. Quand il fut à trois pas, Angelo sauta à la bride, arrêta le cheval et braqua son arme.

« Descends », dit-il.

Le gros homme montrait toutes les marques de la terreur la plus abjecte. Ses lèvres tremblaient ; il faisait le bruit d'un homme mal élevé qui aspire sa soupe. En mettant pied à terre, il tomba à genoux.

Angelo déboucla le portemanteau.

« Le cheval seulement », dit-il.

Il prit ensuite longuement le temps de serrer la sous-ventrière et de raccourcir les étriers. Il avait mis le pistolet dans sa poche. Il éprouvait une très grande sympathie pour le gros homme qui s'époussetait les genoux et le regardait d'un air sournois et horrifié.

« Mettez-vous à l'ombre », dit gentiment Angelo en sautant en selle.

Il fit tourner bride et commença par un temps de galop. Le cheval qui apprécia tout de suite les nouvelles jambes jouait le jeu d'une façon parfaite. Malgré la chaleur qui sans éclat brûlait la peau et embrasait l'air, Angelo se sentit envahi par une sorte de plaisir. Il s'aperçut qu'il n'avait pas fumé depuis longtemps. Il alluma un de ses petits cigares.

De chaque côté de la route, les champs et les vergers étaient déserts. Quelques champs de blé non moissonnés s'étaient écrasés sous le poids des épis. Les oliveraies immobiles avaient des reflets de fer-blanc. Il n'y avait de lointain nulle part ; les collines étaient noyées dans un sirop d'orgeat. D'énormes abricotiers soufflaient au passage l'odeur des fruits pourris.

Enfin, Angelo vit devant lui l'entrée d'une allée de platanes qui annonçait un village. Il s'engagea au pas sous les arbres. Il s'attendait à trouver les barrages habituels et il avait déjà noté un chemin de traverse dans lequel, si on faisait mine de l'arrêter, il sauterait au galop. Mais il n'y avait pas de barrages et, malgré l'heure déjà avancée, le village, portes et volets fermés, paraissait entièrement désert. Il continua à avancer au pas.

En entrant dans la rue, Angelo fut désagréablement impressionné par le fait d'être bordé de maisons à droite et à gauche. La solitude l'avait apaisé. Il n'avait eu aucun effort à faire pour affronter l'effroyable soleil de plâtre, mais ces façades derrière lesquelles il imaginait des chambres obscures et qui sait quoi pour expliquer cette solitude et ce silence l'inquiétaient.

Au carrefour d'une placette sur laquelle se trouvait l'église il vit une petite forme noire et blanche couchée dans un triangle d'ombre, au coin d'une maison. C'était un petit enfant de chœur en soutane et surplis. A côté de lui, il y avait cette longue croix qu'on porte aux enterrements et le seau d'eau bénite avec le goupillon.

Angelo descendit de cheval et s'approcha. L'enfant dormait. Il était parfaitement sain et il dormait fort bien, comme dans son lit.

Angelo le prit par-dessous les bras et le souleva pour le réveiller. La tête de l'enfant ballotta d'abord de droite et de gauche, puis il éternua et il ouvrit les yeux. Mais en voyant le visage d'Angelo penché sur lui, il donna un violent coup de reins comme un chat surpris, saisit la croix et le seau et s'enfuit en courant. Il faisait voltiger très haut ses petits pieds nus dans sa soutane. Il disparut tournant dans une traverse. Il avait jeté sur le trottoir un sou qu'il tenait dans sa main.

Angelo sortit du village sans rencontrer autre âme qui vive.

La route suivait d'assez près le lit sec de la Durance en serpentant le long d'une rangée de collines. Elle entrait dans des vallons, elle en ressortait, traversait des vergers d'oliviers, des bosquets de saules, longeait des allées de peupliers d'Italie, passait des ruisseaux. Tout était immobile dans du plâtre bouillant. Le trot du cheval faisait tourner très lentement de chaque côté de la route, comme les rayons rigides d'une roue, des rangées d'arbres raides au feuillage de carton. Parfois, de petites fermes blêmes, les yeux clos, le nez dans la poussière, bavant un peu de paille, apparaissaient entre deux mûriers.

Dans l'immobilité générale, Angelo aperçut sur le flanc des collines une tache rouge qui se déplaçait. C'était une paysanne en jupon qui descendait en courant. Il la vit qui sautait à corps perdu les terrasses de pierres sèches sur lesquelles les gens de la région cultivent les artichauts. Elle traversait en droite ligne les haies et les buissons. Elle se dirigeait vers des quartiers où il y avait de grands bois de pins mais pas d'habitations.

Bien plus tard, la route ayant fait des détours, Angelo revit la tache rouge loin dans la colline. Elle se déplaçait toujours très vite.

Le cheval commençait à donner des signes de fatigue. Angelo mit pied à terre et, tirant la bête par la bride, s'approcha d'un bosquet de saules. Il allait entrer sous l'ombre grise des arbres quand il fut arrêté par l'attitude d'un grand chien qui s'était dressé et le regardait avec des yeux de braise. Il ouvrait silencieusement une grande gueule sanglante ; ses deux longs crocs étaient embarrassés de lambeaux noirs.

Angelo se retira à reculons, pas à pas. Le cheval dansait derrière lui. Une odeur de charogne sortait des buissons. Le chien resta immobile, planté sur son territoire. Angelo se remit en selle et s'éloigna au petit trot.

Il était déjà loin quand il pensa à ses pistolets. « Je ne suis pas digne du petit Français », se dit-il. Et il se mit à dormir.

Il fut réveillé par un écart du cheval. Celui-ci, après avoir sans doute marché un certain temps, s'était endormi lui aussi à l'ombre d'un bouleau. Il avait été réveillé par un éclat de soleil brûlant qui, traversant les feuilles, s'était posé sur son museau.

Il devait être près de midi. Angelo avait faim et surtout soif. Il avait eu tort de fumer trois de ses petits cigares. Sa bouche était maçonnée d'une épaisse salive âcre. Il était très dangereux de manger des fruits ou même n'importe quoi dans des maisons ou des auberges. D'ailleurs, il n'y avait ni maison ni auberge en vue. Il ne fallait pas compter non plus boire aux fontaines ou aux sources. Angelo mit de nouveau pied à terre, s'adossa au bouleau, après avoir attaché le cheval à l'ombre d'un épais buisson de ronces. Et il alluma un quatrième cigare.

La chaleur venait par averses terriblement lourdes longues, étouffantes. En touchant son front pour repousser ses cheveux en arrière, Angelo s'aperçut qu'il suait froid. L'oreille était saisie d'un crépitement imperceptible mais si continu qu'il saoulait et donnait le vertige. Brusquement, Angelo eut un haut-le-cœur et il vomit. Il regarda très attentivement ce qu'il venait de vomir. C'était une gorgée de glaire. Il continua à fumer.

Il se dressa sans en avoir pris au préalable la décision. Il était curieusement séparé en deux : un qui était aux aguets dans du sommeil et un qui agissait en dehors de lui, comme un chien au bout d'une laisse. Il détacha le cheval, le mena jusque sur la route, se mit en selle et serra les genoux d'un coup sec. Le cheval prit le trot.

Il passait devant une petite maison fermée quand la porte s'ouvrit et il s'entendit appeler : « Monsieur, monsieur, venez vite ! » C'était une femme à visage d'homme mais que la terreur embellissait. Elle tendait les mains vers lui. Il sauta à terre et il la suivit dans la maison.

Surpris par l'obscurité, il distingua seulement une sorte de forme blanchâtre qui s'agitait avec une violence agressive. Il s'élança vers elle en même temps que la femme avant de s'être rendu compte que c'était un homme qui se débattait sur un lit dont draps et couvertures avaient volé à travers la chambre. Il essaya de maintenir le corps mais il fut repoussé comme par la détente irrésistible d'un ressort d'acier. Il est vrai qu'en même temps son pied avait glissé dans des liquides visqueux répandus au pied du lit. Il s'assura sur un endroit du parquet un peu plus sec et il commença à lutter sérieusement, aidé par la femme qui était passée dans la ruelle et se cramponnait de toutes ses forces aux épaules du malade en l'appelant Joseph. Enfin, sous leurs efforts conjugués le corps retomba sur le lit avec un craquement de bois sec. Angelo qui s'appuyait à pleines mains sur les bras du malheureux sentit dans ses paumes le grouillement désordonné des muscles et même des os agités dans une fureur folle. Mais le visage qui était d'une maigreur excessive au point de n'être qu'un crâne recouvert de peau se mit à blêmir pendant que les grosses lèvres couvertes de poils durs se retiraient autour des dents noirâtres et gâtées qui, dans ce bleu, paraissaient presque blanches. Au fond des orbites très profondes les yeux, dans de la peau plissée, papillotaient comme l'écaille de petites têtes de tortues. Machinalement, Angelo se mit à frictionner les cuisses et les hanches de ce corps qui avait la peau très rêche. Une convulsion plus violente encore que les autres arracha le malade aux mains de la femme et le jeta contre Angelo. Il sentit les dents frapper sa joue. Il venait de s'apercevoir que la peau qu'il frottait était encroûtée de très vieille crasse. L'homme mourut ; c'est-à-dire que le papillonnement de ses yeux s'éteignit. Ses membres continuaient à être parcourus en tous sens par le tumulte des muscles et des os qui semblaient en révolte et vouloir sortir de la peau comme des rats d'un sac. Angelo s'essuya la joue à un morceau d'indienne sale qui servait de rideau au lit.

La chambre qui donnait de plain-pied sur les champs et servait aussi de cuisine contenait une grande table couverte de légumes avec encore leur terre et une autre table plus petite, ronde, qui devait servir de table à manger. Dans le coin sur lequel la porte s'était rabattue, Angelo vit un vieillard tout rasé de frais, semblable à un vieil acteur. Il était assis dans un fauteuil avec sans doute quelque paralysie des jambes car il avait deux cannes à poignée de cuir posées en travers de ses cuisses. Il souriait. Ses lèvres minces comme un fil étaient légèrement luisantes de salive. Son regard allait d'Angelo à quatre ou cinq pipes posées devant lui sur le bord de la table ronde près d'une vessie de porc pleine de tabac.

« Depuis que Joseph est malade il lui a pris sa pipe et il est très content », dit la femme. Elle s'essuya les mains à son tablier.

« C'est celle-là », dit le vieillard.

Il caressa la pipe avec les signes manifestes de la joie la plus vive. C'était une pipe en terre qui représentait une tête de Turc. On l'avait montée sur un tuyau en roseau assez long, historié de pompons de laine rouge.

« Vous ne voulez pas un petit cigare ? dit Angelo.

— Non, dit le vieillard, je fume celle-là. »

Et il se mit à bourrer la pipe à petits coups de pouce et beaucoup de voltige de doigts. Il riait carrément ayant ouvert complètement sa bouche sans dents et, quand il tira les premières bouffées, un petit fil de salive tomba sur son gilet.

Angelo s'assit près du vieillard. Il ne pensait à rien, même pas à fumer. L'odeur de la pipe en terre était atroce. Brusquement, il se souvint du cheval.

« Il a dû prendre la poudre d'escampette », se dit-il.

Il sortit. Le cheval était bien tranquille. Il dormait debout et, de temps en temps, tout en dormant il donnait un coup de langue dans de l'herbe si blanche qu'elle semblait couverte de farine.

Angelo passa plus de deux heures, assis par terre, le dos appuyé contre le tronc d'un lilas. Il était dans une paix complète et même dans une sorte de bonheur. Il voyait la femme aller et venir dans le courtil. Elle devait avoir senti le besoin instinctif de recommencer tout de suite à accomplir ses gestes ménagers habituels. La présence d'Angelo devait même considérablement l'aider car elle s'attarda à arracher des carottes, de gros navets et quelques petits plants de céleri. Elle cueillit même des brins de persil dont elle essuya les feuilles avec un coin de son tablier car elles étaient couvertes de poussière. Enfin, elle alla chercher un seau et tira de l'eau d'un puits manifestement très malsain.

Ces occupations, les gestes de cette femme étaient au sens propre un enchantement pour Angelo. Il sentait tout le long de ses membres courir comme le chatouillement de barbelures de plumes et sa cervelle était en duvet frais. Enfin, il eut conscience qu'un sourire niais élargissait ses lèvres depuis un bon moment ; il cessa de sourire et, profitant de ce que la femme était rentrée et fourgonnait son feu, il monta à cheval et gagna la route.

Vers le soir, il passa près d'un village qui criait. Les maisons étaient groupées à quatre ou cinq cents mètres de la route et un peu en contrebas. Du haut de son cheval, Angelo les voyait semblables à un renard pelotonné contre les graviers de la Durance. Il en sortait un gémissement, une plainte qui devait être faite de beaucoup de voix pour être de si longue haleine et monter finalement si haut dans l'aigu.

Angelo arriva à Manosque à la tombée de la nuit.

CHAPITRE VI

Ici il y avait de sérieuses barricades.

On avait embarrassé la route avec un tombereau, des barriques, un char à bancs les quatre fers en l'air.

Un gros bonhomme, la redingote barrée par la bandoulière d'un fusil de chasse, sortit de la fortification.

« Halte ! dit-il. On ne passe pas. Nous ne voulons personne chez nous, vous entendez, personne ! Toute résistance est inutile. »

Ces derniers mots réjouirent profondément Angelo et il continua à s'avancer. Il y avait encore assez de jour pour qu'il pût suivre sur le visage blême, encadré de côtelettes [27] cotonneuses, les progrès d'une terreur sans nom. L'homme rentra précipitamment dans sa place forte. Quatre ou cinq visages ébahis dépassèrent aussitôt la crête de la barricade.

« Où allez-vous ? N'approchez pas, crièrent des voix mal assurées, qu'est-ce que vous venez faire ici ?

— On m'a vanté votre beauté, dit d'un air grave Angelo, qui retenait une forte envie de rire, et je viens m'en assurer sur place. »

Cette réponse eut l'air de les effrayer encore plus que la présence réelle du cavalier.

« Ce sont des épiciers, et celui-là en redingote est un valet de chambre », se dit Angelo.

« Allons, vous devez être certainement un bon garçon, dit un gros visage gris, en faisant trembler ses bajoues.

— Je suis le plus mauvais garçon de la terre, dit Angelo. Et tous ceux qui m'ont fréquenté s'en sont rapidement aperçus. Roulez ces barriques et sortez-vous de là, que je passe. Sinon je saute et, gare à vous. »

En même temps il faisait danser son cheval qui, fatigué, n'y mettait pas beaucoup de feu. Ces virevoltes et un petit hennissement de douleur car, tout à son amusement, Angelo donnait de bons coups sur la bride, portèrent cependant le désarroi dans la forteresse.

Les têtes disparurent. On braqua un canon de fusil.

« Ils sont en train de faire dans leurs culottes, se dit Angelo. Aidons-les. »

Il tira en l'air un coup de pistolet qui fit beaucoup de bruit, puis il prit paisiblement par le travers, au flanc d'un coteau, sous des amandiers.

Dix minutes après il était dans les jardins, sous les murs de la ville.

« Mon vieux, te voilà libre », dit Angelo au cheval. Il lui enleva selle et bridon et chassa la bête nue d'une tape amicale sur les flancs. Il dissimula le harnais dans les buissons. Enjambant les barrières de roseaux, il marcha dans des carrés de choux. Il passa un petit ruisseau qui sentait fort mauvais. Montant le long des murs d'une grande tannerie, il déboucha dans un boulevard, sous des tilleuls. Les réverbères étaient allumés.

Il avait la peau cartonnée de sueur et de brûlures du soleil. Il voulut se laver à une fontaine. Il avait à peine plongé les mains dans l'eau du bassin qu'il se sentit brutalement saisi aux épaules, tiré en arrière, pendant que des bras très forts le ceinturaient sans ménagement.

« En voilà encore un », cria une voix près de son oreille, pendant qu'il se débattait, essayant de donner des coups de bottes, et qu'il recevait dans la figure et sur le corps beaucoup de coups de poings. On immobilisa ses jambes, il fut couché par terre et solidement maintenu. Il entendait qu'on disait :

« Il est venu de derrière la tannerie. — Fouillez-le. — Il a des pistolets. — Prenez-lui ses paquets de poison. — Il a déjà dû les jeter dans le bassin. — Videz le bassin. — Un de ses pistolets est déchargé et sent la poudre. »

Enfin, quelqu'un dit : « Écrasez-lui la tête » et il vit des pieds se lever, mais tout le monde se mit à parler à la fois et à se bousculer autour de lui, pendant que sonnaient les coups sourds qu'on frappait sur la bonde du bassin pour la faire sauter.

Le réverbère le plus proche était encore trop loin pour qu'il pût savoir à qui il avait affaire. Il lui sembla que c'étaient des ouvriers. Il y avait des tabliers de cuir.

« Allons, dresse-toi », lui dit-on, en lui bourrant les flancs à coups de pied. Il fut en même temps soulevé et planté debout avec tant de violence que sa tête frappa son épaule.

Enfin, il put voir les visages qui l'entouraient et même de fort près et qui l'injuriaient. Ils n'étaient pas bien terribles sauf qu'ils portaient les marques de la peur. Un homme d'une trentaine d'années, bien bâti, aux cheveux bouclés, au grand nez, était agité d'une sorte de transe hystérique. Il trépignait autour du groupe qui tenait Angelo, il envoyait des coups de poings dans le vide, il criait avec une voix qui avait brusquement des sonorités féminines.

« C'est lui. Pendez-le ! C'est lui. Pendez-le ! A mort ! A mort ! »

Les yeux lui sortaient de la tête. Il finit par s'engouer [28] dans sa fureur et par tousser. Enfin, il cracha à la figure d'Angelo.

Après des avis contradictoires où une grosse voix sombre qui parlait fort calmement emporta la décision, et de nouvelles bousculades que l'homme au grand nez déclenchait en essayant d'atteindre Angelo avec son poing, on se mit en marche. On descendit le boulevard, on pénétra dans la ville et on tourna dans de petites rues où Angelo remarqua de très grandes et de très belles portes, mais aussi des volets qui s'ouvraient précipitamment. Il y avait maintenant plus de cent personnes derrière Angelo. Heureusement, les rues fort étroites maintenaient assez loin de la victime cette foule dans laquelle on continuait à entendre les cris en fausset de l'hystérique.

« Vous êtes loin d'être un lâche, monsieur, dit la grosse voix sombre à l'oreille d'Angelo, mais, hâtons-nous si vous ne voulez pas avoir le sort de l'autre. »

Depuis qu'il avait pris la liberté de remarquer la beauté des grandes portes, Angelo avait gagné beaucoup d'empire sur lui-même.

« Je ne suis pas pressé », répondit-il.

Mais il se sentit entraîné et il eut beau résister, c'est presque à la course qu'il fut poussé dans un corps de garde. Deux gendarmes se levèrent précipitamment en renversant leur banc et barrèrent la porte.

L'homme qui lui avait parlé à l'oreille était entré avec lui.

« Ouf ! Celui-là l'a échappé belle, dit-il de sa voix sombre. Si je n'avais pas été là, il y passait comme l'autre. »

Il était maigre et brun ; il se tenait droit, apparemment sans émotion, dans une attitude militaire.

Il y avait également de l'autre côté d'une table, et éclairé par deux candélabres à trois bougies, un deuxième personnage très militaire, malgré une belle cravate de faille car, au-dessus de la cravate, le visage était marqué d'une longue cicatrice qui allait d'une joue à l'autre en ébréchant le nez.

« C'est un vieux coup de sabre », se dit Angelo.

Il n'avait jamais rien vu de plus beau que cette cicatrice. Du bout de sa botte, il releva le banc que les gendarmes avaient renversé.

« Foutez-moi dans le pif à ces gueusards », dit la cravate de faille.

Le tumulte continuait dehors. On criait : « A mort l'empoisonneur. » La voix de fausset se rapprochait de la porte. On devait pousser l'hystérique en avant ou bien il était en train de se faire faire place. On l'entendait qui disait sur un ton de harangue : « Il a jeté du poison dans la fontaine des Observantins. C'est un complot pour faire périr le peuple. C'est un étranger. Il a des bottes de milord. »

L'homme à la cravate de faille regarda les bottes d'Angelo.

« Il est payé par le gouvernement. »

L'homme à la cravate de faille se dressa et vint à la porte. Il écarta les gendarmes et se planta sur le seuil.

« Et toi, dit-il, tu es payé par qui pour faire le couillon ? Tu as reçu trois cents francs en or par le dernier courrier et une lettre de Paris dont j'ai la copie sur ma table. Dis-nous un peu par qui tu es payé, Michu ?

— Le choléra est un prétexte pour empoisonner le pauvre monde », cria l'hystérique.

« Cet homme est fou, se dit Angelo, mais je le retrouverai et je le tuerai. »

« Pas besoin de prétexte, dit la cravate de faille, il y a longtemps que vous vous croyez assez grands garçons pour chier dans vos puits. Fermez la porte, dit-il aux gendarmes, et tirez dans le ventre de cette racaille si elle ose ouvrir et entrer...

— On te retrouvera, l'Ancien [29], cria quelqu'un.

— Quand tu voudras », dit la cravate de faille.

Il revint s'asseoir à la table. Angelo l'admira beaucoup. Il aurait voulu être dans ce rôle-là. Il n'avait pas l'habitude d'être protégé. Si, sur-le-champ, cet homme lui avait adressé la parole, il aurait avoué avec plaisir qui il était, et même ce qu'il comptait faire. Il aurait pris un ton de salon pour tout lui dire.

Mais c'est un gendarme qui frappa du plat de la main sur le banc et l'invita à s'asseoir.

« Où est-ce qu'ils l'ont attrapé ? dit la cravate de faille.

— A la fontaine des Observantins, dit la voix sombre. Il avait les mains dans l'eau.

— Le plus rigolo, dit la cravate de faille, c'est que la préfecture de police a l'air de vouloir faire croire qu'elle y croit ou est-ce qu'elle fait l'âne pour avoir du son ?

— Si c'était vraiment un bazar de ce genre, dit la voix sombre, j'ai comme une idée que ça irait beaucoup plus vite.

— Ça va déjà assez vite pour mon compte, dit la cravate de faille. Gendarmes, ajouta-t-il, prenez votre banc et allez vous asseoir dehors. Mettez vos mousquetons entre vos jambes et serrez les fesses.

— Approchez-vous, dit-il à Angelo quand les gendarmes furent sortis. Avez-vous des papiers ?

— Non, dit Angelo.

— Vous n'êtes pas Français ?

— Non.

— Piémontais ?

— Oui.

— Réfugié politique ? »

Angelo ne répondit pas.

« Il n'a pas peur, dit l'homme à la voix sombre. Il s'est défendu à coups de bottes sans dire un mot.

— Oh ! alors, voilà un prêtre, dit la cravate de faille.

— Oui, dit la voix sombre, mais je ne crois pas à la mort-aux-rats dans le ciboire.

— Tu discutes le coup ? demanda la cravate.

— Ben certes. »

L'homme à la cravate de faille regarda de nouveau Angelo des pieds à la tête.

« De fait, dit-il, que si tu colles ce type-là dans le dernier carré de Waterloo, je parie qu'il est honorable.

— Tu me lèves les mots de la bouche, dit la voix sombre.

— Oui, mais l'ordre, dit la cravate, qu'est-ce que tu en fais ? D'autant que ça foire de partout comme à Leipzig !

— Juste Auguste. La chiasse est reine, dit la voix sombre.

— Rentre en toi-même, dit la cravate.

— Le coup du télescope ? Si je le fais, j'en vois de belles, dit la voix sombre.

— Annonce la couleur, dit la cravate.

— Abeille [30], dit la voix sombre.

— Pas bête. Tu sais qu'il y a une circulaire signée Gisquet ?

— Qu'est-ce qu'elle raconte ?

— Des histoires.

— Dans quel sens ?

— Dans le sens des types qui sont dehors.

— Ça ne me lève pas de l'idée que la couleur est abeille. Au contraire.

— Je reconnais que ça expliquerait le Gisquet [31].

— Et l'or de Michu, dit la voix sombre. Les louis étaient neufs et les louis neufs sortent de chez le fabricant. Selon moi.

— Tu es profond.

— Comme un puits où la Vérité prend son bain de siège.

— Alors, qu'est-ce qu'on en fait ? dit la cravate.

— On lui fait prendre la fille de l'air par la porte de derrière », dit la voix sombre.

Du temps de cette conversation, Angelo pensait aux coups qu'il avait reçus. Il était à la lettre fou de rage à l'idée qu'on l'avait battu et traîné par terre. Il se répétait à chaque instant : « Ils m'ont craché à la figure. » Il imaginait des vengeances horribles. Il y employait tant de lui-même qu'il avait un air absent et détaché de tout qui ne manquait pas de noblesse.

« Suivez cet homme », lui dit le personnage à la cravate de faille.

Et, comme Angelo ne bougeait pas, il se reprit.

« Veuillez suivre cet homme, monsieur. »

Angelo salua d'un petit signe de tête. Il n'avait pas entendu la première injonction.

« Vous avez été très bien », lui dit la voix sombre pendant qu'ils suivaient un long couloir.

L'homme monta sur un escabeau et souffla la lampe à pétrole qui se trouvait dans une niche du mur. Il ouvrit la porte. Elle donnait dans des jardins. Il sortit cependant avec précaution et écouta attentivement en tendant l'oreille à droite et à gauche. On entendait le chant apaisant de nombreuses rainettes.

« On ne sait jamais avec ces froussards, dit-il. Ils ont une malice !... Mais la voie est libre. Venez avec moi. Il n'y a qu'à pas s'embroncher [32] dans les échalas.

— Je ne comprends rien à tout ça, dit Angelo. Je ne comprends pas pourquoi il faut que je me cache. Je n'ai fait de mal à personne.

— Motus ! dit l'homme. Faut jamais parler d'innocence. Et si vous avez besoin d'assassins prenez toujours des froussards. Ils y vont de bon cœur parce que ça les calme. Pendant qu'ils tuent ils ne pensent pas à leur frousse. Attention, enjambez les choux. »

Ils traversaient un jardin potager.

« Je n'aurai certes jamais besoin d'assassiner, dit Angelo. Le besoin s'en est fait sentir une fois et j'ai réglé mon affaire moi-même.

— Eh ! bien, dit calmement l'homme, n'en parlez pas dans la maison du pendu. Et pour le moment, marchez exactement sur mes talons : nous sommes dans mes raies de haricots. »

Ils arrivèrent à une palissade. A travers, on voyait une rue déserte sous un réverbère rouge.

« Je vais vous ouvrir la porte », dit l'homme. Mais il toucha le bras d'Angelo. « Vous n'imaginez pas, poursuivit-il avec une bonhomie de soldat, à quel point je suis partisan de la cocarde. Je vous fous mon billet qu'à mon âge je suis encore capable de faire une révolution en képi-pompon. Alors, vous voyez ! Si je vous dis : "Doucement les basses !" c'est doucement les basses. Le choléra est une saloperie, mais le reste est une saloperie encore pire. Ne faites pas le cocardier.

— Quel reste ? dit Angelo.

— On a payé des types pour dire que le gouvernement fait empoisonner les fontaines. Ça ne vous dit rien ?

— C'est une lâcheté, dit Angelo.

— Mais, comme ça s'adresse à des lâches, c'est un bon calcul », dit l'homme.

Il ouvrit la porte.

« A droite vous allez en ville, à gauche vous allez dans la campagne, dit-il en montrant la rue. Bonsoir, monsieur. »

Angelo prit par la droite. Après le réverbère, la rue tournait entre des écuries qui sentaient bon le fumier de cheval. Angelo profita d'une encoignure d'ombre pour faire l'inventaire de ses poches. Il avait tout fourré dans les trois poches de sa culotte. Une contenait le pistolet qu'il avait déchargé en l'air devant la barricade, l'autre un mouchoir et trois petits cigares. Dans la poche de derrière il avait un autre pistolet chargé et trente louis, qu'il compta. « Si je n'avais pas fait l'enfant tout à l'heure devant ces bourgeois qui se cachaient derrière les futailles, j'aurais encore deux coups à tirer, alors qu'il ne m'en reste qu'un, se dit-il. Ce soldat qui maintenant est de la police a raison. Il ne faut pas être cocardier. Pour le plaisir d'écumer et de pétiller tout à l'heure, désormais je ne peux tuer qu'un seul de ces chiens. Et si ce n'est pas celui qui m'a craché au visage, je ne serai pas lavé. » Il avait toujours d'horribles pensées de vengeance.

La rue débouchait sur un boulevard planté d'ormeaux gigantesques dans lesquels roulait une invraisemblable chamade de rossignols. Ils se poursuivaient aussi et voltigeaient en faisant grésiller le feuillage comme la grêle. Angelo compta sept réverbères alignés sous l'épaisse voûte des ormeaux. Le boulevard était désert. Il n'était cependant pas tard. Un clocher sonna neuf heures.

« Il faut que j'aille tout de suite chez Giuseppe, se dit Angelo. Il me semble que je dois monter par là jusqu'à une sorte de clocher surmonté d'un bulbe de ferronnerie et sous lequel passe une porte. »

Il longeait de fort près le pied de l'allée d'ormeaux pour rester dans l'ombre, quand il entendit, venant d'une rue transversale, le roulement et les grincements d'un tombereau lourdement chargé. Il se cacha derrière un tronc et vit apparaître deux hommes qui haussaient chacun une torche. Ils précédaient un fardier attelé de deux forts chevaux. Quatre ou cinq autres personnages, revêtus de blouses blanches, portant des pioches, des pelles et également des torches marchaient à côté des roues. C'était un chargement de cercueils, et même de cadavres simplement empaquetés dans des draps. Des bras, des jambes, des têtes ballottantes au bout de longs cous maigres et mous dépassaient les ridelles. Le cortège passa près de l'arbre derrière le tronc duquel Angelo se cachait et il put remarquer l'air paisible des fossoyeurs, dont quelques-uns fumaient la pipe en marchant. Un volet s'ouvrit dans une des maisons bordant le boulevard et une voix de femme semblable à un miaulement de chat appela et cria. Un des hommes en blouse blanche répondit :

« Appelez l'autre charrette, celle-ci est pleine. »

Les rossignols ne s'étaient pas arrêtés de chanter et de grêler dans les feuillages.

Angelo devait suivre le même chemin que la charrette. Il lui laissa prendre un peu d'avance. Elle avait laissé derrière elle une odeur musquée.

Il arriva enfin au portail surmonté d'un bulbe en ferronnerie dont il s'était souvenu. Il ouvrait sur une ruelle obscure. Toutes les maisons étaient fermées, sauf, à une cinquantaine de pas, une boutique dont les portes vitrées donnaient un peu de lueur. Angelo se souvint d'un petit bouchon où Giuseppe l'avait mené une fois boire du vin et qui devait être dans ces parages. « Si c'est ça, se dit-il, je vais aller demander une bouteille de vin. » Il n'avait pas mangé depuis le poulet de Peyruis, mais c'était surtout la soif qui le tourmentait au point de ne plus songer à fumer. « Je demanderai aussi la maison de Giuseppe, je crois qu'elle n'est pas loin de là. »

C'était en effet la boutique d'un petit marchand de vin où il y avait une lampe. A travers les vitres on voyait quatre ou cinq hommes debout, en train de boire. Angelo poussa la porte. On lui donna du vin mais après beaucoup de cérémonies. Le patron le regardait avec des yeux de chat qui fait dans la braise. Les hommes qui buvaient devaient être des fourniers à en juger par leurs bonnets couverts de son. Eux aussi ouvrirent des yeux ronds quand Angelo se mit à lamper son vin à même la bouteille.

Angelo ne se rendait pas compte que ces hommes et le patron — qui buvaient silencieusement tous ensemble quand il était entré — s'efforçaient d'apaiser leur frousse avec des gestes habituels, une petite réunion comme ils en avaient avant l'épidémie, et le goût du vin qui préludait d'ordinaire à l'oubli des soucis. Ce nouveau personnage rapportait brusquement le mauvais air. Il faut convenir aussi que sa façon de boire était suspecte.

On l'examina de haut en bas, et un des fourniers eut assez de sang-froid pour remarquer les belles bottes d'Angelo. Il posa tout de suite son verre et sortit. On l'entendit courir dans la rue.

Angelo était au moment où une soif longtemps contenue s'est enfin satisfaite, et où il est beaucoup plus important de reprendre haleine et de se lécher les lèvres que de regarder autour de soi. Il n'avait pas vu sortir l'homme. Il s'aperçut néanmoins que les autres avaient des regards pleins d'hypocrisie engageante et de petits sourires, mais sous les moustaches. Il fronça les sourcils, demanda fort sèchement combien il devait, et paya avec un demi-écu qu'il eut l'habileté de faire rouler sur la table. En deux pas il fut dehors, pendant qu'instinctivement les autres regardaient la pièce.

Il avait été trop alerté par les regards hypocrites et les sourires pour ne pas sauter tout de suite dans une ruelle d'ombre. Cependant une main, le saisissant au passage, glissa le long de son bras en déchirant sa chemise et une voix sourde où il y avait de la haine dit : « C'est l'empoisonneur. »

Angelo se mit à courir. « Il s'agit de ne pas passer pour un imbécile aux yeux de ce brave policier qui a pris la peine de me faire traverser son jardin potager, se dit-il, et il en aurait le droit si je me laissais reprendre. Si j'avais deux coups de pistolet à tirer au lieu d'un, je me payerais le luxe d'envoyer un de ces salauds fumer les mauves par la racine [33]. »

Ils étaient sur ses talons. En sandales et plus à leur aise malgré l'obscurité dans des lieux qu'ils connaissaient bien, ils couraient plus vite que lui. A plusieurs reprises des mains saisirent et déchirèrent encore la chemise d'Angelo. Il lança même dans l'ombre un coup de pied qui arriva en plein et de pointe dans un ventre.

L'homme poussa un beau cri de cheval et tomba. Angelo put prendre un peu d'avance, sauter dans une rue à droite, puis tout de suite dans une autre rue qui descendait sous une voûte.

« Pourvu que ce ne soit pas une impasse, se disait-il en courant de toutes ses forces. Maintenant, c'est une question de vie ou de mort. Eh ! bien, je vais en tuer. » Cette idée l'apaisa et même lui donna un peu de gaieté. Il s'arrêta. Il assujettit, en le prenant par le milieu, le pistolet déchargé dans son poing droit. « En frappant de haut en bas avec le canon d'acier, et de toutes mes forces, si j'ai la chance de frapper dans une gueule, je descends mon homme. Eh ! quoi, poursuivit-il, au lieu de courir comme un lapin, je peux même devenir chasseur. Tout dépend de ma résolution. Je n'ai qu'à m'embusquer dans un coin de porte. Si je défonce le crâne à un ou deux seulement — et je le leur dois — les autres referont leurs comptes. Et s'ils ne les refont pas, au dernier moment je brûlerai ma poudre. Après, à la grâce de Dieu... Ils l'auront payé cher. » Il était heureux comme un roi.

Il se tint coi. Bientôt, il entendit les sandales qui, pas à pas, descendaient la rue avec précaution. Ses poursuivants passèrent à côté de lui, à portée de la main. Ils étaient une dizaine. Un disait à voix basse : « Est-ce que c'est le gouvernement qui lui paie ses bottes ? — Eh ! Qui veux-tu que ce soit ? » lui répondait un autre.

« Et c'est le peuple », se dit Angelo. Cela arrêta son bras. « Que cette voix était laide, se dit-il. Malgré le ton bas, elle n'a pas pu dissimuler toute l'envie qu'il a de mes bottes. Voilà bien des gens qui sont prêts à faire n'importe quoi pour des bottes. Voilà d'ailleurs pourquoi ils croient que je l'ai fait. Seraient-ils donc sincères ? » ajouta-t-il au bout d'un moment *.

* C'est un aristocrate, quoique carbonaro, qui parle, et d'ailleurs fort jeune. [Note de l'auteur.]

Il ne pensait plus du tout au danger qu'il courait. Les hommes en sandales étaient allés jusqu'au bout de la rue et, n'entendant plus de bruit, ils se concertèrent un moment, puis ils appelèrent et on leur répondit des rues à côté. Peu à peu ils parlèrent à voix haute et Angelo s'aperçut qu'ils s'étaient arrangés pour garder toutes les issues du quartier.

« Il est certainement resté dans cette rue, dit une voix qui commandait. Vous n'allez pas vous laisser empoisonner comme des chiens par un gouvernement qui veut la mort des ouvriers. Remontez et cherchez mieux : il nous le faut. »

« Eh ! bien, tant pis, il faut en tuer, se dit Angelo. Il y a certainement quelque part quelqu'un qui doit bien rire. »

Il prit le pistolet chargé dans sa main droite et il serra le pistolet vide dans son poing gauche.

Il s'accota fermement dans son encoignure. Il sentit alors que son dos s'appuyait contre des planches qui cédaient. C'était une porte qui battait dans sa clenche.

Tout en surveillant de près le bruit des sandales qui remontaient la rue, Angelo mit le pistolet sous son bras, essaya de tourner la poignée de bois. La porte s'ouvrit. Il entra, referma la porte et resta immobile, retenant son souffle dans l'ombre.

Il écouta pendant longtemps les bruits de la rue mais, après avoir fouillé partout (il entendit même sur le vantail de la porte derrière laquelle il se tenait des mains qui passaient et repassaient, essayant de se rendre compte si l'encoignure était vide), les hommes s'établirent en poste sous la voûte en haut de la rue et restèrent là à parler à haute voix.

Angelo écouta les bruits de la maison. C'étaient ceux d'une maison vide. Il embrasa la mèche d'amadou de son briquet et il souffla dessus pour faire un peu de lueur. Autant qu'il pût voir, il était dans le couloir d'une maison assez cossue. Enfin, il aperçut, pas très loin de la porte, une petite étagère sur laquelle était un bougeoir garni et quelques allumes phosphoriques. Il alluma la bougie.

Ce qu'il avait pris pour un couloir était un vestibule. Un très large escalier montait aux étages. Il n'y avait pas de meubles, pas de tableaux, mais une rampe d'escalier et surtout la façon qu'elle avait de finir en tresses de joncs disait de fort belles choses.

Angelo fit volontairement un peu de bruit, et même il toussa. Il se tenait au milieu du vestibule, son bougeoir à la main, regardant vers le haut de l'escalier où la belle rampe courait en galerie au premier étage.

« Je ne dois pas être beau en bras de chemise et tout déchiré, se disait-il, mais, en tout cas, tel que je suis là, avec ma bougie et ne cherchant pas à me cacher, il est difficile de me prendre pour un brigand. » Il se hasarda même à dire à haute voix, mais sans crier et avec le meilleur ton du monde : « Est-ce qu'il y a quelqu'un ? »

Des sortes de rats trottaient par-ci par-là ; et il y eut aussi le soupir des murs, le craquement des boiseries qui vivaient leur vie de boiserie.

« Eh ! bien, je vais monter », se dit-il.

Il n'osait pas ouvrir une porte à sa gauche, près de la petite console où il avait trouvé le bougeoir. Il craignait d'être surpris en train de le faire, « car c'est alors, se disait-il, qu'on pourrait me prendre pour un voleur ».

Il monta, tenant sa bougie haute, regardant de grandes portes se hausser au-dessus de la belle galerie de la rampe. Une de ces portes était entrouverte. Il dit : « Monsieur, ou madame, soyez sans crainte, je suis un gentilhomme. » Mais il arriva jusqu'au palier ; rien n'avait bougé ni répondu. La porte entrouverte n'était ni plus ni moins entrouverte. Cependant maintenant il voyait le pied de la porte et il s'aperçut qu'elle était maintenue entrouverte par une boule de fourrure à très longs poils dans lesquels les élancements de la flamme de sa bougie allumaient des reflets d'or.

Son frisson de peur fut très court quand il comprit que c'étaient des cheveux de femme. Il entendit la voix du pauvre petit Français qui disait à son oreille : « C'est le plus beau débarquement de choléra asiatique qu'on ait jamais vu ! »

« Ah ! oui, bien sûr, dit Angelo, voilà l'histoire », dit-il encore. Mais il n'approchait pas. Il était bouleversé par la beauté des cheveux et par le fait de les voir répandus par terre ; l'opulence de cette chevelure dénouée qu'il voyait bien maintenant avec ces admirables reflets d'or ; et même transparaissant à travers, le flou d'un profil bleuâtre.

C'était une très jeune femme ou une jeune fille. Elle restait belle, en train de mordre le vide à pleines dents, avec des dents très blanches. La maigreur et la cyanose avaient taillé son visage dans de l'onyx. Elle reposait sur le coussin d'ordures qu'elle avait vomies. Son corps ne s'était pas putréfié. Elle avait dû mourir très rapidement du choléra sec. Sous sa longue chemise de nuit, cependant en toile, on voyait son ventre noir, ses cuisses et ses jambes bleues, repliées comme celles d'une sauterelle qui va sauter.

Angelo poussa la porte que le cadavre maintenait entrebâillée. Elle donnait dans une chambre. Il enjamba le cadavre et entra. C'était le désordre de la mort, mais hâtif. La femme n'avait eu que le temps de sauter du lit, puis elle avait sali de ses déjections jaillissantes les draps et le parquet en droite ligne vers la porte où elle était tombée. Le reste était paisible : une belle commode à dessus de marbre portait sa pendule sous globe de verre, deux chandeliers en cuivre, une boîte incrustée de coquillages, des daguerréotypes très orgueilleux, notamment celui d'un vieil homme en militaire avec dolman à brandebourgs, poing sur la hanche et moustaches en cornes de taureau, et celui d'une dame prise au piano dans lequel elle enfonçait des doigts longs et impérieux comme des lances : c'était une brune. A côté des daguerréotypes, une coupelle de verre contenait des épingles à cheveux, une fleur en coquillages, des lacets de corset. Derrière le globe de la pendule, il y avait un flacon d'eau de Cologne, une petite bouteille d'eau de mélisse, un étui de sels. De chaque côté de la commode, une haute fenêtre à petits carreaux, drapée d'un vieux reps. Dehors, un jardin : on voyait bouger la masse sombre de feuillages sur les étoiles. Trois bergères : sur le dossier de l'une d'elles, deux longs bas noirs et une jarretière en élastique. Un guéridon, un vase contenant des fleurs en papier puis les rideaux de l'alcôve, le lit, une armoire ; près de l'armoire une petite porte recouverte de tapisserie. Près de la porte une chaise ; sur la chaise des linges, pantalons et jupons brodés.

Angelo ouvrit la petite porte. Une autre chambre. Mais ici le désordre parlait d'un combat plus violent. Pas d'odeur : du seuil on sentait juste le petit parfum de violette du linge entassé sur la chaise. Une fois entré, il y avait une autre odeur : celle d'une laine sale arrosée d'eau, ou plutôt arrosée d'alcool. Le lit était tout dépecé, mâché et piétiné, les draps déchirés, souillés d'excréments et de matières grumeleuses et blanchâtres. Par terre des cuvettes pleines d'eau, des tampons de linges mouillés. Le matelas avait été mouillé abondamment. Depuis, il avait séché, mais la toile était tachée d'énormes flaques comme de rouille avec de larges auréoles verdâtres. Il n'y avait pas de corps. « Il faut chercher le dernier, disait le pauvre petit Français, ils vont se fourrer dans des endroits dont on n'a pas idée. » Mais rien : ni derrière le lit. Angelo poussa une autre petite porte entrebâillée : une autre chambre, une forte odeur de térébenthine, encore ces combats dans des linges sales et des draps qui avaient été déchirés, mais personne. Il fit le tour. Il marchait sur la pointe des pieds. Il haussait la bougie. Il ne touchait à rien. Il tendait le cou. Il se sentait étiré et dur comme un fil de fer.

Il revint à la première chambre, enjamba le cadavre et sortit sur le palier. Il descendit les escaliers, souffla la bougie. Il allait ouvrir la porte. Il entendit qu'on parlait dans la rue. Il remonta dans l'obscurité en se guidant de la rampe. Il n'alluma la bougie qu'au premier étage.

Outre la porte dans laquelle était étendue la femme aux beaux cheveux, il y avait deux autres portes. Angelo en ouvrit une. Elle donnait dans un salon. C'était là qu'était le piano. Un grand fauteuil à oreillettes sur lequel était posée une béquille. Un canapé, un paravent, une table de milieu en forme de trèfle à quatre feuilles. Des portraits peints qu'on voyait mal dans de grands cadres. Si : un qui était un juge ou une sorte de juge et un autre qui tenait un sabre entre ses jambes. Ici, rien. Si ! En même temps qu'une tringle de gel lui fusait dans l'échine Angelo vit quelque chose qui sautait d'un fauteuil ; c'était un coussin ! Et qui s'approchait de lui. Non, c'était un chat, un gros chat gris qui bombait le dos et dressait une longue queue tremblante en crosse d'évêque. Il vint se frotter contre les tiges de bottes d'Angelo. Il était gras, ni effarouché ni sauvage. Qu'est-ce qu'il avait mangé ?... Non, la fenêtre était entrebâillée. Il devait sortir et marauder.

Au deuxième étage, rien : c'était vite vu. Trois pièces vides, ou simplement des jarres, des boisseaux à mesurer le blé, un mannequin d'osier, des corbeilles, des couffes, des sacs, une vieille boîte à violon ouverte et dégoncée, un chevalet à cueillir les olives, des courges, des ressorts de sommiers, un pupitre à musique, un piège à rats, une bonbonne de vinaigre, des cercles de barriques, un vieux chapeau de paille, un vieux fusil.

Mais l'escalier montait plus haut. En même temps, il était devenu paysan : il sentait le grain et l'oiseau ; il était même légèrement jonché de paille. Il finissait contre une vraie porte de grange qui, poussée, s'ouvrit avec des grincements horribles sur un brasillement d'étoiles.

C'était ce qu'on appelle ici une « galerie », c'est-à-dire une sorte de terrasse couverte sur le toit.

Il s'était levé un vent chaud très souple qui attisait les étoiles et faisait balancer et bruire le feuillage des arbres. Un tintement aussi qu'il avait installé en plein ciel fit lever les yeux à Angelo qui distingua dans la nuit, pas très loin de lui, la cage de fer d'un clocher, puis l'enchevêtrement anguleux des toits de tuiles dont certains revers avaient tant de poli que le simple clignotement des étoiles le faisait luire.

Angelo respira avec plaisir ce vent qui sentait les tuiles chaudes et les nids d'hirondelles. Il éteignit la bougie et il s'assit au rebord de la terrasse. La nuit était si chargée d'étoiles, elles étaient si ardemment embrasées qu'il pouvait voir distinctement les toitures agencées les unes aux autres comme les plaques d'une armure. La lumière était d'acier noir mais, de temps à autre, un étincellement s'allumait sur la crête d'un faîtage, sur la bordure vernie d'un pigeonnier, sur une girouette, sur une cage de fer. De courtes vagues immobiles d'une extraordinaire raideur couvraient d'un ressac anguleux et glacé tout l'emplacement de la ville. Des frontons pâles couleur de perle sur la surface desquels venait mourir une très légère lumière semblable à celle du phosphore s'enchevêtraient avec des triangles d'ombres compactes, dressés comme des pyramides ou couchés horizontalement comme des champs ; des glacis sur lesquels dansait une lueur verdâtre ouvraient de tous les côtés des rangées de tuiles en branche d'éventail ; des rotondes filigranées d'argent se gonflaient de ténèbres sur l'émergence de quelque grande église ; des tours et l'enclenchement noir et gris de redans et de paliers superposés montaient, hérissés de barbelures d'étoiles. De loin en loin, les réverbères des places et des boulevards soufflaient des vapeurs de rouille et d'ocre autour desquelles festonnaient des cadres et des couronnes de génoises ; et la déchirure d'encre des rues découpait les quartiers.

Le vent qui n'avait pas d'haleine mais tombait en bloc ou roulait lentement en boule de coton faisait clapoter toute l'étendue des toitures, soufflait des grondements endormis dans le vide des cloches, frôlait les caisses voilées des greniers et des combles de couvent. Les frondaisons des ormeaux et des sycomores gémissaient comme des mâts en travail. Dans les lointaines collines on entendait bruire le volettement et les coups d'ailes des grands bois. Le balancement des réverbères suspendus jetait des éclairs rouges et cet air lourd qui sautait comme un chat à travers l'exhalaison lourde des tuiles pétrissait les couleurs sous la nuit en une sorte de goudron mordoré.

« Les hommes sont bien malheureux, se disait Angelo. Tout le beau se fait sans eux. Le choléra et les mots d'ordre sont de leur fabrication. Ils écument de jalousie ou périssent d'ennui, ce qui revient au même s'il ne leur est pas donné d'intervenir. Et s'ils interviennent, alors c'est la prime à l'hypocrisie et au délire. Il suffit d'être ici ou dans les solitudes que je traversais à cheval l'autre jour pour savoir où se trouvent les vrais combats, pour devenir très difficile sur les victoires à remporter. Somme toute pour ne plus *se contenter de peu*. Dès qu'on est seul les choses vous conduisent d'elles-mêmes et vous forcent toujours à prendre les chemins les plus durs à gravir. Mais alors, même si l'on *n'arrive pas*, quels beaux points de vue, et comme tout vous rassure. »

Accoutumé à obéir sans retenue à sa jeunesse, Angelo ne voyait pas que ces pensées manquaient d'originalité, et même étaient fausses. Il avait vingt-cinq ans, certes, mais à cet âge, combien déjà font des calculs ! Il était de ces hommes qui ont vingt-cinq ans pendant cinquante ans. Son âme ne comprenait pas tout le sérieux du social, et qu'il est important d'être en place, ou tout au moins du parti qui distribue les places. Il voyait toujours la liberté comme les croyants voient la Vierge. Les plus sincères des hommes sur lesquels il comptait la voyaient comme une *chose à modalité* [34] et qu'il faut d'ailleurs confier aux philosophes si l'on ne veut pas être pris sans vert. Il ne se rendait pas compte que parmi ceux qui ont toujours le mot de liberté à la bouche, certains commençaient à arborer des croix.

Sa mère avait acheté son brevet de colonel. Il n'avait jamais compris que sa position de fils naturel de la duchesse Ezzia Pardi lui conférait le *droit au mépris* comme à tous ceux qui ont *l'obligation d'être*. Pensait-il même à toutes les échelles à gravir que contient le mot naturel, après cette enfance pendant laquelle il avait été adoré ? C'est pourquoi il surprit son monde quand on le vit s'occuper de service et même assister régulièrement à l'exercice des recrues. On pouffa de rire quoique dans son dos, mais à la première revue il apparut comme un épi d'or sur son cheval noir. On ne put se défendre d'être fasciné par les arabesques, les trèfles de galon qui escaladaient son dolman et le casque étincelant emplumé de faisanneries, sous lequel on vit un très pur et très grave visage. Il faut reconnaître que c'est de ce moment-là qu'il eut droit aux pointes d'épingle de ses pairs et à l'amour des sergents.

« Est-ce que je me trompe, poursuivait-il, si je me crois plus grand quand j'agis seul ? »

C'était à ce moment-là une de ces innombrables *âmes de chef* qui ne sont pas rares comme on le prétend, mais au contraire relativement communes.

« Mais, on me dira comme on m'a déjà dit ; vos initiatives ont des ronds-de-bras (ils n'ont pas osé dire des ronds-de-jambe) qui attirent l'attention. Et nous n'avons pas besoin de l'attention, nous avons besoin de réussir, c'est tout à fait autre chose. Du moment qu'il s'agit de la liberté, ils ont raison. »

Dès qu'il pensait à la liberté qu'il voyait sous les traits d'une belle femme jeune et pure marchant à travers les lys d'un jardin, il perdait son sens critique. C'est le dada de tous les beaux enfants nés d'une patrie subjuguée et même tyrannisée.

« Pour ceux qui m'ont reproché ma désinvolture, quand j'ai tué le baron Swartz en duel, alors que les ordres étaient de l'assassiner purement et simplement, ou de le faire assassiner si la chose elle-même me répugnait (comme ils ont dit par la suite), pour ceux-là, est-ce que ce n'est pas du temps perdu le temps que j'ai passé avec le petit Français ? Est-ce qu'ils ne se moqueraient pas de cette sentimentalité qui a fait que je l'ai veillé après sa mort et même que j'aurais désiré assister à ses funérailles, sans ce capitaine si grossier ? Ils n'ont certainement pas les mêmes raisons d'orgueil que moi. Approuveraient-ils les soins que j'ai donnés à l'homme hier après-midi ? Ils diraient qu'il ne faut avoir qu'un but en vue. M'obligeraient-ils à avoir la *vue basse* ? »

Ce mot le réjouit. Il le répéta à diverses reprises. Il y trouvait une justification. Il avait la faiblesse d'en chercher.

« Faut-il que je sois insensible comme une pierre ou comme un cadavre qui obéit [35] ? ajouta-t-il. Alors, à quoi bon la liberté ? Une fois acquise, je serais incapable d'en jouir. Il faudra bien, de toute façon, qu'une fois le but atteint, qui est précisément la liberté, l'obéissance cesse ; et comment cesserait-elle si la liberté n'est plus donnée qu'à des cadavres obéissants ? Si, en fin de compte, la liberté n'a plus personne à qui s'adresser, n'aurons-nous pas fait que changer de tyran ? »

Mais il croyait à la sincérité des hommes qui faisaient partie de la même conspiration que lui, dont certains se cachaient dans les contreforts des Abruzzes ; dont quelques-uns avaient été fusillés (et même on leur avait écrasé les doigts, ce qu'il considérait naïvement comme une certitude absolue de sincérité). Il était allé plusieurs fois les rejoindre sous la *verte tente*, pour des ventes [36] importantes, toujours avec audace, quelquefois même négligemment, en grand uniforme. On lui avait beaucoup reproché son audace et son uniforme et cette négligence qu'il aimait tant. Cette négligence toujours instinctivement calculée, si l'on peut dire, avait souvent agi sur la police, même empêché par son incongruité inexplicable, où les mouchards voyaient malice de cabinet, certaines arrestations cependant décidées et faciles. Même ceux qui parlaient avec grandiloquence et rêvaient visiblement de panache lui parlaient alors avec tous les signes de la diplomatie la plus jésuite. Il les voyait jaunir, comme si brusquement leur foie avait été attaqué.

« Ne sont-ils pas victimes de l'erreur de sincérité ? » se dit-il en continuant sa naïveté, dans ce moment où la paix, la nuit et surtout le velours féminin du vent donnaient de l'éloquence à son cœur.

Il avait cependant fait quelques expériences que son amour-propre ne lui permettait pas d'oublier. C'est toujours dans ces moments d'abandon qu'il avait été dupé. Maintenant, dès qu'il s'apercevait de son état, il se disait : « Tu bronches ! » Et pour se reprendre en main il employait le langage troupier, avec le plus possible de *foutre* et de *bougre*. Il avait reconnu dans ces cas-là la haute valeur thérapeutique de ces mots simples.

« Ces bougres-là, se dit-il, s'efforceraient même de me mettre au pli à propos de ma fuite de tout à l'heure dans les rues. "Vous avez agi comme un conscrit", me diraient-ils. Il fallait leur donner du pistolet dans la gueule, mais pas comme un paladin ou Roland à Roncevaux, comme un maître, comme quelqu'un qui a sur eux droit de vie et de mort et les considère d'ailleurs comme de l'ordure. Ce qui importait était de les faire entrer dans le rang. Le nôtre, bien entendu. La première vertu révolutionnaire, c'est l'art de faire foutre les autres au garde-à-vous. Une fois abrutis par un ou deux cadavres, ils étaient dans votre poche, et ils vous auraient laissé parler. Vous leur auriez dit que nous sommes tous frères. Nous aurons besoin de beaucoup de bedeaux pour dire *amen*, même en France.

« Ils sont bons ! Pour parler, à eux le pompon ! C'est recta comme dans un livre. Mais on ne les voit pas souvent passer personnellement de la théorie à la pratique. Combien de ces petits avortons noirs, et qui ont d'ailleurs des visages de prêtres, seraient capables d'être soldats dans les rangs qu'ils commandent ?

« Mais il n'est pas donné à tout le monde de commander. Voilà leur grand mot. S'ils ont *la vue basse* et s'ils ne voient pas plus loin que le bout de leur nez, ce bout de nez ils le voient bien. Je suis sûr qu'ils trouveraient cette idée de poison très sympathique. Le choléra est gratuit. C'est une belle économie de moyens que de n'avoir plus qu'à diriger des terreurs toutes prêtes, des ivresses dont Dieu est le cabaretier. Tout compte fait, est-ce qu'ils n'ont pas raison si, pour donner la liberté au peuple, il faut d'abord devenir son maître ? Tout fait ventre. »

Avec le milieu de la nuit, le vent s'était alangui. Il était devenu très savant en suavités, malgré des odeurs très suspectes qu'il soulevait mollement, ou peut-être précisément à cause de ces odeurs. Le silence était si total qu'Angelo entendait marcher l'horloge dans la cage du clocher qui était bien à vingt-cinq ou trente mètres de lui. Seul, et à très long intervalle, venait le bruit de palmes lasses des grands ormeaux dans lesquels les rossignols s'étaient tus. De nouvelles étoiles avaient déjà installé sur le ressac anguleux des toitures une phosphorescence différente. Quelques réverbères s'étaient éteints.

« Devenir leur maître pour leur donner la liberté, se dit Angelo, n'y a-t-il que ce moyen-là ? Est-ce qu'il n'existerait alors que la royauté comme but final de l'homme ? Dès que la passion peut se donner libre cours, tout le monde cherche à se faire roi. »

Depuis un moment, du bout de la botte il jouait avec quelque chose de mou qui était à ses pieds. Il fit craquer son briquet et il s'aperçut que c'était un tas de sacs vides. Il y avait là de quoi se faire un lit.

« C'est bien le diable, se dit-il, si, dans des sacs qui doivent être depuis très longtemps exposés au soleil, il y a des risques de contagion. Et d'ailleurs, il ne mourra que les plus malades. »

Il pensa à cette jeune femme qui se desséchait dans l'entrebâille d'une porte, à une dizaine de mètres audessous de lui. Dommage qu'elle ait été précisément parmi ces plus malades. La mort avait taillé une déesse en pierre bleue dans une belle jeune femme, qui avait été apparemment opulente et laiteuse, à en juger par son extraordinaire chevelure. Il se demanda ce que les plus roués cagots de la liberté auraient fait à sa place quand il avait eu besoin, lui, de tout son romanesque pour ne pas crier quand les reflets de la bougie s'étaient mis à haleter dans cette chevelure d'or.

« Et, s'agit il vraiment de liberté ? » se dit-il.

Une nausée brûlante réveilla Angelo. Le soleil blanc venait juste de se poser sur son visage, mais sur sa bouche. Il se leva et vomit. C'était simplement de la bile. « Du moins, je crois : c'est vert. » Il avait très faim et très soif.

C'était le matin étouffant : de craie, d'huile blanche bouillante.

La peau de tuiles de la ville commençait déjà d'exhaler un air sirupeux. Des viscosités de chaleur accrochées à toutes les arêtes noyaient les formes dans des toisons irisées de fils de la vierge. Le grincement incessant de milliers d'hirondelles fouettait l'immobilité torride d'une grêle de poivre. D'épaisses colonnes de mouches fumaient comme de la poussière de charbon de la crevasse des rues. Leur bourdon continu établissait une sorte de désert sonore.

Le jour, cependant, plaçait les choses avec plus d'exactitude que la nuit. Les détails, visibles, ordonnaient une réalité différente. La rotonde de l'église était octogonale et ressemblait à une grande tente dressée sur du sable roux. Elle était entourée d'arcs-boutants sur lesquels les vieilles pluies avaient peint de longues traînées vertes. Le ressac des toitures s'était aplati sous l'uniforme lumière blanche ; à peine si un léger filetage d'ombre indiquait les différences de niveau d'un toit à l'autre. Ce qui, au sein de la nuit, paraissait être des tours, était simplement des maisons plus hautes que les autres, dont cinq ou six mètres de murs sans lucarnes ni fenêtres dépassaient le niveau des autres toits. A part le clocher à la cage de fer qui, un peu à gauche, dressait un corps carré à trois étages percé d'arches, il y avait encore, là-bas au large, un autre clocher plus petit à toit plat, surmonté d'une pique et, à l'autre bout de la ville, une construction éminente chapeautée d'un énorme bulbe en ferronnerie. Malgré leur aplatissement sous la lumière, les toits jouaient autour des faîtages, des chéneaux, des génoises, des lisières de rues, de cours intérieures, de jardins qui soufflaient l'écume grise de feuillages pleins de poussières, déclenchaient des marches, des paliers et des ressauts contre de petites murettes de pierre d'un blanc éblouissant ou autour de certains pignons qui haussaient des triangles. Mais la boursouflure et le pianotement de toute cette marqueterie décollée, au lieu d'être solidement indiqués par des ombres, ne l'étaient que par des variations infinies de blancs et de gris aveuglants.

La galerie où se tenait Angelo était tournée vers le nord. Il voyait devant lui, d'abord l'entremêlement de milliers d'éventails de rangées de tuiles rondes ouverts de tous les côtés, puis l'étendue des toitures aux formes imprécises, diluées dans la chaleur ; enfin, contenant la ville comme dans un bol de terre grise, le cercle des collines râpées de soleil.

Il y avait une extraordinaire odeur de fumier d'oiseau et parfois comme l'explosion d'une puanteur sucrée.

Angelo, encore à moitié endormi, essayait instinctivement d'apaiser sa faim en avalant une salive épaisse, quand il fut tout à fait réveillé par un cri si aigu qu'il laissa comme une trace blonde devant ses yeux. Le cri se répéta. Il venait manifestement d'un endroit sur la droite, à dix mètres environ où le rebord du toit s'arrêtait en bordure de ce qui devait être une place.

Angelo sauta le rebord de la galerie et s'avança sur les toits. Il était difficile et dangereux de marcher là-dessus avec des bottes, mais, en embrassant une cheminée, Angelo put se pencher sur le vide.

Il ne vit d'abord que des gens en tas. Ils semblaient piller quelque chose à la façon des poules sur du grain. Ils piétinaient et sautaient quand le cri jaillit encore plus aigu et plus blond de dessous leurs pieds. C'était un homme qu'on tuait en lui écrasant la tête à coups de talons. Il y avait beaucoup de femmes parmi les gens qui frappaient. Elles rugissaient une sorte de grondement sourd qui venait de la gorge et avait beaucoup de rapport avec la volupté. Elles ne se souciaient ni de leurs jupons qui volaient ni des cheveux qui leur coulaient sur la figure.

Enfin la chose sembla finie et on s'écarta de la victime. Elle ne bougeait plus, était étendue, les bras en croix, mais, par l'angle que ses cuisses et ses bras faisaient avec le corps, on pouvait voir qu'elle avait les membres rompus. Une jeune femme, assez bien vêtue, et même qui semblait sortir de quelque messe, car elle tenait un livre à la main, mais dépeignée, revint au cadavre et, d'un coup de pied, planta son talon pointu dans la tête du malheureux. Le talon resta coincé dans des os, elle perdit l'équilibre et tomba en appelant au secours. On la releva. Elle pleurait. On insulta le cadavre avec beaucoup de ridicule.

Il y avait là une vingtaine d'hommes et de femmes qui se retiraient vers la rue quand le groupe qu'ils faisaient s'égailla soudain comme une troupe d'oiseaux sous un coup de pierre. Un homme dont on s'était écarté resta seul. Il eut d'abord l'air hébété, puis il serra son ventre dans ses deux mains, puis il tomba, il se mit à s'arquer contre la terre et à la labourer de sa tête et de ses pieds. Les autres couraient mais, avant de s'engouffrer dans la rue, une femme s'arrêta, s'appuya au mur, se mit à vomir avec une extraordinaire abondance ; enfin elle s'effondra en raclant les pierres avec son visage.

« Crève », dit Angelo les dents serrées. Il tremblait de la tête aux pieds, ses jambes se dérobaient sous lui, mais il ne perdait pas de vue cet homme et cette femme qui, à deux pas du cadavre mutilé, s'agitaient encore par soubresauts. Il ne voulait rien perdre de leur agonie abandonnée qui lui donnait un amer plaisir.

Mais il fut brusquement obligé de s'occuper de lui-même. Ses jambes avaient cessé de le porter, et même ses bras qui embrassaient toujours la cheminée commençaient à desserrer leur étreinte. Il sentait un grand froid dans sa nuque et le rebord du toit n'était qu'à trois pas de lui. Il réussit enfin à se coucher entre deux rangées de tuiles. Très vite, le sang remonta à sa tête et il retrouva l'usage de ses membres.

Il regagna la galerie.

« Je suis prisonnier de ces toitures, se dit-il. Si je descends dans la rue, voilà le sort qui m'attend. »

Il resta très longtemps dans une sorte de rêverie hypnotique. Il ne pouvait plus penser. Le clocher sonna. Il compta les coups. C'était onze heures.

« Et manger ? » se dit-il. Et il recommença à souffrir de la faim. « Et boire ? Est-ce qu'ils font comme en Piémont ici ? Il y a toujours une chambre de resserre, presque sous les toits. Voilà ce qu'il faut que je trouve. Et boire. Surtout ici dessus avec cette chaleur ! Je peux, certes, dans cette maison descendre jusqu'à la cave, mais ils sont tous morts du choléra. Voilà une imprudence que je ne commettrai pas. Il me faut trouver une maison où les gens sont encore vivants, mais avec ceux-là ce sera moins facile. Toutefois, c'est ce qu'il faut faire. »

Le chat gris qu'il avait dérangé dans le salon, la nuit passée, mit la tête à la chatière, se glissa en dépêtrant ses pattes du trou, l'une après l'autre, et vint se frotter à lui en ronronnant.

« Tu es dodu, lui dit-il en le grattant affectueusement entre les deux yeux, qu'est-ce que tu bouffes, toi : des oiseaux ? des pigeons ? des rats ? »

La lumière et la chaleur étaient maintenant intenables. Le ciel blanc écrasait les toits en poussière. Il n'y avait plus d'hirondelles. Seules, les mouches, et en nuages. La puanteur sucrée s'était affirmée. Cette maison-ci soufflait de ses profondeurs une haleine aigre.

A cent mètres de l'endroit où il se trouvait, et dans la direction de la rotonde de l'église, Angelo distingua à travers les brouillards du soleil une autre galerie, un peu plus haute, dans laquelle il y avait des linges étendus sur des fils de fer.

« Ceux qui ont le souci de laver et de faire sécher sont vivants, se dit Angelo. C'est là qu'il faut aller. Mais attention, bougre, ne va pas te casser la margoulette. »

Il enleva ses bottes. Restait à savoir s'il allait les laisser là, et établir son quartier général ici, où il y avait des sacs pour dormir, ou s'il partait à la grâce de Dieu à travers les toits ; dans ce cas, il fallait emporter les bottes. Il trouva un bout de ficelle et cela le décida. Il passa la ficelle dans les tirants, attacha les bottes ensemble et se les mit à cheval sur le cou. De cette façon il avait les mains libres.

Mais l'argile des tuiles, gorgée de soleil, brûlait comme une plaque de four. Il était impossible de marcher là-dessus pieds nus ou même avec des bas. Après quelques pas, Angelo dut regagner la galerie en toute hâte. Enfin, il réussit à se faire des chaussons avec de petits sacs très épais dans lesquels il mit ses pieds et qu'il noua autour de ses jambes. Il commença à naviguer sur les toitures. Le chat le suivait gentiment comme un chien.

C'était relativement facile si l'on pouvait éviter d'être écœuré par certaines pentes qui dévalaient vers des cours intérieures, noires et attirantes comme des gueules de puits. Ces sortes de gouffres apparaissaient brusquement sans qu'il fût possible de se mettre en garde. Ils étaient dans des entonnoirs de toits en pente, dissimulés derrière des faîtages. On ne les voyait qu'en arrivant à la crête. Encore, de là, étaient-ils sinon dissimulés, du moins hypocritement recouverts de vapeurs de soleil.

C'était très désagréable. A diverses reprises, Angelo, arrivé au faîte d'un pignon (d'un de ces triangles noirs qu'il avait vus dans la nuit) et se trouvant brusquement en présence du gouffre sournois qui s'ouvrait derrière, avait chancelé, avait même dû s'appuyer de la main sur les tuiles et repartir obliquement à quatre pattes. Ces profondeurs aspiraient.

Mais ces vertiges s'ajoutaient les uns aux autres et même quand, de l'autre côté du faîtage il n'y avait au bas de la pente du toit qu'un autre toit qui remontait, Angelo se laissait glisser dans ce creux de houle avec une inconscience de somnambule. Son esprit était cependant en éveil et il souffrait atrocement de ces abandons de force physique. La peur le prenait au ventre et il vomissait chaque fois un peu de bile.

Comme il approchait d'une petite tour, Angelo fut brusquement enveloppé dans une épaisse étoffe noire qui se mit à voleter en craquant et en crissant. C'était un monceau de corneilles qui venait de se soulever. Les oiseaux n'étaient pas craintifs. Ils tournaient lourdement autour de lui sans s'éloigner, le frappant de l'aile. Il se sentait dévisagé par des milliers de petits yeux d'or, sinon méchants, en tout cas extraordinairement froids. Il se défendit en moulinant des bras, mais plusieurs becs le piquèrent durement sur les mains et même sur la tête. Il ne réussit à se débarrasser des oiseaux qu'en se débattant violemment, et en assomma même un ou deux avec ses poings en gesticulant. Ils poussèrent en tombant un gémissement qui fit dévirer tout le vol derrière le pignon d'un toit où leurs griffes grêlèrent sur les tuiles.

D'autres vols de corneilles et de corbeaux s'étaient de ce temps levés des endroits où ils s'acagnardaient, et s'approchaient en haillonnant [37]. Mais, voyant Angelo debout et dégagé, ils glissèrent sur leurs ailes raidies et retombèrent sur les toits.

Il y en avait d'immenses colonies dont le plumage gris de poussière se confondait avec le gris sombre des tuiles et même avec le rose de l'argile brûlée de soleil. On ne pouvait les voir que quand elles s'envolaient, mais depuis qu'Angelo était ici dessus, c'était la première fois qu'elles le faisaient. Jusque-là elles étaient restées comme des capuchons sur certaines maisons, dans les lucarnes, les fenêtres et les crevasses desquelles elles devaient suinter et manger à l'aise.

Angelo regarda vers la galerie d'où il était parti. Il était très difficile de reconnaître les lieux. Le soleil qui tombait d'aplomb, la réverbération des toitures, l'étincellement uniforme du ciel de craie lui emplissaient les yeux de lunules rouges. Cette étendue de toitures n'était pas si plate que la lumière le faisait croire. Enfin, il reconnut cet endroit où il avait dormi. C'était une sorte de belvédère. Il ne s'en était pas douté. De ce côté-là la retraite était toujours possible. Ses chaussons de toile à sac faisaient bien l'affaire. Ils l'empêchaient de glisser et il ne sentait pas trop la chaleur des tuiles. Il s'assit dans l'ombre d'une cheminée et souffla. Mais il dut fermer les yeux : toute l'étendue s'était mise à tourner et à se balancer autour de lui comme autour d'un axe mal goupillé. Le chat se frotta contre son bras et, se haussant, poussa la tête contre sa joue. Il sentit les petites moustaches raides lui gratter le coin de la bouche.

« Je ne suis pas habitué aux gouttières, mon vieux lapin », lui dit-il.

La faim le faisait souffrir, mais surtout la soif. Elle ne lui laissait pas de répit. Il pensait interminablement à de l'eau fraîche. Il ne pensait à tout le reste que par surcroît et en faisant d'énormes efforts.

Enfin, il arriva où il voulait et, derrière les linges étendus sur des fils de fer, il vit des cages de grillages qui contenaient des boules jaunes. C'étaient des poules.

Il comprit qu'il venait de trouver un œuf longtemps après l'avoir cassé et léché dans sa main. Il avait la bouche pleine de coquille qu'il cracha. Les glaires avaient adouci sa gorge de carton. Il chercha avec moins de fièvre dans la paille du poulailler. Les poules endormies par midi ne pépiaient pas, et s'étaient couchées dans un coin. Il trouva encore deux œufs et il les goba de façon plus honnête.

La porte qui faisait communiquer cette galerie avec le reste de la maison était fermée, mais par une simple clenche qu'il suffisait de lever pour l'ouvrir. Elle débouchait sur un petit palier auquel on accédait d'en bas par une échelle. En dessous, c'était le vide d'une cage d'escalier ; silencieuse.

« Serais-je tombé de nouveau chez les morts ? se dit Angelo. En tout cas, avec des œufs, il n'y a pas de risques. » C'est alors qu'il remarqua du grain de maïs fraîchement répandu dans les cages à poules. « Il y a ici quelqu'un de vivant. » La maison était cependant tout à fait silencieuse.

Il se risqua sur l'échelle. Il était à peine en bas qu'un miaulement discret lui fit lever la tête : c'était le chat qui ne pouvait pas descendre et l'appelait. Il remonta le chercher.

Ses chaussons ne faisaient pas de bruit, mais le gênaient. Il les enleva, les cacha sous l'échelle et marcha sur ses bas.

« Il y a peut-être ici de ces gens qui vous écrasent la tête à coups de talons, se dit-il. Il s'agit d'être agile. » Il n'avait pas peur. Il ajouta même : « C'est la théorie du fourrageur en campagne. Combien de fois ne l'as-tu pas inculquée à des caboches de Coni ? Mais, du diable si j'aurais cru qu'un jour je fourragerais avec un chat ! »

Il descendait marche à marche en guettant le silence, quand il s'immobilisa. Une porte venait de s'ouvrir en bas au premier étage. Des pas traversèrent le palier puis commencèrent à monter. Le chat descendit à la rencontre.

Brusquement on s'exclama :

« Qu'est-ce qu'il y a ? demanda d'en bas une voix d'homme.

— Un chat, dit une voix de garçon.

— Comment, un chat ?

— Un chat.

— Comment est-il ?

— Gris.

— Fais-le partir.

— Ne le touche pas, dit une voix de femme. Descends. Viens. Viens. Descends. Ne le touche pas. Viens. »

Toutes ces voix étaient sourdes et peureuses. Les pas descendirent l'escalier, traversèrent le palier en hâte. On ferma la porte.

Le chat remonta.

« Bravo ! » dit Angelo.

Il reprit haleine. Il remonta jusqu'au pied de l'échelle et s'assit sur les premiers barreaux.

« Les peureux sont les adversaires les plus terribles que je connaisse, se dit-il ; même s'ils n'osent pas me toucher, et ils n'oseront pas, ils sortiront en courant, ils ameuteront tout le quartier. » Il se voyait poursuivi sur les toits et ce n'était pas une perspective agréable.

Il attendit un long moment. Il n'y avait plus de bruit.

Enfin il se dit : « On ne peut pas rester tout le temps comme ça. Ils ont peur de leur ombre ; moi, j'ai soif. Allons-y. Et si ça fait des étincelles, eh ! bien ça fera des étincelles. Je suis assez grand garçon pour foutre la bagarre dans toute la ville, s'il s'agit simplement de ne pas perdre la face devant ce sacré policier qui m'embarrasse avec son jardin potager. »

Toutefois, il se mit à descendre avec précaution. Arrivé au deuxième étage, il fit même une halte prudente avant d'aller écouter aux trois portes. Rien. Il regarda par un trou de serrure. Rien : le noir. Un autre trou de serrure : de la clarté, mais quoi ? Un mur blanc ? Oui : il venait de voir un clou planté dans le mur. Qu'est-ce qu'il pouvait bien y avoir dans cette chambre-là ? Était-ce la resserre ? Il alla écouter pardessus la cage d'escalier. En bas au premier, silence complet. Bon. Il tourna franchement la poignée de la serrure. La porte s'ouvrit.

C'était un débarras. Des vieilleries, comme dans

l'autre maison. La troisième chambre, des vieilleries également : cercles de barriques, manches à balais, couffes, un touchant portrait de vieille dame, par terre, et mâché par des clous de soulier. Des égoïstes.

Il faut retourner à la chambre obscure. Ce doit être là. Non. Vide.

Des égoïstes, et ils ont dû tout ratisser autour d'eux, et tout entasser dans la pièce où ils se tiennent. Il y avait des étagères nues et, à la lueur de sa mèche de briquet Angelo vit que la planche gardait la trace de pots qui avaient été là à un moment donné et n'y étaient plus.

Alors, il n'y a qu'à descendre.

Avant il prit une couffe en sparterie. S'il trouvait quelque chose, il le mettrait là-dedans.

Au premier, deux grandes portes. Pas du tout comme là-bas : moins cossues. Ce n'était pas une maison à piano et à moustaches en cornes de taureau ; cela sentait le paysan à son aise, mais pas d'histoire : tout était fermé. Ici, ils ne risquent pas de mourir dans l'embrasure des portes ; ils mourront en tas, comme des chiens sur une soupe empoisonnée. S'ils meurent.

Du haut de la dernière marche, et un pied en l'air, Angelo regardait et écoutait. Les gens devaient se tenir derrière la porte la plus éloignée. On le voyait aux traces de doigts sur la porte et à l'usure du seuil. En raisonnant avec la peur du chat, les clous de souliers sur la vieille dame, on pouvait parier que c'était la cuisine. Ces gens-là ne doivent se sentir en sûreté que dans une cuisine.

Il faut voir. Angelo mit l'œil au trou de la serrure : du noir et une bande blanche qui fait chapiteau à ce noir. Une bande blanche qui est en étoffe, une bande blanche au-dessus de laquelle il y a des pots. C'est le dessus de la cheminée. Le noir est le fond de la cheminée.

Angelo eut un brusque mouvement de recul : un

visage venait de passer. Non. C'était simplement le visage de quelqu'un d'assis qui s'était penché en avant, et se tenait maintenant courbé, les bras appuyés sur les cuisses, les mains jointes. Il les frottait. C'était un homme. Barbe. Il baissait la tête.

« Et le nuage ? dit une voix de femme.

— Lequel ? dit l'homme sans lever la tête, mais en arrêtant de se frotter les mains.

— Qui avait la forme d'un cheval.

— Je ne sais pas », dit l'homme.

Il recommença à se frotter les mains.

« Il est venu sur la rue Chacundier et hier les tombereaux y ont chargé toute l'après-midi. »

L'homme se frottait les mains.

« Je l'ai vue, dit la voix de femme.

— Quoi ? » dit l'homme.

Il arrêta de se frotter les mains.

« ... la comète.

— Quand ? » dit l'homme. Et il leva la tête.

« Cette nuit.

— Où ?

— Là. »

L'homme leva un peu plus la tête et regarda du côté d'où venait le jour.

Quelque chose tomba d'une table.

« Fais attention ! » dit la femme. Elle avait poussé une sorte de cri à voix basse.

Une odeur de poireaux, d'ail, d'infusion, venait par le trou de la serrure.

« Descendons plus bas, se dit Angelo. S'il y a une resserre, ils l'ont sûrement placée le plus bas possible. Peut-être même dans la terre. »

Non, elle était bien en bas, mais sur la terre, dans une remise où étaient également entassés des fagots de bois et des bûches refendues. Un peu de jour venait de la rue par-dessous la porte. Des bouteilles sur lesquelles Angelo se précipita. C'étaient des bouteilles de coulis de tomate. Il en prit trois. Encore des bouteilles. Liquide jaune. Une étiquette qu'il ne pouvait pas lire. Il mit une de ces bouteilles dans la couffe. Je verrai là-haut. Du vin maintenant : bouchons cachetés à la cire rouge. Il prit un pot de graisse, deux pots, sans doute de confitures. Un jambon ? Non, mais deux saucissons, une dizaine de fromages de chèvre, secs, durs, pas plus gros que des écus. Pas de pain.

Il se hâta de remonter à la galerie. Comme il mettait le pied à l'échelle, un petit miaulement étouffé l'appela. Il fourra dans la couffe les sacs qui lui avaient servi de chaussons et il prit le chat sous son bras.

Sur les toits, la chaleur était comme un mur dans lequel on était tout de suite bâti à la chaux vive. Il fallait partir d'ici le plus vite possible. Ils devaient bien quelquefois venir donner aux poules et chercher les œufs. Il s'agissait de trouver, par là-dessus, un endroit à habiter. Pas question de retourner à l'ancienne galerie. C'était manifestement un endroit contaminé. S'il faut prendre les braises avec les mains, d'accord, mais de là à jouer avec le feu...

Le plus simple était d'aller s'abriter contre la rotonde de l'église. Là, pas de risques. Les arcs-boutants faisaient de l'ombre ; ils semblaient recouvrir comme une tonnelle un petit endroit plat.

C'était en effet une véritable tonnelle et un endroit plat recouvert de zinc. Malgré sa soif évidente, Angelo attendit d'être arrivé pour boire. Il se méfiait des chausse-trapes et du vertige. Embarrassé dans ses bottes, ses chaussons de sac, sa couffe de sparterie qui employait une de ses mains, il était fort maladroit. Il était suant et glacé. Il dut décoiffer une bouteille de vin cacheté en en frappant le goulot avec le canon de son pistolet. Mais le vin était bon, avec une forte saveur de raisin. Après avoir complété son repas de deux fromages, d'une bonne poignée de graisse et fini la bouteille de vin, Angelo commença à voir avec un peu plus d'aplomb. Le soleil jouait son jeu terrible de plein après-midi. Le chat faisait sa toilette et passait longuement sa patte par-dessus ses oreilles. A l'endroit où les arcs-boutants s'appuyaient contre le mur, il y avait des nids d'hirondelles contenant des oiseaux noirs, familiers, qui faisaient sans cesse virevolter gentiment leurs têtes aux yeux jaunes. Près d'Angelo qui était assis sur les sacs, un vitrail blanc fleurait l'encens par ses joints de plomb.

Angelo voyait le côté de la ville qu'il n'avait pas pu voir de son ancienne galerie. Elle s'en allait moins loin que de l'autre côté. L'enchevêtrement des toitures finissait contre les créneaux d'une porte et les massifs roussâtres de grands ormes. Par contre, Angelo voyait fort bien, au-dessous de lui, la place de l'église dans son plein et, en enfilade, deux rues qui y débouchaient. La place était déserte à part quatre ou cinq tas noirâtres qu'il prit d'abord pour de grands dogues endormis car il les distinguait à travers les feuillages d'ailleurs clairsemés de petits platanes. Un de ces dogues se déroula comme s'il allait s'étirer et Angelo s'aperçut que c'était un homme dans les convulsions de l'agonie. Bientôt d'ailleurs le moribond s'allongea, la face contre terre et ne bougea plus. Angelo eut beau guetter chez les autres le moindre signe de vie. A mesure que ses yeux s'habituaient à la clarté diaprée de dessous les petits arbres, il distingua d'autres cadavres. Les uns étaient allongés sur le trottoir, d'autres accroupis dans des encoignures de portes ; d'autres affalés contre le rebord de la fontaine semblaient tremper leurs mains dans l'eau du bassin et appuyaient sur la margelle des faces noires qui mordaient la pierre. Il y en avait bien une vingtaine. Sur tout le pourtour de la place les maisons étaient verrouillées, des portes et contrevents du rez-de-chaussée à la toiture. On entendait distinctement dans le silence le bourdon des mouches et le canon de la fontaine qui jouait avec son bassin.

Un tambour funèbre se mit à rouler lentement mais violemment au fond d'une de ces rues qui débouchaient sur la place. C'était le tombereau qui roulait sur les pavés. Un homme vêtu d'une longue chemise blanche menait le cheval par la bride. Deux autres hommes blancs marchaient à côté des roues. Ils s'arrêtèrent devant une maison. Les hommes blancs en ressortirent presque tout de suite en portant un cadavre qu'ils firent passer par-dessus les ridelles. Ils rentreront trois fois dans cette maison-là. La troisième fois ils sortirent le cadavre d'une grosse femme qui leur donna beaucoup de mal ; enfin, elle passa par-dessus la ridelle en découvrant d'énormes cuisses blanches.

Sur la place, les hommes ramassèrent les morts, puis, le tombereau roula son tambour dans des ruelles pendant longtemps, avec des haltes et de nouveau des roulements et des haltes. Brusquement, Angelo s'aperçut qu'on ne l'entendait plus. Il ne restait que le grondement exaspéré des mouches et le bruit de la fontaine.

Longtemps après de longs bercements de bruits de mouches, il y eut en bas des piétinements. C'était un groupe de gens qui arrivaient par une des rues qu'Angelo voyait d'enfilade. Il y avait là une dizaine de femmes en groupes précédées d'un de ces hommes revêtus de chemises blanches. Les femmes portaient des seaux mais elles étaient si serrées les unes contre les autres que la ferblanterie faisait en marchant comme le froissement d'armure d'un chevalier. Angelo imagina que c'étaient les femmes d'un quartier qu'on emmenait à l'eau de quelque fontaine réputée bonne. En tout cas, elles négligèrent la fontaine de la place, mais comme elles allaient s'engager dans la rue par laquelle le tombereau était venu, elles se mirent à pousser des cris et à s'agglomérer avec tant d'acharnement qu'elles étaient comme une pelote de rats. Elles tendaient leurs bras en l'air, l'index pointé en hurlant et Angelo entendit qu'elles criaient : « Le nuage ! Le nuage ! » D'autres criaient : « La comète ! La comète ! » ou « Le cheval ! Le cheval ! » Angelo regarda dans la direction qu'elles indiquaient. Il n'y avait rien que le ciel blanc et l'éparpillement indéfini de la monstrueuse craie du soleil. Enfin, elles se dispersèrent de tous les côtés en continuant à crier et l'homme courut après elles en appelant : « Rose ! Rose ! Rose ! »

De nouveau, en bas, la fontaine et les mouches, puis le grincement d'un volet. Dans la façade d'une maison de la place un volet s'entrebâilla, une tête parut qui regarda le ciel de tous les côtés. Puis la tête rentra avec le rapide recul d'une tête de tortue et le volet se referma.

La fontaine. Les mouches. Le grelot d'un chien de chasse. Il fit le tour de la place et resta longtemps à sautiller dans les ruelles d'autour.

Angelo guettait si attentivement le moindre bruit qu'il entendit un piétinement minuscule. C'était une petite fille. Elle débouchait d'une des rues. Elle marchait lentement, paisiblement en balançant les bras comme une grande personne désœuvrée. Elle ne troublait ni la fontaine ni les mouches. Elle passa en se dandinant dans sa petite jupe à collerette.

Passèrent des chiens. Ils humaient vers les maisons, le nez levé. Brusquement ils s'écrasaient comme sous la menace d'un coup et ils galopaient en hurlant. L'un d'eux s'assit au coin de la place et, après avoir étiré quatre ou cinq fois son cou comme pour renifler le ciel, il se mit à hululer longuement.

La chaleur pétillait sur les tuiles. Le soleil n'avait plus de corps ; il était frotté comme une craie aveuglante sur tout le ciel ; les collines étaient tellement blanches qu'il n'y avait plus d'horizon.

Des coups retentirent à la fois sur la place et jusque dessous Angelo. Ils résonnaient même dans le vitrail à côté de lui. C'étaient des coups qu'on frappa longtemps dans la porte de l'église. Enfin, ils s'arrêtèrent et une voix cria trois fois : « Sainte Vierge ! Sainte Vierge ! Sainte Vierge ! » Il était impossible de savoir si c'était la voix d'un homme ou la voix d'une femme.

Angelo décoiffa une autre bouteille de vin. Il se disait que la sagesse serait de manger plutôt ce coulis cru de tomates qui le rafraîchirait mieux, mais il avait idée que la sagesse ne servait plus à grand-chose. Il était inutile de se faire du mauvais sang pour la sagesse. Un peu de vague à l'âme est encore ce qu'il y a de meilleur dans les moments critiques, quoi qu'on dise. La raison et la logique, c'est bon pour les temps ordinaires. En temps ordinaire, il n'y a pas à discuter, ça fait merveille. Quand le cheval est emballé, c'est tout à fait autre chose. Ce qui le dégoûtait le plus, c'était cette petite fille en jupe à collerette et en longs pantalons brodés. Elle se promenait en se dandinant comme une dame. Et ça, alors, c'était à vomir. Si elle avait couru, ou crié, ou pleuré en serrant ses poings sur les yeux, rien n'aurait empêché qu'on digère ça comme le reste, mais il n'était pas possible de conserver dans un estomac ordinaire ces petits pas paisibles et sa flânerie un tout petit peu distante. Elle devait à peine toucher les pavés du bout des doigts de pied. Et s'il s'agit malgré tout de raison (car ce sont de vieux outils qui se placent tout naturellement à l'aise dans les cals de la main qui les manipule habituellement) est-ce qu'il n'est pas raisonnable, précisément, de faire confiance au vague à l'âme ? Dans lequel tout est paisible ; surtout l'impossible puisque, dans les moments vraiment critiques c'est précisément de l'impossible qu'on a besoin. Naturellement, ce n'est pas un duel avec le baron Swartz que j'appelle un moment critique, vraiment critique. Là, bien entendu, raison, logique et tout le tremblement et sang-froid. Mais, moi je suis d'une froideur de glace, au naturel ; pas besoin de me rafraîchir. Il y a de quoi rire si on en doute. Je n'appelle pas non plus moment critique la mort du petit Français. J'appelle ces moments-là des moments difficiles. Difficiles : de la soupe trop chaude. Inutile de faire appel au vague à l'âme si on se brûle simplement le gosier. Mais si tu entends frapper du poing et du soulier contre une porte d'église fermée et qu'on crie : « Sainte Vierge ! Sainte Vierge ! Sainte Vierge ! » Qu'est-ce que tu feras avec de la raison et de la logique quand le premier Sainte Vierge ! te remplit déjà le ventre au-delà du possible et que le second soulève le ventre comme la main soulève un sac par le fond pour le renverser et que le troisième vient par là-dessus avec des aloès, des amertumes insupportables, des raisons de tout envoyer à la balançoire. Je suis catalogué sur les toitures comme un Baptiste Cannesqui [38] (quoique ce soit plutôt dans une fosse à blé qu'il s'était caché avant qu'on le traîne par les rues) ou comme un Nicola Piccinino sur les toits de Florence, Simonette Malatesti, Neri de Gino Capponi. Il y a eu beaucoup d'aventures au-dessus des villes méridionales. Sans parler des Roméo, Francesca da Rimini ; et des lucarnes par où ils se glissaient avec leurs armures et ils retombaient sur leurs souliers de fer dans les combles comme des batteries de cuisine qui se décrochent. Où est la chambre de la bien-aimée ? ce n'est pas l'alouette ! Pendant qu'ils râpent les couloirs étroits avec les grosses armures de bataille ; quand ils étaient en train de préparer des révolutions dans des villes ou dans des femmes. Moi je chaparde tout simplement du vin et du fromage de chèvre. Et encore bien heureux. Car, je ne suis pas dans un moment difficile, oh ! pas du tout ; il n'y a rien de difficile. Je suis dans un moment critique ; ce n'est pas la même chose. Cela n'a absolument aucun rapport. Tout ce qui peut être sur les toits d'une ville, les Gino Capponi, les Malateste, Bentivoglio, à faire passer des hallebardes ou des sabres par les lucarnes, et des jambes couvertes d'acier, des poitrines d'acier et des bras d'acier ; ou bien des velours et des eaux de senteur, suivant qu'il s'agit de porter la révolte au cœur de la ville ou au cœur d'un lit, c'est simplement une affaire de loi. Mais une petite fille qui se promène par là-dedans comme une personne raisonnable, ou bien ces coups frappés à quatre heures de l'après-midi dans la porte d'une église et : Sainte Vierge ! Sainte Vierge ! Sainte Vierge ! qu'on appelle (comme si on voulait qu'elle se penche à sa fenêtre et qu'elle réponde : Oui, qu'est-ce qu'il y a ? Je suis là), qu'est-ce que vous voulez, ça ne se règle pas comme une affaire ; ça n'a pas de loi, ça fait ce que ça veut. Et c'est là qu'il y a vraiment beaucoup plus de ressources dans le vague à l'âme que dans la raison. Et la sagesse, alors, à quoi sert-elle ? Sinon, précisément dans ces cas-là, à perdre le peu qui nous reste à vivre ? Ça fait une belle jambe aux cadavres quand, préalablement, ils ont bien raisonné. C'est un beau diplôme qu'on peut leur coller sur le ventre par le temps qui court. Il a bien raisonné. Et ça l'a avancé à grand-chose, vous répond le cadavre qui pourrit sur le pavé jusqu'à ce qu'on le balance dans le tombereau par-dessus les ridelles. Ils ont vraiment l'air de dire, quand on les trimbale dans le tombereau : « Nous avons fait une bonne affaire en bien raisonnant, n'est-ce pas ? » En ce moment, combien y a-t-il, par *la force des choses*, d'êtres intermédiaires entre la vie et la mort ? Je veux dire des êtres dont toutes les affections, tous les amours sont passés de l'autre côté ? Des êtres qui sont restés solitaires et, tout ce qu'ils aimaient, tout ce qu'ils haïssaient a été emporté par le fleuve. Ils n'ont plus rien qu'eux tout seuls de ce côté-ci ; s'ils aiment ou s'ils détestent ce sont des morts. (Pour le moment, mais c'est ce moment-ci qui compte.) S'ils aiment ou s'ils détestent en ce moment-ci, ils sont obligés d'aimer ou de détester des gens qui sont morts. Ils n'ont plus rien à aimer ou à détester de ce côté-ci. Ils sont obligés de regarder dans les deux directions. Et surtout de l'autre côté pour tâcher d'apercevoir encore ceux qui ont entraîné avec eux leur amour ou leur haine. C'est peut-être ce qu'ils appellent la comète. Peut-être qu'ils les voient enroulés en boule et filant à grande allure en laissant derrière eux une pétillante trace d'amour ou de haine qui tend à les aspirer dans son vent. Ou bien alors c'est le cheval : galop de l'amour dans les gorges. Et quand je dis amour je dis aussi et surtout haine car c'est un sentiment bien plus fort à cause de sa sincérité incontestable. De cette façon, il y en a pour tout le monde. Et n'importe qui peut être aspiré dans des sifflements de tempête ou emporté au galop. Alors, ils se cramponnent à des touffes ; une petite promenade en se dandinant pour bien faire ballonner la jupe à collerette (qui était une jupe de dimanche car, qui peut encore compter sur des dimanches, même sur un dimanche ? Et il faut se hâter de faire la dame, car, est-ce qu'on sait de quoi demain sera fait ?). Il avait irrésistiblement envie de vomir à cause de cette amertume insolite. En temps ordinaire, une enfant de six ans en est d'habitude à b a ba. Elle était encore trop jeune pour frapper à la porte des églises comme à la porte d'un moulin. Cette envie de vomir était également provoquée, il faut croire, par cet air brûlant et sirupeux qui sentait l'argile, les aigreurs et le sucre. Angelo fit un petit coussin avec les sacs ; il se coucha sur le zinc brûlant et il ferma les yeux.

Il avait les yeux fermés depuis un temps inappréciable quand il se sentit souffleté de petites gifles duveteuses, frappé autour des tempes de coups de poing fort douloureux et griffé dans sa chevelure qu'on semblait mettre au labour.

Il était couvert d'hirondelles qui le becquetaient.

Il se dressa avec tant de violence qu'il faillit rouler au-delà des arcs-boutants sur les toits qui étaient très en pente. Il se flagella et se ratissa les cheveux avec beaucoup de nervosité. « Elles m'ont pris pour un mort, se disait-il. Ces petites bêtes si familières et qui me regardaient avec leurs beaux yeux jaunes essayaient de me manger. »

Il reprenait ses esprits mais il eut soudain très envie de fumer. Il fouilla dans ses poches et il fut très décontenancé quand il s'aperçut qu'il n'avait plus un seul petit cigare. « Et je n'ai plus fumé depuis le moment où j'ai tiré ce ridicule coup de pistolet en l'air devant la barricade. Il faut vraiment que je sois dans un moment critique. Je suis sûr de penser à fumer au moment d'une charge bien que l'occasion de vérifier un sang froid de cet ordre ne se soit pas encore produite. Mais n'ai-je pas fumé un cigare pendant que je tuais le baron avec toute la loyauté qu'on m'a reprochée ? Donc, si j'ai envie de fumer, c'est bon signe. Mon royaume pour un cigare [39] ! »

Il continua à se blaguer mais l'assaut si naturellement cruel des hirondelles continuait à agiter ses sentiments.

Il passa une fort mauvaise nuit. Il n'y avait que de légères bouffées d'un vent torride et puant. Il rêva qu'il était couché avec un de ses sergents qui lui soufflait à la figure l'haleine d'une infecte digestion de poireaux. Il essayait de le repousser mais l'autre naturellement grandissait de telle façon qu'avec son souffle il faisait ployer d'énormes châtaigniers piémontais.

Il eut un autre rêve dans lequel apparut un coq : c'était, évidemment, un coq extraordinaire. Il avait le plumage d'une blancheur de craie ; quoique en regardant de fort près on pouvait voir sur son panache et sur son jabot des reflets de soufre. En tout cas, il était immense et c'est à peine si, derrière lui, on pouvait apercevoir un tout petit lambeau de ciel gros comme l'ongle. Cette bête se roulait dans l'atmosphère en répandant une odeur puante. Elle écarquillait les plumes de son croupion et son intention manifeste était de couver le visage d'Angelo. Heureusement, la grosse mangeoire de canari, dans le zinc de laquelle Angelo était couché, se renversait et l'énorme croupion avec ses plumes blanches écarquillées en soleil ne pouvait pas s'asseoir d'aplomb sur son visage. Malheureusement Angelo étouffait malgré tout avec des duvets plein les narines. Heureusement, en appliquant étroitement sa face de profil sur la terre il pouvait encore aspirer à ras du sol un peu d'air qui, malheureusement sentait le fumier. Alors, Angelo se mit à gratter la terre pour se creuser une petite cuvette sous le nez. Mais ses doigts s'enfoncèrent dans des excréments pétris en forme de visage de petite fille.

Il se réveilla.

Une épouvantable odeur de cuisine passait dans la nuit sous le volettement de lueurs roses. Angelo fit le tour de la rotonde. On avait allumé trois bûchers dans les collines du nord et des flots de fumées grasses étaient rabattus sur la ville par les élancements du vent...

Angelo se frotta longuement les yeux avec ses poings. Il revint s'asseoir à sa place. Il avait dû violemment se débattre dans son sommeil ; la couffe était renversée et il ne trouva plus ses bottes. Il se fouilla encore à la recherche d'un cigare. L'odeur de la fumée remplissait sa bouche de viscosités écœurantes.

Il eut encore beaucoup de rêves quoique tenu à moitié éveillé par une constante envie de vomir. Il vit, notamment, une comète ; elle soufflait du poison par des jets étincelants, comme un soleil de feu d'artifice. Il entendait le roulement de velours de la pluie mortelle qu'elle jetait ; son ruissellement à travers les toits, à travers les lucarnes, inondant les combles, coulant dans les escaliers, se glissant sous des portes, envahissant les appartements où des gens assis sur des chaises collantes comme des bâtonnets de glu se mettaient à hurler puis à pourrir.

Les premières lueurs du jour lui apportèrent un grand soulagement. C'était encore une fois l'aube blanche et déjà lourde mais malgré sa couleur sans espoir elle remettait les choses en place, dans un ordre familier.

Bien longtemps avant que le soleil ne se lève, une petite cloche se mit à sonner dans les collines. Il y avait de ce côté-là, sur une éminence couronnée de pins, un ermitage semblable à un osselet. La lumière encore relativement limpide permettait de voir un chemin qui y montait en serpentant à travers une forêt d'amandiers gris.

Le petit vitrail commença à transmettre par le tremblement de ses verres dans leurs cercles de plomb une sorte d'agitation qui bougeait dans les profondeurs de l'église. Les grandes portes sur lesquelles on avait vainement frappé la veille s'ouvrirent. Angelo vit s'aligner sur la place des enfants vêtus de blanc et qui portaient des bannières. Les portes des maisons commencèrent à souffler quelques femmes noires comme des fourmis. D'autres venaient par les rues qu'il voyait en enfilade. Au bout d'un moment, en tout et pour tout, ils devaient être une cinquantaine, y compris trois prêtres recouverts de carapaces dorées qui attendaient. La procession se mit en marche en silence. La cloche sonna longtemps des coups espacés. Enfin, les bannières blanches apparurent sous les amandiers gris, puis les carapaces qui, malgré l'éloignement, restèrent dorées, puis les fourmis noires. Mais, pendant que tous ces petits insectes gravissaient lentement le tertre, le soleil se leva d'un bond. Il saisit le ciel et fit crouler en avalanche des plâtres, des craies, des farines qu'il se mit à pétrir avec ses longs rayons sans iris. Tout disparut dans cet orage éblouissant de blancheur. Il ne resta plus que la cloche qui continua à sonner à grands hoquets ; puis elle se tut.

Cette journée fut marquée par une recrudescence terrible de la mortalité.

Vers la fin de la matinée, dans cette partie de la ville que dominait Angelo, il y eut des rumeurs puis des cris déchirants qui éclatèrent à divers endroits puis qui éclataient de tous les côtés. Le volet d'une des maisons de la place s'ouvrit avec fracas et parut le buste d'un homme et des bras qui gesticulaient. Cet homme ne poussait pas de cris ; il semblait seulement faire effort avec ses deux poings pour se les enfoncer alternativement dans la bouche comme s'il avait quelque arête de poisson dans la gorge. En même temps, il virevoltait dans le cadre de sa fenêtre ouverte comme un guignol sur sa scène. Enfin, il dut s'effondrer à l'intérieur. Sa fenêtre resta ouverte. Les innombrables hirondelles qui avaient repris leur carrousel grésillant commencèrent à s'en rapprocher. Les cris étaient d'abord des cris de femmes puis il y eut quelques cris d'hommes. Ceux-là étaient extrêmement tragiques. On les aurait dit soufflés à travers des cornes d'aurochs. Contrairement à ce qu'on aurait pu penser ce n'étaient pas les agonisants qui criaient ainsi de tous les côtés mais les vivants. Plusieurs de ces êtres affolés traversèrent la place. Ils semblaient chercher secours car certains couraient les uns vers les autres jusqu'à s'embrasser, puis ils se repoussaient et recommençaient à courir. Un tomba et mourut assez vite. On commença à entendre de tous les côtés le charroi des tombereaux. Il n'eut pas de cesse ; et l'horloge sonna midi, puis une, deux, trois heures ; il continuait sans arrêt, roulant son tambour sur les pavés de toutes les rues. Une fumée roussâtre venant des collines du nord salissait le ciel.

Il arriva sous les yeux mêmes d'Angelo un événement étrange. Quelques-uns de ces tombereaux passèrent sur la place. Débouchant d'une rue qui longeait l'église ils arrivaient, à un moment donné, au détour où ils se trouvaient juste dessous l'endroit où se tenait Angelo et tellement en vue qu'ils découvraient tout leur chargement de cadavres. C'est, arrivé à cet endroit-là, qu'un de ces tombereaux s'arrêta ; l'homme blanc qui menait le cheval par la bride s'étant brusquement affaissé. Cet homme se tordait par terre en s'entortillant dans cette espèce de blouse blanche et ses deux compagnons le regardaient sans approcher, quand un de ces deux compagnons s'affaissa lui-même en poussant un seul cri, mais très perçant. Le troisième s'apprêtait à fuir et déjà il troussait sa blouse, quand il parut trébucher sur un obstacle qui lui fauchait les jambes, et il s'allongea, la face contre terre, à côté des deux autres. Le cheval se chassait les mouches avec la queue.

Cette entreprise délibérée de la mort, cette victoire foudroyante, la proximité du champ de bataille qui restait sous ses yeux, impressionnèrent fortement Angelo. Il ne pouvait pas détourner ses regards des trois hommes blancs. Il espérait toujours qu'ils allaient se redresser, après un petit repos et continuer leur tâche. Mais ils restèrent allongés bien sagement et, à part l'un d'eux qui agita convulsivement ses jambes comme s'il ruait, ils ne bougèrent plus.

Le charroi des autres tombereaux continuait dans les rues et les ruelles d'alentour. Les cris de femmes, stridents, ou gémissants, le déchirant appel au secours des voix d'hommes éclataient toujours de côté et d'autre. Ils n'avaient en réponse que le roulement des tombereaux sur les pavés.

Enfin, un de ceux-là qui sautaient dans les rues voisines arriva sur la place. Les hommes blancs s'approchèrent de leurs camarades allongés et les tournèrent du pied. Ils les chargèrent dans le tombereau et, prenant le cheval par la bride, ils le firent marcher.

Un vol de mouches très épais grondait sur l'endroit où le chargement de cadavres était resté en plein soleil. Il en avait coulé des jus qu'elles ne voulaient pas laisser perdre.

Angelo se dit : « Il ne faut pas rester ici : c'est un foyer du mal. Les exhalaisons montent. Cette place est un carrefour de rues. Et d'ailleurs n'était-elle pas déjà jonchée de morts ? Il faut partir. Il y a sûrement dans la ville des quartiers moins touchés ou alors c'est une affaire de trois, quatre jours et il ne restera plus personne. Sauf moi ici dessus. Et encore, est-ce que c'est probable ? »

Il se mit à errer sur les toits. Il ne faisait plus du tout attention à ces gouffres que les cours intérieures ouvraient soudain devant lui. Il était occupé d'un autre vertige. Il s'en alla même fort calmement ramasser ses bottes sur la pente assez raide d'un toit où il les avait fait rouler au cours de la nuit dans le débat de ses rêves.

Il eut vite fait le tour des toits sur lesquels il pouvait marcher. A l'ouest, la place l'empêchait d'aller plus loin. A l'est, une rue assez large lui barrait la route ; au sud, une autre rue, non seulement large mais bordée de toits très en pente ; au nord, une rue étroite. Il se demanda s'il ne ferait pas mieux de descendre carrément dans les rues par quelque escalier intérieur. « Et puis, après ? se dit-il. En admettant même que les fous qui m'ont poursuivi aient désormais d'autres chats à fouetter, ce qui n'est pas sûr, je vais être en plein dans la mélasse. » Il avait l'impression que, sous lui, la ville était toute pourriture. « Il faudrait simplement pouvoir sortir de ce quartier-ci. »

Il déambulait sur les toits exactement comme sur terre ferme. On l'aurait beaucoup étonné si on lui avait dit qu'il avait tout à fait l'allure inconsciente et désabusée de la petite fille à la jupe en collerette. Le clocher, la rotonde, les petits murs, l'ondulation des toits n'étaient autour de lui que comme les arbres, les bosquets, les haies et les monticules d'une terre nouvelle ; les ouvertures sombres des cours intérieures étaient comme de simples flaques dont il fallait se détourner ; les rues, des ruisseaux au bord desquels il fallait s'arrêter.

Ce n'était pas un rêve cocasse, c'était un mystère très amer dont on ne pouvait pas sortir. Il n'y avait pas à jouer au plus fin avec ça ; il n'y avait qu'à en prendre son parti, quitte à user de malice plus tard quand ce nouveau monde aurait déclenché la mise en route d'instincts nouveaux. Quand les limites s'effacent, entre le réel et l'irréel et qu'on peut passer librement de l'un dans l'autre, le premier sentiment qu'on éprouve, contrairement à ce qu'on croit, est le sentiment que la prison s'est rétrécie.

Il regardait un enchevêtrement de toitures et de murs assez semblables dans son agglomération à un échafaudage effondré quand il vit, encadré dans une lucarne, un visage humain largement taché de noir par une bouche grande ouverte. Avant d'en avoir compris la réalité, il entendit un cri perçant. Il se jeta vivement derrière une grosse cheminée.

Il était à deux ou trois mètres de la lucarne et bien dissimulé. Il entendit plusieurs voix angoissées qui disaient : « Elle a vu le mal, elle a vu le mal ! » La même voix qui avait crié continuait à gémir : « Il est là, il vient, il est sur nous. » Il y eut des trépignements sur un plancher puis une voix d'homme un peu plus ferme demanda : « Où ? Où est-il ? Où l'as-tu vu ? »

Par un joint, entre deux briques, Angelo voyait la lucarne. Il en émergea un bras tendu et un index pointé qui désignait les hauteurs du ciel : là. Là-haut ! Seigneur ! Un homme avec une grande barbe. Puis les cris recommencèrent et Angelo entendit le bruit d'une galopade dans les escaliers.

Il attendit un long moment avant de sortir de derrière sa cheminée. Il se défila derrière de hauts faîtages et il gagna l'abri de ses arcs-boutants.

Le soir tomba. Il était plus que jamais résolu à gagner un autre quartier de toitures.

La ruelle du nord était vraiment très étroite : trois mètres de large tout au plus ; et même à un certain endroit où les génoises s'avançaient, le vide était encore plus étroit. Avec une planche, ou mieux avec une échelle qu'on glisserait là-dessus il serait facile de passer. Il se souvint de l'échelle qui faisait communiquer la galerie avec le dernier palier, dans la maison où il avait pris les victuailles. Il profita des derniers restes du jour pour aller voir si on pouvait la sortir sans faire de bruit. Elle n'était pas scellée et, quand il essaya de la tirer à lui pour voir si elle n'était pas trop lourde, elle l'était si peu qu'il put l'amener sur le plancher de la galerie sans faire aucun bruit. Restait à savoir si elle était assez longue. Elle le paraissait. Il l'emporta jusqu'à la rotonde.

Il dormit très bien, sans rêve, après avoir mangé du coulis de tomate et un peu de graisse. Il se réveilla au moment même où la nuit encore très noire se déchirait lentement à l'est. Il était frais et dispos. Il rassembla son matériel.

L'opération qui consistait à faire glisser l'échelle pardessus le vide se trouva être plus facile qu'il ne croyait en raison de l'étroitesse de l'endroit qu'il avait choisi et de la légèreté de l'échelle. Il comprit aussi que cette toute première pointe de l'aube était le moment idéal pour passer. La ruelle en dessous était encore tellement noire qu'on n'en voyait pas le vide. La seule difficulté était de traverser avec la couffe de sparterie qui contenait encore deux bouteilles de coulis, le pot de graisse, deux pots de confitures, la bouteille de liquide jaune dont il n'avait pas pu lire l'étiquette, les saucissons et deux bouteilles de vin. Pour les bottes, il les avait de nouveau mises à cheval sur son cou et cela allait bien, mais pour le reste, c'était plus délicat et il voulait absolument avoir ses deux mains libres. Finalement, il n'y avait aucun moyen et le temps passait. Il se dit : « Je vais laisser la couffe de ce côté-ci. Si je ne trouve pas à manger de l'autre côté, ce qui me paraît bien extraordinaire, le pire est que je sois obligé de revenir de ce côté pour manger. Mais je ne crois pas. Ce qui importe le plus c'est que je ne me casse pas la figure. »

Il se mit à quatre pattes et il traversa sans faiblir. Il tira l'échelle à lui et il la cacha derrière le faîtage. Il s'allongea à côté d'elle et il attendit le lever du jour. Il s'aperçut avec étonnement qu'il goûtait fort la chaleur des tuiles qui lui réchauffait le dos. Il avait accompli tous les gestes que lui dictait sa résolution, mais glacé des pieds à la tête.

« Et le chat ? » se dit-il. Il se rendit compte que depuis la veille au matin il ne l'avait plus vu. Il pensa aussi qu'il aurait bien pu, avant de traverser, mettre un saucisson dans sa poche. En vérité, ce n'était pas manger qui était l'essentiel. Le chat, par contre, lui manqua beaucoup jusqu'à ce que le soleil soit levé.

Dans le moment de calme qu'il passa, là, étendu sur les tuiles tièdes, il se rendit compte que depuis la veille le charroi des tombereaux n'avait pas cessé. Il avait été trop préoccupé par son idée pour les entendre. Maintenant, il les entendait de nouveau battre le tambour.

Son domaine de toitures s'avéra beaucoup plus vaste que le précédent. Les rues qui le limitaient étaient très éloignées les unes des autres. C'était un pâté de maisons si compact qu'on avait dû l'aérer de quelques cours et même de jardins intérieurs ; quelques-uns de ces jardins avaient même des arbres. Ces cours et ces jardins étaient clos de toutes parts : il pouvait donc en faire le tour. Ils appartenaient tous à des maisons bourgeoises. Angelo se mit aux aguets pour surprendre la vie de ces maisons par les grandes fenêtres qui donnaient sur les jardins mais, malgré des vitres fort claires à travers lesquelles il pouvait voir fauteuils et tapis, rien ne bougea dans ces intérieurs. A un moment donné même il fut assez près de la fenêtre d'une cuisine pour voir nettement le dessus de la cheminée nettoyé de tous ses pots. Ces gens-là n'étaient pas morts ; ils étaient partis.

« Voilà qui excuse toutes les révolutions, se dit-il, et même qu'on m'ait brutalisé l'autre soir. Tu es bien nigaud, ajouta-t-il, ces gens-là ne sont pas morts ici mais qui dit qu'ils ne sont pas morts ailleurs ? Voilà toute la différence. Ceci est une réflexion de chef. » Il en fut très fier. « Si je voulais, j'irais me prélasser dans leurs fauteuils, mais à d'autres ! Je ne crois pas que le mal soit un homme barbu mais je suis bien sûr que c'est un petit animal, bien plus petit qu'une mouche qui peut parfaitement habiter un reps ou la toile d'une tapisserie. Les toitures ne m'ont pas trop mal réussi jusqu'à présent, restons-y. De toute façon, ceci me paraît maigre en victuailles. »

Les maisons de ce quartier n'avaient pas de galeries et Angelo eut beau chercher de tous les côtés, il n'y avait pas non plus sur ces toitures d'endroits plats où pouvoir dormir. Même pas d'endroits où il puisse se mettre à l'ombre comme sous les arcs-boutants de la rotonde. Le soleil était encore plus blanc que d'habitude, la réverbération des tuiles polies brûlait autant que les rayons directs.

Il eut toutefois la joie de voir arriver le chat. Il ne sut

jamais comment l'animal avait fait pour le rejoindre. Peut-être avait-il sauté ? En tout cas, à partir de ce moment-là, il resta sur les talons d'Angelo comme un chien, profita de toutes les haltes pour se frotter contre ses jambes. Il fit avec lui tout le tour du domaine et, quand Angelo s'assit au pied d'une petite murette, dans un peu d'ombre, le chat sauta sur ses genoux et lui fit à sa façon une fête de grande affection.

Du côté de la place de l'église, le charroi des tombereaux continuait. De temps en temps, des cris, des appels qui retentissaient longuement en vain, des gémissements, montaient de la profondeur des rues.

Dans la petite murette contre laquelle Angelo appuyait son dos s'ouvrait une lucarne rectangulaire dans laquelle finalement le chat sauta. Comme il ne revenait pas, Angelo l'appela, puis engagea sa tête et ses épaules dans la lucarne. Elle donnait sur un grenier spacieux plein d'objets hétéroclites dont la vue donnait à l'âme un profond sentiment de quiétude. Tout de suite, Angelo essaya de passer mais l'ouverture était trop étroite. Après avoir de nouveau porté ses regards sur l'étincellement cru des toitures, sur les collines blêmes dans lesquelles on venait d'alimenter les bûchers qui commençaient à tordre d'énormes fumées grasses, Angelo eut une envie irrésistible de revoir ce beau grenier blond, translucide, gardant de vieilles étoffes, des crosses de bois poli, des ferrures en forme de fleurs de lys, des ombrelles, des jupes sur des corps d'osier, de vieilles capelines de taffetas moiré, des reliures, des ventres de meubles, des guirlandes de nacre, des bouquets de fleurs d'oranger, des objets de la vie élégante et facile endormis dans du miel. Les corsages, les robes, les guimpes, les coiffes, les gants, les redingotes, les carricks, les hauts-de-forme, les cravaches de trois générations, pendus à des clous, tapissaient les murs. De minuscules souliers à talons hauts, en satin, en cuir, en velours, des mules à pompons de soie, des bottes de chasse étaient posés sur des meubles bas, non pas dans l'alignement ridicule de chaussures rangées, mais comme si le pied venait de les quitter ; mieux, comme si le pied d'ombre les chaussait encore ; comme si les corps d'ombre pesaient encore pour si peu que ce soit. Enfin, posé à plat sur le marbre d'une commode, un sabre dans son fourreau. Un sabre de cavalerie avec sa dragonne d'or : tout apportait des tendresses aussi douces au cœur que les tendresses du chat. D'ailleurs, le chat était là, couché sur un vieux couvre-pied et il appela Angelo avec un roucoulement de colombe, suave et mélancolique, semblable à la voix même du monde disparu.

Angelo était cramponné à la lucarne comme un prisonnier à la lucarne de sa prison.

Une odeur de longs repos, de chairs paisiblement vieillies, de cœurs tendres, de jeunesse imputrescible, de passions bleues et de tisane de violette venait du beau grenier.

Les bûchers rabattaient sur la ville une fumée lourde à goût de suint et de graisse comme de mauvaises chandelles, mais qui donnait appétit. Angelo pensa à la couffe de sparterie qu'il avait laissée de l'autre côté de la rue. Avec des *vivres* (comme on dit) et s'il pouvait glisser par l'étroite fenêtre, il y avait là-dedans de quoi vivre indéfiniment.

Il erra jusqu'à midi sur les toitures sans pouvoir détacher sa pensée d'un besoin de douceur.

Il se disait : « Voilà un étrange besoin et qui vient bien mal à propos. Les choses sont claires et il n'y a pas à chercher midi à quatorze heures. Loin de croire que le danger vient d'un homme barbu ou des nuages même à forme de cheval, ou de la comète à laquelle cependant toi aussi tu as rêvé, tu sais qu'il s'agit simplement de petits animaux plus petits que des mouches et qui donnent le choléra. Sans parler des fous qui écrasent la tête de ceux qui touchent aux fontaines. Fais ton affaire avec ça. Je ne vois pas pourquoi il serait là-dedans question de vieux corsages et de souliers de satin. Le sabre seul, en raisonnant froidement, pourrait te rendre quelque service, mais quelques charges de poudre pour tes pistolets feraient beaucoup mieux l'affaire. Et, si tu as pensé au sabre, c'est simplement par goût de la fioriture et de la gloriole parce que tu sais t'en servir d'une façon merveilleuse, que ton ancien métier te remonte aux poignets, en un mot, parce que tu ne pourras jamais te guérir de tes façons cocardières qui t'ont déjà rendu maintes fois ridicule. Sans parler du fameux duel dont tu pouvais très bien te passer en donnant un louis à un assassin professionnel. Rien n'est plus bête que la générosité quand la générosité en arrive à se loger jusque dans la politesse et le sentiment des choses justes. Heureusement que tu n'aimes pas l'amour, comme disait cette pauvre Anna Clèves [40], sans quoi, gare à la bombe ! Mais la révolution et le choléra peuvent également te tromper comme des femmes si tu n'es pas habile ! Tout appartient aux hommes habiles ; ils sont les maîtres du monde. Serais-tu timide, par hasard ? il faut convenir que j'adore ces vêtements pendus aux murs, là-bas. Ils sont tous d'une main-d'œuvre exquise. Ils ont appartenu à des êtres sensibles. Oui, je pourrais vivre indéfiniment dans le grenier. »

Mais la fumée des bûchers de cadavres l'enveloppait avec son goût de suif et en prononçant en lui-même le mot de *vivre* il pensait à la couffe de sparterie.

Il alla sur les toits d'une longue maison à allure de caserne.

Les bâtiments étaient établis en carrés autour d'un jardin fort bien tenu. De l'autre côté du jardin, Angelo voyait une partie de façade percée de grandes fenêtres régulières, grillées, vers lesquelles montaient des feuillages de laurier et de figuier. Les parterres de buis, en bas, étaient animés d'une sorte de trafic de souris. En se glissant jusque sur le promontoire d'une mansarde, Angelo put voir que c'étaient des nonnes qui s'affairaient fort lentement autour de caisses, de ballots et de malles qu'elles cordaient en faisant bruire tout un damier de robes noires et de coiffes blanches. L'affaire était surveillée par un personnage blanc comme marbre et plus petit que nature qui se tenait immobile sous un berceau de lauriers-roses. Un moment, Angelo eut peur d'être vu par ce commandant dont l'immobilité et le sang-froid impressionnaient. Mais il s'aperçut que c'était la statue d'un saint.

Il suffisait de remonter sur la hauteur des toits pour entendre le charroi des tombereaux qui ne cessait pas, des rumeurs étouffées pleines de gémissements et ce bruit semblable à celui d'une pluie fine que faisait la fumée des bûchers en frottant les tuiles.

Angelo retourna s'asseoir près de la lucarne du grenier. Pendant plusieurs heures il le respira de temps en temps comme on respire une fleur. Il passait sa tête par l'ouverture, il regardait les corsages, les robes, les petits souliers, les bottes, le sabre ; il humait l'odeur d'âmes qu'il imaginait sublimes.

« Je ne passe pas pour un esprit frivole, se disait-il. Combien de fois ne m'a-t-on pas reproché mon manque de goût pour les plaisirs ? Et j'ai incontestablement, à force de froideur, fait le malheur de cette pauvre Anna Clèves qui, au fond, me demandait fort peu de chose si j'en juge par la façon dont les jeunes officiers qui fréquentaient la même salle d'escrime que moi à Aix-en-Provence se comportent avec les dames. Elle ne voudrait jamais croire que je suis capable de créer un être qui chausse ces souliers, revêt ces robes, prend cette ombrelle dans ses mains, se coiffe de cette capeline de faille mauve et marche dans ce grenier (qui est d'ailleurs un parc, un château, un domaine, un pays avec son parlement) et m'apporte à l'heure actuelle le plus grand plaisir que je puisse avoir (le seul même) rien qu'à le voir marcher. »

Il retournait s'asseoir près du petit mur. Il revoyait la fumée noire chevaucher dans le ciel de craie. Il entendait les tombereaux rouler sur les pavés, s'arrêter, repartir, s'arrêter, repartir, tourner inlassablement dans les rues. Il écoutait le grand silence constamment refermé autour de ce bruit de tombereau, autour des gémissements et des appels.

Enfin, il essaya de se glisser dans la lucarne. Il ne réussit qu'à coincer ses épaules et à s'écorcher le haut des bras. Mais il pensa tout à coup à l'attitude qu'on prend quand on se fend pour donner un coup de pointe dans les règles, le bras droit tendu, la tête effacée contre l'épaule droite, le bras gauche allongé contre la cuisse, l'épaule gauche effacée.

« C'est un coup de pointe dans les règles qu'il faut ici, se dit-il. Si je réussis à me tenir de cette façon, je parie que je passe. »

Il essaya et il aurait réussi sans les pistolets qui lui gonflaient les poches. Il fourra ses pistolets dans ses bottes et il introduisit d'abord les bottes dans le grenier. La lucarne s'ouvrait, à l'intérieur, à environ un mètre cinquante du plancher. Il plongea son bras le plus loin possible mais il dut malgré tout laisser tomber ses bottes sans espoir de pouvoir les reprendre s'il ne passait pas.

« Les ponts sont coupés, se dit-il, maintenant il faut suivre. Ou bien, sans bottes ni pistolets tu n'es plus qu'un pignouf. »

Malgré sa maigreur et la position parfaite qu'il prit, il resta coincé, heureusement aux hanches et, en se demenant comme un ver de terre et en s'aidant de sa main droite, il réussit à s'arracher et à rouler à l'intérieur où il fit un assez grand bruit en tombant sur le parquet de bois.

« Madone, dit-il en se relevant, faites que les gens d'ici soient morts ! »

Il resta un long moment dans l'expectative mais rien ne bougea.

Le grenier était encore plus beau que ce qu'il paraissait être. Les fonds qu'on ne pouvait pas voir de la lucarne, éclairés par quelques tuiles de verre disséminées dans la toiture, et sur lesquelles à cette heure frappait le soleil couchant, étaient baignés d'un sirop de lumière presque opaque. Les objets n'en émergeaient que par des lambeaux de forme qui n'avaient plus aucun rapport avec leur signification réelle. Telle commode galbée n'était plus qu'un ventre recouvert d'un gilet de soie prune ; un petit saxe sans tête qui devait être à l'origine un ange musicien était devenu par l'agrandissement des ombres portées, par le vif éclat que la lumière donnait aux brisures de sa décollation, une sorte d'oiseau des îles : le cacatoès d'une créole ou d'un pirate. Les robes et les redingotes étaient vraiment réunies en assemblées. Les souliers apparaissaient sous des franges de clarté comme dépassant du bas d'un rideau, et les personnages d'ombres dont ils trahissaient ainsi la présence, ne se tenaient pas sur un plancher mais comme sur les perchoirs en escalier d'une vaste cage de canaris. Les rayons du soleil dardés en étincelantes constellations rectilignes de poussière faisaient vivre ces êtres étranges dans des mondes triangulaires, et la descente sensible du couchant qui déplaçait lentement les ronds de lumière les animait de mouvements indéfiniment étirés comme dans l'eau tiède d'un aquarium. Le chat vint saluer Angelo, s'étira aussi, ouvrit une large bouche et émit un miaulement imperceptible.

« Fameux bivouac, se dit Angelo. Il n'y a que la subsistance qui n'est pas très bien assurée ; mais, quand il fera nuit j'irai explorer les profondeurs. En tout cas, ici je suis comme un coq en pâte. »

Et il se coucha sur un vieux divan.

Il se réveilla. Il faisait nuit.

« En route, se dit-il. Maintenant il faut vraiment quelque chose à se mettre sous la dent. »

Les profondeurs, vues du petit palier devant la porte du grenier, étaient terriblement obscures. Angelo enflamma sa mèche d'amadou. Il souffla sur la braise, vit le haut de la rampe dans la lueur rose et il commença à descendre lentement en habituant peu à peu ses pieds au rythme des marches.

Il arriva sur un autre palier. Cela semblait être celui d'un troisième étage, à en juger par l'écho de la cage d'escalier où le moindre glissement avait son ombre. Il souffla sur sa braise. Comme il le supposait l'espace autour de lui était très vaste. Ici, trois portes, mais fermées toutes les trois. Trop tard pour forcer les serrures. Il verrait demain. Il fallait descendre plus bas. Ses pieds reconnurent des marches de marbre.

Deuxième étage : trois portes également fermées ; mais c'étaient incontestablement des portes de chambres : les panneaux étaient historiés de rondes-bosses et de motifs de sculpture à carquois et à rubans. Ces gens étaient sûrement partis. Les carquois et les rubans n'étaient pas les attributs de gens qui laissent leurs cadavres s'empiler dans des tombereaux. Il y avait même de grandes chances pour qu'ils aient ratissé ou plutôt fait ratisser la cuisine jusque dans les plus petits recoins des placards. Il fallait voir plus bas. Peut-être même jusque dans la cave.

A partir d'ici il y avait un tapis dans l'escalier. Quelque chose passa entre les jambes d'Angelo. Ce devait être le chat. Il y avait vingt-trois marches entre le grenier et le troisième ; vingt-trois entre le troisième et le second. Angelo était sur la vingt et unième marche, entre le second et le premier quand, en face de lui, une brusque raie d'or encadra une porte qui s'ouvrit. C'était une très jeune femme. Elle tenait un chandelier à trois branches à la hauteur d'un petit visage en fer de lance encadré de lourds cheveux bruns.

« Je suis un gentilhomme », dit bêtement Angelo.

Il y eut un tout petit instant de silence et elle dit :

« Je crois que c'est exactement ce qu'il fallait dire. »

Elle tremblait si peu que les trois flammes de son chandelier étaient raides comme des pointes de fourche.

« C'est vrai, dit Angelo.

— Le plus curieux est qu'en effet cela semble vrai, dit-elle.

— Les brigands n'ont pas de chat, dit Angelo qui avait vu le chat glisser devant lui.

— Mais qui a des chats ? dit-elle.

— Celui-ci n'est pas à moi, dit Angelo, mais il me suit parce qu'il a reconnu un homme paisible.

— Et que fait un homme paisible à cette heure et là où vous êtes ?

— Je suis arrivé dans cette ville il y a trois ou quatre jours, dit Angelo, j'ai failli être écharpé comme empoisonneur de fontaine. Des gens qui avaient de la suite dans les idées m'ont poursuivi dans les rues. En me dissimulant dans une encoignure une porte s'est ouverte et je me suis caché dans la maison. Mais il y avait des cadavres, ou plus exactement un cadavre. Alors j'ai gagné les toits. C'est là-haut dessus que j'ai vécu depuis. »

Elle l'avait écouté sans bouger d'une ligne. Cette fois le silence fut un tout petit peu plus long. Puis elle dit :

« Vous devez avoir faim alors ?

— C'est pourquoi j'étais descendu chercher, dit Angelo, je croyais la maison déserte.

— Félicitez-vous qu'elle ne le soit pas, dit la jeune femme avec un sourire. Les brisées de mes tantes sont des déserts. »

Elle s'effaça, tout en continuant à éclairer le palier.

« Entrez, dit-elle.

— J'ai scrupule à m'imposer, dit Angelo, je vais troubler votre réunion.

— Vous ne vous imposez pas, dit-elle, je vous invite. Et vous ne troublez aucune réunion : je suis seule. Ces dames sont parties depuis cinq jours. J'ai eu moi-même beaucoup de mal à me nourrir après leur départ. Je suis néanmoins plus riche que vous.

— Vous n'avez pas peur ? dit Angelo en s'approchant.

— Pas le moins du monde.

— Sinon de moi, et je vous rends mille grâces, dit Angelo, mais de la contagion ?

— Ne me rendez aucune grâce, monsieur, dit-elle. Entrez. Nos bagatelles de la porte [41] sont ridicules. »

Angelo pénétra dans un beau salon. Il vit tout de suite son propre reflet dans une grande glace. Il avait une barbe de huit jours et de longues rayures de sueur noirâtre sur tout le visage. Sa chemise en lambeaux sur ses bras nus et sa poitrine couverte de poils noirs, ses culottes poussiéreuses et où restaient les traces de plâtre de son passage à travers la lucarne, ses bas déchirés d'où dépassaient des arpions assez sauvages composaient un personnage fort regrettable. Il n'avait plus pour lui que ses yeux qui donnaient toujours cependant des feux aimables.

« Je suis navré, dit-il.

— De quoi êtes-vous navré ? dit la jeune femme qui était en train d'allumer la mèche d'un petit réchaud à esprit-de-vin.

— Je reconnais, dit Angelo, que vous avez toutes les raisons du monde de vous méfier de moi.

— Où voyez-vous que je me méfie, je vous fais du thé. »

Elle se déplaçait sans bruit sur les tapis.

« Je suppose que vous n'avez plus eu d'aliments chauds depuis longtemps ?

— Je ne sais plus depuis quand !

— Je n'ai malheureusement pas de café. Je ne saurais d'ailleurs trouver de cafetière. Hors de chez soi on ne sait où mettre la main. Je suis arrivée ici il y a huit jours. Mes tantes ont fait le vide derrière elles ; le contraire m'aurait surprise. Ceci est du thé que j'avais heureusement pris la précaution d'emporter.

— Je m'excuse, dit Angelo d'une voix étranglée.

— Les temps ne sont plus aux excuses, dit-elle. Que faites-vous debout ? Si vous voulez vraiment me rassurer, comportez-vous de façon rassurante. Assoyez-vous. »

Docilement, Angelo posa la pointe de ses fesses au bord d'un fauteuil mirobolant.

« Du fromage qui sent le bouc (c'est d'ailleurs pourquoi elles l'ont laissé), un fond de pot de miel et, naturellement, du pain. Est-ce que ça vous va ?

— Je ne me souviens plus du goût du pain.

— Celui-ci est dur. Il faut de bonnes dents. Quel âge avez-vous ?

— Vingt-cinq ans, dit Angelo.

— Tant que ça ? » dit-elle.

Elle avait débarrassé un coin de guéridon et installé un gros bol à soupe sur une assiette.

« Vous êtes trop bonne, dit Angelo. Je vous remercie de tout mon cœur de ce que vous voudrez bien me donner car je meurs de faim. Mais je vais l'emporter, je ne saurais me mettre à manger devant vous.

— Pourquoi ? dit-elle. Suis-je écœurante ? Et dans quoi emporteriez-vous votre thé ? Il n'est pas question de vous prêter bol ou casserole ; n'y comptez pas.

Sucrez-vous abondamment et émiettez votre pain comme pour tremper la soupe. J'ai fait le thé très fort et il est bouillant. Rien ne peut vous être plus salutaire. Si je vous gêne, je peux sortir.

— C'est ma saleté qui me gêne », dit Angelo. Il avait parlé brusquement mais il ajouta : « Je suis timide. » Et il sourit.

Elle avait les yeux verts et elle pouvait les ouvrir si grands qu'ils tenaient tout son visage.

« Je n'ose pas vous donner de quoi vous laver, dit-elle doucement. Toutes les eaux de cette ville sont malsaines. Il est actuellement beaucoup plus sage d'être sale mais sain. Mangez paisiblement. La seule chose que je pourrai vous conseiller, ajouta-t-elle avec également un sourire, c'est de mettre si possible des souliers, dorénavant.

— Oh ! dit Angelo, j'ai des bottes là-haut, même fort belles. Mais j'ai dû les tirer pour pouvoir marcher sur les tuiles qui sont glissantes et aussi pour descendre dans les maisons sans faire de bruit. »

Il se disait : « Je suis bête comme chou », mais une sorte d'esprit critique ajoutait : « Au moins l'es-tu d'une façon naturelle ? »

Le thé était excellent. A la troisième cuillerée de pain trempé, il ne pensa plus qu'à manger avec voracité et à boire ce liquide bouillant. Pour la première fois depuis longtemps il se désaltérait. Il ne pensait vraiment plus à la jeune femme. Elle marchait sur les tapis. En réalité, elle était en train de préparer une deuxième casserole de thé. Comme il finissait, elle lui remplit de nouveau son bol à ras bord.

Il aurait voulu parler mais sa déglutition s'était mise à fonctionner d'une façon folle. Il ne pouvait plus s'arrêter d'avaler sa salive. Il avait l'impression de faire un bruit terrible. La jeune femme le regardait avec des yeux immenses mais elle n'avait pas l'air d'être étonnée.

« Ici, je ne vous céderai plus », dit-il d'un ton ferme quand il eut fini son deuxième bol de thé.

« J'ai réussi à parler ferme mais gentiment », se dit-il.

« Vous ne m'avez pas cédé, dit-elle. Vous avez cédé à une fringale encore plus grande que ce que je croyais et surtout à la soif. Ce thé est vraiment une bénédiction.

— Je vous en ai privée ?

— Personne ne me prive, dit-elle, soyez rassuré.

— J'accepterai un de vos fromages et un morceau de pain que j'emporterai, si vous voulez bien et je vous demanderai la permission de me retirer.

— Où ? dit-elle.

— J'étais tout à l'heure dans votre grenier, dit Angelo, il va sans dire que je vais en sortir tout de suite.

— Pourquoi, il va sans dire ?

— Je ne sais pas, il me semble.

— Si vous ne savez pas, vous feriez aussi bien d'y rester cette nuit. Vous aviserez demain, au jour. »

Angelo s'inclina.

« Puis-je vous faire une proposition ? dit-il.

— Je vous en prie.

— J'ai deux pistolets dont un vide. Voulez-vous accepter celui qui est chargé ? Ces temps exceptionnels ont libéré beaucoup de passions exceptionnelles.

— Je suis assez bien pourvue, dit-elle, voyez vous-même. »

Elle souleva un châle qui était resté de tout ce temps à côté du réchaud à esprit-de-vin. Il recouvrait deux forts pistolets d'arçon.

« Vous êtes mieux fournie que moi, dit froidement Angelo, mais ce sont des armes lourdes.

— J'en ai l'habitude, dit-elle.

— J'aurais voulu vous remercier.

— Vous l'avez fait.

— Bonsoir, madame. Demain à la première heure j'aurai quitté le grenier.

— C'est donc à moi à vous remercier », dit-elle.
Il était à la porte. Elle l'arrêta.

« Une bougie vous rendrait-elle service ?

— Le plus grand, madame, mais je n'ai que de l'amadou à mon briquet, je ne peux pas faire de flamme.

— Voulez-vous quelques bâtonnets soufrés ? »

En rentrant dans le grenier, Angelo fut tout étonné de retrouver le chat sur ses talons. Il avait oublié cette bête qui lui avait donné tant de plaisir par sa compagnie.

« Il va me falloir passer de nouveau par cette lucarne si étroite, se dit-il ; mais, décemment, un galant homme ne peut pas rester seul avec une aussi jeune femme et jolie ; même le choléra n'excuse rien dans ces cas-là. Elle se dominait d'une façon parfaite mais il est incontestable que, pour si peu que ce soit, ma présence dans le grenier la gênerait. Eh ! bien, je passerai de nouveau par la lucarne si étroite. »

Le thé lui avait donné des forces et surtout un grand bien-être. Il admirait tout de ce que la jeune femme avait fait en bas. « Si j'avais été à sa place, se disait-il, aurais-je réussi aussi bien qu'elle cet air méprisant et froid en face du danger ? Aurais-je su jouer aussi bien qu'elle une partie où j'avais tout à perdre ? Il faut convenir que je suis d'aspect effrayant et même, ce qui est plus grave, repoussant. » Il oubliait les feux de ses yeux.

« Elle n'a pas cédé ses atouts une minute et cependant elle a à peine vingt ans ; disons vingt et un ou vingt-deux au grand maximum. Moi qui trouve toujours que les femmes sont vieilles, je reconnais que celle-là est jeune. »

La réponse qu'elle avait faite au sujet des pistolets d'arçon l'intriguait aussi beaucoup. Angelo avait de l'esprit surtout quand il s'agissait d'armes. Mais, même dans ces cas-là il n'avait que l'esprit de l'escalier. L'homme solitaire prend une fois pour toutes l'habitude de s'occuper de ses propres rêves ; il ne peut plus réagir tout de suite à l'assaut des propositions extérieures. Il est comme un moine à son bréviaire dans une partie de balle au camp, ou comme un patineur qui glisse trop délibérément et qui ne peut répondre aux appels qu'en décrivant une longue courbe.

« J'ai été anguleux et tout d'une pièce, se dit Angelo. J'aurais dû me montrer fraternel. C'était une façon magnifique de jouer mes propres cartes. Les pistolets d'arçon étaient une bonne ouverture. Il fallait lui dire qu'une petite arme bien maniée est plus dangereuse, inspire plus de respect qu'une grosse et lourde, très embarrassante surtout quand il y a autant de disparate qu'entre sa main et l'épaisse crosse, les gros canons, les lourdes ferrures de ces pistolets. Il est vrai qu'elle court bien d'autres dangers et on ne peut pas tirer de coups de pistolet sur les petites mouches qui transportent le choléra. »

Il fut alors envahi d'une pensée si effrayante qu'il se redressa du divan où il s'était couché.

« Et si je lui avais porté moi-même la contagion ! » Ce *moi-même* le glaça de terreur. Il répondait toujours aux générosités les plus minuscules par des débauches de générosité. L'idée d'avoir sans doute porté la mort à cette jeune femme si courageuse et si belle, et qui lui avait fait du thé, lui était insupportable. « J'ai fréquenté ; non seulement j'ai fréquenté, mais j'ai touché, j'ai soigné des cholériques. Je suis certainement couvert de miasmes qui ne m'attaquent pas, ou peut-être ne m'attaquent pas encore, mais peuvent attaquer et faire mourir cette femme. Elle se tenait fort sagement à l'abri, enfermée dans sa maison et j'ai forcé sa porte, elle m'a reçu noblement et elle mourra peut-être de cette noblesse, de ce dévouement dont j'ai eu tout le bénéfice. »

Il était atterré.

« J'ai fouillé de fond en comble la maison où le choléra sec avait étendu entre deux portes cette femme aux beaux cheveux d'or. Celle-ci est plus brune que la nuit mais le choléra sec est terriblement foudroyant et l'on n'a même pas le temps d'appeler. Et, est-ce que je suis fou ou bien, que peut faire la couleur d'une chevelure dans un cas de choléra sec ? »

Il écouta avec une farouche attention. Toute la maison était silencieuse.

« En tout cas, se dit-il pour se rassurer, ce fameux choléra sec m'a laissé bien tranquille jusqu'à présent. Pour le donner il faut l'avoir. Non, pour le donner, il suffit de le porter et tu as tout fait pour en porter plus qu'il n'en faut. Mais, tu n'as rien touché dans la maison. A peine si tu as fait ton devoir comme le pauvre petit Français qui l'aurait fait beaucoup mieux et aurait poussé le scrupule jusqu'à regarder dessous les lits. Allons, qu'est-ce que tu t'imagines, les miasmes ne sont pas hérissés de tentacules crochus comme les graines de bardanes et, ce n'est pas parce que tu as enjambé ce cadavre qu'ils se sont forcément collés contre toi. »

Il était à moitié endormi. Il se revoyait enjambant le cadavre de la femme et son demi-sommeil était également rempli de comètes et de nuages à formes de cheval. Il s'agitait tellement sur son divan qu'il dérangea le chat couché près de lui.

Pour le coup, il fut glacé de terreur. « Le chat est resté longtemps dans la maison où, non seulement la femme blonde est morte, mais où certainement au moins deux autres personnes sont mortes. Lui peut transporter le choléra dans sa fourrure. »

Il ne se souvenait plus si le chat était entré au salon en bas ou s'il était resté sur le palier. Il se tortura avec cette idée pendant une bonne partie de la nuit.

CHAPITRE VII

Il était encore nuit quand Angelo passa à travers la lucarne. Tournée vers l'est, elle découpait cependant du côté des étoiles éteintes un petit rectangle gris clair. Angelo attendit le lever du jour, accroupi contre le petit mur.

Toujours la même aurore blanche.

Au-delà des longues toitures du couvent s'élevait une tour carrée surmontée d'une pique qui devait être une sorte de paratonnerre ou une ancienne hampe de drapeau. Angelo n'avait pas encore poussé jusque-là. Il le fit aux premiers rayons du soleil.

C'était un petit clocher. Les abat-son de bois rongés de vents et de pluies permettaient de se glisser facilement dans l'habitacle des cloches. De là, une échelle descendait jusqu'à des escaliers en spirale qui finalement aboutissaient à une porte ; qui s'ouvrit. Elle donnait sur les bas-côtés d'une église.

Le soleil levant qui frappait dans les vitraux du haut de la voûte éclairait tous les signes d'un déménagement hâtif. Le maître-autel avait été dépouillé de tous ses candélabres et de toutes ses lingeries ; la porte même du tabernacle était ouverte. Dans la nef, les bancs étaient entassés contre un pilier. De la paille, des chiffons qui avaient dû servir aux emballages, des planches hérissées de clous, et même un marteau et un rouleau de fil de fer traînaient sur le parquet.

La sacristie était vide. De là, un portillon donnait sur un cloître. Il encadrait le jardin de buis et de laurier où, le jour d'avant, Angelo avait vu s'agiter la confrérie. Tout était paisible. La hauteur des murs entretenait là une fraîcheur propice aux parfums des verdures.

En arrivant au coin de la galerie qui faisait le tour du jardin, Angelo aperçut à l'autre bout un corps étendu sur les dalles. Il avait tellement l'habitude des cadavres qu'il s'approchait nonchalamment quand le corps se redressa, s'assit, puis se mit debout. C'était une vieille nonne. Elle était ronde comme une barrique. Deux griffes de petites moustaches noires agrafaient sa bouche de chaque côté.

« Qu'est-ce que tu veux ? dit-elle.

— Rien, dit Angelo.

— Qu'est-ce que tu fais là ?

— Rien.

— As-tu peur ?

— Ça dépend de quoi.

— Ah ! Tu es de ceux-là qui font dépendre leur peur de quelque chose ! Et de l'enfer, as-tu peur ?

— Oui, ma mère.

— Eh ! bien, est-ce que ça ne suffit pas ? Veux-tu m'aider, mon petit ?

— Oui, ma mère.

— Bénie soit la gloire du Seigneur en son siège ! Il ne pouvait pas m'abandonner. Es-tu fort ?

Moins que d'ordinaire parce que je n'ai pas mangé à ma faim depuis quelques jours, mais j'ai de la bonne volonté.

— Ne te flatte pas. Pourquoi n'as-tu pas mangé à ta faim ?

— Je suis perdu dans cette ville.

— Tout le monde est perdu dans cette ville. Tout le

monde est perdu partout. Alors, tu crois qu'en mangeant tu seras fort ?

— Il me semble.

— Il me semble. C'est juste. Eh ! bien, viens manger. »

Elle lui donna du fromage de chèvre. « Ces gens ne vivent que de fromage de chèvre », se dit Angelo.

Elle avait l'air très fatigué. Une pesante réflexion charruait [42] le haut de son nez.

« Es-tu l'envoyé ? dit-elle.

— Non.

— Qu'est-ce que tu en sais ?

— Je ne suis rien, ma mère. Ne cherchez pas.

— Rien ? Quel orgueil ! » dit-elle.

Bien qu'assise sur une chaise, dans cette petite cellule blanche, rendue encore plus blanche par cette étagère chargée de fromages de chèvre sur laquelle tombait un rai de soleil, elle soufflait comme si elle avait été en train de gravir une colline et ses lèvres pouffaient de petites bulles comme les lèvres de certains vieillards endormis.

« Je te materai, dit-elle. Prends ça et mets-le. »

C'était une longue chemise blanche pareille à celle dont étaient revêtus les charrieurs de cadavres.

« Attendez que j'entre dans mes bottes, dit Angelo.

— Dépêche-toi et prends cette sonnette. »

Elle était debout. Elle attendait. Elle s'appuyait sur un fort bâton de chêne.

« Allons, viens ! »

Elle le précéda tout le long du cloître. Elle ouvrit une porte.

« Passe », dit-elle.

Ils étaient dans la rue.

« Remue la sonnette et marche », dit-elle.

Elle ajouta presque tendrement : « Mon petit ! »

« Je suis dans la rue, se dit Angelo. J'ai quitté les toitures. C'est fait ! »

Le branle de la sonnette soulevait des torrents de mouches. La chaleur était fortement sucrée. L'air graissait les lèvres et les narines comme de l'huile.

Ils passèrent d'une rue dans l'autre. Tout était désert. A certains endroits les murs, quelques couloirs béants faisaient écho ; à d'autres le grelottement de la sonnette était étouffé comme au fond de l'eau.

« Remue, disait la nonne. Du jus de coude ! Sonne ! Sonne ! »

Elle se déplaçait assez vite, tout d'une pièce, comme un rocher. Ses bajoues tremblaient dans sa guimpe.

Une fenêtre s'ouvrit. Une voix de femme appela : « Madame ! »

« Derrière moi maintenant, dit la nonne à Angelo. Arrête la sonnette. » Sur le seuil elle demanda : « As-tu un mouchoir ?

— Oui, dit Angelo.

— Fourre-le dans la sonnette. Qu'elle ne bouge plus, sans quoi je te fais sauter les dents. » Et tendrement elle ajouta : « Mon petit ! »

Elle eut comme un élan d'oiseau vers l'escalier sur la première marche duquel Angelo vit se poser un énorme pied.

Là-haut, c'étaient une cuisine et une alcôve. Près de la fenêtre ouverte d'où on avait appelé se tenaient une femme et deux enfants. De l'alcôve venait comme le bruit d'un moulin à café. La femme désigna l'alcôve. La nonne tira les rideaux. Un homme étendu sur le lit broyait ses dents en un mâchage incessant qui lui retroussait les lèvres. Il tremblait aussi à faire craquer sa paillasse de maïs.

« Allons, allons ! » dit la nonne. Et elle prit l'homme dans ses bras. « Allons, allons ! dit-elle, un peu de patience. Tout le monde y arrive ; ça va venir. On y est, on y est. Ne te force pas, ça vient tout seul. Doucement, doucement. Chaque chose en son temps. »

Elle lui passa la main sur les cheveux.

« Tu es pressé, tu es pressé, dit-elle, et elle lui appuyait sa grosse main sur les genoux pour l'empêcher de ruer dans le bois de lit. Voyez-vous s'il est pressé ! Tu as ton tour. Ne t'inquiète pas. Sois paisible. Chacun son tour. Ça va venir. Voilà, voilà, ça y est. C'est à toi. Passe, passe, passe. »

L'homme donna un coup de reins et resta immobile.

« Il aurait fallu le frictionner », dit Angelo d'une voix qu'il ne reconnut pas.

La nonne se redressa et lui fit face.

« Qu'est-ce qu'il veut frictionner celui-là ? dit-elle. Ainsi, tu es un esprit fort, hein ? Tu veux oublier l'Evangile, hein ? Demande du savon à cette dame-là, et une cuvette, et des serviettes. »

Elle retroussait ses manches sur ses gros bras roses.

« Demande, dit-elle, parle-lui, fais-la bouger, qu'elle cesse de se tenir dans sa fenêtre là-bas. Qu'elle fasse du feu, que l'eau chauffe. Allons, qu'on se mette en train, s'il vous plaît. »

Elle était ronde et lourde et ménagère. Elle s'approcha de l'âtre et cassa du bois sur son genou. Elle avait laissé l'alcôve ouverte. L'homme était raide sur son lit.

La femme ne bougeait pas.

« Allons », dit la nonne.

La femme fit un pas vers l'âtre près duquel la nonne était agenouillée. La femme écarta lentement les deux enfants de son tablier. Elle leur caressa furtivement les joues d'un geste qui avait l'air d'être en surplus dans le temps. Elle vint s'agenouiller près de l'âtre. La nonne lui transmit le bouchon de papier et le briquet.

« Allume », dit-elle, et elle se redressa.

Cette nonne étonnait par une extraordinaire présence. Où elle était, tout s'ordonnait. Elle entrait et les murs ne contenaient plus de drames. Les cadavres étaient naturels et, jusqu'à la chose la plus minuscule, tout se mettait immédiatement en place exacte. Elle n'avait pas besoin de parler ; il lui suffisait d'être présente.

Combien de fois Angelo en fut frappé comme de la foudre. Il ne s'y habitua jamais. Il entrait derrière elle (elle exigeait toujours de précéder) dans des charniers où un domestique[43] assez cocasse était mêlé aux aspects terrifiants de la malédiction d'avant les temps. Les dernières grimaces de moribonds en bonnet de coton et caleçons à sous-pieds élargissaient dans des lèvres distendues des dentitions et des bouches de prophètes ; les gémissements des pleureuses et des pleureurs avaient retrouvé les haletantes cadences de Moïse. Les cadavres continuaient à se soulager dans des suaires qui, maintenant, étaient faits de n'importe quoi : vieux rideaux de fenêtres, housses de canapés, tapis de tables et même, chez les riches, de dessus de baignoires. Des pots de chambre pleins à ras bord avaient été posés sur la table de la salle à manger et on avait continué à remplir des casseroles, des cuvettes de toilette et même des pots à fleurs, vidés en vitesse de leur plante verte : fougère ou palmier-nain, avec cette déjection mousseuse, verte et pourprée qui sentait terriblement la colère de Dieu. Les survivants s'accrochaient à leur propre vie avec des gestes de poupons. Le hennissement intime que certains ne pouvaient même pas retenir, se détournant de l'être qui lui était le plus cher au monde pour regarder vers le ciel libre de la fenêtre (cependant de craie, torride, écœurant) était d'une grandeur magnifique, poussé, enfin, dans ces chambres à coucher, seuils d'alcôves où l'on avait toujours été, jusqu'à présent, bon père, bon époux, femme vertueuse, fils obéissant et enfant de Marie. L'œil de Caïn, dans le visage paisible d'un mercier dont les bajoues entraînaient les favoris jusque sur le col de la veste ; les seins bleu de roi de quelque belle jeune femme encore chaude, toute ruante et tremblante plus d'une heure après sa mort et qu'il fallait empaqueter comme une anguille ; les muscles qui cassaient en faisant sonner les cuisses comme des caisses de violon ; les jets de dysenterie sur le papier à fleurs des murailles ou dans les cendres de l'âtre, ou dans les batteries de cuisine, sur les courtepointes, sur les parquets, ou même fusant en pleine figure de la bien-aimée ou du bien-aimé ; la nudité dont il était impossible de cacher quoi que ce soit avec gigotements, frissons, tremblements, convulsions, gémissements, cris, mains crispées dans les draps, installée à demeure chez les bourgeois et chez les paysans qui sont encore plus prudes, sous les yeux des enfants (les enfants étaient très intéressés par toutes ces manifestations et promenaient partout leur silence, leurs grands yeux éberlués, leur rigidité de fer) ; un nouvel ordre (qui pour l'instant s'appelait désordre) organisait brusquement la vie dans de nouveaux horizons. Bien peu étaient capables de croire encore aux vertus des anciens points cardinaux. On n'embrassait plus les enfants. Pas pour les préserver : pour se préserver. Ils avaient tous d'ailleurs une attitude raidie, tout d'une pièce, de larges yeux et, quand ils mouraient, c'était sans un mot ni un gémissement et toujours loin de leurs maisons, fourrés dans une niche à chien, ou dans des garennes, des caisses à lapins, ou roulés dans les gros paniers à faire couver les dindes.

Souvent, la nonne leur faisait la chasse. Elle ouvrait les poulaillers et cherchait. Elle frappait du pied contre les parois des niches. Le chien montrait une tête hargneuse. Elle le saisissait froidement par le collier. L'enfant était généralement au fond. Elle le tirait sans trop de cérémonie mais l'emportait exactement comme une mère doit emporter un enfant. Les petits cadavres étaient semblables aux cadavres des grandes personnes, c'est-à-dire d'une indécence ridicule, *criants de vérité,* déchirant de leurs ongles leur ventre, leur capitale d'immondices. Dans les bras de la nonne, ils redevenaient de pauvres petits enfants morts de grosses coliques.

Au moment où l'on se demandait s'il fallait encore croire à quelque chose, si elle arrivait, les murs redevenaient des murs, les chambres des chambres avec toutes leurs stalactites de souvenirs intactes, avec leur puissance d'abri intacte. La mort, eh ! bien oui, mais elle perdait instantanément son côté diabolique. Elle ne poussait plus à s'affranchir de tout ; elle ne faisait plus franchir que des frontières raisonnables ; on ne pouvait plus se permettre ces convulsions d'égoïsmes dans lesquelles, la plupart du temps, les vivants reproduisaient, par une sorte de singerie luciférienne, les convulsions d'agonie dont ils avaient eu le spectacle.

Il suffisait de quelques gestes très simples. On aurait beaucoup surpris la nonne si on lui avait dit que les deux tiers de sa qualité venaient de son aspect physique, de son gros ventre de gargamelle [44], de la moue de ses grosses lèvres, de sa grosse tête, de ses grosses mains, de sa placidité de grosse femme, de ses gros pieds sous lesquels les planchers tremblaient toujours un peu. C'était cette masse qui autorisait les miracles. Plus vive, elle aurait eu la facilité de faire vingt gestes dans lesquels le bon aurait peut-être passé inaperçu ; la graisse, la lourdeur, le poids ne lui permettaient d'en faire qu'un. C'était le bon. Et il était là, incontestable, comme le nez au milieu de la figure. On était obligé de croire à sa vertu car c'était un vieux geste ordinaire qu'on avait fait cent mille fois et dont les conséquences étaient certaines.

Elle arrivait et il y avait parfois un ou deux cadavres étendus dans ces atroces poses cocasses, les cuisses écartées, les mains fourrées dans le ventre, la tête rejetée en arrière dans ce grand rire blanc et pourpre des cholériques. Quelquefois même ces cadavres avaient comme bondi à travers la chambre et s'étaient abattus en travers de n'importe quel meuble. Il y avait, cachés dans des coins ou, de préférence dans des encoignures de fenêtres (le désir de fuite), un homme ou une femme changés en chien, en train de gémir, de tousser, d'aboyer, prêts à flatter le premier venu ; un ou deux enfants, raides comme la justice, les yeux comme des œufs ; et elle entrait. Souvent, quand le spectacle était comme cela horrible à râper la peau, voilà ce qu'elle faisait : elle s'assoyait, plaçait le moulin à café entre ses cuisses et commençait à moudre le café. Instantanément, l'homme ou la femme cessait d'être le chien. Pour les enfants, c'était à la fois plus délicat et plus facile : ils étaient tout de suite attirés par l'énorme poitrine de la nonne ; elle avait alors un geste très simple pour pousser sa croix pectorale de côté.

D'autres fois (mais toujours de science exacte et sans jamais se tromper), il ne s'agissait pas de moulin à café. Elle entrait dans une de ces maisons bourgeoises où la cuisine est cachée, où tous les meubles sont sous des housses. C'étaient toujours des endroits où les cadavres avaient un extraordinaire mordant. Là, d'ordinaire, on n'avait pas entouré les malades de beaucoup de soins. Généralement, on n'avait pas eu le courage de les contenir dans les lits ; on les avait laissés se lever et divaguer ; on avait plutôt fui devant eux. Les fauteuils étaient renversés comme après une bagarre, les tables n'étaient plus sous l'aplomb de la suspension, le pupitre à musique était cassé ; on s'était comme jeté les partitions de valses à la tête ; le mort avait ruisselé de tous les côtés avant de s'abattre sur le piano.

Dans l'instant où Angelo passait la porte, il se disait : « Et ici, qu'est-ce qu'on va faire ? » Par-dessus l'épaule de la nonne, il voyait cet intérieur bourgeois charrué pour de terribles semences et les survivants, agglomérés dans un coin du salon, comme de petits singes saisis par le froid.

Tout de suite, la nonne tirait la table à son aplomb, relevait les chaises, plaçait les fauteuils, ramassait les morceaux de musique. Elle ouvrait une porte qui donnait dans la chambre. Elle demandait : « Où sont les draps neufs ? » Ces mots étaient magiques. Ils lui donnaient la plus fulgurante des victoires. Pas plus tôt prononcés, on entendait dans le tas des singes glacés le bruit d'un trousseau de clefs. Ce bruit lui-même avait une vertu si puissante qu'on voyait sortir du tas une femme qui redevenait tout de suite femme et tout de suite patronne. Quelques-unes parmi celles dont le visage était plus particulièrement recouvert de cheveux éplorés, titubaient encore un peu et allaient, dans leur ivresse, jusqu'à tendre le trousseau de clefs. Mais la nonne ne le prenait jamais. « Venez ouvrir l'armoire vous-même », disait-elle. Après, on faisait le lit bien carré. Ce n'est qu'une fois le lit bien fait qu'on s'occupait du cadavre et alors en plein. Mais déjà les rouages de la maison s'étaient remis en marche et déjà la mort pouvait frapper de nouveau un coup diabolique dans cette famille sans rien détruire d'essentiel.

Elle n'était pas savante. Elle avait été mariée jeune. Veuve jeune, elle s'était cloîtrée pour les gros travaux dans ce couvent de Présentines [45]. Elle grattait les carottes, épluchait les pommes de terre, lisait en suivant les lignes avec son doigt. Elle n'était pas une des fortes de la confrérie. Elle n'en faisait même partie que par exception et grâce à la protection d'une bienfaitrice. Quand le couvent avait déménagé, pour fuir la contagion, elle avait seulement été chargée de garder là quelques approvisionnements qu'on ne pouvait pas emporter tout de suite.

Elle disait à Angelo combien le cloître désert lui avait paru délectable. Ils rentraient, elle et lui, à la tombée de la nuit. Ils faisaient encore une ronde dans toute la ville, vers les deux ou trois heures du matin, les mauvaises heures. Avant d'y repartir ils avaient là un bon moment de repos. Ils mangeaient du fromage de chèvre, de la confiture de groseilles, du miel. Ils buvaient du vin blanc. Ils s'assoyaient sur les bancs de pierre du cloître. Ils dormaient là, parfois tout d'un coup, sans avoir le temps de se coucher, surtout la nonne qui avait une grande faculté de sommeil. Elle s'endormait au milieu d'un sourire. Elle souriait souvent : aux anges d'abord, puis aux couloirs solitaires du cloître, enfin à Angelo. Quand elle en avait le temps elle disait : « Seigneur, bénissez-moi. » Mais, le plus souvent, la phrase était brusquement coupée en deux comme par un coup de faux et elle se mettait tout de suite à ronfler. Elle prit par la suite l'habitude de demander les bénédictions du Seigneur dès qu'elle s'assoyait sur le banc de pierre, pendant qu'Angelo apportait le pain, le fromage et le vin. « Et maintenant, Seigneur, bénis-moi », disait-elle.

Angelo fumait un de ses petits cigares. Dans ces patrouilles qu'il faisait avec sa clochette, précédant la nonne, il avait passé devant ce fameux poste de police où on l'avait poussé le premier jour de son arrivée. Il était maintenant désert, les portes étaient ouvertes. Il put voir, là-bas au fond, le bureau derrière lequel s'était tenue la cravate de faille. Personne ne se tenait plus derrière le bureau. « Voilà un réverbère où j'ai failli être pendu », se dit-il. Dans une autre rue il vit un marchand de tabac. L'envie de fumer lui donna l'audace d'arrêter le branle de sa sonnette et de dire à la nonne : « Attendez-moi. » Il demanda pour un écu de ses petits cigares habituels. On lui tendit la boîte. On lui dit : « Servez-vous. » On ne voulut pas de son écu. Il comprit que c'était à cause de sa chemise de charrieur de cadavres. Il avait été tellement privé de fumer et il en avait tellement envie qu'il se servit sans aucune discrétion et se remplit les poches. « Le métier a des bénéfices », se dit-il. Il s'étonna aussi de la tranquillité avec laquelle la nonne l'attendait dans la rue. Elle voulait toujours qu'on aille au galop et qu'on remue fébrilement la sonnette. Elle lui dit simplement : « Qu'est-ce que tu as pris ? » Il lui montra les cigares. Ils continuèrent la tournée.

Quand il s'aperçut que la nonne pouvait sourire, il considéra la chose sous son aspect miraculeux. Il était un peu comme un homme qui voit le premier jour succéder à la première nuit. Quand il s'aperçut qu'elle souriait souvent pour elle seule, puis pour lui, il s'installa dans la douceur de ce sourire qui était très enfantin.

La nonne ne soignait jamais. « J'approprie [46], disait-elle. Ce sont mes clients, j'en suis responsable. Le jour de la résurrection ils seront propres.

— Et le Seigneur vous dira : "Parfait, sergent" », répondait Angelo.

Elle répliquait :

« Si Dieu dit "Parfait", pauvre idiot, qu'est-ce que tu as à dire, toi, créature ?

— Mais on peut en sauver, dit Angelo, du moins je le crois.

— Et qu'est-ce que je fais ? disait-elle. Bien sûr qu'on les sauve.

— Mais, dit-il, leur rendre la vie.

— Il y a bien longtemps qu'ils sont morts, dit-elle, tout ça n'est plus qu'une formalité.

— Mais, ma mère, dit Angelo, moi aussi je suis rempli de péchés.

— Cache-toi, cache-toi », dit-elle.

Elle couvrit son visage de ses grosses mains. Finalement, elle le regarda d'entre ses doigts et abaissant ses mains elle dit :

« Donne-moi un cigare. »

Elle avait très rapidement pris goût à fumer. Elle semblait comme préparée à la volupté du tabac. Dès la première fois, elle ne tint pas son cigare comme une femme maladroite et un peu apeurée mais comme un homme qui sait ce qui l'attend et en a besoin. Même la première bouffée parut lui être bonne. Angelo avait volontiers donné le petit cigare mais il les savait très forts et il guettait le haut-le-cœur. Elle ne cligna même pas de l'œil ; ses grosses lèvres s'ouvrirent lentement pour laisser passer un jet de fumée déjà savant. Comme l'auvent de sa cornette maintenait la fumée devant son visage, elle amenuisa ses yeux ; avec son nez de lion et sa bouche très gourmande, elle apparut alors à travers le brouillard bleu comme la personnification d'une très vieille sagesse.

Elle savait plus que ce qu'elle en disait. Elle n'avait pas un très grand vocabulaire. Elle n'avait que celui du livre qu'elle avait lu en suivant les lignes avec son doigt. Elle ne parlait d'ailleurs pas beaucoup. Elle était si fatiguée qu'elle n'avait même pas le courage de laver ses mains. « Laver les morts suffit », disait-elle. En effet, ses mains qui, non seulement étaient énormes mais très grasses, avaient la peau délavée et blanchâtre des mains lavandières. Une sorte de petite crasse blanche restait en auréole autour de ses ongles et dans le creux de ses phalanges. La même fatigue énervait Angelo et le poussait à parler. Il était toujours à gratter quelque tache sur ses culottes. Une fois même il lava sa chemise dans le seau du puits. La nonne ne touchait pas aux croûtes qui durcissaient sa robe. Ses manches très amples et qui avaient traîné dans mille déjections étaient raides comme du cuir. Elle posait ses mains à plat sur ses genoux. Elle s'établissait alors comme un énorme rocher rectangulaire et trapu, comme une de ces énormes pierres qui sont destinées par l'architecte à servir d'assise. Elle fumait sans toucher le cigare, le laissant planté dans sa bouche tout le temps qu'il durait. Elle disait paisiblement pour elle-même : « *Alléluia*, gloire à toi, Dieu ! Louanges aux milices célestes ! Sainte Trinité ! Dieu créateur de tout l'univers, aide-moi ! Dieu éternel et véritable ! » Puis tout de suite après, elle faisait une longue pause, pendant laquelle souvent elle s'endormait. Angelo qui la surveillait venait lui retirer de la bouche ce qui restait du cigare.

Une fois elle dit aussi : « Vierge immaculée », puis, tout de suite après : « Partons ! »

Elle partait toujours sur une inspiration subite. Il fallait obéir promptement. Elle n'attendait pas. Elle s'enrageait et s'engouait dans sa rage comme un paon. Elle parlait alors une sorte de langage fait de mots sans aucun rapport entre eux, n'importe lesquels, enfilés les uns à la suite des autres, presque criés ; elle finissait par des appels sauvages qui tenaient de la plainte et du rugissement. Angelo était littéralement séduit. Il ne pensait qu'à elle.

Quelques jours après être descendu de ses toitures et le premier élan de férocité passé, Angelo avait demandé à la nonne si elle connaissait un nommé Giuseppe. Elle aurait pu. Dans ses tournées. Elle ne faisait pas de tournées. Son ordre ne faisait pas de tournées. C'était un couvent de filles riches. Elle s'occupait de cuisine, elle. Il n'était pas plus question de Giuseppe que de Pierre ou Paul. Qui était ce Giuseppe ? Un réfugié italien. Plus exactement un Piémontais. Qu'est-ce qu'il était dans la ville ? Oh ! Rien, non sans doute il passait au contraire inaperçu. Il était cordonnier. Il vivait très simplement, seul, sans rien dire à personne. Il avait assez de choses à se dire à soi-même. La dernière fois qu'Angelo l'avait vu c'était il y avait plus d'un an, et de nuit. Tout ce qu'Angelo pouvait dire c'est qu'il habitait une chambre dans une très grande maison où logeaient aussi comme en caserne des tanneurs et leurs familles.

Il était cordonnier, disait-il ? Tout ce que la nonne pouvait dire c'est que la confrérie faisait ressemeler ses souliers chez un nommé Jean qui était Italien également. Non, ça n'était pas celui-là. Et qu'est-ce qui faisait qu'il recherchait ce Giuseppe ? C'était trop long à dire, entre autres choses ce Giuseppe entretenait des rapports avec la propre mère d'Angelo. Quels rapports ! Oh ? Elle était du Piémont et, aucun rapport avec un cordonnier. Ma mère est jeune et très belle. C'est une duchesse ? Ah ! bon. Elle correspond avec ce Giuseppe parce que moi je suis toujours *par orte* [47] par les chemins, par monts et par vaux. Elle correspond et elle envoie de l'argent pour moi à Giuseppe qui est en quelque sorte mon trésorier. Ah ! oui. Non, elle ne savait pas qui était Giuseppe. C'était la première fois qu'elle entendait parler d'une chose semblable.

Angelo se disait que peut-être en filant par les rues il lui arriverait de rencontrer Giuseppe. Mais maintenant les rues étaient désertes. A peine si, de temps en temps, il rencontrait un homme en blouse quand il précédait la nonne avec sa clochette.

Il ne pensait plus que très rarement à Giuseppe. Il n'avait plus guère besoin de ce que pouvait lui donner Giuseppe. Il se disait : « Tout va bien. » Au long des rues, dans les chambres, dans les charniers, il se disait : « Tout va bien. » Il ne pouvait pas réfléchir à grand-chose ni multiplier ses pensées par elles-mêmes. Il aidait à laver des morts ; il plongeait sa brosse en chiendent dans les seaux d'eau chaude. Il y avait bien longtemps que le bruit du chiendent frottant sur les peaux parcheminées ne l'étonnait plus ; il n'avait même pas le souci de sauver ; il savait que, somme toute, on arrive très bien à laver un cadavre de façon parfaite. Il éprouvait un contentement de lui-même qu'il avait toujours cherché sans jamais l'atteindre. Même le baron ne lui avait pas donné cette satisfaction de l'âme. En donnant son coup de pointe, en sentant qu'il arrivait juste, il avait eu un bref sentiment de joie très intense, mais que le bonheur était loin.

Il était du bon côté du choléra. « Quel orgueil, dit-il brusquement un soir. — Ah ! race de pape, dit doucement la nonne, tu as trouvé ça ! » Elle se couvrit le visage avec ses grosses mains, puis elle demanda un cigare.

Ces patrouilles nocturnes, à trois heures du matin, à travers une ville désolée par l'épidémie étaient des plus lugubres. La plupart des réverbères étaient éteints ; à peine continuait-on à en garnir quelques-uns. Angelo portait une lanterne. Il n'agitait sa sonnette que par saccades espacées entre lesquelles s'étendait un silence que le grésillement des rossignols et le pas lourd de la nonne qui frottait ses gros souliers sur les pavés rendaient encore plus silencieux. La nuit facilitait l'égoïsme de tous. Les gens descendaient leurs morts dans la rue et les jetaient sur le trottoir. Ils avaient hâte de s'en débarrasser. Ils allaient même jusqu'à les déposer devant d'autres seuils. Ils se séparaient d'eux de toutes les façons. L'important pour eux était de les chasser le plus vite possible et le plus complètement qu'ils pouvaient de leur propre maison où ils revenaient vite se terrer. Parfois, au-delà du halo de la lanterne, dans la demi-obscurité, Angelo voyait fuir des formes pâles, prestes comme les bêtes qui sautent dans les fourrés des bois. Des portes se fermaient lentement en grinçant. On poussait des verrous. On n'appelait pas. La clochette qu'Angelo agitait de temps à autre sonnait dans un vide pur. On n'avait pas besoin d'aide. La nuit permettait à chacun de se débrouiller tout seul. Ils le faisaient tous de la même façon. Personne n'en trouvait de meilleure.

« Est-ce qu'ils s'aimaient ? dit Angelo.

— Mon Dieu non, dit la nonne.

— Dans une ville comme ici cependant il y a bien des gens qui s'aimaient ?

— Non, non », dit la nonne.

Souvent même, quand Angelo agitait sa sonnette, les fils de lumière qui encadraient certains volets s'éteignaient. Les gémissements, les plaintes s'arrêtaient brusquement. Il imagina des mains qu'on posait tout d'un coup sur des bouches.

Ils lavaient des cadavres abandonnés. Ils ne pouvaient pas laver tous ceux qu'ils trouvaient dans la nuit : il y en avait dans tous les coins. Les uns étaient assis ; on les avait placés exprès dans l'apparence de quelqu'un qui se repose ; les autres, jetés n'importe comment, étaient dissimulés sous des ordures, jusque sous du fumier. Certains étaient recroquevillés dans des encoignures de portes, d'autres étendus à plat ventre au milieu de la rue ou sur le dos, les bras en croix. Il était inutile de frapper aux portes devant lesquelles on les trouvait. Personne ne les connaissait. Les quartiers échangeaient subrepticement leurs cadavres. Au cours de leurs tournées, Angelo et la nonne entendaient les bruits légers de ce charroi sournois. C'en était un qu'on emportait à deux, un à la tête, un qui avait saisi les jambes comme des brancards de brouette ; une femme qui traînait son mari sur les pavés ; un homme qui portait sa femme comme un sac de blé sur son épaule. Tous se glissaient dans l'ombre. On envoyait les enfants casser les réverbères à coups de pierres.

Angelo agitait sa sonnette. « Allons, se disait-il, sautez, sautez, foutez le camp, faites votre truc. » Il marchait à pas lents, sans hâte devant la nonne qui venait lourdement comme sur deux piliers d'église. Il avait le droit de mépriser.

Ils ne lavaient que les plus sales. Ils les portaient les uns après les autres à côté d'une fontaine. Ils les déshabillaient. Ils les frottaient à grande eau. Ils les alignaient pour qu'au jour on puisse les ramasser.

C'était parfaitement inutile. Frictionner des moribonds était parfaitement inutile aussi. Le pauvre petit Français n'avait sauvé personne. Il n'y avait pas de remède. Au début de l'épidémie on avait vu mourir comme des mouches des malades autour desquels tout le monde se dévouait ; d'autres qui s'étaient cachés pour étouffer leurs coliques sortaient parfois frais comme l'œil. Le choix se faisait ailleurs.

« Mourir pour mourir, se disait Angelo, j'aurai bien le temps d'avoir peur, comme il se doit au moment de passer l'arme à gauche. Actuellement, la peur n'est pas convenable. »

Quand il était sur une place publique déserte, en pleine nuit, dans cette ville si complètement terrorisée que la lâcheté la plus ignoble y paraissait naturelle, seul avec la nonne, que quatre ou cinq cadavres nus étaient alignés dans le rond de leur lanterne et qu'ils lavaient ces cadavres en allant chercher de l'eau à la fontaine il se disait : « On ne peut pas m'accuser d'affectation. Personne ne me voit et ce que je fais est parfaitement inutile. Ils pourriraient aussi bien sales que propres. On ne peut pas m'accuser de chercher la croix. Mais ce que je fais me classe. Je sais que je vaux plus que tous ces gens qui avaient des positions sociales, à qui on donnait du "monsieur" et qui vont jeter leurs êtres chers au fumier. L'important n'est pas que les autres sachent et même reconnaissent que je vaux mieux : l'important est que moi je le sache. Mais je suis plus difficile qu'eux. J'exige de moi des preuves incontestables. En voilà tout au moins une. »

Il avait le goût de la supériorité et la terreur de l'affectation. Il était heureux.

Il est de fait que le bruit du bouchon de teille[48] frottant ces peaux que le choléra avait rendues cartonneuses et sonores, tendues sur des corps aux chairs intérieurement calcinées, était assez difficile à supporter pour quelqu'un doué d'imagination. Il faut également convenir que la haletante flamme de la lanterne ne cessait pas de draper les ombres. Une âme romanesque pouvait trouver une certaine exaltation dans un combat avec ces choses cependant fort simples.

Il y avait très peu de laideur dans son orgueil. Tout au moins, à peine ce qu'il en fallait pour qu'il soit humain. Il se disait : « J'ai laissé ce capitaine si grossier s'occuper du corps du pauvre petit Français. Il l'a certainement fait jeter dans la chaux vive comme un chien. Les soldats ont dû le traîner sans cérémonie par les jambes. Je le vois comme si j'y étais. Et pourtant, j'avais pour cet homme plus que de l'amour : j'avais de l'admiration. Il est vrai que j'étais tout disposé, corps et âme, à l'enterrer de mes propres mains, décemment. Et même à l'embrasser. Non, cela ne m'aurait rien coûté, au contraire, je l'aurais fait volontiers. On m'a chassé à coups de fusil. »

Mais il ajoutait : « Eh ! bien, tu aurais dû résister aux coups de fusil. » Il allait jusqu'à dire : « Tu aurais dû être assez humble pour qu'on n'ait pas envie de te tirer des coups de fusil. Tu as préféré être arrogant avec le capitaine. N'aurait-ce pas été l'indice d'une âme vraiment supérieure que de ne pas répondre à ses insolences ? De ne pas céder ? Tu ne cèdes pas aux autres. Mais, est-ce que cela suffit ? C'est à toi qu'il ne faut pas céder. Tu as cédé au plaisir immédiat de répondre à un insolent par une insolence. Ce n'est pas une force. C'est une faiblesse puisque te voilà maintenant avec le remords de n'avoir pas accompli un devoir qui t'était cher, ou, soyons franc, un acte qui te donne l'estime de toi-même. En réalité, le pauvre petit Français se fout totalement de toi et de tes propres mains. Chaux vive pour chaux vive, la main du fantassin a parfaitement fait l'affaire. Ce qui l'aurait intéressé, lui, ç'aurait été d'en guérir au moins un. Avec quelle conscience il cherchait les derniers ! Mais est-ce que je dis bien le mot qu'il faut dire ? Pour lui qui est mort et pour moi qui suis encore vivant, est-ce qu'il est bien question de conscience ? Est-ce qu'il était question de conscience quand il chevauchait sa bourrique dans cette vallée de Josaphat ? Il était certes l'image même de la conscience, seul vivant au milieu des cadavres et cherchant à sauver. Mais, est-ce qu'il était là pour faire son devoir ou pour se satisfaire ? Est-ce qu'il était obligé de se contraindre ou est-ce qu'il prenait du plaisir ? Sa façon de chercher ceux qu'il appelait *les derniers* jusque derrière les lits, est-ce que ce n'est pas la façon des chiens de chasse ? Et s'il avait réussi à en sauver un, est-ce que sa satisfaction serait venue simplement de voir la vie recréée ou bien de se sentir capable de recréer la vie ? Est-ce qu'il n'était pas tout simplement en train de faire enregistrer ses lettres de noblesse ? Tous les bâtards en sont là. N'est-ce pas pourquoi je l'admirais ; c'est-à-dire je l'enviais ? N'est-ce pas pour avoir les mêmes cachets que lui sur mes patentes que je suis resté avec lui ? Les hommes de valeur ont toujours, tous, plus ou moins le cul entre deux chaises. Y aurait-il dévouement sans envie de se faire plaisir à soi-même ? Et envie irrésistible ? Voilà un saint. Un héros lâche, voilà l'ange. Mais un héros courageux, quel mérite y a-t-il ? Il se faisait plaisir. Il se satisfait. Ce sont les hommes, mâle et femelle dont parlent les prêtres ; qui s'y entendent : ils se satisfont d'eux-mêmes. Y a-t-il jamais dévouement désintéressé ? Et même, ajoutait-il, s'il existe, l'absence totale d'intérêt n'est-elle pas alors le signe de l'orgueil le plus pur ?

« Soyons franc jusqu'au bout, se disait-il, cette lutte pour la liberté, et même pour la liberté du peuple que j'ai entreprise, pour laquelle j'ai tué (avec mes grâces habituelles, il est vrai), pour laquelle j'ai sacrifié une situation honorifique (achetée à beaux deniers par ma mère, il est vrai), est-ce que je l'ai entreprise vraiment parce que je la crois juste ? Oui et non. Oui parce qu'il est très difficile d'être franc avec soi-même. Non parce qu'il faut faire un effort de franchise et qu'il est inutile de se mentir à soi-même (inutile mais commode et habituel). Bon. Admettons que je la crois juste. Tout le plaisir quotidien de la lutte, tous les avantages d'orgueil et de classement que cette lutte me procure, n'y pensons pas, repoussons tout ça dans les trente-sixièmes dessous. Cette lutte est juste et c'est pour sa justice que je l'ai entreprise. Sa justice... Sa justice pure et simple, ou bien l'estime que j'ai pour moi-même du moment que j'entreprends de combattre pour la justice ? Il est incontestable qu'une cause juste, si je m'y dévoue, sert mon orgueil. Mais je sers les autres. Par surcroît seulement. Tu vois bien que déjà le mot peuple peut être enlevé du débat sans inconvénient. Je pourrais même mettre n'importe quoi à la place du mot liberté à la seule condition que je remplace le mot liberté par un équivalent. Je veux dire un mot qui ait la même valeur générale, aussi noble et *aussi vague*. Alors, la lutte ? Oui, ce mot-là peut rester. La lutte. C'est-à-dire une épreuve de force. Dans laquelle j'espère être le plus fort. Au fond, tout revient à : "Vive moi !" »

Il lavait les morts et il se disait : « N'avons-nous pas, la nonne et moi, le mérite de la plus grande franchise en accomplissant cet acte parfaitement inutile et qui cependant exige tant de courage ? Inutile, entendons-nous, inutile à tout le monde mais très utile à notre orgueil. Nous voilà seuls dans la nuit avec ce travail dégoûtant mais qui nous met en grande estime de nous-mêmes. Nous ne trompons personne. Nous avons besoin de faire quelque chose qui nous classe. Nous ne pouvions rien faire de plus net. Il n'est pas possible de travailler à sa propre estime avec moins d'affectation. »

Ils étaient vraiment très solitaires autour de leur fontaine. La ville ne remuait que comme un moribond. Elle se débattait dans le propre égoïsme de son agonie. Il y avait sous les murs des rumeurs sourdes comme de muscles qui se détendent, de poumons qui se vident, de ventres qui se débondent, de mâchoires qui claquent. On ne pouvait plus rien demander à ce corps social. Il mourait. Il avait assez à faire, assez à penser avec sa mort.

La lanterne n'éclairait qu'un petit espace, juste les quatre ou cinq morts étendus et dénudés autour desquels Angelo et la nonne s'affairaient pour leur propre compte. Au-delà, c'étaient les rumeurs sourdes, le froissement de palmes des ormes et des sycomores dans lesquels bougeaient le vent et les oiseaux.

Le grand souci de la nonne était de préparer les corps pour la résurrection. Elle les voulait pour cette occasion propres et décents. « Quand ils se dresseront avec leurs cuisses merdeuses, disait-elle, quelle figure ferai-je devant le Seigneur ? Il me dira : "Tu étais là et tu savais ; pourquoi ne les as-tu pas nettoyés ?" Je suis une femme de ménage. Je fais mon métier. »

Elle fut très embarrassée une nuit où, après avoir jeté des seaux d'eau sur un cadavre, celui-ci ouvrit les yeux, puis se dressa sur son séant et demanda pourquoi on le traitait ainsi.

C'était un homme encore dans la force de l'âge. Il avait eu une syncope cholérique qu'on avait pris pour la mort. Ses parents l'avaient mis à la rue. L'eau froide l'avait fait revenir à lui. Il demandait pourquoi il était nu, pourquoi il était là. Il serait mort de peur devant la grosse nonne qui ne savait plus quoi faire si Angelo ne s'était pas mis tout de suite à lui parler avec beaucoup d'affection, et même à l'essuyer puis à l'envelopper dans un drap.

« Où est votre maison ? lui demanda Angelo.

— Je ne sais pas, dit-il. Qu'est-ce que c'est cet endroit où je suis ? Et vous ? Vous êtes qui ?

— Je suis là pour vous aider. Vous êtes sur la place des Observantins. Est-ce que vous habitez de ces côtés-là ?

— Et non. Je me demande pourquoi je suis là. Qui m'a porté ici ? J'habite dans la rue d'Aubette.

— Il faut le ramener chez lui, dit Angelo.

— Il nous a trompés, dit la nonne.

— Ce n'est pas de sa faute, parlez à voix basse. On l'a cru mort, on s'est débarrassé de lui. Mais il est vivant et même je le crois sauvé.

— C'est un salaud, dit-elle. Il est vivant et je lui ai lavé le cul.

— Mais non, dit Angelo, il est vivant, c'est magnifique. Prenez-le par un bras, moi par l'autre. Certainement il peut marcher. Ramenons-le chez lui. »

Il habitait au bas de la rue d'Aubette et ce fut toute une affaire pour l'y mener. Il commençait à se rendre compte qu'il avait passé pour mort, qu'il avait été mêlé aux morts. Il tremblait comme une feuille et claquait des dents malgré la chaleur étouffante. Il s'embronchait à chaque pas dans son suaire. Il faisait à chaque instant des sauts de chèvre qu'Angelo et la nonne étaient obligés de contenir à pleins bras. Tous ses nerfs en révolte essayaient de se débarrasser de la peur. Il renversait sa tête en arrière et hennissait comme un cheval.

« Alors, toi, tu m'as bien trompée », disait la nonne, et elle le secouait rondement comme un gendarme.

Enfin, il reconnut sa maison et voulut s'élancer mais Angelo le retint.

« Attendez, dit-il, restez là, je vais monter prévenir. Vous ne pouvez pas arriver brusquement comme ça, vous savez que les émotions sont mauvaises. Qui est là-haut ? Votre femme ?

— Ma femme est morte. C'est ma fille. »

Angelo monta et frappa à la porte sous laquelle on voyait de la lumière. On ne répondit pas. Il ouvrit et entra. C'était une cuisine. Malgré l'étouffante chaleur le feu était allumé dans un poêle. Une femme d'une trentaine d'années pelotonnée dans des châles se serrait contre le feu. Elle était toute tremblante de frissons ; seuls, ses yeux énormes étaient immobiles.

« Votre père, dit Angelo.

— Non, dit-elle.

— Vous l'aviez porté dans la rue ?

— Non, dit-elle.

— Nous l'avons trouvé.

— Non, dit-elle.

— Il est là en bas. Nous l'avons ramené. Il est vivant.

— Non, dit-elle.

— Que d'histoires pour rien, dit la nonne du seuil de la porte. C'est simple comme bonjour ! Vous allez voir ! »

Elle avait abandonné le bras de l'homme qui entra à sa suite, laissa tomber son suaire et s'assit tout nu sur une chaise. La fille se serra sous ses châles, les remonta jusque sur son visage, laissant à peine dépasser ses yeux. La nonne enleva une à une les épingles qui retenaient sa coiffe. Elle les serra dans ses lèvres pendant qu'elle se décoiffait. Elle avait une tête ronde et rasée. Puis elle ferma la porte et marcha vers le moulin à café, en retroussant ses manches.

En sortant de la maison ils retournèrent à leur besogne. Il restait trois autres cadavres près de la fontaine. Ceux-là parfaits. Ils les lavèrent et les apprêtèrent bien gentiment.

Un matin, Angelo et la nonne étaient comme d'habitude dans une galerie du cloître, allongés sur les dalles, plus assommés de fatigue qu'endormis quand un petit pas sec, bien frappé du talon fit sonner les voûtes. C'était une autre nonne, celle-là maigre et jeune. Elle était habillée fort proprement, avec beaucoup d'élégance. Sa cornette était d'un amidon éblouissant et sa grosse croix pectorale d'or. On ne voyait de son visage qu'un nez effilé et un menton pointu.

Tout de suite, la grosse nonne fila doux. Elle joignit les mains et, tête baissée, écouta un long sermonnement à voix basse. Puis, elle suivit la nonne maigre qui avait viré prestement sur ses petits talons et se dirigeait vers la porte.

Angelo avait suivi le manège, l'œil mi-clos et dans l'ivresse de sa fatigue. Tout de suite après il s'endormit. Quand la brûlure du soleil blanc posé sur son visage le réveilla il était tard. Il aurait pu croire qu'il avait rêvé, mais la grosse nonne n'était plus là. Il la chercha. De guerre lasse il sortit.

Il n'avait pas sa sonnette et il ne savait plus que faire. Sa tête et son cœur étaient parfaitement vides. Enfin, à la longue, il fut étonné par le silence des rues. Toutes les boutiques étaient fermées, toutes les maisons barricadées. Certaines portes, certains contrevents étaient même cloués avec des croix de planches. Il parcourut une bonne partie de la ville sans rencontrer un chat ni entendre d'autre bruit que celui d'un petit vent qui jouait avec l'écho des corridors.

Cependant, dans une petite rue près du centre, Angelo trouva un magasin de drapier ouvert. A travers la vitrine, il vit même un monsieur bien habillé, assis sur une banque [49] à mesurer le drap. Il entra. La boutique sentait le bon velours et d'autres odeurs réconfortantes.

« Qu'est-ce que vous désirez ? » dit le monsieur.

Il était tout petit. Il jouait avec les breloques de sa chaîne de montre.

« Qu'est-ce qui est arrivé ? » demanda Angelo.

Le petit monsieur fut très étonné par la question mais il resta de sang-froid et il dit :

« Vous tombez de la lune. »

En même temps, il regardait Angelo de la tête aux pieds.

CHAPITRE VIII

Angelo raconta vaguement une petite histoire. Il savait bien qu'il y avait le choléra, diable !

« Si je veux qu'il ait un peu de considération pour moi, se dit-il, et fichtre, c'est exactement ce que je veux, il ne faut surtout pas dire à cet homme, coquet comme un coq, que j'ai lavé des morts. »

Il s'aperçut aussi que ce petit monsieur, par ailleurs pète-sec et même légèrement arqué en arrière dans son souci de ne rien perdre de sa taille, tiquait chaque fois qu'il entendait le mot « choléra ».

« Pourquoi parlez-vous tout le temps de choléra ? dit enfin le petit monsieur. Ce n'est qu'une simple contagion. Il suffit de l'appeler par son nom sans chercher midi à quatorze heures. Ce pays serait salubre, mais nous sommes tous plus ou moins ici obligés de compter avec la terre. Un tombereau de fumier se vend huit sous. Vous n'en sortirez pas. Ces huit sous, personne n'a envie de les donner. Pendant la nuit, les gens établissent des barrages en travers des ruisseaux, y entassent de la paille, retiennent les ordures de toute nature et se procurent ainsi du fumier à bon compte. Il y en a même qui payent deux sous pour avoir le droit d'installer des caisses à claire-voie aux issues des tinettes.

« Cette ville est bien aérée. Elle est arrosée par quatre-vingts fontaines. Elle est battue des vents de nord-ouest. Mais le fumier se vend trop cher et sans fumier, bernique. Parlez-moi contagion et je vous suivrai, monsieur, continua le petit homme qui louchait sur les toujours belles bottes d'Angelo. Mais, choléra, ceci demande réflexion. Et même, ajouta-t-il, en se dressant sur la pointe des pieds puis en se laissant retomber doucement sur ses talons, et même je dirai : prudence ! C'est qu'on aura toujours besoin de fumier. Notez le fait. Et que la contagion passera. Choléra, c'est beaucoup dire et c'est avec des mots qu'on fait peur. Si on laisse arriver la peur, on ne pourra plus faire un pas. »

Angelo balbutia quelque chose au sujet des morts.

« Dix-sept cents, dit l'homme, sur une population de sept mille, mais vous avez l'air vous-même d'être un cavalier en difficulté. Puis-je vous être de quelque secours ? »

Angelo était littéralement enchanté par le petit monsieur. « Il s'agite, il fait craquer ses bottines, mais il ne dépasse pas sa peau [50], se disait-il. Il a encore un col propre, un gilet brossé et, dans sa boutique, il a ordonné jusqu'à l'obscurité sur ses étagères. Il a raison : le mensonge est une vertu. L'homme est aussi un microbe têtu. Son hypocrisie est beaucoup plus utile que mon dévergondage. Il faut beaucoup plus de types comme lui que comme moi pour faire un monde où, comme il dit, on aura toujours besoin de fumier. Cette parole est la preuve même de sa simplicité, de sa solidité toute d'une pièce que rien ne peut démolir, ni choléra ni guerre, peut-être même pas notre révolution. Il peut mourir, il ne désespérera pas. Encore moins, il ne désespérera pas *à l'avance*. Et, somme toute, c'est se conduire en homme de qualité. Tout bien connaître ou ne rien savoir revient au même. »

De ce temps, on lui expliquait encore beaucoup de choses et, par exemple, qu'on avait enfin pris des mesures radicales.

« Vous avez dû vous rendre compte qu'il n'y a plus personne en ville. Plus que moi. Tout le reste est allé s'installer dans les champs, au grand air, dans les collines avoisinantes. Il n'y a que moi. Il en fallait un pour garder les approvisionnements. J'ai sous mon toit (et cette expression prit dans sa bouche une grande allure) des entrepôts pour mes draps. Ils étaient déjà depuis longtemps bourrés de camphre. C'était pour les mites. C'est parfait pour la mouche de la contagion. C'est une petite mouche même pas verte.

— Touchez-moi la main, dit Angelo.

— Volontiers », dit le petit homme en souriant, mais veuillez au préalable la plonger dans ce pot de vinaigre.

Enfin Angelo se sentit ridicule.

C'est de façon délibérée et en balançant les bras comme pour une promenade qu'il sortit de la ville. La nonne était oubliée. Il mâchait même un brin de menthe.

Les collines s'arrondissaient en cirque. Sur leurs gradins, toute la population de la ville était rassemblée comme pour le spectacle d'un grand jeu. Elle bivouaquait sous les vergers d'oliviers, les bosquets de chênes, dans la broussaille des térébinthes. Des feux fumaient de tous les côtés.

Angelo avait naturellement l'habitude des campements de soldats. Ils installaient des faisceaux et des marmites, et après, la vie était belle. Ils chantaient, faisaient la soupe ; cela leur tenait lieu de salon. C'étaient de pauvres bougres mais ils savaient qu'on se fait un abri magnifique en ne pensant à rien.

La première chose qu'Angelo vit à côté du chemin fut un paravent planté sous les oliviers d'un verger. Il était peint de couleurs très vives, peut-être sur soie. Il avait été destiné sans doute à réjouir quelque pénombre au coin d'un feu. Ici, il était en plein soleil — (le feuillage élimé des oliviers ne donnait presque pas d'ombre) — en plein soleil furieux. Le paravent éclaboussait de l'or, des pourpres vifs et des bleus durs. Il portait les guerriers empanachés et les seins jaillissants des cuirasses d'un chant de l'Arioste dont Angelo tout de suite se souvint. Il était installé en plein air, à côté d'une bergère en tapisserie également historiée sur laquelle étaient entassés : une boîte incrustée de coquillages, une ombrelle, une canne à bec d'argent et des châles que le vent avait bousculés et qui traînaient dans l'herbe. Au pied même de l'olivier le plus proche on avait placé (dans son aplomb, à l'aide de bouts de branches qu'on avait fourrés sous les pieds) un petit bonheur-du-jour bien astiqué portant coquettement sa pendule sous globe, ses bougeoirs, sa cafetière d'apparat sous un protège-porcelaine en faille soutachée de rubans. Tout autour, dans un espace de sept ou huit mètres carrés, étaient disposés, le plus harmonieusement du monde : un porte-parapluie, une haute lampe à pied, un pouf, une chancelière et une plante verte en pot, un caoutchouc armé d'un tuteur en cannette [51] blonde. Non loin de là, lâchée en cul et dressant au ciel ses deux brancards d'où pendaient des chaînes était la charrette qui avait charrié tout le fourniment, plus le mulet, sa paille et son crottin.

Le spectacle était si incongru qu'Angelo s'était arrêté. Quelqu'un frappa de la canne sur la chaufferette. Une grosse fille qui devait être assise dans l'herbe se dressa et s'approcha du paravent.

« Qui est-ce ? demanda une voix de vieille femme.

— Un homme, madame.

— Qu'est-ce qu'il fait ?

— Il regarde.

— Quoi ?

— Nous.

— Bonjour, madame, dit Angelo. Est-ce que tout va bien ?

— Très bien, monsieur, dit la voix, est-ce que cela vous regarde ? » Et à la fille : « Va t'asseoir. »

Puis, la canne se mit à battre la terre comme une queue de lion énervé.

Il y avait aussi, à tout bout de champ, des familles d'artisans assises à l'ombre d'un mur ou d'un talus, ou d'un buisson, ou sous un petit chêne avec des enfants, des ballots de linge, des caisses d'outils. Les femmes étaient un peu surprises, mais déjà elles avaient installé quelques ustensiles, des cordes tendues entre deux branches, un trépied portant une casserole et même, des fois, un alignement de boîtes classées par ordre de grandeur décroissante : farine, sel, poivre, épices. Les hommes étaient beaucoup plus entrepris. Leurs mains ne se dénouaient pas encore d'autour de leurs genoux. Ils disaient volontiers bonjour à ceux qui passaient.

Les enfants ne jouaient pas. Il y avait très peu de bruit, à part celui d'un vent léger qui faisait craquer les feuilles rôties de soleil et, de temps en temps, le bruit même du soleil comme un rapide claquement de flamme. Seuls, les chevaux, les mulets secouaient leurs bridons, frappaient du pied dans les mouches, quelquefois hennissaient, mais non pas pour s'appeler : pour se plaindre, et c'était furtif. Des ânes essayèrent de commencer un concert mais on entendit les coups de bâton sonner sur les ventres et ils remâchèrent leurs braiments. D'immenses vols de corneilles et de corbeaux tournaient silencieusement aussi au-dessus des arbres. Le soleil était si violent qu'il leur blanchissait les plumes.

Les paysans s'étaient mieux installés. Ils avaient l'air de se dégourdir plus vite. Ils avaient d'ailleurs tous choisi des endroits extrêmement propices : chênes, plis de terrains où l'herbe était sèche mais longue, bosquets de pins. La plupart avaient déjà dépierré leurs emplacements. Ils étaient même en train, tous ensemble, mais chacun pour soi, de couper des branches de genêts qu'ils charriaient ensuite par fagots à leur ombre. Les femmes en écorçaient les grosses tiges et en tressaient des claies. Des enfants, à l'air grave, les sourcils froncés, appointaient des piquets.

Quelques vieilles femmes qui ne tressaient pas les genêts, et semblaient revêtues d'autorités diplomatiques, s'en allaient, sourire aux lèvres, rôder autour des autres campements sous couvert de ramasser la salade champêtre. Ils s'organisaient. Ils avaient même déjà commencé à faire très soigneusement de petits tas de fumier avec la litière de leurs bêtes.

Il n'y avait un peu d'incohérence que dans leurs caisses pleines de poules auxquelles ils ne donnaient pas encore la liberté ; les cochons attachés par la patte à des souches, qui se meurtrissaient à tirer sur la longe qu'on leur avait nouée au jarret mais qui ne criaient pas, grognaient à peine et surtout reniflaient avec des groins extrêmement mobiles vers les odeurs qu'agitaient tous ces mouvements étranges. Ils avaient déjà appris à se musser sous les buissons quand passait au-dessus d'eux le froissement des grands vols de corbeaux.

Des mésanges-serruriers dont le chant est un grincement de fer appelaient sans arrêt, établissaient un vide dans lequel leur cri retentissait et une étendue par leur réponse qui venait des arbres les plus lointains. On entendait aussi quelques voix d'enfants assez triomphantes, des femmes qui prononçaient des noms, des hommes qui parlaient à des bêtes et les grelots des chiens de chasse qui se mettaient sur des pistes.

On avait charrié des buffets, des canapés, des poêles avec les tuyaux qu'on s'efforçait d'emmancher et qu'on attachait ensuite à des branches, des caisses pleines de casseroles, des corbeilles de vaisselle et de linge, des garnitures de cheminées, des chenets, des trépieds, des *diables*. Les meubles étaient placés dans les vergers, sous les arbres isolés, même en plein vent. On voyait très bien qu'on les avait orientés ici comme ils l'étaient dans la pièce d'où on les avait tirés. Quelquefois même, ils encadraient une table recouverte de sa toile cirée, ou de son tapis, et cinq ou six chaises disposées autour, ou bien des fauteuils sous des housses. Il y avait alors une femme désœuvrée assise sur une de ces chaises, et non pas dans l'herbe les mains aux genoux et toujours à côté d'elle, ou dans les environs immédiats, l'homme, debout et vacant, comme un héros pris de court. Ils ne bougeaient pas. Ils étaient comme des personnages de tableaux vivants, l'œil fixe sur des lointains personnels, l'air à la fois très savants et très vulnérables.

D'autres avaient entassé des marchandises, des piles de pièces de drap, des sacs pleins, des caisses, et, adossés contre le tas ou même couchés dessus, hommes, femmes et enfants, ils guettaient.

« Est-ce que je vais trouver mon Giuseppe dans tout ça, ou bien est-ce qu'il est mort ? » se dit Angelo.

Il convint que, si Giuseppe était mort, eh ! bien, la situation était grave.

« Je suis dans de mauvais draps. »

Au lieu de rester avec la nonne, il aurait dû le chercher. Mais où dans la ville ? Et demander à qui ? (Il revit la place couverte de morts, les gens qui agonisaient en tas, par terre, et les terreurs de ceux qu'il avait vus galoper comme des chiens dans les rues ; il entendit les tombereaux qui battaient du tambour dans les échos de tous les quartiers.) On raisonnait de façon différente ici dans les vergers, en plein air, malgré les vols de corneilles et le soleil fou. De toute façon c'était vrai, il avait perdu son temps avec la nonne. Il le pensait. On ne fait pas toujours ce qui est raisonnable.

Il trouva, au bord du chemin, une de ces petites balances à bols de corne dans lesquels on pèse le tabac. Elle était renversée dans l'herbe. Il regarda par-dessus le talus. Une vieille femme arrangeait des boîtes contre une souche d'olivier.

« Madame, demanda Angelo, est-ce que vous vendez du tabac ?

— J'en vendais, dit-elle.

— Vous n'en avez pas encore une petite miette ?

— Qu'est-ce que tu veux foutre avec des miettes, dit-elle, j'en ai du frais. »

Angelo sauta le talus.

C'était une vieille délurée. Elle avait de petits yeux de pie et elle mâchait ses gencives comme une chique goguenarde.

« Alors, vous avez des cigares ? dit Angelo.

— Ah ! Tu es un type à cigares ! J'ai des cigares pour tous les âges, mon mignon. Si on les paye !

— On va s'arranger pour vous les payer.

— Alors, qu'est-ce que tu fumes ? (Elle le regarda.) De la guimauve ?

— Donne des crapulos, dit sèchement Angelo.

— Excusez du peu, dit-elle, est-ce que tu en auras assez avec la moitié d'un, mignon ?

— Ne parlez pas tant, grand-mère, dit Angelo, et donnez-m'en une boîte. »

En fait, une boîte était peut-être un peu exagéré. Il lui restait tout juste quatre louis. Il ne fallait vraiment pas que Giuseppe soit mort sans quoi les temps allaient devenir difficiles. Mais il fallait vraiment remettre à leur place cette femme et sa chique.

Elle chercha dans les sacs qu'elle était en train de déballer et trouva une boîte de cigares qu'Angelo paya d'un air fort détaché.

« Vous devez connaître tout le monde, vous ? dit-il.

— Ma foi, j'en connais ma grosse part.

— Vous connaissez un nommé Giuseppe ?

— Ah ! mon mignon, je ne les connais pas de cette façon-là, moi. A quoi il ressemble, ton Giuseppe et, familièrement, comment qu'on lui dit ? Il a un surnom ?

— Je ne sais pas, qu'est-ce que ça pourrait être son surnom ? Le Piémontais, peut-être ? C'est un grand, maigre et noir avec les cheveux frisés.

— Piémontais ? Non, je ne connais pas de Piémontais. Noir, tu dis ? Non. Tu ne sais pas s'il est mort ?

— J'aimerais bien justement qu'il soit vivant.

— En fait d'aimer bien, tu n'es pas seul. Il y a de grandes chances pour que ton Giuseppe fume des mauves. On meurt tous ces temps-ci, tu as bien vu ?

— Pas tout à fait tous, dit Angelo ; on est bien encore quelques-uns.

— Ah ! oui, que nous sommes propres ! » dit-elle.

Pendant qu'ils étaient en train de parler ainsi, une femme arriva pour demander de la prise. C'était une ménagère. Elle avait l'air tout à fait désorientée dans ce verger.

« Tiens, dit la vieille, en voilà une qui va peut-être te renseigner sur ton Giuseppe.

— Madame Marie, dit la femme, donnez-m'en un peu de la fine, s'il vous plaît. Pas trop sèche, si vous pouvez.

— On peut toujours, mon bel oiseau, fais-moi passer le sac, là, à gauche, à tes pieds. Et qu'est-ce que tu fais de ta peau tous ces temps-ci ?

— J'essaye de m'en tirer, c'est pas facile.

— Où c'est que tu perches maintenant ?

— Je suis avec les Magnan, là, sous les chênes.

— Tu fais popote avec ?

— C'est pas tout à fait popote, dit la femme qui regarda Angelo avec des yeux arrogants. Mais, moi, le plein air me fait peur. Il me faut de la compagnie. Tant celle-là qu'une autre, pas vrai ?

— Tiens, ben, vous ferez peut-être affaire tous les deux. Voilà un garçon qui en cherche. Il voudrait trouver un nommé Giuseppe. »

La femme, les mains sur les hanches, plaça sa taille dans son corset.

« Qui c'est ce Giuseppe ? dit-elle.

— Un homme, mon bel oiseau, dit la vieille.

— C'est un ami que je cherche, dit Angelo.

— Tout le monde cherche un ami », dit la femme.

Elle hésita entre relever les cheveux qui lui tombaient sur le front et prendre une prise de tabac. Elle regarda Angelo des pieds à la tête et se décida pour la prise de tabac.

Ce fut le tour d'un homme. Il souleva les branches basses de l'olivier.

« Tiens, qu'est-ce que tu fais là ? dit la femme.

— Ben, tu vois !

— Madame Marie, dit-il, il s'agirait de me trouver mon tabac maintenant. Vous vous êtes un peu débrouillée dans tout ça, oui ?

— C'est Cléristin ? dit la vieille. Alors Cléristin, tu as trouvé un coin pour ton mulet ? Je n'ai pas encore ton tabac sous la main. Tu m'as tout salopé en foutant mes trucs barque à travers [52]. Ton tabac est là-dessous dans ces caisses. Est-ce que tu veux me les remuer ou bien est-ce que tu en essayes un autre ? C'est le moment de se lancer, mon mignon. »

Il n'avait rien de mignon du tout. C'était un gros type massif, avec les jambes en manches de veste et les bras de singe. Mais il avait l'œil vif...

« Il y a celui-là qui cherche un nommé Giuseppe, dit la femme.

— Giuseppe quoi ? demanda-t-il.

— Giuseppe, c'est tout, dit Angelo.

— Qu'est-ce qu'il fait ?

— Cordonnier.

— Connais pas, dit l'homme. T'as qu'à aller voir Féraud.

— Ben, c'est vrai, dit la femme.

— C'est un cordonnier, ils se connaissent entre eux.

— Où est-il, ce Féraud ?

— Monte là-haut dans ces pins. Il est un peu au-dessus, dans les genévriers. »

Il y avait un chemin qui montait de terrasse en terrasse. Sur ces entablements soutenus par de petits murs de pierre, les vergers d'oliviers faisaient crépiter silencieusement les énormes étincelles noires de leurs troncs tordus. Ils portaient une toison plus légère que l'écume de l'eau et qui gardait dans l'envers des feuilles un reste de couleur d'opale que le soleil achevait d'effacer. Sous cet abri transparent comme un voile de soie les gens campaient par petits groupes. Maintenant, ils mangeaient. Il était à peu près midi.

Les pins que lui avait désignés le mignon trapu étaient très hauts dans la colline, bien au-dessus des vergers. Angelo demanda où il pourrait acheter du pain. On lui dit d'aller un peu sur la gauche vers des cyprès. Il y avait là, paraît-il, un boulanger qui avait essayé de faire un four de campagne.

Bien avant d'arriver aux cyprès d'ailleurs on sentait une bonne odeur de fournil. Une fumée bleue très paresseuse et dans laquelle l'éclatante blancheur du soleil donnait de miroitants coups d'ailes indiquait aussi l'endroit.

Le boulanger, torse nu, était assis au pied des cyprès, dans l'axe de l'ombre. Il laissait pendre devant ses genoux deux mains plâtrées. C'était un homme d'une cinquantaine d'années, très maigre. Sur sa poitrine, les côtes saillantes charruaient des poils gris.

« Vous tombez à pic, dit-il, on va défourner. Quant à vous dire ce que ça sera, je n'en sais rien : peut-être du pain, peut-être de la galette ; il se peut aussi que ça soit une cochonnerie. C'est la première fois de ma vie que je travaille de cette façon. »

Il avait fait une sorte de meule semblable à celle dans laquelle on fait le charbon de bois. Recouverte de mottes d'herbe, elle laissait suinter la fumée bleue, d'un bleu pur et si épaisse qu'elle montait lentement toute droite, se réunissait en faisceaux à quelques mètres au-dessus des feuillages des oliviers et continuait à monter lentement comme une colonne qui réverbérait le soleil jusque très haut dans le ciel où avant de se diluer dans le tremblement de la chaleur blanche elle épanouissait toute une verroterie de miroir aux alouettes.

« Ce sera ce que ça sera, dit Angelo.

— C'est bien ce qu'il faut se dire », dit l'homme.

Angelo regarda une escadrille de corneilles qui, plus haut que le sommet de la colline, jouait avec de légers souffles de vent. Les oiseaux aux ailes immobiles dansaient un pas de côté, glissements, reprises, se rapprochaient, se superposaient, s'écartaient comme des graines d'avoine dans les moires d'un ruisseau.

« Ce sont les plus heureux, dit le boulanger.

— Le fait est, dit Angelo. Enfin, on va peut-être commencer à reprendre du poil de la bête.

— Ça n'en prend guère tournure.

— Qu'est-ce que ça prend comme tournure ?

— Ça ne change pas.

— Il y a toujours des cas ?

— Si on en croit les choses. Et il n'y a aucune raison pour qu'on ne les croie pas.

— Les gens ont l'air un peu abrutis mais ils vivent.

— Ils étaient tout aussi abrutis en ville et ils vivaient mais on ne les voyait pas. On ne voyait que les morts. Je reconnais qu'ici ça semble un peu le contraire et que c'est tant de gagné. Mais, regardez donc un peu en bas dans le fond, de ce côté-ci. Le petit vallon qui s'en va vers le dedans des collines, les platanes et le petit pré. Vous voyez pas ces tentes jaunes ? C'est une infirmerie. Et là-bas au quartier de Saint-Pierre, dans les vergers de cerisiers, encore des tentes. Encore une infirmerie. Et là-bas, dans le dévers nord, encore des tentes : une autre. Si vous étiez comme moi, en train de vous reposer au pied du cyprès depuis que le four est allumé, vous en auriez vu qu'on charriait là-bas tant et plus. Si j'en ai pas compté cinquante depuis ce matin ! Eh ! bien, dites-moi, cinquante, est-ce que ça n'est pas un chiffre ?

— Ça ne peut pas s'arrêter tout de suite.

— Je ne sais pas ce que ça ne peut pas, mais je sais ce que ça peut. Et ça là-haut ? (Il désigna les vols épais de corneilles et de corbeaux qui s'étaient tous mis à tourner dans le carrousel des vents, au-dessus de la colline. Il en venait un sonore clapotement d'éventail.) C'est plus intelligent que ce qu'on croit, ces bestioles. Ça connaît son intérêt, allez. Ça n'est pas là pour le roi de Prusse, croyez-moi. Vous pouvez leur en foutre des coups d'arquebuse là-haut dedans. Ça reste où ça mange. »

« Il y a certainement du vrai dans ce qu'il dit », pensa Angelo, mais il avait faim et l'odeur de la meule était exquise.

« J'ai pétri dans une auge à porcs, dit le boulanger. Propre, bien entendu. Je l'ai trouvée dans la petite cabane là-bas. J'ai dit à ma femme : "C'est la cabane d'Antonin. Je te joue ce que tu veux qu'il y a une auge à porcs." Pardi ! Je m'ennuyais. J'ai dit : "Je vais faire du pain." D'ailleurs, ça s'est découvert être une bonne chose ; les gens viennent en chercher. "Et d'abord, on va me laver ça à grande eau", j'ai dit. Mais, justement, l'eau ! Vous êtes déjà allé à l'eau ?

— Non. »

« Ça doit être en effet un problème, se dit Angelo. Où peut-il y avoir de l'eau dans ces collines ? »

« Si vous n'y êtes pas allé, je vais vous montrer. Vous vous rendrez compte du travail. Vous voyez le chêne là-bas ? Bon. Eh ! bien, droite ligne dessus, visez le taillis de saules. C'est là. C'est une argilière. L'eau est bonne, ça, on ne peut pas dire, claire, pas trop fraîche. Il y en a pas mal. Mais c'est là-bas. D'ici aller-retour, avec les seaux, il faut plus d'une demi-heure. La femme, la fille et moi, on y est allé au moins vingt fois. Et on n'est pas seul. Regardez. »

En effet, dans l'ombre des saules, on pouvait voir le rouge, le bleu, le vert, le blanc de caracos, de jupons, de tabliers dont les couleurs disparaissaient dès qu'ils sortaient de l'ombre pour entrer en plein soleil, où il ne restait plus que l'étincellement des seaux d'eau à côté de petites silhouettes calcinées.

Les pains que le boulanger sortit finalement de la meule étaient plats comme des galettes et très irrégulièrement cuits.

« On n'est jamais sûr des fournées avec ce système-là, dit-il. Celle d'avant était passable ; celle-là ne vaut pas un pet de lapin. Parlez-moi d'un bon four en maçonnerie. Il a fallu que la teigne se mette à nos maisons. Nous voilà beaux ! Qu'est-ce que vous voulez que je vous fasse payer pour ça ? Donnez-moi ce que vous voudrez. Disons deux sous et prenez-en trois ou quatre. » Il ne laissait pas cependant que de placer soigneusement les miches brûlantes sur un lit de thym à quoi la chaleur faisait rendre une odeur exquise, et il surveillait l'alentour pour voir si les bivouacs en étaient touchés.

Angelo prit une galette et marcha un moment pour la laisser refroidir.

Un peu plus haut, à l'orée du bois de pins, il trouva une petite famille bien honnête qui faisait silencieusement midi, regardant le vaste paysage en mâchant longuement les bouchées. Il y avait un homme roux plein de chair et une femme taillée en force mais maternelle

Le hussard sur le toit

Photos du film de Jean-Paul Rappeneau
scénario de Jean-Paul Rappeneau, Jean-Claude Carrière
et Nina Companeez, d'après le roman de Jean Giono.
Avec Olivier Martinez et Juliette Binoche.

Page précédente : « Comme il approchait d'une petite tour, Angelo fut brusquement enveloppé d'une épaisse étoffe noire qui se mit à voleter en craquant et en crissant. »

« Angelo désarma très facilement le capitaine. »

« Vu de près, il avait une barbe grise, des yeux très bleus et l'aspect fort sympathique. »

« Des bras, des jambes, des têtes ballottantes au bout de longs cous maigres et mous dépassaient les ridelles. »

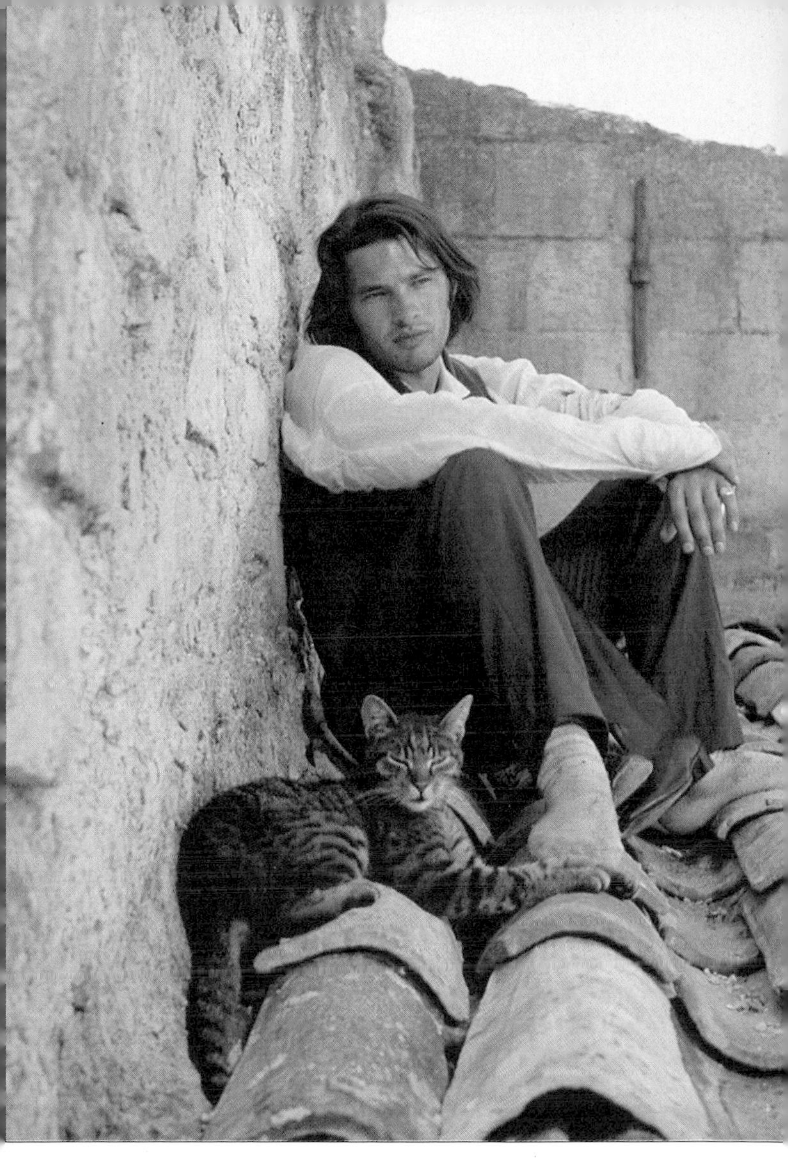

« Il eut toutefois la joie de voir arriver le chat. Il ne sut jamais comment l'animal avait fait pour le rejoindre. »

« C'était une très jeune femme . Elle tenait un chandelier à trois branches à la hauteur d'un petit visage en fer de lance encadré de lourds cheveux bruns. »

« Le malheur frappait en pleine lumière, devant tout le monde, qui se reculait et s'entassait à l'autre bout de la pièce, comme un troupeau qui voit entrer le loup. »

« Il se tenait au milieu du vestibule, son bougeoir à la main, regardant vers le haut de l'escalier où la belle rampe courait en galerie au premier étage. »

« Il versa le rhum peu à peu. La déglutition ne se fit pas tout de suite, puis l'alcool disparut comme de l'eau dans du sable. »

« *Ah ! voilà enfin le fils de sa mère !*
Ils se fricassèrent le museau comme de jeunes chiens. »

« Ils aperçurent dans le lointain une large vallée sans fleuve mais verdoyante et avec une petite ville ronde au milieu de ses prés.
Le terre promise , dit Angelo. »

Photos Mario Tursi

des pieds à la tête comme celles qui ont ces carrures le sont, généralement. La femme gardait sur ses genoux une fillette fluette et pâle aux yeux rêveurs. Les taches de son dont elle était grêlée autour du nez élargissaient ses pommettes comme un loup vénitien et leur donnaient la morbidesse de la Primavera [53].

« Attention, se dit Angelo, elle est la prunelle de leurs yeux. S'ils savaient que je vais m'asseoir dans leurs parages pour avoir la chance de regarder ce très beau visage pendant que je mange mon pain sec, ils imagineraient je ne sais quoi et que je leur suce la moelle des os. »

Et il alla négligemment s'asseoir au pied d'un pin. Il s'adossa au tronc. Il se mit lui aussi à mâcher longuement ses bouchées devant le vaste paysage. Il ne jetait sur le visage de la fillette que des regards obliques soigneusement espacés. Malgré ces précautions, il rencontra à diverses reprises le regard de la mère et même celui du père. Ils avaient instinctivement deviné sa manigance et, sans savoir au juste quoi, ils n'y voyaient rien d'inoffensif au contraire : ils se méfiaient. La femme portait la petite fille comme un cierge et, suivant les regards, se la plantait d'un genou sur l'autre.

En bas de la colline était la ville : une carapace de tortue dans l'herbe ; le soleil, maintenant un peu oblique, carrelait de lignes d'ombre l'écaille des toits ; le vent entrait par une rue, sortait par l'autre, traînait des colonnes de poussières de paille. Des volets grinçaient sur leurs gonds et claquaient, faisant retentir la sonorité fort sombre des maisons.

Au-delà de la ville s'élevait une plaine d'herbe jaune, tachée de grandes plaques de rouille. C'étaient les champs de blé sur lesquels la moisson n'était pas faite, ne se ferait pas parce que les propriétaires étaient morts. Plus loin, serpentant à plat, une Durance de pierre et d'os, sans une goutte d'eau. L'horizon était encombré de montagnes enchevêtrées. Les routes étaient désertes.

Désertes aussi les routes de l'espoir. Le ciel était de plâtre, la chaleur comme une glu. Le vent sec qui ne donnait pas de souffle mais des coups, sentait le bouc et d'autres odeurs terribles.

Angelo traversa le bois de pins. Quelques familles s'étaient installées à l'abri des arbres. Elles restaient groupées, à l'écart les unes des autres et silencieuses. Il remarqua là aussi quelques beaux regards, quelques beaux visages dans lesquels l'architecture des chairs, on ne savait pas pourquoi, rassurait. Les familles en étaient jalouses et se serraient autour comme des chiens affamés. A peine si, aux voisins, aux passants on faisait des demi-sourires qui montraient surtout les dents.

Les gens étaient ainsi groupés sans mot dire, parfois tout contre un homme, pas même beau mais qui donnait, par sa façon d'être planté, une impression de solidité, une sorte de garantie de durée. Ou bien il s'agissait de femmes. Certaines étaient âgées, avaient la paix sur le visage. On ne pouvait pas se lasser de regarder leur bouche et leurs yeux que rien ne déséquilibrait, sur lesquels passait et repassait l'ombre vert-de-gris des branches de pins. D'autres étaient de jeunes femmes dont les cheveux, les yeux, le teint, le geste étaient en matières précieuses, donc imputrescibles ; ou des enfants qui, parce qu'ils ne riaient plus, avaient tout de suite l'air profond, accablé de science.

Plus haut que le bois de pins, Angelo entendit des gémissements et des sanglots. Il y avait tant de silence autour qu'ils faisaient le bruit d'une fontaine solitaire. C'étaient deux hommes qui en soignaient un troisième allongé sous une yeuse. Ils pleuraient tous les trois.

Angelo se proposa mais fut mal accueilli. C'était, à n'en pas douter, une attaque de choléra à la première période et les deux hommes se débrouillaient fort bien. Angelo comprit qu'ils avaient surtout peur d'être dénoncés et que le malade soit emporté aux infirmeries.

« Apprends donc un peu l'égoïsme, se dit-il, c'est très utile et on n'a jamais l'air d'un imbécile. Ces deux-là t'ont envoyé paître et ils ont raison. Ils s'occupent d'une affaire qui les regarde et ils la mènent comme ils veulent. Ils n'ont pas du tout envie que tu viennes compliquer les choses. Que le malade aille mieux ou plus mal, dans un quart d'heure ils ne pleureront plus et ils ne penseront qu'à se débrouiller. Crois-tu que la générosité soit toujours bonne ? Neuf fois sur dix elle est impolie. Et elle n'est jamais virile. »

Ces réflexions lui donnèrent beaucoup de tranquillité et il continua à monter dans la colline, vers le bosquet de pins où devait se trouver l'homme qui connaissait peut-être l'endroit où se trouvait Giuseppe.

Des cris éclatèrent. Cette fois il ne s'agissait pas de gémissements mais de huées de chasse. Deux ou trois hommes s'étaient levés et regardaient dans un ravin. Angelo s'approcha. On distinguait à travers les buissons des gens en train de courir.

« Je parie que c'est un lièvre, dit Angelo.

— Vous perdriez, lui répondit-on. D'ailleurs, par cette chaleur les lièvres ne sont pas si bêtes. Ils ne bougent pas. »

Ces hommes regardèrent Angelo avec un peu de mépris. Quoique d'un mépris léger et à fleur de regard Angelo en fut très mortifié. Il prétendit que, dans son pays, les lièvres couraient malgré la chaleur.

« Vous avez alors la chance d'avoir des lièvres spéciaux, lui dit-on avec ironie. Ici, nous n'en avons que des ordinaires. En bas, c'est simplement un vieux couillon qui a échappé à sa fille. Le plus drôle, c'est qu'il était paralytique et qu'on l'a charrié jusqu'ici dans son fauteuil ; maintenant, il les fait démener comme des diables. »

En effet, on vit en bas un vieillard qui clopinait dans les herbes. Les poursuivants le rattrapèrent. Il y eut une mêlée confuse d'où jaillissaient des glapissements de femme. On se mit à parlementer en gesticulant beaucoup. Enfin, deux hommes firent la chaise avec leurs bras joints, on installa le vieillard là-dessus et on le remonta.

Il passa à côté d'Angelo. C'était un vieux paysan avec une tête d'aigle. Il tournait toujours ses yeux vifs du côté de la ville. On lui avait roulé une cigarette pour le calmer. Il était en train de la fumer.

Sa fille accourut à sa rencontre. Elle remercia tout le monde. Elle ne cessait de remercier et de dire : « Mais pourquoi, père ? Mais qu'est-ce que vous avez ? » Elle aperçut la cigarette.

« Vous avez dit merci, père ? lui dit-elle.

— J'ai dit merde », dit-il.

Il s'engoua dans ses baves et dans sa cigarette qu'il se mit à mâcher furieusement comme du foin.

Le bosquet où s'était installé le nommé Féraud était d'abord bien placé près du sommet de la colline et juste dans le fil de vent qui se rebroussait contre la crête. Au surplus, il contenait le seul vrai campement de tout le quartier. On avait soigneusement débroussaillé l'espace entre les arbres et placé d'un tronc à l'autre des claies de branches entrelacées d'un empan de hauteur. Dans le berceau ainsi formé on avait entassé des aiguilles de pin et, quand Angelo arriva, trois femmes étaient en train d'étendre sur ce matelas un beau drap blanc. Deux autres draps pliés attestaient qu'on avait l'intention formelle de faire ici un lit correct. Des trois femmes, deux avaient à peine dépassé vingt ans et étaient sans doute les filles, l'autre était la mère et toutes les trois faisaient vigoureusement l'ouvrage.

Quant au nommé Féraud, il avait installé son établi à l'orée des arbres, moitié à l'ombre, moitié au soleil, il était tout simplement en train de façonner une semelle au tranchet. Il chantonnait.

C'était un homme au regard très jeune malgré sa barbe blanche.

Il savait où était Giuseppe.

« Voyez-vous cette colline plantée d'amandiers ?

— L'autre colline alors, là-bas ?

— Oui. Il est là. Probablement un peu plus haut, vers les yeuses.

— Vous en êtes sûr ?

— J'en suis absolument sûr. Allez là-bas, vous le trouverez. Sitôt que vous serez sur la colline des amandiers, demandez à n'importe qui. On vous mènera droit sur lui.

— Vous le connaissez bien ?

— Je le connais très bien.

— Et comment fait-on pour aller là-bas ?

— C'est facile. Descendez tout droit jusqu'au cyprès.

— Là où il y a le boulanger ?

— Exactement. Faites cent mètres carrément à droite, vous couperez un chemin. Prenez-le et laissez-vous faire. Vous n'avez pas peur des infirmeries ?

— Non.

— Vous passerez contre. Et votre chemin suit toujours. Tenez, vous le voyez là-bas. Il monte. Vous arrivez franc dans les amandiers. Demandez Giuseppe au premier venu et vous l'aurez. »

Enfin, il posa son soulier dans l'herbe et il dit :

« Qu'est-ce que vous lui voulez, à Giuseppe ?

— Je suis son parent, dit Angelo.

— Quel parent ? Il n'est pas question d'Italie ?

— Si, dit Angelo, il est un tout petit peu question d'Italie. »

Féraud appela sa femme.

« C'est le monsieur que Giuseppe a tant attendu, dit-il.

— Avez-vous bu ? demanda tout de suite à Angelo cette femme qui mettait volontiers ses poings sur les hanches.

— Pas une goutte depuis deux jours, répondit Angelo. J'ai la bouche en fer-blanc.

— Tant mieux, dit la femme. Actuellement, la bouche en fer-blanc c'est le ventre en fer-blanc. C'était le souci de Giuseppe. A longueur de journée il répétait : "Vous verrez qu'il boira. Il ne pourra pas tenir. Le boire me le tuera."

— Le boire ne m'a pas tué, dit Angelo. Je buvais du vin quand je pouvais. Quand je ne pouvais pas je me privais.

— Je ne vous donnerai pas de vin : nous n'en avons pas, mais de l'eau bouillie et rebouillie. Et juste une demi-tasse. Savez-vous ce qu'il faut faire ? Je le leur répète à chaque instant, dit-elle en désignant son mari et ses filles ; ils se moquent de moi : il faut s'habituer à faire de la salive et ne boire que sa salive. Actuellement, celui qui boit sa salive ne meurt pas.

— Il ne meurt pas mais il crève de soif, dit Féraud.

— Je te dis que je vais lui en donner une demi-tasse. Maintenant que le Giuseppe a son monsieur ce n'est pas le moment de le lui tuer dans les mains, non ! »

Cette famille était très unie et bientôt les filles qui avaient fini de faire le lit sur les aiguilles de pin s'approchèrent pour caresser la barbe de leur père. Entre elles deux qui s'étaient pendues à ses épaules, il ronronnait. La mère avait l'air de mener les affaires rond mais en réalité on l'embarrassait facilement de caresses ; à quoi visiblement elle prenait grand plaisir.

Elle trouva cependant moyen de faire boire à Angelo la demi-tasse d'eau bouillie qu'elle avait promise.

Finalement, on lui dit de rester là pour partager le

repas du soir. Ce n'était pas grand-chose mais, en tout cas, un ragoût de pommes de terre avec des plates côtes de moutons. Il y avait, paraît-il, sous des chênes, à quelque cent mètres sur la gauche, un boucher qui tuait des bêtes. Angelo apprit aussi beaucoup d'autres choses.

Ils avaient l'air de tenir Giuseppe en très grande estime. Estime était même un mot un peu trop faible. Or, à quelques mois près, Giuseppe était un garçon du même âge qu'Angelo. C'était son frère de lait. Et Féraud était un homme posé, à barbe blanche, l'œil rêveur, il est vrai. Angelo se demanda à diverses reprises si c'était bien de son Giuseppe qu'il s'agissait.

« Un garçon maigre, craquant comme un fagot de bois sec.

— Exactement.

— Une lèvre mince.

— Celle du dessus. Comme un rasoir.

— L'autre épaisse.

— Celle du dessous : une lèvre de fille.

— Enfin, épaisse tout au moins. »

Angelo imaginait mal qu'on pût dire que la lèvre de Giuseppe était une lèvre de fille. Giuseppe avait été son ordonnance. L'armée du roi de Sardaigne avait beau n'être que l'armée du roi de Sardaigne, c'était malgré tout quelques milliers d'hommes qui vivaient ensemble. Il n'y fallait que quinze jours pour qu'une lèvre n'y soit plus jugée sur l'apparence.

Les filles insistèrent sur les cheveux noirs bouclés.

« Il les a comme du persil », dirent-elles.

Le jour où le général-brigadier avait fait couper ras ces fameux cheveux, semblables à du persil, Giuseppe avait servi la soupe en portant haut sa tête de galérien.

« D'une pique il t'a fait un œuf, lui dit Angelo.

— Ta mère est trop haute, répliqua Giuseppe, mais c'est moi qui paye car toi tu es colonel. »

Angelo lui avait fait sauter d'un coup de botte la soupière des mains. Ils avaient tous les deux dépecé la salle à manger à coups de sabre en se battant. Mais dès qu'ils avaient vu leur sang, ils étaient retombés dans les bras l'un de l'autre. A la parade du lendemain, Giuseppe arborait gravement une tête sur laquelle tous les cheveux de son colonel étaient collés à la colle de pâte. Angelo, sans casque et rasé comme un forçat, caracolait sur le front des troupes en souriant de bonheur.

C'était une bonne *bouffe* [54]. Giuseppe avait la spécialité des *bouffes* de toutes les catégories jusques et y compris les *bouffes* sang-de-bœuf, ou sang de n'importe quoi. Cette estime — même plus — que Féraud et sa barbe blanche (et ses yeux rêveurs, il est vrai) lui témoignait, est-ce que ça n'était pas à la suite d'une *bouffe* quelconque ? Et même, pas quelconque du tout puisque, tout à l'heure, Féraud avait bien nettement demandé *s'il n'était pas question d'Italie ?*

Angelo fut soigné comme un coq en pâte. Les filles semblaient même gênées de ne pas lui donner sa part des caresses familiales. En faisant circuler la marmite de ragoût, elles lui posèrent deux ou trois fois la main sur l'épaule.

« La nuit va tomber, dit Féraud, et est-ce que vous tenez à rejoindre Giuseppe ce soir ?

— Le plus tôt possible, dit Angelo.

— Je vous comprends. Alors, il faudra que vous preniez un chemin un peu plus long que celui que je vous ai montré tout à l'heure, mais plus sûr. Je sais bien que vous n'avez pas peur de passer près des infirmeries ; il faut cependant faire attention quand c'est la nuit et j'aime mieux vous en détourner. Il ne s'agit pas de fantômes. Il s'agit qu'on va déposer les malades aux alentours, en catimini, à cause des quarantaines qu'on fait faire aux parents qui les ont soignés. Admettez qu'en passant là vous tombiez juste sur une ronde qui démasquera brusquement ses lanternes (car ils ont une prime chaque fois qu'ils attrapent quelqu'un), vous en avez pour quarante jours. Et, en ce moment-ci, il s'en passe des choses en quarante jours.

« Savez-vous même le conseil que je vous donne ? Vous allez simplement passer la nuit sous ce chêne, à dix mètres d'ici. Vous ne nous gênez pas. Je vous prête une couverture que vous étendrez sur les feuilles sèches. Demain, il fera jour.

— C'est peut-être ce qu'il faudrait faire, lui répondit Angelo, mais je ne le ferai pas. Je vais partir. Je me débrouillerai. Ils peuvent démasquer leur lanterne, ils ne m'auront pas.

— De toute façon, ajouta-t-il pour voir sur quoi Giuseppe avait monté sa *bouffe* (s'il en avait monté une), j'ai le mal du pays », et il parla de l'Italie pendant dix bonnes minutes.

Mais Féraud garda ses yeux rêveurs. Sa barbe blanche semblait le revêtir tout entier d'innocence.

Malgré la nuit tombée, Angelo trouva facilement le cyprès. Le boulanger qui avait élu domicile au pied de l'arbre préparait une autre meule à pain. De là, suivant les nouvelles instructions de Féraud, il fallait traverser le chemin en croix — ce que fit Angelo — et prendre par le flanc de la colline, le long de terrasses qui faisaient comme des avenues se surplombant. La consigne était claire : ne jamais descendre, parcourir ainsi tout le flanc de la colline jusqu'à un ravin profond dans lequel il fallait s'engager pour le remonter de l'autre côté et continuer à tourner en arc de cercle autour des bas-fonds où se trouvaient les infirmeries. De cette façon (Angelo dans les dernières lueurs du crépuscule avait suivi tout l'itinéraire au bout du doigt de Féraud), on arrivait à la colline des amandiers par une falaise de rocher qu'on longeait jusqu'au moment où l'on rencontrait un chemin assez large presque charretier qui la coupait et faisait aborder au plateau sur lequel était Giuseppe.

Des feux s'allumèrent partout. C'étaient d'abord, tout proches, de hauts brasiers dont on voyait se tordre les flammes. Elles claquaient comme une danse de paysannes en patins [55] sur un parquet de bois. Plus loin, à travers le feuillage des oliviers, des pins, des chênes, des lueurs rouges donnaient de violents coups d'ailes. Un murmure de voix, d'appels s'établit dans l'étendue en même temps que le craquement des brasiers. Jusque sur les plus lointaines crêtes qui tout à l'heure dans le jour semblaient désertes, des feux s'allumaient sur lesquels se découpait la silhouette d'un arbre, d'un rocher. Dans les vergers où s'étaient établies les infirmeries, on était en train d'accrocher des lanternes aux branches des arbres pour faciliter le travail des patrouilles. Dans tous les bosquets, sous tous les buissons, derrière tous les feuillages, luisaient des grils rouges, des plaques incandescentes, des oiseaux phosphorescents semblables à de grosses poules pourpres, des coqs vermeils. Le balancement, les coups d'ailes, l'éventement furieux de toutes ces flammes, le bondissement de tous ces boucs d'or, les coups de pique de toutes les flammèches aiguës faisaient écrouler la nuit de tous les côtés. Une silencieuse avalanche de blocs violets, ou pourpres, ou luisants comme du charbon bouillait dans le ciel, le couvrant de poussières roses, le déchirant de crevasses indigo. Les reflets frappaient en bas la ville vide, faisait apparaître la pointe d'un clocher, l'entrebail d'une rue, le porche et les créneaux d'une porte de quartier, le damier d'un toit, la soie d'un mur, l'orbite d'une fenêtre, le front d'un couvent, la fraise des génoises, les cheminées sur une étendue de toitures semblables à des souches dans des labours. A deux lieues de l'autre côté de la ville, les feux cachés sous les forêts de la Durance étincelaient à ras de terre entre les troncs comme des braises dans une grille sur toute la longueur du fleuve. Dans les ténèbres de la vallée, sur le tracé des routes, des chemins et des sentiers de petits points lumineux se déplaçaient : c'était la lanterne de patrouilles, le fanal des brancardiers, la torche des charrieurs de morts en travail. Le thym, la sarriette, la sauge, l'hysope des landes, la terre elle-même et les pierrailles sur lesquelles tous ces feux étaient allumés, la sève des arbres chauffés par les flammes, la sueur des feuillages enfumés dégageaient une épaisse odeur de baume et de résine. Il semblait que la terre entière était un four à cuire le pain.

Le ravin que Féraud avait signalé était abrupt et paraissait très profond. Comme sur le bord Angelo hésitait, une petite forme noire le frôla et une voix de vieille femme lui dit :

« C'est de ce côté. Le sentier est là ; suivez-moi.

— Hé, se dit Angelo, ont-ils déjà enrôlé des ombres ? »

Il entendit trottiner sur les cailloux ; il s'engagea à la suite.

La voix reprit :

« Prenez garde. »

Une main osseuse saisit sa main.

« Merci, madame », dit-il.

Mais il était glacé de la tête aux pieds.

Tout en suivant à petits pas la main qui le guidait sur une pente fort glissante, il se rassura avec des souvenirs de charbonnerie. C'est par des sentiers aussi scabreux qu'on arrivait aux *ventes* des Apennins.

« Vous êtes au fond », dit la voix.

Et la main l'abandonna.

Il était en effet en terrain plat mais dans des ténèbres opaques. Il n'osait pas bouger. Il entendit qu'on marchait, que les buissons grattaient des étoffes, qu'on chuchotait. Il était incapable de penser à quoi que ce soit de raisonnable. Il mit le pistolet à la main et il demanda d'un ton fort raide :

« Qui est là ? Qui êtes-vous ? (C'est tout juste s'il ne cria pas.) Avance à l'ordre. »

Il était sur ses gardes et il cherchait derrière lui, avec la main, quelque chose sur quoi s'appuyer pour faire front avec honneur.

« Nous sommes les femmes de là-haut dessus qui allons à l'*ora pro nobis* [56] », lui répondit-on.

« Qu'ai-je vu dans ces flammes et ces fumées ? se dit-il. Un chant de l'Arioste ; et voilà tout simplement des gens qui vont prier pour ne pas mourir. »

Il trouva facilement un chemin sous ses pieds et il suivit les ombres parmi lesquelles il y avait maintenant des hommes qui penchaient des pipes, des bouches et des barbes rouges sur les étincelles de leurs briquets.

« Mes yeux ne regardent qu'à travers des loupes, se disait Angelo. Tout ce que je vois est grossi au moins dix fois et naturellement je fais dix fois trop de tout. Les couleurs infernales dont la nuit est toute peinte, eh ! bien, il n'y a pas de quoi imaginer que je vais voir arriver l'once légère, et la louve et Virgile et *lasciate ogni speranza* [57]. C'est tout simplement le reflet des feux que ces gens ont allumés parce qu'ils craignaient la nuit. Qui est simple le voit facilement. Mais je ne suis pas simple : je suis double, triple, et même centuple.

« Ce n'est pas la première fois que je veux tuer des mouches avec un canon. C'est la cent millième fois. Cela m'arrive tous les jours et tout le jour. Je prévois toujours le pire et je me démène toujours comme si c'était le pire. Eh ! Prends donc l'habitude de considérer que les choses ordinaires arrivent aussi. Ne sois pas tout le temps en train de faire donner la garde. Dès que tu es en rapport avec quelque chose ou avec quelqu'un, tu démesures. Tu fais des Briarées [58] à tout bout de champ. Le premier avorton venu, du moment que tu as affaire à lui, c'est Atlas. C'est de l'orgueil. Ils avaient raison ceux qui t'ont reproché ton duel avec le baron. Un simple petit coup de couteau aurait fait l'affaire, et, conviens-en, aurait fait beaucoup mieux l'affaire. C'était un tout petit mouchard. Il s'agissait purement et simplement de s'en débarrasser. Une opération de voirie. D'en débarrasser le monde. A quoi bon ajouter des ronds de jambe à l'affaire ?

« Tu es inguérissable : l'œil collé à la loupe, la bouche au porte-voix. Pourquoi dire maintenant qu'il fallait en débarrasser le monde ? Le monde ! Quel gros mot ! Il fallait en débarrasser Turin. Turin n'est pas le monde. Et le baron ne gênait pas les Chinois. Il ne gênait même pas Turin. Il ne gênait que notre petit groupe de patriotes.

« Tu ne pourras jamais, ne disons pas agir mais seulement parler comme tout le monde, poursuivit-il avec une sincère tristesse. Voilà de nouveau les gros mots, les grosses pensées, les entreprises majestueuses. N'emploieras-tu jamais les mots café au lait et pantoufles ? Te voilà maintenant avec ton mot de patriote ! Nous sommes donc des patriotes ! Es-tu plus patriote, toi, ici dans ton ravin, que le manœuvre-maçon qui gâche le mortier dans un faubourg de Turin, ou de Gênes, même s'il ne construit qu'un pavillon de chasse, ou la boutique d'un barbier ? Ou plus patriote que le berger lombard qui se distrait en plantant des glands du bout de son bâton pendant qu'il garde les moutons sur les plateaux déserts. Les bourreliers de la *Via del Persóo* cousent peut-être des cuirs qui feront plus sûrement et plus longuement la gloire de la patrie que toute ton agitation... Et de quel droit parler de patrie si tu ne sais pas que n'importe quel laboureur et tout le *basso continuo* [59] des vies modestes la construisent plus solidement, sillon à sillon et pain quotidien à pain quotidien, que ne la construisent toutes les charbonneries avec leurs buissons fiévreux et leurs forêts de Christophe Colomb.

« Tu ne te mets jamais à ta place. Tu te mets toujours à une place que tu inventes. Et Dieu sait si tu te l'inventes au sommet ! Les hommes ne valent pas grand-chose. Es-tu d'accord ? Et, tu es un homme. Es-tu toujours d'accord ? Tout est là.

« Certes, tu n'es pas un froussard. Tu es même le contraire. Pour dire ce que tu es il faudrait inventer un mot qui soit à courageux ce que froussard est à peureux. Si tu as mis le pistolet à la main tout à l'heure ce n'est pas par peur de la nuit ou même à cause de cette main sèche qui t'a guidé sur la pente (tu avais la chair de poule et c'était tout bonnement la main de quelque grand-mère) c'est parce que tu n'admettras jamais que tu puisses avoir simplement affaire avec un simple ravin dans une nuit simple et des gens fort simples qui se foutent de toi comme de l'an quarante et s'en vont simplement prier pour ne pas mourir. »

Après s'être ainsi parlé, Angelo se sentit net, clair et prêt à toutes les folies. Depuis un moment déjà il entendait des grognements qui semblaient provenir de quelque étable à cochons ou d'une grosse troupe de corbeaux. Mais il se rendit compte que, cette fois, il avait misé trop peu et que c'étaient les sons d'un harmonium. La musique était même fort belle et avait une extraordinaire qualité chevaleresque. Il ne tarda pas à entendre aussi le murmure scandé d'une multitude de voix qui prononçaient toutes ensemble les mêmes mots.

Le chemin était maintenant éclairé par la lumière rouge et tremblante de quelques brasiers encore dissimulés par un épaulement de rochers. Les flammes en dépassaient parfois la crête comme des sauterelles pourpres.

Après un détour, Angelo se trouva à l'entrée d'une sorte de cirque entouré de grands chênes où se tenait une assemblée religieuse. Une centaine d'hommes et de femmes agenouillés dans l'herbe répondaient à des litanies. Le prêtre qui les chantait se tenait à quelques pas devant les arbres du fond et entre deux grands feux si solidement alimentés que les flammes s'en tenaient droites comme des colonnes de vermeil.

Une femme qui, à première vue, paraissait vieille quoique habillée de blanc, jouait de l'orgue portatif. Elle n'exécutait pas un morceau de bravoure ; elle accompagnait simplement la voix du prêtre et les répons d'une sorte de ruissellement continu, ou, plus exactement, d'une musique semblable au déroulement sans fin d'une chaîne de noria entre le ciel et la terre.

Angelo pensa tout de suite aux anges qui montent et descendent les échelles de Jacob [60].

La lueur des feux qui éclairait les voûtes, les arcs-boutants, les nervures des branches, les fresques vertes du feuillage des chênes construisait au-dessus des fidèles un temple naturel.

« Et voici à quoi en arrivent les gens simples, se dit Angelo. La nonne et moi, nous avons peut-être lavé de nos mains, et préparé pour la résurrection le père, la mère, le frère, la sœur, le mari ou la femme d'un de ceux ou d'une de celles qui sont là en train de demander simplement à tous les saints de prier pour eux. Ils ont raison. Ce procédé est beaucoup plus facile. Cela doit faire forcément recette. Il faudrait trouver en politique un truc semblable. S'il n'existe pas déjà il faut l'inventer. »

Mais, après une bénédiction et un signe de croix, le prêtre se retira d'entre ses deux brasiers et alla s'asseoir sous un chêne à la limite de l'ombre, pendant que les fidèles eux-mêmes s'assoyaient aussi dans l'herbe. L'organiste releva les bras et arrangea son chignon. Elle continuait à faire ronfler les pédales.

C'était une jeune femme. Elle avait l'air myope. Elle

regarda l'assemblée manifestement sans la voir. Elle ne fut touchée que par le silence dans lequel maintenant on n'entendait plus que le crépitement des brasiers. Elle se passa la main sur le front et recommença à jouer.

Débarrassée de l'appareil religieux, la musique toucha violemment Angelo. Le prêtre même, là-bas dans l'ombre et les éclats de la flamme, n'était plus que comme un insecte doré. Tous les visages étaient tournés vers l'organiste. Angelo apercevait de beaux profils. C'étaient ceux de quelques hommes graves dont la lumière rougissait encore le hâle, et de quelques femmes qui ressemblaient à des Junon et des Minerve. Avec ces visages, les grands feux et la profondeur des bois, la musique créait un monde sans politique où le choléra n'était plus qu'un exercice de style. Enfin, sans que rien ait pu laisser prévoir qu'on approchait des limites de ce monde, la jeune femme leva les mains et, après avoir laissé soupirer l'instrument, ferma le couvercle sur le clavier.

Angelo s'aperçut qu'il n'avait pas suivi les indications de Féraud. A l'endroit où il était descendu dans le ravin, il aurait dû remonter la pente de l'autre côté, juste en face. Il avait suivi les ombres ; il avait longé le ravin en le descendant. Retrouver l'endroit là-haut dans les ténèbres, il n'y fallait pas compter. Le plus simple était maintenant de descendre carrément le chemin. Patrouilles, quarantaines, lanternes, il verrait venir. Ces fameuses patrouilles ne devaient pas ratisser la plaine au peigne fin. Il devait y avoir moyen de passer entre les dents.

Il ne marchait pas depuis une demi-heure qu'il se trouva devant un verger dont tous les arbres portaient au moins une lanterne. Parfois, ils en portaient jusqu'à deux ou trois, surtout en bordure du chemin. C'était un verger dans lequel on avait installé une infirmerie.

D'ailleurs, on voyait dans la profondeur, sous les arbres la tache blanche des tentes dont quelques-unes éclairées par l'intérieur ressemblaient à de monstrueuses chenilles phosphorescentes. Il entendit des gémissements réguliers, des conversations et brusquement des cris très aigus, cependant que la tente dans laquelle on les poussait se mit à balancer sa lanterne comme une barque prise par un coup de vent de nuit.

Il avait remarqué une haie très bourrue et très épaisse qui courait entre des saules. Il se tira de ce côté. Il marchait heureusement dans une prairie où ses pas ne faisaient pas de bruit et il prit la précaution de se dissimuler derrière le tronc d'un saule avant d'aborder l'abri. Il entendit que, du pied de la haie, on appelait à demi-voix quelqu'un par un prénom qu'il ne put pas comprendre. Une voix répondit de dessus le saule qui était dans la haie même.

« Pas encore, dit-elle, c'est un peu trop tôt, mais j'en vois là-haut qui sûrement se préparent. »

Angelo regarda du côté de la colline. Les feux ne donnaient plus de flammes mais les flaques de braises étaient très ardentes et, sur leurs rougeoiements, on pouvait voir à certains endroits la silhouette de gens affairés et parfois courbés vers la terre.

« Sommes-nous bien placés ? reprit la voix de la haie.

— Ils ont sûrement l'intention de venir les jeter dans ce coin-là, ce soir », répondit le saule.

C'étaient des bourgeois qui parlaient. Cependant, le long de la haie on voyait luire deux ou trois canons de fusils.

Pendant un temps assez long il n'y eut plus de bruit.

« C'est extraordinaire pour des bourgeois, se dit Angelo. Seraient-ils vraiment capables de prendre une garde correcte ? C'est qu'alors ils pourraient nous rosser, en fin de compte. »

Il eut beau faire attention. Il n'y avait plus ni un mot

ni un raclement de gorge. Ils avaient même caché les fusils.

« Si je ne savais pas qu'ils sont là, je me laisserais prendre moi-même », se dit-il.

Il était plein d'admiration pour une manœuvre bien faite.

« Voilà quelque chose qu'il faut dire à Giuseppe. »

Il y eut soudain sur la gauche un bruit de feuillages froissés, comme d'une bête qui aurait essayé de forcer la haie. Quelques ombres s'agitaient à la lisière de l'éclairage des lanternes.

Angelo fut obligé de convenir que les bourgeois savaient aussi ramper et bondir aussi bien que n'importe qui. Il n'entendit qu'un très léger cliquetis d'armes et il vit très rapidement passer des formes noires devant la lanterne. La patrouille venait de surprendre deux hommes en train de faire basculer un cadavre par-dessus la haie.

Elle n'avait pas, pour autant, remporté la victoire. Les deux hommes pris sur le fait avaient l'air très exalté et ils gesticulaient avec véhémence.

« Restez tranquilles ou nous vous tirons dessus, cria quelqu'un. Nous vous connaissons et, si vous vous échappez, nous irons vous chercher là-haut dans vos bois. La loi est faite pour tous.

— Laissez-les, messieurs, implora une lamentable voix de fille. Ce sont mes frères. C'est notre père que nous avons apporté. On ne pouvait pas l'enterrer là-haut. »

Ils continuaient à se bousculer et à discuter.

« Manquerait plus que ça ! Pour empoisonner tout le monde ! Vous devez déclarer vos morts et faire quarantaine. Nous n'avons pas envie de mourir comme des mouches !

— C'est dans vos quarantaines qu'on meurt comme des mouches.

— Restez là. Venez ici. Je tire aussi bien sur vous que sur les hommes, vous savez ! »

Il y eut quelques petits cris de fille.

« Est-ce qu'elle ne sait pas que les bourgeois sont toujours pris de court par l'imprévu ? se dit Angelo. Si elle fait brusquement un bon écart en arrière elle leur échappe. Ou simplement si je leur crie d'ici : "Halte-là !" un peu fort.

« Hé là ! poursuivit-il, est-ce que tu vas te faire rouler par des bourgeois ? Tiens-toi tranquille. »

Il venait de penser à la sentinelle qui était dans le saule. Est-ce qu'elle était restée à son poste ou est-ce qu'elle avait couru avec les autres ?

« Qui m'aurait dit que des boutiquiers m'embarrasseraient dans des questions de métier ? »

Il eut la sagesse de rester blotti sans rien dire.

Deux hommes de la patrouille emmenèrent les prisonniers qui, maintenant, étaient capots.

Les autres revinrent prendre la garde.

« Qui c'était ? » demanda la voix dans le saule.

« Je ne suis pas non plus né d'hier », se dit Angelo en souriant.

« Les fils et la fille Thomé.

— C'est le père Thomé qu'ils ont jeté ?

— Oui. Et il a l'air sec. Ils ont dû le garder au moins deux jours. Ils sont têtus comme des mulets. On ne s'en sortira jamais.

— Il n'y a qu'à les mener dur.

— La Marguerite a bien essayé de m'avoir à la langue, mais tu as entendu, je lui ai dit que je tirerais aussi bien sur elle que sur un homme. Et je lui ai dit "vous".

— Est-ce qu'ils en ont pris, en bas à droite ? demanda une autre voix.

— Ils n'ont pas bougé. »

« Merci du renseignement, se dit Angelo. Il y en a

donc d'autres, en bas à droite, et peut-être en bas en face, et en bas à gauche. Ça n'est pas tombé dans l'oreille d'un sourd. Ah ! Vous voulez jouer à la guerre ? Eh ! bien, la guerre n'est pas la chasse, mes beaux enfants. Quand on y descend une pièce, il faut être aussi prudent après qu'avant. Ils seront toujours des amateurs. Si on ne les bat pas en batailles rangées, on les battra en tirailleurs. »

Il profitait de ce que la conversation continuait pour se tirer tout doucement en arrière. Il trouva bientôt, du bout du pied, un de ces ruisseaux qui partagent les prés en deux. Il était sec comme de l'amadou et assez profond pour dissimuler un homme marchant à quatre pattes. Il était aussi en contrebas d'un petit talus et les lanternes ne l'éclairaient pas.

Angelo passa à côté d'une autre patrouille qui faisait corps avec le tronc d'un énorme saule et il en rencontra une troisième qui se promenait, arme à la bretelle. Pour celle-là, il lui suffit de se coucher à plat ventre dans le ruisseau qui le dissimula complètement. Un des patrouilleurs l'enjamba sans s'en douter le moins du monde. Angelo n'aurait pas donné sa place pour un boulet de canon.

Il était tellement heureux de bien savoir jouer le jeu qu'il se dressa de toute sa hauteur tout de suite derrière les pas de la patrouille. Il était par chance à quelques mètres d'une ombre opaque dans laquelle il entra d'un bond. Il y trébucha sur quelqu'un d'agenouillé et il s'étala de tout son long sur un homme qui lui dit :

« Dites rien, laissez-moi partir ; je vous donnerai un pain de sucre.

— Et comment as-tu un pain de sucre, toi ? dit Angelo.

— Ah ! Vous n'êtes pas un de ces messieurs ?

— De quels messieurs veux-tu parler ?

— Taisez-vous. Ils viennent. »

Angelo entendit la patrouille qui revenait. Il resta étendu sans bouger sur cet homme... qui n'était qu'un jeune garçon.

Les patrouilleurs donnèrent quelques coups de crosse dans les buissons, à la limite de l'ombre, mais ne s'avancèrent pas.

« Si vous vous poussiez un peu je pourrais me relever, dit le garçon quand la patrouille se fut éloignée.

— Je te laisserai te relever quand tu m'auras expliqué ce que c'est que ton pain de sucre, dit Angelo qui continuait à être au plein du bonheur. Il avait même parlé à voix haute, fort gentiment.

— J'ai aidé un camarade, dit le garçon. Sa sœur est morte cette après-midi et nous sommes venus la jeter dans ce coin, car ces messieurs des infirmeries enterrent tous les morts qu'ils trouvent. Mais, s'ils vous attrapent, ils vous emmènent aux quarantaines. C'est pourquoi je me suis caché quand ils sont passés et, tout de suite après, vous m'êtes tombé dessus.

— Et ton pain de sucre alors, qu'est-ce qu'il fait dans cette histoire ?

— Quelquefois, quand on leur graisse la patte, ils vous laissent aller.

— C'est pas grand-chose, un pain de sucre. On en a un pour douze sous.

— Vous croyez, vous ? Depuis qu'il y a la maladie il n'y en a pas beaucoup qui boivent le café doux. Nous avons une épicerie. Et il y en a quelques-uns qui sont venus avec des louis et qui s'en sont retournés bredouilles. Si vraiment vous me laissez relever, je vous donnerai le pain de sucre à vous. Vous ne me croyez pas ?

— Si, dit Angelo, mais je ne veux pas ton pain de sucre. »

Ils se relevèrent tous les deux et, instinctivement ils se tirèrent de quelques pas plus profondément dans l'ombre.

« Vous m'avez fait tellement peur, dit le garçon, que j'ai les jambes coupées.

— Ton ami, qu'est-ce qu'il est devenu ?

— Oh ! lui, ne vous inquiétez pas, il court vite, vous savez !

— Il t'a laissé ?

— Bien sûr. A quoi ça aurait servi de se faire prendre tous les deux ?

— On peut dire que tu es un bon garçon, toi.

— Et vous, qui êtes-vous ? Vous en avez aussi apporté un ?

— Non. Moi je file. Je cherche mon chemin.

— C'est dangereux de le chercher par là, vous savez !

— Je suis malin, dit Angelo, et puis, qu'est-ce que je risque ?

— Ils sont encore plus malins que vous. Ne vous y fiez pas. S'ils vous attrapent, vous irez aux quarantaines.

— Et après ? Un beau jour ils seront bien obligés de me lâcher.

— Ils ne vous lâcheront pas du tout. Tout le monde meurt aux quarantaines. De tous ceux qui y sont allés, aucun n'est sorti.

— Parce que leur quarantaine n'est pas finie.

— Il y a bien quelque chose qui a dû finir. On n'a pas les yeux dans la poche, vous savez. On les a bien vus qui faisaient une grande fosse. Ils ont eu beau la faire au fond du ravin, on a vu luire les pelles.

— C'est pour enterrer les autres morts.

— Alors pourquoi ont-ils fait la fosse juste devant ce qu'ils appellent la quarantaine ? Et pourquoi ont-ils attendu trois heures du matin quand tout le monde dormait pour mettre les corps dedans ? Et pourquoi y avait-il tout ce va-et-vient de lanternes de la quarantaine à la fosse ? Car si vous croyez qu'on dormait !... On voulait voir. Eh ! bien, on a vu. Et pourquoi depuis avant-hier il n'y a plus de sentinelle à la quarantaine ?

— Sans doute parce que tu as raison, dit Angelo.

— Où allez-vous ? demanda le garçon.

— J'essaye d'aller à cette colline qui est plantée d'amandiers, qui doit se trouver de ce côté-là, je crois. Je ne sais plus très bien de quel côté elle est.

— Presque là où vous dites, mais, de là où vous êtes maintenant, c'est difficile pour aller là-haut. Vous êtes obligé de traverser tout le quartier des infirmeries. Si vous échappez aux uns vous tomberez dans les autres.

— J'ai mon pistolet, dit Angelo.

— Ils ont des fusils et ils ne se font pas faute de tirer. Parce qu'ils tirent à plomb ou au gros sel. Juste de quoi vous prendre. »

« Ceci est bien une idée de bourgeois », se dit Angelo. Il n'aurait pas voulu avoir le ridicule d'être blessé au gros sel ou au plomb pour grives pour tout l'or du monde.

« Si vous voulez, dit le garçon, je peux vous conduire.

— Tu connais le chemin ?

— Je connais un chemin que personne ne sait. Et qui y va franc.

— Eh ! bien, allons-y, dit Angelo. De toute façon, si on nous attrape, je ferai de l'esclandre ; pendant ce temps, échappe-toi.

— Bien entendu, dit le garçon ; ne vous inquiétez pas. »

Ils marchèrent pendant plus d'une heure dans un dédale de chemins creux fort obscurs. Après s'être convaincu peu à peu qu'il n'y avait aucun danger, Angelo cessa de jouer le jeu auquel il se complaisait et il se mit à parler avec le garçon. Celui-ci lui raconta qu'ici on devait s'estimer heureux mais qu'à Marseille, dans certaines rues, les morts étaient entassés plus haut que l'imposte des boutiques. Aix aussi était dévasté. Il y sévissait une variété d'épidémie de caractère effrayant. Les malades étaient d'abord attaqués d'une sorte d'ivresse pendant laquelle ils se mettaient à courir de tous les côtés en titubant et en poussant d'horribles cris. Ils avaient les yeux brillants, la voix rauque et semblaient atteints de la rage. Les amis fuyaient les amis. On avait vu une mère poursuivie ainsi par son fils, une fille poursuivie par sa mère, de jeunes époux qui se donnaient la chasse ; la ville n'était plus qu'un champ de meutes et de gibier. On venait, paraît-il, de se décider à assommer les malades, et au lieu d'infirmiers c'étaient des sortes de *chiapacan* [61] armés de gourdins et de lassos qui se promenaient dans les rues. A Avignon il y avait également un délire : les malades se jetaient dans le Rhône, ou se pendaient, s'ouvraient la gorge avec des rasoirs, se coupaient les veines du poignet avec les dents. Dans certains endroits, les malades étaient tellement brûlés de fièvre que les cadavres devenaient instantanément comme de l'amadou et ils s'enflammaient tout d'un coup tout seuls pour un peu de vent qui leur passait dessus, ou même rien que par l'excès de leur sécheresse, et ils ont mis le feu à la ville de Die. Les infirmiers étaient obligés de porter des manicles de cuir, comme les forgerons. Il y a des endroits, dans la Drôme, où les oiseaux sont devenus fous. En tout cas, pas très loin d'ici, de l'autre côté des collines, les chevaux ont tout refusé. Ils ont refusé l'avoine, l'eau, l'écurie, les soins de la personne qui les soigne d'habitude, même si elle est en bonne santé. On a d'ailleurs remarqué que le refus du cheval est toujours un très mauvais signe pour la personne ou la maison qu'il refuse. La maladie a beau n'être pas apparente, on ne tarde pas, tout de suite après, à la voir apparaître. Les chiens : naturellement il y a les chiens de tous ceux qui sont morts, qui errent partout, mangent des cadavres et ne crèvent pas, au contraire, ils engraissent, ils prennent de l'arrogance ; ils n'ont plus envie d'être chiens ; ils changent de physionomie, il faut voir ; il y en a à qui il a poussé des moustaches ; ça paraît ridicule. Mais vous passez et ils gardent le haut du pavé ; vous les menacez : ils se mettent en colère ; ils se font respecter ; leur tête s'arrondit ; c'est pas de blague ! En tout cas, une chose certaine : ils ne meurent pas, au contraire. Il y a un petit pays, pas très loin d'ici, dans la colline, les gens ont commencé par suer du sang, puis ils ont sué de tout : des glaires vertes, de l'eau jaune, et une sorte de crème bleue. Bien entendu ils sont morts. Il paraît qu'après les cadavres pleuraient. C'est une femme d'ici qui était allée chez sa belle-sœur. Elle dit que beaucoup de choses s'en sont mêlées. Elle a très bien vu, en plein jour, des étoiles à côté du soleil et pas du tout arrêtées comme elles sont la nuit, mais s'en allant à petits pas, de droite et de gauche, comme des lanternes de gens qui cherchent. Où il paraît que c'est vraiment fort, c'est dans les vallées, par là-bas derrière. Et alors, c'est rapide. Ils mangeaient dans une ferme, ils étaient sept. Tout d'un coup, ils tombent tous les sept, le nez dans leur assiette de soupe. Passez muscade. Ou bien un homme parle à sa femme et il ne finit pas le mot. On n'est sûr de rien. On est assis, est-ce qu'on se dressera ? On ne prend même plus la peine de dire : « Je vais faire ci, ou je vais faire ça. » Est-ce qu'on sait ce qu'on va faire ? On ne commande plus aux valets. Commander quoi ? Pour quoi et à qui ? Les valets le sont pour combien de temps ? Les gens sont assis, ils se regardent. Ils attendent. Mais, ça n'est rien à côté de ce qui se passe du côté de Grenoble. Les gens pourrissent sur pied. Des fois c'est le ventre ; tout d'un coup, il est si bien pourri qu'il ne porte plus et se casse en deux. Sans mourir tout d'un coup : c'est ça qui est la souffrance. Ou bien c'est la jambe : on marche et elle tombe en avant, ou elle reste en arrière. On ne peut plus serrer la main à personne. Pour porter la cuiller à la bouche c'est toute une affaire. Il faudrait être assuré qu'on va encore avoir des doigts et un bras. Naturellement, on est prévenu un tout petit peu à l'avance par l'odeur. Mais c'est qu'il y a déjà une très belle odeur de pourriture avec tous ces morts et cette chaleur. Alors, cette odeur qu'on sent, on ne sait jamais si c'est la sienne ou celle des autres. Il paraît que, vous entreriez dans Grenoble, vous n'entendriez pas un bruit. Il n'y a rien à faire, n'est-ce pas ? Vous n'avez pas entendu parler de ce berger qui a fait un remède avec des plantes de la montagne ? Ce n'est pas n'importe lesquelles. On dit que c'est très difficile d'aller les chercher. Elles sont dans des endroits impossibles. Mais, lui, il y est allé. Ça guérit radicalement. Quand on l'a trouvé, il n'y avait plus que lui de vivant. On lui a dit : « Vous l'avez échappé belle ! » Il a dit : « Moi je connais le remède. » On en a fait boire à des gens : ils ont tous guéri. Il paraît qu'il y a un gros monsieur qui voulait lui acheter sa bouteille cent mille francs, mais il lui a dit : « Puisque vous êtes si riche, envoyez vos domestiques vous en chercher. » C'était bien répondu. Il paraît que ça lui a fait beaucoup d'effet. Le monsieur a dit : « Vous avez raison. Je vais envoyer mes domestiques, mais ça sera pour tout le monde ; montrez l'endroit et c'est moi qui paye. » Ça aussi c'est bien. Le berger a une voiture à deux chevaux maintenant. Il a toute une installation. Je crois qu'on va en avoir ici, de ce remède. Il y en a qui s'en sont occupés. Remarquez que, si on veut, il y a encore autre chose. C'est arrivé à Pertuis. C'est un curé qui dit des messes, mais pas simples. Il paraît qu'il a trouvé un truc qui complique légèrement mais qui rend bien mieux. Il a guéri des quantités de gens et, surtout, ce qui est parfait, c'est qu'il protège à l'avance. On ne risque plus rien. On n'a plus besoin de s'inquiéter. On donne son nom et, enfin, je ne sais pas si on paye ; je ne crois pas ; c'est un vieux curé avec la barbe. Et c'est tout. Peut-être aussi qu'on répète quelque chose. En tout cas, ça marche. A Pertuis, ils n'ont peut-être pas cent morts en tout. Il me semble que c'est une preuve. Il paraît qu'autour de la maison de ce curé, c'est plein de gens qui campent, qui dorment, qui font leur tambouille, qui attendent. Dès qu'il sort, si vous voyiez ça ! Les gens se montent les uns sur les autres pour dire : moi, moi, moi ! Et ils crient leurs noms. Enfin, finalement, il les inscrit sur des bouts de papier et il leur dit : « Ne vous en faites pas, ça va marcher. Justement je vais à l'église. » Alors tout le monde le suit. Il paraît que c'est très beau. Cent morts en tout depuis le début, c'est rien. Et maintenant qu'il a bien travaillé son affaire, il a des images, qu'il peut envoyer dans une lettre, qui vous empêchent d'attraper le mal, et même qui guérissent. »

Ils arrivèrent au pied d'une falaise. La colline des amandiers était au-dessus. En regardant en l'air, on voyait le noir des feuillages sur les étoiles. Un sentier montait à travers les rochers.

« Il ne vous reste plus qu'à passer par là, dit le garçon. Vous n'avez plus besoin de moi. Je m'en retourne. Vous voyez que je connaissais bien le chemin. »

La sentinelle qui était postée sous le grand chêne laissa monter Angelo puis lui dit : « Hé, l'artiste, où vas-tu ? »

Il recommença à dire qu'il cherchait un nommé Giuseppe, mais cette fois on lui répondit :

« Si c'est ça, c'est facile ; amène-toi. Je vais te conduire. »

En passant à côté d'un brasier, Angelo vit celui qui le conduisait. C'était un jeune ouvrier qui avait mis un ceinturon sur sa blouse. Le pontet de son fusil étincela.

« L'arme est bien tenue », se dit Angelo.

Giuseppe habitait une belle hutte de roseaux devant la porte de laquelle brûlait un feu. Il ne devait pas dormir car, dès qu'Angelo passa dans la lueur des flammes, il cria de là-bas dedans :

« Ah ! voilà enfin le fils de sa mère ! »

Ils se fricassèrent le museau comme de jeunes chiens. Giuseppe était à moitié sorti d'un lit bas sur lequel dormait une jeune femme dont toute la poitrine, très opulente, était découverte. Giuseppe lui frotta le ventre, qu'elle avait large et souple, en l'appelant : « Lavinia ! Voilà monseigneur ! » Et il éclata de rire parce qu'elle se signa rapidement avant d'ouvrir les yeux, tout en continuant à faire une moue adorable avec ses lèvres brunies d'un petit duvet.

« Tu vois, dit Giuseppe, il n'est pas mort et il m'a trouvé. »

La jeune femme avait une tête ronde et des yeux immenses tout éberlués, mais qu'elle rapetissa fort savamment quand elle fut bien réveillée.

« Non, dit Giuseppe à Angelo, d'abord tu vas dormir. Je ne dirai pas un mot de cette nuit. Simplement ça : tu as de la chance. Si je ne suis pas mort, c'est que j'ai sept esprits, comme les chats mais la sagesse me tient debout. Je mène une vie régulière et je vais te la faire mener. Arrive ici. Il y a de la place pour trois dans ce lit. On sera un peu serré mais c'est ce qu'il faut quand on s'aime bien. »

Angelo tira ses bottes et surtout ses culottes qu'il gardait depuis plus d'un mois.

« As-tu été raisonnable ? demanda enfin Giuseppe d'un ton fort grave.

— Qu'est-ce que c'est ton raisonnable ? dit Angelo.

— As-tu pris les précautions qu'il faut pour ne pas être malade ?

— Oui, dit Angelo. En tout cas, je ne bois pas n'importe quoi.

— C'est déjà bien, dit Giuseppe, mais moi, dit-il, je te ferais boire n'importe quoi, si je voulais.

— De quelle façon ? dit Angelo.

— Je dirais que tu as peur ; alors, tu boirais !...

— Bien sûr », dit Angelo.

CHAPITRE IX

Tout allait bien sur la colline des amandiers. Chacun semblait y avoir son pain cuit.

Il n'était pas nécessaire de s'y relever le cœur en cherchant autour de soi des visages *à la primavera*. Il n'y en avait d'ailleurs pas. Les femmes étaient de fortes femmes, les hommes des gaillards bien décidés. Les femmes étaient toutes opulentes, taillées pour le travail : bras épais, gorges rondes, parfois même très lourdes et fortement hâlées jusqu'à en être couleur de tan ; hanches rondes, jambes solides, marche lente et, dans chaque main, elles tiraient des poignées d'enfants.

« Au fait, se dit Angelo, qu'est-ce que c'est que cette sentinelle qui m'a accueilli ici ? Et que gardait-elle ? »

Il avait eu beau chercher, il n'y avait pas d'infirmerie sur le dessus de cette falaise. Ce n'était pas non plus un endroit à harmoniums. Il y avait cependant une atmosphère fort chevaleresque. De très nombreux ouvriers en blouse serrée par un ceinturon et le fusil à la bretelle circulaient de tous les côtés. Il y en avait autant de vieux que de jeunes ; les uns avec des visages de filles très aigus sous des casquettes à pont [62] ; les autres arborant de longues et larges barbes annelées, rousses ou noires, même blanches comme de la neige, coiffés de feutres ou de larges bérets très cocardiers. Ils se promenaient avec des allures de gardes-chasse dans un domaine fermé, ou même comme des propriétaires, disaient leur mot paisiblement à droite et à gauche, ici pour faire ramasser des ordures qui devaient être portées dans une fosse, là pour organiser les corvées chargées d'aller chercher l'eau et le bois pour tout le monde.

Ils avaient même un corps de garde, un lieu de réunion dans un bosquet de chênes où l'un d'eux qui n'avait pas de fusil mais portait un sabre nu pendu à sa ceinture leur donnait des ordres. Angelo fut très touché par le sabre, qui était une belle arme fort noble.

Un jour, cette sorte de milice fit changer certains campements de place. Ils étaient installés à l'abri dans un sillon assez profond encombré de rochers et de broussailles et qui était le lit sec d'un torrent. Un orage menaçait. Déjà le tonnerre roulait au fond des collines. Le ciel n'avait pas changé de couleur. Il était resté blanc de craie ; il avait à peine perdu ce satin brillant que lui donnait le soleil écrasé. Il ne noircissait pas du côté du tonnerre sous l'approche de nuages, il s'assombrissait uniformément partout, et, sans l'heure et le vol de perdreaux de quelques éclairs on aurait pu croire simplement à l'arrivée de la nuit. Les gardes en blouse firent décamper les gens du lit du torrent. Ils étaient extrêmement serviables ; ils aidaient ; ils portaient les casseroles, les chaudrons, les enfants en bas âge, sans lâcher les fusils.

Giuseppe avait remis avec beaucoup de cérémonie à Angelo une lettre d'Italie. « Il y a au moins deux mois que je l'ai dans la poche de ma veste, lui dit-il. C'est de ta mère. Regarde bien l'enveloppe et sois prêt à témoigner sur ta vie que je l'ai gardée avec le plus grand soin. Ce n'est pas ta mère que je crains : c'est la mienne. Je suis sûr qu'elle me demandera avec ses yeux de feu si je ne l'ai pas fourrée avec le mouchoir dans lequel je crache ma chique. Jure que tu le lui diras. J'ai une peur atroce de ma mère quand elle m'enfonce ses ongles dans le bras. Et, quand il s'agit de la duchesse ou de toi, elle m'enfonce toujours les ongles dans le bras. »

La lettre était datée de juin et disait : « Mon bel enfant, as-tu trouvé des chimères ? Le marin que tu m'as envoyé m'a dit que tu étais imprudent. Cela m'a rassurée. Sois toujours très imprudent, mon petit, c'est la seule façon d'avoir un peu de plaisir à vivre dans notre époque de manufactures. J'ai longuement discuté d'imprudence avec ton marin. Il me plaît beaucoup. Il a guetté la Thérésa à la petite porte ainsi que tu le lui avais recommandé, mais, comme il se méfiait d'un grand garçon de quinze ans qui joue à la marelle tous les jours sur la place de sept heures du matin à huit heures du soir depuis que tu es en France, il a barbouillé la gueule d'un pauvre chien avec de la mousse de savon et le joueur de marelle a pris ses jambes à son cou en criant à la rage. Le soir même, le général Bonetto qui n'a pas inventé la poudre m'a parlé d'une chasse au chien à propos de mon griffon. Je sais donc exactement d'où vient le joueur de marelle maintenant et j'ai fait les yeux qu'il faut pour que le général sache que je sais. Rien n'est plus agréable que de voir l'ennemi changer ses batteries de place. Il y a beaucoup de rage à Turin. Tous les jeunes gens qui ont un visage ingrat et une taille au-dessous de quatre pieds et demi sont enragés. La même épidémie ravage les envieux et ceux qui n'ont jamais su être généreux avec leur tailleur. Le reste se porte bien et fait des projets. Il y en a même qui ont la folie de vouloir adopter cette mode anglaise si préjudiciable à l'organdi et aux pantalons collants d'aller manger à la campagne. Ils disent même : jusque près des tombeaux romains. Ce que je trouve exagéré, comme espoir en tout cas. Mais les routes sont les routes. Laissons faire. Les bons marcheurs s'en vont toujours de détour en détour pour voir le paysage qui est après le tournant et c'est ainsi que, d'une simple promenade, ils font parfois une marche militaire. Tout cela serait bien s'il n'y avait pas de moins en moins de gens capables de compter sur leur cœur. C'est un muscle qu'on ne fait plus travailler, sauf ton marin qui me paraît de ce côté être un assez curieux gymnasiarque. Il s'est enthousiasmé d'une bonté de rien du tout que j'ai eue pour sa mère et il est allé faire tourner ses bras un peu trop près des oreilles des deux hommes chamarrés qui ont organisé ton voyage précipité. Ils en sont tombés très malencontreusement malades le jour même. C'est dommage. J'ai pensé que ton marin avait la détente un peu brusque. Je lui ai donné de fort obscures raisons pour qu'il fasse encore un voyage en mer. J'ai été si mystérieuse qu'il s'en est pâmé de bonheur. J'aime viser longtemps.

« Et maintenant, parlons de choses sérieuses. J'ai peur que tu ne fasses pas de folies. Cela n'empêche ni la gravité, ni la mélancolie, ni la solitude : ces trois gourmandises de ton caractère. Tu peux être grave et fou, qui empêche ? Tu peux être tout ce que tu veux et fou en surplus, mais il faut être fou, mon enfant. Regarde autour de toi le monde sans cesse grandissant de gens qui se prennent au sérieux. Outre qu'ils se donnent un ridicule irrémédiable devant les esprits semblables au mien, ils se font une vie dangereusement constipée. Ils sont exactement comme si, à la fois, ils se bourraient de tripes qui *relâchent* et de nèfles du Japon qui *resserrent*. Ils gonflent, gonflent, puis ils éclatent et ça sent mauvais pour tout le monde. Je n'ai pas trouvé d'image meilleure que celle-là. D'ailleurs, elle me plaît beaucoup. Il faudrait même y employer trois ou quatre mots de dialecte de façon à la rendre plus ordurière que ce qu'elle est en piémontais. Toi qui connais mon éloignement naturel pour tout ce qui est grossier, cette recherche te montre bien tout le danger que courent les gens qui se prennent au sérieux devant le jugement des esprits originaux. Ne sois jamais une mauvaise odeur pour tout un royaume, mon enfant. Promène-toi comme un jasmin au milieu de tous.

« Et, à ce sujet, Dieu est-il ton ami ? Fais-tu l'amour ? Je le demande chaque soir dans mes prières. En tout cas, il y a ici, en plus de moi, une femme qui est folle de toi. C'est la Thérésa. Séduire sa nourrice n'est pas si commun que ce que l'on prétend. Je lui rends d'ailleurs la monnaie de sa pièce. J'ai vraiment une sorte de passion pour son fils. Dis-le lui quand il te remettra cette lettre. J'aime ces bergerades [63] de lions dans lesquelles il se complaît. Je n'ai jamais bien su si c'était un belluaire qui plastronne dans une cage aux moutons ou un pâtre qui promène des troupeaux de lions à travers la campagne. Quoi qu'il en soit, et dans les deux cas, il a les yeux de Christophe Colomb. Je suis ravie de vous voir accouplés. Je l'ai été dès que je vous ai vus tous les deux dans les bras de Thérésa. Vous n'étiez pas plus gros que des petits chiens à cette époque. Tout le monde me disait qu'avec ses mamelles maigres elle ne pourrait pas y suffire. Vous étiez goulus et vous lui donniez des coups de tête dans les seins comme les chevreaux font aux chèvres. Personne ne savait que Thérésa est une louve. Moi je le savais. Quand elle vous avait pendus à la gorge et que je m'approchais elle grognait. J'avais confiance. J'étais sûre qu'à défaut de lait elle vous aurait donné du sang plutôt que de vous faire démordre. Ah ! vous étiez tout à fait Romulus et Rémus.

« Thérésa commence à se faire un peu à l'idée que Lavinia couche avec son fils. Comme il se doit entre mari et femme, lui ai-je dit, et il s'en est fallu de peu que j'aie ses ongles dans mes yeux. Elle voudrait être tout. On ne peut parler de ces choses-là qu'à demi-mot. Je crois qu'à ce sujet Giuseppe tient de sa mère ; que c'est de là que viennent les yeux de Christophe Colomb. Est-ce que vous vous battez toujours comme des chiens, lui et toi ? Si vous le faites avec des sabres, ménage-le. Tu sais que tu es plus habile que lui. L'intendant de police me l'a dit à propos de Swartz dès qu'il eut vu le coup de pointe net comme un coup d'épée (j'ai été très fière) qui avait proprement percé le cœur de ce cochon. L'embêtant c'est que vous signez vos coups, dit-il : ils ont tous dix ans de pratique et trois cents ans de désinvolture héréditaire. Quand on est ainsi capable de signer ses coups de sabre, on n'a aucune excuse si on tue son frère de lait. Si tu as toujours ta garde *en huit*, celle que j'appelais la calebasse, tu risques tout au plus, et encore en donnant toutes les chances à Giuseppe, de te faire trouer l'épaule droite. Tu lui dois bien ça, somme toute, car, ne l'oublie pas, il est, lui, le fils de la louve et il est aussi nécessaire pour lui de nourrir sa colère qu'à toi de prendre ton petit déjeuner. Je ris d'ailleurs toute seule à la pensée de ce qui arriverait si Giuseppe te perçait l'épaule. J'entends d'ici ses lamentations. Il en serait plus malade que toi.

« Je vais partir pour La Brenta. Dis à Lavinia qu'elle me manque. C'est la seule qui ait jamais su arranger ma chemise sous ma jupe d'amazone. Toutes les autres, maintenant, fourragent sous mes côtes pendant des demi-heures jusqu'à en sortir à moitié étouffées, et moi je suis assise sur ma selle comme sur une poignée de clous. Si vous étiez restés ici tous les trois je n'aurais pas ainsi le derrière dans du vinaigre. Les assassinats politiques et les amours ont, comme tu le vois, des retentissements imprévisibles. Songe qu'il en est de même pour les révolutions. Tout finit par aboutir aux plis de chemise que quelqu'un a sous les fesses.

« D'ailleurs, si tu n'avais pas tué le baron Swartz, je n'aurais pas besoin d'aller à La Brenta. J'y vais parce qu'un chien n'est jamais si fort que dans sa niche.

J'emmène le petit curé. Il est de plus en plus comme un coin à fendre le bois. Il a maintenant la passion des parfums. Cela me sert extrêmement. On ne le soupçonne pas. Ils croient tous que c'est mon sigisbée et tu imagines le soin que j'ai de donner de fameux gants à ceux qui le croient. Me voilà donc armée de pied en cap. Le Bonetto arrivera dimanche, invité dans toutes les formes. Il s'imagine que tu es derrière toutes les plaques de cheminées. Pour un sarment qui éclate il sursaute et met la main à son ceinturon. C'est à en mourir de rire. Je vais bien m'amuser. Mgr Grollo arrivera lundi. Le ministre qui a les cheveux si sales sera là mardi. Que je te dise un mot de Carlotta : elle l'appelle le *ministrone*[64]. Quand on sait qu'il a été nourri de soupe toute sa vie avant qu'on lui donne de l'Excellence, c'est assez plaisant. Biondo et Fracassetti viendront mercredi. Je me sens fort capable, même endormie, d'entortiller ces deux-là le même jour. Et le jeudi, nous serons tous au perron pour accueillir Messer Giovan-Maria Stratigopolo ; *il cavalier greco !* C'est un complot, comme tu vois. Et contre ta chère tête. Admire ma stratégie. Je commence par le plus poltron. Tu connais la tristesse de ces longs dimanches blancs dans les forêts de châtaigniers. Bonetto devra en passer un en compagnie du petit curé et de moi-même dans ces vieux murs si gémissants et si mélancoliques. J'aurai la migraine dès deux heures de l'après-midi. Le voilà en tête à tête avec le petit curé. Ils prendront le café dans le fameux cabinet rond de la tour nord. Souhaitons un peu de tramontane. Nos ancêtres ont judicieusement distribué de ce côté les volets grinçants et les girouettes rouillées (qui dira jamais le rôle des agacements de l'oreille dans la politique sarde ?). Je fais confiance à mon petit curé. Personne n'est comme lui capable de distiller l'enfer goutte à goutte pour peu qu'il y soit aidé par le décor. Je les rejoindrai à la tombée de la nuit et, par la Madone, si le général va se coucher sans trembler, je veux bien y perdre mon nom. Le lendemain on aura Grollo mais Bonetto sera dans un tel état qu'il nous laissera le champ libre. Je sais très bien comment on prend Grollo quand il est seul. Il sera pris. Le *ministrone* arrivera quand le siège des deux autres sera fait et même la brèche ouverte. Je te vois rire à la pensée qu'il va être obligé d'essuyer tout seul le feu de mes batteries. Ce n'est pas un adversaire pour moi, en effet. Pas plus que les deux autres du lendemain, à peine *l'expédition des affaires courantes*, comme ils disent. Seul, *il Cavalier* ! Mais il arrivera dans un champ de bataille déjà dévasté et Dieu m'inspirera. D'ailleurs, j'oubliais : il y aura Carlotta. Elle sera là deux heures avant lui.

« Penses-tu quelquefois à Carlotta ? Souvent elle se jette furieusement dans mes bras. Sais-tu qu'elle est très bien faite ? Même pour moi qui suis une femme et ta mère il ne m'est pas tout à fait indifférent de serrer contre moi cette gorge si ferme, cette taille si pleine et si flexible. C'est une imprudente comme je les aime. Il m'a fallu la croix et la bannière pour lui faire admettre ma façon de combattre. Elle voulait carrément leur donner le mauvais café [65]. Je lui ai dit : “il ne nous resterait plus qu'à aller courir les routes en France. — Pourquoi pas ?” a-t-elle répondu. Si nous ne remportons pas la victoire de La Brenta ce sera peut-être en effet une solution. Histoire de rire.

« Ton marin partira ce soir pour Gênes. Cette lettre et lui y seront après-demain ; dans douze jours ils arriveront tous les deux à Marseille. Tous les trois, plutôt ; il emporte aussi le petit sac. J'avais d'abord pensé à t'envoyer deux traites de mille francs tirées par Regacci frères de Naples sur la maison Charbonnel à Marseille qui est plus solide que le colosse de Rhodes [66]. Tout compte fait je préfère t'envoyer du liquide. Je t'envoie également cent écus romains pour le plaisir des doigts. La frappe est infiniment plus belle que celle des écus français. Change-les peu à peu ; ils te donneront beaucoup de plaisir. Tu trouveras également pliées dans du papier à faire les filtres cinquante baïoques [67]. C'est ta Thérésa qui te les envoie. Elle les a économisés un à un sur je ne sais quoi. Si je les avais refusés, j'ai vu à ses yeux qu'elle me poignarderait pendant la nuit. Et d'ailleurs, elle a raison. Il faut payer ceux qu'on aime. Plus on aime, plus il faut payer cher. Mais il y en a qui, voulant donner les trésors de Golconde, n'ont à leur disposition que cinquante baïoques. Comme tu es mon fils, je sais que tu ne te moqueras jamais de ceux-là.

« Le marin ne reste pas à Marseille et va ensuite à Venise pour ce que tu sais. Il remettra lettre et sac au marchand de peaux de lapins. C'est-à-dire, que, dans vingt jours au plus, le tout sera entre les mains de Giuseppe. Et, si tu es là, tu pourras prendre tout de suite le petit baiser que je mets ici sur cette croix. Il est destiné à la fossette de gauche de ta lèvre supérieure. Tu n'ouvrais pas encore les yeux que tu riais quand je t'embrassais là. »

Angelo appliqua sans rire la croix du papier sur le coin gauche de sa bouche.

Angelo raconta ses aventures avec le petit Français.

« Tu mériterais que je te mette ma main sur la figure, lui dit Giuseppe. Que diraient la duchesse et ma mère si je te laissais mourir, et surtout si tu meurs de façon ridicule ? Elles m'en rendront responsable. Ce petit Français avait une passion. Il est mort pour elle. Tu n'avais pas à t'en mêler ni à en rester bouche bée maintenant. Il y a dans le corps des cholériques des poussières qui volent de tous les côtés. Et rien de plus commun que de mourir d'une poussière qu'on a respirée. Tu es trop bête. Ta mère avait rudement bien fait de t'acheter une charge de colonel. En voilà une qui voit clair. En temps normal, tu aurais fait carrière. Si tu veux finir à soixante ans par être comme Bonetto qui a peur de tout, il faut en effet commencer par n'avoir peur de rien. Car il y a un Dieu pour les imbéciles ; c'est à lui qu'ils finissent par croire ; et alors, gare aux derniers moments ; il n'y a jamais de scapulaire assez grand. On en tremble vingt ans d'avance. Dans le travail que nous avons commencé tu auras mille occasions de montrer du courage. Mais, gratuitement, c'est une fantaisie. Si tu avais fait cette chose-là à Turin, et encore *par-devant huissier*, je comprendrais peut-être. Cela pouvait servir. On pouvait en faire un sonnet ou le sujet d'un sermon en chaire ; ce n'était qu'une affaire d'organisation. Et tu en avais le bénéfice ou, plus exactement, ce que nous faisons en avait le bénéfice. Crois-moi : la foi justifie tout et les bonnes œuvres sont inefficaces. »

Angelo lui dit qu'en arrivant à Manosque il avait failli être pendu. Giuseppe se mit à rire.

« Eh ! bien, ils n'y allaient pas avec le dos de la cuiller ! »

Angelo se fâcha tout rouge. Il se souvenait de la voix glapissante de Michu, de la haine qui flambait dans ses yeux et de l'ardeur avec laquelle il la communiquait à tous ces hommes surtout un peu lâches et très peureux mais qui, finalement, l'auraient étripé comme ils avaient étripé le malheureux dont il avait vu le supplice du haut des toitures.

« Oui, dit Giuseppe, Michu est un bon bougre et il y va bon cœur bon argent. Certes, s'il t'avait fait pendre, il aurait dépassé les ordres, mais qui aurait pu imaginer que tu allais arriver et qu'il tomberait juste sur toi ? S'il fallait peser tous les pour et tous les contre on n'en finirait pas. Il y a toujours certains risques à courir. J'avoue que celui-là me fait froid dans le dos. Mais, il m'aurait été impossible de désavouer Michu. Je lui aurais crevé la panse derrière le premier buisson venu mais je n'aurais pas touché au principe. Plus rien d'ailleurs n'aurait pu te faire revenir et mon coup de couteau lui-même, en bonne justice, aurait été contestable. Je reconnais cependant qu'il m'aurait été impossible de ne pas le donner. Et même avec une certaine rage. C'est l'amour mais ce n'est pas la révolution. Bah ! tu aurais bien valu qu'on fasse une petite entorse et Michu n'est jamais qu'un soldat qu'on remplace. »

Le ton froid avec lequel Giuseppe parlait de cet événement jeta de l'huile sur le feu. Angelo s'emporta et il se laissa même aller à un peu de lyrisme. Il voyait encore les clous des souliers qui s'efforçaient de lui écraser le visage. Il frémissait surtout à la pensée qu'il avait bien failli être la proie de lâches et de peureux qui, chacun, seuls et face à face avec lui auraient décampé comme des lapins.

« Rien ne nous oblige à être seuls, au contraire, dit Giuseppe. Voilà où tu as tort. Tu n'as pas tué le baron Swartz comme il fallait puisque tu lui as permis de se défendre. Les duels ne sont pas pour nous. Nous ne pouvons nous payer le luxe de donner une chance, quelle qu'elle soit à l'esclavage. Notre devoir étant de gagner, il faut garder toutes les chances ; et même les fausses cartes.

— Je ne sais pas assassiner, dit Angelo.

— Cela te manquera, dit Giuseppe. Et, ce qui est beaucoup plus grave, cela nous manquera.

— J'étais sûr de mon coup, dit Angelo, et je l'ai prouvé. Il fallait qu'il meure et il est mort. Je lui ai donné un sabre et il s'est défendu ; j'avais besoin qu'il se défende.

— L'important n'est pas ce dont tu as besoin mais ce dont a besoin la cause de la liberté, dit Giuseppe. Il y a dans l'assassinat plus de vertus révolutionnaires. Il faut leur enlever jusqu'à leurs droits. »

Il s'allongea dans l'herbe et mit ses mains sous sa nuque.

« Ne parle pas de lâcheté, dit-il, ou alors pour convenir qu'elle nous est utile. A mon avis, elle remporte même sur le courage. Son passage laisse le champ plus libre. Tu prétends que celui qui leur a mis dans la tête que les ennemis du peuple empoisonnaient les fontaines est un lâche qui s'adressait à des lâches ? C'est une opinion de policier. Veux-tu savoir le fin mot ? C'est moi qui ai répandu ce bruit. Et je te prie de croire que j'en ai rajouté. Que je sèche sur place si je n'ai pas parlé de charniers dix fois pour une. Que je me sois adressé à des lâches, d'accord. Où je me suis voulu du bien c'est quand j'ai vu que j'en profitais. Quant à ce que je sois un lâche moi-même, c'est ce que je suis prêt à te faire rentrer dans la gorge à l'instant, pour peu que tu sois décidé à le soutenir. Tu peux prendre ton fameux sabre, si tu le veux, nous en avons. Je n'ai pas peur. Je peux même te régler ton compte avec mes poings, si cette arme convient à la noblesse de ton caractère. Tu as failli être pendu. Si tu l'avais été, j'aurais coupé la gorge à Michu et peut-être j'aurais coupé la mienne. Mais, ceux qui ont été vraiment pendus à la suite de ma petite conversation avec les lâches, étaient les ennemis les plus acharnés de nos idées de liberté. J'y ai tenu la main et les noms étaient soigneusement marqués sur une liste que Michu m'a rendue avec des croix en face de chaque nom. Je ne me fie pas au hasard. Et je trouve que l'idée de Michu d'en pendre un de plus n'était pas mauvaise. Un étranger surtout ! Ça faisait honnête. Il a de l'idée. »

Angelo se disait : « Il faut que je le corrige et précisément avec mes poings puisque c'est là qu'il se croit le plus fort. Il est très orgueilleux de ses yeux veloutés. Je vais les lui arranger de façon qu'il soit penaud. »

Il était irrité par ce ton de bon sens qui semblait faire partie d'une leçon de savoir-vivre.

« Un exilé n'a le haut du pavé nulle part, continua

Giuseppe. De plus, je suis cordonnier. Ce n'est pas une profession à clinquant. Et n'oublie pas qu'il y a à peine six mois que je suis ici. Avec mon talent de raconter au bon moment les choses qui impressionnent les lâches, j'ai fait pendre à des réverbères six ou sept messieurs très huppés et qui avaient le préfet dans leur manche. Avec le système du duel, à peine si tu aurais pu en tuer un. Et encore ce n'est pas sûr ! Il aurait fait venir la police sur le terrain. Alors bernique, et mon colonel aurait été mené fers aux pieds jusqu'aux Alpes. Nous sommes dans un pays où les bourgeois jouent du coude quand on leur marche sur les orteils. En voilà six ou sept de moins. On s'en est débarrassé sans danger parce que j'ai compris qu'on avait en ce moment d'autres chats à fouetter qu'à aller mettre le nez dans l'énervement d'une vingtaine d'arsouilles. Et, gros avantage, les messieurs huppés ne sont pas morts avec les honneurs de la guerre. On ne peut pas les monter en épingle. Même leurs familles s'arrangent pour qu'on n'en parle plus. Ce poison, est-ce qu'on sait si ça n'est pas vrai au bout du compte ? »

Angelo décroisa les jambes.

« Le point que j'ai mis à tes bottes n'a pas tenu, dit Giuseppe qui enleva ses mains de sa nuque et même se redressa. Tire-les et donne-les-moi. J'avais glacé le ligneul pour pouvoir le vernir et la cire chaude a dû manger le fil. Je ne veux pas te voir avec des bottes décousues. D'ailleurs, c'est moi qui les ai faites et j'en suis fier. Tu as une belle jambe mais personne n'aurait pu te chausser aussi justement et si bien. »

Il parla des bottes avec passion. Il donna des détails sur le cuir, sur le fil, sur la poix, sur le vernis. Il n'en finissait plus. Il s'était dressé. Il joua même de la prunelle et du sourire pour parler de crème à vernir.

Le costume d'Angelo comptait d'ailleurs beaucoup pour Giuseppe. Il semblait à ce sujet, avoir une idée derrière la tête.

« Je veux que tu sois beau, lui dit-il dès les premiers jours. Tu sais que c'est ma marotte et jamais je ne regretterai rien tant que ce splendide uniforme de hussard que tu portais si bien, surtout celui que la duchesse t'avait commandé à Milan. Ton visage n'est jamais si attirant que sous le casque et porté par le hausse-col. Les galons aussi te conviennent. Dès que tu as de l'or sur toi, tu glaces le sang. Et c'est ce qu'il faut. On sent que tu es un lion. »

Et il dit plusieurs phrases d'amour.

« Il faudrait te battre, ajouta-t-il, pour avoir enveloppé ce petit montagnard dans ta belle redingote. Nous avions pensé à ce drap, ta mère et moi, pendant plus d'une semaine. Et combien de fois ma mère m'a enfoncé ses ongles dans le bras quand nous le choisissions chez ce fameux Gonzagueschi qui est si entendu dans la question des coloris. C'était bien la peine d'avoir mis tant de soins à te chercher un bleu-noir semblable à la nuit et de si bonne qualité qu'il faisait aux bons endroits des plis de tenture. Crois-tu que ton petit cholérique ne serait pas mort tout aussi bien dans ses propres frusques ? Mais monsieur veut toujours faire du zèle. Et surtout celui qui ne sert à rien. Tu m'arrives dans un drôle d'état ! Et la barbe que tu n'as pas rasée depuis je ne sais combien de temps te vieillit de dix ans. Elle te donne surtout un air avec lequel il est impossible qu'on croie en toi. »

Il chargea d'une commission un de ces gardes en blouse, si sévères et si obligeants, et quelques jours après il emmena Angelo de l'autre côté de la colline des amandiers, sur un versant qui regardait un village d'or semblable à une barque portée par une vague de rochers.

De ce côté-là, les terres depuis longtemps effondrées et humectées par diverses petites sources profondes que l'éreintement de la colline avait fait surgir, s'étendaient en prairies que l'ardent soleil blanc n'avait pas réussi à jaunir. Il y avait également de très épais et très hauts bosquets de bouleaux.

C'est dans ces bosquets, comme Angelo s'en aperçut, que les gardes en blouse avaient une sorte de caserne ou de campement général. On trouvait un peu partout des sentinelles et même des gardes sans armes, le ceinturon dégrafé. Ils fumaient paisiblement la pipe. Ils semblaient avoir tous une grande considération pour Giuseppe qu'ils saluaient ; et même un jeune ouvrier qui gardait une sorte de tente lui présenta l'arme très gauchement mais avec beaucoup de sérieux.

Giuseppe mena Angelo dans un bosquet de chênes verts où, sous des bâches, étaient entreposés de nombreux ballots.

« Beaucoup de commerçants, dit-il, sont morts sans héritiers ; ou bien les héritiers ont aussi cassé leur pipe. Il y a pas mal de familles que le choléra a raclées jusqu'à l'os. Toutes ces marchandises seraient perdues. Nous les avons ramassées. Et, regarde comme le peuple est bon bougre. Il s'est mis très exactement en sentinelle tout autour mais il ne touche rien. Ce n'est pas chez lui qu'on trouve des prodigues. »

Aidés d'un ouvrier dont le ceinturon était réglementairement serré et qui portait son fusil en travers du dos, en bandoulière de dragons, ils trouvèrent plusieurs pièces de drap mais surtout un rouleau de bure et un rouleau de velours.

« J'ai une idée, dit Giuseppe, je suis sûr qu'elle est bonne et tu n'y aurais pas pensé. J'ai sous la main qui il faut. Il a été ouvrier à Paris et il te taille un habit en amande mieux que Gonzagueschi qui, somme toute, ne fait la loi qu'à Turin. Te rends-tu compte un peu de ce qui t'attend ? Nous ne savons pas ce que va faire le choléra. Peut-être que, d'ici un mois nous serons tous allongés dans les mauves. Mais ici il ne faut pas envisager le pire. Si seulement tu es vivant et moi aussi, et même si tu es vivant tout seul, il va falloir bientôt que tu te faufiles dans les Alpes et que tu ailles où il faut faire ce que tu sais. Surtout si ta mère a remporté la victoire de La Brenta. Ce qui est presque sûr, comme elle te l'a écrit. Je t'ai dit que cet ouvrier que je connais taillerait l'habit mieux que Gonzagueschi, et c'est vrai. Il pourrait également te faire une redingote à pans de marbre, mieux que n'importe qui. Mais il n'y a là dedans que des étoffes de bourgeois et, habit ou redingote, il nous faut le grand luxe. Voilà l'idée que j'ai eue. »

Les yeux, que Giuseppe avait fort beaux et que de très longs cils noirs veloutaient, étaient animés d'un feu passionné.

« Les paysans d'ici ont parfois de fort jolies vestes de velours, poursuivit-il. Et elles sont agrémentées de gros boutons de cuivre représentant des scènes de chasse, des têtes de cerfs, des hures de sangliers et même de petits sujets amoureux. Si on astique soigneusement ces boutons à la peau de chamois ils étincellent comme de l'or. C'est la veste qu'il te faut. J'aime autant te dire tout de suite que, ceux qui portent ces vestes passent pour avoir beaucoup de foin dans leurs bottes et que c'est surtout ce foin qui les rend beaux. Les paysans n'ont de visages intelligents que dans notre pays. Ici, ils ont la figure plate des écus. Toi, tu auras là-dedans ton allure de lion. Ce qu'avec toute leur malice ils ont inventé pour habiller leur bas de laine habillera la vertu : imagine l'effet. Les républicains ont un amour malheureux pour les princes. Ne crois pas qu'ils les tuent pour autre chose. Il leur en faut et ils en cherchent partout. S'ils en trouvent un qui a leur peau, ils sont enfin heureux de mourir pour lui.

— N'oublie pas que je bouge, lui répondit Angelo, et que je ne poserai jamais pour le portrait. En outre, moi, je crois aux principes.

« Tu me comprends à demi-mot, dit Giuseppe. C'est comme ça que je t'aime. Et comme tu as bien dit ta petite phrase sur les principes ! Garde ce ton. Il ne s'imite pas. Tu viens de me faire frémir. D'ailleurs, ce n'est pas au milieu de gens aux visages d'argent plat que tu dois représenter la vertu mais chez un peuple dont le plus petit cireur de bottes a les traits mêmes de César. Si tu réussis à leur parler de principes avec le ton que tu viens d'avoir, n'importe quelle affaire est dans le sac. Mais il faut ce ton exact et cette conviction que tu as mise. La naïveté tient parfois lieu de génie en ce qui nous occupe, mais resteras-tu naïf ? C'est pourquoi il faut aussi des culottes de bure, un peu collantes parce que tu es bien fait. Et un manteau ; car, qui sait si tu ne seras obligé de passer les Alpes en hiver ? »

Ce manteau de cheval qui était une merveille mais dont on ne pouvait même pas supporter la vue par la chaleur qu'il faisait fut soigneusement plié et parfumé de thym et de lavande par Lavinia. Elle l'enveloppa même dans une de ses chemises et le plaça au fond d'une caisse dans l'angle nord de la hutte que le soleil ne touchait jamais. La veste de velours et la culotte furent également mises dans la caisse.

Malgré la saison avancée, c'est à peine si on pouvait supporter un linge sur la peau. Lavinia était nue sous son caraco et son jupon. C'était une très belle fille déjà célèbre à Turin pour sa beauté. A chaque corso on venait la demander à Mme la duchesse pour personnifier Diane, ou la Sagesse, ou même l'archange Michel. Elle avait pris l'habitude de ces allégories et ne les oubliait jamais. Même pas pour s'accroupir et souffler le feu sous la soupe.

Les autres femmes qui habitaient la colline gardèrent pendant longtemps leurs bas de coton mais la chaleur devint tellement insupportable qu'elles passèrent finalement sur beaucoup de grimaces. Elles n'arrivèrent cependant jamais au simple caraco et au simple jupon. Quelques-unes même s'obstinèrent à garder des cols baleinés. C'étaient des femmes d'ouvriers. Elles étaient toutes habillées en bourgeoises décentes et humbles. Leurs cheveux étaient effroyablement tirés en arrière et noués fortement en chignons serrés. On en trouvait parfois qui, derrière des buissons, peignaient leurs longs cheveux puis les tordaient, les tressaient, puis se remplissaient la bouche d'épingles, puis piquaient ces épingles une à une dans leur chignon. Après, elles se dressaient, s'époussetaient, nettoyaient leurs peignes, les pliaient dans du papier, les fourraient dans leurs corsages ; elles se tapotaient les hanches, se lissaient la basquine et donnaient deux ou trois petits coups de croupion en poules faisanes pour placer leur faux-cul avant de repartir à la besogne qui n'était jamais simple et facile mais consistait ici à aller chercher de l'eau très loin, un seau à chaque main, ou casser du bois, ou même frictionner le mari ou le frère, le fils ou la fille qui avait une attaque. Elles avaient aussi des attaques elles-mêmes dans cet attirail et mouraient parfois avant qu'on ait coupé les lacets de leur corset qu'au plus fort des douleurs elles défendaient encore de deux mains.

Lavinia chantait souvent à voix très basse de minuscules chansons vives qu'elle mimait avec de petits mouvements de tête, sourires et battements de paupières. La chanson dépassait à peine ses dents mais la mimique et cette grosse ride en forme de trépied qui lui marquait alors le haut du nez et lui donnait en remuant l'air rodomont ou coquin, ses grands yeux qu'elle écarquillait après d'une façon fort pathétique, ses moues et enfin toutes ces singeries dont quelques-unes étaient très rusées et même quelquefois très vicieuses faisaient comme une petite Italie.

« Sauvons ce peuple, se disait Angelo en la regardant et en s'approchant pour l'écouter. Il a toutes les vertus.

Cette fille est née de bûcherons et bûcheronnes dans des bois qui appartiennent à ma famille et on l'a apportée à ma mère toute petite pour qu'elle serve de jouet. Elle a été femme de chambre pendant plus de dix ans car, à huit ans déjà, ma mère la faisait entrer dessous ses lourdes jupes d'amazone pour qu'elle lui défroisse la chemise et elle se ferait tuer pour moi. Plus encore que pour Giuseppe qui cependant l'a enlevée en partant, lui a appris l'amour et, j'espère, s'est marié avec elle. Quelle fidélité ! Qu'elle est belle et comme son cœur est pur ! (Il ne voyait pas certaines positions des lèvres très voluptueuses et même parfois un peu canailles.) Elle mérite la République. Rien n'est trop pour la lui donner. Voilà le devoir de ma vie. Ce sera mon bonheur. Et comme il m'emporte ! »

A ces moments-là, et dans cette même petite Italie, Giuseppe s'amusait beaucoup. Il était tout occupé à mettre sa bouche fort près de la bouche de Lavinia et à accompagner son chant en faisant la tierce ou la basse (juste un murmure évidemment car, pas très loin de là, on mourait ou, tout au moins, on avait du souci. C'était personnel). Il avait alors les traits du visage relâchés et paisibles, composés suivant un ordre différent de celui qui composait son visage habituel. Angelo y trouvait même une grande noblesse de figure malgré sa ressemblance frappante avec Thérésa.

Le temps changea. Le ciel blanc s'abaissa jusqu'à toucher la cime des arbres. Il engloutissait même la pointe des cyprès qui semblaient coupés au ciseau. La blancheur du ciel avait malgré tout, pendant l'été, porté des voiles assez haut tendus. On avait encore pu voir circuler sous la coupole de plâtre quelques vents gris. Il descendit et il établit une sorte de plafond plat à quatre ou cinq mètres du sol. Les oiseaux disparurent la plupart du temps, même les corbeaux qui eurent désormais une vie très mystérieuse au-dessus du plafond d'où ils suintaient parfois en grosses gouttes noires.

Tout de suite la chaleur monta comme dans un four dont on a fermé la porte. Il n'y eut plus la marche du soleil ni le tournoiement des ombres. Le jour n'était qu'une réverbération dont l'intensité montait régulièrement jusqu'à l'aveuglement de midi, puis descendait peu à peu jusqu'à s'éteindre sur place dans la nuit.

Un phénomène qui inquiéta beaucoup tout le monde : la voix ne portait plus. On avait beau essayer de parler à quelqu'un, on continuait à se parler confidentiellement à soi-même. L'interlocuteur vous regardait en silence et s'il se mettait lui aussi à parler, on ne voyait que sa bouche qui remuait et c'était toujours le silence, un silence un peu grondant. Si on criait, le cri vous claquait près des oreilles mais vous étiez seul à l'entendre. Et cela dura plusieurs jours.

Naturellement, l'air était fait de plâtre, la vue était très limitée. Si on voulait voir loin, on était obligé de se baisser comme pour regarder par-dessous une porte.

Sans aucun vent, deux ou trois odeurs arrivèrent qui étaient toutes extraordinaires. Ce fut d'abord une violente odeur de poisson comme quand on est auprès d'un filet qu'on vient de décharger sur l'herbe. Elle tourna ensuite à l'odeur de marécage de joncs pourris, de boues chaudes. Cette odeur-là comme les autres d'ailleurs donna des illusions. Le plâtre de l'air sembla verdir. Il y eut ensuite (ou peut-être en même temps) une odeur qui ressemblait (mais en plus vaste) à celle des colombiers mal tenus, de la fiente de pigeons qui a un acide si âcre. Celle-là aussi (étant donné qu'on ne pouvait rien voir d'autre autour de soi que du blanc aveuglant) donna des illusions fort désagréables parmi lesquelles notamment l'idée de pigeons monstrueux qui couvaient et souillaient la terre sous des épaisseurs étouffantes de duvet. Enfin, il faut encore signaler une odeur de sueur, très salée et violente, qui piquait les yeux comme le fumet de l'urine de moutons dans les bergeries closes.

Malgré tout ce qu'on pouvait inventer avec ces odeurs, elles n'effrayèrent pas, ou, tout au moins, ce n'est pas d'elles qu'on s'effraya. Le plafond de plâtre se mit à vieillir rapidement, des plâtras s'en détachèrent, découvrant au-dessus une sorte de grenier obscur. Le jour s'assombrit peu à peu. Enfin, des éclairs se mirent à voleter mais avortèrent. Ce n'était pas une foudre franche et nette ; c'étaient des coups de chandelle : une flamme jaunâtre et bilieuse qui ricochait indéfiniment avec un petit bruit de crécelle avant de s'éteindre sans claquer. Elle répandait une forte odeur de phosphore.

Par contre, un beau jour, et sans qu'on ait aperçu la moindre lueur, on entendit brusquement un coup de tonnerre, sec comme un coup de marteau. A partir de ce moment-là, ces coups de marteau qui avaient l'air de défoncer quelque chose ne cessèrent plus de se faire entendre. La pluie commença par n'être qu'une fine mousseline tiède pendant plusieurs jours. Puis, on put voir ses rayures. Durant deux ou trois autres jours, sans discontinuer, elle serra de plus en plus ses rayures jusqu'à enlever toute la couleur des arbres. Enfin, elle tomba à blocs et elle ne s'arrêta plus de tomber à blocs si épais et si lourds qu'ils faisaient retentir sourdement la terre.

Les campements étaient tous bouleversés et charrués de torrents. Les huttes s'effondraient. Il fallait à chaque instant venir à l'aide de familles qui pataugeaient pour essayer de sauver des hardes. Il n'y avait d'abri nulle part. Les rochers les plus hauts de la colline ruisselaient d'eau noire. Les ouvriers de la milice en blouse et ceinturon de cuir s'occupaient du sauvetage général. On les voyait partout. Ils s'affairaient de tous les côtés avec une générosité inutile. Angelo commença à être agacé par ces hommes constamment embarrassés de fusils, d'enfants trempés et de graves vertus.

« Et cependant, se dit-il, qu'as-tu à leur reprocher ?

Sur l'autre colline, là-bas, où il n'y a pas d'organisation de milice, qui s'occupe du sauvetage de tous ? Et celui qui est seul dans un coin sauvage, comment sauve-t-il sa famille ? »

La pluie s'écroula en blocs de plus en plus pesants pendant une quarantaine d'heures ; sans rage ; avec une sorte de paix tranquille. Enfin, il y eut un coup de tonnerre magnifique, c'est-à-dire avec une belle déchirure rouge et tellement retentissant que les oreilles s'en trouvèrent toutes débouchées. Le ciel s'ouvrit. De chaque côté de la fente des châteaux vertigineux de nuages s'étagèrent et le ciel apparut azuré à souhait. A mesure que les châteaux de nuages s'éloignaient l'un de l'autre découvrant de plus en plus du ciel, l'azur vira au bleu de gentiane et tout un ostensoir de rayons de soleil se mit à rouer à la pointe extrême des nuées.

Les femmes retirèrent leurs faux-culs. En coton, au lieu d'être en crin comme celui des dames, ils s'étaient gonflés d'eau. Elles durent aussi laisser tomber leurs jupes trop amples, lourdes et boueuses. En cotillon de dessous, elles avaient un air très républicain, sauf de visage qui restait très dame sous la coiffure dont pas une tresse ne s'était dénouée. Elles avaient honte de remuer leurs jambes avec aisance.

Il mourut presque tout de suite quatre ou cinq vieillards que la pluie avait transpercés jusqu'aux os. On ne put pas les réchauffer malgré de grands feux qui donnaient plus de fumée que de flammes.

La vallée en bas était méconnaissable. Les prés disparaissaient sous plusieurs mètres d'eau courante et d'écume. Il ne restait rien des endroits où s'élevaient les tentes des infirmeries. Sur le flanc de l'autre colline, au bord même du grand torrent qui avait inondé la vallée, un petit groupe d'hommes noirs s'affairait comme une pincée de fourmis autour de débris blanchâtres. Au-dessus d'eux, les vergers d'oliviers étaient déserts. Quelques petits hommes noirs fourmillaient aussi plus haut, à la lisière des bois de pins.

Toute l'eau de la vallée se réunissait aux abords de la ville et s'engouffrait dans une de ses portes. Les nuages restèrent gris pendant quelques jours puis ils bleuirent.

Deux enfants moururent. C'était d'une maladie de gorge. Les femmes commencèrent à murmurer qu'il allait y avoir une épidémie de croup. Elles se firent beaucoup de mauvais sang. Leurs visages s'embellirent de regards farouches et elles gardaient leurs enfants serrés contre la poitrine. Mais il n'y eut que quelques maux de gorge bénins. Les miliciens avaient réussi à faire sécher du bois. Ils n'avaient pas pris de repos, gardant sur eux leur blouse et leurs pantalons mouillés et tout leur équipement. On put faire flamber un peu de feu devant lequel on amena ceux qui grelottaient.

Les hommes en blouse s'accroupirent aussi près des feux. Ils démontèrent les fusils, séchèrent les pièces, les graissèrent, les assemblèrent de nouveau, serrant les vis avec la pointe du couteau. Il y eut une sorte de revue d'armes.

« Tu es quelque chose dans tout ça ? demanda Angelo à Guiseppe.

— Je suis un peu dans tout », répondit assez orgueilleusement Guiseppe.

Les nuages devinrent bleu sombre. Ils étaient entassés au bord de l'horizon. Enfin, ils prirent une teinte violette, puis lie-de-vin qui attira tous les regards. Il y avait également en eux un mouvement lent qui faisait écrouler leur entassement par-delà les collines, dégageant de plus en plus le ciel où s'élargissait un azur d'une pureté inimaginable. Enfin, sans qu'il fût question de lueur du couchant, en plein midi arriva un nuage rouge, exactement rouge comme un coquelicot.

Le soleil était éclatant. La moindre eau sale se mit à fumer. Les journées étaient torrides, les nuits froides.

Il y eut un cas de choléra foudroyant. Le malade fut emporté en moins de deux heures. C'était un homme de la milice. Il montait la garde. Il eut d'abord comme un brusque manque de confiance dans son fusil. Il le déposa contre un arbre. Aussitôt après les périodes se succédèrent rapidement et d'une manière terrible. Les convulsions, l'agonie, devancées par une cyanose et un froid de la chair épouvantable firent le vide autour de lui. Même ceux qui lui portaient secours reculèrent.

Son faciès était éminemment cholérique. C'était un tableau vivant qui exprimait la mort et ses méandres. L'attaque avait été si rapide qu'il y subsista pendant un instant encore les marques d'une stupeur étonnée, très enfantine mais la mort dut lui proposer tout de suite des jeux si effarants que ses joues se décharnèrent à vue d'œil, ses lèvres se retroussèrent sur ses dents pour un rire infini ; enfin il poussa un cri qui fit fuir tout le monde.

Jusqu'à ce moment-là les malades n'avaient jamais crié. Ils avaient été usés jusqu'à la corde avant la mort ; elle arrivait dans des corps prêts à tout. Désormais, elle les frappa comme une balle de fusil. Leur sang se décomposait dans leurs artères aussi vite que la lumière se décompose dans le ciel quand le soleil est tombé sous l'horizon. Ils virent donc venir la nuit et ils se mirent à crier.

A partir de ce moment-là, le cri retentit de jour et de nuit. Toute activité était éteinte. Plus personne ne faisait rien : qu'attendre. Car, la balle frappait à droite, à gauche, comme envoyée par un tireur posté et qui aurait eu son arme sur chevalet. C'était tantôt celui-là qui marchait dans le sentier et il *boulait* comme un lièvre, tantôt celle-là en train de souffler son feu et elle tombait, le visage dans la braise. On était trois, quatre, au pied d'un arbre, en famille ; le père criait ; il fallait se dresser, fuir. On l'abandonnait car il était déjà en train de mourir, au-delà de tout ce qu'on pouvait faire. La femme, les enfants couraient comme un vol de perdreaux, se posaient haletants derrière un buisson. Et parfois le tireur s'acharnait sur cette *compagnie* [68]. A peine reprenaient-ils haleine que la mère ou un des enfants criait et de nouveau les jupes claquaient dans la fuite, laissant à terre le nouveau mort qui se débattait encore en débandant ses nerfs.

On voyait de plus en plus des miliciens sans fusil, des fusils abandonnés dans l'herbe ou abandonnés contre un arbre.

Le visage de ces morts avait les yeux à demi fermés, sous des paupières lourdes, pesantes ; un peu de couleur mais fixe comme une pierre luisait entre les cils. La maladie qui dévorait les chairs comme une foudre laissait intacte la couleur de l'œil qu'on apercevait dans l'entrebail. Pour certaines jeunes femmes mortes dont il ne restait rien qu'une peau blême tachée en dessous par des flaques de sang corrompues subsistaient seuls encore de longs cils courbes penchés sur une eau bleue, une émeraude, un topaze de pure matière. Les joues étaient violettes et les lèvres noires, serrées, mais laissant toujours dépasser une pointe de langue rouge coquelicot, très surprenante, obscène jusqu'à la nausée, pas du tout d'accord avec l'œil entrebâillé sur sa couleur ; auquel, quand on était obligé de regarder un de ces visages, on revenait malgré le côté méprisant, fier, orgueilleux de ce regard immobile, comme tendu vers des lointains, dans un corps couché dans la boue, et d'ailleurs parfois déjà vermineux et pourri. Car il faisait de nouveau très chaud pendant le jour.

Angelo essaya de soigner quelques-uns de ces foudroyés. Les ouvriers parlaient de la méthode Raspail et avaient grande confiance dans le camphre. Mais ils le considéraient plutôt comme un préservatif et ils en portaient des sachets pendus par des cordons au creux de la poitrine comme des scapulaires. Quatre ou cinq hommes courageux et fermes se joignirent à Angelo. Pendant le peu de temps qu'ils avaient entre le moment de l'attaque et celui de la mort, ils s'efforçaient de faire boire au malade des infusions de sauge. Mais, dès qu'ils avaient été frappés de la balle, les moribonds entraient dans un délire tel que les convulsions les tordaient comme de l'osier. Il fallut faire des sortes de corsets de force dans lesquels on les ficelait. Chaque fois cependant, Angelo prenait la tête du cholérique dans ses bras pour la relever pendant qu'on essayait de faire entrer le goulot de la bouteille à infusion entre les dents serrées. Il était également indiqué de les saigner. Mais ces saignées faites sur des corps en transes par des couteaux de poche maladroitement maniés étaient des boucheries horribles. Et d'ailleurs, sauge, couteaux, camphre ne servaient à rien.

Angelo cependant continuait à sauter sur ses pieds dès qu'il entendait un cri (et un jour il courut ainsi pour trouver quatre ou cinq enfants qui essayaient de lancer un cerf-volant). Il avait aussi pris l'habitude d'observer les gens qui portaient brusquement la main à leurs yeux car l'attaque débutait souvent par un éblouissement ; ou ceux qui bronchaient en marchant car, parfois, c'était un vertige, une sorte d'enivrement qui annonçait la mort.

« Je n'aime pas ça du tout, dit Giuseppe ; avec leur manie de ne pas rester en place, les gens peuvent venir mourir à côté de nous. Ils n'ont vraiment pas de vergogne. Puisque ça leur prend tout d'un coup, qu'ils restent dans leurs parages. Ils risquent de tomber sur Lavinia ou sur toi, ou sur moi. Et, de toute façon, nous salir l'herbe sur laquelle nous sommes installés. Il ne s'agit pas de jouer avec cette maladie. »

Giuseppe croisait ses bras sur sa poitrine. De temps en temps aussi il nouait l'index et le majeur de sa main gauche et, avec ses doigts entrelacés, il touchait sa tempe, celle de Lavinia, celle d'Angelo.

« Je n'aime pas non plus ce que tu fais, poursuivit-il. Laisse-les mourir tranquilles, ne t'en mêle pas. Qu'est-ce qu'ils te sont ? Moi, je suis ton frère de lait et Lavinia est ma femme, sans compter qu'elle a joué avec nous étant enfant. Et, pour t'occuper de ceux qui ne te sont rien, tu risques de nous apporter le mal et de nous faire mourir tous. »

Enfin, il lui fut difficile de contenir sa peur. Il ne faisait d'ailleurs aucun effort pour la cacher et il dit qu'elle était naturelle.

Il parla même d'un ton menaçant et de si près qu'Angelo, fatigué de se sentir souffler à la figure, le repoussa assez violemment.

Ils se battirent. Lavinia les regarda avec beaucoup d'intérêt. Certains des coups que frappait Giuseppe, s'ils n'avaient pu être parés avec promptitude, auraient été presque mortels. Mais Angelo lui fit saigner le nez et Giuseppe se coucha, griffa l'herbe et la terre, écuma et pleura avec de petits sanglots d'enfant. Lavinia fut très satisfaite mais elle le cajola ; il lui baisa les mains. Elle le fit s'asseoir. Angelo regardait avec horreur ses poings pleins de sang. Ils s'embrassèrent très rapidement tous les trois.

Il mourait tellement de monde qu'on se demanda s'il ne valait pas mieux retourner dans la ville. Quelques ouvriers des tanneries prétendirent d'ailleurs que l'écorce de chêne qui macérait dans leurs cuves à tanner préserverait mieux que l'air de la campagne et ils partirent avec leurs familles. Mais, le lendemain de leur départ, un petit garçon retournait et disait que les autres étaient tous morts dès leur arrivée. Une femme aussi en réchappa qui revint à la colline dans l'après-midi. Elle raconta que toutes les rues étaient couvertes de graviers et de boue à la suite des grosses pluies récentes qui avaient charrié des torrents à travers la ville et que, au moment même où les hommes s'étaient mis à pelleter ces limons, ils étaient tombés comme des mouches, puis, femmes et enfants avaient suivi, le tout en l'espace de quelques heures et sans leur laisser même le temps d'entrer dans les maisons. Elle avait perdu ses deux fils, son mari et sa sœur, et le petit garçon arrivé avant elle était, désormais, tout seul lui aussi.

Les choses n'allaient pas mieux sur la colline en face. On n'y voyait plus que quelques petits groupes éloignés les uns des autres et qui ne bougeaient pas. On en était séparé par le vallon où le torrent avait emporté les tentes des infirmeries et littéralement écorché les prés qui montraient l'os. Il y avait là de ces fameux limons empoisonnés à en juger par les brumes qui en fumaient. Mais il s'y passait aussi une chose effrayante. Depuis le début de l'épidémie on avait enterré là, dans de très grandes fosses, une bonne partie des morts de la ville. On avait recouvert les morts et bouché les fosses avec de la chaux vive. Ces fosses, d'ordinaire, bouillottaient évidemment sous le jus des cadavres mais, arrosées et baignées par la pluie maintenant, elles bouillaient à gros bouillons comme d'infâmes soupes. On en entendait le grésillement, on en voyait la fumée, on en sentait l'odeur.

« Partons, dit Giuseppe, il faut s'en aller. Allons-nous-en plus loin, dans les bois. »

Mais, quelques hommes de la milice vinrent le voir et eurent avec lui une longue conversation. C'étaient des vieux de soixante à soixante-dix ans ; ils avaient gardé leurs fusils. Presque tous avaient perdu leur famille entière et ils avaient l'habitude toute récente de regarder longuement les gens sans ciller des paupières. Un jeune homme d'une vingtaine d'années les accompagnait, lui aussi tout à fait nettoyé, ayant perdu une jeune femme avec laquelle il était marié depuis trois mois.

Giuseppe fit tous les signes de conjuration possibles et imaginables et il parla la plupart du temps avec la main gauche devant la bouche. Il s'attaqua surtout au jeune homme qui semblait avoir beaucoup d'ascendant sur les autres. Celui-ci regardait Lavinia et parlait aigrement. Il prononça plusieurs fois le mot devoir. Chaque fois, les vieux orphelins approuvaient.

« Ils sont fous, dit Giuseppe, ils me forcent à rester. Mais attends, je leur ai dit deux ou trois choses dont ils se souviendront. »

De fait, il ne se passa qu'une nuit. Ils revinrent le lendemain. Le jeune homme évita de regarder Lavinia. Il dit qu'ils s'étaient rendus à la raison, qu'il fallait peut-être en effet aller un peu plus loin dans les bois. Il ajouta que, lui et les cinq ou six types qui étaient avec lui, étaient volontaires pour rester ici, faire ce qu'ils pourraient, maintenir l'ordre, un peu soigner. Giuseppe les félicita avec beaucoup de chaleur et parla du peuple, de ses qualités, de l'exemple qu'il donnait et qu'il était sans pareil pour « servir l'idée [69] ». Il fit quelques gestes en dehors des gestes de conjuration.

Ils furent à peu près deux cents à partir. Giuseppe en tête, se chargeant de tout, très animé, donnant des conseils fort paternels et pressant le mouvement. Lavinia suivait. Elle avait demandé à Angelo ce qu'il comptait faire.

— Va avec lui, dit Angelo. Moi aussi je vais suivre.

Après avoir soigné des centaines de malades il était obligé de reconnaître qu'il ne servait à rien. Les quatre ou cinq bonshommes qui, au début, s'étaient mis avec lui avaient depuis longtemps abandonné la partie. Non seulement il n'avait pas réussi à sauver une seule vie mais quand il approchait maintenant, les moribonds associaient tellement sa présence avec celle d'une mort certaine qu'ils passaient subitement dans une suprême convulsion. On l'appelait *le corbeau*, du nom qu'on donnait à ces hommes sales et ivres qui fossoyaient les morts avec une indécente brutalité très répugnante. Il fallait convenir qu'il n'était pas populaire.

Il trouva Giuseppe et sa troupe installés dans un lieu charmant. C'était une haute combe tapissée d'herbe drue sous d'immenses chênes. Une source fraîche coulait en fontaine dans un vieux pétrin enfoncé dans la terre. Le lieu, quoique très abrité par les frondaisons, était cependant aéré des vents du nord. Il avait, dans le temps, contenu une bergerie dont il restait encore quelques chicots de murs. Le murmure des feuillages était très apaisant. L'architecture des chênes énormes, l'enchevêtrement des branches donnaient des idées de robustesse et de vigueur.

Quand Angelo arriva, Giuseppe venait de poster une sentinelle armée près de la fontaine. Il avait aussi indiqué à chacun un endroit de campement réunissant plusieurs familles ensemble. On parlait beaucoup de lois. Et avec orgueil. Les miliciens étaient armés. Angelo se demanda d'où venaient tous ces hommes en bonne santé, rougeauds et solides. Il n'en avait pas vu en bas. Un de ces hommes robustes mourut subitement avec tout l'apparat habituel. Il s'écroula pendant qu'il mangeait un quignon de pain devant un faisceau de fusils.

« En bas, dit Giuseppe, ils étaient préposés aux vivres. C'est pour ça que tu ne les as pas vus. Avais-tu imaginé que les pommes de terre, le riz, la farine de maïs que Lavinia faisait cuire étaient des dons de Dieu ? Quelle idée t'es-tu faite sur la façon dont tout le monde pouvait avoir de quoi manger ? Nous avions des entrepôts ; tout le monde était réglementé. Ces hommes en bonne santé gardaient les vivres, n'est-ce pas la sagesse ? Qu'est-ce que tu aurais voulu, au fond, dis-le-moi une fois pour toutes ? Sais-tu ce que c'est que la part du feu ? »

Le moribond ne resta pas une minute de plus qu'il fallait sur l'herbe. On l'emporta tout de suite. Quatre hommes qui avaient la chemise en dehors des pantalons et étaient ainsi revêtus de l'uniforme habituel des *corbeaux* arrivèrent avec une civière. Angelo remarqua que la civière était faite avec des branches tout récemment écorcées. Les quatre *corbeaux*, d'autre part, avaient un campement spécial, éloigné de plus de cent pas des campements de la communauté. Giuseppe les avait appelés en sifflant.

Pendant deux ou trois jours tout le monde fut occupé à des besognes précises et concertées. Des corvées composées d'hommes jeunes et forts, escortées de miliciens en armes, opérèrent le déménagement des vivres du dépôt bas. D'autres corvées aménagèrent des sentines, des fosses à ordures. Les ordres qui organisaient ce travail étaient anonymes. N'importe quel homme de la milice arrivait avec son fusil en bandoulière et disait : il faut. Il me faut tant d'hommes pour faire ça. Giuseppe ne parla en personne que pour donner un conseil : celui de creuser les sentines loin sous le vent. Il parla si plaisamment des mauvaises odeurs qu'il réussit à faire rire les femmes et même les hommes. Presque tous les soirs une dizaine de miliciens très gros et très rouges se réunissaient à la lisière est de la combe, du côté d'où venait la nuit. Quand ils étaient réunis depuis un assez long moment et que tout le monde regardait du côté ouest où restaient encore longtemps les lueurs du crépuscule, Giuseppe les rejoignait.

Trois ou quatre personnes moururent mais furent emportées avant même d'être mortes. On commença à appeler sérieusement *corbeaux* les quatre hommes qui avaient mis leur chemise par-dessus les pantalons. Angelo remarqua leur visage : il se stupéfiait.

Il y eut encore coup sur coup une dizaine de morts dont six dans la même journée. Une femme qui venait de perdre en même temps son mari et son fils hurla et se débattit avec les *corbeaux*. On l'emporta elle aussi pendant qu'elle hurlait toujours et donnait de violents coups de bras et de jambes comme un nageur. On alla la mettre debout, loin au-delà des arbres, sur un versant sauvage qui dominait des vallons ténébreux. On vit les miliciens lui faire signe de partir, de s'en aller droit devant elle. Elle s'en alla. Le vent faisait flotter ses cheveux dénoués.

La scène avait donné beaucoup d'agitation. Il y avait un bruit de conversation presque aussi fort que le bruissement des feuillages. Giuseppe monta sur un chicot des ruines de la bergerie. Il entretint familièrement tout le monde de cette femme qui partait dans les vallons sauvages ; et il en dit des choses fort touchantes. Le malheur devait être respecté, et soulagé. Au-delà des bois, comme tout le monde le savait, il y avait un village où elle arriverait certainement. L'hospitalité en était bien connue ; elle était même passée en proverbe. Il ne faisait aucun doute qu'après avoir traversé les bois, cette femme serait là-bas accueillie, nourrie, soignée. Il voulait attirer l'attention sur une chose très importante. Il le disait encore une fois, le malheur était respectable. Il n'y avait pas à revenir plus longtemps là-dessus. Une chose certaine : les morts faisaient courir un grand danger aux vivants. C'était donc du bon sens pur et simple de s'en débarrasser le plus vite possible. Deux ou trois minutes de plus ne faisaient rien à l'affaire sur la question du sentiment ; par contre, elles faisaient beaucoup en ce qui concernait la contagion. Au moment de la mort d'un être cher on se précipite sur lui, on l'embrasse, on le presse dans ses bras, on cherche à le retenir par tous les moyens. Il était absolument assuré que tous ces moyens ne servaient à retenir, hélas, personne de ce côté-ci quand la mort avait décidé de les appeler de l'autre côté. Par contre, ces embrassements servaient beaucoup à transmettre le mal. A son avis, c'était à ces embrassements qu'on pouvait reprocher ce redoublement de coups qui frappaient souvent la même famille. C'était encore question de bon sens pur et simple. Eh ! bien voilà : c'est tout ce qu'il avait à leur dire.

Lavinia regarda Angelo à la dérobée.

Au cours de la nuit il y eut quatre, cinq, six, sept, huit, neuf décès. Les *corbeaux* et les miliciens circulèrent avec des lanternes. Giuseppe soupira sur sa couche, s'adressa à Lavinia en piémontais. Il appela Angelo qui couchait à deux mètres d'eux. Il lui dit : « Parle-moi. »

Au matin, la combe était nette : il n'y avait trace ni d'agitation ni de mort. Seuls, quelques ronds d'herbe piétinés qui marquaient l'emplacement occupé par des foyers étaient déserts.

Il mourut encore un homme dans la matinée. Il fut emporté avant le cri final. Sa femme et son fils firent leur paquet et suivirent sans un mot les miliciens qui les conduisirent hors de la combe.

Ce fut le seul mort de la journée. Vers le soir, Angelo fumait un petit cigare quand il entendit un bruit semblable à celui d'un léger vent dans les feuilles. C'était le bruit de conversations de groupe à groupe qui reprenaient.

La nuit fut paisible. A diverses reprises cependant Giuseppe s'adressa en piémontais à Lavinia. Elle ne répondit pas. Il appela Angelo et lui dit : « Parle-moi. » Angelo lui parla longuement du Piémont, de châtaigneraies et finalement se mit à imaginer toutes les *beffas* dont on pourrait ridiculiser Messer Giovan-Maria Stratigopolo. Chaque fois qu'il s'arrêtait pour reprendre haleine, Giuseppe lui disait : « Et alors, qu'est-ce qu'on pourrait encore lui faire ? »

Le lendemain, il n'y eut aucun décès. Il soufflait un petit vent du nord allègre et vif. C'était merveille d'entendre craquer légèrement les branches robustes. On obéit au doigt et à l'œil aux miliciens qui mettaient de l'ordre autour de la fontaine. Sur leur figure rougeaude et très matérielle il y avait maintenant une assurance grave, presque spirituelle. Ce phénomène étonna Angelo. Giuseppe fit quelques pas dans le campement. On le salua avec beaucoup de respect. On salua même Lavinia qui cependant était de plus en plus allégorique.

« Je te salue, déesse Raison », lui dit Angelo.

Elle eut un sourire d'augure.

Angelo entraîna Giuseppe vers la lisière du bois, du côté de l'ouest.

« Il est bon, dit-il, qu'on voie clairement que tu me protèges. »

Et il montra ses dents sous ses moustaches.

« Ne ris pas, répondit Giuseppe, j'ai très bien compris que la nuit passée tu as parlé de Stratigopolo uniquement pour me distraire. Je ne le cache pas, cette maladie me répugne. Tu veux que je te dise que j'ai peur ? Eh ! bien, je te le dis. Ma peau se retrousse comme celle d'un lapin qu'on écorche. Veux-tu même le fond de ma pensée ? On n'est pas obligé d'être courageux dans des cas pareils. On risque trop. L'apparence suffit ; on arrive aux mêmes résultats et au moins y arrive-t-on vivant ; ce qui, malgré ton petit rire que je n'aime pas, est la chose la plus importante. Tourne-le comme tu voudras : la mort est un échec total. Il faut savoir se servir des autres. C'est naturel et tout le monde le comprend, même ceux dont tu te sers en guise de matelas pour boucher tes fenêtres. Les hommes arrêtent bien mieux les balles que la laine. Tout le monde a ce bon sens dans le sang. C'est ce qui fait que je suis plus près du peuple que toi. Tu parais fou. Tu ne le mets pas en confiance. Il ne peut pas croire aux vertus qu'il ne peut pas imaginer. Tiens, essaye. Raconte-leur qu'il a fallu que tu me tiennes la main toute la nuit comme à un enfant, ou montre-leur que tu te moques de moi, tu verras s'ils ne te cassent pas la gueule. »

Sous eux s'ouvrait le vallon sauvage où, deux jours auparavant, on avait chassé la première exilée. D'énormes hêtres bleus le remplissaient. On ne voyait pas de village mais partout des bois bleus.

Angelo ne disait rien.

« Retournons en Italie, dit-il enfin, et faisons-nous tuer.

— Bon, dit Giuseppe, de quelle façon ?

— Je remets mon uniforme de colonel, toi ton uniforme de hussard et nous rentrons bras dessus, bras dessous à la caserne.

— Et si on ne nous tue pas ? Tous les maréchaux des logis sont charbonniers. Il y a vingt sous-officiers qui sont chefs de vente. Une demi-heure après les officiers sont morts et il faut commencer le travail dans les rues de Turin avec mille conscrits qui crient : "Vive le colonel Pardi !" mais qui le crieront beaucoup moins le lendemain quand ils ne seront plus que cinq cents. Et comment embrigader les ouvriers des manufactures sans lesquels rien n'est possible et qui tiqueront sur les galons et sur le château de La Brenta ? Sans compter les explications à fournir à tous ceux qui ont déjà composé les lois de la liberté italienne sur le papier ou dans leur tête. N'oublie pas qu'il existe des avocats et des professeurs.

— Je me fais arrêter sans uniforme.

— Mais Bonetto qui veut devenir ministre de la Guerre, ou peut-être même de la Justice, crie ton arrestation sur les toits. Je reconnais que ça refroidit mes maréchaux des logis et mes sous-offs qui te croient un aigle et imagineront qu'on t'a berné, ou même que tu trahis et que la chose est cousue de fil blanc. Mais cela ne t'empêche pas de devenir porte-drapeau. Il n'y en a pas de meilleurs que les agents provocateurs. Même si tout notre monde croit à ta trahison, les gens qui sont chargés de l'opinion publique feront tout un roman de ta prison. Ça représente au moins deux cents bagarres si on met huit jours à te juger. A deux morts par bagarre, et il faut compter ça, te voilà avec quatre cents morts sur la conscience et peut-être l'esclavage prolongé de dix ans. Si on te fusille, il y aura en plus un joli petit feu d'artifice. Sans compter les intrigues de ta mère, la mienne qui ira poignarder au hasard dans les rues et la Carlotta qui se fera les griffes à droite et à gauche. Ce qui représente bien encore deux ou trois cents morts et je suis modeste. Si on te coffre pour le restant de tes jours, alors, à nous la calomnie, car, il s'agira de te laisser crever en prison, même (qu'est-ce que je dis ? surtout !) quand l'Italie sera libre. As-tu perdu confiance ? Je reconnais que notre situation actuelle n'est pas faite pour relever le cœur.

— Le choléra ne m'inquiète pas, dit Angelo. C'est même une façon de mourir qui arrange tout. Je ne peux pas être heureux hors du devoir.

— Je te défends bien de mourir, dit Giuseppe, surtout de cette façon-là. Quant au devoir, pourquoi t'inquiéter du devoir de tout le monde ? Je te croyais plus fier. Fais-toi un devoir personnel. »

CHAPITRE X

Maintenant, le choléra marchait comme un lion à travers villes et bois. Après quelques jours de répit, les gens de la combe furent de nouveau attaqués par la contagion. On enleva impitoyablement les morts, même un peu avant la vraie mort. Les survivants de chaque famille touchée, ceux qui avaient soigné les malades étaient chassés.

« Où les envoies-tu ? demanda Angelo.

— En bas d'où nous venons : sous les amandiers. »

Angelo y retourna. Il revint écœuré. Il dit que c'était un charnier dans lequel il restait encore quelques vivants réduits à l'état de squelettes qui titubaient sur les cadavres laissés sans sépulture et dans des vols de charognards. Il en parla avec raideur.

Giuseppe répliqua d'abord qu'on n'était pas sous le vent et que ces cadavres-là n'étaient pas dangereux. Mais tout de suite après il se reprit et dit :

« Il te faut partir d'ici.

— Toi aussi », dit Angelo.

Contrairement à ce qu'il attendait, Giuseppe ne fit que peu d'objections.

« Tu comptes trop dans le combat de la liberté, lui dit Angelo. Il faut te sauver. Ta mort ne servirait à rien. Je me suis fait un devoir personnel, comme tu me l'as conseillé. C'est en premier lieu de conserver les troupes intactes avant le combat. »

Il lui donna même des raisons encore plus spécieuses et fort bien tournées.

« Ici, tu as peur, lui dit-il, et cependant je connais ton courage. Quelquefois même je l'ai senti. Il faut donc que ta peur ait des raisons péremptoires, et ces raisons péremptoires c'est que tu as simplement peur d'une mort inutile. »

Il parla longuement sur ce sujet.

« C'est la pure vérité, dit à la fin Giuseppe : voilà exactement ma nature. Mais ces ouvriers que j'ai armés sont habitués à ce que je commande ; ils pourraient maintenant m'y forcer.

— En tout cas, dit Angelo, moi je ne compte guère ; et même ils ne me l'ont pas caché : ils me considèrent comme un *corbeau*. Sans ta protection, il y a longtemps *que tu m'aurais* envoyé en bas. Si je disparais, ils n'y feront pas attention, ou ils croiront que je suis allé crever dans quelque coin. Je partirai à l'avance et j'irai acheter des chevaux. Est-ce qu'il existe vraiment ton village de l'autre côté du vallon ?

— Je crois, mais je vais me renseigner.

— Mieux, dit Angelo, je pars le premier. Je te laisse vingt louis pour que tu puisses acheter toi-même le cheval de Lavinia et le tien. Il ne faut pas attirer l'attention et si j'achetais trois chevaux les oiseaux chanteraient mon nom et mon portrait.

— Il faudrait même, dit Giuseppe, un cheval en plus, ainsi nous pourrions porter des provisions.

— Et j'irai vous attendre un peu plus loin.

— Nous partirons trois ou quatre jours après toi, dit Giuseppe, le temps de répondre aux questions qu'on me posera à ton sujet, si on m'en pose et de mettre du riz, des haricots, de la farine et du lard dans un sac. Mais où irons-nous ?

— Rapprochons-nous de l'Italie, dit Angelo. Est-ce que la maladie est là-bas, on n'en sait rien. De toute façon, montons sur les montagnes.

— Écoute, dit alors Giuseppe, il y a longtemps que je rumine tout ça dans mon esprit. Et tu vas même comprendre, parce que je vais te dire, que ce n'est pas d'hier. La route la plus courte est celle qui remonte la vallée de la Durance mais elle est certainement surveillée et coupée à tous les villages par des barrières où il faudra montrer des billettes. Ce que tu m'as raconté de tes aventures pour arriver ici le prouve plus qu'il n'est nécessaire. Bien entendu je te ferai et je me ferai autant de billettes qu'il faudra. J'ai emporté le tampon de la maison commune mais, mettons les choses au mieux : on nous fourrera au moins cinquante fois en prison si on sort des quarante-neuf premières. Et quand je dis prison je veux dire quarantaine. Tu m'as déjà fait claquer les dents avec elles. Mais il y a un autre chemin et avec des avantages épatants. Il faut s'en aller au fond du Vaucluse, c'est-à-dire en partant d'ici par l'ouest. Et de là gagner la Drôme. C'est le pays tout ce qu'il y a de plus sauvage. Et là-dedans il y a une vallée bien plus sauvage encore qui monte dans les montagnes. Tu vas voir. »

Il fit la carte sur un morceau de papier. Il connaissait les routes principales et même les petits chemins.

« Mets ça dans ta poche, dit-il. Et attends-nous à cet endroit-là où je mets une croix. Je sais comment tu vas à cheval, toi, eh ! bien même si on te vend une rosse c'est à trois jours d'ici. Ce n'est ni une ville ni un village, ni même une croisée de chemins. C'est une chapelle au bord de la route dans un endroit qui fait peur. Ça s'appelle Sainte-Colombe d'en bas. La Sainte-Colombe d'en haut est une montagne toute en rochers verts qui surplombe et fait grincer les dents. »

Angelo trouva un cheval dans une ferme à une lieue de là. On n'y avait pas l'esprit aux affaires. Il ne restait qu'une vieille grand-mère et une femme d'une cinquantaine d'années, sans doute sa bru. Mais les pièces d'or bien astiquées que montra Angelo leur plurent beaucoup.

« Tu ne comptes pas, dit Giuseppe, quand Angelo lui donna de l'argent. Sais-tu seulement combien il y a dans le petit sac qu'a envoyé ta mère ?

— Non.

— Ne le traite pas avec tant de désinvolture. Il y a de quoi faire vivre une famille pendant trois ans. Moins dix pièces d'or très jolies. Ce sont celles que j'ai subtilisées pour la bonne cause et que la poste a ostensiblement délivrées il y a trois mois à ce fameux Michu qui te voulait tant de bien quand tu es arrivé ici. Tu avais payé pour te faire pendre.

— Je comprends pourquoi la police avait vu les louis.

— Tu ne le comprendras tout à fait que si tu sais qu'elle avait été fort opportunément avisée de cet envoi par un billet anonyme, calligraphié à la perfection, sans aucune faute d'orthographe et comprenant deux, trois de ces adverbes qui viennent tout seuls sous la plume d'un vieux conseiller de préfecture, même quand son patron le fait travailler sous le manteau.

— Tu as appris à trahir ?

— Voilà un mot de bourgeois, dit Giuseppe. J'aime la liberté. J'aime l'idée. Je me jetterais au feu pour elle, et même je me ferais tuer. En amour, qui considère un ami ? Et d'ailleurs, ce sont des Français. »

Angelo alla passer la nuit à la ferme pour être à côté de son cheval. Il se méfiait du goût de la fermière pour les jolies pièces d'or. Giuseppe portait le troussequin dans lequel étaient roulés le costume de velours et le manteau d'hiver.

« Nous sommes aux derniers jours de septembre, dit-il, tu en auras bientôt besoin. Moi, j'emporterai du drap et Lavinia me coudra quelque chose à temps perdu. Je n'ai pas comme toi besoin de veste bien coupée, mais regarde un peu ce que j'ai mis dans le paquet. »

C'était un beau petit sabre de garde nationale et placé de telle façon qu'en glissant la main sous les parements du manteau on trouvait la poignée ; il n'y avait plus qu'à tirer et on avait au poing une arme au clair.

« J'ai naturellement chargé tes pistolets mais je sais que tu aimes mieux les armes froides et surtout celles avec lesquelles on peut faire des moulinets. Te voilà servi. On ne sait jamais ce qui vous attend sur les routes, surtout par ces temps. »

Angelo lui fut très reconnaissant du sabre. Plus que de la bonne demi-heure qu'il passa à genoux près de lui à inspecter ses bottes à la lumière de son briquet.

« Elles sont recta et passeraient la revue du roi, mais deux coups d'œil valent mieux qu'un. Enfin, dans dix jours au maximum nous nous reverrons et serons de nouveau ensemble. »

On sortit encore une fois la carte où était dessiné l'itinéraire et le lieu de rendez-vous. Giuseppe expliqua de nouveau tout, donna des détails supplémentaires, fit promettre et pleura.

« Surtout ne t'approche pas de ces deux petites villes qui sont marquées là et passe à travers champs. Si maintenant je te perds je me brûle la cervelle.

— Je ne promets rien, dit Angelo, et même je crois que je piquerai dur sur la première et que j'y entrerai pour peu qu'il y reste du monde. J'ai une envie terrible de ces petits cigares et il ne m'en reste que trois. Mais, dès que j'en aurai acheté un cent, alors, c'est juré, je passerai en pleins champs. »

Ils s'embrassèrent vraiment en frémissant. Angelo trembla de joie en serrant son ami, son frère dans ses bras et il sentit que, lui à son tour, il allait pleurer.

« Allons, va, dit-il, tu as encore quelques jours à passer dans ton royaume et, comme tu dis, ce sont des Français, dis-leur qu'il faut qu'ils s'aiment ; qu'est-ce que ça peut te faire ? »

Avec un demi-louis, Angelo se procura une selle paysanne qui valait bien trois francs où il sangla son bagage. Les pistolets étaient dans ses poches. Le sabre jouait bien dans le manteau.

C'était un beau matin de vent du nord. Il entra dans la forêt bleue. Il erra bien la moitié d'une lieue dans le ravissement le plus angélique, écoutant le vent dans les hêtres et se réjouissant de l'incomparable mêlée de lances d'or dont le soleil transperçait le bois. Son cheval n'était pas trop paysan et prenait également beaucoup de plaisir aux odeurs et aux lumières.

Ils arrivèrent à un vieux chemin tout recouvert de centaurées et d'énormes bardanes. Devant eux, le vallon descendait sous le noir des arbres. Ils y marchaient depuis une demi-heure, un peu raidis par l'ombre et le silence, quand Angelo vit, couché en travers de la voie, un cotillon rayé de rouge qu'il reconnut tout de suite pour être celui de la femme qui avait été chassée la première de la combe haute. Elle était là en effet, déjà mangée par les bêtes et couverte de grosses limaces qui achevaient les restes.

A la sortie des bois, les terres déployèrent des ailes d'épervier de chaque côté d'un ruisseau que les pluies récentes avaient fait déborder dans les prés. Ici comme ailleurs, ni le foin, ni le blé n'avaient été fauchés. Les moissons laissées sur pied, aplaties par les orages, feutrées de bleuets, de chardons et de ronces étaient pillées par des tourbillons d'oiseaux. Tout l'horizon était fermé de collines au-dessus desquelles apparaissaient les contreforts violets et même pourprés de montagnes sans doute couvertes de buis.

Malgré le soleil le vent était froid. Angelo décida de mettre la fameuse veste de velours et faire toilette : par exemple de se raser. Malgré l'air vif il se serait volontiers baigné dans le ruisseau d'où le débord faisait rouler sur un lit d'herbe épaisse une eau claire à reflets d'argent. Mais il fallait être prudent. Qui sait de quoi était infesté l'amont ; les villages étaient volontiers pansements, déjections charognes et même cadavres dans les cours d'eau. Assez loin du ruisseau, il trouva une grosse flaque d'eau de pluie qui paraissait saine.

Lavinia avait pensé à tout et à une petite boîte de brillantine à la violette dont Angelo se lissa la moustache. Il y avait également dans le paquet une chemise de rechange et trois mouchoirs fort proprement raccommodés. Giuseppe, lui, avait pensé à une trentaine de charges pour les pistolets. Le sabre, quoique d'allure bourgeoise et un peu court de nez, avait bon équilibre et bon poids. C'était un sabre de père de famille mais qui pouvait être très dangereux dans les colères.

La veste était foutrement bien faite. Angelo se parla un langage plus châtié à mesure que le velours lui mettait de la tiédeur aux entournures. Il revoyait l'ouvrier en ceinturon qui avait pris les mesures. Celui-là était certes très représentatif de la barricade avec ses moustaches en faucille et son regard à quatre pas ; gardant arme au pied on ne savait quoi de soi-disant sacré sur la colline. A la demande de Giuseppe, il avait tout de suite déposé son fusil contre le tronc d'un amandier, retroussé sa blouse, tiré de son gousset un centimètre roulé : « Avec plaisir ! Si monsieur veut bien marquer lui-même ses mesures au crayon. Monsieur a de très belles épaules. Quarante huit. Si monsieur veut bien replier le bras. Merci beaucoup. A votre service. » Il avait ensuite repris son fusil, rectifié la position et reporté son regard à quatre pas.

« Peuple, je t'aime ! » dit Angelo à haute voix. Mais tout de suite il eut scrupule et il se demanda si en réalité il n'aimait pas le peuple comme on aime le poulet.

Le jour était à la gaieté. Le vent charriait des nuages. Angelo était comme le ciel : poursuites d'ombres par le soleil, poursuites de soleil par l'ombre.

Il acheta assez facilement des cigares au village qui était encore fort loin de là. Ils n'avaient pas eu beaucoup de morts.

« A mon avis », dit la buraliste, qui était très vieille, avait entassé sa literie dans le bureau de vente de tabac et faisait sa cuisine avec un réchaud à charbon de bois sur le marbre même du comptoir.

La rue cependant était déserte. On n'entendait ni caquets de poules ni bruits de mangeoire : par contre, très bien le grincement de la girouette du clocher et le piétinement du vent sur les tuiles.

Angelo acheta cinq boîtes de cigares, trois mètres d'amadou, un cornet de pierres à briquet. La vieille femme voulait lui vendre toute la boutique.

« On ne fume plus beaucoup par ici », dit-elle.

Il n'y avait vraiment que le bruit du vent. Et, dans une porte entrebâillée, un soulier et la moitié d'une jambe d'homme qui semblaient appartenir à un dormeur.

Angelo se planta un cigare au coin de la bouche et se paya un temps de galop.

Il fit plus de deux lieues sans penser à autre chose qu'au tabac, au froid délicieux du vent, à cette liberté très personnelle qu'il avait.

Il sortait d'un vallon étroit qui l'avait caressé de menthes très parfumées quand il vit devant lui une grand-route chargée de toutes sortes de voitures arrêtées. D'autres voitures, des charrettes, des chevaux sellés attachés à des arbres étaient également dans les champs autour de la route. Plus loin, un groupe assez important de gens à pied s'amassait contre une barricade et des képis dont on voyait fort bien les pompons rouges.

« La plaisanterie commence », se dit-il.

Il prit par le travers d'un bois de pins et gagna vers la gauche. Il arriva sur un tertre d'où il put apercevoir une assez grande étendue de pays. On semblait y avoir installé une frontière. Sur toutes les routes et même les chemins, un garrot de képis et de barricades contenait un petit caillot noir de charrettes, de voitures et de gens.

« Le jeu est de flâner, se dit-il. Descendons en amateur. Il ne me faut que un mètre cinquante de large pour passer. C'est bien le diable si je ne trouve pas ce un mètre cinquante. »

Mais, comme il approchait au pas d'un passage qui lui semblait libre, un soldat de la ligne [70] qui était assis dans les hautes herbes se dressa et lui cria :

« Pied à terre, paysan ! On t'a dit et répété de ne pas approcher en équipage. Si tu veux discuter, va à la route où il y a un officier. Moi c'est du plomb. »

Et il manœuvra la culasse de son fusil. A dix mètres de lui un autre soldat se dressa et manœuvra aussi sa culasse.

Angelo les salua de la main et tourna paisiblement bride.

« Si la frousse est résolument en armes, se dit-il, la musique va changer de ton. Ce ne sont plus mes petites sentinelles de Peyruis. Il m'a appelé paysan. La malice est de lui faire croire qu'en effet j'en suis un. Que ferait un paysan à ma place ? Il irait discuter avec les autres. Allons-y. »

Et il s'approcha du groupe qui était caillé sur la route.

Il y avait là une vingtaine de personnes et même quelques messieurs et dames de la haute fort décontenancés. Ils avaient tous des papiers à la main.

« Je me fous de vos billettes comme de l'an quarante, disait l'officier. Je sais comment on fait ces papelards. Ce n'est pas à un vieux singe qu'on apprend à faire la grimace. Ma consigne c'est : "Halte !" et je vous ferai faire halte jusqu'à la saint-glinglin. Baron ou pas baron : je suis comme le choléra, moi, je ne choisis pas. Tous dans le même sac. Si c'est vraiment si beau, d'où vous venez, retournez-y. A moins qu'il y ait un cheveu [71]. Eh ! bien, c'est précisément ce cheveu que nous ne voulons pas. Demi-tour. »

C'était un lascar maigre et décoloré comme un panais mais avec des yeux de cirage. Il jeta sur Angelo un regard assez aigu.

Les paysans et les paysannes prenaient fort bien la semonce. Ils avaient entre eux de petits airs entendus. Mais les barons et les baronnes étaient vraiment dépités. Ils ne savaient plus que tenir leurs billettes à la main.

« Faut-il que ça chauffe d'où ils viennent ! se dit Angelo. Les voilà tout bonnement en train d'avaler des couleuvres en plein vent et ça ne leur paraît plus du tout un scandale. Somme toute : "Vive le choléra !" »

Parmi ces femmes huppées qui n'étaient pas poudrées depuis la veille et commençaient à se regarder la pointe des souliers, Angelo remarqua une jupe verte, courte et ronde sur des bottes qu'une cravache battait. La main qui tenait cette cravache n'était certainement pas matée. Tout cela appartenait à un petit feutre Louis XI jaune soufre et à une nuque très blanche. C'était une jeune femme qui tourna résolument le dos aux colloques et marcha vers un cheval attaché à un arbre. Angelo vit un petit visage en fer de lance encadré de lourds cheveux noirs.

« Je la connais, se dit-il tout de suite. Mais d'où ? »

Il n'avait sûrement jamais rencontré et oublié une femme de ce genre. Elle s'occupa des sangles d'une selle d'homme qui avait des étriers très courts et elle souleva une fente qui fit luire le nacre de gros pistolets d'arçon.

« Ma tête à couper ! se dit-il. C'est la jeune femme qui

m'a si courageusement fait du thé dans cette maison qui avait un grenier si extraordinaire. »

Il s'approcha et dit :

« Puis-je vous aider, madame ? »

Elle le regarda d'un air dur.

« Paiement d'un service rendu, ajouta-t-il sèchement.

— Quel service ?

— Deux bols de thé.

— Bols ? dit-elle.

— Oui, dit-il, de très grands bols, des bols à café au lait. Et je crois que si vous aviez eu une soupière sous la main, vous m'auriez servi le thé dans une soupière. »

En ce moment-là, Angelo maudissait sa veste de paysan, mais il était assez content de son air froid qu'il imaginait très anglais. On ne sait pourquoi Angelo avait une très grande confiance dans l'air anglais. La jeune femme semblait plutôt touchée par quelque chose de comique.

« Ah ! dit-elle. J'y suis ! Le gentilhomme ! »

Le mot étonna Angelo. Il ne se souvenait plus de son état d'esprit dans ces escaliers la nuit et qu'il avait alors surtout peur de faire peur.

Malgré le petit chapeau Louis XI placé fort crânement sur l'oreille, la jeune femme avait incontestablement besoin de parler. Elle le félicita d'avoir échappé à la maladie pendant ce paroxysme qui avait précédé d'un jour ou deux l'évacuation des habitants. Il lui raconta avec des mots gris et sans aucun adjectif ses aventures avec la nonne et comment il avait gagné la colline des amandiers, puis ce qui s'y était passé. Il ne parla pas de Giuseppe mais seulement de cette variété de choléra foudroyant qui avait jonché la terre de cadavres abandonnés.

« Nous n'étions pas mieux logés dans la colline où j'étais », dit-elle.

Et elle raconta elle aussi toute une série d'horreurs.

« Mais que fait-on ici ? dit Angelo.

— Il y a trois jours qu'on nous empêche de passer dans le département voisin. J'en ai assez, quant à moi, d'être insultée par un escogriffe qui s'imagine que la mort lui donne barre sur moi. En quoi il se trompe. J'aime encore mieux votre choléra sec et j'y retourne.

— Il est facile de barrer la petite vallée dans laquelle nous sommes, dit Angelo mais il doit y avoir moyen de passer dans les collines là-bas. Ils comptent simplement sur notre maladresse à cheval et que nous n'oserons jamais nous lancer en terrain accidenté.

— J'ai essayé, dit-elle, mais c'est un cas qu'ils ont prévu. Ils ont tellement peur qu'ils sont plutôt portés à surestimer tout le monde.

— Tout le monde peut-être, dit Angelo, sauf ceux qu'il faudrait. Il y avait là tout à l'heure un paysan avec un grand chapeau noir. Où est-il maintenant ? Il a disparu et avec lui le cheval qui était attelé à ce boggey maintenant abandonné sous les saules, regardez. Et l'on ne voit personne sur les routes du retour. Tout à l'heure, pendant que l'escogriffe plastronnait, j'ai surpris ces campagnards en train de se cligner de l'œil. Ils doivent connaître un endroit où il est difficile de mettre des sentinelles ; ils vont y passer un à un. Et à mon avis, le grand bonhomme, là, à la barbe blonde qui est en train de se tirer de côté avec les deux femmes en cotillon rouge est un de ces zèbres-là. Regardez. Les deux femmes ont l'air innocent. Trop. Tenez : est-ce que celle-là ne va pas couper un brin de menthe. Je n'ai jamais vu une paysanne couper un brin de menthe soi-disant pour passer le temps. Croyez-moi, ceci est de l'innocence inventée pour les besoins de la cause. Tout est dessous.

— Vous avez l'œil terriblement vif, dit la jeune femme. En effet, il y a quelque chose là.

— Voulez-vous toujours passer de l'autre côté ? dit

Angelo. Voilà ce qu'il faut faire. Oh ! non, pas les suivre. Jouer à coup sûr. Laissons-leur les risques. Voyons le chemin qu'ils prennent. Nous serons toujours assez grand garçon pour le prendre nous-mêmes, si on ne les ramène pas à coups de bottes tout à l'heure. Le jeu est facile. Tirons-nous un peu à l'écart et ne les perdons pas de vue. Je verrais le cotillon des femmes à deux lieues avec un rouge pareil. Même s'il était dans ces bois, là-bas sur la crête. »

Angelo et la jeune femme allèrent s'asseoir dans l'herbe près du boggey abandonné.

« On ne laisse pas au bord de la route un boggey presque neuf sans de bons motifs, dit-il. Et ils ont emporté tout ce qu'ils pouvaient jusqu'aux cordes des ridelles.

— De ce temps, nos gens ont disparu, dit-elle, je ne vois plus les cotillons rouges.

— Il doit y avoir un chemin creux par là », dit-il.

En effet, dix minutes après ils virent une tache rouge sous les châtaigniers qui couvraient les flancs bas des collines.

Le soleil baissait. Ses rayons obliques pénétraient profondément sous les forêts postées en amphithéâtre autour de la petite plainette. Ils purent suivre facilement la marche des trois évadés. Elle avait décrit d'abord un grand arc de cercle à partir du point où la route était barrée ; elle se dirigeait vers de hauts escarpements qui paraissaient infranchissables.

« Ceci m'a l'air d'un passage à peine bon pour les piétons, dit la jeune femme. J'aime bien la vie mais je n'abandonne certainement pas mon cheval pour la sauver. »

Jamais Angelo n'avait été si heureux. Ce sentiment qu'il connaissait fort bien, exprimé par une voix qui avait des inflexions si jolies et par des yeux qui paraissaient si sincères, lui paraissait être le plus beau du monde. Il ne fut plus question de froid anglais. Il mit assez de passion à dire :

« Je me ferais tuer pour mon cheval. Et il n'est à moi que depuis hier soir. Mais, poursuivit-il, j'ai remarqué vos étriers raccourcis et j'en ai déduit que vous montez fort bien. D'ailleurs, regardez attentivement cette petite plaque chauve juste au-dessus de la forêt, au bas de l'escarpement et qui doit être un petit pâturage. J'y vois bouger une tache sombre et bleue. Je crois que c'est le cheval pourpre et le grand paysan en blouse qui, il y a à peine une demi-heure, étaient encore ici au pied de ce bouleau. L'escogriffe parle beaucoup ; il a des yeux noirs qui font illusion et doivent terrifier sa compagnie mais je ne voudrais pas de lui même pour garder les cuisines ; il ne se rend pas compte qu'il y a maintenant autour de nous cinq charrettes dételées et abandonnées. »

Sans gestes, pour ne pas attirer l'attention des soldats et rien qu'avec des mots de rapport militaire, il fit remarquer à la jeune femme quatre ou cinq autres taches brunes qui se déplaçaient lentement dans le pâturage en direction de l'arête gauche de l'escarpement, qu'elles contournèrent et derrière laquelle elles disparurent.

« Rien ne me serait plus agréable que de tirer une belle révérence à cet officier si mal embouché, dit la jeune femme.

— Tirons-la tout de suite, dit Angelo. Nous ne sommes pas plus sots que des campagnards. »

Il était à son affaire. Il l'aida à se mettre en selle sans même se rendre compte qu'elle avait des jupes et qu'elle montait à califourchon.

Ils firent un grand détour à travers les prés et ne prirent la bonne direction qu'après avoir été dissimulés par un bosquet de chênes.

« Votre cheval a beaucoup d'esprit mais mon lourdaud a du bon sens, dit-il quand ils eurent atteint la forêt de châtaigniers. Laissez-moi passer devant, il choisira le meilleur chemin. Le tout est de se diriger vers la réverbération des rochers et je ne la perds pas de vue à travers les feuillages. »

Ils trouvaient d'ailleurs à chaque pas les traces manifestes de passages récents. Ils étaient déjà très haut dans la montagne quand ils rattrapèrent l'homme à la barbe rousse et les deux femmes en cotillon rouge. Ils se reposaient au bord d'une clairière vermeille.

« Vous jouez très bien le jeu », dit la jeune femme quand ils les eurent dépassés.

Angelo était enivré par l'odeur de la forêt d'automne. Il montra naïvement qu'il n'était pas au fait.

« C'est, dit-elle, qu'il y a deux façons de fuir les charniers dont vous m'avez parlé tout à l'heure et dont je m'évade moi aussi. Une de ces façons consiste à demander son chemin à tout le monde. Je ne l'aime pas.

— Il n'y avait rien à demander, répondit encore plus naïvement Angelo. J'ai deux yeux tout comme l'homme à la barbe. Je n'ai donc pas besoin des siens pour arriver à cet escarpement qui est maintenant devant nous, visible comme le ciel au-dessus de la mer.

— Ce que j'en disais, dit sèchement la jeune femme, n'était que pour m'en justifier devant moi-même. »

Au pied des rochers, il y avait en effet un passage très étroit mais dans lequel Angelo découvrit du crottin frais. Il ne put contenir sa joie et il parla de ce crottin comme de pépites d'or. Il était fort sérieux et son exaltation était sincère mais il y avait une certaine grâce à s'amuser à cette hauteur, au-dessus de la cime des châtaigniers et, heureusement, il commençait à être visible qu'il s'amusait comme un fou. Il eut même quelques mots et quelques gestes très italiens pour parler du paysage extraordinaire qu'on découvrait de cet endroit. Le soleil encore un peu plus bas sur l'horizon faisait jouer en ricochet l'émail vif de toutes les crêtes, criblait les forêts noires de flèches enflammées et, la petite plaine en bas, déjà dans l'ombre, scintillait du biseau de toutes ses herbes.

La jeune femme marcha hardiment dans deux ou trois endroits scabreux où l'on risquait de dévaler des éboulis très mouvants. Enfin, ils tournèrent le coin de l'escarpement et, au-delà de contreforts assez houleux et couverts d'épaisses forêts, ils aperçurent dans le lointain une large vallée sans fleuve mais verdoyante et avec une petite ville ronde au milieu de ses prés.

« La terre promise », dit Angelo.

Mais, de la hauteur où ils se trouvaient, la route était encore fort longue. Pendant plus d'une lieue ils se fatiguèrent à retenir les chevaux sur un sentier qui serpentait en pente raide, sous des hêtres énormes. La lumière maintenant baissait vite. Ils arrivèrent dans un vallon plein de crépuscule gris.

« Pendant les deux jours que j'ai passés, arrêtée par la barricade des soldats, dit la jeune femme, j'ai entendu dire beaucoup de choses mais notamment que dans tout ce pays les dragons de Valence font des patrouilles et arrêtent impitoyablement tous ceux qui ne sont pas domiciliés dans le département.

— Ceci me concerne partout, dit Angelo. Je n'ai de domicile nulle part.

— Soyons prudents, dit-elle.

— Vous n'habitez pas non plus ce pays-là ?

— Non.

— Je connais les endroits où ils vous mettent dans ces cas-là, dit Angelo. Ils les appellent des quarantaines. J'ai accepté ça une fois. Beaucoup de respect pour le bonheur de l'humanité et le bien commun mais aucune envie de retomber dans un attrape-nigaud. »

Ils descendirent le vallon qui s'ouvrait peu à peu et enfin s'évasa en un lac d'herbe d'une demi-lieue de large au centre duquel, sous de très hauts sycomores, on voyait les murs blancs et les clochers de ce qui paraissait être une abbaye. Dans le crépuscule gris perle et le bruit de deux ou trois énormes fontaines qui jouaient du tambour voilé, le lieu était si paisible qu'ils quittèrent l'abri des arbres et s'engagèrent dans les prairies. Ils étaient trop loin de la lisière des bois quand ils s'entendirent interpeller par des voix vigoureuses et virent trois cavaliers revêtus d'uniformes rouges sortir d'un bosquet de saules et galoper vers eux dans un mouvement d'enveloppement très joli.

« Laissez-moi faire, dit Angelo.

— Voilà encore deux de ces foutus cochons », disait le cavalier qui avait des galons de brigadier.

Angelo répliqua par une injure trop longue et, avant qu'elle soit finie, l'autre cria dédaigneusement :

« Foutez-lui en donc dans le pif à celui-là. »

Angelo plongea la main dans son portemanteau, eut la chance de trouver tout de suite la poignée du petit sabre et le tira.

« Jette ça, malheureux, ça pique », dit un des soldats en rigolant.

Angelo s'occupait de son cheval et était en train de se dire : « Le plus difficile sera de donner de l'esprit à cette sacrée carne. »

A la vérité, il tenait son sabre comme un manche à balai. Les cavaliers avaient mis au clair les longues lattes des dragons et s'apprêtaient à lui en donner du plat quand Angelo sentit son cheval plus intelligent que ce qu'il croyait et même prêt à faire volontiers des choses assez gentilles. Il le lança si violemment sur la jument du brigadier que celui-ci, en plein étonnement, vida les étriers, tomba comme un sac de cuillers et resta étendu à terre. Les soldats frappèrent de tranche en criant comme des rats mais Angelo leur releva vertement les lames et en quelques voltes fort habiles les plaça tous les deux à sa main. Pendant qu'il menait une escrime éblouissante, il prit voluptueusement le temps de dire d'une voix de salon :

« Faites-moi la grâce, madame, de galoper droit devant vous. Je vais donner une petite leçon de politesse à ces jean-foutre. »

Il vit que ses adversaires avaient le visage rouge comme la peau des porcs ébouillantés.

« Mauvais soldats, se dit-il, ils crèvent de colère. »

Il combina en une seconde un magnifique revers qui fit voler l'arme des mains de l'un d'eux d'une façon si fulgurante que le cavalier entendit sa propre latte lui siffler autour des oreilles et en perdit l'assiette d'étonnement. Angelo, droit sur ses étriers, frappa de toutes ses forces un coup de plat sur le casque de l'autre. Les deux hommes tournèrent bride. Celui qui était désarmé piqua des deux ; l'autre, inconscient mais en selle s'éloigna en ballottant des houseaux comme un homme complètement dégoûté. Le brigadier était toujours allongé dans l'herbe.

« Brave Giuseppe », se dit Angelo.

Il fut tout surpris de retrouver la jeune femme. Elle n'avait pas bougé. Elle tenait assez gaillardement un de ses pistolets d'arçon pointé vers l'homme étendu.

« Est-il mort ? demanda-t-elle.

— Cela m'étonnerait », dit Angelo.

Il mit pied à terre et alla voir.

« Il ne mourra pas de celle-là, dit-il. C'est simplement un conscrit qui a eu sa première émotion. Mais croyez bien que, quand il reviendra à lui, il racontera des choses horribles. Filons sous les arbres et débrouillons-nous. »

Ils firent sous bois une longue traite très rapide, prenant plusieurs chemins de traverse et même pataugeant dans l'eau d'un ruisseau pendant plus d'une demi-lieue.

« Il me semble que nous revenons sur nos pas, dit la jeune femme.

— Je suis sûr que non, dit Angelo. D'abord, j'ai pris soin d'avoir toujours le couchant dans notre dos et dans tous nos détours je n'ai pas cessé de piquer vers cette grosse étoile. Elle s'est levée pendant que je leur réglais le compte et j'avais remarqué qu'elle était tout ce qu'il nous fallait pour nous éloigner à coup sûr de ces bâtiments qu'on voyait dans les arbres et où certainement il y avait un peloton de réserve. Droit devant nous, nous devons sortir du bois par la lisière opposée à celle où nous sommes entrés. »

Une demi-heure après, ils débouchaient en plein champ. La nuit était tombée. Ici non plus on n'avait pas coupé le blé. Les moissons écroulées couvraient la terre d'une lueur de phosphore.

Ils passèrent à côté de fermes silencieuses et noires.

« Je n'aime pas beaucoup ces maisons sans lumière, dit Angelo. Et encore moins cette odeur qui en vient. Que voulez-vous que nous fassions maintenant ?

— Vous vous êtes servi fort habilement de votre petit sabre.

— Il serait beaucoup trop petit pour nous faire entrer dans le bourg que nous avons aperçu tout à l'heure et qui est quelque part par là devant, dans l'ombre. Il y a sûrement une garnison de ces soldats qui patrouillent et font des barricades. On doit déjà y parler aussi d'une femme qui tient à la main de gros pistolets d'arçon.

— Restons à la lisière des bois, dit la jeune femme. Tout au moins jusqu'au jour. Et gagnons le plus possible en avant ; si vous êtes toujours assuré de la direction que donne votre étoile.

— Maintenant qu'on n'est plus sous les arbres, j'en ai une meilleure, dit Angelo. Voilà l'Ourse. Avant de vous rencontrer j'avais vu, du haut de la colline toute la ligne de fantassins barrant les routes. Elle allait de l'est à l'ouest. Marchons sur l'Ourse qui est plein nord : nous nous éloignons forcément des soldats. A moins qu'on en ait rempli toute la région mais je ne le crois pas. Avez-vous de quoi manger ?

— Naturellement. Suis-je destinée à être votre sac à provisions ?

— D'aucune façon. Je ne m'embarque pas moi-même sans biscuit quand je peux. D'ailleurs, le plus difficile est surtout de trouver à boire.

— Avez-vous oublié qu'une de mes vertus est d'avoir du thé ?

— Mais nous ne pourrons pas faire de feu jusqu'à l'aube. Ce pays est noir comme un chaudron et avant le milieu de la nuit il y aura une cinquantaine de fourrageurs à écarquiller les yeux de tous les côtés justement dans l'espoir de nous pincer à côté de notre théière. Je donne des leçons qu'on n'oublie pas mais ils ne vous pardonneront jamais de n'être pas tombée en faiblesse et de leur avoir fait front avec un pistolet plus gros que votre tête. Les cavaliers aiment que les femmes poussent des cris. Si à cheval vous ne terrifiez pas même une femme, quelle chance vous reste-il à pied ? Croyez-moi, ils sont en train de tourner et de retourner ça de toutes les façons jusqu'à penser qu'on est obligé de boire de l'eau bouillie dans un pays plein de charognes. Ils comptent sur ça pour nous en faire voir de belles !

— Vous connaissez de drôles de cavaliers, dit la jeune femme.

— Les cavaliers, dit Angelo, sont généralement sur un cheval. Ils ne veulent jamais que ce soit en pure perte. »

Et il raconta une histoire de caserne.

Ils étaient arrivés sur un tertre.

« Êtes-vous capable de rester toute la nuit sans boire ni manger ? dit Angelo.

— Fort bien, si c'est nécessaire.

— Cela nous permettrait de nous en sortir sans donner l'impression de fuir comme de pauvres types qui ont réussi un coup par hasard et foutent le camp.

— A qui imaginez-vous donner l'impression ? La nuit est comme de l'encre. Nous sommes à cent lieues de tout.

— On n'est pas à cent lieues et nous ne savons rien de rien. Voilà ce que je vous propose. Ici, l'odeur est bonne. Nous sommes sans doute dans un bois de pins. Restons-y jusqu'au lever du jour. J'aimerais voir clair dans le jeu que les soldats vont jouer.

— Croyez-vous qu'ils aient le temps et l'envie d'en jouer un ? Ils ont d'autres chats à fouetter et, notamment, monter la garde.

— Je sais comment on monte les gardes, dit Angelo. Je sais aussi comment fonctionne la petite cervelle d'un brigadier qui a été désarçonné par un bourgeois. Je pourrais vous dire mot à mot ce qu'il est en train de raconter actuellement. Les deux dragons ont vu clair dans mon escrime ; ce n'est pas tous les jours qu'on leur fait sauter une latte des mains avec un coupe-chou. Ils ont une envie folle de nous retrouver pour pouvoir rire gras. Nous les intéressons certainement beaucoup plus que le choléra.

— Nous avons donc été maladroits, dit-elle.

— Je ne suis jamais adroit quand on m'insulte. Et tout compte fait nous sommes mieux ici que dans la quarantaine où ils nous auraient mis, après force quolibets, d'ailleurs. »

L'odeur des pins était exquise. Ils avaient dû suer abondamment tout l'été et maintenant dans la fraîcheur de cette nuit d'automne leur sève donnait son parfum le plus tendre. Les chevaux eux-mêmes en étaient réjouis ; ils suivaient instinctivement sous bois un chemin souple et poussaient de temps en temps de petits gémissements de plaisir.

« Je suis comme vous, dit-elle, je n'aime pas beaucoup les rires gras.

— Ce sont des paysans à qui on a donné des sabres et qu'on abrutit d'injures vingt-quatre heures sur vingt-quatre. Le jour où ils tiennent la queue de la poêle, ce n'est pas pour faire du sentiment.

— Restons donc ici. »

Ils mirent pied à terre. Angelo reconnut une yeuse au bruit que faisait la nuit en se frottant dans un feuillage dur. Ils entrèrent sous l'abri des ramures. Il y faisait tiède. Le sol était sec, souple et craquant.

« Ne déchargeons pas les chevaux, dit-il. Est-ce que vous êtes sûre du vôtre ?

— Il y a trois jours qu'il se reposait devant la barricade. J'ai sans doute manqué d'initiative mais je l'ai bien nourri. Je savais que je finirais par faire un coup de tête.

— Ce n'est pas ainsi que j'appelle ce que nous avons fait.

— C'est peut-être ainsi que s'appellera ce que nous ferons demain.

— Nous ferons ce qu'on doit faire.

— N'importe quoi plutôt que d'attendre bêtement cette mort malpropre. Vous n'imaginez pas comme ces soldats sont bien tombés. La vue des sabres m'a fait plaisir. C'est réconfortant, de l'acier clair. Je n'ai pas peur.

— Je l'ai vu.

— Mais j'ai horreur de vomir.

— Il n'en est pas question ici, dit Angelo. N'y pensez pas. Les soldats sont tombés à pic pour moi aussi et nous sommes tombés à pic pour les soldats. Nous sommes tous dans la même situation. Tout le monde a horreur de quelque chose. »

Il n'y avait presque pas d'étoiles, pas de vent et un grand silence. Pour une fois qu'Angelo jouait à la guerre avec des cavaliers vraiment ennemis il en profitait de toute son âme. Il pensait à la jeune femme comme à des chariots d'arrière-garde qu'il faut protéger à tout prix.

« Vous n'êtes pas encore assez rassuré ? dit-elle.

— J'ai peur des épiciers quand ils ont des fusils, dit-il. La frousse a donné le goût de l'aventure à des gens qui avaient l'habitude de dormir au coin du feu. Ce sont des chats à qui on a marché brusquement sur la queue : ils griffent à tort et à travers.

— Ils ne viendront pas jusqu'ici.

— Je serais plus tranquille si je savais ce qu'il y a au bas de la colline. Si c'est un bourg ou un gros village, les gens bien-pensants de l'endroit feront sûrement des patrouilles.

— Vous ne les voyez pas, au contraire, calfeutrés et le nez sous les draps ?

— Il y a trois mois que la mort les asticote, ils ont épuisé toutes les ressources de ce genre. Il leur faut maintenant prendre une affaire en main, quelle qu'elle soit.

— Je les comprends. Pour ne rien vous cacher, je suis moi-même partie sur les routes avec mes pistolets en guise de scapulaires.

— Vous allez bien quelque part ?

— En principe oui. Je vais chez ma belle-sœur qui habite dans les montagnes, au-dessus de Gap. Mais c'est simplement une idée comme une autre.

— C'est ma route, dit Angelo. Je rentre en Italie.

— Vous êtes Italien ?

— Cela ne se voit pas ?

— Vous parlez le français sans accent, dit-elle. J'avoue cependant que, lorsque je vous ai surpris dans ma maison et que vous m'avez surprise d'ailleurs, vous avez parlé une langue assez étrange.

— Je ne crois pas. Je parlais français avec ma mère même en Italie. Je pense en français et c'est dans cette langue que je me suis exprimé, je crois, dès que je vous ai vue avec votre chandelier.

— Vous avez dû être interloqué ?

— J'étais inquiet pour vous.

— C'est ce que j'appelle une langue étrange. Vous avez eu tout de suite le don de me rassurer.

— Qui aurait pu vouloir le contraire ?

— N'en dressons pas la liste, voulez-vous ? J'avais déjà eu affaire deux ou trois fois avec des hommes maigres, mal rasés, le regard fou et qui parlaient ce qui s'appelle français.

— Je les connais : ce sont les meilleurs d'entre eux qui font les fameuses patrouilles. Ils n'aiment pas imaginer que la mort est indépendante. Ils ont absolument besoin de trouver un responsable et de le traiter en conséquence.

— Disons donc que vos soucis et votre habileté au sabre viennent d'un pays que je nomme étrange et que vous nommez Italie. »

Angelo n'avait jamais été aussi Italien. Il suivait son idée chérie avec fougue. Il inventoriait les bruits, les échos et même les soupirs les plus innocents de la nuit. Rien n'avait plus de saveur et de sens pour lui que de découvrir ainsi sous l'ombre compacte la configuration du terrain environnant. Il voyait en imagination une vallée où bruissaient des peupliers. Il avait reconnu l'emplacement d'un petit ruisseau au long duquel se froissaient des taillis de cannes ; délimité à environ cent mètres sur sa gauche, un vallon sans doute étroit fourré de grands arbres et contenant peut-être des maisons ; identifié une sorte de grommellement grave, assez haut dans le ciel comme étant celui d'une chaîne de montagnes qui devait se dresser à quelques lieues de là. Il mettait des sentinelles partout. Il se gardait de tous les côtés.

Il entendit un bruit curieux. C'était comme un claquement de draps à l'étendoir. Cela se déplaçait en l'air, s'abattait et se relevait ; cela monta de la vallée, s'approcha et passa au-dessus de leurs têtes, pas très haut, s'éloigna, revint, puis glissa vers les fonds. Quelque chose était tombé au passage, dans les ramures de l'yeuse d'où vint au bout d'un moment un roucoulement, un appel tendre, triste comme celui d'un pigeon mais assez impératif.

« C'étaient des oiseaux, dit Angelo ; en tout cas, ceci est un oiseau.

— Il a une drôle de voix : on dirait un chat au printemps.

— Il s'est posé dans notre arbre quand tout le vol nous a frôlés. Il y en a d'autres qui viennent. »

En effet, des battements d'ailes, lourds et paisibles s'approchaient.

Angelo se souvint de tous ses démêlés avec les oiseaux, notamment au village où il avait vu le choléra pour la première fois et ensuite sur les toits de Manosque.

« Ils ne craignent plus l'homme, depuis qu'ils en mangent tant qu'ils veulent », dit-il.

Et il raconta comment il avait eu à se défendre contre des hirondelles, des martinets et des nuages de rossignols.

« Ceux-ci ont l'air d'aller plus loin encore, dit la jeune femme. Écoutez-les : est-ce qu'on ne dirait pas qu'ils nous font la cour ? »

Il y avait dans ces voix qui descendaient de l'yeuse et des pins une sorte de tendresse persuasive, de force amoureuse qui tendait à contraindre, gentiment mais fermement.

« C'est même, dit-elle, une cour pressante. Et ils ont beaucoup d'espoir, semble-t-il. »

Angelo leur jeta des pierres sans réussir à les faire taire ou à les éloigner. Ils avaient une patience d'ange.

Ils disaient ce qu'ils avaient à dire avec application et beaucoup d'âme. Cela semblait avoir pour eux un sens d'une logique incontestable. Après s'être exprimés sans détour et de façon assez autoritaire, ils se taisaient et attendaient qu'on se rende à leurs vœux. Ils recommençaient ensuite à redemander la même chose et à donner les bonnes raisons qu'ils avaient de le faire, en hésitant sur des roulades de velours, très douces, très enchanteresses, très tristes. Enfin, au bout peut-être d'une heure de ce manège, ils commencèrent à mettre quelque aigreur dans leurs réclamations. Les deux chevaux qui avaient peur se mirent à souffler et à secouer leurs bridons.

Angelo alla calmer les bêtes.

« Elles tremblent comme des feuilles, dit-il.

— Moi aussi, dit la jeune femme. Vous savez ce qu'ils veulent ?

— Certes oui. Je ne comprends pas pourquoi les soldats ont mis tant de barricades. Ce pays ne vaut pas mieux que celui que nous avons quitté. Voilà d'ailleurs autre chose. »

C'étaient, en bas de la colline, des froissements dans les taillis, puis comme un bruit de roues sur des pierres et des chuchotements étouffés.

« Voilà des gens, dit Angelo.

— Je n'entends rien.

— Ce ne sont pas les soldats. Il y a des femmes et des enfants et ils déménagent avec des charrettes. Ce sont des fuyards comme nous. Ils ont été attirés par l'odeur de la résine.

— Je n'entends rien que le vent dans les pins.

— Il n'y a pas de vent. Voilà des grincements d'essieux et une voix qui parle, sans doute, à un cheval.

— S'il y avait des chevaux, les nôtres les auraient déjà sentis. J'entends quelque chose qui grince mais c'est une branche.

— Ne me croyez pas impressionné par les oiseaux, dit Angelo, je vous assure, il y a des gens qui sont venus à l'instant même se blottir au pied de la colline.

— Moi je suis carrément impressionnée par les oiseaux, dit la jeune femme.

— Voulez-vous que nous changions de place ?

— Cela ne servira à rien. C'est une idée que nous emportons avec nous. Non, j'ai la chair de poule mais c'est à moi à m'en occuper. »

Ils passèrent une nuit fort désagréable. Au matin, Angelo voulut aller se rendre compte de l'existence de ce campement de fuyards. Il eut beau chercher, il n'en trouva pas trace.

Il faisait maintenant assez clair pour allumer du feu sans trop de risques. Il s'agissait d'abord de trouver une fontaine pour remplir la casserole du thé. Le pays n'avait aucun rapport avec celui qu'Angelo avait imaginé. C'était une petite vallée sévère que l'automne embellissait. Deux ou trois fermes pauvres étaient à la tête d'un minuscule rayonnage de champs entre des bois de chênes et des landes de pierres grises.

Le vent se leva. L'aube était rouge et annonçait la pluie.

« Je vais chercher de l'eau, dit Angelo, attendez-moi.

— Je vous accompagne.

— Non, reposez-vous maintenant qu'on y voit un peu. Et gardez les chevaux. Je vais m'approcher de ces fermes. Il y a sûrement un puits mais ces bosquets peuvent avoir des yeux et je ne sais pas ce qu'il y a de caché sous tous ces chênes. Il vaut mieux prendre encore quelques précautions. Je vais me faufiler et on ne me verra pas. »

« J'ai manqué d'initiative, se dit Angelo. Ah ! Giuseppe, tu as trop confiance en moi. Je crois que tu joues sur la mauvaise carte. En ce qui concerne les combats pour la liberté, je ne suis même pas digne de te tirer les bottes. Que deviendra la plus petite des révolutions si je ne peux pas m'empêcher d'emboîter le pas ? Les vieux sergents en savent plus que moi. Sous les feux de peloton, il faut être grossier comme un pain d'orge, sans quoi personne ne tient le coup. Je ne suis pas doué. Avec deux jurons bien placés, cette femme n'aurait plus eu peur. Et moi non plus. »

Il se reprochait cette nuit passée à épier les bruits et à leur donner de l'importance.

« Si tu veux être quelqu'un, se dit-il, efforce-toi de ne rien comprendre, alors le courage est facile et fait impression. Toi, tu réfléchis à haute voix et on sait toujours à quel point tu en es. On ne peut pas avoir confiance en toi. La stupidité fait toujours merveille. Ici en tout cas, rien ne vaut mieux. A notre place, des paysans auraient dormi. »

Il était, au surplus, très mécontent de cet esprit de l'escalier qui lui venait maintenant qu'il longeait les haies.

En s'approchant des maisons, il s'aperçut qu'elles bourdonnaient comme des ruches. Par les portes et les fenêtres ouvertes, il vit sortir des nuages de mouches. Il savait ce que cela voulait dire.

Il n'y avait cependant pas d'odeur. Il vint jeter un coup d'œil : c'était le spectacle attendu, mais les cadavres étaient vieux d'un mois. Il ne restait d'une femme que les énormes os des jambes dépassant d'un jupon piétiné, un corsage déchiré sur de la carcasse et des cheveux sans tête. Le crâne s'était détaché et avait roulé sous la table. L'homme était en tas dans un coin. Ils avaient dû être mangés par des poules qui, à l'arrivée d'Angelo, s'étaient entassées, muettes, la patte en l'air mais fort arrogantes. Des essaims d'abeilles et de grosses guêpes avaient déserté leurs ruches et avaient installé des rayons et des nids entre le tuyau du poêle et la cheminée.

Angelo entendit un coup de feu. Il avait claqué fort et pas loin. Il regarda d'abord vers la route puis il comprit que le bruit était venu de leur petite colline. Il y revint au pas de course.

La jeune femme était debout, pâle comme une morte, un pistolet à la main.

« Sur quoi avez-vous tiré ? »

Elle fit une horrible grimace de rire pendant que les larmes inondaient ses joues. Elle claquait des dents et ne pouvait que regarder Angelo en tremblant. Il avait déjà vu des chevaux dans cet état. Il la flatta très habilement de la main. Enfin, les yeux grossis de pleurs et maintenant inondés de tendresse se détournèrent et la jeune femme soupira.

« Je suis ridicule, dit-elle en se tirant assez nerveusement des mains d'Angelo, mais ceci ne m'arrivera plus. J'ai été surprise et par un événement auquel personne n'est habitué. J'ai tiré sur l'oiseau. Quand vous avez été parti, il est devenu extrêmement pressant et je dois dire extrêmement gentil. Je n'ai jamais rien entendu de plus horrible que cette chanson endormeuse qu'il m'adressait sans arrêt. Je me sentais sucrée de la tête aux pieds et envie de fermer l'œil. A quoi j'ai dû céder deux secondes et il était sur moi. Il puait. Il m'a frappée du bec ici. »

Elle avait, assez près de l'œil, une petite écorchure.

Angelo se dit : « Ce charognard avait certainement du choléra plein le bec. Est-ce que la maladie peut se transmettre de cette façon ? » Il était atterré.

Il fit boire de l'alcool à la jeune femme. Il en lampa lui-même une bonne gorgée. Il désinfecta soigneusement le petit point rouge, à la vérité peu de chose, juste la peau éraflée.

« Foutons le camp, dit-il. Excusez-moi, je parle mal mais tant pis. Dans les fermes là-bas il n'y a que des morts. L'endroit est malsain. Je n'ai même pas cherché de l'eau quand j'ai vu de quoi il s'agissait. Partons. »

Ils prirent le chemin des crêtes à travers le bois de pins.

« Savez-vous quelle sorte d'oiseau c'était en réalité ? dit la jeune femme.

— Non.

— Un corbeau. Ce sont des corbeaux qui nous ont fait la cour cette nuit ; et c'est un corbeau qui ce matin est passé aux actes et sur lequel j'ai tiré, bêtement.

— Ce n'est pas bête, dit Angelo. Pensons à recharger votre pistolet dès que nous serons un peu tranquilles. Mais je n'ai jamais entendu de corbeaux avec des voix de cette sorte.

— Moi non plus. Quand vous m'avez quittée tout à l'heure, j'étais fatiguée par cette nuit passée sans sommeil et peut-être ai-je rêvé les yeux ouverts, mais, je n'ai jamais entendu une bête s'adresser à moi de cette façon. C'était répugnant mais séduisant à un point que vous n'imaginez pas. C'était horrible. Je comprenais tout et je me rendais compte que j'acceptais, que j'étais d'accord. C'est seulement au premier coup de bec que j'ai hurlé et sauté sur mes pistolets. Même sa puanteur ne m'a pas écœurée, à vrai dire.

— N'y pensez plus », dit assez brusquement Angelo.

La forêt était tiède et très claire malgré le temps couvert qui avait l'air de tourner résolument à la pluie. Quelques bouffées de vent étaient déjà humides. Les pins, très hauts et largement espacés laissaient libre un vaste sous-bois.

Ils arrivèrent à une lisière qui surplombait un vallon plein d'une terre rouge et des alignements d'un assez grand vignoble. Une ferme importante avec maison de maître à volets verts, hangars, bergeries et communs était assise à l'aise entre de grands bassins, sous de très hauts platanes déjà cuivrés. Deux fils de fumée sortaient respectivement de la cheminée de la maison de maître et de celle des bâtiments de la ferme. Là, les gens étaient vivants.

Ils descendirent par un chemin scabreux mais la jeune femme était très bonne cavalière et voulait surtout se faire pardonner le coup de pistolet. En bas, ils trouvèrent une allée qui piquait droit à travers les vignes, en direction des hauts platanes. Tout était bien entretenu et dénotait des travaux et des soins constants.

Ils approchaient au petit trot de la fontaine quand quelqu'un qui était assis près du bassin se dressa à cinquante mètres devant eux et leur cria d'arrêter. En même temps il épaulait un fusil.

Les événements de la matinée avaient porté Angelo au for de son Italie et malgré l'arme pointée sur lui il mit son cheval au pas mais il continua à avancer.

« Ne bougez plus ou je vous farcis de plombs », cria l'homme.

Il était jeune et, malgré sa barbe de plusieurs semaines et ses mains noires de crasse, il portait avec aisance une veste de chasse bien coupée et de fort jolies bottes.

Angelo s'avança sur lui sans répondre, au contraire en serrant les dents. Il ne perdait pas de l'œil le rond noir du canon qui lui faisait face et le doigt extrêmement malpropre qui touchait la gâchette du fusil.

Il arriva sur le jeune homme qui recula précipitamment en continuant à crier l'ordre de s'arrêter.

« Ne faites pas le méchant, dit-il, nous ne sommes pas venus pour vous faire du mal. Nous voudrions simplement de l'eau.

— Nous ne voulons pas qu'on approche de notre eau, dit le jeune homme. Nous ne demandons rien à personne ; qu'on ne nous demande rien.

— Ceci me paraît trop compliqué pour vous, dit Angelo, mais je ne tiens pas à donner un surplus de frousse, à vous et à votre maison. Y a-t-il d'autres fontaines que celle-ci dans les parages où nous puissions aller remplir notre casserole ?

— Allez au village.

— Alors, permettez, dit froidement Angelo ; je ne vais jamais au diable quand on veut m'y envoyer. »

Il mit pied à terre sans regarder le fusil. Il vint à l'étrier de la jeune femme.

« Faites-moi passer, s'il vous plaît, la casserole qui est attachée sur votre bagage. »

Pendant qu'elle défaisait les nœuds elle chuchota :

« J'ai encore un pistolet chargé. »

Il répondit à voix basse.

« Ce n'est pas nécessaire.

— Voici ma casserole, dit-il en la posant par terre à six pas du jeune homme. Je n'ai aucun intérêt à m'approcher de votre eau mais madame veut boire et moi aussi. Si vous avez deux liards de bon sens voilà ce que vous allez faire. Allez remplir une cruche à votre fontaine, et au canon je vous prie, pas dans le bassin et venez la vider vous-même dans notre casserole. »

A la veste de chasse et aux bottes, Angelo jugea que ce devait être le propriétaire du domaine ; d'autre part, il y avait la barbe, la crasse et le fusil. Il se dit : « J'étais encore plus sale que lui sur les toits de Manosque, mais je ne possédais rien. En outre, il n'avait qu'à tirer tout à l'heure. Je ne lui ai pas lésiné la cible. »

Il ajouta à haute voix, fort insolemment :

« Puisque vous préférez me servir de domestique.

— Les grands airs, vous savez, nous en avons soupé, dit le jeune homme.

— Qui nous ? » répondit Angelo de plus en plus insolent.

L'autre grommela mais il fit ce qu'on lui demandait.

« Posez votre fusil à terre maintenant, dit Angelo et reculez de dix pas pendant que nous faisons demi-tour.

— Je ne tirerai pas, dit l'autre, allez-vous-en. »

Angelo prit son air le plus anglais pour accepter d'une moue très conciliante. Il transvasa l'eau de la casserole dans sa gourde en peau de bouc, puis il se remit en selle et, faisant passer la jeune femme devant lui, il s'éloigna en protégeant l'arrière-garde.

Ils trouvèrent au milieu du vignoble un chemin communal qui s'en allait vers des vallons fourrés et étroits. Ils firent route de ce côté jusqu'au moment où ils pensèrent être sortis du domaine. Ils étaient à l'entrée d'un vallon dans lequel le chemin descendait. Ils allumèrent du feu contre un talus. Ils purent enfin boire et manger.

Ils étaient là depuis une heure et à la moitié endormis après le repas de pain et de thé quand le trot d'un cheval se fit entendre. C'était un cavalier qui arrivait et sans aucun doute un dragon. Il avait le dolman rouge.

« Ne bougeons pas, dit Angelo, il est seul et je le vaux bien. »

C'était même un capitaine. Il montait en plein champ comme à la parade avec beaucoup de morgue et d'artifice. Il prenait soin de faire flotter comme il faut son petit manteau du dimanche. Il passa sans saluer.

Il faisait toujours très sombre sous le ciel couvert. Comme souvent à l'approche de la pluie un calme total avait saisi la nature. Tout était immobile jusqu'au plus petit brin d'herbe et la plus haute feuille des arbres ne bougeait pas.

Angelo demanda la permission de fumer un petit cigare.

« Ils sont très jolis, dit la jeune femme.

— Ils sont très bons, dit-il, mais en effet je les aime aussi parce qu'ils sont minces et longs. Si vous avez sommeil, vous pouvez dormir, je monterai la garde, sinon il faudrait peut-être tenir un petit conseil de guerre. Sommes-nous sur la bonne route ?

— Où sommes-nous d'abord ?

— Je ne sais pas. Nous verrons au prochain village. Aviez-vous un plan ?

— D'abord, celui de partir, mais c'est fait. Ensuite, comme je vous l'ai dit, l'idée d'aller me réfugier chez ma belle-sœur, à Théus près de Gap. J'ai compris qu'il ne fallait pas prendre la grand-route, à cause de tous les contrôles. J'ai passé une fois par les montagnes de ce côté-ci avec mon mari. J'y suis revenue instinctivement.

— Si vous connaissez le pays, cela arrangera bien les choses.

— Je ne connais rien du tout. Nous avions voyagé en partie la nuit avec des voitures de louage. Je n'ai vu que des paysages mais pas d'itinéraire. Je sais qu'on passe par Roussieux et après par Chauvac parce que nous avons couché dans l'un et dans l'autre de ces villages mais ceci ne nous avance guère. Je sais que le pays est pauvre et désert (c'est ce qui m'a décidée). Il est aussi question d'un bourg assez important qui s'appelle, je crois, Sallerans, ou quelque chose comme ça. Et c'est tout ce que je sais.

— C'est mieux que rien, dit Angelo. Voilà déjà des points de repère. Je peux vous accompagner jusqu'à Théus puisque c'est ma route. Et je crois qu'il vaut mieux. Il faudra cependant que nous trouvions un endroit qui s'appelle Sainte-Colombe. »

Il tira de son gousset le morceau de papier sur lequel Giuseppe avait dessiné la fameuse carte.

« Avec le nom et ce petit dessin, poursuivit-il, je crois que nous pouvons arriver jusque-là, en demandant à des paysans. C'est, paraît-il, un ermitage dans une gorge et précisément un de ces déserts dont vous parliez. J'ai rendez-vous à cet endroit-là avec mon frère de lait et sa femme qui sont restés à Manosque et doivent me rejoindre après avoir réglé quelques petites affaires. Nous serons quatre et, à partir de ce moment-là, les ennuis seront finis.

— Vous me jugez mal à cause du coup de pistolet, dit la jeune femme mais je ne considère pas que nous ayons eu beaucoup d'ennuis jusqu'à présent. Sans dire que j'allais jusqu'à prévoir le corbeau, je m'attendais à pas mal de démêlés et je ne comptais que sur moi-même. On ira à Sainte-Colombe parce que cela fait votre affaire et très volontiers.

— Je suis si loin de vous juger mal, dit Angelo, que je réclame précisément votre pistolet pour le recharger.

— Je vais le faire moi-même, dit-elle. J'aime être sûre de mes coups. »

Elle prit son attirail dans une sacoche et fit très habilement sa petite affaire. Elle mit charge pleine avec un petit supplément et elle doubla sa balle de petite grenaille.

« Gardons-nous bien de la pousser dans l'héroïsme, se dit Angelo, qui voyait fort clair chez les autres. Voilà de quoi faire sauter trois têtes. »

Il était aussi très intrigué par sa façon de déchirer la bourre [72] avec les dents comme un troupier et sans forfanterie.

« Cette charge bien bourrée va donner un fameux recul, dit Angelo.

— Une fameuse *giclée* aussi, dit-elle. Quand mon poignet me fera mal, la balle sera déjà partie à son adresse. »

Ils levèrent le camp et entrèrent dans le vallon. La route descendait en pente douce et tournait entre des pentes très fourrées. Ils débouchèrent dans une lande couverte de genévriers blêmes.

Ils avaient fait une demi-lieue dans ce vaste espace désert accablé de nuages quand ils virent venir vers eux, au grand trot, un cheval sans cavalier. Ils s'étaient placés pour lui barrer la route mais la bête écarta brusquement, presque sous leur nez, et prit au galop à travers la lande. Il ne fallait pas songer à la rattraper.

« C'est le cheval de ce dragon qui nous a dépassés tout à l'heure, dit Angelo. Les étriers lui battent au ventre. Il va s'emballer. Se faire fausser compagnie, pour un officier ce n'est pas fort. »

Il se moqua de cet homme arrogant et qui avait la chance d'être en uniforme. Mais, un quart d'heure après, ils trouvèrent le capitaine étendu au milieu de la route, le visage déjà noir, la joue couchée dans ses vomissements. Il n'était manifestement plus question de lui porter secours.

Ils piquèrent un petit galop et gardèrent un bon trot allongé pendant assez longtemps.

La lande devait avoir trois ou quatre lieues dans le sens où ils la traversaient. Du haut des chevaux, ils dominaient la végétation basse ; ils pouvaient voir très loin sans apercevoir autre chose que cette désolation grise et devant eux une masse de nuages fort sombres au travers desquels on pouvait distinguer parfois le corps noir d'une montagne. Ils passèrent à côté d'une maison en ruine inhabitée depuis longtemps. La toiture et les planches s'étaient effondrées. Toutefois, dans ce qui restait d'une petite cave, il y avait les traces d'un feu qu'on avait fait récemment entre deux pierres. Ils entendirent aboyer un renard. Enfin, ils aperçurent des champs maigres, des éteules d'orge soigneusement fauchées, des vergers d'amandiers et un carrefour où il y avait un petit abreuvoir et trois maisons. Toutes les trois vides.

« Je ne comprends pas, dit Angelo. Ici ils étaient à l'abri. »

Puis il pensa au capitaine.

Les chevaux qui avaient fourni une longue traite la veille et qui n'avaient pas été dessellés de toute la nuit commençaient à renâcler. Angelo prit grand plaisir à les faire boire, les laver, les frotter, les soigner. Le cuir des selles et des sacoches, le poil salé de sueur avaient une odeur très réconfortante de caserne, de confrérie d'hommes, dans ce désert, par ce jour louche. Il était très content de son gros laboureur. Il se souvenait de la petite escarmouche dans la prairie et du bon esprit qu'il avait soudain senti dans cette bête. Le cheval de la jeune femme était également très robuste quoique plus fin. Il allait aussi plus au fond des choses. Il se pavana un peu sous l'étrille et fit quelques bonnes manières à la main qui le soignait. Il avait tendance à s'intéresser à des choses lointaines. Il pointait les oreilles et fit l'œil tendre quand Angelo le mit au piquet, dans un petit pré, à côté du gros paysan.

« Comment l'appelez-vous ?

— Je ne sais pas, dit la jeune femme. Je l'ai volé. J'ai d'abord voulu l'acheter mais on me mettait le couteau sur la gorge.

— L'avez-vous réellement volé à main armée comme je l'ai fait cet été sur la grand-route ?

— Non, j'ai fait sauter un cadenas. Je suis allée le pêcher de nuit dans l'écurie où on me l'avait montré.

— Vous avez bien choisi. C'est sans doute un demi-sang. On voit tout de suite qu'il a une grande sûreté dans les jambes. S'il était dressé sur l'obstacle, il ferait un très bon hunter [73].

— C'est ce que j'avais vu du premier coup d'œil, moi aussi. Ensuite, il ne m'a plus été possible de résister à l'envie de l'avoir. Je n'ai mis mes pistolets sous le nez de personne parce qu'il n'y avait personne pour le garder ; mais je l'aurais fait. J'avais un besoin fou de partir. Non pas ce qu'on appelle me tirer d'affaire, mais bondir, sauter par-dessus les obstacles, les barricades, les cadavres dégoûtants, filer dans les Alpes de bond en bond. Le choléra me fait peur. Je n'aimerais pas mourir de cette façon-là.

— Moi non plus : c'est trop bête. »

« A quoi sert d'être capitaine, se disait-il, si c'est pour mourir d'un vomissement couleur de riz cuit ! » Il faisait la différence avec les cadavres qu'une charge laisse derrière elle sur le terrain.

« Quand j'ai des raisons je m'en fiche, dit-il, mais là je suis comme vous. Quelque chose qu'on ne connaît même pas vous attrape par les oreilles comme un lapin dans un clapier, vous flanque un bon coup sur la nuque et vous êtes cuit. Il n'y a pas moyen de se dorer la pilule.

— Ajoutez que c'est le sort commun, dit-elle, et nous voilà prêts pour beaucoup de choses. »

Malgré la lumière grise qui aplatissait les couleurs et les formes ils jouissaient d'une insécurité très succulente près de ces maisons décharnées.

« Il n'y a de déplaisant, se dit Angelo, que ce cadavre étendu en travers de la route, à deux lieues d'ici. »

Ils entendirent le bruit de souliers ferrés mordant le chemin et ils virent déboucher du carrefour un homme qui portait sur son dos un assez gros bagage. L'inconnu leur fit des signes manifestement aimables et s'approcha d'eux. C'était un personnage tellement moustachu et barbu qu'il n'avait plus figure humaine. Il les salua du plus loin en enlevant son chapeau. Il prit soin toutefois de garder les distances, il s'arrêta à quatre ou cinq mètres d'eux, mit sac à terre et les salua de nouveau. On ne voyait au milieu de ses poils que ses yeux souriants.

« Bonjour m'sieu-dame, dit-il. Vous permettez que je fasse la pause à côté de deux chrétiens vivants ? »

C'était un bon gros paysan aux mains énormes.

« Ça a l'air d'avoir été secoué par ici aussi, dit Angelo.

— Il faut se tenir aux branches, monsieur, dit l'autre. C'est le seul moyen.

— Comment s'appelle cet endroit ?

— Ici, c'est Villette, madame.

— Qu'est-ce qu'il leur est arrivé qu'ils sont partis ?

— Ils sont partis de deux côtés différents, monsieur. Les volets verts, là, c'était à Jules. Il a passé l'arme à gauche il y a plus d'un mois. Les autres n'ont pas voulu rester en présence. C'est compréhensible. S'ils m'avaient écouté, je leur aurais donné le moyen.

— Le moyen de quoi ?

— Le moyen de passer à travers, pardi !

— Si vous connaissez ce moyen-là, vous ferez fortune.

— Je ne fais pas précisément fortune mais je gagne ma vie.

— Vous vendez votre truc ?

— Dame ! Vous ne voudriez pas que je le donne ? Je ne le vends pas cher, c'est un fait. Un petit écu de trois francs, est-ce que ça compte quand on a le feu au cul ? Parfois j'en donne. Il y a des cas. Mais, une chose de remarque, j'avoue que, dans ces cas-là, ça ne fait guère d'effet. Il faut payer. Alors, ça opère. Et recta. J'en ai déjà sauvé des mille et des cents.

— Avec quoi ?

— Avec ce qui est dans mon sac ici, madame. C'est des plantes. Je vais les chercher loin et j'use des souliers. Il n'y en a pas des tas et il faut avoir l'œil. Si vous vouliez les trouver, vous, vous pourriez courir. Mais moi je sais des tas de choses. J'en fais profiter mes contemporains. Vous avez de belles bêtes. Vous ne voudriez pas m'en vendre une ? J'ai des sous.

— Non mon vieux, dit Angelo : c'est notre tisane.

— J'avoue qu'elle compte, dit l'homme. Et où allez-vous ?

— Êtes-vous d'ici ? Est-ce que vous connaissez bien le pays ?

— Comme ma poche, madame. Il n'y a pas un buisson dont je n'aie fait trois fois le tour. J'habite par là-dessus et je pars en tournée pour peut-être la vingtième fois.

— Où va ce chemin ?

— Par là, monsieur, vous allez à Saint-Cyrice. Et c'est pas gai.

— Et de l'autre côté ?

— De l'autre côté, il y aurait peut-être un peu moins

de démêlés. Il y a Sorbiers, Flachères et puis Montferrant avant de tomber sur la grand-route.

— La grand-route de quoi ?

— La grand-route de tout. On va où on veut.

— Est-ce qu'elle ne passe pas par Chauvac, ou Roussieux ? Est-ce que vous connaissez un pays qui s'appelle Sallerans ?

— Sallerans non mais Chauvac, ça alors c'est loin. S'il faisait beau vous verriez là-bas une montagne. On appelle ça Charouilles ; Chauvac est derrière.

— Et Sainte-Colombe, vous connaissez ?

— Oui monsieur, c'est du côté de Chauvac. Mais ce n'est pas un endroit bien fameux. Il n'y a pas de quoi pousser les hauts cris.

— On doit pouvoir vous parler franchement, dit Angelo.

— Ça dépend, dit l'homme, en principe ça ne tue pas.

— J'achète cinq paquets de tisane, dit Angelo, j'ajoute un écu rond et ça fait un louis que je vais jeter là-bas à vos pieds si vous ne craignez pas la contagion...

— J'ai mon remède, dit l'homme. Et un louis n'a jamais donné le choléra à personne. Allez-y mais ne me demandez pas le Pérou.

— Que font les soldats par ici ?

— Vous avez mis dans le mille : ils embêtent le pauvre monde.

— Il semble qu'il y en a partout.

— Je vais vous en donner pour votre argent. Du côté de Chauvac où vous allez, c'est farci de dragons et même de la ligne parce que c'est la grand-route, et il y a du pékin en quantité. On les passe au crible. Ça va chercher dans les quinze jours de quarantaine à l'école des frères qu'on a transformée en hôpital. Maintenant, si vous avez du comptant vous courez deux risques : *primo* ils vous tabassent pour preuve que vous avez essayé de leur graisser la patte et secondement ils vous ratiboisent le pécule qu'ils appellent confiscation. Étant donné qu'ils vous rendent tout à la sortie, ils ont intérêt à ce que vous sortiez les pieds devant. Et ça arrive.

— Il n'y a qu'à éviter la ville.

— Il n'y a qu'à éviter la ville, comme vous dites, mais c'est là qu'il va falloir que vous ajoutiez un écu de cinq francs.

— Si ça vaut la peine...

— Je le pense. Écoutez voir. Si vous attendez d'être sur Chauvac pour prendre la tangente c'est trop tard. Ils sont malins et ils ont des chevaux à six pattes qui grimpent partout comme des mouches. N'essayez pas de leur damer le pion dans les rochers, vous vous feriez harponner en moins de deux. Ils ont bouché tous les chemins même les plus petits. C'est ici qu'il faut connaître la musique. Et, pour votre écu, je vous l'apprends.

— Ça fait ma balle [74], dit Angelo, vas-y ; mais, si tu me fous dedans, je dois te prévenir que je suis Italien et que je sais jeter les sorts.

— N'allons pas jusque-là, dit l'homme. Je n'ai pas intérêt à vous foutre dedans. Vous ne risquez rien. Quant au sort, j'en vois de toutes les couleurs depuis un certain temps, et sans Italien. C'est simple comme Baptiste : il suffit d'être du pays. Ils n'attrapent pas un de nous.

« Voilà le truc. Quand vous lèverez le camp, prenez la route de Saint-Cyrice. Ça va d'abord aller plat un bon moment puis ça descendra. Descendez tant que vous ne voyez pas le clocher. Là, halte au falot [75], devant, c'est mauvais. C'est un coin pour passer l'arme à gauche. Ils font ça en grand. Il y en avait encore six hier soir. Mais, à votre droite, vous avez un chemin de terre qui vous mènera à Bayons. Allez-y. A Bayons, alors, là attention : vous arrivez par le lavoir. N'entrez pas dans le patelin ; prenez à gauche et marchez droit. C'est franc sans une paille[76] jusqu'à Montjay. Marquez ça, madame, vous avez raison. Le père Antoine est moins couillon que ce qu'on croit, sauf votre respect. Si je suis là pour vous causer, c'est que j'ai passé à travers les mailles.

« A Montjay, vous y serez ce soir. Attendez le matin pour voir que vous êtes carrément au pied de Charouilles. Au lieu de prendre bille en tête par la route départementale qui grimpe en lacets, remontez le torrent par le sentier, jusqu'au sommet. A partir de là, un enfant de quatre ans comprend ce qu'il y a à faire pour éviter la ville qu'il a laissée déjà loin sur sa gauche. Voilà le travail. »

Ils suivirent les indications de point en point. Le bonhomme était parti par un chemin de traverse en leur souhaitant bon voyage. Son itinéraire fit merveille. En vue du clocher de Saint-Cyrice il fut facile de trouver un chemin de terre. Il prenait dans de l'herbe rousse, sous un petit pin parasol. Grâce à lui, ils contournèrent à bonne distance le village de Saint-Cyrice où régnait un silence significatif.

« Sans les indications de ce marchand de moutarde, nous serions sûrement allés nous perdre dans ce charmant lieu de repos. »

En effet, depuis qu'ils avaient quitté le plateau par la route descendante, le paysage avait totalement changé. Des arbres aimables et notamment des tilleuls dorés et des érables pourpres couraient en haies et en bordures ou s'arrondissaient en bosquets dans les champs, les petits vignobles, les prés et les jachères grises d'un pays montueux. Des bois de pins sylvestres couronnaient les collines.

Le petit village sous lequel ils passaient était particulièrement agrémenté dans son accrochage au flanc du plateau par des balustrades, des génoises, des tuyautages de tuiles roses, des treilles, des remparts, des tourelles, des escaliers d'un blanc d'albâtre et l'automne bronzait les ormeaux de ses placettes. La très belle cage en fer forgé du clocher montait jusque devant les fenêtres à meneaux d'un petit château campagnard qui coiffait le sommet du tertre avec ses créneaux naïfs et les minces cyprès de ses terrasses.

« Je me serais méfiée des oiseaux, dit la jeune femme. Ils ont pris possession de l'endroit. J'en vois des milliers qui se reposent sur les toits. Regardez ces balcons qui en sont chargés. Ce ne sont pas des lessives noires qui pendent à ces fils mais des corbeaux et sans aucun doute semblables à celui qui s'est jeté sur moi quand il a cru que j'avais enfin consenti à mourir. »

Heureusement, jusqu'à Bayons ils traversèrent un pays désert. Ils contournaient une succession de petites collines toutes plus gentilles les unes que les autres. Chaque détour les emmenait dans des perspectives où il n'était question que de pins espacés autour de bosquets rutilants en un décorum que le premier venu aurait trouvé royal. Il y avait littéralement de quoi rire. Ils firent une petite halte pour les chevaux près d'un champ d'avoine. Ils ne déballèrent pas le fourniment du thé et ils mangèrent avec du pain sec une ou deux poignées de sucre malgré l'idée que cela leur ferait tomber les dents.

Ils arrivèrent à Montjay sur le pas de la nuit. Quelques grosses gouttes de pluie commençaient à claquer. Ils étaient fatigués.

Le village bâti sur un nœud assez important de tout petits chemins campagnards semblait sain et bien tenu. On logeait à pied et à cheval, juste à l'entrée.

L'aubergiste n'eut pas l'air de trouver Angelo très extraordinaire. Il dit que la contagion, c'était de la blague. Ici, personne ne mourait : sauf des vieux, comme d'habitude. Évidemment, il y a toujours des gens qui ont peur et ça gêne un peu le commerce mais, de ce côté-ci de la montagne, il n'y a absolument rien à craindre. Il ajouta qu'il avait des chambres très propres.

« Je le crois, dit Angelo, mais nous en parlerons tout à l'heure. Montrez-moi votre écurie. »

Il s'était mis à pleuvoir. On fit entrer les chevaux dans un vaste bâtiment destiné à abriter les convois et les charrois de marchandises. Pour le moment, il était vide, sonore et plein d'ombre ; la lanterne n'en éclairait qu'une partie.

« Voilà ce que je veux, dit Angelo en s'approchant du coin des mangeoires. Versez là-dedans deux boisseaux d'avoine sèche et apportez huit bottes de paille : cinq pour les chevaux et trois pour moi.

— Vous n'êtes pas gentil, dit l'aubergiste d'une voix douce. Vous avez l'air de croire que quelqu'un va s'intéresser à vos chevaux. Peut-être même avez-vous des doutes sur moi ? Il vaudrait mieux le dire carrément. »

Et il s'approcha. C'était un montagnard trapu.

« Quand j'ai des doutes, je ne le dissimule pas, et je viens de te parler assez clair, dit Angelo. Fais ce que je te dis puisque je te payerai pour ce que tu feras. Je crois ce que je veux. Je fais ce que je veux. Et quand je voudrai changer d'avis, je ne te demanderai pas la permission. Maintenant, recule-toi et écoute si tu veux gagner ta croûte comme tout le monde.

— Vous êtes peut-être un sous-préfet, monsieur, dit l'homme.

— C'est dans le domaine des choses possibles, dit Angelo, aussi, mets deux poulets à la broche. Et une douzaine d'œufs à la coque pour attendre.

— Vous n'y allez pas de main morte, dit l'homme. Tout ça va aller chercher très cher.

— Je me l'imagine fort bien, dit Angelo. La solde d'un sous-préfet est de taille à tout supporter. Si tu as un garçon, envoie-le-moi pour les portemanteaux. »

Ce fut une jeune fille mais taillée épais et fort capable

de faire le travail d'un homme qui vint s'occuper des chevaux.

« Que fait la jeune dame là-haut ? demanda Angelo. Est-ce qu'on la soigne ?

— C'est votre femme ?

— Oui.

— C'est vous qui lui avez payé sa grosse bague ?

— Oui, c'est moi.

— Vous êtes gentil.

— Je suis extrêmement gentil, dit Angelo, surtout quand on me rend service. Est-ce qu'il y a le choléra par ici ? »

Et il lui donna une pièce de quarante sous.

« Il n'y est pas trop, dit-elle.

— Pas trop c'est combien.

— Deux.

— Quand ?

— Il y a huit jours.

— Faites-moi une commission, dit Angelo. Voilà six francs. Allez à l'épicerie et achetez-moi cinq kilos de farine de maïs, deux sous de sel et un franc de cassonade. Vous mettrez tout ça sous ma selle là, dans la paille. Je me charge des bagages. »

Avant de remonter dans l'auberge, il s'assura que l'écurie n'avait d'issue que par la porte cochère et que celle-ci était fermée et dûment barrée par un verrou de fer qu'il était impossible de faire tomber sans bruit.

La jeune femme était assise près de la cheminée où elle faisait bouillir elle-même sa casserole d'eau pour le thé.

« Vous n'avez pas froid ? » demanda Angelo.

Et il regarda les jambes qui étaient belles, sans les bottes et couvertes de bas de fil à dessins d'arabesques.

« Pas le moins du monde.

— Voilà le bagage, dit-il et je vais, si vous le permettez, faire l'importun. Avez-vous dans vos sacoches des bas de laine ?

— Je peux hardiment répondre non. Je n'ai jamais mis de bas de laine de ma vie.

— Il n'est pas trop tard pour commencer. Il doit y en avoir chez l'épicier, dans ce village où sans aucun doute il fait très froid l'hiver. Nous allons en acheter. En attendant, mettez ceux-ci qui sont à moi et dix fois trop grands pour vous, mais l'important c'est d'avoir très chaud aux pieds.

— On ne peut guère résister à une galanterie aussi bien intentionnée, dit-elle. Tenez-moi ces jarretières, je vais passer vos bas. Vous avez raison. Il est inutile de courir si on ne doit pas faire tout ce qu'il faut. Mais, vous-même, avez-vous pris des précautions ?

— Il y a tout à l'heure cinq mois que je me promène dans cette saleté, dit-il. J'y ai gagné toutes sortes de galons. La contagion me craint comme la peste mais j'ai pris des précautions pour les jours qui vont suivre. »

Il parla des achats qu'il avait fait prendre chez l'épicier. Il dit que, désormais, ils n'auraient plus la naïveté d'acheter du pain mais qu'ils feraient tout simplement dans la casserole de la « polenta » avec de la farine de maïs, comme en Piémont.

Il fallait être nourri solidement ; on pouvait s'attendre à des étapes pénibles en montagne ; celle d'aujourd'hui n'était déjà pas à la portée de tout le monde. Là-dessus il se mit à rougir.

« Vous allez m'excuser, dit-il en devenant cramoisi sans cesser cependant de regarder la jeune femme en face avec de grands yeux, mais il faut absolument que je vous parle comme à un cavalier de deuxième classe. Vous montez à califourchon. N'êtes-vous pas écorchée ou blessée ?

— Je suis étonnée de cette tendresse si sûre d'elle-même que vous avez pour tout le monde, moi comprise, dit-elle. Rassurez-vous, je peux faire des étapes comme aujourd'hui, à la file, sans être autre chose que fatiguée : ce que je suis, je n'en disconviens pas. J'ai une grande pratique du cheval depuis mon enfance. Mon père avec lequel je suis restée seule était médecin de campagne et je l'accompagnais dans ses tournées par tous les temps sur ma jument. Pour des raisons qu'il serait trop long de vous expliquer, j'ai monté de plus belle depuis mon mariage. Je suis d'ailleurs fort bien équipée. »

Et elle parla avec naturel des culottes de cuir qu'elle portait sous sa jupe.

« Je suis bien content, dit Angelo. Je ne vois pas pourquoi nous ne sommes pas camarades, du fait que vous êtes une femme et moi un homme. Je vous avoue qu'à diverses reprises aujourd'hui j'ai été gêné. Tenez, ce matin quand je vous ai trouvée, le pistolet à la main, j'étais tenté de vous taper sur l'épaule comme je le fais à Giuseppe et même à Lavinia quand c'est nécessaire. Je me suis retenu et c'est dommage car, parfois, cela dit plus que tous les mots dans les moments critiques. »

Il était sur le point de lui parler avec passion des combats pour la liberté.

« Qui est Lavinia ? dit-elle.

— La femme de mon frère de lait ; de Giuseppe. Elle servait ma mère en Italie. Elle a accompagné Giuseppe quand il a dû s'exiler ; un peu après que j'en sois réduit à la même extrémité. Ensuite, ils se sont mariés. Mais, quand elle avait dix à douze ans, je la vois encore en train d'assouplir avec du talc les culottes de cuir que ma mère, comme vous, mettait sous ses jupes pour aller à notre terre de Granta. »

Et il parla des forêts de Granta.

La jeune femme trouva fort bien le poulet qui lui était destiné en entier. Elle en fit tout ce qu'Angelo faisait du sien. Ils mangèrent aussi les œufs et terminèrent le repas par une solide assiette de soupe.

« Vous allez vous reposer dans un lit, dit Angelo. Moi,

je ne quitte pas les chevaux et les bagages. On aurait vite fait de nous rogner les ailes. Vous avez vu comme le marchand de moutarde a lorgné de ce côté-là. Au fond, je ne suis dupe que par plaisir. Quand il s'agit de l'essentiel, je sais compter comme tout le monde. »

Il lui recommanda de ne pas céder à la tentation de se laver à l'eau chaude ; il fallait de l'eau abondamment bouillie.

« Il faut, dit-il aussi, vous couvrir de façon à avoir très chaud et garder aux pieds mes bas de laine pendant votre sommeil. La fatigue prédispose aux frissons et, d'ailleurs, la chaleur délasse. Mettez le verrou et placez vos pistolets sous le traversin. A la moindre des choses, et même au moindre frisson, comme vous n'avez pas de sonnette, tirez carrément un coup de pistolet. Nous sommes chez l'ennemi ; il n'y a pas à économiser la poudre. Enfin, dit-il, l'essentiel c'est que vous ne couriez aucun danger d'aucune sorte et que vous soyez sauvée de tout. Le fait de mettre toute l'auberge en émoi est sans importance et parfaitement légitime. Je suis là pour le faire comprendre à qui que ce soit. »

Il alla ensuite fumer un petit cigare devant la porte.

Il pleuvait toujours doucement. La montagne soupirait au-dessus du village.

Angelo fit son lit dans la paille, à côté des chevaux. Il était sur le point de s'endormir quand il entendit un roulement de voiture et, un moment après, la petite porte qui communiquait avec l'auberge s'ouvrit, l'hôte traversa à pas pressés la vaste écurie sonore et vint tirer le verrou du portail.

Ce fut pour faire entrer un cabriolet. Il en descendit un homme à qui l'aubergiste donna du monsieur gros comme le bras.

Peu de temps après tout le trafic, l'homme revint avec la fille d'écurie et des bottes de paille. Il se mit en devoir, lui aussi, de coucher à côté de son cheval.

C'était un homme d'une cinquantaine d'années, strictement habillé de drap fin ; son foulard était de cachemire de bon goût. Il étala sur sa paille un large plaid écossais.

« Je m'excuse du dérangement, dit-il en voyant qu'Angelo avait les yeux ouverts. Si je vous avais imité plus tôt je me serais épargné bien des déboires. »

Il raconta que, trois jours auparavant, on lui avait volé un équipage magnifique. Il s'était procuré celui-là à prix d'or. Il venait de Chauvac. Il essayait de parvenir jusqu'à la vallée du Rhône et là, avec un peu de chance, il comptait passer le fleuve en barque et gagner l'Ardèche où, paraît-il, l'air luttait victorieusement contre la contagion. Il venait de Savoie où le choléra était dans une rage inimaginable.

Angelo lui demanda si à Chauvac les soldats créaient beaucoup d'ennuis aux voyageurs.

« A vrai dire, répondit cet homme, je suis plutôt porté actuellement à trouver que les soldats n'en font pas assez. Ils auraient certainement pu trouver mes voleurs et me faire rendre un cheval de toute beauté que ces paysans vont gâter sans profit pour personne. Je dois reconnaître que, si on a la tête un peu près du bonnet, on a cent fois par jour l'occasion de se mettre dans des colères noires contre ces officiers arrogants qui ont l'air de croire que le choléra se traite par du service en campagne [77], et qui, en réalité, passez-moi l'expression, font dans leurs bottes, au figuré, avant d'y être véritablement contraints par la force des choses. Comme leur consigne les oblige à rester là et qu'ils ont peur, ils ont inventé des consignes pour se faire tenir compagnie par le plus de monde possible et notamment par les gens comme vous et moi. Si vous montez dans les Alpes, monsieur, ce qui vous attend n'est pas beau. »

Il expliqua que les villes étaient réduites à merci.

« Savez-vous où l'on en est dans les plus grandes, où

dès qu'il y a quinze à vingt mille habitants nous serions en droit de supposer qu'il reste quelque esprit ? On en est à la chienlit, monsieur (on n'a pas cherché midi à quatorze heures). On en est à la mascarade, au corso carnavalesque. On se déguise en pierrot, en arlequin, colombine ou en grotesque pour échapper à la mort. On se masque, on se met un faux-nez de carton, de fausses moustaches, de fausses barbes, on se fait des trombines hilares, on joue à "après moi le déluge" par personnes interposées. Nous sommes en plein moyen âge, monsieur. On brûle à tous les carrefours des épouvantails bourrés de paille qu'on appelle "le père choléra" ; on l'insulte, on se moque de lui. On danse autour et on rentre chez soi crever de peur ou crever de chiasse.

— Monsieur, dit Angelo, je méprise ceux qui n'ont pas le sens de l'honneur.

— C'est une excellente méthode, dit l'homme. Si l'on meurt à votre âge, elle est parfaite. Si l'on arrive au mien, on la modifie. Elle ne gêne donc en aucun cas. On a répété sur tous les tons que le meilleur remède contre le choléra c'étaient les chevaux de poste. Et c'est vrai. Résultats : nous voilà tous les deux couchés dans la paille au pied de nos chevaux de peur qu'on nous les vole ; vous par prudence sans doute, ce dont je vous félicite ; moi, par expérience. On ne peut pas prétendre que nous aimions beaucoup notre prochain. Vous me répondez : "Je ne fais de mal à personne." Attention : la haine n'est pas le contraire de l'amour ; c'est l'égoïsme qui s'oppose à l'amour, ou plus exactement, monsieur, un sentiment dont vous entendrez désormais beaucoup parler en bien et en mal : l'esprit de conservation.

« Mais, je vous empêche de reposer et vous avez sans doute encore une longue route à parcourir, pleine d'embûches, et moi aussi. A ce sujet d'ailleurs, je dois vous dire que, dans ce pays, il paraît qu'on s'est mis à dévaliser les gens à main armée, qu'on arrête sur les routes, qu'on dépouille même les morts. J'ai vu avant-hier fusiller avec beaucoup d'apparat trois larrons à la vérité fort modestes d'allure. Larrons en foire.

« Ne cherchons pas la petite bête et contentons-nous, monsieur, de ce que nous avons ce soir (et que nous avons bien cherché) : une planche sur la mer, juste assez large pour y dormir.

« Bonsoir, monsieur. »

CHAPITRE XI

La jeune femme fut sur pied de bonne heure et manifestement en parfait état. Angelo avait surveillé avec grand soin l'ébullition de l'eau pour le thé. Il montra aussi beaucoup de contentement personnel du sac de farine de maïs, de la cassonade et de douze œufs durs qu'il avait eu l'esprit de faire préparer.

« Les nouvelles que j'ai de Chauvac ne sont pas bonnes », dit-il.

Il parla de l'homme qui avait dormi à côté de lui et était reparti à la pointe du jour.

« Je crois que nous allons avoir à batailler. En tout cas, voilà ce que j'ai pensé. Dites-moi si vous êtes de cet avis. Servons-nous de la partie la plus déserte et la plus sauvage de ce pays. Fuyons les routes et les villes, tous les endroits où il y a des gens. Il paraît que non seulement ils ont le choléra, mais encore ils sont devenus fous. Dans la montagne, nous ne craignons qu'une chose : les brigands. On prétend qu'il y en a. Nous verrons bien.

« D'ailleurs, d'après ce que Giuseppe m'a dit et selon sa carte, Sainte-Colombe est dans une solitude affreuse. Dès que nous aurons rejoint mon frère de lait et sa femme, nous pouvons passer sur le corps de tous les brigands du monde. Giuseppe est un lion et Lavinia se ferait tuer pour son mari et pour moi.

— Je suis entièrement d'accord, dit la jeune femme. Je n'ai qu'une chose à ajouter. »

Et elle se pencha vers Angelo pour lui parler près de l'oreille.

« Réglez ma dépense, cela paraîtra plus naturel. Je vous rendrai l'argent dès que nous serons seuls. Non, ne vous retirez pas. Écoutez : je sais que c'est sans importance mais je n'ai pas fini ; je vais vous faire une recommandation qui intéresse notre sécurité au plus haut point, sans quoi je ne vous demanderais pas ce que je vais vous demander et qui va vous coûter très cher. Voilà ce que c'est : payez mais faites l'avare. Ne donnez pas un sou de plus que ce qu'on vous demandera. Efforcez-vous même de donner un sou de moins. On nous respectera comme le Saint-Sacrement. Pour le reste, j'ai autant confiance en vous que vous-même, sinon plus et je sais que nous passerons sur le corps de tous les brigands du monde, sans l'aide ni de votre Giuseppe ni de votre Lavinia.

— Vous parlez comme le policier de Turin qui n'a pas osé m'arrêter. "Ah ! Monsieur, disait-il, pourquoi un duel au sabre quand il est si facile d'assassiner avec un couteau, et dans ces cas-là nous avons le droit d'être aveugle."

— Vous voyez bien, dit-elle, vous mettez d'excellentes personnes dans l'embarras. Vous les prenez au pied levé et vous leur demandez du courage, de la générosité, de l'enthousiasme ou qui sait quoi dont elles ne sont capables qu'après mûre réflexion et beaucoup d'échauffement. Ce sont des pères de famille la plupart du temps. Soyez généreux : donnez moins. Ils se ruinent à vouloir vous suivre. Ici, c'est plus simple. Il est dangereux de montrer que nous avons de l'or. On peut vous tirer un coup de fusil d'une fenêtre ou mettre de la mort-aux-rats dans votre soupe.

— Vous avez raison, dit Angelo, cela perdrait tout. »

Sans aller jusqu'à réclamer un rabais il paya la dépense comme un bourgeois. Il compta soigneusement la monnaie qu'on lui rendait et regarda sur toutes ses faces la pièce de deux sous qu'il donna à la fille.

« Nous nous sommes dit des mots un peu vifs hier soir, dit-il à l'aubergiste ; mais vous devez avoir l'habitude des gens énervés ces temps-ci. Connaissez-vous un endroit qui s'appelle Sainte-Colombe ? Nous voudrions y aller sans passer par Chauvac.

— Vous êtes tous les mêmes, dit l'homme. Qu'est-ce qu'il y a de si terrible à Chauvac ? Il ne meurt jamais que les plus malades.

— C'est aussi mon avis, dit Angelo, mais il ne s'agit que des soldats. Je ne les cherche pas.

— Moi non plus, dit l'homme. Ils m'enlèvent le pain de la bouche depuis qu'ils arrêtent le trafic. J'étais en passe de mettre quelques sous de côté. Voilà ce que je vous conseille. Laissez le torrent où il est. Il y a depuis avant-hier un poste de garde au sommet de Charouilles. Passez à gauche dans le bois. En sortant des arbres, suivez le vallon. Quand vous serez de l'autre côté, prenez comme point de direction le moulin à vent de Villebois qui se voit comme le nez au milieu de la figure. Vous arrivez à un ruisseau. Remontez-le. Il entre dans une gorge. Votre Sainte-Colombe est par là dedans. »

Ils montèrent dans des escarpements, puis à travers une maigre forêt. Le jour était bleu sombre. Les arbres luisaient de la pluie passée. Les branches se déchargeaient de leur eau en soupirant. Mille petits ruisseaux faisaient dans l'herbe des bruits de chats.

Au-delà des sapins clairsemés, la montagne se développait en pâtures déjà rousses. On apercevait aussi la ligne de crête et les arbres énormes, sans doute des hêtres qui régnaient là-haut.

Le chemin que l'aubergiste avait indiqué était facile à suivre et dissimulait complètement les voyageurs sous les bois, au creux du vallon et au flanc des tertres. Il leur fit même à la fin passer la crête dans une sorte de tranchée naturelle, sous des hêtres gigantesques. A cet endroit, l'air plus léger portait le grésillement d'une sorte de piaillerie qu'on aurait pu prendre pour celle de certains oiseaux. Mais Angelo se dressant sur ses étriers vit et fit remarquer à la jeune femme des taches rouges qui s'agitaient sous les branches à quelques centaines de mètres sur leur gauche.

C'étaient sans aucun doute les soldats. En effet, quelques instants après, une petite caravane déboucha du couvert et commença là-bas à descendre la pente. De toute évidence, des gens venaient de se faire prendre par le poste de garde et on les ramenait à la ville. Angelo compta cinq ou six personnes habillées de noir et deux dolmans rouges en serre-file.

Contrairement à ce qu'on pouvait croire il n'existait pas, de l'autre côté de Charouilles, de vallée profonde mais simplement une très large cuvette de terre grave, presque lugubre. On voyait fort bien Chauvac à deux lieues sur la gauche.

Angelo et la jeune femme jugèrent prudent de lui tourner le dos et de s'éloigner encore un peu. Ils firent au moins deux lieues de plus sur la droite, bien dissimulés sous les hêtres, en terrain facile et dans un paysage enchanteur. Des branches de marbre soutenaient les retombements d'épaisses toisons d'or. Les feuillages d'un roux luisant semblaient faire leur propre soleil sous le ciel gris. Des avenues d'un sol moelleux s'en allaient paisiblement de tous les côtés, entre les colonnes, sous des arches blanches comme la neige.

A l'orée du bois ils découvrirent un pays triste. La terre décharnée montrait l'os. On ne voyait de moulin nulle part. Ils escaladèrent un monticule de schiste noir charrué de ravin. Du sommet, on n'apercevait qu'une cuvette d'une demi-lieue de large contenant quelques vieux champs pleins de pierres et trois moignons d'arbres usés de vent, de pluie et de gel. En avançant, ils découvrirent une petite maison cachée dans un repli. Mais elle était vide. Elle ne contenait aucune trace de vie ou de mort récente.

Ils songèrent un moment à camper à cet endroit-là. Malgré toute la sécurité de la solitude ils se contentèrent de manger deux œufs, sans descendre de cheval, tout en jetant de furtifs regards à droite et à gauche. L'herbe même était sans attrait : dure, sèche et grise, elle rebuta même le museau des bêtes. Des lavandes défleuries saupoudraient de cendres funèbres les flancs osseux de la dépression.

Ils remontèrent de l'autre côté pour découvrir toute une succession de creux semblables et de dunes délabrées. Une petite avoine sauvage et très blonde qui poussait en touffes maigres entre les pierres accentuait la tristesse des lieux en faisant ressortir par sa couleur la lividité des rochers.

Pendant plusieurs heures ils suivirent les crêtes, cherchant le moulin de tous les côtés.

— Nous nous sommes perdus, dit Angelo. Il faudrait tâcher de trouver un paysan pour nous renseigner, sans quoi nous allons errer jusqu'au soir. Descendons dans le fond.

Ils entrèrent dans un vallon étroit fort sinistre où retentissait une chute d'eau. Les chevaux pataugeaient dans une glaise sombre. Un torrent flasque et sale encombrait le passage et tressautait entre des décombres de rochers, des limons, des souches d'arbres, des buissons à moitié noyés. Des pentes désolées, sans regard ni voix les entouraient de tous les côtés. Les ruissellements d'un argent funèbre soulignaient le noir de charbon des éboulis marneux qui les enfermaient. De détour en détour, le ravin s'élargit un peu mais sans vivre autrement que par l'eau boueuse qui les accompagnait et s'enlaçait aux jambes de leurs bêtes. Enfin, ils purent aborder dans une sorte de golfe où s'était arrondie une petite prairie rousse portant quelques noisetiers défeuillés et des touffes de buis. Une sorte de sentier paraissait marquer le flanc des pierrailles. Après avoir suivi pendant quelque temps cette trace, ils aperçurent, nichée dans un bosquet de vieux saules ébréchés, une cabane en rondin, à la porte défoncée. Mais il y avait là des crottins frais et, sous un anneau de fer planté dans le mur, une litière récente. Deux planches posées sur des pierres traversaient le ruisseau. Au-delà, commençait un maquis de buis arborescents dans lequel serpentait une ombre qui pouvait être un chemin. C'était une piste où étaient marquées les glissières d'un traîneau de bois. Un peu plus loin, ils trouvèrent encore du crottin plus frais que celui de la cabane et les empreintes de pas d'un mulet ferré large et qui devait tirer un assez lourd fardeau car il piochait de la pointe du sabot.

Du haut de leurs chevaux, cependant, et même en regardant de tous les côtés, ils ne purent apercevoir âme qui vive. Il y avait quelque chose de fade et d'écœurant dans cette monotonie de grisaille et de désert. La sève amère des buis imbibait l'air. Les épines des ronces, les aiguilles des genévriers, les herbes ligneuses qui se cramponnaient comme des araignées sur de toutes petites croûtes de terre pulvérulente et verte irritaient le regard. La tristesse était dans le pays comme une lumière. Sans elle, il n'y aurait eu que solitude et terreur. Elle rendait sensibles certaines possibilités (peut-être horribles) de l'âme.

« On doit pouvoir s'habituer à ces lieux, se disait Angelo, et même ne plus avoir le désir d'en sortir. Il y a le bonheur du soldat (c'est celui que je mets au-dessus de tout) et il y a le bonheur du misérable. N'ai-je pas été parfois magnifiquement heureux avec ma nonne et souvent au moment même où nous tripotions les cadavres sur toutes les coutures. Il n'y a pas de grade dans le bonheur. En changeant toutes mes habitudes et même en prenant le contre-pied de mes notions morales, je peux être parfaitement heureux au milieu de cette végétation torturée et de cette aridité presque céleste. Je pourrais donc jouir du plus vif bonheur au sein de la lâcheté, du déshonneur et même de la cruauté. L'homme est également fait pour ces sentiments qui me paraissent d'un autre monde, comme cet endroit-ci qui me paraît un autre monde, et cependant voici la trace d'un traîneau et les empreintes d'un sabot de mulet. Cette réflexion manque à Giuseppe. S'il était ici, il hélerait de tous les côtés avec ses mains en porte-voix ou bien, de guerre lasse, il chanterait une chanson de marche pour hâter le pas. Et cependant on voit peut-être ici les raisons pour ne jamais faire aucune révolution. Quand le peuple ne parle pas, ne crie pas ou ne chante pas, il ferme les yeux. Il a le tort de fermer les yeux. Nous n'avons pas dit un mot depuis deux heures avec cette jeune femme, mais nous ne dormons pas. »

En continuant à suivre les traces du traîneau, ils prenaient par le flanc amer d'une montagne blême et sans forme, semblable à un gros sac. De détour en détour ils s'élevèrent un peu et trouvèrent enfin un sol plus sec. Ici commençait un chemin qui les fit monter encore, passer à un petit col et descendre de l'autre côté de la montagne, dans un versant un peu plus boisé mais où la tristesse dominait toujours.

« Je m'excuse, dit bêtement Angelo à sa compagne, je voudrais vous parler mais je ne sais que dire.

— Ne vous excusez pas, rien ne me passe par la tête à moi non plus, sinon, il y a deux minutes, l'idée avec laquelle j'ai essayé de me réconforter que Chauvac et les soldats étaient loin maintenant. »

Le chemin circulait à travers une sapinière sordide, usée jusqu'à la corde par une invasion de chenilles qui avaient pendu des haillons gris dans tous les rameaux. Il n'y avait trace d'habitation nulle part. On ne pouvait même plus savoir si le traîneau était passé par là. Le sol de rocaille blême et dure n'était pas marqué.

Ils atteignirent un fond de ravin, juste pour traverser un autre ruisseau et remonter sur l'autre versant. Ils entrèrent dans un bois de petits chênes plus épais, plus robustes que la sapinière et qui se mit à grésiller de ses feuilles sèches à leur passage. Quoique désert, ce pays semblait être utilisé par quelque chose, peut-être par quelqu'un. A travers les rameaux écartés et la résille des branches nues ils apercevaient toujours les espaces fades, les formes veules de cette montagne échinée et lugubre sous le ciel blanc, mais ils trouvèrent au bord du chemin quatre piquets ébranchés plantés en rectangle sur un emplacement où l'on avait dû entasser du petit bois de coupe. Il y avait aussi, à cet endroit-là, des ornières profondes de roues de charrettes marquées sur les bords de terre et des buissons écrasés. On avait fait tourner ici un attelage et chargé du bois.

Les détours les haussèrent lentement, d'étage en étage, le long de ce versant, jusqu'à la crête nue d'où ils purent apercevoir tout un entrelacs de ravins broussailleux, un enchevêtrement de pentes couvertes de bois rouillés, une houle de crêtes livides. Le chemin circulait partout sans avoir l'air d'aller vraiment quelque part. On le voyait disparaître ici, resurgir là bas, s'enfoncer dans un bois, entrer dans un découvert, traverser une lande, se plier sur une crête, apparaître sur une autre, revenir sur ses pas, descendre, monter, serpenter, partir et rester là.

« Nous voilà frais, dit Angelo.

— Je ne me plains pas, dit la jeune femme. Somme toute, tous les dangers sont écartés. Il y a mille à parier que les soldats ne viennent jamais par ici, et quant à la contagion, qu'est-ce qu'elle y ferait toute seule ? Sans société ? Regardez-nous, ici debout sur notre piédestal : nous n'avons jamais été en plus grande sécurité. Nous sommes en dehors de toute atteinte. Vous avez de la farine de maïs et ce qu'on fait avec elle est, dites-vous, meilleur que le pain. Il y a assez de bois pour brûler Rome. Les ruisseaux sont manifestement purs. »

Ils se laissèrent aller dans la pente, entrèrent dans un bois exposé au nord. La moitié des arbres, de petite taille d'ailleurs, étaient recouverts de lichens. Des carcasses de sapins morts s'étaient écroulées de tous les côtés. Rongées d'humidité, elles s'effritaient en poussières et en moignons rougeâtres. Angelo fit remarquer qu'aucune d'elles n'encombrait la petite route. Il devait y avoir sûrement par là, à certains moments, une sorte de trafic. Il avait bien fallu que le traîneau et le mulet viennent de quelque part jusqu'à la cabane du premier ravin et retournent quelque part. Il n'en restait plus trace mais il n'avait pu passer que par ici. En continuant à aller dans cette direction on pouvait compter le rejoindre ou arriver dans un endroit habité. Il avait deux ou trois heures d'avance à peine.

Le ravin dont il fallait aller toucher le fond avant de remonter de l'autre côté était très encaissé. A chaque détour maintenant, ils entraient dans de l'ombre de plus en plus épaisse et humide. Des mousses grasses et des lichens déroulés en longues barbes pendaient de tous les rameaux. Le pli profond du vallon était embarrassé de tout un cimetière d'arbres. Les squelettes de grands sapins et même de quelques hêtres jadis musculeux, étroitement embrassés, encombraient le lit étroit d'un torrent dans lequel le chemin passait à gué. D'énormes clématites défeuillées encordaient de lianes blanches ces entassements de branches mortes et de troncs décharnés. Des ronces vigoureuses aux feuilles bleues, aux épines semblables à des pointes de couteau dévoraient paisiblement le charnier. Retenue par ce barrage, une eau noire croupissait entre des prèles et des joncs.

De l'autre côté, ils grimpèrent dans une lande rase, tout étoilée d'énormes chardons. Le chemin qui, jusque-là, avait été marqué et même par endroits carrossable, était réduit maintenant à deux ornières profondes. On en voyait les deux lignes serpenter en tremblant à perte de vue sur ce vaste versant nu et aboutir finalement à un étrange rocher aux arêtes vives. Après une demi-heure de marche, ils reconnurent que c'étaient des murs sur lesquels ils piquèrent droit pour trouver une bergerie déserte et à moitié écroulée. Il y avait cependant ici une odeur de laine et de fumier de mouton. Sur l'aire, devant les ruines, quelques pierres plates étaient encore saupoudrées de gros sel rougeâtre.

« Or, il a plu cette nuit, se dit Angelo. Ce sel aurait fondu. Il y avait encore des moutons à cet endroit ce matin. »

La petite fontaine qui alimentait l'abreuvoir était bien entretenue. Son canon de bois enfoncé dans le flanc d'un talus avait été cerclé récemment d'un anneau de fer qui était encore brillant.

De la crête toute proche on allait sans doute voir du nouveau. Ils y montèrent.

Ils dominaient un labyrinthe de ravins boisés, une vaste étendue de toitures de montagnes. Ce canton avait l'air d'être un peu plus forestier que celui qu'ils venaient de traverser mais ne portait nulle part trace de vie. Des landes nues, particulièrement grises, sur lesquelles devait pousser la lavande sauvage, et de grandes plaques de hêtres roux alternaient sans fin jusqu'à l'horizon où les dernières hêtraies bleues et à peine plus épaisses qu'un trait de plume étaient appliquées directement contre le ciel blanc. Le chemin continuait à faire flotter ses deux ornières à travers tout ce pays.

« Il me semble que j'entends aboyer un chien », dit la jeune femme.

Angelo écouta.

« C'est un renard, dit-il. Et il est loin. »

A partir de la crête, une longue descente en oblique, sur le versant nord, les conduisit à la première de ces forêts de hêtres. Son feuillage rouge sombre craquait dans l'air immobile. Le sous-bois était nu, désolé, parsemé de gros rochers. Les rameaux épais étouffaient tous les bruits ; les chevaux semblaient se mouvoir dans la profondeur d'une eau sombre.

Ils débouchèrent dans un pâturage maigre. Tout de suite après commençait une éteule de seigle clairsemée. Elle avait été soigneusement raclée à la faucille, au ras des cailloux. Le chemin continuait dans des terres vagues piquetées de buis et de lavandes.

« Qu'apporterons-nous à l'homme qui vient semer et faucher ce champ ? » se dit Angelo.

Il ne pensait plus au choléra.

« Si nous devons nous battre dans les rues, se disait-il, et tuer des soldats qui seront peut-être les fils de ce paysan pauvre mais à qui on aura donné des consignes, il faudrait au moins que nous ayons comme excuse la possibilité de changer la face du globe. Or, ceci nous échappe. C'est un royaume vide. Il y a ici du mal et du bien que nous ne pourrons pas réformer et qu'il vaut probablement mieux que nous ne réformions pas. »

Il éprouva le besoin de parler avec sa compagne. Ils étaient d'avis, tous les deux, que ce champ donnait l'espoir de rencontrer bientôt une ferme. Mais ils marchèrent encore pendant plus d'une heure sans rien voir de semblable, même du haut une nouvelle crête qui dévoila une fois de plus l'étendue des terres désertes.

« Je suppose qu'il faut s'obstiner, dit la jeune femme. A tout prendre, nous camperons de nouveau dans les bois.

— Ces hauteurs sont moins douillettes que la pinède où nous avons campé avant-hier soir, dit Angelo. Il doit faire froid ici dessus. J'aimerais rencontrer un village d'où part une vraie route et aller un peu vite dans quelque coin.

— Il vous faut de la société, même si elle a le choléra ?

— Je n'y tiens pas spécialement, mais, en effet, avec le choléra, je ne fais pas trop mauvais ménage. »

Il lui raconta son aventure avec la nonne, après être descendu des toits de la ville.

« J'avoue qu'ici, dit-il, je respire à l'aise et que je n'ai pas à batailler. Mais, que puis-je faire avec un hêtre au bout de cinq minutes de compagnie avec lui ? Je me dis qu'il est beau, je me le répète deux ou trois fois, je prends plaisir à sa beauté puis il faut que je passe à autre chose, dans quoi il y a l'homme. Je peux rester indéfiniment dans ces solitudes qui ne m'effrayent pas, vous le voyez bien, mais, si je trouve un champ raclé jusqu'à l'os comme celui de tout à l'heure, j'ai l'impression qu'il faut que je m'en occupe. Ne serait-ce que pour dire bonjour à celui qui est venu jusqu'ici piocher dans les pierres.

— Et cependant, dit-elle, que pouvons-nous rêver de mieux ? Aller jusqu'où nous voulons aller, pour vous jusqu'en Italie puisque vous y avez à faire, par des chemins déserts ; il me semble que ce serait parfait. Il n'y a pas ici de mauvais voisins : ni grands clochers, ni grande rivière, ni grand seigneur. »

Le chemin les promenait à travers les bois noirs et les landes pâles, les approchait lentement des grands hêtres solitaires dont ils avaient le temps de voir monter et s'épanouir toute l'architecture barbare ; la charpente blanche comme le sel portait haut dans le ciel la lourde toison du feuillage roux, parfois sanglant.

Angelo remarqua que toutes ces forêts avaient des

formes géométriques et ressemblaient à des bataillons de lignes, l'arme au pied, par rangs de quatre ou de seize, disposés en réserve sur un champ de bataille. Parfois, un sapin isolé, debout sur un tertre dans son lourd manteau de cavalerie complétait l'illusion ; ou le murmure d'une troupe qui a trop longtemps attendu les ordres, sortait d'un bosquet dont ils longeaient la lisière.

Il était, à son cœur défendant, impressionné par ces arbres assemblés depuis des siècles dans la solitude.

« Est-ce que la liberté de la patrie, se disait-il, compte moins que l'honneur, par exemple, ou tout ce que je me suis donné pour pouvoir tenir debout ? »

Il voyait ici un pays sans choléra ni révolution mais il le trouvait triste.

Enfin, au bout d'une heure de marche silencieuse et pensive, dans un paysage de larges étendues battant des ailes, ils aperçurent au milieu d'un quartier dénudé une sorte de pilier qui se dressait, solitaire.

C'était un oratoire rustique surmonté d'une petite croix de fer.

« Allons, se dit Angelo, j'ai rêvé. Les hommes sont là. Il te faut retomber sur tes pattes. Ceci l'indique. »

« Avouez, dit-il, s'il y a des gens sur ces hauteurs, ils se font pressentir de loin. Il était à peine midi quand nous avons trouvé la cabane et maintenant, le soir est sur le point de tomber. »

Ils hâtèrent le pas mais ils durent encore traverser un très long versant désert et passer deux ravins boisés avant de découvrir une maison basse avec ses toits gris à ras de terre. Encore ne leur fut-elle révélée que par un fil de fumée qui sortait de sa cheminée et une lueur de lampe jaune aux vitres de sa fenêtre.

Elle était seule d'ailleurs. Il n'y avait pas de village.

Ils piquèrent droit, au petit trot, et ils arrivaient sur l'aire quand la porte s'ouvrit. Un homme sortit, portant un seau.

« Arrêtez-vous », cria-t-il.

Il posa le seau à terre et se précipita sur un gros chien qui venait de se dresser d'un tas de paille et s'apprêtait à sauter sournoisement sur les jambes des chevaux.

« Nous l'avons échappé belle, lui dit Angelo en riant.

— Plus belle que ce que vous croyez, dit l'homme. C'est un lion. Et, quand il m'obéit, dans ces cas-là c'est pas toujours, il faut se signer du coude [78]. Vous n'imaginez pas comme il aime mordre. Quand il le fait, monsieur, c'est trop tard. »

C'était un petit homme rond comme une boule, éclatant de santé. Il en faisait tant qu'il pouvait pour retenir par le collier le chien qui ouvrait une gueule énorme débordante de crocs blancs.

« Où sommes-nous ? dit Angelo, qui manœuvrait un cheval rétif pour se placer entre la jeune femme et le chien.

— Attendez donc, dit l'homme, je vais enfermer celui-là d'abord. »

Il tira le chien vers une petite étable.

« Regardez », dit la jeune femme à voix basse.

Le seau était plein à ras bord de sang, recouvert d'écume rose.

L'homme revenait après avoir enfermé le chien et soigneusement calé avec un billot de bois la porte contre laquelle la bête se ruait en grondant.

« Comment s'appelle cet endroit ? demanda Angelo.

— Ça ne s'appelle pas, dit l'homme, du moins j'en sais rien. C'est chez nous. »

Il désigna les larges espaces.

« Ici, c'est Charouilles. »

Il avait de petits bras courts.

« Est-ce qu'il y a un village par là à côté ?

— Ici ? Non jamais. En bas, dans le val, oui mais c'est loin et il faut connaître. Vous venez d'où ?

— De Montjay.

— C'est pas une direction, dit l'homme. On vient jamais de Montjay. »

Il avait les mains rouges de sang et même des débris de viande entre les doigts.

« On a tué le cochon, dit-il. Le cheval de la petite dame n'aime pas mon seau de sang, pas vrai ? Je vais le cacher, attendez. Mais au fait, vous pensez peut-être bien à quelque chose ? Il ne va pas tarder à faire nuit.

— On ne pensait à rien, il y a dix minutes, dit Angelo. Maintenant on penserait peut-être à attendre le jour par ici, si vous le permettez.

— Je n'ai pas à permettre, dit l'homme, entrez donc. J'avoue que, pour aller au val, c'est une trotte et par les bois. Enfin, c'est une drôle d'idée de venir ici de Montjay. »

La maison, qui de l'extérieur semblait énorme, ne contenait qu'une grande pièce à alcôve ; le reste était en bergeries et en étables ; on entendait bêler des agneaux, grogner des cochons et tinter des mors.

Le porc, fendu comme une pastèque, était étalé sur le couvercle du saloir. Sa tête riait dans une corbeille à côté de lui. Près de l'âtre plein d'un grand feu qui s'escrimait contre un chaudron, une femme grasse et plus blanche que le lard qu'elle découpait avec un long couteau, faisait fondre des grignons de saindoux. La table était chargée de morceaux de chair à saucisse et de haillons rouges. L'odeur fade du sang, de la viande charcutée et la chaleur intense du feu sur lequel bouillait le chaudron de graisse étaient chargées de lourdes images pour qui avait tout le jour respiré sur les hauteurs.

« Je vais vomir », dit la jeune femme.

Angelo la fit sortir, lui donna à boire un peu d'alcool, s'inquiéta de la voir blême et frissonnante, la couvrit de son manteau et décida qu'il ne s'occuperait pas de soigner les chevaux comme il en avait eu l'intention.

Il tira de la paille d'une meule, plaça les selles, les sacoches et les portemanteaux de façon à faire un lit bien abrité et douillet.

« Couchez-vous là-dedans et reposez-vous », dit-il.

Il la couvrit tellement qu'elle étouffait. Il lui releva la tête avec un traversin de paille. Il avait été obligé de lui toucher les cheveux, le chignon qui était à la fois dur et soyeux, et de lui soutenir la nuque.

« Comme elle a de petites oreilles », se dit-il.

Il alluma du feu, fit du thé, lui en apporta.

Enfin, elle se leva, ses couleurs étaient revenues.

« J'ai failli tourner de l'œil, dit-elle. Comment avez-vous fait pour supporter la vue de tant de viandes rouges et de cette femme pâle qui se découpait elle-même en morceaux et faisait bouillir sa propre graisse dans le *"chaudron de fer"* ? »

Il eut le bon esprit de ne pas avouer qu'à ce moment-là il pensait aux chevaux qu'il avait bien envie de bouchonner.

« Vous m'avez fait peur, dit-il. Quand je vous ai vue plus blanche qu'un linge, j'ai pensé tout de suite à cette contagion qui m'était sortie de la tête pendant tout le jour. »

Il parla pendant cinq minutes et avec le plus grand naturel de la frayeur qu'il avait eue et des soins qu'elle devait prendre. D'ailleurs, il était sincère.

La nuit était tombée tout à fait. La maison les regardait de son gros œil rouge de porte ouverte. On voyait là-bas dedans l'homme qui tournait avec son long couteau pointu autour du porc, en train de détacher les jambons.

Ils avaient établi le campement sur l'aire, face aux profondeurs où devait se trouver le val. Protégés par l'angle des bergeries et du bâtiment principal, ils ne sentaient pas le vent qui s'était mis à murmurer comme la mer dans toute la montagne. Ils virent le ciel se déchirer et montrer quelques étoiles ; puis, une sorte de lampe s'alluma au-dessus des nuages et vint éclairer les franges écumeuses de la déchirure. La lune s'était levée.

Ils avaient entretenu entre deux pierres le brasier pour le thé sur lequel la casserole d'eau ronronnait.

Après une autre lampée d'alcool, la jeune femme put se décider à manger deux œufs durs, sans pain. Angelo fit bouillir longuement de la farine de maïs.

« Cela sera, dit-il, une polenta sucrée à la cassonade, très épaisse, qui refroidira toute la nuit et nous bourrera comme il faut demain matin. »

Il refit du thé et alluma un petit cigare.

Loin en bas des montagnes, dans ce qui devait être le val, ils virent briller quelques lumières, puis s'allumer un feu qui devait être très grand ; d'ici, il paraissait être gros comme un pois, mais qui palpitait.

L'homme vint s'asseoir à côté d'eux. Il avait bourré une pipe.

« Il ne faut pas vous inquiéter de la femme, dit-il. Il y a dix ans qu'elle n'a pas prononcé une parole. Je ne sais pas pourquoi. Mais elle n'a jamais fait de mal à personne. Ça lui serait facile : nous couchons à côté ; et je dors. Elle n'a jamais bougé. Qu'est-ce que vous buvez là ?

— Du thé.

— Qu'est-ce que c'est ?

— Une sorte de café.

— Paraît que ça va mal en bas dans les vallées.

— A cause de quoi ?

— Vous devez en savoir plus long que moi.

— Si vous voulez parler du choléra, oui, ça fait du dommage.

— J'ai un peu vu, dit l'homme, je suis descendu il y a un mois. Ça mettait bien les gens sens dessus dessous. Ils faisaient des tas d'histoires ! J'avais vendu des brebis à un du val qui est mort. Chercher les héritiers, ça a été la croix et la bannière. On les avait emmenés à Vaumeilh pour les passer au camphre.

— Qui donc les avait emmenés ?

— Les soldats, pardi !

— Il y en a en bas ?

— Il n'y en a pas mais il en vient quand il faut. Ça en fait quatre qu'on a étendus, petit à petit. Ils sont devenus méchants depuis...

— Qu'est-ce que c'est le val ?

— C'est l'endroit. C'est reposant, vous verrez si vous y allez.

— Ils ont étendu quatre soldats ? Ils les ont tués, vous voulez dire ?

— Dame ! Faut jamais fourrer son nez à tort et à travers. D'autant qu'ils sont menteurs. Ils ont la colique comme tout le monde, alors, pourquoi qu'il faut aller avec eux à Vaumeilh ? Moi je suis de cet avis. Je suis pas du val, moi, je suis d'ici. Mais qu'est-ce qu'ils ont de plus que ceux du val ceux de Vaumeilh ? Ils crèvent autant avec leur camphre, et les soldats aussi. Question de faire la loi, on est d'accord, mais montrez voir si le choléra vous en a donné quittance. »

Angelo lui posa des quantités de questions sur les soldats. L'homme en parlait comme d'une maladie plus terrible encore que la contagion mais dont on voyait clairement l'injustice et contre laquelle on avait cette fois des armes. Le nom de Chauvac ne venait pas dans la conversation. Il s'agissait des soldats de Vaumeilh. Angelo en conclut qu'il y avait des soldats partout.

Il essaya de se renseigner sur le service que ces troupes faisaient et de quelle façon elles l'assuraient. Il posait ces questions en termes militaires.

« N'en seriez-vous pas, monsieur ? dit l'homme soudain sur ses gardes.

— Je suis loin d'en être, dit Angelo. Madame et moi leur avons faussé compagnie et même nous en avons rossé trois. Maintenant, nous faisons tout notre possible pour passer à travers. C'est pourquoi nous avons marché tout le jour dans la montagne, par des chemins détournés et que nous sommes ici. Serais-je avec cette jeune dame si j'étais soldat ?

— Qui empêcherait ? dit l'homme. C'est que vous n'y connaissez rien. Ils ont bien des cantinières. Et le sexe [79] prend ce qu'il trouve. »

La jeune dame protesta en riant et assura de son côté qu'ils étaient simplement des voyageurs n'ayant qu'une hâte, celle de traverser ce pays le plus rapidement possible pour rentrer chez eux.

« Je vous crois, vous, dit l'homme. Vous n'avez pas la voix des femmes qui boivent du vin, et dame ! avec les soldats, faut pas en promettre, faut en boire. Vous parlez bien comme quelqu'un qui a envie de rentrer chez soi. Celui-là m'avait mis la puce à l'oreille, il a des mots d'officier.

— C'est juste, dit Angelo, je suis Piémontais et j'ai été officier dans mon pays. J'y retourne mais pour servir la cause de la liberté. »

Il ne voulait pas renier sa qualité. Il se disait : « S'il est bête comme chou et s'il ne comprend pas la différence qu'il y a entre ces dragons qui appliquent vertement des consignes dont on ne peut pas condamner les principes et moi qui suis tout amour, je selle les chevaux et nous partons. Tant pis pour la nuit. »

Il était très satisfait d'avoir pensé à l'amour pour qualifier le sentiment qu'il avait en face de la misère humaine et de la liberté. Il parla avec passion du pauvre champ de seigle.

« Tout ceci est bien beau, dit l'homme. Vous êtes donc passé par là. En effet, le champ est à moi. Je l'ai semé parce qu'on m'en faisait contestation. Vous avez raison ; tout marcherait mieux s'il n'y avait pas des lois. »

Il était impressionné par le petit discours débité avec feu. Il trouvait Angelo entendu aux affaires.

« Qu'est-ce que vous pensez, dit-il, de ces gens qui ne me payent pas les trente agneaux qu'ils m'ont achetés ? ils font entrer le choléra en ligne de compte. »

Angelo raconta ce que la jeune femme et lui avaient vu. Il parla des rues pleines de morts, des villes désertées, des gens campés dans les champs, des cadavres d'êtres chers qu'on jetait de nuit par-dessus les haies pour éviter les quarantaines.

« J'ai eu la cholérine comme tout le monde, dit l'homme. On pose culotte deux ou trois fois au lieu d'une : un point c'est tout. De celle-ci on en meurt un peu, paraît-il. C'est simplement le temps qui met les bouchées doubles. Il n'y a pas de quoi crier au voleur. »

Il était cependant obligé de convenir que certaines choses avaient plutôt l'air bizarre, mais il ne fallait pas croire que cela provenait de petites mouches qu'on avalait avec la respiration. Son compère lui avait dit qu'à la Motte, qui n'est qu'à cinq lieues d'ici, un chien s'était mis à parler ; il avait même récité les réponses du catéchisme sur l'extrême-onction. Il n'était pas le seul à savoir que sur le territoire de Gantières, le 22 juillet dernier, il était tombé une averse de crapauds. Ce sont des faits. Il connaissait une femme qui a toujours été recta et mère de famille ; et sur la tête de ses enfants elle pouvait jurer avoir sorti elle-même de l'oreille de sa cadette qui s'appelle Julie un petit serpent gros comme le doigt et long comme une aiguillée. Un animal jaune, rétif comme un âne qu'elle tua avec son hachoir et qui prononça distinctement les mots *Ave Maria* avant de mourir. Lui-même il n'y a pas cinq jours, seul sur les landes que vous venez de traverser, un matin qu'il gardait les moutons il a vu, montant du côté de Vaumeilh, un nuage qu'il a d'abord pris pour de la fumée, puis pour de la suie, et qui était, monsieur et madame, plus de cinq cent mille corbeaux. Ils sont venus ici dessus. Ils ont manœuvré comme à la parade et, puisque vous êtes officier, ils étaient en formation contre la cavalerie. Et il y avait une voix qui sortait de terre qui donnait des ordres. Ce n'est pas fini. J'ai passé le versant avec mes moutons, je me suis caché derrière la crête. « Halte au rapport », a dit la voix. Ils sont descendus. Ils se sont posés. « Qui a mangé du chrétien ? a dit la voix. — Moi ! Moi ! Moi ! ils ont répondu. — A droite par quatre, elle a dit ; venez chercher les médailles. » Ils allaient par rangs de quatre jusqu'au grand fayard qui est tout seul et là, sous l'ombrage, il y avait quelqu'un qui parlait, qu'on ne voyait pas, qui disait : « Je suis content de vous. On va voir de quel bois je me chauffe. » Il y a eu de grandes injustices, monsieur, avec tous ces rois qui se passent par-dessus la tête à saute-mouton. Bref, il a renvoyé ses armées à leurs postes. Toi à Vaumeilh. Et on voyait celui-là qui prenait la tête de ses escadrons et qui faisait route à tire-d'aile, clairons sonnants. Toi à Montauban, toi à Beaumont, et voilà les bataillons qui s'ébranlaient, tambours roulants. Les estafettes étaient bien venues me reconnaître sur mon versant caché. Mais il s'en foutait comme de sa première chaussette. Il a dressé son plan de bataille comme d'habitude. Et quand je suis revenu sur mes pas, qu'il n'y avait plus de corbeaux, que j'ai regardé sous le fayard, d'abord de loin, puis que je suis venu pas à pas jusque touchant le tronc même, eh ! bien monsieur, il n'y avait personne, comme de bien entendu. Des mouches ! Ils disent que c'est des mouches ! Ils me font rigoler avec leurs mouches !

Avec une certaine gravité italienne, Angelo répondit qu'en effet, eux aussi ils avaient rencontré de drôles de corbeaux.

« Il y aura dix ou douze ans pour Noël, monsieur, dit l'homme, que ma femme n'a plus prononcé une parole.

Je ne m'en plains pas ; le travail se fait, mais cela et le reste signifient que le choléra n'est pas une nouveauté. Nous payons des pots cassés depuis que le monde est monde. Ce n'est pas maintenant qu'on va en tirer parti pour ne pas me donner l'argent qu'on me doit. Ou alors, il n'y a plus que votre liberté. »

Au matin, le ciel était clair. La journée s'annonçait brillante. Il y avait déjà du roux d'abricot sur toutes les montagnes.

« Je vous trouve encore un peu pâlotte, dit Angelo. Le voyage d'hier vous a fatiguée de corps et d'âme. Voulez-vous un jour de repos ? Cet homme n'a manifestement pas le choléra.

— Je me sens forte comme un Turc, dit-elle. J'ai seulement passé une partie de la nuit sans fermer l'œil. Si les corbeaux de Napoléon premier ne nous ont pas volé notre maïs à la cassonade, mangeons-le en prenant le thé et je suis prête. »

Sur l'assurance réitérée qu'il n'y avait pas de soldats au val, ils prirent le chemin du village. Ils marchèrent environ deux heures dans des paysages semblables à ceux de la veille, avant d'apercevoir une combe pleine de saules et les toits d'une vingtaine de maisons serrées au milieu des prés.

Le chemin débouchait à cent pas de l'entrée du village, sur une petite route très bien entretenue où Angelo et la jeune femme égayés de matin se lancèrent au trot allongé.

Ils passaient l'un derrière l'autre à cette allure dans un mince couloir entre deux granges quand ils entendirent devant eux des bruits déplaisants mais ils étaient lancés et ils débouchèrent sans pouvoir faire volte-face sur une sorte de placette pleine de soldats et transformée en souricière par des tombereaux braqués en travers de toutes les issues.

La jeune femme était entourée de cinq ou six dragons qui la retenaient et la masquaient complètement.

Angelo ne pensait qu'à se rapprocher de sa compagne dont il ne voyait plus que le petit chapeau.

« Avouez que c'est assez bien combiné, patron, dit le brigadier qui tenait l'étrier d'Angelo. Faites contre mauvaise fortune bon cœur. Ce n'est pas la mort à boire. On vous veut du bien.

— Dites qu'on s'éloigne de cette jeune femme, répondit Angelo de son ton le plus colonel. Nous n'avons pas l'intention de fuir.

— Ce serait *coton* mon prince, dit le brigadier. On ne vous la mangera pas la petite ; on n'a pas faim. »

Un long lieutenant, maigre et pâle, qui semblait grelotter dans un grand manteau, était en train de mettre de l'ordre. Les soldats s'écartèrent et Angelo put venir botte à botte avec son amie. Elle n'avait pas perdu son sang-froid et faisait reculer son cheval à petits coups de poignet pour le placer croupe au mur. Angelo l'imita. Ils purent enfin faire face.

Il y avait là une vingtaine de dragons dont six déjà en selle et qui dégainaient. Les autres avaient rompu les faisceaux et tenaient leurs mousquetons.

« Ne touchons pas les pistolets maintenant, murmura Angelo.

— Attendons la chance », dit-elle.

Le lieutenant était manifestement malade. Autour de sa bouche aux moustaches très noires, sa pâleur était verte. Il avait les joues creuses et les yeux brillants, largement dilatés avec ce regard étonné qu'Angelo connaissait bien. Il s'approcha en s'entravant dans ses bottes et les pans de son manteau.

« Ne faites pas les méchants, dit-il.

— Nous ne comprenons rien à ce qui arrive, monsieur, dit poliment Angelo.

— D'où êtes-vous et où allez-vous ?

— Nous sommes de Gap, dit la jeune femme et nous rentrons chez nous. »

Le lieutenant la regarda longuement. Il avait l'air de l'examiner des pieds à la tête mais en réalité on sentait qu'il était aux aguets de choses qui se passaient en lui-même. Il soufflait comme un cheval sur de l'eau sale.

« Il n'en a pas pour une heure », se dit Angelo.

« On ne rentre pas chez soi, madame, dit le lieutenant. Il est défendu de voyager. Ceux qui sont sur les routes doivent rejoindre une quarantaine.

— Il vaudrait mieux nous laisser rentrer chez nous, dit doucement mais avec beaucoup de gentillesse la jeune femme.

— Je n'ai pas à savoir ce qui vaudrait mieux, dit le lieutenant, je ne discute pas les ordres. »

Il eut envie de faire un demi-tour impeccable mais il porta brusquement la main à son flanc.

« Huit hommes, dit-il au brigadier sans tourner la tête, sous le commandement de Dupuis. Deux groupes de quatre ; un groupe pour la femme, un groupe pour l'homme, à cinq pas. Conduisez-les à Vaumeilh. Je n'ai pas à savoir ce qu'il vaudrait mieux », répéta-t-il en regardant Angelo.

Il retourna à un lit de paille que les soldats lui avaient fait, sous le porche d'une grange.

« Du calme, messieurs-dames, dit Dupuis qui était un énorme maréchal des logis plus rouge que son dolman. Ne me compliquez pas l'existence. J'ai admiré votre manège tout à l'heure. Félicitations, ma petite dame, vous savez comment on place un canasson pour le faire charger. Vous n'êtes pas de la bleusaille et moi non plus. Raison de plus pour nous entendre. D'ici une heure le lieutenant aura fait du chemin et ce sera plein de mouches ici. Amenez-vous avec le papa Dupuis. Je vais vous conduire à l'hôtel du Roi d'Angleterre. »

Il commença à faire ranger ses soldats.

« Ne tentez rien à moins d'être sûre, dit Angelo à voix

basse. Si vous avez une chance de filer seule, prenez-la. Je leur donnerai du fil à retordre. Cachez vos pistolets.

— Je n'ai pu en cacher qu'un, ils sont trop gros. Mais c'est fait. »

On fit tourner un tombereau pour livrer passage et ils sortirent de la redoute rustique avec leur escorte.

Angelo était en tête, encadré de quatre dragons. Quand la petite troupe se mit au trot, il éprouva un très grand plaisir à voir danser les uniformes à côté de lui. Ils couraient à travers une plaine de champs maigres sur lesquels toute la récolte avait noirci mais le matin était gai, ruisselant de soleil blond et des nuées d'alouettes se faisaient entendre malgré le martèlement des sabots sur la route. Ce grésillement d'oiseaux paisibles, ces soldats, ces larges étendues sur lesquelles rebondissait la lumière, ce roulement de trot dont il avait si souvent écouté la cadence avant de lancer un ordre, tout exaltait Angelo.

Dupuis cria qu'on allait trop vite là devant.

« Faut ce qu'il faut, dit-il entre ses moustaches de fil blanc mais pas trop n'en faut avec votre serviteur, mon petit monsieur. Et vous quatre, ajouta-t-il en s'adressant aux soldats, vous n'avez pas vu que c'est un type qui vous mettra dans sa poche quand il voudra ? Vous ne voyez pas comme il se tient sur son bidet, non ? Dans cinq minutes, il va vous faire charger s'il continue. Qui m'a foutu ces sacrés couillons ? »

La route d'ailleurs arrivait au pied d'un mamelon. On se mit au pas. Ils montèrent à travers une lande jaune entièrement nue, piquetée seulement, de loin en loin, par de longs peupliers effeuillés, tellement blancs que la lumière les effaçait et mettait à leur place des faisceaux de scintillements. Sur le ciel très doux, les montagnes qui fermaient l'horizon de tous les côtés faisaient courir leurs crêtes irisées de soleil.

Angelo fut tout étonné de voir danser des multitudes

de papillons. La route était bordée de centaurées et de ces fleurs jaunes à parfum de miel qui font cailler le lait. Des essaims de petits papillons bleus qui d'ordinaire ne volent qu'auprès des flaques d'eau, tourbillonnaient au-dessus des fleurs avec des papillons jaunes, des rouges et noirs, des blancs piquetés de rouge et d'immenses, presque gros comme des moineaux, et dont les ailes étaient semblables à des feuilles de frêne. Il vit que, sur la lande, ce qu'il avait pris jusque-là, pour le tremblement de l'air du matin était le volettement à ras de terre d'une grande épaisseur de papillons.

Il en profita pour signaler le fait à la jeune femme et voir comment elle se comportait à ses cinq ou six pas derrière lui. Il pensait bien qu'elle n'allait pas tenter de fuir dans ces découverts où n'importe qui pouvait la poursuivre ou la tirer comme un lapin.

Elle se comportait fort bien et avait lié conversation avec ses gardiens qui faisaient les demi-jolis cœurs.

« Ça vous épate, ces saloperies, dit Dupuis ; vous n'avez pas fini d'en voir. Il y a autant de ces vaches-là que de mouches. Ça mange l'homme, tout faraud que c'est. Je ne vous conseillerais pas de vous coucher dans l'herbe, si c'était possible. Vous en auriez vite jusque dans la bouche. Et ce qu'ils préfèrent, ces sacrés salauds, ce sont les yeux, comme tout le monde. Qu'est-ce qu'on est foutu d'avoir dans l'œil pour que les bêtes en soient si friandes ! »

Enfin, à un détour, on vit les cinq à six lacets de routes qui séparaient encore de Vaumeilh et le bourg lui-même. Il couronnait tout le sommet de la haute colline jaune. Il faisait face de ce côté-ci avec des remparts de pierres grises sans fenêtres. Il ne portait pas plus trace de feuillages ou d'arbres que l'éminence qui le soulevait. Il était surmonté d'une énorme tour carrée flanquée de deux plus minces et plus longues, toutes trois crénelées.

En approchant, on trouvait de plus en plus de papillons. Ils avaient envahi et recouvert la route ; ils flottaient entre les jambes des chevaux. Leurs couleurs, sans cesse agitées, fatiguaient l'œil, donnaient une sorte de vertige. Ils furent bientôt mélangés à des essaims de mouches bleues et de guêpes dont le bourdonnement grave incitait au sommeil malgré le matin.

Les remparts de Vaumeilh plongeaient dans de larges fossés que la petite troupe traversa sur une levée de terre. De chaque côté, dans les bas-fonds chauffés de soleil, les mouches et les papillons étaient en si grande quantité que leur vol se soulevait et retombait comme les flammes d'un immense brasier. Angelo remarqua que ces tourbillons émanaient de tas de vestes, robes, draps, édredons, couvertures, courtepointes, oreillers, paillasses et matelas jetés au pied des murs.

On entrait dans le bourg par une porte qui soufflait une haleine puante. La cavalcade fit tout de suite beaucoup de bruit sur les pavés mais la rue resta déserte. Toutes les maisons étaient hermétiquement closes ; certaines avaient les volets barrés de planches clouées.

Après avoir longé une rue étroite, traversé une place sur laquelle aboutissaient de larges escaliers, passé par des ruelles où l'odeur était infecte, tourné autour d'une fontaine solitaire à un carrefour de vieilles maisons très nobles, ils s'engagèrent dans une rampe qui montait sous des voûtes.

Par les ouvertures ménagées de loin en loin pour éclairer ce passage couvert, Angelo vit qu'on s'élevait au-dessus des toits de ce bourg sans arbres, tout en pierre (même la couverture de ses maisons était faite de pierres plates) ; sans fumée, sans bruit, sauf celui du pas des chevaux.

Ils débouchèrent sur une vaste esplanade éblouissante de blancheur, devant le portail d'un château fort. C'était la tour carrée qu'on avait vue de la route. On découvrait d'ici le vaste flottement en rond de toutes les montagnes.

« Vous serez au bon air », dit Dupuis.

Tout le monde mit pied à terre dans une cour intérieure d'une extraordinaire nudité.

Angelo put s'approcher de la jeune femme et lui dire : « Patience, je ne dors pas. Nous ne resterons pas longtemps ici. »

On ferma la porte derrière eux ; les quatre murs s'élevaient à plus de trente mètres et n'avaient de fenêtres qu'au ras de la génoise.

« Vous avez été des amours, dit Dupuis. Il y en a qui font des manières, ou qui pleurent, ou qui donnent des sous (que je prends) pour boire. Entre parenthèses, ça vous ferait bien voir si vous payiez quelques litres de vin à ces braves soldats qui font un métier de chien.

— Je ne cherche pas à me faire bien voir, dit Angelo. Nous vous avons suivis sans faire d'esclandre. Il vous reste à justifier votre façon de procéder. J'attends.

— Eh ! mon petit monsieur, vous n'avez pas fini d'attendre. Exactement quarante jours, si tout va bien. C'est le tarif. Par ici la sortie. »

Il les fit passer par une porte basse. Ils parcoururent un long couloir sombre. Le maréchal des logis frappa à un guichet.

« Deux, mon capitaine, dit-il.

— Fous-les aux bonnes sœurs avec les autres, dit une voix.

Par file à droite. »

Ils tournèrent dans un autre couloir aussi long que le premier mais éclairé par des fenêtres grillées qui donnaient sur une cour en contrebas, en terrasse, car, au-delà et par-dessus le mur à peine haut de un mètre on revoyait les toits de pierre de la petite ville déserte.

« Je suppose, dit négligemment Angelo, qu'on n'a pas déjà pillé notre bagage.

— C'est dans le domaine des choses possibles.

— Car, je serais disposé à donner un écu en argent à celui qui pourrait me faire rendre le portemanteau de madame et le mien.

— Avec les sacoches ?

— Disons qu'avec les sacoches qui ne contiennent que des ustensiles de cuisine j'irai jusqu'à huit francs.

— Je savais que vous étiez un bon type, dit Dupuis. J'ai un vice : Je ne peux pas me décider à voler. C'est plus fort que moi. Je recueille des héritages d'accord, mais voler, ce n'est pas dans ma conformation. Ça ne m'empêchera pas d'être votre légataire universel si les choses tournent comme d'habitude. Allez jusqu'à dix francs et attendez-moi deux minutes car, je crois qu'il faut faire vite.

— Je n'ai que huit francs, dit Angelo. Vous retrouverez le reste dans ma succession, mais pressez-vous.

— J'ai compté, dit-il à la jeune femme dès qu'ils furent seuls. Ils sont vingt-quatre. Le lieutenant en bas a le choléra sec et ne passera pas la journée ; souhaitons qu'il porte chance à deux ou trois soldats ; cette forme de la maladie fait vite tache d'huile dans des corps malpropres. Ce peloton est le plus mal tenu que j'aie jamais vu. Il n'a rien à faire qu'à piéger des bourgeois et il sent la basane pourrie comme s'il faisait campagne. C'est tout au plus si j'en aurai sept à huit sur les bras ce soir en comptant ceux qui auront la frousse, non pas de moi mais de la mort subite. Or, regardez ces couloirs ! Je peux manœuvrer de façon à n'en avoir jamais que deux en face.

— Je vous défends de vous battre de cette façon-là », dit gravement la jeune femme.

Son mince visage en fer de lance avait aux pommettes le rose d'un certain désordre. Ses lèvres tremblaient. Elle allait poursuivre quand une voix douce dit à côté d'eux :

« Pourquoi voudrait-il se battre ? »

C'était une religieuse venue à pas feutrés. Courte et boulotte elle ressemblait à une bonne ménagère avec ses longues manches noires retroussées sur ses bras dodus, rouges jusqu'au sang.

« C'est un enfant, ma mère », dit la jeune femme en faisant une brève révérence.

Angelo en était encore à ce visage soudain bouleversé et à ces lèvres tremblantes.

« Elle est très belle », se disait-il.

L'endroit où ce visage avait eu ses feux était resté en tache blanche dans sa mémoire.

Dupuis arriva avec les bagages. Ils ne semblaient pas avoir été touchés.

Angelo attira le gros maréchal des logis dans une embrasure de fenêtre.

« Voilà dix francs, lui dit-il, et je vais te donner quelque chose de plus précieux que l'argent. L'officier qui nous a arrêtés en bas au val est mort à l'heure qu'il est. Et je sais de quoi. Tu es assez malin pour comprendre que les civils ont parfois eux aussi un peu de jugeote. Il est mort d'une sorte de choléra très méchant qu'on appelle le choléra sec et qui est comme une boule dans un jeu de quilles. Or, j'ai un remède. Je ne veux pas que tu me croies sur parole. Attends la rentrée de la patrouille. Si je vois clair, il n'aura pas été seul à casser sa pipe. Alors, viens me voir, je te donnerai de quoi te sauver. »

Il se disait : « Il n'est pas possible qu'un cavalier à qui on a donné un embryon de puissance et qui avait tant de plaisir à commander tout à l'heure sur la route, en plein soleil n'ait pas peur de la mort entre quatre murs, surtout des murs si hauts. Et je l'ai tutoyé. C'est le vrai moyen de le faire réfléchir. »

Il eut le plaisir de constater qu'il intriguait cet homme apoplectique, engoncé dans ses humeurs, ce fonctionnaire du cheval et que même il avait réussi à lui faire passer l'envie de rire.

Angelo était en train de trouver que cette prison avait des couleurs fort aimables et permettait de vivre royalement quand il s'aperçut que la religieuse était en train de palper avec les signes du plus sordide contentement les pans d'un petit châle de cachemire que la jeune femme avait noué autour du cou. Il fut outré de ce sans-gêne, de cette avidité non déguisée et il rabattit sans violence mais fermement cette main de laveuse de vaisselle.

« Vous avez l'air bien décidé, lui dit cette paysanne qui s'était donnée à Dieu, mais nous en avons vu d'autres et tant vaut que nous parlions clair tout de suite. Je vous ai vu mettre la main à la poche ; il faut recommencer. Nous sommes une petite confrérie qui avons accepté le martyre. Mais ce n'est pas pour vos beaux yeux. Ici le logis et la nourriture se payent comptant et d'avance. Les voies du Seigneur sont impénétrables. Tout le monde est mortel et on meurt beaucoup en cette saison. Nous n'avons pas les moyens de rester avec des denrées sur les bras. *Nous avons nos pauvres*. Votre écot est pour le moment de six francs que vous ferez bien de me donner tout de suite si vous voulez manger de la soupe à midi. Vous allez également me signer tous les deux un papier comme quoi, en cas de mort, nous pourrons disposer de vos hardes, à nos risques et périls. Vos héritiers naturels pourraient faire des histoires et nous serons sans doute obligées de brûler tout ce qui vous appartiendra. »

Angelo trouva heureusement ce discours plaisant au possible. Il eut l'esprit de feindre une grande confusion et même un peu de lâcheté. Il paya avec une certaine largesse étudiée.

La religieuse les conduisit au bout du couloir, ouvrit une grille, leur fit traverser une vaste salle sonore mais obscure, puis d'autres pièces éclairées par des jours de souffrance. Tout cela semblait être à usage de mortification et de prière. Sur l'extrême nudité des murs, le corps du Christ, en bois, était crucifié. On voyait aussi, dans les coins d'ombres, de hautes chaises droites et des stalles. Enfin, il y avait partout ce froid glacial et cette odeur de bois vermoulu des couvents de la montagne.

Tant que les quarantaines avaient été des affaires de communes sous la direction de gens du cru qui avaient besoin de se dévouer pour ne pas perdre la tête, on avait employé des granges ou des hangars. On avait même parfois établi des campements sous des arbres, dans des prairies. Tout le monde s'échappait : soit par la violence, soit par de bonnes mains [80]. Les gardiens se faisaient des rentes en promenant de vieux fusils de chasse.

On pensait qu'il fallait calfeutrer le choléra. Les patrouilles de bourgeois, d'artisans et de paysans ne suffisaient pas à assurer la police des routes. Les voyageurs avaient de plus en plus tendance à imposer leur manière de voir, le pistolet à la main. Quand le gouvernement s'occupa de la chose, il fit appel à l'autorité des préfets et aux garnisons de préfectures. Les soldats avaient l'uniforme et un besoin très évident de tirer des coups de fusil dans le désarroi général ou de faire des moulinets de sabre. On leur avait dit qu'il fallait se dévouer, ce qui n'aurait pas suffi à les intéresser vraiment à l'affaire, mais il était plus rigolo de courir les routes que de rester à la caserne où d'ailleurs on mourait fort bien et fort souvent. Le grand air passe toujours pour une panacée universelle ; le mouvement changeait les idées. Il était en outre extrêmement réconfortant d'arrêter les gens à vingt contre un et de voir qu'on faisait peur, quand on avait peur soi-même.

Les petites villes qui avaient des hôpitaux ou des

lazarets y entassèrent les gens de passage. Ailleurs on fit servir les établissements des frères des écoles chrétiennes, les communs des couvents, les préaux des séminaires, quelquefois même les églises. La quarantaine de Vaumeilh était installé dans le château, ancienne commanderie de Templiers que le baron Charles-Albert Bon de Vaumeilh avait léguée au début du siècle à une petite confrérie de Présentines. Elles étaient là onze femmes modestes, venues des fermes d'alentour, ayant troqué la marmite et l'enfantement annuel contre la loi d'un maître qui ne portait pas culotte de velours et les laissait tranquilles sept jours sur sept.

Après avoir passé plus de vingt petites portes rondes qui trouaient l'épaisseur des murs, puis, sous de hautes voûtes qui se perdaient dans l'ombre et près d'escaliers raides sans rampe, découpés en dents de scie dans de la pierre usée, qui menaient à des chemins de ronde, à des galeries, à des cellules collées à ras de plafond comme des nids, à des balustrades derrière lesquelles luisaient les rayons poussiéreux d'une lumière jaune, Angelo et la jeune femme furent conduits à une grille que la religieuse leur fit franchir et qu'elle ferma sur eux.

Ils étaient dans une cage d'escalier qui aurait pu contenir une goélette toutes voiles déployées.

« Vous voilà dans votre domaine, dit la petite nonne grasse de l'autre côté de la grille, avant de s'éloigner.

— Il suffirait, dit Angelo, de lui arracher sa coiffe et quelques cheveux, de la souffleter solidement sur les deux joues et surtout de lui prendre son trousseau de clefs pour en faire tout de suite une servante de la campagne bien soumise qui répondrait : “Oui, madame, oui, monsieur” à tout ce que nous lui dirions et serait peut-être même dévouée. Mais alors, elle aurait la frousse de tout et maintenant du choléra. Elle claquerait des dents. Je ne voudrais pas non plus que vous vous fassiez des montagnes de ces soldats. Ils ne sont exactement plus rien devant quelqu'un qui tient la trique par le bon bout.

— Soyez tranquille, dit-elle, je vous ai vu examiner la largeur des portes, compter les pas et prendre des points de repère. On ne pouvait pas vous choisir de quarantaine plus excitante. Vous êtes forcé de vous échapper.

— Bien entendu, dit Angelo. Désormais, nous avons les mains libres. Je n'ai pas l'intention de perdre du temps. Je sais ce que nous allons voir ici et l'enfer n'a pas de bonnes manières. Je n'ai plus besoin de soigner Pierre ou Paul. »

Pendant qu'il cachait leurs bagages dans un coin sombre, il dit quelques mots amers sur le « petit Français » et ses entreprises désespérées avec les moribonds.

« La seule chose qui compte c'est de vous tirer d'affaire. Avez-vous un bon moyen pour porter vos pistolets avec vous ?

— Le meilleur c'est à mon poing.

— Ils vous fatigueront et il faut avoir aussi de quoi les recharger. J'ai les miens dans mes poches mais il nous faudrait un sac pour y placer les boîtes à poudre, les balles, les capsules, votre thé et une casserole, un peu de sucre. Nous ne savons pas si nous pourrons reprendre les chevaux. A tout hasard, quand notre évasion sera en bonne voie, je basculerai le reste du bagage par une fenêtre et si nous en avons le temps nous irons le chercher. Mais ici-dedans où, semble-t-il, c'est immense, ne nous séparons pas de nos armes. C'est notre viatique. »

Il arrangea une sorte de havresac avec les sacoches d'arçon et réussit assez facilement à se l'arrimer sur le dos. Il prit le petit sabre à la main et ils commencèrent à monter dans l'escalier qui avait l'air d'aller vers beaucoup de lumière.

A en juger par les dimensions et la forme du bâtiment dans lequel ils se trouvaient ils devaient être dans le corps de cette grosse tour carrée qu'ils avaient vue de la route.

Les marches basses s'élevaient lentement par longues volées tournant à angle droit. Sans qu'on puisse parler de premier étage, il y eut à un certain endroit une sorte de palier avec une porte basse à chaque bout. Elles étaient verrouillées l'une et l'autre. Plus haut, des rayons de soleil passant par des meurtrières s'entrecroisaient et, frappant sur les murs, entretenaient une vive lumière. Dans le sommet de la tour, nichaient des pigeons sauvages qui se mirent brusquement à voler tous ensemble en faisant un bruit de torrent.

Aussitôt une porte s'ouvrit au-dessus d'eux et trois têtes vinrent regarder par-dessus la balustrade. Une d'elles, celle d'un homme très noir, sans doute barbu, se retira prestement.

Les Présentines de Vaumeilh étaient toutes d'anciennes filles de ferme ou de fermiers. Elles savaient gouverner les poules en poulailler, les lapins en clapier et comment on ferme des portes. Elles avaient installé la quarantaine dans cette partie de la Commanderie originairement destinée à servir de dernier bastion.

Il y avait dans les combles de la grosse tour une vaste chambre qui tenait tout l'en-plein du carré. Le plafond n'était rien d'autre que le gros œuvre des poutres énormes qui portait les dalles de la terrasse de défense. L'éclairage venait de tous les côtés par plus de cinquante ouvertures disposées sur les quatre murs, anciens créneaux couverts à l'italienne et transformés tant bien que mal en fenêtres par des vitrages de fortune.

C'était en somme un lieu idéal pour faire mariner des suspects en plein air salubre et en plein soleil. On y jouissait en outre d'une belle vue. On pouvait faire le tour d'horizon complet des montagnes sévères à peau verdâtre qui soulevaient les chemins de tous les côtés. Le vent assez rude (même par beau temps) de ce pays sans gentillesse et qui fait tout, même le printemps, comme un aride devoir, ébranlait sans arrêt un clapotement de vitre, soulevait la paille des litières dont on avait jonché le parquet et tonnait comme des coups de mer contre les murs.

Il fallait couvrir avec des manteaux les quatre bennes de bois contenant l'eau potable pour la garantir des poussières. On avait essayé de protéger de la même façon, avec des couvertures de cheval et surtout des châles, des vieux jupons, des vêtements féminins pendus en tentures, le coin où étaient installés les seaux servant de lieux d'aisance. Dans l'embrasure d'un mâchicoulis ouvert on faisait du feu à même les dalles pour de petites tambouilles particulières : du thé, du café, du chocolat pour ceux qui possédaient encore un peu de ces denrées. Naturellement, si on ne prenait pas ensuite la précaution d'arroser les cendres (et généralement avec de l'urine car on n'avait qu'une corvée d'eau potable par jour), les courants d'air les soulevaient et en jetaient les poussières partout.

Il y avait très souvent des malades.

« Vous voyez qu'on a bien fait de vous empêcher de courir, disaient les religieuses. Il y a dans les environs des villages qui n'ont pas encore eu un seul mort. Vous seriez allés leur porter les occasions. »

Ce qui était un pieux mensonge car les villages des environs avaient été dévastés comme les autres villages. Et d'ailleurs leurs morts étaient morts, tout compte fait, plus commodément que ceux de la quarantaine avec, parfois, le secours d'un médecin, ou bien des drogues, en tout cas dans des lits et souvent dans des alcôves sombres qui leur épargnaient les souffrances supplémentaires de la vive lumière si douloureuse à la rétine des cholériques.

On avait déjà perdu plus de vingt malades. Il avait fallu se gendarmer brutalement contre les survivants, surtout ceux de la famille des décédés. Contrairement à ce qui se passait en liberté, les morts entraînaient des chagrins sans doute véritables mais toujours fort bruyants. La mort n'arrivait pas dans l'intimité de la famille où il est possible et permis d'être soi-même ; où, la part du feu une fois faite, il faut songer à sauver les meubles. Le malheur frappait en pleine lumière, devant tout le monde, qui se reculait et s'entassait à l'autre bout de la pièce, comme un troupeau qui voit entrer le loup. En raison des quatre murs très solides et de la grille d'en bas qu'on savait très soigneusement fermée (on pensait aussi aux soldats à cheval, si rouges) il n'y avait aucun espoir de pouvoir ruser comme ailleurs, comme en liberté, comme partout dans ces temps où la mort insiste longtemps, toujours au même endroit. On ne perdait plus des êtres chers. On lisait des Mané, Thécel, Pharès [81]. On ne pouvait pas fuir, on criait. D'ailleurs, cela donnait un certain décorum ; paraître console de disparaître : bref, on n'en finissait plus de pleurer sur soi-même. Au bout de cinq minutes les indifférents criaient aussi fort que les intéressés ; au bout de cinq minutes, il n'y avait plus d'indifférents.

« Qu'est-ce que vous foutez là-haut ? criaient les soldats.

— C'est vraiment du désordre », disaient les religieuses, assez fières de ne pas mourir.

La petite communauté avait été protégée jusqu'ici. Elles s'occupaient cependant des morts avec désinvolture et détachement. Les soldats montaient avec une civière. Ils étaient très sensibles, réconfortaient de quelques mots, flattaient gentiment l'épaule des femmes, disaient des blagues. Ils avaient des lèvres blanches comme de la craie sous leurs moustaches. Ils s'occupaient très maladroitement des cadavres. Ils y mettaient une certaine raideur, préféraient les prendre par les pieds plutôt que par la tête et juraient quand (ce qui arrivait presque chaque fois) le corps, relâchant ses muscles noués par la souffrance et l'agonie, tressautait entre leurs mains et rejetait une dernière fois, du haut et du bas, ces jus fétides, blancs comme du riz et semblables à du lait caillé.

On avait d'abord essayé, après chaque décès, de brûler la paille souillée. Mais cette paille humide de déjections et brûlée dans l'embrasure du mâchicoulis produisait une fumée épaisse, d'odeur terrible, qui rendait intenable toute la salle de la quarantaine, malgré ses dimensions et sa ventilation, empestait toute la tour, les escaliers et s'en allait même par les couloirs, jusque chez les Présentines et les soldats. On se contenta par la suite d'entasser cette paille dans un coin où elle séchait. Les nécessités de la vie cloîtrée en commun avaient d'ailleurs créé les légendes susceptibles de permettre cette vie et même de la rendre supportable, puisqu'il le fallait. Elles n'étaient pas plus bêtes que d'autres. Notamment, il était ici de toute évidence que le choléra ne se transmettait pas par contagion. S'il était contagieux disait-on, nous serions déjà tous morts. Or, nous ne sommes pas tous morts (certains ajoutaient même : « Loin de là ! »). Donc, il n'est pas contagieux. Donc, il n'est pas nécessaire de brûler la paille qui produit une fumée si nauséabonde et si suffocante. Et surtout, il n'était pas obligatoire de mettre en quarantaine dans la quarantaine les personnes qui avaient soigné la personne décédée, ou eu des relations avec elle. Au moment de la maladie, pendant les affres et l'agonie, on s'éloignait à l'autre bout de la salle : le spectacle n'était jamais très amusant mais on pouvait ainsi s'éloigner non plus pour des raisons de poltronnerie ou de lâcheté si difficiles à avouer en compagnie, mais au contraire par discrétion, bonne éducation (cette bonne éducation si indispensable, si chère aux médiocres), tous les sentiments qui sont le fondement des fonctions bourgeoises.

Être contraint à la quarantaine (on n'en faisait reproche qu'à soi-même, on s'accusait d'avoir été maladroit ou imprudent ; on n'allait jamais jusqu'à accuser ce gouvernement qui faisait bouger ses soldats) ; être contraint à la litière de paille n'empêchait pas d'être ce qu'on était. On continuait toujours à avoir pignon sur rue, à être inscrit sur le grand livre des rentes ; on continuait à posséder, à être notaire, huissier, marchand drapier, père de famille, fille à marier, et même menteur, hypocrite ou jaloux, ou célèbre dans son chef-lieu de canton, ou berné. En liberté, on aurait pu alors se réfugier dans les bois, les pavillons de chasse, les fermes, les résidences à la campagne (c'est bien ce qu'on était en train de faire quand on avait été arrêté par les soldats). On aurait pu sauver la face. Ici, il fallait continuer à la sauver. Il fallait rester en situation. A quoi servaient toutes les nouvelles légendes du cru et, en premier lieu, le dogme de la non-contagion qui, une fois accepté, mettait beaucoup de beurre dans les épinards. Il allait jusqu'à donner du courage ou tout au moins une attitude qui imitait parfaitement celle du courage. Jusqu'au moment où l'on avait brusquement ce regard étonné qu'Angelo avait vu à l'officier de la patrouille, où l'on était uniquement aux aguets de choses qui étaient en train de se déclencher en soi-même. Mais alors, on ne tardait pas à perdre conscience et c'est tout juste si on entendait le bruit que faisait le reste de la société en s'éloignant poliment de vous.

Les nouveaux venus qui entraient en quarantaine sous les combles de la tour restaient tout un jour, parfois deux, près de la porte. Ils ne se mêlaient jamais tout de suite aux anciens qui étaient là depuis dix à quinze jours. On le savait (on comprenait qu'il était difficile d'accepter ce changement d'existence : on avait eu aussi ce dégoût, ce recul. Se remettre à vivre sur nouveau frais ne s'improvise pas). On ne s'en formalisait pas. On les laissait se débrouiller. On fanfaronnait un peu sous leurs yeux pour leur donner des motifs d'avancer, se les incorporer avec plus d'aisance, leur faire perdre le sentiment qu'hors de la fuite pas de salut. On avait grand plaisir à s'en adjoindre ainsi deux, quatre ou dix de plus ; on félicitait les soldats. « Plus on est de fous, plus on rit », disait-on. On aimait avoir la preuve que le sort qu'on subissait était le sort commun (ce qui console). Qu'on n'était pas les seuls imprudents, les seuls maladroits, qu'il y en avait d'autres, que les soldats étaient très habiles, ne laissaient échapper personne, que tout le monde était finalement fourré en quarantaine, qu'on n'était pas dans l'exceptionnel. Le plus important de tout était de ne pas être dans l'exceptionnel. C'est ce dont on essayait de convaincre les nouveaux venus restés près de la porte, n'osant pas en prendre leur parti et qui croyaient encore que le fait d'être enfermés dans cette vaste salle grondante de vent, de lumière et de peur au sommet de la tour de Vaumeilh était parfaitement exceptionnel.

Angelo et la jeune femme restèrent eux aussi interdits au seuil de la grande salle. Le bruit du vent avait une parfaite puissance de pathétique. L'éblouissante lumière qui transperçait la quarantaine d'outre en outre, sans rien laisser à l'ombre, exaltait jusqu'au jaune terreux de la paille, faisait luire à la fois le drap fin des redingotes et l'ordure qui les salissait, la moire, le satin de certaines robes (une jeune fille pâle et blonde avait même une jupe d'organdi) et l'ordure qui les salissait. Tous ces vêtements fripés dans lesquels on dormait, on se vautrait dans la paille pour des siestes de désespoirs personnels, on faisait les corvées d'eau et de tinettes, habillaient les membres d'une société qui gardait ses gibus, ses catogans, ses anglaises, ses casquettes de voyages et ses fausses rondeurs de gestes.

Il y avait aussi, près de la porte, quatre ou cinq personnes éberluées : une forte femme à cheveux gris d'une cinquantaine d'années, vêtue à la promenade d'une demi-crinoline de faille violette, un paysan boulot, trapu, qui rentrait la tête dans les épaules et se recroquevillait en boule dans un costume de velours roux, tout neuf (inauguré sans doute pour le voyage qui aboutissait inopinément ici) ; un jeune homme de la ville en veste cintrée, chapeau Cronstadt, canne à pomme ; un groupe de trois bourgeois sans doute célibataires, cossus, en redingote moutarde bordée de noir, très cascadeurs d'allure, mais les bras pendants et la bouche ouverte. (« Vous arrivez ? dirent-ils bêtement à Angelo. — Comme vous voyez », répondit-il) ; et une petite fille de dix à douze ans, bien vêtue, qui semblait n'appartenir à personne mais que la forte femme regardait, à la dérobée.

C'était les voyageurs d'une carriole de contrebande arrêtés la veille au soir : forcément riches car il fallait payer cher pour soudoyer un cocher. Ce dernier n'était pas là ; il avait dû s'échapper, ou verser la dîme au soldat, ou simplement trahir ses pratiques pour s'éviter le voyage, palper sans rien faire, peut-être même toucher des deux côtés.

« *Continua la commedia*, se dit Angelo. Et personne ne songe à jouer des coudes ou la fille de l'air. Si je prends mon temps, il y aura gras. [82] »

« Ne vous inquiétez pas, dit-il à voix basse à la jeune femme, et gardez-vous bien de réfléchir profondément comme ils font tous, autant que leur nature le leur permet. Cela donne l'air niais, comme vous voyez, et on est perdu. Vous avez plus de finesse et de courage qu'eux tous réunis, mais vous avez plus de cœur et vous iriez trop bas.

— Je pense exactement ce que vous dites, répondit la jeune femme, mais ce sont de bonnes paroles : avec toutes les bonnes paroles du monde, on ne peut pas s'empêcher de grelotter quand il fait froid.

— Nous sortirons d'ici, même s'il faut descendre le long des murs comme des mouches. Voilà la seule pensée que je vous permette, dit sèchement Angelo.

— Pardon, monsieur » (c'était le petit jeune homme à veste cintrée), « comment faut-il faire ici pour obtenir son bagage ?

— Comme partout, monsieur.

— Nous sommes ici depuis hier soir et personne ne s'est soucié de nous.

— Donnez-leur donc des soucis vous-mêmes. »

Un des bourgeois lui demanda ce que c'était que cette arme qu'il tenait à la main.

« C'est mon parapluie », dit Angelo.

En effet, il fourra le petit sabre sous son bras, comme un parapluie et il entraîna la jeune femme à travers la quarantaine, vers une grande fenêtre par laquelle le vent passait librement, et dont tout le monde se tenait écarté.

« J'ai dans les sacoches, dit-il, le thé, le sucre, la farine de maïs, le chocolat, vos pistolets, votre poudre, la mienne, vos balles et les miennes ; mes pistolets chargés sont dans ma poche. Nos manteaux et votre petite mallette sont en bas cachés sous l'escalier. Nous sommes résolus, nous sortirons d'ici à la nuit. Vous n'avez là sous les yeux que des gens crasseux et morts de peur qui plastronnent parce que pour eux la révolte est de mauvais goût. Pour moi non. »

Et il parla pendant plus de cinq minutes de révolution sociale et de liberté mais il eut l'esprit de faire des phrases courtes sans emphase qui contenaient au fond beaucoup de bon sens et à cent lieues du choléra. Il avait aussi pour lui sa petite barbe drue de trois jours de voyage par monts et par vaux. La fenêtre était pleine de ce paysage de montagnes plus exaltant que la mer quand on le voit d'un peu haut ; elle soufflait un vent apaisé et tiède car on approchait de midi.

Un très bel homme à allure de maquignon et qui continuait à soigner ses favoris avec un petit peigne s'approcha d'Angelo.

« Je vous vois en grande conversation, lui dit carrément cet homme qui avait de très jolies rides de malice autour des yeux. Vous êtes nouveaux et vous vous demandez comment vivre. C'est facile. Tous les nouveaux préfèrent cuisiner eux-mêmes sur de petits feux qu'ils allument là-bas dans ce coin. Si vous voulez un paquet de bois à brûler que j'ai taillé moi-même dans une planche, je suis prêt à vous le vendre six sous. Si vous fumez, je vends du tabac de troupe. J'ai également à votre disposition un petit flacon d'eau-de-vie toujours utile pour les malaises de madame. Enfin, demandez et, si vous avez de quoi, vous serez servi. Pour trois sous, je me charge également de vous trouver un homme qui vous remplacera quand ce sera votre tour de corvée d'eau ou de matières malodorantes. Également trois sous pour madame qui, d'après nos lois, y est astreinte comme tout le monde.

— Vous êtes, dit Angelo, exactement l'homme que je cherchais. Si vous ne vous étiez pas présenté j'aurais été fortement embarrassé. J'ai déjà fait quelques affaires avec votre ami Dupuis...

— Vous connaissez Dupuis ? C'est une vieille canaille. Il me prend tout mon bénéfice, mais je suis philanthrope et...

— Question *quibus*, dit Angelo en baissant la voix, nous nous arrangerons toujours. Tendez la main entre madame et moi pour qu'on ne voie pas ce que je vais y mettre, et voilà pour commencer vingt sous pour le bois, les corvées et le plaisir de vous connaître.

— Voyez-vous, monsieur, dit l'homme, les gens bien élevés sont les maîtres partout. Tendez la main à votre tour, je ne veux pas être en reste. Vous allez avoir un peu de tabac. Il n'est pas très bon, je m'excuse, je suis obligé de le garder sur moi, dans la poche de mon pantalon parce que ici on chaparde tout et la chaleur de la cuisse n'est pas bonne pour le tabac. Tel qu'il est cependant, vous verrez quand vous serez ici depuis quelque temps, il ne faut pas lui cracher dessus. »

Ce personnage les mit au courant des nouvelles de cet endroit particulier, c'est-à-dire des nouvelles du monde. Vaumeilh avait été saigné à blanc. Sur deux mille personnes, plus de six cents avaient passé l'arme à gauche dans la plus belle anarchie de chambre à coucher et de cimetière qu'on ait jamais vue. Sur cette population montagnarde, austère par négligence et dont le *bon air* était la plus grande raison d'être, isolée dans une contrée qui passait jusque-là pour salubre, la présence de la mort détermina ce qu'on était bien obligé d'appeler des décès par persuasion. Ceci remontait d'ailleurs aux premiers temps de la contagion. La raison avait repris le dessus. Avant l'établissement des quarantaines la presque totalité des survivants était allée camper dans les bois qu'on voyait d'ici sur le flanc d'une montagne noirâtre où ils avaient fait une sorte de village indien. Ils y étaient encore. Ils n'avaient confiance que dans l'hiver qui, dans ce pays, gèle tout. Si mouches il y avait, comme on prétendait, elles n'y résisteraient pas. Il ne restait dans le bourg qu'une centaine d'hommes et de femmes, bien décidés, qui faisaient du commerce avec la quarantaine, se faisaient concurrence et ne s'ennuyaient pas, comme vous verrez ce soir ; vous les entendrez gueuler.

Dans la tour proprement dite, on ne mourait pas trop

pour l'instant mais on avait traversé une mauvaise passe. Cet homme était là depuis quinze jours.

« Je suis représentant en machines à coudre, dit-il. Je faisais tout ce que je pouvais pour rentrer à Valence en catimini quand on m'a pris bêtement au bord de la route où j'étais en train de dormir sous un arbre. » On l'avait enfermé ici avec six personnes qui sont allées manger les mauves par la racine, l'une après l'autre, dans les trois jours qui suivirent. « On m'a nommé chef de chambrée parce que je suis le plus ancien, que je tiens le coup et qu'il faut de l'ordre. J'ai des listes. Les soldats ont amené ici cent douze personnes. Nous sommes aujourd'hui trente-quatre en comptant les arrivées d'hier soir et vous deux. Enfin, pour le moment, au lieu de diminuer, nous augmentons, et de gens comme vous, dont il faudrait beaucoup. »

Il trouvait que la journée était belle.

Six hommes de corvée étaient allés chercher en bas à la grille les trois chaudrons de soupe aux choux et au pain que les religieuses avaient apprêtée et l'apportaient.

« Attendez, dit Angelo, il faut que je dise quelque chose de grave à un homme qui a la tête sur ses épaules. Regardez par la fenêtre. N'est-ce pas en bas la patrouille qui rentre et qu'on voit sur le chemin ? Remarquez les chevaux sans cavaliers qu'on ramène ; il y en a quatre. Et, si je ne me trompe pas, c'est Dupuis qui a pris le commandement de la colonne. Quand on nous a arrêtés ce matin, le lieutenant était aux premières affres d'une bonne attaque de choléra sec. J'ai l'impression qu'il a fait école. Attendons-nous encore à diminuer. Bon appétit. Nous allons nous contenter de thé aujourd'hui nous deux, bien que nous ayons payé notre écot.

— Écoutez, dit l'homme, je ne vous embêterai pas. Je sais qu'entre mari et femme on a des choses à se dire qui ne regardent personne, surtout dans cette situation. Donnez-moi un bol de votre thé et un peu de sucre, j'irai le boire dans mon coin et je vous foutrai la paix. Mais, moi non plus je ne mangerai pas de soupe. Gardez-vous bien de parler de choléra sec ici dedans ou alors, prenez votre sabre. J'ai déjà vu des scènes pas très jolies. Il ne faut pas vous fier à leurs gibus, vous savez, monsieur. Dessous, c'est une chose dont je ne dirai pas le nom devant madame mais qui ne sent pas bon. »

Le représentant en machines à coudre retourna à son coin avec son bol de thé. Il avait eu aussi une tablette de chocolat, une petite motte de cassonade et une poignée de farine de maïs. Angelo lui montra comment mélanger la cassonade et la farine de maïs crue de façon à en faire une poussière assez désagréable à mâcher mais très nourrissante et, en tout cas, préférable à cette soupe plus que douteuse. La soupe avait pourtant beaucoup de succès. Il fallait même un planton pour défendre les chaudrons contre les entreprises de messieurs et de dames fort bien. Même la jeune fille en robe d'organdi (avait-elle été arrêtée au sortir d'un de ces bals costumés qu'on donnait un peu partout, avec rage ? Avait-elle, après le bal, erré dans la campagne, reprise par la peur ? Avait-elle fui au hasard et enfin rencontré les soldats ?), même la jeune fille en robe d'organdi réclamait un peu moins de bouillon et un peu plus de panade. Elle était cependant assez jolie, presque racée, avec un rien de sang bonnetier dans l'attache du nez un peu fort. Elle essayait de se faire faire place en poussant des hommes solides, des mères de famille fortes de leurs droits qui assiégeaient étroitement les chaudrons. N'étant pas très forte de bras, elle se servait de son corps, comme dans la danse, mais elle réclamait de la panade d'une voix aiguë. Enfin, un homme qui se retirait et se redressa brusquement lui fit sauter le bol des mains.

C'était l'heure où le vent se calme. Il y avait dehors cette lumière couleur d'abricot des derniers jours chauds de l'automne. Les montagnes avaient disparu dans le soleil ; à leur place étaient des flots de soie mauve étincelante et transparente, sans poids et presque sans forme, effacées jusqu'à l'onduleuse ligne de leurs crêtes à peine marquée dans le ciel. Le moutonnement des landes jaunâtres qui se haussaient en collines pour porter le bourg et le château disparaissait sous un papillonnement irisé, semblable à celui qui tremble au fond de l'air surchauffé, mais ici il était produit par de vrais papillons voletant à ras de terre. Angelo dut faire un effort d'imagination pour se représenter ce monstrueux essaim. « Il n'y a pas une seule fleur, se disait-il, pas un seul arbre à sève douce dans tout ce pays. Où vont-ils chercher tout le sucre qu'il leur faut ? » Il eut un petit spasme de la gorge et il avala précipitamment sa salive. Des corbeaux traversèrent le ciel, suivis de quelques pigeons qui volaient moins vite mais battaient violemment de l'aile pour rester dans le lot. Quand les oiseaux passèrent au-dessus des landes irisées, un tourbillon d'insectes se souleva, mettant dans le soleil comme le flamboiement d'un étrange brasier dont la flamme s'étira, noircit, devint comme la suspension d'un nuage de suie, pointa dans la trace et commença à déployer dans le ciel une banderole noire, brillante, ayant l'éclat de la faille, ou du strass, flottant dans le sillage du vol des oiseaux et volant après eux. Les corbeaux se dirigeaient vers les petites fumées bleues qui suintaient du flanc immatériel d'une montagne.

La patrouille rentra dans la cour. Ce n'étaient pas quatre cavaliers qui avaient vidé les arçons mais cinq. On ramenait cinq chevaux par la bride, cinq sabres au fourreau, cinq mousquetons pendus à l'arçon de la selle vide. En mettant pied à terre, un des soldats tomba. Il se releva tout seul.

« Je n'ai plus peur de la mort, dit la jeune femme.

— De qui avez-vous peur à la place ? dit Angelo après un silence.

— Du chaudron. »

Il eut un mince sourire.

« Nous avons les pistolets, dit-il.

— Je n'aurai pas le courage.

— Si c'est du courage, j'avoue que moi non plus, mais on peut toujours se réfugier quelque part au lieu de faire gribouille. Si vous pouviez abattre seulement de votre main un de ces goinfres crasseux et qu'il reprenne devant vous figure humaine en mourant violemment et dans du sang au lieu d'ordure, cela vous remettrait d'aplomb. Ce n'est pas sur nous qu'il faudra tirer le coup de pistolet, en fin de compte, c'est sur eux. Le représentant en machines à coudre se sauve avec ses outils. Il fait de la guelte jusqu'ici. Il faut nous sauver avec nos outils.

— Vous le feriez ?

— Je ne sais pas ce que je ferai. Nous avons du thé, sucre et maïs pour cinq jours. Dans cinq jours nous serons loin mais, si nous n'étions pas loin, nous serons au point où il faudra devenir comme eux ou rester ce que nous sommes. Cela vous suffit-il comme raison ?

— Vous n'avez pas besoin de me donner des raisons. Je pensais tout à l'heure que si l'appui de cette fenêtre n'était pas si haut, il suffirait de se pencher imprudemment, ce qui se fait sans effort. C'est votre propre poids qui vous entraîne. Une fois en bas c'est fini. Je m'étonne qu'ils n'y aient pas pensé.

— Peut-être l'ont-ils fait et préféré le chaudron. Peut-être des gens ont sauté mais ils ne nous l'ont pas dit parce que pour eux c'est un geste de fou dont la contagion ne les menace pas, donc n'occupe pas leur esprit. Ils ne sont terrifiés et ils ne parlent que de ceux qui sont morts, comme on doit (pensent-ils en eux-mêmes), c'est-à-dire en se vautrant dans de la paille souillée. Ce qu'ils font déjà en bonne santé, sans scrupules.

— Je sais que dans cinq jours je ne me pencherai pas à la fenêtre. Je sais que ce soir je me coucherai dans la paille sans penser à la fenêtre ou aux pistolets, que mes pistolets sont déjà des outils inutiles qui ne peuvent pas plus servir à mon salut que des scapulaires. Je sais que le soir va venir, comme il est naturel qu'il le fasse, que je me coucherai, comme il est naturel que je le fasse, dans cette paille souillée ou non, que demain je serai comme eux, que je ferai ma vie ici dedans, avec ce qui me sera donné, comme il est naturel et facile que je le fasse, jusqu'à ce que je meure du choléra. Vous voyez que je n'ai plus peur de cette mort qui fait vomir.

— Et si vous ne mourez pas ?... car vous pouvez en échapper. Êtes-vous sûre d'oublier ce que vous avez été pendant quelque temps et de croire encore en vous ? Eux n'ont pas cette peine. Qu'est-ce qu'ils étaient avant ? Je vous vois encore avec votre flambeau, dans cette maison déserte, cette ville pourrie, devant un homme qui devait être assez effrayant surgissant de l'ombre. Et je pense à la vie que j'avais menée sur les toits. Sans doute n'avais-je pas l'œil très tendre ? Je me souviens que les flammes de votre chandelier étaient immobiles et raides comme des pointes de fourche. Et la main qui m'a fait du thé ce soir-là savait être secourable sans trembler. Et votre gros pistolet était caché sous un châle, près du réchaud où vous me prépariez la boisson nécessaire. Il fallait avoir confiance en soi pour agir de cette façon-là. Celle dont la main ne tremblait pas n'avait jamais été lâche, sans quoi elle aurait sur-le-champ inventé une lâcheté (c'était aussi le moment ou jamais) et les flammes auraient tremblé. Il y a quelqu'un qu'on ne peut jamais tromper : c'est soi-même, parce qu'on est toujours d'accord avec ses actes. Ce n'est pas rien que de manger au chaudron ou simplement faire votre place dans cette paille. Vous ne pourrez jamais vous berner et vous raconter des histoires par la suite en vous disant que vous y étiez contrainte. En tout cas, des êtres comme vous ne le pourront jamais. Et il vous faudra vivre avec l'idée que vous avez cédé parce que vous étiez d'accord pour accepter le chaudron.

« Je ne sais pas qui vous êtes. Je ne sais de vous qu'une chose : dans les occasions exceptionnelles, vous tenez le coup. C'est pourquoi je vous ai parlé devant la barricade. Avec les autres, j'étais seul contre les soldats ; avec vous, je n'étais plus seul. Quand nous avons eu notre première algarade, je pouvais très bien recevoir un coup de pointe par-derrière ; les dragons ne plaisantaient pas. Si j'avais pu le craindre, j'aurais été obligé, pour y parer, de faire volter mon cheval d'une façon qui manque d'élégance. Mais, je ne m'en suis pas soucié parce que je savais que vous étiez là (bien que je vous aie crié de fuir et de vous tirer d'affaire) ; cela m'a permis le brio qui donne tant de joie. Et, *naturellement*, vous étiez là, votre petite main braquait le gros pistolet sur le pauvre brigadier.

— Mais le lendemain j'ai tiré un corbeau parce qu'il roucoulait comme une colombe.

— Eh ! n'est-ce rien un corbeau qui roucoule comme une colombe ? Il faut toujours tirer sur ces choses-là. J'aurais fait pareil et j'aurais eu les yeux aussi gros que les vôtres. La vraie mort est minuscule. Savez-vous ce qui perd votre âme ici ? C'est cette odeur de caca et d'urine, tous ces jupons qui puent comme des caques de morue. Ce ne sont pas les fers ni les murs qui gardent les prisonniers en prison : c'est l'odeur de leurs latrines qu'ils sont obligés de renifler pendant des mois, puis des années. Avec des sens avilis, quel monde voulez-vous qu'ils aient en eux ? Les plus résistants, les plus *nostalgiques* finissent par faire ce que je vous ai dit tout à l'heure : ils ouvrent le ventre à un de leurs camarades pour respirer l'odeur du sang, retrouver une couleur rouge, comme on mange le mousse sur les radeaux pour avoir un peu de viande sous la dent. Venez, penchons-nous à cette fenêtre, non pas pour perdre l'équilibre mais pour le retrouver. »

Le soleil avait déjà incliné sa lumière. Les montagnes recommençaient à prendre corps. Angelo et la jeune femme dominaient une partie des toits de la bourgade et tout un côté du château. Ils restèrent là plus de deux heures à regarder le ciel qui déposait ses lies [83] et devenait d'un beau gris perle. Le soleil était dans une saison où il se retire vite ; toutes les écailles des toitures en pierres plates cernées d'un liséré d'ombre passaient du gris au vert tendre. Certaines couvertures plus basses que d'autres étaient tachées de grandes plaques de lichens dorés. Le vent qui avait repris donnait à tout ce pays une allure marine, une odeur de grand large. Les papillons scintillaient comme du sable. Les corbeaux et les pigeons mêlés jaillissaient en écume des maisons hautes, des tours et du clocher à chaque coup de mer.

Angelo passa ces deux heures dans la sérénité la plus absolue. Il n'avait pas voulu fumer un petit cigare pour ne pas donner envie à ceux de la quarantaine qui n'avaient pas de tabac. Avant de s'y résoudre, il avait jeté quelques coups d'œil par-dessus son épaule pour voir s'il y avait des fumeurs ; il n'y en avait pas. Après avoir mangé la soupe, les gens s'étaient allongés sur leur litière. Le représentant en machines à coudre ne devait pas être généreux tous les jours. Angelo ne souffrit pas de cette privation plus de cinq minutes. Il compta les fumées qui sortaient des cheminées : il y en avait sept. Sept feux dans ce bourg qui, avant la contagion, devait en allumer plus de huit cents vers les quatre heures de l'après-midi. Il suivit le manège des soldats dans la cour. Il en vit un qui nettoyait les verres d'une lanterne d'arçon. Il supposa qu'on préparait une patrouille de nuit. Peu de temps après cela lui fut confirmé par un ordre dont il entendit quelques mots. Il se demanda de quelle façon il opérerait s'il était à la place du capitaine. De temps en temps, il cessait de se reposer sur la jambe droite et il se reposait sur la jambe gauche. Il chercha l'emplacement des routes sur le pays. Il en vit deux, désertes, qui se dirigeaient vers les montagnes. La partie du château qu'il avait sous les yeux ne permettait pas d'espérer. La tour descendait à pic, sans une aspérité jusqu'à la cour aux soldats. De l'autre côté, il y avait un mur d'une quinzaine de mètres de haut, par-dessus lequel on apercevait un chemin de ronde qui, à en juger par l'éloignement des toitures devait lui-même dominer le bourg d'au moins vingt mètres. Il imagina n'importe quoi. Il était dans une paix parfaite. Il pensait aux religieuses. Il se disait qu'elles avaient sûrement peur du bruit et du sang. Il savait ce qu'on devient quand un pistolet vous part brusquement sous le nez, en pleine nuit. Avec les soldats, c'était une autre affaire. Mais ils ne sont pas échauffés. Arrêter le bourgeois endort. Même au début d'une campagne, il faut cinq à six jours d'adaptation avant de faire son compte avec les feux de peloton et même les balles isolées. C'est dans les romans qu'on les prend pour des guêpes. Une fois la bataille commencée, il savait qu'il faut faire le plus de mal possible très vite. Ce sont les quatre premiers morts qui comptent, si tout de suite après on se met à tailler. « Je lui laisserai tout le temps de recharger », se dit-il en pensant à son petit sabre et à la jeune femme.

Il la regarda. Elle n'avait pas l'air d'aller bien. Il lui demanda avec inquiétude si elle souffrait.

« Rien que de naturel, dit-elle, je vais être contrainte d'aller à ces tinettes ignobles.

— Non pas, dit-il, venez. »

Il se chargea des sacoches et remit le sabre sous son bras. Ils descendirent le grand escalier qui s'enfonçait dans l'ombre, vers les grilles. Angelo s'arrêta sur le petit palier.

« Voulez-vous aller chercher les portemanteaux ? dit-il. Ils sont en bas dans le coin, sous la première volée de marches. Je vous attends ici. »

Il alla tâter les portes qui donnaient sur le palier. Une était inébranlable, serrée à bloc dans son chambranle. L'autre avait du jeu. Son bois moins plein jointait mal. Angelo passa la lame du sabre dans l'interstice. La porte n'était pas fermée à clef. A l'endroit de la gâche la lame du sabre passait librement, mais, plus haut et plus bas, elle était arrêtée par la barre d'un verrou. Il essaya de faire glisser cette barre sans y parvenir.

« Ce doit être, se dit-il, un de ces verrous à poignée qu'on abaisse sur une mortaise et qu'il faut relever pour pouvoir ouvrir. »

Il calcula la longueur du verrou et l'emplacement approximatif de cette poignée. Il essaya d'entamer la porte avec la pointe du sabre. Le bois n'était pas très dur.

« Que faites-vous ? dit la jeune femme.

— J'essaye de percer un trou à cet endroit-là, histoire de passer le temps. »

Il en fit en effet un qui avait un bon centimètre de profondeur. Le bois était plein et s'écaillait en échardes. C'était de la planche de frêne, épaisse de sept à huit bons centimètres mais qui s'était décharnée en vieillissant.

« Donnez-moi la poire à poudre. Étendez les portemanteaux et couchez-vous. Si quelqu'un monte ou descend, je dirai que vous êtes malade, je parlerai carrément de choléra sec et ils nous foutront la paix. Surveillez l'escalier et prévenez-moi. »

Il versa de la poudre dans le trou qu'il avait fait et y

mit le feu. La flamme rouge s'éteignit tout de suite mais une petite lueur bleue resta accrochée au fond du trou, circulant dans les échardes, rongeant, laissant à la fin des braises sur lesquelles Angelo souffla.

Enfin, après d'assez longues manigances mais sans aléas, il réussit à pousser les deux verrous et ils entrèrent dans une grande pièce sombre.

Ils refermèrent aussitôt la porte, poussèrent de nouveau les verrous et bouchèrent les trous qui étaient chacun gros comme deux écus avec des morceaux d'un châle noir.

« Cela fera assez illusion jusqu'à demain matin. Peut-être plus, dit Angelo, car, je les connais, ils chercheront d'abord dans les coins où les bêtes vont mourir. Ils sont loin de penser que nous avons du cœur au ventre. »

Une fois la porte refermée, il était difficile d'avoir une connaissance exacte des lieux où ils se trouvaient. La lumière suintait parcimonieusement à travers les pierres qui bouchaient une haute fenêtre ogivale.

Quand leurs yeux furent habitués à l'obscurité, ils aperçurent autour d'eux une très vaste salle entièrement nue. Le parquet était souple, comme fait de terre battue que le temps et la solitude avaient rendu à la poussière. Sur le mur du fond, une tache noire semblait être une ouverture. C'était en effet une porte sans boiserie ni gonds, simplement percée comme un tunnel à travers une muraille de plus de deux mètres d'épaisseur et qui donnait sur un escalier étroit, en colimaçon, dans lequel paraissait dormir une sorte de lueur grise...

Ils descendirent vers cette lueur, pas à pas. Angelo était très heureux et extrêmement loin du choléra. De marche en marche, ils approchaient d'une lumière qui se faisait plus vermeille. Ils débouchèrent enfin sur une galerie qui courait presque à ras de voûte, dans une immense et profonde salle éclairée par de très longues baies et une rosace de vitraux jaunes. Ici également, il n'y avait que de la pierre : ni meubles ni boiserie et le sol en bas était aussi fait de simple terre, comme en pleins champs. Malgré les vitraux et la rosace, cela n'avait jamais servi d'église ; il n'y avait pas trace d'emplacement pour un autel.

Ils firent le tour de la galerie. Ils passèrent près d'un vitrail dont quelques verres s'étaient déplombés. Ils purent voir au-dessous d'eux, dehors, un grand jardin maigre, entièrement planté de thym gris, traversé par deux chemins de promenade qui se coupaient en croix.

Angelo regarda la jeune femme en souriant. Elle souriait aussi. Il songea à lui demander si elle allait mieux. Est-ce que là, par exemple, elle ne sentait pas une douleur diffuse ? Et du bout de l'index il lui toucha le creux de l'estomac.

Elle était parfaitement bien et s'excusait.

« Il n'y a pas à s'excuser, dit-il. On n'est pas responsable si quelque chose se met à pourrir en vous et à vous détruire. Je ne crois pas aux mouches. Pour si petites qu'on dise qu'elles sont, il me semble qu'on les sentirait en respirant. Je crois qu'il y a un endroit du ventre ou des boyaux qui se met brusquement à pourrir. »

Il dit comment il avait frictionné le *petit Français* pendant toute une nuit mais en pure perte car il s'y était pris trop tard. Il ne faut pas attendre d'être *étonné de soi-même,* comme le lieutenant de la patrouille. Dès qu'on sent une petite pointe aiguë qui vous perce le flanc, il faut crier au secours. Cela vaut la peine, de vivre.

« Si vraiment vous aviez mal à l'endroit que je viens de vous indiquer, il faudra me montrer votre ventre tout de suite. Quand c'est pris à temps et qu'on vous frictionne, on a quatre-vingt-dix-neuf chances sur cent d'en échapper. »

Au bout de la galerie ils découvrirent un petit passage

étroit et fort sombre qui avait l'air de circuler dans l'épaisseur des murs et où ils furent embarrassés pour traîner leurs bagages. Ce couloir était tiède et sentait la pierre morte. Après avoir tourné à angle droit, ils virent devant eux un rayon de lumière pâle. Il passait par une étroite fente. Par elle, on pouvait voir, en face, le corps de la grosse tour et les fenêtres de la quarantaine contre lesquelles tonnait le vent.

« Nous devons être de l'autre côté de la cour aux soldats, à moins que ces fenêtres ne soient pas celles où nous étions penchés tout à l'heure. » Par la fente, il n'était pas possible de regarder en bas, on pouvait tout juste apercevoir la rangée des fenêtres de la quarantaine, la couronne des créneaux et le ciel, très bleu, pommelé de petits nuages tout à fait semblables à des pâquerettes, illuminés par un soleil très oblique.

Plus loin, le couloir se rétrécissait au point qu'Angelo fut obligé d'enlever les sacoches qu'il avait sur le dos. Ils durent enjamber des décombres et même se courber pour passer dans des endroits où le boyau était à moitié comblé.

De nouveau un rai de lumière pâle troua l'obscurité devant eux. Cette fente qui semblait être comme la précédente une meurtrière de guet donnait cette fois sur l'espace libre. Ils revirent le ciel très bleu, pommelé de rose et ils aperçurent les montagnes illuminées par le couchant.

Au-delà, le passage était de plus en plus délabré. Ils marchèrent à quatre pattes, embarrassés par les manteaux, la mallette, les sacoches. Ils n'avançaient pas vite, dans l'obscurité totale, à travers un véritable décombre. Enfin, Angelo trouva sous sa main devant lui, une pierre taillée à arêtes vives et il sentit un souffle frais venu d'en bas. Ils avaient trouvé l'amorce de quelque chose. A la lueur des étincelles de son briquet, puis de sa mèche d'amadou sur laquelle il souffla, Angelo vit qu'ils venaient de déboucher dans un escalier en tire-bouchon, aussi étroit que le couloir mais en bon état. Quelques détours plus bas ils rencontrèrent le jour et enfin, ils arrivèrent avec précaution à une porte qui ouvrait sur le jardin de thym qu'ils avaient aperçu des vitraux cassés de la galerie.

Le crépuscule d'automne commençait à tomber. Ils restèrent cachés. Le jardin avait l'air d'être régulièrement fréquenté. On devait y accéder par d'autres portes plus pratiques. L'endroit où Angelo et la jeune femme se tenaient était d'ailleurs utilisé comme resserre et on y avait entreposé deux bêches, un râteau et un grand chapeau de paille de tresse grossière comme ceux que portent les moissonneurs.

Il n'y avait dans le jardin que du thym et des pierres. Il était manifestement en terrasse et devait surplomber un chemin de ronde, une rue, un talus ; Angelo se demandait quoi, et de combien il surplombait. Mais il aurait été trop imprudent d'aller voir. Il fallait attendre le soir bien tombé. C'était sûrement un endroit que les religieuses aimaient, à en juger par ces touchants outils de jardinage destinés à une terrasse de terre blanche, aride comme du sel.

Des martinets et des hirondelles commencèrent à passer en éclairs devant l'ouverture de la porte. Suivant la nouvelle coutume des oiseaux, dès qu'ils eurent aperçu les formes immobiles d'Angelo et de la jeune femme, ils s'approchèrent et même, pénétrant jusque sous la voûte tournèrent à côté d'eux avec des cris et de violents battements d'ailes.

« Ceci pourrait nous trahir, dit Angelo. Remontons quelques marches et cachons-nous. »

Ils étaient à peine installés dans l'ombre qu'ils entendirent des pas dans le jardin. C'était une religieuse, pas du tout la mère rougeaude, avec ses gros bras nus, mais une grande et maigre sorte de boutiquière autour de laquelle l'ample jupe noire mettait de la noblesse par force. Elle retira sa cornette et mit au jour une tête minuscule, au visage extraordinairement ingrat, piqué de tout petits yeux noirs, très mobiles. Elle vint chercher le râteau et elle se mit à ratisser les chemins en croix. Après quoi, elle fouilla sous sa jupe, tira de sa poche un couteau de corne avec lequel, s'étant accroupie, elle sarcla très attentivement le pied des touffes de thym. Elle se donna avec une sorte de fureur à ce travail inutile.

Enfin, il commença à faire sombre. La religieuse s'étant retirée, Angelo courut jusqu'au bord du rempart, se pencha et revint.

« Il n'y a que trois à quatre mètres de hauteur, dit-il, et encore coupés par une souche de laurier sauvage qui a poussé dans le mur. »

Ils firent un paquet de tout le bagage.

« Je le porterai, dit Angelo. Il faut faire notre deuil des chevaux. A moins que vous consentiez à une bagarre. Cela, je l'avoue, me mettrait du baume au cœur et je crois que vous y prendriez aussi une bonne bouffée d'air pur. Mais ce ne serait pas sage. Je donnerais cependant beaucoup et en particulier une leçon d'escrime pour vous entendre parler comme vous le faisiez ce matin avec les soldats qui vous emmenaient ici. J'avais à chaque instant l'impression que, sur un mot un peu plus banal que d'habitude, vous alliez prendre la poudre d'escampette et les laisser éberlués. Si vous n'avez pas très bien compris qu'en réalité nous n'avons pas cédé, je vous offre une petite bataille dans la cour aux soldats où nous expliquerons clairement tout ce que nous avons à leur dire. Sinon, il n'y a qu'à jeter le bagage par-dessus bord, sauter de quatre mètres de haut et encore, en s'aidant de la souche de laurier. C'est un talus d'herbe qui est de l'autre côté et sa pente donne dans les champs. Nous marcherons le plus possible à la belle étoile et demain nous serons loin. J'ai encore plus de trois cents francs. Nous achèterons des bidets quelconques. Voulez-vous aller à ce petit village, près de Gap, où se trouve votre belle-sœur, comme vous m'avez dit ?

— C'est exactement ce qu'il faut que je fasse. Avez-vous songé d'ailleurs que, même si vous donniez la raclée aux soldats, cela ne signifierait pas grand-chose, du moment qu'ils ont certainement le choléra et que vous ne l'avez pas. Cela gêne, j'imagine, pour manier le sabre.

— Vous voulez dire que cela me gênerait ? dit fort bêtement Angelo. Et en effet, c'est possible. Nous sommes encore un peu noués et il n'est pas beau de quitter cet endroit en se glissant à quatre pattes à travers les murs. Quatre mètres à sauter, c'est peu, somme toute. Et il y a la souche de laurier. J'aurais voulu donner de l'idée aux moutons enfermés là-haut mais il faut des ronds de bras. »

Malgré tout, avant de sortir de l'abri, Angelo alla s'assurer que l'autre porte qui donnait sur le jardin était fermée.

Il se dit : « Comme tout serait différent si j'étais seul. (Alors, je ne réfléchis pas. Et quel plaisir !) »

Cinq minutes après ils étaient sur le glacis. La jeune femme avait sauté sans faire d'histoire et s'était même servie fort habilement de la souche de laurier. Tout était d'une extrême facilité. Angelo, dépité, guettait les ombres que faisait lever la lune naissante. Elles étaient toutes paisibles. Il aurait voulu il ne savait quels combats. Il avait espéré trouver au moins un soldat au pied du mur, une sentinelle qu'il aurait fallu désarmer. Il s'était vu, luttant et renversant son adversaire.

Quelques rainettes chantaient dans des citernes, sans doute à moitié vides et qui retentissaient beaucoup.

« C'est très amusant, dit la jeune femme. Cela me

rappelle un soir où j'ai sauté par la fenêtre pour aller danser sur la place de Rians. Mon père ne m'interdisait pas de sortir, au contraire, mais tous les catimini, quelle joie ! Et enfin, sauter par la fenêtre ! »

« Les femmes, se dit Angelo, sont des êtres incomplets. »

Il se demandait pourquoi elle était soudain si alerte après avoir été si abattue dans l'après-midi. « Moi aussi j'ai pris plaisir à me traîner à quatre pattes à travers les murs, mais je vois tout le sérieux de l'affaire. Et ce n'était pas si extraordinaire que d'imaginer une sentinelle au pied de ce mur où elle devrait être si le capitaine dont j'ai entendu la voix faisait son métier. »

Enfin, Angelo mit le baluchon sur son dos et ils descendirent le glacis qui était en pente douce, feutré d'herbe et aboutissait dans des champs de lavande largement ouverts à la liberté de tous les côtés, et même légèrement parfumés.

Ils marchèrent pendant environ une heure à travers champs, ils trouvèrent un chemin qui allait dans la direction qu'Angelo avait décidé de prendre et qui ne tarda pas à monter. La lune qui s'était peu à peu placée au plus haut du ciel et donnait une vive lumière éclaira le dos musculeux d'une montagne sans arbres, constellée de petits rochers luisants comme de l'argent.

La nuit était vraiment très douce. Les grillons et les courtilières que la chaleur de ce jour de faux été avait revigorés faisaient entendre maintenant ce crissement métallique qui semble être l'enivrement de l'air lui-même. Le vent ralenti soufflait par bouffées tièdes.

Angelo et la jeune femme marchèrent bon pas sur ce chemin qui se dirigeait vaguement vers le nord. De l'autre côté de la montagne, vers le minuit, ils croisèrent une route assez importante accompagnée de grands peupliers dans les longues branches desquels la clarté de la lune jouait avec beaucoup d'amabilité. Tout était paisible et rassurant. Ils entendirent même d'assez loin le roulement d'une voiture et le petit trot d'un cheval qui semblait en prendre à son aise avec la douceur de la nuit.

Ils se dissimulèrent derrière de hauts buissons de genêts et virent passer finalement à côté d'eux un cabriolet dont la capote était repliée en arrière et qui portait un homme et une femme en train de faire tranquillement la conversation.

La route d'où venait le cabriolet se dirigeait vers l'est en utilisant un fond de vallée. La compagnie des peupliers, quoique dépouillés de feuilles mais vernis de lumière blanche, était très agréable. A en juger par les deux personnages qui venaient de passer, il devait y avoir de ce côté-là un pays aimable.

« Ce qu'il nous faudrait, dit Angelo qui trouvait le baluchon ridicule depuis qu'il avait vu le cabriolet bien suspendu rouler derrière son trotteur, c'est une voiture de ce genre. Elle remplacerait dix fois nos chevaux. En tout cas, elle nous donnerait cet air cossu qui intimide les soldats. L'homme et la femme qui parlaient à l'instant n'étaient pas des gens traqués. En les voyant, on est à cent lieues de penser qu'il existe une quarantaine à Vaumeilh, et pourtant, elle est à peine à vingt kilomètres de cette route. Allons voir ce qu'il y a de ce côté. D'autant que c'est plus encore notre direction que celle que nous avons suivie jusqu'ici. Ne pensons plus désormais au rendez-vous de Giuseppe. Il est assez grand garçon pour trouver son chemin tout seul. Ce qui importe pour nous, c'est arriver le plus vite possible à ce village près de Gap où se trouve votre belle-sœur.

— Comment vous appelez-vous ? dit la jeune femme. Hier à la quarantaine, j'ai eu plusieurs fois besoin de vous appeler, tout en étant près de vous. Je ne peux tout de même pas continuer à vous dire monsieur. D'ailleurs, ce mot ne rend pas les mêmes services qu'un prénom dans les situations délicates. Moi, je m'appelle Pauline.

— Je m'appelle Angelo, dit-il. Et mon nom est Pardi. Ce n'est ni le nom de ma mère ni certainement le nom de mon père. Je suis assez fier qu'il soit simplement le nom d'une très grande forêt que ma mère possède près de Turin.

— Votre prénom est très joli. Voulez-vous me permettre de porter ma part de bagages, maintenant que nous marchons sur une route commode ?

— En aucune façon. Je fais de grands pas et je ne sens pas le poids. Ce sont des manteaux très doux à l'épaule. Votre petite mallette et nos sacoches sont correctement enveloppées. Bien assez que vous soyez obligée de marcher avec des bottes. Cela n'est pas très commode. Les cavaliers démontés sont toujours un peu ridicules, mais le cabriolet qui nous a croisés et qui était, je l'avoue, l'image même de la nonchalance et de la paix ne me rassure pas. La seule chose qui me rassure c'est la distance que, depuis des heures, nous mettons sans cesse entre nous et cette quarantaine où vous avez perdu courage pendant cinq minutes. N'êtes-vous pas fatiguée ?

— Mes bottes sont fines et je les mettais toujours pour me promener dans les bois. C'étaient de très longues promenades. Mon mari est expert en bottes et en pistolets. C'est lui qui m'a appris à charger à double balle. Il a également pris soin de me faire confectionner des bottes souples comme des gants. Nous habitons un pays de maquis et de collines où il faut faire des lieues pour se distraire du spectacle de la nature.

— Nous vivions aussi de cette façon-là, à Granta, avant que j'entre aux Cadets. Et, chaque fois que je retournais chez nous, avant mon départ pour la France, c'étaient chaque jour des cavalcades sans fin et même des marches militaires qu'il fallait faire en tirant le cheval par la bride pour arriver à démêler de la forêt un beau couchant, une belle aurore, ou simplement le ciel libre que ma mère aime beaucoup. »

La route avait peu à peu gagné des hauteurs où elle circulait entre des bois d'yeuses. La lune à moitié ensevelie dans l'ouest donnait cette lumière étrange, teintée de jaune qui compose des réalités dramatiques. L'horizon sur lequel elle s'inclinait semblait avoir éclaté en poussières d'argent dans lesquelles flottait le fantôme vaporeux des montagnes. La nuit était à la fois obscure et brillante, les arbres dessinés en noir pur sur la clarté de la lune l'étaient en blanc étincelant sur les ombres de la nuit. Le vent ne savait plus de quel côté souffler ; il se balançait comme une palme tiède.

Angelo et la jeune femme marchaient depuis près de six heures. Ils n'étaient plus aiguillonnés par la crainte d'être poursuivis et rejoints. Ces bois étaient bien différents de Vaumeilh, cette lumière bien loin de celle dans laquelle on pouvait imaginer des patrouilles ordinaires.

A vingt pas de la route ils trouvèrent sous les yeuses un buisson de hauts genêts qui encerclait comme par un fait exprès une petite chambre de terre souple et tiède. Angelo déposa son baluchon. Il avait beau dire, il était moulu de fatigue et, malgré la clarté de la lune, pendant la dernière heure de marche il n'avait été intérieurement que de fort méchante humeur.

« Je n'aime pas porter les paquets », se disait-il.

Il déroula les manteaux et fit un lit confortable.

« Couchez-vous, dit-il à la jeune femme, et si j'ai un conseil à vous donner c'est d'enlever votre culotte. Vous vous reposerez mieux. Nous ne savons pas ce qui nous attend sinon que, d'après ce que nous avons déjà vu ce sera sans doute *coton*. Tâchons d'être à la hauteur des événements. Si nous rencontrons une ville, il y a neuf chances sur dix pour qu'elle soit pourrie et pleine de soldats. Nous n'avons plus de chevaux. Il nous faudra *tricoter dur*. Je pense maintenant que les deux personnes qui filaient si gentiment en cabriolet devaient être des fous. Aller à pied n'est pas du tout la même chose qu'aller à cheval. Si vous vous écorchez, vos blessures ne se tanneront pas et vous ne pourrez plus marcher. Ce serait ridicule de mourir bêtement sur place pour ne pas avoir pris soin de vos cuisses. »

Il lui parla comme à un troupier. Elle était trop fatiguée pour répondre autre chose que : « Vous avez raison. » Elle s'empressa de faire ce qu'il disait. Il avait d'ailleurs raison. Elle dormit profondément pendant vingt minutes, puis se réveilla et dit :

« Vous n'êtes pas couvert ! Vous avez mis mon manteau sous moi et votre manteau sur moi !

— Je suis fort bien, dit Angelo. J'ai dormi sur la dure par des froids de canard sans autre couverture que mon dolman. Et ce n'est pas gros. J'ai ici ma bonne veste de velours. Je ne risque rien, mais puisque vous êtes réveillée, attendez. »

Et il lui donna de la cassonade à manger et une petite lampée d'alcool à boire.

« Nous avons le ventre creux. Le thé que nous avons bu dans l'embrasure de la fenêtre et la petite poignée de farine de maïs sont loin maintenant. Qui dort ne dîne pas toujours, surtout après une marche comme celle que nous venons de faire. Il aurait fallu allumer du feu et cuire un peu de polenta mais j'avoue que je suis fatigué. Ceci nous tiendra au corps de toute façon pour une heure ou deux. »

Angelo ne s'endormit pas tout de suite. Les épaules lui faisaient mal. Il n'avait jamais porté de baluchon ; il était éreinté.

Il se demanda si la route sur laquelle ils étaient conduisait bien à une ville et s'il fallait le désirer ou le craindre. Y avait-il des garnisons et des quarantaines partout ? Les deux voyageurs du cabriolet ne semblaient pas inquiets. C'étaient peut-être des fils d'archevêques [84] avec des passeports qu'on salue. Il se souvint du choléra sec qui avait sauté sur le capitaine en pleine campagne et l'avait désarçonné. Il y avait une certaine égalité, somme toute. Il voyait les choses en noir.

Il calcula que, depuis six jours, ils marchaient à l'aventure. Il n'y avait pas de raison formelle pour supposer que ce village près de Gap se trouvait au nord-ouest de l'endroit où ils étaient présentement. Il se dit que la cause de la liberté n'avait rien à faire avec ce village près de Gap. Il comprenait bien qu'il était maintenant impossible de rejoindre le lieu de rendez-vous que Giuseppe lui avait fixé mais il se voyait sur un cheval, ou il ne se voyait plus du tout. La marche à pied et surtout le baluchon l'avaient rendu mélancolique. Il n'était pas très sûr non plus de s'être vraiment échappé de la quarantaine de Vaumeilh. Brûler un peu de poudre dans le bois d'une porte n'était pas un événement suffisant pour être sûr de la chose et de soi-même. Il pensait aussi à Dupuis qui avait négligé de retirer les pistolets des bagages, qui avait même laissé le petit sabre : tout ça pour six francs, peut-être même pour rien et par indifférence. Les soldats ne l'avaient même pas fouillé.

« Tout le monde va devenir fonctionnaire, se dit-il, et je ne vois pas ce que je fais dans tout ça. »

La lune cependant, presque à la fin de sa chute maintenant et à moitié ensevelie dans les brouillards de l'horizon, glissait sous les branches des yeuses de longs rayons roses. La jeune femme dormait avec application et poussait de légers soupirs très gentils.

Angelo pensa à ses petits cigares. Il en fuma un avec tellement de plaisir qu'il en alluma un second aux braises du premier.

Si Giuseppe avait été là, il aurait eu plaisir sur-le-champ à lui faire comprendre qu'il n'était pas si bête que ce qu'on croyait. Personne ne gardait la quarantaine de Vaumeilh. On ramassait les gens, on les fourrait entre quatre murs. Ils y restaient collés. Il n'y avait pas besoin de s'en occuper. Ils se gardaient seuls. Les plus roublards y faisaient du commerce.

« J'ai raté mon coup, se dit Angelo ; il fallait simplement descendre jusqu'à la grille et dire : "Ouvrez-moi, je m'en vais." On m'aurait répondu : "Vous nous prenez au dépourvu, mais vous n'êtes sans doute pas d'ici, en effet." Or, on meurt très bien pour ne manquer que de cette simple initiative. Je ne meurs pas mais je fais trois fois plus de gestes que ce qu'il faut. Si Giuseppe était là je lui dirais : "Je sais très bien ce qui me pend au nez : Vous me volerez mon cheval à l'aide des lois et vous me ferez porter des baluchons." Il se mettrait en colère et il me répondrait : "Tu n'es pas bête mais, que pouvons-nous faire pour le peuple, alors ?" Car, il croit ne pas en être. Et c'est de ça qu'il est fier. Ils font des révolutions pour être ducs. Moi aussi, mais ils me prendront mon cheval. Il n'y a que le choléra de vrai. »

Depuis qu'ils avaient pris les chemins de traverse, ils n'avaient pas vu beaucoup de morts, sauf le capitaine si arrogant qu'ils avaient trouvé sur la route, recroquevillé comme un enfant dans le sein de sa mère, avec ses galons et ses éperons. Mais Angelo se souvenait de Manosque, et de ses angoisses sur les toits quand il ne pouvait pas fermer l'œil sans se trouver tout de suite couvert d'oiseaux qui savaient ce qu'ils voulaient. Il se souvenait aussi de la chaleur infernale, des brasiers où l'on brûlait les cadavres et du bourdonnement des mouches.

Malgré la fraîcheur du matin (l'aube n'était pas loin) et le silence total de la forêt endormie sur de larges espaces, il se représentait avec précision les agonies et les morts qui devaient continuer à désoler les lieux habités.

CHAPITRE XII

Le thé était fait et la polenta cuisait sur un feu magnifique quand la jeune femme s'éveilla.

« Ne bougez pas, dit Angelo, vous êtes toujours morte de fatigue. »

Il lui donna du thé bouillant très sucré.

« J'ai fait ma petite patrouille, moi aussi, dit-il. A cinquante mètres d'ici, il y a un carrefour de routes, à quoi on a mis une pancarte. D'après elle, nous sommes à cinq lieues à l'est de Saint-Dizier. Est-ce que vous ne vous souvenez pas d'être passée à cet endroit-là dans le voyage dont vous m'avez parlé ? Cela semble être pourtant notre route.

— Non, je ne me souviens pas de Saint-Dizier. Mais laissez-moi me lever, je vais vous aider.

— Vous m'aidez telle que vous êtes. Levez-vous et vous allez avoir dans cinq minutes le ridicule d'être obligée de vous recoucher. Je ne vous ai pas tout dit. Tout de suite après le carrefour, la route descend dans un vallon et, juste sur la pente, à tout au plus cent mètres de l'endroit où nous sommes, il y a le plus joli hameau de quatre maisons que l'on puisse voir. Chose extraordinaire, les gens s'y conduisent de façon normale. Tout à l'heure, une femme a donné aux poules. Un homme s'est mis à herser un champ dans lequel il est encore. Sans le rebord du vallon et ces arbres, vous l'entendriez parler à son cheval. Je ne serais pas étonné si tout à l'heure des enfants jouaient sur l'aire. En tout cas, je ne me suis pas montré mais une vieille femme a planté une chaise au soleil, sur le devant de sa porte, s'est assise et fait du tricot. Il y a en outre au moins trois hommes assez vieux qui fument leurs pipes et parlent de la pluie et du beau temps debout les mains dans les poches.

— C'est à n'y pas croire !

— J'ai surtout regardé les poules, dit Angelo. Vous verrez pourtant le pays tout à l'heure quand je vous permettrai d'essayer vos genoux. Mais, croyez-moi, restez couchée et au chaud. Nous aurons besoin de nos jambes. Nous sommes sur une éminence qui a le plus beau point de vue du monde. Je vais vous dire pourquoi j'ai surtout regardé les poules. Maintenant que vous avez bu votre thé, restez bien tranquille. Voilà ce que je vais faire. Voici vos pistolets, mettez-les près de votre tête, mais il n'y a rien d'inquiétant à des lieues à la ronde. Je vais aller acheter une poule et des légumes. Je me ferai prêter une marmite. Nous allons faire une poule au pot. C'est ça qui va nous donner du cœur au ventre. Nous sommes affamés : en tout cas, moi, je le suis. »

Les gens du hameau étaient très hospitaliers. Ils voulaient faire boire du café à Angelo qui, pris de scrupule, leur parla très franchement du choléra et qu'il était imprudent de faire entrer des étrangers chez eux.

« Vous n'êtes pas le premier qui entrerait et boirait dans mes bols, dit la femme à qui il s'était adressé. Nous voyons moins de gens sur les routes ces temps-ci, à cause des soldats mais, passé une époque, nous en avions des ribambelles. Nous avons toujours fait ce qu'il fallait et personne n'est mort pour ça. Ne laissez pas votre dame dans les bois et amenez-la ici. Si vous tenez à toute force à rester dehors, venez vous installer sur l'aire. Je surveillerai mieux la marmite que je vous prête. Elle vaut plus cher que la poule que vous m'achetez. »

Angelo retourna avec ces bonnes nouvelles au campement, sous l'yeuse. Il trouva la jeune femme debout et apprêtée. Elle avait fait un bout de toilette, dénoué son chignon et tressé ses cheveux. Cette coiffure lui donnait l'air d'une petite fille. Son visage, ainsi encadré de noir, avait maintenant la forme parfaite d'un fer de lance.

Angelo et la jeune femme restèrent deux jours dans ce hameau, couchant sur l'aire, mangeant la poule et des pommes de terre à la cendre. Après les orgies de cassonade et de sucre des jours passés, rien n'était meilleur que le gros sel. Angelo toutefois refusa le pain de ménage qu'on leur offrait pour pas cher et le vin qu'on tirait d'un tonneau et dont, par conséquent, on ne pouvait pas être sûr.

« Faisons bouillir, dit-il à la jeune femme, et ne mangeons que ce qui aura bouilli sous nos yeux. Il s'agit de savoir si nous voulons avoir le bénéfice de tous nos chemins détournés ou si nous sommes à la merci de ce morceau de pain qui, je le reconnais, me fait venir à moi aussi l'eau à la bouche. J'ai entendu, comme vous, répéter mille fois que le choléra, ni la peste d'ailleurs, dit-on, ne se met dans le pain. Mais, quand on a fait ce que nous avons fait, et surtout une marche à pied de six heures, ce n'est pas pour se laisser prendre bêtement par la bouche. »

Le pays avait une majestueuse grandeur. C'était un plateau mollement ondulé (ce qu'Angelo avait appelé vallon et où se trouvaient les quatre maisons du hameau n'était qu'une combe à peine marquée, comme le creux de la main). La terre soufrée et vert tendre s'en allait à l'infini portant dans sa houle des arbres de guingois et des buissons légers et transparents comme de l'écume. On était en plein dans ces chaleurs qui s'attardent en automne. Le vent languissait mais, sur ces espaces libres, avait la voix de la mer, même dans ses plus légers soupirs. Une lumière légère dorait le grand cirque de montagnes sur tout le pourtour de l'horizon.

Angelo fit simplement remarquer qu'on n'entendait absolument aucun oiseau, or, d'ordinaire, pendant ces étés de la Saint-Martin les grives chantent, les mésanges s'affolent et jettent des éclaboussures bleues dans le soleil. Ici, rien de semblable ; le vent frottait son ressac paisible sur les tuiles des maisons et dans les branches nues des arbres. La poussière se soulevait parfois de quelque lande sèche et animait l'étendue avec ses colonnes flottantes.

L'homme qui habitait la maison la plus rapprochée de la route vint s'asseoir sur l'aire. C'était un vieillard de plus de quatre-vingts ans. Il dit qu'il subvenait seul à tous ses besoins.

« Vous y croyez, vous, à ce choléra ? » ajouta-t-il.

D'anciens doubles mentons pendaient en foulards autour de son cou desséché. Il avait un visage racorni comme une noix. Il chiquait avec des lèvres noires en mouvement.

Il regarda les manteaux.

« C'est du bon drap que vous avez là, dites donc, monsieur. C'est du tartan ou quoi ? A moins que ce soit du drap de marine ? Je connais Toulon, moi. J'ai été charpentier à l'Arsenal. Où donc que c'est fabriqué un drap pareil ? Nous, l'hiver vient. Les gens disent qu'ils meurent trop. Où c'est qu'ils prennent cette idée ? Ce n'est pas d'aujourd'hui qu'on le pense. Maintenant ils ont la frousse. Vous foutez le camp aussi, vous ? Qu'est-ce que vous avez dans ces sacoches ? Voilà du cuir comme j'ai toujours dit qu'il y en avait. Il en est passé des gens sur cette route ! C'était un défilé. Où c'est qu'ils sont allés ? Moi, il y a peut-être vingt ans que je n'ai pas mis les pieds à Saint-Dizier. Vous connaissez Saint-Dizier ?

— Non, dit Angelo, nous nous demandons justement si c'est grand et si c'est sur la route de Gap.

— Qu'est-ce que c'est Gap ?

— Un pays où nous allons.

— Sûrement pas. Saint-Dizier c'est pas sur des routes. Il y a celle qui y va et celle qui en sort : un point c'est tout et ça suffit bien. C'est pas la route de Toulon. Moi, j'ai passé par là, voyez l'amandier tordu. Il était gros comme mon doigt, à l'époque. Il sortait d'une vieille souche. J'ai tracé par là à quatre heures du matin, l'été. Je me suis dit : "Qu'est-ce qu'il fout ici, ce petit merdeux ?" Il a poussé. J'étais jeune. Très fort charpentier ; scieur de long. On roule sa bosse. Vous n'avez pas trois sous ? »

Il avait traîné son cul dans l'herbe pour s'approcher des manteaux et en tâter le drap entre ses doigts qui semblaient de fer.

« C'est surtout le diable pour avoir un peu de tabac. Ils ont mis la chique à prix d'or. Ça coûte, les vices ! Oh ! et puis, quoi, nous finirons tous pareils ! C'est même sûr. Le gros qui venait chaque année en mars acheter les chevreaux, vous lui auriez donné cent ans à vivre, avec ses joues. Il est mort bêtement, avec les autres. Faut voir ce pays-ci en mars, c'est à voir. On a parfois vingt chevreaux. Il usait sa salive pour un sou. Il a cassé sa pipe, c'est forcé. Qu'est-ce que vous voulez faire d'autre ? Il est bien avancé ! »

Angelo lui donna un petit cigare. Il le cassa en deux et s'en fourra tout de suite une moitié dans la bouche.

« Vous êtes riche pour fumer ça, vous, dit-il. C'est de ceux à un sou pièce. »

Il insista pour savoir ce qu'il y avait dans les sacoches. Il louchait aussi du côté de la mallette et ne cessait de tripoter les manteaux. Finalement, il devint grossier et Angelo allait le faire décamper quand un homme sortit juste à point de la maison qui était derrière le petit châtaignier et appela le vieillard qui s'empressa d'obéir. Angelo et la jeune femme pensèrent ensuite que cet homme devait être depuis longtemps aux aguets, qu'il surveillait la scène. Peut-être même l'avait-il organisée...

« Cet endroit me semble étrange, dit à plusieurs reprises la jeune femme. Croyez-moi, nous ne sommes pas en sûreté.

— Ils prétendent que les soldats ne passent jamais par ici et nous avons en effet tout lieu de le croire.

— C'est autre chose, dit-elle. On nous observe. Je sens ça à je ne sais quoi qui me touche les épaules quand je tourne le dos aux maisons. Le petit garçon qui était là tout à l'heure avec son fouet et qui frappait les euphorbes ne le faisait pas d'une façon naturelle. J'ai fouetté les euphorbes, comme tout le monde. Je sais de quoi il s'agit dans ce cas-là. Cela ne s'accommode pas avec le regard en dessous qu'il avait et qui était dirigé sur nous. Il nous surveillait.

— C'est tout simplement que nous sommes étrangers et qu'au surplus nous devons avoir une autre dégaine que les gens de Saint-Dizier ou même que les gens de n'importe où, après les aventures de ces jours-ci. Je n'ai jamais vu des yeux aussi grands que les vôtres.

— Alors, je dois vous raconter ce qui m'est arrivé ce matin. J'étais allée dans les buissons. Au retour j'ai rencontré cette femme qui vous a vendu la poule. Elle avait tout l'air de m'attendre, sans faire semblant. Elle m'a dit : "Montrez-moi la bague que vous avez au doigt." Je vous assure que cela n'avait pas l'air d'une plaisanterie. Je la lui ai montrée. Elle m'a dit : "Vous me la donnez ?" Je lui ai dit "Non" bien carrément. On ne va pas dans les buissons avec un pistolet mais elle ne me faisait pas peur. Et maintenant le vieux bonhomme et l'autre qui l'a appelé bien à point. Le petit garçon. Et un visage que je viens de voir à l'instant même, qui nous guette de derrière le pilier de la grange — ne regardez pas — à droite et qui vient de se retirer.

— Je n'avais pas remarqué cette bague. Vous ne l'aviez pas ces jours-ci ?

— Non, je l'ai mise à mon doigt hier matin, sous l'yeuse, pendant que vous étiez en patrouille.

— J'ai parfaitement vu celui qui se cache derrière le pilier de la grange et qui, en effet, a l'air de suivre tous nos mouvements. C'est le jeune homme qui tirait l'eau du puits ce matin. Combien sont-ils en tout dans ce hameau ?

— J'ai compté neuf personnes : quatre femmes, cinq hommes, y compris le vieux et le garçon. Les femmes sont taillées solidement.

— Elles auront besoin d'avoir aussi le cœur bien accroché si on en vient à une bagarre. J'ai l'intention de tirer dans le tas et pas aux jambes. Nous n'attaquerons pas mais prenons nos précautions. Faisons les paquets. Vous n'avez pas peur ?

— Je casserais volontiers la tête à cette femme qui a remarqué la bague avant vous, dit la jeune femme. Croyez-moi, j'ai la main sûre et je ne me flatte pas. Nous sommes tombés sur un lot de ces brigands dont on parlait.

— Non, dit Angelo, nous sommes tombés sur de braves gens qui ne craignent plus les gendarmes. C'est pire. Ils vous couperaient la tête avec un cure-oreille, quitte à s'y reprendre à cent fois. »

Ils firent le baluchon. Angelo surveillait les maisons du coin de l'œil. Ce petit air de guerre où il n'y avait à craindre que des coups de feu le réjouissait. Il se disait : « S'il y a quelque chose derrière tout ça, maintenant que nous plions ça va se voir. »

En effet, une porte s'ouvrit et un homme fit quelques

pas rapides vers l'aire. Il avait un fusil à la main. Les autres portes s'étaient ouvertes, les hommes et les femmes sortaient, même le vieillard. Mais il n'y avait qu'un fusil et, avant même qu'il soit épaulé, Angelo avait fait face, ses deux pistolets à la main et bien braqués. Tout le monde s'arrêta sur place.

On entendit le ressac du vent.

Plus que les pistolets (et la jeune femme avait aussi les siens à la main mais on ne la regardait guère) l'attitude d'Angelo avait jeté le trouble et faisait peur. Ces paysans voyaient bien qu'en réalité il était au comble du bonheur. Il n'était pas sur la défensive, il attaquait et avec un mordant peu ordinaire. Il avait le petit sabre sous le bras.

« Mettez-vous derrière moi », dit-il à haute voix à la jeune femme.

Et en faisant deux pas vers le groupe des paysans :

« Au moindre geste, faites-moi sauter la gueule à ces deux phénomènes qui ont des bâtons, là à ma droite. Je me charge de ceux qui sont devant moi. Jette le fusil, toi ; jetez les bâtons. Et reculez-vous jusqu'au mur. »

Il continua à marcher sur eux et ils reculèrent. Mais ils ne jetaient ni fusil ni bâtons. Et soudain le pistolet de la jeune femme tonna. Il fit un bruit si extraordinaire qu'en un instant les armes furent jetées et tout le monde aligné contre le mur, sauf un homme qui était tombé et qui se releva et courut s'aligner avec les autres. Il avait la main droite mâchée de chevrotines, peut-être même un doigt arraché. Son sang coulait dans l'herbe.

« Rechargez votre pistolet, dit froidement Angelo, je les tiens. »

Et il les tint en effet sans un coup d'œil à l'homme blessé et sans un mot.

« Il faut qu'ils se mettent bien dans la tête... », se dit-il.

« C'est fait, dit assez rapidement la jeune femme.
— A qui est le cheval qui hersait l'autre matin ?
— C'est un mulet, dit l'homme qui avait eu le fusil.
— Embâte-le et sors-le, dit Angelo. Pauline, surveillez la manœuvre. Tant que nous ne serons pas partis, et à notre gré, personne ne touchera à cette main. Ce type-là saigne comme un porc, dépêchez-vous. »

On amena très vite le mulet embâté sur lequel la jeune femme chargea le bagage. Angelo était aux anges. Enfin, il pouvait oublier le choléra à quoi il pensait tout le temps et qui est si mystérieux. Ici, les paysans étaient simplement comme des gamins pris sur le fait. Ils avaient sûrement encore envie de mal faire : cela se voyait à des yeux et à des mines sournoises. L'affaire du mulet à quoi ils ne s'attendaient pas était sur le point de leur donner du courage. Angelo serrait les crosses des pistolets avec beaucoup de conviction.

« Voilà un remède et dont je sais me servir », se disait-il.

Il fit un petit discours.

« Je ne vole pas, moi, dit-il. Cependant, qui m'en empêcherait ? Nous étions amis. Je vous ai payé la poule, les légumes et même le sel. J'ai donné un petit cigare à votre espion. C'est vous qui êtes responsables de ce qui vient d'arriver. Et si je voulais non seulement emmener votre mulet sans payer mais encore vous passer par les armes, ce serait facile et je suis dans mon droit. Nous avons quatre coups à tirer et, comme vous avez vu, madame sait se servir de ses outils. Après ça, regardez ce que j'ai sous le bras. Il y a là de quoi vous hacher en petits morceaux et, au moindre geste, je ne m'en ferai pas faute. Je vous paye le mulet trente francs ; c'est un prix raisonnable. D'ailleurs, vous n'avez que le choix de l'accepter. En outre, je dois vous dire que je suis le cousin de votre préfet et, si je ne suis pas content de vous, je vous enverrai les soldats. Voilà pourquoi j'en prenais à mon aise et ce qui fait que vous ne m'en imposez pas. Je vais ajouter dix francs pour le fusil que j'emporte pour ne courir aucun risque. Cela fait exactement deux louis que je vous lancerai dès que nous serons sur la route. Mes pistolets portent parfaitement bien à quinze pas. Vous voilà prévenus. »

La jeune femme prit la bride du mulet et la petite troupe fit retraite d'une façon magnifique. Rien ne fut laissé au hasard. Angelo marchait à reculons sans perdre de vue les paysans. Ils avaient été impressionnés par le discours. On ne leur avait jamais parlé aussi longtemps en les regardant dans les yeux et, somme toute, avec des arguments et des raisons valables. Ils attendaient aussi de voir les deux louis. Ils étaient au fond intéressés par des quantités de choses pour lesquelles il n'était plus nécessaire de tomber à bras raccourcis sur quelqu'un. Ils se demandaient s'il serait facile de trouver les pièces d'or dans l'herbe où sûrement ce personnage maigre aux yeux de feu allait les jeter.

Angelo eut naturellement la malice de lancer les pièces assez loin, du côté opposé à la route. En même temps il fit faire un peu de course rapide à sa troupe qui gagna du champ.

« Restons sur la route, dit-il. Regardez-la, elle passe au clair du plateau. Ils auront beau faire, s'ils veulent nous suivre on les verra venir de loin. Et nous avons leur fusil. Rapprochons-nous de Saint-Dizier qui est, paraît-il, un bourg et dont ils se méfieront parce qu'il doit y avoir des soldats et tout au moins des hommes qu'ils craignent : notaire, huissier, gros commerçants. Ils ne se hasarderaient pas à assassiner en leur présence, soyez-en sûre. Nous avons en tout cas gagné un demi-équipage. On marche mieux quand une bête vous porte les bagages. Quand vous serez fatiguée, vous pourrez vous asseoir sur la croupe. »

Il était trois heures de l'après-midi et le temps restait au beau. Après une lieue qu'ils firent en marche accélérée, ils ralentirent l'allure. Ils étaient seuls sur le plateau.

« Nous avons encore une heure de jour et deux heures de demi-jour. C'est suffisant pour arriver sans nous presser dans les parages de ce Saint-Dizier. Nous verrons ce qu'il faut faire avec cet endroit-là : le fuir, comme je le crois, ou en tâter avec précaution. De toute façon il me semble qu'ici le choléra est moins fort.

— Je ne sais pas, dit la jeune femme, je ne crois pas. L'audace de ces paysans semble prouver le contraire.

— Félicitations pour tout à l'heure. Vous avez rechargé votre pistolet avec une rapidité déconcertante.

— Elle était faite pour déconcerter : je ne l'ai pas rechargé du tout. Il fallait surtout faire croire que nous étions des êtres merveilleux. C'est souvent plus utile qu'une charge de poudre. Qui pouvait imaginer que je mentais ?

— Même pas moi, dit Angelo. Toutefois, ceci ne me dépasse pas trop mais il est plus prudent que j'en sois prévenu. A la guerre, j'aime faire mes mensonges moi-même. »

Ils marchaient encore trop vite pour avoir une conversation suivie.

Angelo s'accusa d'avoir peut-être parlé un peu sèchement.

« Les prénoms sont en effet bien commodes au feu », dit-il au bout d'un moment. Mais il manquait de sincérité.

Le soleil avait disparu derrière les montagnes. Le soir tombait. La tiédeur, le doré du jour, la paix, tout ce qui en avait fait sa gloire subsistait en traces légères malgré les ombres. La route se promenait sur le plateau. De grandes montagnes couleur de lilas, qui avaient été cachées jusque-là sous la lumière, montaient de tous les côtés. La profondeur de lointaines vallées grondait au moindre mouvement de l'air.

Le mulet était docile et robuste.

Ils virent d'assez loin un homme qui marchait devant eux et que peu à peu ils rattrapèrent. C'était un piéton bien équipé, avec des guêtres, un havresac et une canne. Il portait en outre un fort joli chapeau de paille semblable à celui d'un moissonneur. Vu de près, il avait une barbe grise, des yeux très bleus et l'aspect fort sympathique. On pouvait lui donner dans les soixante ans mais il ouvrait solidement ses compas [85] comme le Juif errant [86] en personne.

« Allez-vous à Saint-Dizier ? leur dit cet homme après les avoir salués. Je me permets de vous le demander parce que nous semblons être du même bord et on m'a dit beaucoup de mal de cet endroit. »

D'après ce qu'il dit, cette bourgade de deux à trois mille habitants avait été décimée par la contagion d'une façon particulièrement vilaine. Elle était paraît-il, installée dans un bas-fond insalubre, à côté d'un de ces petits ruisseaux qui sèchent en été. Ayant juste le nécessaire en eau potable, Saint-Dizier était en temps normal un tas d'immondices. Les latrines traçaient sur ses murs des hiéroglyphes faciles à déchiffrer avec le nez. Les gens étaient morts à qui mieux mieux. Il ne restait, paraît-il, que le quart de la population, totalement hébétée et qui, toutefois, d'après ce qu'il avait compris, s'était bien débrouillée pour retrouver la manière de jouir, au jour le jour, des bêtes.

« C'est, paraît-il, loin d'être rigolo. On m'a recommandé de passer au large. Voyant une dame, je me suis permis de vous interpeller pour vous en prévenir. »

Il s'exprimait avec aisance. Il restait d'ailleurs fort discrètement sur son bas-côté de la route. Angelo le jugea courageux et de la catégorie des misanthropes clairvoyants.

« Nous venons d'avoir, lui dit-il, un avant-goût de la chose. »

Il lui raconta l'aventure du hameau.

« Cela ne m'étonne pas, dit l'homme, sans votre sang-froid et les pistolets, soyez assurés que vous y passiez. Je suis comme vous : je sais de quoi sont faits les braves gens. Il paraît qu'en temps normal on est accueilli par ici de façon fort hospitalière. Remarquez que c'est possible. Reste à savoir si ce qu'on appelle normal n'est pas ce que nous voyons maintenant. J'ai connu un singe qu'on avait habitué à fumer la pipe. On arrive à tout avec un fouet, même à rendre les braves gens inoffensifs.

— Je suis peut-être indiscret, dit Angelo, mais, est-ce que vous venez de loin ?

— Il n'y a pas d'indiscrétion, dit l'homme. Qu'est-ce que nous faisons, vous et moi, sur les routes ? On n'a pas besoin de le demander, c'est visible : nous foutons le camp. Et forcément, dans ce cas-là, on vient de loin. Il y a plus de deux mois que j'ai pris le trimard. Je viens de Marseille. »

C'était une expédition. Il avait quitté la ville vers la fin août, au moment où elle était le plus furieusement embrasée par la maladie. Il mourait de huit à neuf cents personnes par jour de plus que la normale. Les denrées à prix d'or se vendaient sous le manteau. On avait comme partout recruté dans les prisons corbeaux, fossoyeurs et même infirmiers. Il y avait, en plus du choléra, toutes sortes de morts possibles. On fusillait les pillards. C'était très facile d'être pillard. Les gens solides tuaient chaque jour sept ou huit empoisonneurs de fontaines. On avait trouvé des bourgeois en train de saupoudrer le seuil des maisons et même les étalages avec de la poudre verte. Leur compte avait été réglé en cinq sec. Le nombre des femmes de mauvaise vie qui vendaient ostensiblement du charme sur le cours Belsunce augmentait en même temps que le nombre des décès. C'était un tel fouillis de membres de toute sorte sucrés de poudre de riz que, même contre toute raison, il vous en prenait des fringales irrésistibles. C'est facile de dire « A Dieu vat ! ». Enfin, les villes, et Marseille en particulier, qui ne sont pas pour les enfants de chœur n'avaient fait avec ce choléra que croître et embellir. Les survivants se chargeaient d'accomplir, en plus de leur propre tâche, le travail de turpitudes abandonné par les morts.

Cet homme était clarinette solo à l'Opéra de la ville. Il dit comment, pour des riens, il passa deux mois à avoir peur et claquer des dents. Il avait, comme tout le monde, tout fait. Il faut savoir ce que c'est que vivre dans des rues, dominé de tous les côtés par des maisons où l'on mourait à tous les étages. On cherche des trous de rats pour s'y fourrer. On se surprend à essayer de se déclencher les muscles des jambes comme une sauterelle tant on meurt d'envie de bondir vers cette petite bande de ciel libre, au-dessus des rues. C'est exactement ça, voyez-vous, on meurt d'envie, on meurt de toutes les envies. Il faisait d'ailleurs, à ce moment-là, le temps le plus paisible, le plus paisiblement écrasant qui puisse être, le plus somptueux, le plus magnifique, avec des draps d'or, des lapis-lazuli, des escarboucles sur la plus petite ride de la mer.

Évidemment, l'Opéra avait fermé ses portes ; tout le monde avait en soi-même un bien plus étrange opéra. Le clarinette s'était demandé ce qu'il continuait à foutre là (après bien des détours dans cette ville qui pourrissait par les racines). Finalement, c'est une douleur brutale en plein ventre (on appelle ça une colique) qui l'avait décidé. Il s'était affalé sur son lit, pleuré, gémi, crié. On criait aussi de l'autre côté de la cour où donnait la fenêtre de sa chambre. Il s'était finalement aperçu qu'à force de crier il ne souffrait plus. Par contre, on continuait à crier de l'autre côté de la cour et même à pousser ces sortes d'appels rauques, assez semblables à des rugissements de petit lion que les cholériques délivraient en leur agonie. Cela le guérit tout à fait. Il se redressa en bonne forme et avec dix fois plus de forces qu'avant. Il comprit que le choléra pouvait *s'inventer* ; que c'est ce qu'il était en train de faire ; qu'il valait mieux aller chercher sur le trimard de quoi *s'inventer* autre chose qui fasse moins peur. Un célibataire a des quantités de droits.

La question des billets de santé ne le gênait pas. Il n'avait jamais eu l'intention d'aller faire le pied de grue à la mairie avec les fuyards officiels et qui, la plupart du temps, mouraient en faisant antichambre. Il s'en alla par les faubourgs ouvriers où l'on crevait comme des mouches, donc libre comme l'air.

« Remarquez, dit-il, vous m'avez parlé d'assassins tout à l'heure ; il n'y a d'assassins que dans les endroits paisibles. On n'est jamais plus à l'abri de l'assassinat que dans une chambre où il vient d'y avoir un meurtre. Plus la victime est chaude moins vous risquez. Il faut rechercher les victimes pour se mettre à l'abri à côté. »

Il monta à travers les bois de pins par Saint-Henri-les-Aygalades, sans rencontrer ni gendarmes ni postes de guet. Dans les ruelles étroites, entre les propriétés et les jardins, il n'avait qu'à enjamber les morts. On mourait beaucoup aussi dans les auberges de roulage de Septêmes. On passait par là comme une lettre à la poste ; dans tous les sens. Pas de contrôle. Personne ; que des gens libres. Si vous voulez mourir, mourez ; si vous voulez passer, passez. Il n'eut de difficulté qu'à Aix qu'il fut obligé de déborder à droite par Palette et jusqu'au pied de Sainte-Victoire. Mais le chemin est joli en été. A pied on passe partout. Dans les collines sèches les morts ne sentent pas mauvais ; ne sentent même rien ; sentent parfois le thym et la sarriette dans laquelle ils sont couchés, toujours dans des poses très nobles, parce qu'ils sont morts devant de grands paysages. L'image des horizons libres généralement bleu pervenche donne aux muscles la fluidité qui les fait se dénouer après la mort. Il avait remarqué que, dans les pinèdes, où l'odeur de la résine s'ajoute au soleil pour composer une atmosphère de four, les cadavres qu'ils rencontra (dont l'un était celui d'un garde-chasse) avaient surtout le mal du siècle : une certaine nonchalance d'allure et mélancolie d'attitude, l'air d'en avoir assez, une sorte de mépris de bonne compagnie. Les bois au-dessus de Palette, quand on se rapproche des contreforts rocheux de Sainte-Victoire dominent le moutonnement de collines, l'enchevêtrement de plainettes, de vallons, de bosquets, de découverts et d'aqueducs le plus romain qui soit. On est obligé de penser aux oies du Capitole, aux Cimbres enroulés dans les brouillards nordiques comme les chenilles processionnaires dans leurs nids de coton. Un agonisant, surtout cholérique et secoué des décharges électriques de la douleur, ne voit plus le présent mais le passé et l'avenir à la loupe pendant plusieurs bonnes minutes. De quoi se composer, soit un rictus, soit un sourire, selon les caractères.

Il parlait avec plaisir en marchant. Il n'avait pas eu de compagnie depuis deux mois, ou de la compagnie sans importance avec laquelle il faut surtout ne jamais dire ce qu'on voudrait. La mort n'est pas tout ; il s'en apercevait à l'instant même. Il avait grand plaisir à voir enfin deux jeunes gens de cette allure et qui venaient de vaincre un hameau. Il pouvait bavarder, à condition de ne pas les ennuyer.

Angelo protesta. « J'aime cette façon de parler, se disait-il. Toutes ces phrases racontent. Ceci est de chez moi ; qu'importe la vérité ! Italie, mère des arts, il ne te manque que la liberté ! Il ressemble à Felice Orsini qui a mon âge mais porte la barbe et paraît vieux. »

« C'est surtout pour madame que je m'excuse, dit l'homme. Les dames aiment qu'on dore la pilule. Je ne suis qu'un égoïste ; c'est la seule chose que je sache très bien faire. J'ai en réalité plus de peur que de mal, sans quoi je ne blague pas.

— Ne vous gênez pas pour moi, dit la jeune femme. Je suis encore plus égoïste que vous. Je fais des volumes d'histoire de France avec mes propres aventures, même quand je dors dans un fauteuil. C'est vous dire si je vous écoute. »

Le jour avait été si beau que le soir tombait avec une lenteur infinie. Les reflets de la lumière vermeille, couchés dans les herbes rudes du plateau ne se levaient qu'à regret, mettaient longtemps à disparaître. On les voyait préparer lentement le bond ralenti qui devait les emporter dans le ciel. Ils s'étiraient jusqu'à ressembler à ces cheveux blonds que certaines araignées déposent dans le vent et, avant de disparaître, s'enroulaient une dernière fois aux branches nues des arbres d'où, fil à fil, des ombres encore ardentes les arrachaient avec précaution. L'ouest soupirait de regret.

Cet homme avait l'air d'être un habitué de la route. Il avait bourré une petite pipe en terre et fumait sans ralentir le pas. Il jetait de longs regards sur le paysage et semblait faire son profit de tout.

Angelo lui demanda s'il n'avait pas une idée sur la direction qu'il fallait suivre pour aller à Gap.

« J'ai mieux qu'une idée, dit-il, j'ai une carte. »

On s'arrêta deux minutes pour regarder. Il ne faisait plus assez clair pour bien comprendre l'itinéraire. En tout cas, il fallait passer par Saint-Dizier, puis les Laures et enfin Savournon ; après, à en juger par la distance qui restait encore à parcourir, il n'y avait plus qu'à demander Gap.

« D'ailleurs, dit l'homme, à ce moment-là vous serez déjà dans les montagnes. »

La mouche du choléra ne volait pas, paraît-il, au-dessus d'une certaine altitude. Les gens se réfugiaient sur les hauteurs quand ils pouvaient. Il était lui-même en train de le faire. Il n'allait pas à Gap, il y avait des montagnes plus proches. Il s'efforcerait de trouver un village, le plus petit possible : deux ou trois maisons tout au plus. Il attendrait là que tout soit bien terminé avant de redescendre. Il pouvait vivre de lait. Il avait encore quelques sous. Il se savait capable de se priver de tabac sans avoir trop mauvais caractère. Les gens de la montagne, d'ailleurs, ne font guère attention au mauvais caractère ; c'est même pour eux un signe de force. Il faut toujours faire tout son possible pour ne pas mourir.

Il avait dû, lui aussi, avoir des difficultés avec les soldats.

Pas des tas. Ce n'est jamais drôle d'être arraisonné. On vous réclame des papiers de toute sorte. Les premiers temps, on se demande toujours comment on va en sortir. On n'a jamais les papiers qu'il faut, bien entendu. A la fin, avec l'habitude, on glisse. Il était cependant resté huit jours dans une quarantaine du haut Var car, après avoir débordé Sainte-Victoire, il s'était trouvé avec le haut Var devant lui. Il avait pensé que ce pays était, par définition, désert ; il allait pouvoir marcher tranquillement : ce qui se découvrit être le contraire. En danger de mort subite, on aime toujours beaucoup les endroits déserts et ceux-là étaient très peuplés. Tout le monde avait eu la même idée que lui et la mouche avait eu la même idée que tout le monde. Il arriva dans des routes encombrées de morts. Il en compta sept en travers de la chaussée dans moins d'une lieue. Il prit des sentiers, il marcha par les collines et les champs. Il se perdit. Il vint jusqu'aux abords d'une petite ville et fut ramassé par les soldats.

Les soldats sont des gens comme les autres. Au fond,

ils détestent la mort. C'est tellement naturel ! Mais il y a l'uniforme.

Il dit quelques phrases qui firent rougir Angelo. « S'il n'était pas si nonchalant d'esprit (tout en marchant bon pas), je lui répondrais, se dit-il. Mais il ne pense pas la moitié de ce qu'il dit. En réalité, il n'a pas cessé d'avoir peur. Voilà d'où vient son ironie. Malgré sa peur il a fait presque cent lieues à pied, à travers cette saloperie que, jusqu'ici, je n'ai traversée qu'à cheval. » (Il oubliait fort généreusement les toits de Manosque et la nonne.)

Il fut donc bouclé dans la quarantaine de Rians.

« A quelle époque ? dit la jeune femme.

— Les premiers jours de septembre.

— Vous êtes arrivé à Rians par la route de Vauvenargues ?

— Je suis passé à Vauvenargues mais je ne suis pas arrivé par une route. A un petit endroit qui s'appelle Claps, où il y avait trois maisons et une fontaine sous un chêne, j'ai été dégoûté par le spectacle que j'ai vu. Il y avait là quatre ou cinq cadavres (je ne les ai pas comptés) dans des attitudes extrêmement désagréables. Il faisait chaud et ils devaient dormir sur leurs deux oreilles depuis au moins deux jours sans se soucier ni du soleil ni des renards qui s'étaient occupés d'eux. C'est de là que j'ai pris par les bois.

— Je connais très bien Claps, dit-elle. Vous avez pris par ses bois de la Gardiole.

— Je ne me suis pas soucié du nom des bois. J'ai cherché à m'éloigner le plus vite possible. Le couvert est beau. Il est fait de pins. J'ai siffloté un petit air et je me suis perdu fort volontiers : l'essentiel étant d'avoir devant les yeux de quoi me changer les idées.

— N'avez-vous rencontré personne qui vous ait dit que vous passiez à côté du château de La Valette ?

— Je n'ai rencontré personne et c'est exactement ce que je voulais. J'ai vu en effet un château. La maison de maître était fermée. Les coqs chantaient un peu plus loin autour d'une grande bâtisse qui avait l'air habitée. Je ne suis pas allé voir de près. Je ne peux dire qu'une chose : il n'y avait pas un chat ; les coqs, un point c'est tout. Mais, d'ordinaire, quand les coqs chantent, c'est qu'il y a des gens vivants. »

« Il y en a parfois aussi de morts », se dit Angelo. Mais il n'arriva pas à se souvenir si les coqs chantaient dans ce village entièrement dévasté où il avait rencontré le choléra pour la première fois.

« Je suis partie de cet endroit-là en juillet, dit la jeune femme. C'est moi qui ai fermé les fenêtres du château. Une domestique est morte brusquement après avoir mangé du melon. Vous avez vu La Valette du côté du sud ; au nord il y a un petit hameau guère plus conséquent que Claps. Le lendemain trois personnes y sont mortes. J'étais seule. Je suis allée me réfugier chez mes tantes à Manosque d'où nous venons, monsieur et moi.

— Vous avez bien fait de partir, dit l'homme, et d'un endroit et de l'autre. Pour mieux faire il faudrait partir de partout. Voilà le difficile. C'est pourquoi maintenant je marche mais je fume ma pipe. »

Il raconta quelques horreurs de la quarantaine de Rians, à quoi le soleil qu'il évoquait donnait une insupportable couleur rousse.

On a l'habitude d'associer le soleil à l'idée de joie et de santé. Quand nous le voyons en réalité se comporter comme un acide dans des chairs semblables aux nôtres (et par conséquent sacrées) sous le simple prétexte qu'elles sont mortes, nous avons brusquement de la mort une idée juste et qu'il est très désagréable d'avoir. Et de nouvelles idées sur le soleil, la couleur de l'or qu'il donne à tout, qui nous plaît tant. Le ciel bleu, c'est rudement beau. Un visage bleu fait un drôle d'effet, je vous le garantis. C'est pourtant le même bleu, à peu de chose près. En tout cas, semblable en tout point à celui qui dort sur les profondeurs de la mer. Dans un endroit sablonneux, une carrière où j'étais allé fureter pour essayer de m'abriter d'un orage, j'ai trouvé des cadavres secs, sans une once de pourriture ; dorés de la tête aux pieds. C'est très laid.

Il avait découvert un procédé de l'égoïsme fort curieux. L'égoïste aime tout le monde. C'est même un goinfre. C'est mon cas, je l'avoue ; c'est le cas de chacun. Maintenant, l'égoïste va aux déserts. Comme les saints. Mais quand on est seul, on se trouve. On devient goulu de soi-même. Qu'est-ce qui va arriver ? De là, des débordements et des turpitudes dont il ne voulait pas parler.

Ils marchèrent un certain temps en silence. La nuit était venue à la longue, noire et presque sans étoiles. Ils virent devant eux le volettement de lueurs rouges. La route se mit à descendre. Dans une vallée, deux grands brasiers étaient allumés sur une sorte de tapis vert-pomme qui devait être une prairie. Les flammes éclairaient à proximité les murs d'une petite ville.

« Voilà Saint-Dizier, dit l'homme. On m'avait dit qu'ils avaient des débats intimes dans lesquels il ne fallait pas fourrer le nez. Mais je vois que c'est à la suite de certains débats plus intimes encore avec la mouche.

— Je connais ces bûchers, dit Angelo. S'ils en sont encore à brûler leurs morts, c'est que nous n'avons pas fait un pas en avant depuis Manosque où cette odeur de graisse brûlée m'a déjà dégoûté pour la vie des côtelettes. »

Peu à peu, en effet, une odeur légère de graillon se substituait au vif parfum de pierres et d'arbres secs du plateau.

La jeune femme avait mis les mains sur ses yeux.

« Ils font rôtir du chrétien pourri, dit l'homme. J'avoue que c'est un spectacle plutôt réjouissant quand on sait à quel degré de saloperie ils en sont arrivés dans ce patelin-là, à force de frousse. Il faut croire qu'ils étaient doués. Qui se serait douté que cette petite bourgade des montagnes était en réalité Sodome et Gomorrhe ? Qui, sauf la mouche ? J'ai l'impression qu'elle doit bien rigoler. Si vous n'osez pas regarder ce spectacle en face, madame, je crois qu'il faut mieux vous crever les yeux. Cela vous évitera la fatigue de tenir les mains à votre front. Le choléra fini, il restera les miroirs à affronter. »

Malgré son amour de la liberté, Angelo était sur le point de se mettre en colère. Mais il était assez du côté de ceux qui voyaient de la pourriture partout.

La jeune femme laissa retomber ses mains. On ne pouvait guère la voir, sauf dans les reflets très délicats et aimablement roses des flammes lointaines. Dans ces lueurs sans doute trompeuses et en tout cas fort brouillées, elle paraissait interloquée, soucieuse, comme prise sur le fait.

En approchant ils virent dans l'ombre le corps de la ville. C'était sans doute un chef-lieu : elle avait les remparts ventrus d'une agglomération importante. Plus noire que la nuit, on distinguait cependant au-dessus de sa couronne de toits deux clochers massifs comme des cornes de bouvillon.

D'après la route il fallait traverser la ville. Angelo s'y refusait.

« Nous n'avons pas quitté Manosque où déjà on ne brûlait plus les morts, dit-il, pour retomber dans un endroit où l'on est encore réduit à le faire.

— Pour moi qui n'ai pas de but précis et qui ai pris mes dispositions, c'est l'enfance de l'art, dit l'homme. Mais je m'attends à être obligé de traverser des jardins potagers. A pied c'est facile s'il faut enjamber des clôtures, mais vous, avec votre mulet, vous aurez du tintouin. Or, ici, d'après ce qu'on m'a dit, le choléra est la dernière roue de la charrette. Les morts sont morts, on les brûle et on s'en fout. Les gens se sont guéris de leur frousse (qui était trop grande) en se rendant compte que la maladie était une affaire ; qu'on pouvait, grâce à elle, d'abord gagner facilement des sous, et ensuite avoir le droit de prendre du bon temps. Il leur faut des clients pour tout ça. Quand on essaie de les éviter ils considèrent qu'on leur enlève le pain de la bouche. Et Dieu sait si ça rend méchant ! Voulez-vous mon sentiment ? Il faut passer du côté des bûchers : ce doit être celui qu'ils ne surveillent pas. S'ils sont embusqués, c'est dans l'ombre. Ils se disent que tout le monde s'éloigne instinctivement de cette cuisine qui en effet ne sent guère bon. Bouchons-nous le nez et passons par là. Les morts, et rôtis par-dessus le marché, ne peuvent plus faire de mal à personne. Tandis que les vivants ont toutes sortes d'idées, en particulier celle de mettre les hommes et les femmes dans deux quarantaines différentes. »

Angelo s'arrêta une minute pour charger lui-même le pistolet de la jeune femme. Elle le laissa faire. Il lui rendit l'arme sans un mot. Il voulait être parfait et c'était très difficile.

Le piéton semblait avoir raison. Ils approchèrent des bûchers qui avaient l'air de brûler tout seuls, sans voir personne ni rien d'autre que les prés rendus plus verts par l'éclat rouge des flammes. Ils trouvèrent même un chemin de terre dans lequel le mulet marcha facilement, tout en pointant les oreilles vers la fumée grasse qui roulait à ras de l'herbe.

Angelo avait pris son petit sabre à la main, mais il se trouvait lui-même ridicule. « Cependant, se disait-il, une lame nue et avec laquelle je frapperais tout de suite, impressionnera beaucoup plus les bourgeois en rupture de ban qu'un pistolet. Car, c'est facile d'appuyer sur une gâchette, et ils le savent, pour être eux-mêmes capables d'un si mince exploit qui dégringole son homme sans qu'il soit nécessaire d'avoir du courage. Pour l'instant, je n'en mène moi-même pas large. C'est pourquoi je me trouve l'air bête avec ce coupe-chou à la main. Mais que le danger arrive, alors ce sera un sabre et je sais qu'avec un de ces outils je peux être très effrayant. »

Il ne fit ainsi pas trop attention à l'odeur écœurante des bûchers. Il s'évitait souvent, sans le savoir et de la même façon, des nausées bien plus courantes.

Enfin, après avoir erré pendant un certain temps dans tout l'entrelacement de chemins parfois creux qui accédaient aux différentes pièces de terre des faubourgs, ils prirent pied sur une petite route dure qui escaladait les pentes boisées de l'autre côté de la ville.

Assez rapidement, ils entrèrent dans une forêt de sapins clairsemés qui ronronnait comme un chat. La lune se levait dans un ciel brouillé.

« D'ici une demi-heure, elle va sortir des nuages et on y verra comme en plein jour. Nous avons passé l'endroit délicat au bon moment. J'avoue que votre petit sabre m'a fait plaisir. Quand nous marchions dans la lueur des brasiers je me croyais, en vous regardant, à un acte d'opéra bien tendre. J'avais à chaque instant l'impression que vous alliez pousser le grand air, et je n'ai pas eu peur. Remarquez que je vous faisais confiance et que peut-être vous vous seriez servi de votre ustensile. Mais enfin le danger est passé ; il me coupe chaque fois tellement le sifflet qu'après coup il faut que je blague. Ça me fait respirer à fond. D'ailleurs, je vais vous quitter. Je ne vais pas à Gap. Et cette route qui est la vôtre me détourne de mon chemin désormais. »

Angelo et la jeune femme lui firent des adieux plutôt froids. Il prit par le travers du bois. Il paraissait être à son affaire.

« Je crois que nous avons assez marché pour

aujourd'hui, dit Angelo. Je ne vous aurais jamais cru si forte. Mais n'exagérons pas. Il faudra en faire autant demain. J'aime de moins en moins ce pays. Je veux en sortir au plus vite. Vous marchez comme un fantassin. Mais, d'ici peu, ce ne sera plus votre tête qui commandera mais vos genoux, vos chevilles, vos hanches et avec ces choses on ne raisonne pas. Si vous tirez trop sur la ficelle vous tomberez tout d'un coup comme un sac sans pouvoir remettre un pied devant l'autre. Et admettons que nous soyons de nouveau obligés de marcher vite à côté de gens qui brûlent leurs morts... »

Il ajouta même une certaine tendresse aux phrases qui suivirent. Il se disait : « Si je ne suis pas aimable, elle s'entêtera et je finirai par être cloué bêtement à côté d'une femme qui ne pourra plus faire un pas et que j'aurai à cœur de protéger contre vents et marées. Ça ne sera pas drôle. »

« Je suis fatiguée, en effet, dit-elle. Et depuis que la route monte je traîne la patte. Vous avez été gentil de faire celui qui n'y voyait rien, mais, dans cinq minutes, j'allais être obligée de vous dire que je ne suis pas tout à fait à la hauteur de certaines circonstances.

— Personne ne peut aller au-delà de sa force physique. Il n'y a pas de quoi en avoir honte. Moi-même je suis fatigué.

— Vous ne pouviez rien me dire de plus rassurant. Je viens de sentir mon cœur se vider de toutes ses forces en voyant notre compagnon s'en aller gaiement de son côté, comme s'il venait de sauter du lit. Il a marché autant que nous.

— Il n'est pas allé loin, dit Angelo. Je parie qu'il est simplement descendu dans le vallon pour y dormir. Je connais la façon de faire de ces gens-là, surtout quand ils ont de la barbe. C'est le signe qu'ils ne démordront jamais de rien en face. Ils ne sont eux-mêmes que seuls. Il n'a pas poursuivi sa route. Il cherche un coin pour se coucher. »

La lune se dégageait par instants des nuages pommelés qui montaient du sud. Sa clarté laiteuse donnait alors à l'architecture théâtrale des hêtres une légèreté de vapeur.

Ils quittèrent la route et pénétrèrent dans le sous-bois. Le sol était souple et recouvert de feuilles craquantes. Ils choisirent un grand hêtre sur le bord du vallon et ils se mirent à son couvert. Ils avaient à hauteur de visage un grand morceau de ciel caillé ; le bord de chaque nuage pétillait comme du sel ; bas sur l'horizon de montagnes noires, quelques étoiles luisaient, voilées et confidentielles ; du vallon boisé qui se creusait à leurs pieds émergeaient les hautes ramures gelées de lune, comme d'un lac qui se sèche resurgissent les forêts englouties. L'air était tiède et sans mouvement. Seule, dans le ciel, la montée lente des nuages animait la nuit et faisait s'ouvrir et se refermer sur les bois un éventail d'ombres et de lumières.

Angelo fit le campement au pied du hêtre où la feuillée morte était épaisse et chaude. Il entrava le mulet qui se mit tout de suite à dormir debout, puis, bien certain qu'on restait là, se coucha paisiblement sans faire de manières.

« Tâchez de dormir », dit Angelo.

Il parla encore avec le plus grand naturel de la culotte de cuir.

Sous les feux tournants de la lune, la forêt se chargeait d'ombres et de mystère, puis ouvrait dans ses ramures blanches des perspectives où les arbres dépouillés prenaient des poses pathétiques. Saint-Dizier, caché par l'épaulement de la montagne jetait parfois dans le ciel des lueurs roses.

« Avez-vous remarqué, dit la jeune femme, que l'homme qui vient de nous quitter ne s'est jamais approché de nous pendant la marche que nous avons faite avec lui, mais qu'il s'est soigneusement tenu sur le bas-côté de la route ?

— J'ai trouvé cette façon de faire fort naturelle, dit Angelo. Actuellement, il est préférable de se tenir loin les uns des autres. Je crains la mort qui est dans la veste du passant que je rencontre. Et il craint la mort qui est dans la mienne. S'il avait été trop familier avec nous, j'aurais fait mes réflexions à haute voix et il serait retourné à sa place.

— Voilà six jours cependant que nous sommes ensemble, vous et moi, dit la jeune femme. Je ne vous ai jamais vu de répugnance à vous approcher de moi. Et je dors dans votre manteau.

— C'est naturel. Qu'y a-t-il à craindre ?

— La mort qui peut être dans mes jupes comme dans la veste du passant. »

Angelo ne répondit pas. Elle demanda s'il dormait.

« Oui, dit-il, je m'endormais.

— Paisiblement, à côté de moi ?

— Bien sûr.

— Sans craindre la mort que je pourrais vous donner aussi bien que n'importe qui ?

— Non, pas aussi bien. Je m'excuse, ajouta-t-il, je viens de vous répondre en dormant. Ce n'est pas ce que je voulais dire. Je voulais dire que nous sommes des compagnons et que nous n'avons rien à craindre l'un de l'autre puisque au contraire nous nous protégeons. Nous faisons route ensemble. Nous nous efforçons de ne pas attraper la maladie mais, si vous l'attrapiez, croyez-vous que je foutrais le camp ? »

Elle ne répondit pas et poussa presque tout de suite après les profonds soupirs du sommeil.

La nuit était d'une très grande paix immobile, sauf dans le ciel où les nuages se déplaçaient sans bruit ; mais, ce mouvement même, puissant, lent, régulier, ajoutait à la sérénité du silence. Les naseaux du mulet claquaient ; des courses de mulots froissaient les feuilles sèches ; de temps en temps les grosses branches s'étiraient en gémissant. Un léger grondement semblable à celui qui sort des puits profonds occupait tout l'espace.

En bas du vallon, une hulotte se mit à chanter. Puis, elle dit une longue phrase composée. Ce n'était pas une hulotte mais une clarinette qui jouait paisiblement une musique tendre et triste.

« Il n'est pas allé très loin, se dit Angelo. Il a beaucoup parlé avec nous mais il n'a rien dit de ce qu'il voulait vraiment dire et qui était l'essentiel. Comme nous faisons tous. Il attendait d'être seul. »

Les roucoulements un peu ridicules de la clarinette s'exaltaient dans l'emphase des échos, le décor blanc de la forêt, les cérémonies de prologue que les hêtres n'en finissaient plus d'arrondir lentement, en gestes nobles sous la lune.

« Ce sont des danses allemandes de Mozart, dit la jeune femme.

— Je croyais que vous dormiez.

— Je ne dormais pas, je fermais les yeux en paix. »

Le jour se leva dans un ciel sale et sombre.

« Il faut filer tout de suite, dit Angelo, et trouver un abri. Il va pleuvoir. »

Ils firent vite bouillir le thé en poussant le feu avec les feuilles mortes des hêtres qui s'enflammaient vivement. Ils mangèrent de la farine de maïs sans grand appétit.

« J'ai soif d'eau froide, dit la jeune femme. Ce temps déjà chargé de pluie me calme.

La maladie a une prédilection pour les organismes fatigués et qui ont froid. Il est pénible de marcher dans la pluie et nous allons aborder certaines hauteurs où, par temps couvert, il fera très frais pour des gens qui auront les vêtements mouillés. J'ai peur des maisons mais j'ai peur de la pluie et c'est peut-être même celle-là qui m'effraye le plus pour vous. Il faut choisir. Il faut surtout partir. Nous pouvons avoir la chance de rencontrer une cabane dans ce chemin forestier, ou une grotte, ce qui serait mieux. J'ai moi-même très soif d'eau froide. Je rêve tellement de boisson malsaine que j'entends couler des fontaines dès que je ferme les yeux. Mais, pensons qu'il faut vivre. »

Ils marchèrent par des bois montueux, sous un ciel de plus en plus couvert qui faisait des gestes menaçants. Les coups de vent tiède sentaient l'eau. Des trottinements de pluie semblables à ceux de rats couraient dans les feuillages. Du haut d'un tertre ils aperçurent le dessus de la grande forêt qu'ils étaient en train de traverser. Elle était fourrée comme une peau de mouton. Elle couvrait un pays bossu, bleu sombre, sans grand espoir. Les arbres se réjouissaient égoïstement de la pluie proche. Ces vastes étendues végétales qui menaient une vie bien organisée et parfaitement indifférente à tout ce qui n'était pas leur intérêt immédiat étaient aussi effrayantes que le choléra.

Il n'y avait même plus de corbeaux. Ils virent un faucon qui cherchait tout autre chose que des cadavres.

Heureusement le chemin était bien tracé. Sans être une route carrossable, il convenait au mulet et surtout il portait des traces d'entretien. Il avait certainement une raison d'être et conduisait à des lieux habités. En tout cas, fort éloignés. Angelo et la jeune femme forcèrent le pas sans voir autre chose que taillis et futaies pendant toute la matinée. Les nuages avaient fini par se résoudre en une petite pluie fine qui suintait à peine sous les sapins mais avait étalé sur tout le pays le bruit de la mer endormie. Tout cela était d'une telle indifférence qu'Angelo trouva fort sympathique un lointain roulement de tonnerre. Il préférait de beaucoup être pris carrément à partie. Enfin, comme ils passaient le dos-d'âne d'une crête, ils virent en même temps le travail noir du ciel et à un quart de lieue environ devant eux la tache rougeâtre d'une clairière et la façade d'une grande maison.

L'orage d'automne, indolent mais brutal, frappa deux ou trois grands coups dans les vallons voisins. Des rideaux de pluie serrés tombèrent tout autour dans les bois. Le bruit fit dresser les oreilles du mulet qui piétina plus vigoureusement. La jeune femme s'accrocha à la courroie de bât. Ils coururent. L'averse les rattrapa. Ils eurent cependant le temps de voir qu'ils traversaient une sorte de parc avant de s'abriter sous l'auvent de la grande porte de la maison.

« Séchez rapidement vos cheveux, dit Angelo. Ne prenez pas froid à la tête. Nous sommes arrivés à temps. »

Après un éclair mou et un grondement qui secoua tous les échos comme des chaudrons, la pluie se mit à tomber avec violence. Cette énorme maison déserte et qui servait seulement de tambour à la pluie augmentait le sentiment de solitude.

« C'est un curieux endroit, dit Angelo. On a taillé les buis, on a aligné des arbres, et depuis plus de cent ans à en juger par la grosseur du tronc de ces érables qui forment l'allée. Que fait ici dans les bois cette caserne ? Est-ce que vous ne sentez pas une odeur de soufre ?

— Si. Mais, si vous avez l'intention de m'effrayer, vous avez raté votre coup. Je ne pense pas au diable. Je me souviens de cette odeur d'œuf pourri. Elle m'a réveillée dans ma voiture fermée la première fois que j'ai traversé la région. Il y a par ici, d'après mon mari, quatre ou cinq villages qui ont des sources sulfureuses, dans lesquelles on se baigne. Cette caserne doit être simplement une sorte d'hôtel qui sert l'été à l'époque des bains.

— Je n'ai pensé que vaguement au diable, dit Angelo, et simplement parce qu'il vaut mieux le diable que rien. A votre avis, nous serions donc dans la bonne direction puisque vous avez déjà senti cette odeur en allant à Gap.

— Si nous sommes aux abords d'un de ces villages, il

ne nous reste que dix à douze lieues à faire pour arriver à Gap et Théus est à trois au-delà. Je me souviens d'ailleurs qu'en effet nous traversâmes des bois. Mais, c'était la nuit. Je me faisais véhiculer et sans souci. J'étais loin de supposer qu'il me faudrait un jour démêler ma route à pied dans ces forêts. »

Par acquit de conscience, Angelo frappa à la grande porte contre laquelle ils s'abritaient. Les coups retentirent dans des couloirs vides. La pluie s'était installée. L'épaisseur des nuages avançait le crépuscule.

« Nous devons pouvoir entrer là-dedans, dit Angelo, faire du feu dans une cheminée et passer la nuit à l'abri. Restez là. Je vais patrouiller le long des murs. Il y a certainement une porte plus facile à forcer que celle-là. »

Il en trouva une, en effet, qui donnait dans une resserre où ils débâtèrent le mulet. C'était une sellerie ; l'écurie était derrière ; on pouvait y entrer librement. Ils raclèrent dans les mangeoires assez d'avoine et de foin sec pour leur bête.

« Ceci se présente trop bien pour qu'on n'essaie pas de voir plus loin, qu'en dites-vous ?

— A condition d'avoir nos pistolets sous la main », dit Angelo.

Il éprouvait un très grand plaisir à écouter tous les bruits suspects de la maison déserte et il s'exagérait leur étrangeté.

Trois marches les amenèrent dans un couloir. Il était long et donnait au fond sur une porte vitrée pleine de fantasmagories. Il desservait des communs et une grande cuisine semblable à une chambre de torture avec ses broches, ses roues de monte-plats, ses cuves, son odeur de graillon. La pluie grondait quelque part sur des ciels ouverts, faisait retentir des cages d'escalier.

La porte vitrée n'était fermée qu'au bec-de-cane.

Au-delà, s'élargissait un vestibule assez pompeux. La clarté qui passait aux joints des volets permettait à peine d'apercevoir sur les murs de petites lueurs qui devaient être les couleurs et les dorures de panneaux historiés sans doute de scènes de chasse. En avançant à tâtons, Angelo toucha les bords d'un billard installé en plein centre du hall.

« J'ai trouvé quelque chose de très intéressant, dit la jeune femme.

— Quoi donc ?

— Un candélabre et des bougies. »

Il fallut un peu de temps pour allumer une vieille allume. A chaque étincelle du briquet, le hall et ses couleurs s'élargissaient dans l'ombre comme une fleur. Et en effet, à la lueur des bougies, ils virent qu'ils étaient dans une très grande pièce bourgeoisement et banalement dorée sur toutes les coutures. Des fauteuils étaient rangés le long des murs, sous des Pomone, des Vénus, des trophées de fruits et de gibiers, peints beaucoup plus grands que nature.

« Vous voilà de nouveau un candélabre à la main, dit Angelo, comme la première fois que je vous ai vue à Manosque. Mais, ce soir-là vous étiez en robe longue.

— Oui, toute seule. Je faisais toilette. J'avais même mis du rouge et de la poudre. C'était une façon de me donner du courage. Mais, quand je me suis jetée à l'eau pour en arriver à vous rencontrer et où nous en sommes maintenant, je n'ai emporté que ma jupe de cheval et mes pistolets. On finit par savoir très exactement ce qu'il faut faire contre le choléra.

— Vous m'aviez impressionné.

— C'est que j'avais peur. J'impressionne même mon mari dans ces cas-là. »

Le hall donnait dans l'entrée d'où partait une cage d'escalier bien ronde, galbée à l'impériale, où le bruit de la pluie grondait.

En montant à l'étage, Angelo recommanda la prudence.

« Le choléra, dit-il, est pour moi un escalier que je monte ou que je descends sur la pointe des pieds pour me trouver devant une porte entrebâillée que je pousse, et il me faut enjamber une femme dont il ne reste plus que les cheveux, un cadavre en casque à mèche [87] ; ou des linges pas beaux à voir. Restez derrière moi. »

Il n'y avait pas de cadavres. Dans toutes les chambres, la literie était soigneusement roulée, tapée, pliée et camphrée. Les parquets étaient propres, les chaises et les fauteuils sous des housses. Les hautes glaces à trumeau reflétaient la lueur des bougies et les deux visages inquiets.

« On va pouvoir dormir dans des lits. »

Au bout d'un couloir ils entrèrent un peu plus délibérément dans une grande pièce à usage de salon, moins surchargée de dorures que le hall mais assez fioriturée par des rinceaux à amours.

« Il n'y a qu'à faire du feu dans cette cheminée et rester là. »

Ils trouvèrent même une haute lampe à pompe, à moitié pleine de pétrole et trois autres candélabres garnis de bougies neuves.

Angelo se souvint qu'il avait vu du bois à brûler en quantité près de la cuisine. Ils redescendirent en chercher. Le tas de bois avait été volontairement poussé contre une porte qu'ils dégagèrent. Frappée du poing, elle sonnait creux. Elle était fermée à clef mais mal et, avec la pointe de son couteau, Angelo fit reculer le pêne.

« Ceci est drôle », dit Angelo.

Il venait de découvrir un escalier de cave.

« Venez donc. »

Ils descendirent cinq ou six marches et se trouvèrent en effet sur un parquet de sable mou, sous des voûtes à toiles d'araignées et devant de classiques casiers à bouteilles vides. Mais dans un coin la terre semblait soulevée comme par une assemblée de taupes, et, en grattant le sable, ils découvrirent tout un lit de bouteilles pleines, soigneusement cachetées. C'était du vin rouge et blanc, même un alcool trop transparent et fluide pour être du marc et qui était sans doute du kirsch. En tout cas, il y avait là plus de cinquante bouteilles de vin.

« C'est peut-être la seule occasion que nous ayons de boire frais sans risques, dit Angelo. Ce vin est à l'abri des mouches depuis plus de cinq ans si on se fie à la date marquée sur les étiquettes ; et pourquoi pas ? Il n'y avait pas le choléra à cette époque. Qu'est-ce que vous en dites ?

— J'ai encore plus soif que vous, dit la jeune femme. Je pensais au maïs quotidien avec terreur. Regardez s'il y a du clairet.

— Il y en a. Mais il faut manger avant de boire. Nous avons marché avec juste un peu de thé dans le coco. Soyez bien contente d'avoir du maïs. D'ailleurs, je vais faire la polenta au vin blanc. Ça coupe la fatigue. »

Il y avait un très beau tire-bouchon dans le tiroir de la table de cuisine et des verres sur l'étagère. Mais Angelo fut inflexible. Il fit du feu dans la cheminée du salon, il mit les verres à bouillir dans une casserole d'eau et il commença à tourner sa polenta au vin.

« Vous êtes vieux comme les rues, dit la jeune femme. Beaucoup plus vieux que mon mari. »

Il était sûr d'agir exactement comme il fallait le faire ; il ne voyait pas ce qu'on pouvait lui reprocher. Il répondit naïvement :

« Cela m'étonne. J'ai vingt-six ans.

— Il en a soixante-huit, dit-elle, mais il est plus risque-tout que vous.

— Je n'ai rien à risquer en vous laissant boire à jeun, dit Angelo. C'est vous qui risquez. On peut facilement prendre cette responsabilité quand on s'en fiche. »

La polenta au vin blanc, très sucrée et liquide comme une soupe était engageante à avaler. Ensuite, elle tenait au corps comme un plomb vermeil.

« Tu te crois plus forte qu'un de mes vieux hussards, se disait Angelo. Ils mangent de la polenta au vin quand ils sont dans les coups de chien. C'est avec des choses aussi bêtes que ça qu'on se fait de la force de caractère. »

Il déboucha une bouteille de clairet et la poussa vers la jeune femme. Il but coup sur coup quatre ou cinq verres d'un vin épais, très fort et très noir qui ressemblait au *nebbia* ; mais avec un goût plus délicat. Elle vida sa bouteille avec autant de rapidité. Ils avaient envie d'autre chose que de thé depuis longtemps.

« Mon mari ne s'en fiche pas, dit-elle.

— Alors où est-il ? Mort ?

— Non. S'il était mort je ne serais pas là.

— Où seriez-vous ?

— Certainement morte.

— Vous n'y allez pas par quatre chemins.

— Vous ne comprenez rien. Je l'aurais soigné et je serais morte de la contagion ; s'il faut tout vous expliquer.

— C'est déjà moins sûr alors. J'ai soigné plus de vingt cholériques, j'ai lavé des cadavres en veux-tu en voilà. Je suis encore sur mes deux pattes. Vous pourriez donc être sur les vôtres, et ici, même si votre mari était mort avec tous les honneurs dus à son rang.

— Ne discutez pas. Je serais morte. Ou tout au moins, j'en aurais très envie. Parlons d'autre chose.

— De quoi ?

— Je ne sais pas. Nous avons bien trouvé des sujets de conversation jusqu'à maintenant.

— Oui, il s'agissait de pistolets et de sabre, puis de sabre et de pistolets.

— C'est un sujet inépuisable et plein d'enseignements.

« Certes, comme garde du corps vous êtes de première force, je l'avoue. Dès qu'il s'agit d'avoir le poil hérissé, je ne connais personne qui puisse vous damer le pion.

— C'est mon métier.

— Avant de vous rencontrer, j'étais loin de supposer qu'il existait un métier semblable chez les hommes.

— Je ne suis pas forcé d'être comme tout le monde.

— Soyez tranquille, vous ne l'êtes pas. Au point qu'on se demande par quel côté vous prendre.

— Je ne cherche pas à être pris. Au contraire.

— Et cela vous plaît ?

— Beaucoup.

— Vous n'êtes pas Français ?

— Je suis Piémontais. Je vous l'ai dit et cela se voit.

— Ce qu'on voit s'appelle de quatre ou cinq noms, très beaux les uns et les autres. Est-ce le Piémont ou votre caractère ?

— Je ne vois pas ce que vous appelez très beau. Je fais ce qui me convient. J'ai été heureux dans mon enfance. Je voudrais continuer à l'être.

— Vous avez eu une enfance solitaire ?

— Non. Ma mère n'a que seize ans de plus que moi. J'ai eu aussi mon frère de lait Giuseppe et sa mère qui a été ma nourrice : Thérésa. Celle-là serait bien étonnée si elle savait que je tourne de la polenta pour les dames.

— Que croit-elle que vous faites aux dames ?

— Du grandiose ; aux dames et au monde entier.

— Est-elle capable de savoir ce que c'est ?

— Fort bien. Elle en fait à chaque instant.

— Ce doit être encombrant ?

— Non. La maison l'exige et depuis longtemps.

— Qui êtes-vous ? Vous m'avez dit votre prénom : Angelo, et peut-être votre nom...

— Mon nom est Pardi.

— ... sans que j'en sois beaucoup plus avancée, sinon

pour vous appeler plus facilement à l'aide, à l'occasion...

— Je sais que vous vous appelez Pauline.

— Pauline de Théus depuis mon mariage. Mon nom de jeune fille est Colet. Mon père était médecin à Rians.

— Je n'ai pas connu mon père.

— Je n'ai pas connu ma mère. Elle est morte quand je suis née.

— Moi, je ne sais pas s'il est mort. Personne n'en sait rien ; personne ne s'en soucie. Nous n'avons pas eu besoin de lui pour faire notre compte.

— Parlez-moi de votre mère.

— Elle ne vous conviendrait pas.

— Les mères me conviendraient toutes. La mienne était, paraît-il, très jolie, très douce, très malade, et elle me désirait. J'ai eu amplement le temps d'aimer une ombre. Rire à mon père ne m'a jamais complètement satisfaite, même au berceau, si j'en juge par ce qui m'est resté de désirs que rien ne contente. Mon père était cependant un homme facile à aimer, et qui s'est accommodé de rien : c'est-à-dire de moi pendant toute sa vie. Mais la maison d'un médecin pauvre à Rians ! Gros village blanc, dans des rochers, au carrefour de vallons usés, nus comme la main, où coule le vent, le vent seul, continuellement. Gros village usé de vent ; l'angle de tous les murs rongé comme un os par un renard d'hiver. Pays beaucoup plus sauvage que ceux que nous avons traversés, où je ne connais rien de plus triste que le soleil.

« J'étais la plupart du temps seule, ou avec Anaïs la bossue : une femme en or. Tout le monde était en or. Mon père était en or. On ne m'a jamais martyrisée, au contraire. J'étais de tous les côtés caressée, cajolée, usée, râpée par des mains, des lèvres, des barbes, comme ce pays nerveux et inquiet l'est par le vent. Inquiète, aimant mes petites pantoufles de feutre parce qu'elles me permettaient de me déplacer sans bruit, droite comme un I, pas à pas, et de m'approcher de la fenêtre qui grondait, de la porte qui gémissait et de les écouter de près. Il s'agissait d'être sûre ; c'était bien plus important que la peur. Sûre de quoi ? Sûre de tout.

« Quand j'ai entendu vos pas étouffés dans cette maison de Manosque où j'étais seule en plein choléra, j'ai pris un candélabre et je suis venue voir ce que c'était. Il me faut toujours venir voir. Je ne sais pas fuir. Je n'ai de refuge nulle part, sauf dans ce qui me menace. J'ai tellement peur ! L'audace est mon giron naturel.

« Je crois que je suis un peu ivre.

— Ne vous en inquiétez pas. Buvez. Nous avions besoin de vin. Mais prenez de celui-là qui est noir. Il ressemble à un vin de chez moi et contient du tanin. C'est ce qu'il faut pour résister à la marche.

— Vous savez trop de choses.

— Je ne sais rien. La première fois qu'il m'a fallu commander à des hommes (et j'avais mille avantages, notamment de la faisanerie sur mon casque, de l'or sur mes manches et les murs du palais Pardi assis sur le cheval avec moi) je me suis posé la question : "De quel droit ?" J'avais devant moi cinquante moustaches qu'on aurait pu prendre à pleins poings ; et Giuseppe, mon frère de lait, dans le rang, au garde-à-vous. Nous nous étions encore battus la veille, comme des chiens, et au sabre. Mais là, je suis le plus fort. Quand nous étions petits, sa mère voulait qu'il me donne du Monseigneur. Quand Thérésa veut quelque chose, et surtout si cela me concerne, elle s'y emploie. Il me donnait du Monseigneur à voix haute et, entre ses dents, il ajoutait ce qu'il fallait. Nous nous battions, et, si quelqu'un d'autre me touchait, il se battait. Nous dormions embrassés dans le même lit. C'est mon frère. Il était raide comme un piquet sur son cheval. Je me disais : "Si un jour tu lui commandes de charger, il chargera." Je lui avais taillé un bout d'avant-bras la veille et nous avions passé une partie de la nuit à pleurer ensemble. Il y en avait bien pour trois jours avant que nous sautions encore l'un sur l'autre. C'était mon ordonnance. J'ai passé le commandement au capitaine, j'ai appelé Giuseppe et nous sommes allés faire un tour dans les bois.

— Je n'ai jamais cru que vous étiez officier.

— Je suis colonel, avec un brevet acheté et payé.

— Que faites-vous donc en France ? sous ces habits de paysan ?

— Je me cache, ou, plutôt, je me cachais. Je retourne chez moi maintenant.

— Ivre de vengeance ?

— Je n'ai pas à me venger. Je suis ivre ce soir comme vous, mais c'est tout. Ce sont les autres qui ont à se venger de moi.

— Suivi du fidèle Giuseppe ?...

— Suivi du fidèle Giuseppe qui doit être en train de déambuler par les chemins, lui aussi, et les bois, après m'avoir attendu à Sainte-Colombe en me donnant au diable.

— ... et de Lavinia.

— La fille cuite à l'étouffée.

— Pourquoi la fille cuite à l'étouffée ?

— C'est ma mère qui l'a baptisée ainsi. "On peut dire que celle-là je l'ai couvée comme une poule", dit-elle. Lavinia est venue au palais Pardi haute comme trois pommes et parce qu'elle était haute comme trois pommes. Le reste est trop délicat à dire.

— Délicat pour qui ?

— Délicat pour tout le monde.

— Vous n'osez pas dire à quoi votre mère employait Lavinia ? Et pourquoi elle a baptisé cette fille "cuite à l'étouffée" ? Et pourquoi il fallait qu'elle ne soit haute que comme trois pommes ?

— Vous êtes très imprudente, dit Angelo. Vous ne me

connaissez pas. Admettez que je sois un brigand. Il y en a chez nous qui ont de bonnes manières et même du courage. Ils sont aussi tous républicains. Mais il arrive toujours un moment où ils pensent à eux. Alors, gare à la bombe. Or, j'ai bu et vous me fournissez un prétexte pour me mettre en colère. Comment pouvez-vous supposer que je n'ose pas ? C'est un enfantillage, voilà tout. Ma mère se tenait debout et faisait entrer Lavinia sous ses jupes. La petite fille devait passer sa main sous le corset de ma mère et lisser sa chemise. Voilà pourquoi elle était cuite à l'étouffée et couvée comme par une poule. Ce n'était pas bien terrible et Lavinia accomplissait encore sa tâche juste avant de partir avec Giuseppe. Et là encore il y a beaucoup à dire. Elle n'est pas partie avec Giuseppe pour l'amour. Les femmes chez nous aiment l'amour, c'est vrai, mais elles se lèveront la nuit pour participer avec joie à quelque action secrète et héroïque, surtout s'il est bien prouvé qu'elles n'ont à le faire que dans l'intérêt de l'aventure ou le plaisir de frôler, de toucher des hommes sombres, soucieux de grands gestes à la Brutus, de les entendre parler, de les servir. Nous sommes d'un pays où l'on aime avoir été familier de celui qu'on fusille sur la place publique. Nos exécutions capitales de *politiques* sont des spectacles du matin fort courus parce que tout le monde a un petit morceau de cœur engagé dans la cérémonie.

« Ma mère ne fait rien sans âme. C'est la Primavera. Elle a constamment son doigt sous mon nez pour me forcer à lever la tête et à regarder en l'air.

— Vous aviez raison : je n'aime pas votre mère.

— Parce qu'elle n'est pas là.

— Peut-être ; mais surtout parce que vous y êtes.

— Il était facile de faire tourner les choses autrement, si je n'avais pas eu ce doigt sous mon nez. Pour quelqu'un qui aurait consenti à regarder bas, j'avais le pain et le couteau, c'est le cas de le dire. Giuseppe me le reproche assez. Mais je ne crois pas que les révolutions soient des assassinats, ou alors je m'en désiste. On le sait. C'est pourquoi on tire sur moi à boulets rouges, des deux côtés. J'ai tué un homme. Un mouchard. Est-ce moi qui ai des illusions quand je dis qu'un mouchard est un homme comme les autres. Les raisons de facilités sont toujours mauvaises. Croire qu'il peut y avoir deux poids et deux mesures en est une. On pouvait très facilement lui faire son affaire au coin d'une rue. Éteindre les réverbères et le piquer. Il n'y avait qu'à sortir la main de la poche. Avec deux louis, je pouvais avoir à ma disposition autant d'assassins subalternes qu'il y a d'hommes et même de femmes à Turin. Il m'aurait suffi *d'animer le bras*, comme ils disent ; pour le surplus, rester douillettement dans mon lit et même faire la grasse matinée pendant que la chose s'accomplissait en dehors de moi. C'est ce qu'ils appellent se garder. Mais il se trouve que j'ai encore avec eux une petite différence. Je ne suis un bon orateur qu'en me parlant à moi-même. S'il faut suivre les grands exemples, si la liberté et le bonheur du peuple sont à ce prix, je me mépriserais de n'en pas être convaincu le premier. On tue, peut-être, mais on ne se fait pas de l'âme par personnes interposées.

— Vous seriez donc un de ces personnages qui alimentent la conversation et font tant de bruit en se cachant dans les forêts, de l'autre côté des Alpes ? Mais, pourquoi parler de Brutus ? Tout le monde a plus ou moins tué un homme. Si la modestie a du charme, c'est là qu'elle en a le plus. Me croirez-vous si je vous dis qu'on m'a fait la cour avec un cadavre mangé par les corbeaux et les renards ? Je vous ai dit que mon mari a soixante-huit ans ? D'habitude on ouvre les grands yeux. Vous n'avez pas bougé un cil. C'est que je vous suis indifférente, mais...

— Vous ne m'êtes pas indifférente du tout. Je vous

fais du feu et de la polenta depuis dix jours et, au lieu d'aller à mes propres affaires, je pousse avec vous du côté de Gap...

— Où je vais, je l'espère, retrouver mon mari. Car je l'aime. Ceci non plus n'a pas l'air de vous émouvoir beaucoup.

— C'est tout naturel puisque vous l'avez épousé.

— On arrive à trouver une certaine galanterie souvent dans ce que vous dites. En effet, malgré le grand nom et la fortune, si je ne l'avais pas aimé je ne l'aurais pas épousé. Je vous remercie. Reste qu'il a près de quarante-cinq ans de plus que moi. Et ceci continue à ne pas vous étonner ?

— Non. Ce qui m'étonne, c'est votre façon de souligner son âge, constamment.

— C'est une de mes faiblesses. Aimeriez-vous une Amazone ? Peut-être en suis-je une d'ailleurs, et précisément dans ce cas-là. Ce n'est pas son âge que je souligne, c'est la beauté qu'il peut avoir. Des mariages comme le mien sont toujours suspects d'intérêts sordides. Est-ce vraiment une faiblesse que de vouloir s'en laver à tout prix ?

— Disons pour vous rassurer qu'en ce qui me concerne c'est simplement une injure que vous me faites. Je sais ce que tous mes soucis ont d'extravagant et qu'ils me donnent l'air niais. Mais il ne faut pas s'y fier. Je reconnais très vite la valeur des gens. Il ne me viendrait jamais à l'idée que vous puissiez vous conduire d'une façon vulgaire.

— Je suis constamment décontenancée avec vous, dit la jeune femme. Et c'est loin d'être désagréable. J'ai subitement oublié ce que je voulais vous dire au profit de ce que j'aimerais vous dire sur-le-champ, si vous me promettez de n'y pas répondre.

— Promis.

— Tout le monde n'a que des espérances aveugles.

Soyez moins candide. Et voici maintenant ce que je voulais d'abord vous raconter. A force d'être une petite fille solitaire dans la maison d'un médecin pauvre à Rians, un jour est venu où j'ai eu seize ans. De porte en porte le monde s'était agrandi autour de moi. J'allais quelquefois au bal sous les tilleuls. J'avais vu des filles se marier et même devenir grosses. Les jeunes bourgeois de l'endroit me faisaient la cour, c'est-à-dire qu'ils virevoltaient devant moi comme des pruneaux dans de l'eau bouillante.

« Le pays, je vous l'ai dit, est rude et sans printemps. Mon père n'a jamais eu de voiture. Nous n'étions pas pauvres à ce point mais la voiture ne lui aurait servi de rien dans les sentiers des collines. Il faisait ses tournées à cheval. Il m'acheta une jument pour que je puisse l'accompagner. Je connus donc le bonheur de trotter et même de galoper sur le plateau. Il est si vaste qu'on peut facilement se croire en train de fuir, et même de s'échapper.

« Un soir, après un orage, en redescendant le vallon, dans un coude du torrent qui avait subitement grossi, nous trouvâmes un homme désarçonné et blessé. L'eau le recouvrait à moitié. Privé de sens, il embrassait le limon et donnait l'impression que la mort même ne pourrait l'empêcher de combattre. Il était surtout meurtri d'un coup de pistolet dans la poitrine. Bien entendu, nous l'emportâmes. Je m'étais endurcie avec mes terreurs et plus encore, depuis quelques années, avec mes désirs. Ce corps abandonné qu'il fallait sauver et qui par cela même se laissait prendre à pleins bras, ce visage insensible qui cependant ne défronçait pas ses sourcils me touchèrent au-delà de ce qui pourra jamais me toucher. Chez nous, mon père allongea le blessé sur la table de notre cuisine. Il fit bouillir de l'eau, enleva sa redingote et retroussa les manches de sa chemise. Le premier mouvement de cet homme, quand il revint à lui, fut un geste de menace. Mais il reprit ses esprits avec une promptitude étonnante ; il comprit tout de suite à quoi servait le petit couteau brillant que mon père tenait dans sa main et il eut un très beau sourire, des mots d'excuse et un abandon courageux.

« Je ne compte pas vous surprendre ni surtout provoquer votre indignation en vous disant que la balle, une fois extraite, se révéla être une balle de mousqueton. Et même de mousqueton réglementaire de gendarmerie, me dit mon père. Les vêtements de cet homme, quoique souillés de boue et de sang, étaient visiblement de drap fin et fort bien coupés. Cela sautait aux yeux de paysans comme nous. Sous sa chemise de soie très propre, il portait une croix blasonnée, attachée à son cou par une chaîne d'or si souple, si finement tressée que je la crus tout d'abord faite de cheveux de femme.

« Bref, nous l'installâmes dans une chambre du premier étage où il resta cloîtré. Je le servais seule. Il revenait rapidement à la santé. Mon père en était étonné. "Cet homme a au moins soixante ans, disait-il, et il se relève comme un cadet." Je me souvins alors que j'avais vu sa poitrine couverte d'un poil gris, très fourré, et qu'il avait fallu couper au ciseau pour faire le pansement.

« Il y avait environ un mois qu'il était chez nous à l'insu de tout le monde. J'aimais à la folie cette situation. Pendant les premiers temps, ses yeux vifs surveillaient mon père. Il avait alors le regard dur et même cruel. Je savais que, fort imprudemment et au prix d'efforts douloureux, il s'était levé malgré son appareil et qu'il avait un pistolet chargé sous son traversin. Mais il ne se méfia jamais de moi. Je pouvais entrer chez lui à n'importe quelle heure du jour et de la nuit ; il ne sursautait jamais. Il savait donc reconnaître mon pas, même léger, et il avait confiance en moi. Je fis mon bonheur d'une foule de détails minuscules de cet ordre.

Enfin, après deux semaines, il déclara simplement à mon père qu'il lui faisait toutes ses excuses une seconde fois. "Et la bonne", ajouta-t-il. Il avait le don de mettre beaucoup de grâce en peu de mots.

« Un soir que je prenais le frais sous les tilleuls de la promenade, je vis, adossé au tronc d'un arbre, un étranger qui me regardait. Il était gauchement endimanché. Je me hâtai de rentrer. Je vis cet homme qui m'avait suivie s'approcher de la maison. Je grimpai quatre à quatre jusqu'à la chambre de notre hôte.

« "Ne vous inquiétez pas, me dit-il, quand je lui eus décrit le personnage. Faites-le entrer et amenez-le ici. C'est quelqu'un que j'attends."

« En effet, cet homme eut tout de suite des allures de domestique. La nuit étant tombée, il alla chercher sa monture à l'endroit où il l'avait cachée et il apporta un portemanteau avec des habits frais. Il s'en alla sans doute avec des ordres. Il revint deux semaines après, ostensiblement et en livrée. Il amenait un fort beau cheval sellé à l'anglaise.

« On ne sut jamais comment il avait prévenu son serviteur la première fois. Il me le cacha même à moi et, si j'ai maintenant quelques idées à ce sujet, ce sont purement et simplement des idées. Nous fûmes également surpris, à cette époque, des rumeurs qui coururent à Rians. M. de Théus était, paraît-il, notre ami *depuis longtemps* et, s'il nous avait honoré de sa visite et de son séjour chez nous, c'était d'amitié toute pure.

« Il y avait cependant cette balle de mousqueton réglementaire de gendarmerie dont personne ne parlait et que je gardais sur moi, dans un petit sachet de soie pendu à mon cou.

« M. de Théus fut bientôt capable de se tenir debout et même de manger à notre table. Il me traita comme une dame avec le plus grand soin. J'étais ravie et j'attendais mieux. Il ne me déçut pas.

« Il sollicita ma compagnie dans les promenades à cheval que mon père lui avait prescrites. Nous n'en fîmes qu'une. Nous retournâmes sur les lieux où je l'avais trouvé. Mais il m'engagea à pousser plus avant dans le maquis. Nous marchâmes un bon quart de lieue sur un petit chemin de terre.

« "Je n'ai vu ce pays que dans un orage et un éclair, me dit-il, mais je cherche une grande yeuse et je crois que la voilà devant nous." La solitude de ces contrées n'est jamais paradisiaque ; ce jour-là elle l'était. Il me fit mettre pied à terre. Il écarta les buissons de clématites qui encombraient le tronc de l'yeuse.

« "Venez voir", me dit-il. Je m'approchai. Il entoura ma taille de son bras. Je vis du premier coup d'œil un mousqueton à côté de lambeaux d'uniforme déchiquetés. Il y avait là le cadavre décharné d'une sorte de soldat à parements rouges. Enfin il me montra le crâne de l'homme : son front avait éclaté.

« "Voilà mon coup de pistolet, dit-il. J'étais aveuglé par la pluie et l'éclair quand je l'ai ajusté et j'avais déjà le coup de fusil dans la poitrine. Vous dirai-je que c'est un gendarme ou le voyez-vous assez ?" Il ajouta : "Je ne voudrais pas que vous puissiez croire qu'on m'abat facilement et sans risques." Ceci était dit avec une tendresse qui faisait roucouler sa voix.

« Quand nous avions trouvé cet homme blessé dans les limons du torrent, je n'avais pas fait le rapprochement avec un événement qui s'était passé une semaine avant, sur la route de Saint-Maximin à Aix. M. de Théus mit toute sa grâce à m'inciter à le faire. Il me parla de cette diligence des Messageries qui avait été attaquée dans la montée de Pourrières et dévalisée de tout l'argent qu'elle transportait pour le Trésor, malgré son escorte de gendarmes.

— Ces attaques de diligences, et notamment celles qui transportent les caisses de votre gouvernement semblent être une industrie particulière de la région, dit Angelo. Quand j'étais à Aix l'an dernier, je me souviens que la chose arriva trois fois dans l'espace de six mois, autant sur la route dont vous parlez que sur celle d'Avignon et sur celle qui monte aux Alpes.

— Vous avez donc habité Aix ?

— J'y ai séjourné pendant deux ans.

— Nous étions voisins, dit la jeune femme. La Valette où j'ai habité après mon mariage et qui est notre résidence se trouve à peine à trois lieues à l'est, dans cette partie de Sainte-Victoire qui devient rose à chaque couchant. Nous aurions pu nous rencontrer. Je venais souvent à Aix et parfois pour une vie assez mondaine.

— A laquelle je n'ai jamais participé. Je vivais plutôt en sauvage. Je n'ai fréquenté que les maîtres d'armes et connu (de loin et seulement pour les assauts) que des officiers de la garnison. Mais je faisais de longues promenades à cheval dans les bois et précisément de ce côté où la montagne devient rose le soir. Peut-être ai-je passé sur vos terres. Je me suis déjà dit ça hier quand vous avez parlé du château de La Valette avec notre joueur de clarinette. Je me souviens d'avoir aperçu, à travers les pins, la façade d'une grande maison qui me semblait avoir de l'âme.

— Si elle avait de l'âme, c'était la nôtre. Ne croyez pas à de la fatuité. Si vous aviez dit simplement qu'elle était belle, j'aurais été moins sûre. Toutes les grandes maisons de la campagne d'Aix sont belles, mais, de l'âme, il y faut plus et je crois que nous avons ce qu'il faut. Si vous avez vu le célèbre visage de La Valette, cette noblesse assurée d'elle-même qui m'a confirmée dans mes sentiments, vous n'avez jamais dû pouvoir l'oublier.

— Je me suis en effet demandé à quoi pouvaient ressembler les êtres passionnés, capables de vivre en ces lieux.

— Vous en avez un sous les yeux. L'avez-vous assez regardé ? Où habitiez-vous à Aix ?

— Hors de chez moi ; et c'est tout dire. Un exilé, un proscrit doit s'habituer à ne rien posséder de valable que soi-même. J'avais pour moi, en tout cas, de ne pas avoir fui. Combien de fois ai-je béni la folie qui m'avait obligé à quitter mon pays ! Un assassinat, même de légitime défense — comme c'était le cas — ne m'aurait laissé de repos dans aucun décor. L'homme que j'ai tué vendait les républicains au gouvernement de l'Autriche et ses victimes mouraient en prison. Mais la lâcheté n'a jamais de bons motifs ; c'est précisément parce qu'il était ignoble qu'il fallait me garder de l'être. Je l'ai tué en duel. Il avait les chances du hasard. On m'a reproché d'avoir risqué ma vie. Les défenseurs du peuple n'ont, paraît-il, pas le droit de se servir de noblesse. Enfin, je crois que tout le monde a été ravi ; je n'avais le choix qu'entre la prison et la fuite. Dans la première on casse sa pipe, et généralement de colique, ce qui n'est pas très glorieux ; et fuir, c'est *effacer les épaules* et devenir rat. Car je gênais surtout mes amis. Je suis parti de chez moi en grand uniforme et au pas. Comme je montais dans la montagne, du côté de Cézana, j'ai entendu galoper derrière moi. Alors, j'ai mis pied à terre et j'ai ramassé un petit bouquet de ces narcisses dont les prés étaient couverts. J'avais mon casque à plumes et de l'or sur du bleu en veux-tu en voilà. Les carabiniers m'ont salué réglementairement. J'ai compris que mes amis avaient fait un mauvais compte. Nous sommes finalement un peuple qui aime les narcisses.

« Cela m'a permis d'habiter à Aix chez une bonne femme qui faisait, je crois, profession d'être gouvernante de curé. C'était une maison à deux portes, même trois si on comptait celle du jardin. Mais j'ai préféré me servir de cette ville de garnison pour garder mon poignet souple. Ma mère m'a fait passer de l'argent par

Marseille de façon très régulière. Je me suis équipé. J'ai pris un maître d'armes et j'ai fréquenté les salles.

« Je suppose que vous avez gardé votre balle de mousqueton dans son sachet de soie ; vous ne rirez donc pas si je vous dis que j'ai dans mon portefeuille une vieille enveloppe contenant des débris d'herbes sèches, semblables à du thé : c'est mon petit bouquet de narcisses de Cézana. *J'aime ça.*

— Vous n'avez donc pas fréquenté la bonne société ?

— J'ai fréquenté une excellente société, notamment celle d'Alexandre Petit, dit "le petit Alexandre". Il y a sous ce nom-là une sorte de long pète-sec qui manie le sabre comme un dieu. Nous nous sommes appris mutuellement beaucoup de choses.

— La *bonne* société vous eût également appris des choses fort curieuses et très utiles, en particulier au sujet du nœud gordien qui étrangle les hommes à sentiments libéraux. On a souvent avantage à le confier à des doigts frais ; ils délivrent plus vite que le sabre. Il y a de très jolies femmes à Aix.

— J'ai donné quelques assauts devant elles.

— Vous avez dû être leur coqueluche ?...

— Elles faisaient, en effet, une belle tapisserie. J'aime les tapisseries. J'ai souvent rêvé d'être condamné à mort en tête à tête par un potentat dans une salle de cérémonie tapissée de chants de l'Arioste, par exemple. Les assassins sont derrière la porte et je vais vers eux en regardant le sourire de laine d'Angélique ou les yeux tendres d'une Bradamante au point de croix. Mais c'est la condamnation à mort qui compte.

— Nous avons trop bu, dit la jeune femme. D'ici cinq minutes nous allons parler en vers, et contre tous, hélas, si je peux me permettre cet affreux calembour. Voulez-vous que nous songions à dormir ? »

Ils choisirent deux chambres dont les portes se faisaient face.

Angelo employa son ivresse à construire chez lui un lit carré comme à la caserne.

Il se réveilla au milieu de la nuit. La pluie faisait rage ; on entendait gronder la verrière et le mouvement tumultueux des bois. Le tonnerre roulait dans le lointain. Il se souvint de la jeune femme.

« Nous sommes entrés facilement dans cette maison, se dit-il, d'autres peuvent en faire autant. Nous ne sommes pas seuls sur les routes et avec un temps pareil on cherche abri partout. Ils pourraient venir fureter par ici. Si elle voyait entrer un homme dans sa chambre, et surtout ficelé comme le clarinettiste, elle aurait peur. »

Il défit son lit carré, tira le matelas dans le couloir, sans faire de bruit et s'installa devant la porte de la jeune femme. Assuré d'être soigneusement en travers, il s'endormit.

CHAPITRE XIII

Angelo eut assez d'esprit pour faire disparaître son attirail de bon matin. Quand la jeune femme arriva dans la pièce où ils avaient passé la soirée, il avait déjà préparé le thé et une polenta, salée cette fois.

Ils retrouvèrent le mulet à l'écurie. La bête était de bonne humeur. Il ne pleuvait plus mais le temps restait très menaçant et décidé à beaucoup de fantaisie. Les nuages dévalaient toujours du sud en grande hâte. Les bois, dépouillés de beaucoup de feuilles, étaient presque transparents comme l'hiver. Il faisait assez froid.

« Partons, dit Angelo, mais, auparavant, décidons que, pour le moment, vous allez m'obéir. Mettez mon manteau et montez sur le mulet. Dans une heure, vous marcherez un peu et ainsi de suite. La sueur refroidie, c'est le choléra illico. Croyez-moi. Il faut vous ménager. »

La jeune femme semblait préoccupée et comme honteuse. Elle ne fit aucune difficulté pour se plier dans le grand manteau et monter sur le mulet dont Angelo prit la bride.

Le chemin escalada des pentes assez raides et déboucha finalement à la lisière des bois, sur un vaste plateau sombre que les nuages frôlaient de très près. Le vent soufflait ici en rafales dans une bruine glacée. Les embruns que la bourrasque faisait courir sur le maquis animaient seuls ces étendues désertes.

Angelo releva le col de sa veste de velours. Ses vêtements épais le couvraient fort bien.

« Vivent Giuseppe et Lavinia, se disait-il ; ils ont tout prévu. Voilà le véritable amour. »

Pour un cœur épris de liberté comme le sien, ces solitudes inhumaines avaient du charme. Il n'était pas non plus sans savoir, malgré tout, que cette pluie fine donnait à ses beaux cheveux bruns la lourdeur et l'écroulement des feuilles d'acanthe.

« Que de caractères froids seraient *satisfaits* à ma place, ajoutait-il, mais j'ai l'âme folle, je n'y peux rien. Il me faut l'Arioste. Là, oui, je suis à mon aise. »

Ils marchèrent plus de trois heures avant de venir à bout d'un chemin pierreux qui circulait à travers les buis, les genévriers et toute une végétation crispée par une longue sujétion au vent. Les horizons couverts par le ciel bas ne dévoilaient rien d'autre que l'assaut continu des nuages. Ils subirent plusieurs averses rapides mais drues et comme ferrées de petits morceaux de glace. La jeune femme avait caché sa tête sous le gros capuchon et elle se laissait emporter docilement, sans rien dire.

Le chemin descendit dans un petit val, passa à gué un ruisseau grossi par les pluies, tourna un épaulement de rocher gris et entra brusquement dans un hameau d'une dizaine de petites maisons grises cachées sous des poussières de nuages gris. Malgré l'odeur des feux, les cheminées qui fumaient paisiblement et les bonnes fenêtres tièdes, Angelo poussa le mulet. Il y avait cependant ici des marques évidentes de bonne santé.

« Il faut marcher le plus possible, dit Angelo. Vous êtes raisonnable en vous laissant bien sagement porter. Restez comme vous êtes, laissez-moi faire. Filons. Il peut déjà y avoir des chutes de neige d'un moment à l'autre dans ces hauteurs. Dépêchons-nous de les traverser. »

Le chemin les entraîna le long d'une combe qu'il remontait à travers de petits champs de pommes de terre à peine fleuries mais soignées. Puis il entra dans des boqueteaux de rouvres assez hauts et bien développés, encore couverts de leurs feuilles dorées dans lesquelles le vent et les averses faisaient beaucoup de tapage. Peu à peu, glissant d'un flanc à l'autre du ravin qui s'élargissait, il atteignit de nouveau le quartier des buis, du maquis sauvage et le désert élevé sur lequel couraient les poussières de marbre et de la pluie.

Le temps était de plus en plus inquiétant. Les nuages traînaient au ras des taillis malgré le froid assez vif. Le tonnerre donna quelques coups de gueule sur la gauche. Le mulet manifesta sa mauvaise humeur. La jeune femme proposa de mettre pied à terre.

« Restez où vous êtes, dit Angelo. Cette rosse marchera, et même, s'il faut, je la ferai courir. »

Il employa la méthode des artilleurs de montagne : il s'occupa avec un sans-gêne militaire d'une des oreilles de la bête qui cessa instantanément de faire des manières.

Les ondées, les grains, les lourdes averses se succédaient maintenant sans arrêt. Le ciel tout entier se drapait de nuées noires. Enfin, sur le frémissement d'un éclair et avant même que retentisse le coup de tonnerre, la pluie drue et continue se mit à tomber.

Occupé à harceler le mulet et à courir, Angelo qui cherchait un abri, n'importe quoi, un grand arbre dans le brouillard d'eau serré, s'aperçut que le chemin montait quand il fut à bout de souffle. Il passa sans s'en rendre compte devant les maisons en ruine, puis après coup comprit qu'il venait d'entrevoir à travers la pluie une sorte de voûte. Il fit rebrousser chemin à la bête et s'engouffra avec elle sous une arche. Il était entré dans un débris de cave ou de grange voûtée. Dehors, le déluge noyait les ruines d'un vieux village.

Malgré l'embarras du gros manteau, la jeune femme sauta lestement à terre.

« Vous êtes mouillé, dit-elle, et c'est vous qui allez attraper ce froid mortel dont vous parliez.

— Je vais faire du feu », dit Angelo.

Mais il n'y avait pas de bois dans ce caveau et d'ailleurs la pluie était maintenant si précipitée que déjà l'eau suintait à travers la voûte.

Ils étaient là depuis un certain temps fort déconcertés par la violence de l'orage quand ils entendirent un bruit étrange : c'était celui que faisait l'averse sur un grand parapluie bleu.

L'ustensile étonnant par sa couleur et ses dimensions semblait lutter tout seul contre la bourrasque tant il dissimulait parfaitement celui qui le portait. C'était cependant un gros homme jovial, sanglé dans une redingote très insolite.

« Il y a plus de cinq minutes que je vous fais des signes et que je vous appelle en toquant contre mes vitres, leur dit cet homme avec la gaieté la plus ronde. Vous avez l'air de deux poules qui ont trouvé un couteau. Venez donc chez moi en face. Ce n'est pas le moment de faire l'andouille. Amenez-vous. »

Malgré l'épaisseur de la pluie et les nuages qui couraient à travers ce lieu élevé le village apparaissait complètement en ruine ; il ne restait que des chicots de murs. L'homme à la redingote leur fit traverser une sorte de place encombrée de buissons et d'herbes ; il manœuvrait son immense parapluie avec une habileté de marin. Il ouvrit une porte d'étable où l'on poussa le mulet.

« On s'en occupera après, dit-il, entrez ici. »

Angelo et la jeune femme furent d'abord surpris de

trouver des étagères de livres au milieu du désordre inexprimable d'un tas d'autres choses. Il faisait très chaud et Angelo frissonna.

« Mademoiselle va regarder attentivement cette petite gravure qui représente Moscou, dit le bonhomme (comptez les dômes et les arches des ponts, c'est très instructif) pendant que ce jeune homme va, s'il vous plaît, se foutre à poil devant le feu et se frotter sur toutes les coutures. Je déteste les pneumonies. Il y a vingt ans que j'ai dit : "Le velours fait des vêtements idiots, en tout cas ici." Dès que c'est mouillé ça sent le chien et ça met un temps infini à sécher. Frottez fort. Donnez-moi ça. »

Il prit des mains d'Angelo la serviette avec laquelle celui-ci s'essuyait et il se mit à l'étriller fort rudement. C'était un homme puissant et décidé. Angelo, frotté avec une énergie peu commune, perdit la respiration et devint rouge des pieds à la tête en un rien de temps.

« Enveloppez-vous dans cette couverture et asseyez-vous non pas près du feu mais dans le feu. Je veux vous voir rôtir. Et buvez ça ; c'est du rhum et il ne vient pas de l'épicier. Allez-y d'un coup. Les vêtements de cette jeune fille sont secs comme du sel ! Alors, mademoiselle, avez-vous compté ? Voilà un galant cavalier. Combien y a-t-il de dômes et d'arches ?

— Trente-deux, dit la jeune femme.

— Là vous m'épatez ! dit-il. C'est exact. Elle les a vraiment comptés ! Trente-deux. Le plus rigolo c'est qu'il y en a trente-trois. Regardez ce petit truc-là. Quand je m'ennuie, je le compte. On ne sait pas exactement si c'est un dôme ou une arche, du lard ou du cochon mais ça fait trente-trois et on est bien content de trouver du nouveau à ces moments-là. »

La pièce était éclairée par le grand brasier de l'âtre. La haute fenêtre qui donnait sur les ruines ne laissait pas entrer beaucoup de jour ; ses petits carreaux étaient embrumés de l'extérieur par les nuages qui passaient à ras de terre et à l'intérieur par un épais encadrement de poussière. Les flammes qui jaillissaient avec assez de force d'énormes bûches permettaient de voir l'énorme entassement de meubles très riches mais fort mal entretenus et tous surchargés de gros bouquins et de tas de papiers sur lesquels s'essayaient à l'équilibre des pichets, des brocs, des bols, des cuvettes, des bouteilles, des casseroles, des louches, des pipes de toutes les grosseurs, de toutes les formes et même des tiroirs pleins d'ustensiles de cuisine. Des étagères chargées de livres en files inclinées comme les blés sous le vent couraient tout le tour des murs. Les tables, rondes, carrées ou ovales et les guéridons que le poids de la paperasse éreintait et qui inclinait leurs plateaux de droite et de gauche, les commodes, les secrétaires, les tabourets placés au hasard et entre lesquels circulait une sorte de sentier, laissaient cependant devant le feu un assez grand espace libre dans lequel étaient placés deux fauteuils se faisant vis-à-vis et une très jolie table à jeux, fine comme une belle enfant. La table portait une lampe à pompe et un livre ouvert. Tout, sauf cette table, cette lampe, ce livre et un des fauteuils, était saupoudré de poussière blanche. De gros monticules de cendres encombraient la cheminée et portaient le brasier à un empan plus haut que la tête des chenets.

On ne voyait pas de cuisine en train. Il y avait cependant une exquise odeur de civet, ou de daube, en tout cas de sauce au vin en train de mijoter.

Angelo était très impressionné par cette odeur. Il se disait : « Cela suffit. Tout est changé. » Il imaginait fort bien qu'avec un peu de daube arrivant à point on pouvait dans la réalité domestiquer tous les héros et héroïnes de l'Arioste. « Et, ajoutait-il bêtement, c'est dans la réalité qu'on est la plupart du temps. » Il était aussi humilié d'être plié nu dans une couverture, à croupetons près du feu et *qu'il fallait ça s'il voulait vivre*. Or, il y avait la liberté et cette jeune femme à conduire à Gap. Il parla du choléra.

« C'est comique, dit le gros homme à la redingote. Nous avons une épidémie de peur. Actuellement, si j'appelle choléra un brassard jaune et si je le fais porter à mille personnes, les mille crèvent en quinze jours. »

Angelo qui ne s'habituait ni à la nudité ni à la couverture (bien que l'attitude de la jeune femme accroupie près de lui et qui se chauffait les mains, et celle de l'homme à la redingote qui bourrait une pipe fussent parfaites) se mit à discourir très gravement de chlore et de chlorure ; que les villes en manquaient. Enfin, il exprima complètement sa pensée qui était : « La situation dans laquelle je suis, cette couverture, ces pieds nus qui dépassent, m'humilient beaucoup. Je voudrais bien mettre sur mon dos un vêtement quelconque. »

« Les villes ne manquent pas que de chlorure, dit l'homme en allumant sa pipe. Elles manquent de tout ; en tout cas de tout ce qu'il faut pour résister à une mouche, surtout quand cette mouche n'existe pas, comme c'est le cas. Voyez-vous, mon jeune ami, je suis orfèvre, ajouta-t-il en se calant dans le fauteuil qui touchait la petite table de jeux. J'ai exercé la médecine pendant plus de quarante ans. Je sais fort bien que le choléra n'est pas tout à fait le produit de l'imagination pure. Mais, s'il prend si facilement de l'extension, s'il a comme nous disons cette "violence épidémique" c'est qu'avec la présence continue de la mort, il exaspère dans tout le monde le fameux égoïsme congénital. On meurt littéralement d'égoïsme. Notez ceci, je vous prie, qui est le résultat de nombreuses observations cliniques, si nous étendons le terme à la rue et aux champs et à la soi-disant bonne santé qui y circule : rues et champs que j'ai beaucoup plus fréquentés que les lits. Quand il s'agit de peste ou choléra, les bons ne meurent pas, jeune homme ! Je vous entends. Vous allez me dire comme beaucoup que vous avez vu mourir des bons. Je vous répondrai : “C'est qu'ils n'étaient pas très bons.” »

Angelo parla du *petit Français*.

« Une immunité relative donne toujours de la suffisance, dit l'homme. C'est une faiblesse dont les dieux ont de tout temps profité et la fameuse mouche ne s'en fait pas faute. Cher monsieur, mort à qui se croit innocent : voilà le langage des dieux. Et il est juste. On a toujours les meilleures raisons du monde de s'imaginer clairvoyant parce qu'on a réussi à saisir le taureau par les cornes. Cela ne suffit pas. Vous me citez le cas d'un médecin de campagne ou de moi-même, ou du *vulgum pecus* : tout ça meurt, bien entendu... »

Angelo qui, dans sa situation, avait besoin de cadavres, raconta comment le *petit Français* l'avait ébloui à force de générosité et de dévouement.

« Admettons, dit l'homme, c'est alors qu'il était *trop* bon. Il faut une mesure en tout. Mais donnez-moi simplement quelqu'un qui *s'oublie*. Voilà le mot que je cherchais ; quelqu'un qui ne pense pas à lui-même et qui, par conséquent, ne cherche pas des moribonds dans des tas de cadavres pour se donner le plaisir de sauver, comme vous venez de me dire que votre petit médecin faisait. Donnez-moi quelqu'un qui oublie son foie, sa rate, et son gésier. Celui-là ne meurt pas. De choléra tout au moins. De vieillesse, sans doute ; mais de choléra, non. »

Il ajouta que la région était volcanique et par conséquent préservée des miasmes délétères ; qu'à sept à huit lieues à la ronde (et il fallait étendre son observation jusque-là pour qu'elle soit valable dans ce pays désertique) il n'y avait pas eu un seul décès du choléra depuis le début de l'épidémie.

« Nous avons ici un substratum de lave d'où montent

des émanations sulfureuses et chaudes. Bref, nous vivons à peu de frais. » A quoi il reconnaissait volontiers que le chlorure d'Angelo n'était pas si bête que ça et que la chimie pouvait fort bien remplacer la philosophie et l'éthique dans les villes.

Il avait exercé à Lyon, Grenoble et même Paris. C'était l'origine de sa mélancolie, dit-il avec ses lèvres dorées du plus délicat des sourires. Mélancolie mais pas misanthropie, comme on le voyait bien. Il la soignait d'ailleurs avec les dômes de Moscou. C'était une méthode extrêmement active, si bête qu'elle agissait comme un apport de fer assimilable dans un organisme anémié. Savez-vous que ceci est une découverte extrêmement importante ? Il n'y avait jusque-là aucun remède à la mélancolie. La médecine était désarmée. Or, quoique moins théâtrale (et son hypocrisie décuple son venin) la mélancolie fait plus de victimes que le choléra. Passons sur le fait qu'elle tue, c'est une vérité de La Palice, et elle tue dans des proportions qu'on ne connaît jamais, car ses victimes n'étalent pas des ventres verdâtres au long des rues mais cassent leur pipe avec très grande décence et modestie, dans des coins secrets où elles passent (à juste titre peut-être) pour avoir été frappées de mort naturelle. Mais, outre ces conclusions radicales, la mélancolie fait d'une certaine société une assemblée de morts-vivants, un *cimetière de surface*, si on peut dire ; elle enlève l'appétit, le goût, noue les aiguillettes, éteint les lampes et même le soleil et donne au surplus ce qu'on pourrait appeler un *délire de l'inutilité* qui s'accorde parfaitement d'ailleurs avec toutes les carences sus-indiquées et qui, s'il n'est pas directement contagieux, dans le sens que nous donnons inconsciemment à ce mot, pousse toutefois les mélancoliques à des *démesures de néant* qui peuvent fort bien empuantir, désœuvrer et, par conséquent, faire périr tout un pays. Sans oublier les grandes entreprises à quoi finalement les mélancoliques de l'espèce sanguine se consacrent presque toujours et qui entraînent des populations entières dans des carnages pas plus ragoûtants que ceux de la peste ou du choléra. Son petit truc des dômes de Moscou n'était pas mal, si on voulait bien y faire attention. Il était en train de le perfectionner. Mais, savez-vous à quoi il s'était mis en attendant ? A Victor Hugo, tout simplement.

Et il frappa du plat de la main sur le livre ouvert à côté de lui, près de la lampe à pompe.

Là-dessus, par une pente naturelle, il tourna regard vers la fenêtre pleine de nuages, ruisselante d'eau, qui grelottait sous les coups du vent et il déclara qu'il faisait un temps extraordinaire.

Les bottes, la chemise et les habits d'Angelo étaient secs. Il alla s'habiller dans un coin d'ombre.

« Au diable la pudeur, lui dit l'homme, restez là près du feu. Vous êtes bien fait, qu'est-ce que vous risquez ? Croyez-vous que mademoiselle a été créée et mise au monde *per studiare le matematica* [88] ? Tous les jeunes gens sont des Pôle Nord. Des Swedenborg, des Cromwell ! Et la chaleur communicative des banquets alors ! Qu'est-ce que vous en faites ? Soyez Grec, mon jeune ami ! Regardez-moi ce visage et ces grands yeux. *"C'est la Grèce, ma mère, où le ciel est si doux* [89]*."* »

Angelo aurait répondu vertement mais, à sa grande stupeur, il était entièrement occupé à avaler une salive abondante et salée. Tout en parlant, l'homme à la redingote s'était accroupi à côté de la jeune femme ; il écartait les cendres de l'âtre et, ayant découvert une cocotte de fonte qui y mijotait, il en avait soulevé le couvercle. Pour qui s'était nourri de polenta et de thé pendant une semaine, il était impossible de résister à cette puissante odeur de venaison et de sauce au vin.

« Faites donc la jeune fille de la maison, chère amie. Dans la panetière, qui est d'ailleurs à l'opposé du coin où notre jeune Eliacin [90] enfile sa culotte, il y a une serviette propre, des assiettes et tout ce qu'il faut. Mettez la table s'il vous plaît. Nous allons faire honneur à ce capucin [91], produit de ma ruse ancestrale. Pour une fois que j'ai des hôtes, je veux me payer un de ces Balthazar des familles [92] qui font époque dans la vie d'un homme et, à plus forte raison dans la vie d'un célibataire endurci, solitaire et, avouons-le, vieillissant.

Ah ! Malheur au puissant qui s'enivre en des fêtes,
Riant de l'opprimé qui pleure, et des prophètes !
Ainsi que Balthazar ignorant ses malheurs
Il ne voit pas aux murs de la salle bruyante
Les mots qu'une main flamboyante
Trace en lettres de feu parmi des nœuds de fleurs [93] *!* »

Angelo retrouva avec plaisir la raideur de sa veste de velours.

« Etre dans ses bottes, se disait-il, est peut-être le fin mot de la puissance. » Mais, l'odeur de la cuisine primait tout. Il ne se demandait même plus s'il était prudent, pour la jeune femme, de manger dans cette maison inconnue, et une popote, de toute évidence, fortement épicée. Il était en proie à une tentation irrésistible. « Tant pis », se dit-il avec bonheur. Les bottes ne servaient plus à grand-chose.

Il alla voir le mulet. Il le bouchonna avec des tampons de paille. Il était dans un de ces moments où l'odeur de crottin de la cavalerie lui faisait du bien. Il pensait avec regret à son bel uniforme. Il aurait eu plaisir à donner des ordres.

La violence de la tempête qui frappait à coups de tonnerre dans tous les échos l'attira à la porte de l'écurie. C'était un déluge comme il n'en avait jamais vu.

La jeune femme vint le rejoindre. Ils étaient tous les

deux atterrés, et sombres, et ils se regardaient avec des yeux fort tristes.

« Et cependant, dit-elle, j'aimais beaucoup la polenta que vous faites si bien. »

Elle ajouta même : « Que vous faites avec tant d'amour !

— Evidemment, dit Angelo, elle nous a rendu service mais...

— Il n'est pas possible de partir, dit-elle.

— Ne désobligeons pas cet homme sûrement très serviable », dit Angelo.

Ils mangèrent de fort bon appétit et sans faire d'aucune façon la petite bouche, ni au pain qu'ils n'avaient plus touché par prudence depuis longtemps ni au vin très ordinaire que l'homme à la redingote leur servit généreusement.

Angelo remarqua que la jeune femme dévorait de façon brutale et même qu'elle ne pouvait s'empêcher de pousser quelques petits gémissements. D'ailleurs, elle fermait les yeux.

Enfin, ce fut pour l'un et l'autre un repas fort triste, mais non pas pour l'hôte qui citait du Victor Hugo à tout bout de champ.

Angelo retrouva heureusement ses petits cigares tout à fait secs dans leur étui.

« J'en ai encore vingt-cinq dans une boîte que mes mouchoirs ont dû bien préserver de la pluie, se dit-il avec une joie brusque mais très vive. Il n'y a pas de petit plaisir. »

Toutefois, maintenant qu'il n'avait plus faim, il aurait bien voulu n'avoir pas mangé. Il reprochait à la jeune femme de s'être abandonnée à ces délices aussi lâchement que lui. Il n'était pas prêt d'oublier les petits gémissements de gourmandise satisfaite qu'elle avait instinctivement poussés. Il voyait tout en noir. Il parla de ce qui le tenait à cœur.

« Ce type-là est phénoménal, dit l'homme. Il tient absolument à ce qu'on s'intéresse à son choléra. Je peux vous parler du choléra et de la peste *ad libitum*. Mais, croyez-moi, il vaut mieux regarder les fleurs de mai de cette charmante personne.

— Cette personne ne restera charmante que si elle ne meurt pas du choléra, dit sèchement Angelo.

— Vous avez une façon particulière de voir les choses, jeune homme, je n'en disconviens pas. Sa valeur réelle est toutefois discutable, permettez à un vieux praticien de vous le faire remarquer. L'expérience me permet d'affirmer que nous sommes incapables de discerner dans l'enchaînement des faits ce qui produira le bon ou le mauvais. J'ai vu des fluxions de poitrine guéries par des anthrax monstrueux, cancériformes et très dégoûtants.

Seigneur, vous avez mis partout un noir mystère [94].

« Discernement parfait, tranché, élémentaire et jamais en défaut dès qu'il s'agit des sens. Or, les sens s'exercent dans l'immédiat. De là, mon humilité. Qu'avez-vous à faire d'une *diplomatie de l'avenir* où une mère truie n'y trouverait pas ses cochons et de savoir si Mademoiselle restera charmante puisqu'elle l'est ? Bref, que désirez-vous de moi, au juste ?

— C'est fort simple, dit Angelo. Vous êtes docteur, vous devez connaître des remèdes. Vous en avez peut-être même quelques-uns dans une armoire ? Nous sommes sur les routes avec les seules ressources de notre bonne volonté de vivre. Et cela, j'en ai peur, ne suffit pas par les temps actuels. Je crois que le calomel, ou même l'élixir parégorique...

— Bagatelles ! Le calomel, l'élixir parégorique ! Quel est le...

— Mais, dit la jeune femme, dans cet enchaînement

de faits qui avaient l'air de me concerner, si j'ai bien compris, et dont vous avez pertinemment souligné l'obscurité, si j'ai mon mot à dire c'est pour demander de devenir centenaire, comme tout le monde.

— Erreur profonde, erreur profonde, dit l'homme... mais votre interruption m'a déjà sauvé de deux ou trois grossièretés que j'étais sur le point de dire ; ce n'est pas pour les proférer ici, mes enfants !

Beaux fronts naïfs penchés autour de moi,
Bouches aux dents d'émail disant toujours : pourquoi ?

Reprenons nos esprits, et de ce rhum qui, je vous en fiche mon billet, vaut tous les calomels du monde.

— Oui, dit fort sérieusement Angelo, l'alcool est excellent.

— Tout est excellent, dit l'homme. Si je prends la peine de vous parler du choléra vous serez étonné. Vous l'avez vu marcher dans le pays et cela vous a donné pas mal de choses à cacher (vous y arrivez facilement parce que vous êtes jeune) mais, voir le choléra envahir un corps : voilà un spectacle qui prédispose à la franchise. Toutefois, pour avoir une connaissance même approximative de ces somptueuses panathénées, il faut d'abord se familiariser avec les paysages dans lesquels ces fêtes se déroulent. Le foie, la rate et le gésier dont je parlais tout à l'heure, c'est vite dit, mais, qu'est-ce que c'est ? Qu'est-ce que c'est surtout avant d'être étalé sur le marbre des autopsies ? Arrivé là, ça ne sert plus à grand-chose ; ce sont de petits bouquets, ce sont de petits racontars ; ça sert à faire l'opinion publique, à satisfaire la bienséance. Mais actuellement, pour vous et moi, par exemple, et pour cette très grande quantité (notez-le) d'hommes et de femmes parfaitement vivants et qui vont vivre, qu'est-ce que c'est ? Je suis bien loin de vouloir vous faire un laïus ; il ne s'agit pas du tout d'anatomie. Il s'agit d'aller sur les lieux où s'élaborent les passions, les erreurs, le sublime et la frousse. Un foie d'adulte, placé dans une dame ou dans un monsieur, vertical et en bonne santé, c'est une belle chose ! Ce n'est pas Claude Bernard qu'il faut ici. Il nous dit que le foie fabrique du sucre. Sommes-nous plus ferrés sur la mer quand nous savons qu'elle fabrique du sel. Si nous voulons avoir une petite idée de l'aventure humaine, ce n'est pas Claude Bernard qu'il faut ici, c'est La Pérouse, Dumont d'Urville, ou mieux encore, les vrais dépendeurs d'andouilles : Christophe Colomb, Magellan, Marco Polo. J'ai découpé du foie humain, en veux-tu en voilà, avec mes petits couteaux. J'ai assuré mes lunettes sur mon nez et j'ai dit : "Voyons voir", comme tout le monde. J'ai vu quoi ? Qu'à l'occasion il était engorgé ou corrompu, injecté ou obstrué, qu'il adhérait parfois au diaphragme. Ça m'a fait une belle jambe ! »

Il prétendait, lui, ici présent, que le foie est semblable à un extraordinaire océan, où la sonde ne touche jamais le fond, et conduisant à des Malabars, des Amériques, à de somptueuses navigations dans des espaces tendus d'un double azur. Il s'était naturellement fait traiter d'esprit non scientifique et même d'âne bâté par des cliniciens qui prenaient comme tout un chacun leur colère et leur indignation dans leur foie, sans essayer de penser une minute que, si ce manque de logique était le produit du sucre, c'était en tout cas d'un sucre avec lequel il était difficile de sucrer son café.

Il ne conseillait certes à personne, étant donné les chemins objectifs dans lesquels la science expérimentale tenait à s'engager, de parler de monstres, d'îles de Pâques, d'orages, de brises fraîches, de langueurs, de chaumière indienne, de bougainvilliers, de cassia, d'or, de foudres, de goélands, et en un mot de tout ce qu'il faut pour changer de ciel et de rêves, à propos du foie.

A moins d'être, comme lui, décidé à supporter les sarcasmes et à laisser voguer la galère ou pisser le mouton.

Car, donnez-moi un foie et une carcasse, d'homme ou de femme, *ad libitum*. Je fourre l'un dans l'autre, et voilà de quoi entreprendre, réussir ou rater tous les tours de passe de la vie méditative ou de celle de société. J'assassine Fualdès et Paul-Louis Courier [95]. Je vends des nègres, je les affranchis, j'en fais de la chair à pâté ou des drapeaux pour des assemblées consultatives. J'invente, je fonde la société de Jésus et je la fais fonctionner, j'aime, je hais, je caresse et je tue, sans parler de la main de ma sœur dans la culotte du zouave qui assure la pérennité de l'espèce.

Il attirait l'attention sur la chose suivante : ces exemples n'étaient pas choisis au hasard. Il entendait dire que nous avions ici, non pas le générateur des actes bruts mais de toutes les combinaisons et fioritures : l'orgue de Barbarie pour étouffer les cris de la victime [96], la femme adultère pleine de forêts nocturnes, de coups de fusils et d'ouverture de testament, bref, toute la comédie, y comprise celle qui se joue, non plus sous les fronts mais sous tous les frontons, comme il avait l'honneur de le préciser.

Il ne lui restait plus qu'à enrouler à côté de ça quelques mètres de boyaux, sans oublier le culier qui donne de l'espace et du lyrisme, de placer des reins, une rate, quelques viscères adventifs et il pouvait mettre dans toute la gamme des passions autant de bémols et de dièses à la clef qu'il était nécessaire au magnifique animal à deux pattes, menteur par excellence. Etait-il besoin de dire qu'il n'attachait pas au mot menteur un sens péjoratif, loin de là ? Il savait être objectif comme père et mère à l'occasion.

Parenthèse. Il voulait faire ressortir le bien-fondé de sa façon de voir les choses. Le choléra est une maladie de grands fonds ; il ne se transmet pas par contagion mais par *prosélytisme*. Avant d'aller plus loin il fallait songer à une chose très importante. Voici un homme (ou une femme) ouvert de la tête aux pieds comme bœuf à l'étal et voilà, penché sur lui avec tous ses appareils, l'homme de l'art. Ce dernier peut très bien connaître de quoi l'homme (ou la femme) est mort. Mais les sens profonds du « pourquoi » c'est une autre affaire. Une autre affaire qui, pour être tirée au clair, nécessiterait la connaissance du « comment » cet homme (ou cette femme) a vécu. Or, cet homme (ou cette femme) a aimé, haï, menti, souffert et joui de l'amour, de la haine et du mensonge des autres. Mais, aucune trace à l'autopsie. Cet homme (ou cette femme) a aimé et je n'en sais rien. Il a haï (je n'en sais rien) ni de quelle façon. Il a joui et souffert : poussières ! Qui nous assure l'absence de rapports proches ou lointains entre cette bile verdâtre qui emplit les boyaux, et l'amour ? (Quand il est vrai, profond, tel qu'il doit être et continu pendant dix ou vingt ans, même pour des sujets divers, je vous l'accorde), qui me certifie que la haine, la jalousie n'ont aucune part dans ces taches pourprées et livides, ces charbons intérieurs que je découvre dans les follicules muqueux intestinaux ? Qui soutiendra que la foudre bleuâtre pleine de paons sauvages de la jouissance s'est abattue des milliers de fois sur cet organisme sans laisser de traces ? Ne sont-elles pas celles que je vois ? Fermons la parenthèse.

Non, mademoiselle, je n'ai pas parlé de cœur : ouvrage de dame. C'est un lion que nous portons brodé sur la chemise. Dans mes décombres, rien de semblable. A l'endroit que vous m'indiquez, je trouve une pompe aspirante et refoulante qui fait son petit boulot et quand elle ne le fait plus, on s'en aperçoit. Laissez saint Vincent de Paul et compagnie tranquille. Il vient d'ailleurs. Il vient de l'océan violet. Il émerge des eaux profondes, tout luisant de ce sucre étrange cher à

Claude Bernard. C'est une variation de « Vénus tout entière à sa proie attachée [97] ». Je vous fabrique de la clémence d'Auguste [98] à ne plus savoir qu'en faire avec du suc gastrique et don Juan ne me demande qu'une seconde d'inattention dans mes dosages. Le libre arbitre est un manuel de chimie.

Il attendait de leur part un sursaut d'orgueil. Il ne venait pas, non, vraiment ? Remarquez que votre soi-disant humilité est simplement paresse de la digestion, près d'un bon feu, après déjeuner, par un temps extraordinaire (qui continue, si je ne m'abuse ; qui ne fait que croître et embellir même). Et aussi, il ne se le dissimulait pas et ne le dissimulait à personne, le plaisir évident qu'on prenait toujours à l'entendre discourir sur ce sujet. Mais en vous-mêmes vous pensez très fortement n'avoir rien de commun avec ces combinaisons chimiques. Vous caressez subrepticement le lion brodé sur votre chemise. C'est la fleur de votre sein, d'ailleurs, qui est dessous, et la fleur des seins est, pour les deux sexes, très sensible.

Eh ! bien, il ne voulait pas le leur laisser ignorer plus longtemps : le choléra n'est pas une maladie *c'est un sursaut d'orgueil.* Un sursaut d'orgueil à la mesure des grands fonds, des vastes étendues dont il avait parlé tout à l'heure ; à la mesure des possibilités étranges de ces étendues et de ces abîmes : une hypertrophie de la fioriture (si l'on pouvait s'exprimer ainsi) ; un orgue de Barbarie à la mesure d'une chimie démesurée ; le lion brodé qui s'appuie sur la fleur de votre sein et soudain prend corps, et des proportions antédiluviennes. Tout se terminant, d'ailleurs, dans l'inéluctable chimie. Mais quel beau feu d'artifice !

Savez-vous ce qu'il y a de mieux en fait de planche anatomique ? C'est une carte de géographie, une carte du Tendre avec des Indes orientales *en vrai.* Il est à la fois midi à Paris, cinq heures du matin à Ceylan, midi à

Tahiti et six heures du soir à Lima. Pendant qu'un chameau agonise dans les poussières du Karakorum, une grisette boit du champagne au Café Anglais, une famille de crocodiles descend l'Amazone, un troupeau d'éléphants traverse l'Equateur, une vigogne chargée de borate de soude crache à la figure de son cornac sur un sentier des Andes, une baleine flotte entre le Cap Nord et les Lofoten et c'est la fête de la Vierge en Bolivie. Le globe terraqué roule, on ne sait pourquoi ni comment, dans la solitude et les ténèbres.

Nouvelle parenthèse ; parlons à bâtons rompus ; allons tout chercher à droite et à gauche. Avez-vous examiné de près cette pièce de feu d'artifice appelée : soleil ? Qu'est-ce que c'est ? Tout simplement du carton, de la poudre, des rayons de bois et du fil de fer. Le carton qui mettra vingt ans, cent ans, mille à vivre sa vie de carton. Triste chose que la vie du carton ! Qu'il soit bleu, jaune, rouge ou vert (les couleurs ne me gênent pas, je les admets toutes) ou gris, la vie du carton ne vaut pas tripette. Or, Champollion a trouvé du carton en Egypte et qui vivait cette vie-là depuis trois mille ans (il continue actuellement cette vie-là dans une vitrine). Les amours et les joies du carton, les souffrances et les peines du carton : imaginez-vous ça ? Mais allumez la cartouche de carton sur la place du village. Quel soleil ! Chacun crie : « Ah ! ah ! »

Sursaut d'orgueil. A ce moment-là, plus rien ne compte que le sursaut et que l'orgueil ; tout éclate : famille et patrie. Tristan s'est bouté le feu à lui-même, il pète littéralement dans sa peau, et Juliette aussi, et Antoine et Cléopâtre, et tout le saint-frusquin. Chacun pour soi. Je t'aime et tu m'aimes ; c'est bien beau mais, qui me donnera les raisons de persister dans ces compromis, ces demi-mesures et ces *petites morts* puisque des abîmes de mon foie émergent les meilleures raisons du monde pour *devenir*.

Trêve de plaisanteries ! On lui avait fait l'honneur, je crois, de l'interroger sur le choléra ; il était maintenant prêt à répondre.

Entrez, entrons dans ces cinq à six pieds cubes de chair qui va devenir cholérique, de chair en proie au prodrome de ce *cancer de la raison pure*, de chair fatiguée des détours que lui fait prendre sa matière grise, qui raisonne soudain à l'aide de ses mystères et met les bouchées doubles.

Qu'est-ce qui s'est passé au début ? Personne ne peut nous le dire. Sans doute après coup une vague solitaire haute de quinze à vingt mètres, longue de sept à huit cent milles courant à la vitesse de deux nœuds seconde a parcouru l'océan plat comme la main. Avant, après, l'avril reste en fleur sur les eaux. Ni grondement ni écume, il n'y a pas de brisants ni d'amer dans ces vastes étendues profondes *qui ne s'étonnent de rien*. C'est de l'eau qui se déplace dans de l'eau et pas de conscience pour s'en apercevoir.

Jusque-là tout est commencé, rien n'est changé. Adolphe, Marie ou François sont toujours à vos côtés et vous aiment (ou vous détestent). C'est l'affaire de trois secondes.

Il voulait, disait-il, donner une description, même approximative, si je ne peux pas plus, hélas, de la façon dont enfin la conscience humaine se sentait alors dépouillée de toutes ses joies. Le souvenir même en est effacé. Il compara ces joies à des oiseaux. Les migrateurs d'abord, ceux qui réjouissent les contrées les plus diverses suivant l'époque et la saison et en particulier les fameux paons sauvages. Paons de haut vol, capables de darder leurs triangles de fuite plus rapidement que les grèbes, les pluviers, les bécasses, les canards verts et les tourdres.

De toute cette oisellerie et qui s'enfuit, non pas vers l'horizon mais vers le zénith, le ciel est plein, il en déborde. Il y en a tant qu'il en est embarrassé, que ses hauteurs s'engorgent, qu'il en souffre.

C'est le moment où le visage du cholérique reflète cette stupeur dite caractéristique. Ses joies exténuées sont aujourd'hui terrifiées par autre chose que par leur faiblesse ; par on ne sait quoi qu'elles fuient jusqu'au-delà du nord parfait où elles disparaissent. Oh ! mon Dieu, Adolphe ou Marie, ou François, qu'est-ce que tu as ? Il a qu'il crève, en parlant poliment, *qu'il crève d'orgueil*. Il se moque bien désormais de la chair et de la chair de sa chair. *Il suit son idée*.

Quelquefois cependant une main s'accroche encore à un tablier, au revers d'un habit, ou d'un ami, ou d'une amie. Mais les oiseaux sédentaires : les passereaux, les moineaux, les mésanges, les rossignols (à considérer, les rossignols ! Combien de gens s'en contentent, surtout pendant les nuits de mai), tout ce qui se nourrit d'ordures, de déchets, de vermisseaux et d'insectes qu'on trouve toujours sur place rien qu'en sautillant, *toutes les joies sédentaires* foutent le camp. Elles apprennent d'un seul coup la façon de s'organiser en triangles de haut vol. La peur donne des ailes et de l'esprit. Le jour noircit. La stupeur ne suffit plus ; il faut chanceler, s'abattre où qu'on soit : à table, dans la rue, dans l'amour, dans la haine et s'occuper de choses beaucoup plus intimes, personnelles et passionnantes.

Il considérait qu'Angelo était un spécimen à peu près parfait du chevalier le plus attentif et le plus charmant. Vous avez réussi à m'intéresser et, j'ose le dire même, à me séduire rien que dans les démêlés avec votre culotte, ce qui n'est pas à la portée de tout le monde. Quant à mademoiselle, il avait toujours été à la merci de ces petits visages en fer de lance. Mais, quel était le but formel de tout cela ? Le péricarde rempli d'une humeur sanguinolente, le tissu cellulaire parsemé d'un lacis variqueux plein d'un sang noir liquéfié, le bas-ventre météorisé (notez le mot), la bile noire, le poumon blanc, les bronches rousses et écumeuses en apprennent plus d'un seul coup à leur cervelle que mille ans de philosophie. Or, c'est précisément dans cet état que nous trouverons l'intérieur d'Adolphe, de Marie et de François vidés d'oiseaux. Ou de vous-même, si le cœur vous en dit.

Si tout était là, la vérité serait à la portée de toutes les bourses, à la merci d'un miracle, mais on ne peut pas n'allumer que la moitié d'un *soleil* quand le feu est aux poudres.

Troisième parenthèse : Est-ce qu'ils avaient vu des éruptions volcaniques ? Lui non plus. Mais il était facile d'imaginer l'instant où, le jour aboli sous les cendres, les fumées, les vapeurs méphitiques, une nouvelle lumière venue du cratère en feu se levait.

Voici les premières lueurs du jour qui va peu à peu éclairer l'autre côté des choses. Le cholérique ne peut plus en détacher les regards. Jésus, Marie, Joseph eux-mêmes ne voudraient pas en perdre une miette.

Il faut entrer dans certains détails. Avaient-ils une quelconque notion, même élémentaire sur la chair humaine ? Cela n'était pas étonnant. La plupart des gens partageaient cette ignorance. C'est d'autant plus étrange que tout le monde fait une consommation continue de chair humaine, sans même savoir ce que c'est. Qui n'a vu le monde changer, noircir ou fleurir parce qu'une main ne touche plus la vôtre ou que des lèvres vous caressent ? Mais on en est où vous en êtes, on le fait de bonne foi. Sans parler de sa propre chair qu'on brûle à pleines pelletées, le long des jours pour un oui et pour un non.

C'est tellement peu de chose que ce n'est rien. Il n'avait qu'à se souvenir de l'air dépité qu'ils avaient tous les deux au milieu de l'orage quand il les avait aperçus sous l'arche ruinée de la cave pour être persuadé qu'ils étaient prêts à se sacrifier l'un pour l'autre. Mais voyons, cela sautait aux yeux et ils n'avaient pas besoin de faire de l'ironie, surtout mademoiselle. Avouez que vous aviez peur pour lui. On n'avoue jamais ces choses-là de façon franche et c'est dommage, mais ceci est affaire de compromis habituels, de demi-teintes, de demi-tons, de bémols et de dièses. Il n'en reste pas moins qu'ils étaient donc simplement prêts à se sacrifier pour une certaine quantité de sels et d'eaux ; pour tout un travail de plombier, de tuyautages et de fils de sonnettes.

Il n'allait pas non plus entrer ici dans des considérations interminables. Ceci suffisait. La vanité des êtres et des choses, chacun la connaît. On continuait cependant à s'étonner de l'indifférence des cholériques en pleine attaque pour l'entourage et souvent le dévouement et le courage qui s'y déploient. Dans la plupart des maladies, le malade s'intéresse à ceux qui le soignent. On a vu des patients, à l'article de la mort, verser des pleurs sur les êtres chers ou demander des nouvelles de la tante Eulalie. Le cholérique n'est pas un patient : *c'est un impatient*. Il vient de comprendre trop de choses essentielles. Il a hâte d'en connaître plus. Cela seul l'intéresse et, seriez-vous cholériques l'un et l'autre que vous cesseriez d'être quoi que ce soit l'un pour l'autre. *Vous auriez trouvé mieux*.

Comme j'ai le regret de vous le dire, malgré les marques évidentes de votre attachement profond. C'est bien ici qu'il faut parler de soins *jaloux*. L'être cher vous quitte, pour une nouvelle passion, et que vous savez être définitive. D'ailleurs, s'il est encore dans vos bras, c'est agité de tremblements et de spasmes ; c'est gémissant d'un corps à corps dont vous êtes chassé.

Voilà pourquoi je vous ai dit tout à l'heure que votre petit Français n'était pas totalement bon ou qu'il l'était trop. J'aurais dû ajouter qu'il manquait en tout cas d'élégance. *Il n'en prenait pas son parti.* Il s'accrochait. Et à tout le monde. Et pour quoi faire ? Pour finir par suivre l'exemple.

Mais ceci, comme toujours, est affaire de tempérament. Retournons à notre tuyautage, fil de sonnette et autres babioles.

Si tout cela n'éprouvait rien, ce serait cocagne. Il n'y aurait pas de curiosité, donc pas d'orgueil ; nous serions proprement éternels. Mais, voilà d'énormes globes de feu qui débordent pesamment du cratère, des nuages incandescents qui remplacent le ciel. Votre cholérique est prodigieusement intéressé. Son seul but désormais est d'en connaître plus.

Qu'est-ce qu'il éprouve ? Banal : il a froid aux pieds. Il a les mains glacées. Il a froid dans ce qu'on appelle les extrémités. Son sang se retire. Son sang se précipite sur les lieux du spectacle. Il ne veut pas en perdre une bouchée.

Eh ! bien, pas grand-chose ! En principe, il n'y a rien à faire. Des cataplasmes sur des jambes de bois, il y en a, vous pensez bien, des variétés infinies. Le calomel en est un. Non, je n'en ai pas. Qu'est-ce que vous voulez que j'en fasse. Le sirop de gomme aromatisé à la fleur d'oranger en est un autre. On a le choix entre les sangsues à l'anus et la saignée, à quoi il ne faut pas être grand clerc pour penser en pareil cas. On passe des lavements au cachou, du rathania à l'extrait de quinquina, la menthe, la camomille, le tilleul, la mélisse. En Pologne, on donne un grain de belladone ; à Londres, deux grains de sous-nitrate de bismuth. On applique des ventouses sur l'épigastre, des sinapismes sur l'abdomen. On administre (et le mot est joli) de l'hydrochlorate de soude ou de l'acétate de plomb.

Le meilleur remède serait d'être préféré. Mais, vous le voyez, on n'a rien à offrir *en échange*, en remplacement de cette nouvelle passion. C'est-à-dire qu'on cherche un spécifique capable de neutraliser l'atteinte toxique, suivant la formule des gens doctes, alors qu'il faudrait se faire préférer, offrir plus que ne donne ce sursaut d'orgueil : en un mot *être plus fort, ou plus beau, ou plus séduisant que la mort*.

Il allait leur faire une confidence, ou, plus exactement non, la confidence s'arrêterait là. Il ne dirait pas un mot de plus à ce sujet. Les prières, les mines et toute votre grâce ne servent à rien. Si vous me connaissiez mieux, vous sauriez que lorsque j'ai décidé de me taire, je ne cède jamais à la tentation de parler.

Par contre, ils avaient voulu une description du choléra. Il y avait consenti ; ils allaient l'avoir. Et qu'on ne se bouche pas les oreilles, s'il vous plaît. Tout à l'heure, ce jeune homme semblait disposé à me manger tout cru si je n'obtempérais pas à ses désirs. Il m'a fourré sa belle sous le nez ; il vous a fourré sous mon nez sous prétexte qu'il fallait vous sauver à tout prix. Pourquoi le faut-il ? C'est une question qu'il ne se pose même pas. Pourquoi faudrait-il surtout que moi ou le reste du monde soyons de son avis ? Et sauver quoi ? Je le lui répète !

Il n'était pas le moins du monde effrayé par les grands airs : « Asseyez-vous et reprenez du rhum, c'est plus sage. » Il était un vieux monsieur. Il avait jeté son feu il y a longtemps. Sabre, pistolet, duel, comme vous me le proposez si gentiment avec une fougue amusante, serviraient à quoi ? *Est-ce moi qui ai fait le monde ?*

Si je rengaine mes confidences c'est précisément que je pense être en présence de personnes raisonnables, eu égard à leur sympathique physionomie et nonobstant cet âge ingrat qui pousse facilement aux extrémités. Bénissez la jeunesse qui permet d'approcher la mort sans méfiance ni terreur.

Le cholérique n'a plus de visage : il a un *facies*, un faciès *éminemment cholérique*. L'œil enfoncé dans l'orbite et comme atrophié est entouré d'un cercle livide et à moitié couvert de la paupière supérieure. Il représente ou une bien grande agitation de l'âme ou une sorte d'anéantissement. La sclérotique qui se laisse voir est frappée d'ecchymoses ; la pupille qui s'est dilatée ne se contractera jamais plus. Ces yeux n'auront jamais plus de larmes. Les cils, les paupières sont imprégnés d'une matière sèche et grisâtre. Des yeux qui sont restés écarquillés dans une pluie de cendres à regarder des halos, des lucioles géantes, des éclairs.

Les joues sont décharnées, la bouche à moitié ouverte, les lèvres collées sur les dents. La respiration passant à travers les arcades dentaires rapprochées devient sonore. C'est un enfant qui imite une monstrueuse bouilloire. La langue est large, molle, un peu rouge, couverte d'un enduit jaunâtre.

Le froid qui a d'abord été sensible aux pieds, aux genoux et aux mains tend à envahir tout le corps. Le nez, les pommettes, les oreilles sont glacés. L'haleine est froide, le pouls est lent, d'une faiblesse extrême, vers le déclin de l'existence physiologique.

Or, en cet état, le cholérique répond avec lucidité si on l'interroge. Sa voix est éraillée mais il ne divague pas. Il voit clair et *des deux côtés*. S'il choisit, c'est en toute connaissance de cause.

Il faisait remarquer que tout ceci demandait plus de temps à dire qu'à s'accomplir. Cela se voit en un éclair en même temps qu'on crie, qu'on se précipite, qu'on prend Jacques, Pierre ou Paul dans ses bras et qu'on demande : « Qu'est-ce qu'il faut faire ? Il est perdu ! »

D'après lui, mais ainsi qu'il l'avait déclaré au préalable, il n'avait jamais assisté à des éruptions de volcan ; il se représentait cependant assez bien la chose et il devait y avoir dans le spectacle de ces convulsions un moment extrêmement tragique et sans doute de valeur hypnotique : c'était celui où la fête du feu sortait des entrailles de la terre, se ruait en rugissant sur la vie. Sans avoir rien lu d'autre en la matière que le *Poème de l'Etna* et les récits concernant le cyclope, il était facile de penser à ces braiments gigantesques, à ces brutalités incandescentes, cendreuses, méphitiques et probablement électriques. On devait être sur le coup d'une telle surprise, en face d'une évidente démonstration de notre nullité que tout le sel et probablement tout le sucre de M. Claude Bernard se changeaient en statue.

Certains de mes collègues qui ne sont pas tous aveugles ont parlé d'« asphyxie cholérique ». J'ai même cru un moment qu'ils étaient également capables de comprendre et d'exprimer un peu plus que ne leur en souffle la science quand ils ont ajouté cette chose charmante et combien juste : « L'air vient toujours au sang mais le sang ne vient pas à l'air. » J'eusse aimé, après cette, je le répète, très intelligente constatation, leur entendre prononcer le nom de Cassandre ; aussitôt après et pour bien indiquer qu'ils avaient compris.

J'ai parlé de prosélytisme ; c'est qu'on ne résiste pas au besoin de proclamer l'avenir, c'est-à-dire la vérité, la vérité dans l'œuf.

J'ai souvent pensé qu'il y a peut-être un moment où le cholérique souffre et sans doute de façon abominable, non plus dans son orgueil comme jusqu'ici (et c'est ce qui le pousse) mais enfin dans son amour et c'est ce qui pourrait le retenir de notre côté.

J'ouvre une autre parenthèse. Rapidement close, ne vous inquiétez pas, mais nécessaire. Il est à noter que le choléra, comme vous le savez, frappe tout le monde sans distinction, et sur-le-champ. On prend brusquement la décision d'avoir le choléra en plein milieu d'autres décisions bien arrêtées, bien prises et à quoi l'habitude du monde nous conduit. Et les êtres les plus insoupçonnables en sont sur-le-champ capables : aussi bien la mère de famille que l'amoureuse, la ménagère, le bourgeois, le soldat, le peintre en bâtiment et le peintre de bataille. La médiocrité même ne l'empêche pas ; le bonheur (comme il se doit) le provoque. Fermons la parenthèse et gardez ce qu'elle contient bien présent à l'esprit. Nous sommes en réalité beaucoup plus que nous ne croyons.

On prétend donc que le cholérique souffre abominablement. On dit que rien n'est comparable au supplice de ces cadavres vivants qui jugent de toute l'horreur de leur position. Ceci se passe évidemment, comme vous le comprenez, dans un état sans dimension ni durée ; précisons cette horreur : quand ils sont dans les gerbes de feu, les vagues d'étincelles, les poulpes de laves, les éventails de lumière. Leur corps est sourd, aveugle, muet, *insensible*. C'est-à-dire qu'ils n'ont plus ni main, ni pied, ni bec, ni ongle, ni poil, ni plume. Et cependant ils sont lucides. Ils continuent à entendre, à voir leur entourage, le bruit de la rue, la casserole sur le feu, le claquement des linges, les gémissements, le rouge d'une robe, le noir d'une moustache, le bourdonnement des mouches.

Si souffrance il y a, c'est ici qu'elle se place. Je dis si ; car qu'elle preuve avons-nous de cette souffrance ? Les spasmes ? Les convulsions ? Les hoquets ? Les cris ? Les grincements de dents ? Sommes-nous tellement assurés de connaître les vraies manifestations extérieures de la joie ?

Mais, un éclair de souffrance, de vraie souffrance, et abominable, j'y crois, et, s'il est possible, il est là. Je dis si pour m'essayer, comme tout le monde, à être objectif, pour ne pas trancher, laisser une chance. Il est un moment où, sous la pluie de cendres, le cholérique se demande si *tout ça* vaut la peine, s'il ne valait pas mieux manger son pot-au-feu sans penser à Charlemagne.

Le malade est dans une agitation extrême. Il cherche à se débarrasser de tout ce qui le couvre, se plaint d'une chaleur insupportable, a soif ; oubliant toute pudeur, il s'élance hors du lit ou découvre avec rage ses parties sexuelles. Et cependant, sa peau est devenue froide, inondée d'une sueur glacée qui bientôt est visqueuse et donne à la main l'impression désagréable du contact d'un animal à sang froid.

Le pouls s'est effacé de plus en plus mais il est toujours très rapide. Les extrémités prennent une teinte bleuâtre. Le nez, les oreilles, les doigts se cyanosent ; des plaques de même nature apparaissent sur le corps.

L'amaigrissement que nous avons constaté pour la face s'est étendue partout. La peau dépourvue d'élasticité se laisse plisser lorsqu'on la pince et *garde l'empreinte qu'on lui donne*.

La voix est éteinte. Le malade ne parle plus que par soupirs. L'haleine a une odeur nauséeuse qu'il est impossible de décrire mais qu'on n'oublie plus quand une fois on l'a sentie.

Le calme apparaît enfin. La mort n'est pas loin.

J'en ai vu sortir de ce coma, se lever sur leur séant et, pendant quelques secondes, *chercher l'air* ; porter leurs mains à la gorge et m'indiquer par une pantomime aussi douloureuse qu'expressive un sentiment atroce de strangulation.

Les yeux sont convulsés en haut, leur brillant a disparu, la cornée elle-même s'est épaissie. La bouche entrouverte laisse voir une langue épaisse couverte de charbons. La poitrine ne se soulève plus. Quelques soupirs. C'est fini. Il sait ce qu'il faut penser des marques extérieures de respect.

CHAPITRE XIV

Angelo et la jeune femme passèrent la nuit près du feu, sur des fauteuils. Au matin, le ciel était clair.

« Vous êtes à dix lieues de Gap, leur dit l'homme à la redingote, et vous ne pouvez pas vous tromper. En descendant d'ici, vous trouverez sept à huit maisons qui sont ce que les gens appellent Saint-Martin-le-Jeune et, au milieu de ces maisons, un carrefour où le chemin que vous suiviez hier s'emmanche dans une voie de moyenne communication. C'est sans histoire. Vous faites sur cette voie, en prenant à droite, cinq lieues dans un pays sain comme la prunelle de mon œil et vous atteignez le rebord du plateau. De ce rebord, vous apercevez à cent mètres sous votre nez la grand-route de Gap. Descendez, asseyez-vous au bord de la route, la diligence y passait encore il y a deux jours. Et il n'y a de barrières nulle part. Ou, si vous avez des sous, poussez jusqu'au petit hameau qu'on voit dans les châtaigniers. Il y a un maître de poste. »

Il leur fit emporter une petite fiole de rhum et une poignée de grains de café.

Les choses se présentèrent comme il avait dit. Les gens de Saint-Martin-le-Jeune vaquaient à leurs occupations. Un, assis par terre, retaillait sa faux, un autre regardait le temps et dit à Angelo qu'on avait du soleil pour trois jours.

Il faisait tiède. C'était une de ces journées d'automne qui ont des airs de printemps. La végétation à feuille dure couchée sur le plateau et luisante de la pluie passée étincelait comme la mer. Une odeur de champignon extrêmement suave fumait du pied des genévriers et des buis. Un vent léger, bariolé de froid, donnait à l'air une vigueur et une vertu sans égales. Le mulet même était content.

La jeune femme marchait de façon fort allègre et, autant qu'Angelo, s'extasiait à chaque instant sur la pureté du ciel, la beauté des massifs montagneux couleur de camélia, perdus dans la brume matinale vers lesquels ils se dirigeaient.

Ils retrouvèrent des corbeaux peureux, croisèrent un piéton qui revenait à Saint-Martin en portant un sac de pains. La solitude était joyeuse.

Même après plusieurs lieues, toute trace de vie humaine ayant disparu, et en train de traverser une petite forêt de pins sylvestres très rabougris, la lumière, l'air, les parfums de la terre continuèrent à maintenir les deux voyageurs en allégresse. Pour la première fois ils goûtaient au plaisir du voyage.

« Nous allons bientôt arriver, dit la jeune femme.

— Il me faudra, dit Angelo, encore au moins deux jours avant d'être de l'autre côté de ces montagnes qui ont une si belle couleur.

— Vous resterez bien deux jours de plus à Théus. Il faut que je vous remercie de votre aide et vous ne m'avez jamais vue en robe longue, sauf ce soir de Manosque où j'avais fait toilette pour tout autre chose que vous.

— Je resterai le temps d'acheter un cheval, dit Angelo et n'y voyez pas un manque de courtoisie ou de l'indifférence pour ce que vous devez être en robe longue quand vous la dédiez à quelqu'un. Mais, je ne suis pas seul en cause. Il faut vraiment que je combatte pour la liberté. »

L'allégresse se communiquait à sa vieille passion et il parla de sacrifier sa vie au bonheur de l'humanité.

« C'est une noble cause », dit-elle.

Il eut assez d'esprit pour regarder si elle y mettait de l'ironie. Elle était sérieuse, même un peu trop.

Elle parla de sa belle-sœur qui était, paraît-il, très excentrique et fort bonne, une vieille dame jadis torturée par un mari charmant. Le château de Théus, quoique campagnard, était plein d'attraits et ses terrasses rustiques dominaient le cours le plus torrentueux de la Durance, devant un décor de montagnes extravagant. Il pourrait trouver des chevaux convenables au petit pays de Remollon tout proche. Il n'aurait que l'embarras du choix.

Angelo s'excusa. Il serait certes le premier à solliciter l'hospitalité de Mme de Théus.

« C'est aussi mon nom », dit-elle.

Eh ! bien, il solliciterait l'hospitalité des deux Mme de Théus et il demanderait en grâce à la plus jeune de bien vouloir paraître en robe longue et dans tous ses atours.

« Il faudra, se disait-il, que je choisisse mon cheval avec beaucoup de soin. Peut-être est-ce sur celui-là que je serai obligé de faire quelque grand geste dès que j'aurai passé la frontière ? Et ceci ne se règle pas en cinq sec. »

Ils firent halte à midi dans la solitude ensoleillée. Ils préparèrent du thé et se reposèrent environ une heure. Ils étaient assis au pied d'un pin, sur un tertre d'aiguilles souples et tièdes, devant le spectacle miraculeux du plateau baigné de lumière que les vaporeuses montagnes semblaient contenir comme une liqueur d'or au fond d'un bol bleu. La jeune femme ferma les yeux et s'assoupit. Elle dormait et même avec quelques reniflements fort touchants quand Angelo la réveilla.

« Je regrette, dit-il, mais il nous faut être avant la nuit à cette fameuse grand-route. Nous irons chez le maître de poste et vous coucherez dans un lit. Allons, c'est le dernier effort. »

Il lui proposa de monter de nouveau sur le mulet. Elle s'en défendit avec insistance et fit ses premiers pas encore ensommeillée mais avec un sourire charmant.

Un peu avant la tombée de la nuit, ils arrivèrent au rebord du plateau. Tout était tel que l'avait décrit l'homme à la redingonte. La grand-route passait à quelque cent mètres au-dessous d'eux.

« Et voilà le petit bois de peupliers, dit Angelo, avec son bouquet de maisons. Et le maître de poste. »

Mais elle le regardait d'un air stupide. Avant qu'il crie : « Qu'avez-vous ? Pauline ! » elle eut comme un reflet de petit sourire encore charmant et elle tomba, lentement, pliant les genoux, courbant la tête, les bras pendants.

Comme il se précipitait à ses côtés elle ouvrit les yeux et fit manifestement effort pour parler, mais elle dégorgea un petit flot de matières blanches et grumeleuses semblables à de la pâtée de riz.

Angelo arracha le bât du mulet, étendit son grand manteau sur l'herbe et y plia la jeune femme. Il essaya de lui faire boire du rhum. La nuque était déjà dure comme du bois et cependant tremblante comme des coups énormes frappés dans les profondeurs.

Angelo écouta ces appels étranges auxquels tout le corps de la jeune femme répondait. Il était vide d'idées. Il eut seulement conscience que le soir tombait, qu'il était seul. Il pensa enfin au petit Français mais comme à une chose minuscule. Il tira alors le corps de la jeune femme, plus loin de la route, plus avant dans les buissons. Ce pays où la contagion n'avait pas encore fait de victime serait prêt à tous les débordements de l'égoïsme dès la première et il se souvenait de l'homme au sac de pains qu'ils avaient croisé le matin même sur cette route...

Il tira les bottes de la jeune femme. Les jambes étaient déjà raides. Les mollets tremblaient. Les muscles tendus faisaient saillie dans la chair. De la bouche qui était restée emplâtrée du dégorgement de riz sortaient de petits gémissements très aigus. Il remarqua que les lèvres se retroussaient sur les dents et que la jeune femme avait une sorte de rire cruel et même carnassier. Les joues s'étaient creusées et palpitaient. Il se mit à frictionner de toutes ses forces les pieds glacés.

Il se souvenait de la femme qu'il avait soignée sur le seuil de la grange à Peyruis. Il avait eu besoin de l'habileté du vieux monsieur pour la déshabiller. Il fallait déshabiller Pauline. Il fallait aussi allumer du feu, faire chauffer de grosses pierres. Il n'osait pas s'arrêter de frictionner les pieds qui restaient de marbre.

Enfin, il se dit : « Si je pense à tout ça, je suis foutu. Faisons les choses comme il faut. » Il venait brusquement de perdre espoir. Il se dressa et prit dans le bât tous les vêtements lourds susceptibles de donner un peu de chaleur. Il trouva assez de petit bois et même une grosse souche de pin. Il alluma du feu, fit chauffer des pierres, installa une sorte de coussin sous cette tête dont il ne connaissait plus le visage et dont le poids l'étonna. Les cheveux qui coulèrent sur ses mains étaient rêches et comme travaillés par une chaleur de désert.

Angelo avait placé de gros galets dans le feu. Quand ils furent très chauds, il les enveloppa dans du linge et il les plaça près du ventre de la jeune femme. Mais les pieds étaient devenus violets. Il recommença à frictionner. Il sentait le froid fuir de ses doigts et monter dans la jambe. Il souleva les jupes. Une main de glace saisit sa main.

« J'aime mieux mourir », dit Pauline.

Angelo répondit il ne savait quoi. Cette voix, bien qu'étrangère, le mit dans une sorte de fureur tendre. Il se débarrassa de la main avec brutalité et arracha les lacets qui nouaient la jupe à la taille. Il déshabilla la jeune femme comme on écorche un lapin, tirant les jupons et un petit pantalon de dentelle. Il frictionna tout de suite les cuisses, mais, les sentant chaudes et douces, il retira ses mains comme d'une braise et revint aux jambes, aux genoux qui déjà étaient pris par la glace et bleuissaient. Les pieds étaient blancs comme de la neige. Il découvrit le ventre et le regarda avec attention. Il le toucha des deux mains, partout. Il était souple et chaud mais parcouru de tressaillements et de crampes. Il le voyait habité de formes bleuâtres qui nageaient et venaient frapper la surface de la peau.

Les gémissements de la jeune femme jaillissaient maintenant assez forts et sous le coup de spasmes. C'était une plainte continue qui ne trahissait pas une très grande douleur, qui accompagnait le travail profond d'une sorte d'état ambigu, qui attendait, espérait même, semblait-il, un paroxysme où le cri alors devenait sauvage et comme délirant. Ces spasmes qui secouaient tout le corps se reproduisaient de minute en minute, faisant craquer et se tendre le ventre et les cuisses de Pauline chaque coup, le laissant exténué entre les mains d'Angelo après chaque attaque.

Il ne cessait pas de frictionner. Il s'était débarrassé de sa veste. A chaque cri il sentait le froid reprendre avantage, monter le long de la jambe. Il s'attaqua tout de suite aux cuisses qui s'ocellaient de taches bleues. Il renouvela le petit nid de pierres brûlantes autour du ventre.

Il s'aperçut brusquement qu'il faisait nuit noire, que le mulet était parti. « Je suis seul », se dit-il. Malgré sa peur de l'égoïsme, il appela. Sa voix fit un petit bruit d'insecte. A un moment il entendit, en bas sur la grand-route, le roulement d'un tilbury, le trot d'un cheval. Il vit la lanterne de quelqu'un qui passait son chemin, à cent ou deux cents mètres plus bas que lui.

Il avait frictionné avec tant de vigueur et si longtemps qu'il était rompu de fatigue et entièrement douloureux, mais après avoir alimenté le feu, il revint à ces cuisses et à ce ventre. Pauline avait commencé à se salir par en bas. Il nettoya soigneusement tout et plaça sous les fesses une alèse faite de lingeries brodées qu'il avait sorties de la petite valise.

« Il faut lui faire boire du rhum par force », se dit-il. Du bout de son doigt il dégagea la bouche où s'étaient embourbés les nouveaux dégorgements de riz au lait. Il s'efforça de desserrer les dents. Il y parvint. La bouche s'ouvrit. « L'odeur n'est pas nauséabonde, se dit-il, non, cela ne sent pas mauvais. » Il versa le rhum peu à peu. La déglutition ne se fit pas tout de suite, puis l'alcool disparut comme de l'eau dans du sable.

Il porta machinalement le goulot de la bouteille à ses propres lèvres et il but. S'il pensa dans un éclair qu'il venait à l'instant même de mettre le goulot de la bouteille à la bouche de Pauline, il se dit : « Et après, qu'est-ce que ça fiche ? »

La cyanose semblait avoir pris repos en haut des cuisses. Angelo frictionna énergiquement les plis de l'aine. Les dévoiements s'étaient arrêtés. La jeune femme respirait faiblement, avec des hoquets, puis par aspirations profondes, comme après un combat qui a fait perdre le souffle. Son ventre tressaillait encore de souvenirs. Les gémissements s'étaient tus.

Elle continuait à dégorger des matières grumeleuses et blanchâtres. Angelo sentit se répandre une effroyable odeur. Il se demanda d'où elle venait.

A chaque instant depuis des heures il se posait la question : « Qu'est-ce que j'ai comme remèdes ?

Qu'est-ce qu'il faut faire ? » Il n'avait qu'une petite valise pleine de lingerie féminine, son propre portemanteau, son sabre, ses pistolets. Il pensa à un moment à se servir de la poudre. Il ne savait à quel usage. Mais il lui semblait qu'il y avait là-dedans une force, n'importe laquelle qui pouvait s'ajouter à la sienne. Il songea à mélanger cette poudre avec de l'eau-de-vie pour la faire boire à Pauline. Il se disait : « Ce n'est pas la première fois que je soigne un cholérique et j'aurais donné ma vie pour le petit Français. Cela ne fait pas de doute. Ici, je suis entrepris... »

Il ne savait que frictionner sans arrêt. Ses mains lui en faisaient mal. Il fit des frictions à l'eau-de-vie. Il renouvelait à chaque instant les pierres chaudes. Il tira avec précaution la jeune femme le plus près possible du feu.

La nuit était devenue extrêmement noire et silencieuse.

« Ce n'est pas la première fois, se dit Angelo, mais ils me sont tous morts dans les mains. »

L'absence d'espoir, plus que le désespoir et surtout la fatigue physique le faisaient de plus en plus maintenant tourner les regards vers la nuit. Il n'était pas en quête d'une aide mais d'un repos.

Pauline semblait s'éloigner. Il n'osait pas l'interroger. Les paroles de l'homme à la redingote étaient encore trop récentes. Il se souvenait de la lucidité dont cet homme avait parlé et il craignait la lucidité de cette bouche qui continuait à dégorger des boues blanchâtres.

Il s'étonnait, il s'effrayait même un peu du vide de la nuit. Il se demandait comment il avait pu ne pas avoir peur jusqu'ici et surtout de choses si menaçantes. Il ne cessait cependant de s'activer à réchauffer sous ses mains ces aines en bordure desquelles le froid et la couleur de marbre étaient toujours au repos.

Enfin, il eut toute une série de petites pensées très colorées, de lumières très vives dont quelques-unes étaient cocasses et risibles et, à bout de forces, il reposa sa joue sur ce ventre qui ne tressaillait plus que faiblement, et il s'endormit.

Une douleur à l'œil le réveilla ; il vit rouge, ouvrit les yeux. C'était le jour.

Il ne savait pas sur quoi de doux et de chaud sa tête reposait. Il se voyait recouvert jusqu'au menton par les pans de son manteau. Il respira fortement. Une main fraîche toucha sa joue.

« C'est moi qui t'ai couvert, dit une voix. Tu avais froid. »

Il fut sur pied instantanément. La voix n'était pas tout à fait étrangère. Pauline le regardait avec des yeux presque humains.

« J'ai dormi, se dit-il, mais à haute voix et d'un ton lamentable.

— Tu étais à bout de forces », dit-elle.

Il posa des questions de façon très abracadabrante et fit trois ou quatre fois, sans aucune utilité, l'allée et venue entre le bât et le chevet de Pauline, ne sachant ni ce qu'il voulait prendre ni ce qu'il fallait faire. Il eut à la longue l'esprit de tâter le pouls à la malade. Les pulsations étaient assez bien marquées et se succédaient avec une rapidité somme toute rassurante.

« Vous avez été malade, dit-il avec force et comme s'il avait été nécessaire de trouver une excuse à quelque chose ; vous l'êtes encore ; il ne faut pas bouger ; je suis bien content. »

Il vit le ventre et les cuisses nues. Son visage s'empourpra.

« Couvrez-vous bien », dit-il.

Il alla chercher tout son portemanteau et il fit à la jeune femme un lit bien bordé plein de pierres chaudes. Il en plaça plusieurs aux pieds et aussi haut qu'il osa aller le long des jambes presque jusqu'aux genoux. Ce faisant, il fut forcé d'effleurer du dos de la main une chair qui semblait avoir retrouvé quelque chaleur.

Le matin était aussi joyeux que celui de la veille.

Angelo se souvint de l'eau de maïs que Thérésa lui faisait prendre quand il était petit et qui sauvait de tout, paraît-il, et en particulier de la dysenterie. Il n'avait jamais plus pensé à l'eau de maïs depuis qu'il s'était consacré au combat pour le bien de l'humanité. Ce matin, tout en parlait : l'air, la lumière et le feu. Il se souvenait de cette tisane gluante et fade mais très rafraîchissante.

Il mit aussitôt de l'eau à bouillir et fit fort bien sa tisane en pensant uniquement à ce qu'il faisait.

La jeune femme but avec avidité plusieurs fois. Vers midi, il fut manifeste que les crampes étaient passées.

« Je suis seulement brisée, dit-elle, mais toi...

— Je suis fort bien, dit Angelo. Il suffit que je voie ce rose timide qui commence à toucher le bon endroit de vos joues. A cet endroit-là, cela ne signifiera jamais la fièvre. D'ailleurs, laissez-moi prendre votre pouls. »

Il était manifestement mieux marqué et plus régulier que deux heures avant. L'après-midi se passa en soins répétés, en anxiétés vite dissipées. Il faisait tiède et, sans avoir aucunement sommeil, au contraire, Angelo recevait les images de la splendeur du monde dans une tête vide mais qui jouissait de rien avec ivresse.

Il ne cessait de renouveler les pierres chaudes.

A la longue, la jeune femme dit qu'elle se sentait maintenant tiède et molle comme un poussin dans son œuf.

Le soir tomba. Angelo fit du café avec la poignée de grains que lui avait donnés l'homme à la redingote.

« T'es-tu désinfecté ? dit soudain la jeune femme.

— Certes, dit Angelo. Ne vous inquiétez pas. »

Il but le café et une large rasade de rhum. Il se coucha, roulé dans sa veste et près du feu.

« Donne-moi la main », dit Pauline.

Il donna sa main ouverte où la jeune femme mit la sienne. Il était déjà à moitié endormi. Le sommeil lui paraissait être un refuge sûr et paisible.

« Mais les pierres chaudes ne sont plus nécessaires », se dit-il.

« Tu as déchiré mes vêtements, dit Pauline au matin. Tu as arraché les attaches de mon jupon et regarde ce que tu as fait de ce très joli pantalon de dentelle. Comment vais-je m'habiller ? Je me sens bien.

— Il ne s'agit pas de ça, dit Angelo. Je vais à dix pas d'ici, au petit chemin, guetter le passage de quelqu'un à qui je donnerai une commission pour le maître de poste. Notre mulet est parti. Et j'exige que vous restiez allongée. On va vous transporter en voiture. Nous serons ce soir à Théus.

— Je suis inquiète pour toi, dit-elle. J'ai eu le choléra, cela ne fait pas de doute. Ce ne sont pas les attaches de mon jupon et de mon pantalon qui m'ont meurtri le ventre comme il est. J'ai dû être horrible ! Et toi, n'as-tu pas fait d'imprudences ?

— Si, mais dans ces cas-là la contagion se manifeste tout de suite. Je suis en avance d'une nuit sur la mort, dit Angelo, et elle ne m'attrapera pas. »

Il n'était pas depuis cinq minutes au bord du chemin qu'il vit venir, du côté de Saint-Martin, une charrette à fourrage vide. Il s'avança à sa rencontre. Elle était conduite par un paysan qui semblait sur-le-champ un peu bête et emportait dans ses ridelles, avec des fourches et des *bourras* [99], une vieille femme à jupon rouge.

Angelo leur dit carrément qu'il y avait là dans les buissons une femme qui avait été malade et qu'il leur demandait le service, maintenant qu'elle était guérie, de bien vouloir la transporter jusqu'à la maison du maître de poste. D'ailleurs, il payerait. Ce qui ne fit impression ni sur l'homme bête ni sur la vieille femme.

Ils arrêtèrent la charrette et suivirent posément Angelo dans le taillis.

« Mais c'est madame la Marquise ! » dit la vieille femme.

Elle avait été femme de journée tout un hiver à Théus. Elle habitait maintenant chez son gendre, le benêt. Elle donna des ordres avec fierté. Enfin, vers les trois heures de l'après-midi, Pauline, couchée dans un grand lit très souple chez le maître de poste, dormit entourée de bouillottes.

« Personne n'a peur ici », se disait Angelo. On lui parlait en effet avec tout le respect que peuvent procurer les deux pièces d'or qu'il avait distribuées dès son arrivée. On lui donnait du « marquis » et il dut faire toutes les représentations nécessaires pour éviter ce malentendu fâcheux et qui le faisait rougir chaque fois. Il ne parvint pas totalement à se donner pour ce qu'il était. On le voyait heure par heure quitter la salle de consommation et monter les escaliers. Il allait entrouvrir la porte de la chambre, regarder Pauline dormir et même lui tâter le pouls qui était toujours excellent. Et, dame, ici un lit était un lit, surtout avec une jeune femme dedans et qui ne paraissait pas bien malade. On faisait beaucoup de bruit pour rien dans les plaines et au bord de la mer si les malades avaient finalement cet air. Les quelques rouliers qui étaient là avaient d'ailleurs décidé que ce n'était pas du tout de la contagion, que cette femme qui avait de si beaux cheveux et un sourire si aimable pour tout le monde était malade mais simplement de vapeurs. Une marquise, à leur avis (et la vieille femme de Saint-Martin avait tout fait pour qu'on n'oublie pas que Pauline l'était), est sujette aux vapeurs. Quant au marquis, dit-on, il était jeune. Il en verrait d'autres. « Il finira par boire son punch tranquille, comme tout le monde, si les petits cochons ne le mangent pas. »

« Tu m'accompagneras à Théus ? dit la jeune femme.

— Je ne vous laisserai certainement pas un mètre avant, répondit Angelo. J'ai loué, retenu, payé et même pour ne rien vous dissimuler, mis sous la garde d'un garçon de quinze ans mais dur à cuire comme personne et qui m'est dévoué jusqu'à la mort — ou plutôt jusqu'à la bourse depuis que je lui ai montré la mienne — le boggey le plus agréable, le plus confortable et le plus rapide que j'aie pu trouver ici. Il est à nous, il nous attend. Je vous conduirai à Théus même. Vous vous appuierez à mon bras pour monter les escaliers s'il y en a et je resterai deux jours, ajouta-t-il, tellement il était heureux de voir les couleurs revenir à ce visage. Souvenez-vous de la robe longue.

— J'avais peur que tu sois en train d'acheter un cheval, dit-elle. Je t'ai entendu parler longtemps dans l'écurie. Je reconnais très bien le son de ta voix malgré les murs. »

Enfin, on mit des attaches neuves au jupon, à la jupe et, même au petit pantalon brodé. Il avait fallu en outre ravauder à gros points le linon déchiré et même troué par les ongles d'Angelo, qui, pendant le voyage et faute de ciseaux, les avait portés fort longs.

Il avait un peu scrupule d'avoir fait coucher une cholérique dans un lit d'auberge et, à termes couverts, il fit part de ses scrupules au maître de poste qui avait une grosse face sanguine pareille à la lune de mars.

« J'en vois de toutes les couleurs », lui dit placidement ce dernier.

« Au fait, se dit Angelo, c'est une cholérique mais guérie. »

On ne pouvait imaginer de contagion susceptible de s'attaquer avec quelque chance de victoire à ces hommes et femmes simples, rougeauds et de regards lents qui habitaient le bois de peupliers au bord de la route.

Ils arrivèrent à Théus deux jours après, sur le soir. Le village dominait la vallée profonde de très haut. Il était habité par des gens encore plus simples, plus placides et plus rougeauds. Le château dominait le village. Il y avait de nombreux escaliers pour passer de terrasse en terrasse toutes rustiques et sans apprêt, pour tout dire fort sévères qui plurent beaucoup à Angelo. Il ne se déroba pas à ses promesses. Il donna son bras à la jeune femme. Le marquis n'était pas ici. On n'en avait aucune nouvelle.

« Il ne pensera certainement pas à moi, dit la vieille madame de Théus. Il doit être en train de faire le fou quelque part. On dit que la vie est étrange du côté d'en bas. »

Angelo allait se déshabiller dans la chambre très confortable qu'on lui avait donnée et où il y avait un lit à colonnes quand on frappa à sa porte.

C'était la vieille marquise. Boulotte et rougeaude aussi malgré son âge et semblable aux paysannes du village, elle avait les yeux de ce bleu très clair qui dénote généralement une âme tendre mais sans pitié superflue. Elle ne venait que s'inquiéter du confortable de son hôte mais prit place soigneusement dans un fauteuil.

Angelo était enfin dans des murs qui ressemblaient à ceux de La Brenta. Il avait respiré dans les couloirs cette odeur des maisons très vastes et très anciennes. Il parla longuement à la vieille marquise comme il l'aurait fait à sa mère, et uniquement de peuple et de liberté.

Il était plus de minuit quand la vieille femme le quitta en lui souhaitant bonne nuit et en lui disant de bien dormir.

Un maquignon de Remollon vint présenter au bas des

terrasses quatre ou cinq chevaux parmi lesquels se trouvait une bête très fière qu'Angelo acheta d'enthousiasme.

Ce cheval lui donna une joie sans égale pendant trois jours. Il y pensait. Il se voyait au galop.

Chaque soir, Pauline mit une robe longue. Son petit visage, que la maladie avait rendu plus aigu encore, était lisse et pointu comme un fer de lance et, sous la poudre et les fards, légèrement bleuté.

« Comment me trouves-tu ? dit-elle.

— Très belle. »

Le matin du départ, Angelo rendit tout de suite la main au cheval qu'il avait lui-même, chaque jour, nourri d'avoine. Il pouvait être fier de cette allure. Il voyait venir vers lui au galop les montagnes roses, si proches qu'il distinguait sur leurs flancs bas la montée des mélèzes et des sapins.

« L'Italie est là derrière », se disait-il.

Il était au comble du bonheur.

Manosque, le 25 avril 1951.

NOTES

Les notes suivantes éclairent les difficultés qu'un bon dictionnaire usuel ne résout pas toujours.

1. *Si es Catalina de Acosta que anda buscando la sua estatua :* « Est-ce donc Catalina de Acosta en quête de sa statue ? » (Calderón, *La Maison à deux portes*).

2. *Eteule :* partie des tiges de céréales restées sur pied après la moisson ; par extension : champ couvert de ces tiges.

3. *Des tisserands qui réclament :* en novembre 1831, les tisserands lyonnais (les « canuts ») se révoltèrent, poussés par la misère.

4. *Roi de Naples :* allusion au maréchal Murat. Il devint roi de Naples en 1808.

5. *Déci :* abréviation de *décilitre.*

6. *Montoir :* pierre ou pièce de bois qui permet au cavalier de monter sur son cheval plus facilement.

7. *Symptôme prodomique :* qui précède la manifestation d'une maladie.

8. *Extrait thébaïque :* potion à base d'opium.

9. *Plaques de Peyer* (ancienne dénomination médicale) : petites masses de tissus lymphatiques formées dans la muqueuse gastrique.

10. *Psorenterie* (terme médical ancien) : éruption de petits boutons dans l'intestin des cholériques.

11. *Tranchées* (ancien) : coliques aiguës.

12. *Vallée de Josaphat :* dans la Bible, lieu de la résurrection des morts.

13. *Etoupette :* néologisme formé sur *étoupe.* Le médecin fabrique une sorte d'ancêtre du coton-tige.

14. *Il n'est pas flamme :* son état n'est pas brillant (cf. *flambant*).

15. *Matières [...] orizées :* ayant l'aspect du riz.

16. *Billette* (ancien) : laissez-passer officiel.

17. *Du quibus :* populaire et ancien pour « de l'argent » (en latin *quibus :* desquels/de quoi ; cf. *avoir de quoi*).

18. *Fais luire* (argot ancien) : paie.

19. *Jaunets* (populaire et ancien) : pièces d'or.

20. *Requinquillé :* pour *requinqué :* réconforté.

21. *Costume d'Eton :* costume d'enfant imité de la tenue des élèves de la très aristocratique *public school* d'Eton.

22. *Ruchés :* bandes de tulle ou de mousseline ornant certaines toilettes féminines.

23. *Sous un chapeau :* très facilement.

24. *Genus irritabile vatum :* citation du poète latin Horace : « la race susceptible des poètes ». C'est Angelo, assimilé aux poètes, qui se trouve visé.

25. *« Si Pâris [...] d'optique » :* peut-être citation de Bayle (1647-1706), selon Giono.

26. *Qui pilait du poivre :* qui sautait sur sa selle à chaque mouvement de cheval.

27. *Côtelettes :* favoris, rouflaquettes.

28. *S'engouer* (sens ancien) : s'étouffer en avalant trop vite.

29. *L'Ancien :* « la cravate de faille » et « la voix sombre » sont des anciens de l'armée napoléonienne devenus policiers sous Louis-Philippe.

30. *Abeille :* symbole de l'Empire. Les bonapartistes pourraient essayer de tirer parti des rumeurs qui mettent en cause le gouvernement.

31. *Gisquet :* préfet de police de Paris. Il s'était préoccupé de ces rumeurs.

32. *S'embroncher :* de *embroncher,* terme de métier des charpentiers-couvreurs. Comprendre « se heurter contre » ou « s'embarrasser dans » (cf. p. 208).

33. *Fumer les mauves par la racine :* équivaut à *manger les pissenlits par la racine,* être mort.

34. *Une chose à modalité :* qui n'est pas à considérer comme un idéal intangible.

35. *Comme un cadavre qui obéit :* cf. la devise des jésuites : « Obéir comme un cadavre. »

36. *Ventes :* réunions de carbonari.

37. *En haillonnant :* néologisme, comme *dévirer* ; les corbeaux ressemblent dans le ciel à des lambeaux, des haillons noirs.

38. *Baptiste Cannesqui,* etc. : tous les noms propres de cette page désignent des condottieres du XVe siècle (chefs de mercenaires).

39. *Mon royaume pour un cigare ! :* reprise parodique de « Mon royaume pour un cheval ! », exclamation lancée par le roi vaincu dans la pièce *Richard III* de Shakespeare.

40. *Anna Clèves :* personnage d'*Angelo* ; elle aime passionnément Angelo, dont elle est un temps la maîtresse, sans être payée de retour.

41. *Bagatelles de la porte :* ici, échange de propos de pure politesse.

42. *Charruer* (mot ancien ou régional) : labourer.

43. *Un domestique :* une vie domestique.

44. *Ventre de gargamelle :* un ventre énorme. Gargamelle est la mère de Gargantua.

45. *Présentines :* religieuses de l'ordre de la Présentation de Marie.

46. *J'approprie* (expression régionale) : je tiens propre.

47. *Par orte* (locution provençale déformée) : d'un côté ou de l'autre, ici et là.

48. *Bouchon de teille :* tampon formé de filaments de tilleul ou de chanvre.

49. *Une banque : banque* a ici son sens originel : une table, un comptoir.

50. *Il ne dépasse pas sa peau :* il est toujours fidèle à son personnage (c'est sa force), il est incapable de sortir de lui-même (c'est sa faiblesse).

51. *Cannette :* mince tige de roseau.

52. *Barque à travers :* barque arrimée dans le sens latéral. Ici, sens figuré : de travers.

53. *La Primavera :* allusion au tableau de Botticelli, *Le Printemps* (en italien : *La Primavera*).

54. *Une bonne bouffe :* un bon tour, une bonne blague. Néologisme formé sur l'italien *beffa.*

55. *Patins :* souliers à semelles de bois épaisses. Ce sens a disparu.

56. *Ora pro nobis :* prie pour nous. Formule fréquente dans les prières. Les femmes désignent ainsi la cérémonie d'imploration où elles se rendent.

57. « *L'once légère* [...] speranza » : ces deux lignes font référence à *La Divine Comédie* de Dante. Le poète Virgile y guide l'auteur dans son cheminement spirituel à travers l'au-delà. La formule *lasciate ogni speranza* (laisser toute espérance) est gravée sur la porte de l'Enfer. L'once, variété de panthère, et la louve apparaissent aussi dans le poème.

58. *Briarée :* dans la mythologie grecque, Briarée est un des trois géants à cent bras et cinquante têtes qui prirent parti pour Zeus dans sa lutte contre les Titans.

59. *Basso continuo* (italien) : basse continue : qui ne s'interrompt pas pendant tout le déroulement d'un morceau. Ici, métaphore : le peuple œuvre constamment pour la patrie, loin des « entreprises majestueuses ».

60. *Les échelles de Jacob :* dans la Bible, le patriarche Jacob voit en rêve une échelle dont le sommet atteint le ciel, où montent et descendent des anges, signe de l'alliance entre le créateur et la descendance de Jacob.

61. *Chiapacan* (provençal) : personne chargée de capturer les chiens errants.

62. *Casquettes à pont :* casquettes hautes, portées surtout par les voyous.

63. *Bergerades :* tableaux ou poèmes mettant en scène des bergers de convention, dans un goût souvent mièvre. L'alliance de mots *bergerades de lions* est explicitée ensuite.

64. *Ministrone :* mot-valise formée sur *ministro* (ministre) et *minestrone* (soupe : cf. p. suivante).

65. *Le mauvais café :* du café empoisonné.

66. *Le colosse de Rhodes :* statue d'Hélios (le soleil), une des merveilles de l'art antique, détruite au VIIe siècle. Elle symbolise la force.

67. *Baïoques :* monnaie des Etats romains, de peu de valeur.

68. *Compagnie :* groupe d'animaux qui vivent en colonie. Métaphore filée (*perdreaux, se posaient).*

69. *Servir l'idée :* servir la cause du peuple.

70. *La ligne :* infanterie destinée au combat du front.

71. *À moins qu'il y ait un cheveu :* à moins qu'il y ait une difficulté (familier).

72. *La bourre :* matière (en général de l'étoupe) bourrée dans les armes à feu au-dessus de la charge pour la maintenir pressée.

73. *Hunter :* cheval destiné à la chasse à courre.

74. *Ça fait ma balle :* cela me convient, cela fait mon affaire.

75. *Halte au falot :* commandement militaire utilisé la nuit. *Falot :* lanterne.

76. *Franc sans une paille :* sans la moindre difficulté.

77. *Service en campagne :* réglementation militaire pendant le combat.

78. *Se signer du coude :* se féliciter d'avoir de la chance.

79. *Le sexe* (sens ancien) : l'ensemble des femmes.

80. *De bonnes mains :* des pourboires.

81. *Mané, Thécel, Pharès* (mesuré, pesé, divisé) : dans la Bible, Balthazar, roi de Babylone, voit ces mots s'inscrire sur un mur. Ils annoncent sa chute.

82. *Il y aura gras :* il y aura quelque chose à gagner.

83. *Ses lies :* image qui joue sur le nom *lie* (dépôt laissé par une boisson fermentée) et l'adjectif de couleur *lie* (rouge violacé).

84. *Fils d'archevêques :* désigne ici ironiquement une élite sociale.

85. *Ses compas* (familier) : il marchait à grandes enjambées.

86. *Le Juif errant :* personnage légendaire condamné à se déplacer éternellement sans connaître de repos.

87. *Casque à mèche* (familier) : bonnet de coton.

88. *Per studiare le matematica* (italien) : pour étudier les mathématiques : pour n'être qu'un pur esprit.

89. *« Où le ciel est si doux » :* citation approximative (ciel = miel) de Musset *(Rolla).*

90. *Eliacin :* personnage d'enfant dans *Athalie* (Racine). Symbole d'innocence.

91. *Capucin :* lièvre.

92. *Balthazar des familles* (familier) : festin.

93. *« Ah ! [...] fleurs ! » :* citation de Victor Hugo *(Odes).*

94. *« seigneur [...] mystère » :* citation de Victor Hugo (*Les Rayons et les Ombres,* comme la citation suivante).

95. *Paul-Louis Courier :* l'écrivain fut assassiné en 1825.

96 *L'orgue de Barbarie [...] de la victime :* allusion à l'affaire Fualdès.

97. *« ... à sa proie attachée » :* citation de Racine *(Phèdre).*

98. *Clémence d'Auguste :* cf. la pièce de Corneille, *Cinna ou la Clémence d'Auguste.*

99. *Bourras :* grosse toile de chanvre.

■ Connaissez-vous le sens qu'ont dans le texte : *canon* (p. 18), *froc* (p. 19), *drogue* (p. 58), *caner* (p. 66), *faux-cul* (p. 270), *flatter* (p. 317), *amer* (p. 475).

Vive le dictionnaire ! Vous y trouverez également le sens d'expressions savoureuses comme : *être pris sans vert* (p. 137), *l'esprit de l'escalier* (p. 183), *tenir la queue de la poêle* (p. 310), *nouer les aiguillettes* (p. 464), etc. — et la plupart des noms propres, de l'Arioste à Vénus en passant par La Pérouse.

DOSSIER

Ce dossier pédagogique s'adresse à la classe tout entière, professeur et élèves. Ce n'est pas un commentaire continu et dogmatique du texte étudié, mais une alternance, distinguée typographiquement, entre informations, analyses (en caractères maigres), et incitations à la réflexion, questions (en caractères gras), à traiter par écrit ou par oral, individuellement ou en classe. Dans les deux sections principales — « Aspects du récit » et « Thématique » — l'analyse proposée laisse progressivement plus de place à l'initiative et à la recherche du lecteur (pistes pour l'étude et la recherche).

Pour faciliter l'élaboration des exposés oraux ou la rédaction des travaux écrits (cf. la dernière section « Divers »), on trouvera en marge les repères suivants :

qui renvoie aux sujets concernant le personnage d'Angelo ;

qui renvoie aux sujets concernant l'art du romancier.

1. CONTEXTES

Repères chronologiques ■ Genèse ■ Le cycle du *Hussard* ■ Place dans l'œuvre. Giono et Stendhal ■ Contexte historique.

Le Hussard sur le toit occupe une place centrale dans la carrière de Jean Giono, dans la mesure où il marque le retour de l'écrivain à la célébrité après une douloureuse période d'obscurité et d'ostracisme. Il importe donc de rappeler un certain nombre de faits essentiels de sa carrière, surtout avant 1951.

Par sa localisation — la Provence et Manosque — et par les rapports que le personnage du hussard et le sujet du livre, le choléra, entretiennent avec la personne et la famille de Giono, il faut également évoquer la vie de l'écrivain et celle de sa famille, en n'hésitant pas à remonter assez loin dans le temps, comme le roman nous y invite.

Repères chronologiques

1795 Naissance de Pietro Antonio Giono, le grand-père de l'écrivain, à Meugliano en Piémont. Gendarme près de Gênes, il déserte, s'engage dans la Légion étrangère, sous le prénom de Jean-Baptiste. Il fait un séjour en Algérie comme infirmier. On le retrouve en France en 1843, chef d'atelier dans la construction du chemin de fer en Provence. Il rencontre une Piémontaise exilée, Angela Maria Asteggiano.

1845 Naissance de Jean-Antoine Giono, le père de l'écrivain. Pietro épouse Angela en 1846 à Saint-Chamas. Il quitte sa famille et meurt à Aix en 1854, à l'hospice, profession « mineur ».

De ce personnage dont il ne savait en fait pas grand-chose Giono va faire un véritable héros. Et d'abord un colosse alors que Pietro ne mesurait que un mètre soixante-dix. Il l'imagine « carbonaro ». Du gendarme il fait un capitaine de l'armée piémontaise. Il affirme qu'à Alger il a soigné l'épidémie de choléra. Il a même prétendu avoir retrouvé chez un antiquaire de Briançon le sabre de ce grand-père, dont le nom aurait été gravé sur la lame.

De là à faire de Pietro le « modèle » d'Angelo, il n'y a qu'un pas que Giono franchit allégrement dans un certain nombre de déclarations et de textes, tel celui-ci (paru dans le Bulletin du Club du meilleur livre *en avril 1956, à l'occasion de la parution du* Hussard*), intitulé « Mon grand-père, modèle du*

Hussard sur le toit ? » : « *Mon grand-père a quitté le Piémont à peu près de la même façon. Il n'avait pas les qualités d'Angelo, cela va de soi (existent-elles seulement ?), elles sont inventées. Le duel également est inventé, mon grand-père n'était que carbonaro [...], il eut une fin curieuse. Il n'est enterré nulle part. Il était finalement chef de chantier dans l'entreprise que le père d'Emile Zola avait à Aix-en-Provence (le barrage Zola). Un jour, près de Peyrolles, une maison où étaient installés des comptables brûla assez furieusement pour ne laisser que quatre murs. Il n'y eut pas d'autres victimes que Jean-Baptiste Giono. Il s'était approché pour porter secours et voyant tous les employés dehors, il allait s'en retourner quand il eut l'air de changer d'avis, et il entra délibérément dans le feu en grommelant je ne sais quoi d'idiot, qu'il allait "sauver les livres comptables", par exemple. C'est un des miens, et de proches, qui disparut ainsi en fumée, et sans donner d'explication à qui que ce soit. On a envie de voir un homme se défendre (ou se punir) de cette façon-là.* »

Le père passe son enfance à Peyrolles. Il est facteur, puis cordonnier à Marseille, et à Toulon.

1857 Naissance à Boulogne-sur-Seine de Pauline Pourcin, fille d'un ouvrier tanneur né à Manosque, vers 1830.

1868 Les Pourcin reviennent à Manosque.

1874 Jean-Antoine devient cordonnier itinérant, et part pour un grand tour de huit années (Provence, Alpes, nord de l'Italie, Tyrol).

1883 Epidémie de choléra en Provence. Jean-Antoine revient d'Italie par Saint-Vincent-les-Forts, Remollon et se fixe à Manosque.

1891 Jean-Antoine vient habiter la « Grande Maison », où habite la famille Pourcin.

1892 Jean-Antoine et Pauline se marient.

1895 Naissance, le 30 mars, de Jean-Fernand Giono, le futur écrivain.

1902 Giono entre au collège, qu'il quittera en 1911, la maladie de son père l'obligeant alors à gagner sa vie.

1910 Premières tentatives littéraires (poèmes) après la lecture de Lamartine, Hugo et Stendhal.

1911 Il entre à l'agence de Manosque du Comptoir d'escompte.

1914 Mobilisé à la fin de l'année comme élève aspirant (il avait refusé de faire une préparation militaire).

1915 Au front, Verdun.

1916-1917 Dans les tranchées, sa compagnie est décimée, lui-même est commotionné par la déflagration d'un obus. Au Chemin des Dames en avril 1917.

1918 Gazé au mont Kemmel en Flandre. Juillet : bataille de Reims.

1919 Démobilisé, il travaille quelque temps à l'agence de Marseille du Comptoir d'escompte.

1920 Revient à Manosque. Mort de son père. Mariage avec Elise.

1922 Commence, vers cette date, à écrire un roman, *Angélique*.

1923-1924 Découverte passionnée de la musique (Mozart, Beethoven, Bach).

1928 En mai Grasset accepte de publier *Colline*, de préférence à *Naissance de l'Odyssée*, jugé trop « littéraire » et qui ne sera publié qu'en 1938.

1929 *Colline* sort chez Grasset, c'est le premier livre publié. Le succès est immédiat. *Un de Baumugnes* paraît en revue dans la *NRF*, puis chez Grasset. Giono décide de tenter de vivre de sa plume.

1930 Il achète une petite maison dans le quartier du Paraïs à Manosque, où il vivra jusqu'à la fin de ses jours. Publie *Regain*. Signe un contrat avec Gallimard qui désormais publiera une partie de son œuvre. Mais c'est chez l'éditeur Emile-Paul que paraît en décembre *Manosque des plateaux*.

1931 *Le Grand Troupeau* (sur la guerre).

1932 *Solitude de la pitié. Jean le Bleu* : souvenirs de l'enfance à Manosque. Au théâtre, *Lanceurs de graines*.

1934 Marcel Pagnol met en scène *Angèle*, adaptation cinématographique d'*Un de Baumugnes*. Giono adhère à l'Association des écrivains et artistes révolutionnaires, juste après les émeutes fascistes du 6 février. *Le Chant du monde*. La revue *Europe* publie un texte pacifiste de Giono, « Je ne peux pas oublier ».

1935 *Que ma joie demeure*. Collabore à *Vendredi*, hebdomadaire de gauche. En septembre est organisée, à l'initiative de la revue *Europe* et de deux organismes d'auberges de la jeunesse, une randonnée dans la montagne de Lure, au nord de Manosque ; une cinquantaine de personnes se retrouvent sous la conduite de l'écrivain. Giono se luxe le genou au hameau du Contadour, à quelques kilomètres de Banon. Le groupe décide de rester au Contadour. Il y aura neuf rencontres au Contadour jusqu'en 1939.

L'esprit du Contadour est un mélange d'antifascisme, de pacifisme et de retour à la terre : cf. *Les Vraies Richesses.*

1937 Pagnol tourne *Regain* avec Fernandel. Publication de *Refus d'obéissance,* où Giono appelle au désarmement général.

1938 Pagnol tire *La Femme du boulanger* (avec Raimu) d'un épisode de *Jean le Bleu.* Nombreux « Messages » pacifistes de Giono.

1939 Le « Neuvième Contadour » est interrompu par la déclaration de guerre. Giono, mobilisé à Digne, est arrêté le 16 septembre, à cause de ses déclarations pacifistes. Intervention des milieux intellectuels, de Gide notamment. Giono est libéré à la mi-novembre et un non-lieu est prononcé. Il est dispensé de toute obligation militaire.

1941 *Pour saluer Melville* et traduction de *Moby Dick* de Melville, avec Lucien Jacques et Joan Smith.

1942 L'hebdomadaire collaborationniste *La Gerbe* publie *Deux cavaliers de l'orage* jusqu'en mars 1943. *Signal,* version française d'un bimensuel berlinois, publie un reportage photographique sur Giono, tandis que la *NRF* de Drieu la Rochelle publie des extraits de *L'Eau vive.* L'image de Giono se brouille pour ses anciens amis de gauche et du Contadour, même si on ne peut rien lui reprocher en matière de collaboration.

1943 Une bombe explose devant sa maison de Manosque, en guise d'avertissement de la Résistance. *L'Eau vive.* Publication du *Théâtre.* La première représentation de la pièce *Le voyage en calèche* est interdite par la censure allemande.

1944 Giono est arrêté début septembre sur les ordres du Comité de libération de Manosque. Il est interné cinq mois au camp de

Saint-Vincent-les-Forts, près de Barcelonnette. Il est inscrit sur la liste noire du Comité national des écrivains.

1946 Mort de sa mère Pauline.

1947-1948 La revue et les éditions de La Table ronde (situées politiquement à droite) publient des textes de Giono, que les autres éditeurs refusent de publier : *Un roi sans divertissement, Noé* et plusieurs chapitres du *Hussard sur le toit.*

1949 *Mort d'un personnage.*

1950 *Les Ames fortes*, chez Gallimard.

1951 Achève la rédaction du *Hussard sur le toit.* Gallimard publie *Les Grands Chemins.* Voyage en Italie. Novembre : publication du *Hussard sur le toit.*

1953 *Le Moulin de Pologne. Voyage en Italie.*

1954 Giono est élu à l'académie Goncourt.

1957 *Le Bonheur fou.*

1958 *Angelo.*

1960 Ecrit et réalise *Crésus*, film avec Fernandel.

1963 François Leterrier adapte pour l'écran *Un roi sans divertissement.* Giono publie *Le Désastre de Pavie.*

1965 *Deux cavaliers de l'orage* chez Gallimard. Première représentation du *Voyage en calèche.*

1966 *Le Déserteur.*

1968 *Ennemonde et autres caractères.*

1970 *L'Iris de Suse.* Mort de Giono dans la nuit du 8 au 9 octobre, à Manosque. Il est enterré au cimetière de Manosque.

Genèse

Giono a travaillé au *Hussard* pendant plusieurs années (de 1946 à 1951), mais avec de longues interruptions.

De mars 1946 à juin 1946, il rédige un premier ensemble qui va jusqu'à la fin du chapitre IV actuel. Le livre commence alors par un chapitre où Angelo (qui a déjà rencontré Pauline dans *Angelo,* rédigé en 1945, mais qui ne sera publié qu'en 1958) porte une lettre du marquis de Théus on ne sait où (au château de Ser ?). Giono s'arrête, bloqué par le fait qu'il veut désormais faire se rencontrer **pour la première fois** Angelo et Pauline au milieu de l'épidémie de choléra. En février 1947, il publie ces chapitres sous le titre « Le choléra en 1838 ».

Il reprend *le Hussard* en octobre 1947, après avoir décidé de supprimer le début du roman et de ne pas publier *Angelo* pour le moment. On lit dans les *Carnets* de Giono : « 15-V-47. Le H. [*ussard*] commence au choléra et va dare-dare supprimer tout le reste. Les aventures et les personnages viendront d'eux-mêmes. Supprimer Pauline. Celle-là aussi doit venir sans plan préconçu. » Il écrit les chapitres de Manosque jusqu'à la deuxième rencontre avec Pauline (milieu de l'actuel chapitre X).

Après une autre interruption, il se remet à la rédaction en décembre 1950, et la termine le 25 avril 1951. Gallimard publie l'ouvrage en novembre 1951.

Le cycle du *Hussard*

Si la rédaction du *Hussard* a duré tant d'années, c'est en partie parce que l'écrivain était face à un problème de cohérence, on l'a vu, celui de la rencontre d'Angelo et de Pauline de Théus. En effet, Giono avait déjà écrit *Angelo*, où les deux personnages se sont rencontrés. Ces deux livres, avec d'autres, forment ce qu'il est convenu d'appeler le « cycle du Hussard », projet conçu par Giono dès le début de 1945 et qui devait comprendre dix volumes qui se situeraient alternativement au XIXe et au XXe siècle, et raconteraient les aventures d'Angelo Pardi et de son petit-fils nommé aussi Angelo. Ce projet n'a pas été mené à son terme. Il comprend quatre romans qui sont, dans l'ordre de leur rédaction — qui n'est pas celui de la publication ni celui de l'action chronologique — *Angelo, Mort d'un personnage, Le Hussard sur le toit, Le Bonheur fou*, auxquels Giono tenait à adjoindre *Récits de la demi-brigade*, recueil de nouvelles dont certaines concernent nos personnages.

Angelo raconte l'arrivée d'Angelo en France après qu'il a tué en duel le baron Swartz, collaborateur des Autrichiens qui occupent alors le Piémont. Puis sa rencontre avec la marquise de Théus ; ses aventures à Aix-en-Provence avec Anna Clèves ; son séjour à La Valette chez les Théus ; sa passion non réalisée pour

Pauline. A la fin le marquis lui confie une lettre qu'il doit remettre à on ne sait qui.

Mort d'un personnage raconte la mort, en 1910, de Pauline, devenue une très vieille dame ; le narrateur est son petit-fils.

Le Bonheur fou raconte les aventures d'Angelo dans les guerres révolutionnaires italiennes de 1848. A la fin du roman, après avoir tué en duel Giuseppe qui l'a trahi, il part pour la France.

On le voit, il ne faut chercher aucune cohérence entre les différents romans du cycle. Chaque roman est un tout en soi, même si certaines obscurités du début du *Hussard* — par exemple l'allusion à Anna Clèves ou le passage au château de Ser — peuvent être considérées comme des vestiges d'*Angelo*.

Place dans l'œuvre. Giono et Stendhal

L'influence de Stendhal est déterminante dans le style du Giono d'après la guerre de 1939-1945. Giono avait lu Stendhal très tôt (1910). Il a fait toute la première guerre avec un exemplaire de *La Chartreuse de Parme* dans sa poche. « Dès que j'ai connu Stendhal, j'ai aimé Stendhal par-dessus tout ! » Cet amour n'influence guère l'écrivain dans ses premières œuvres (les brefs romans rustiques), ni dans les grandes épopées qui suivent, jusqu'en 1945.

Mais, en profondeur, il est en train de changer. Vers 1938, il a relu tout Stendhal : « toujours clair, tendu, mélancolique ; juste, toujours succulent d'une richesse extraordinaire ». Et *Deux cavaliers de l'orage*, rédigé dans les années 1938-1939, et publié en feuilleton en 1942-1943, montre que Giono a découvert les vertus de la rapidité et de l'ellipse ; son écriture est devenue sèche, nerveuse, entraînante — « stendhalienne ». Tous les romans et les chroniques d'après 1945 appartiendront à cette nouvelle manière.

Stendhal c'est aussi l'ouverture à l'Italie, que, malgré ses origines familiales, Giono ignorait à peu près totalement (il parle à peine la langue), et en particulier à la lecture de deux auteurs capitaux pour la suite de son œuvre : Machiavel et l'Arioste.

Et finalement vient l'envie de créer un personnage comparable à Fabrice, le héros de la *Chartreuse*, jeune, beau, courageux, généreux, un vrai héros romanesque (Giono avait un moment songé à intituler « Romance » ou « Romanesques » le cycle du *Hussard*). Héros dont il avait donné une première ébauche en 1943, dans sa pièce *Le Voyage en calèche*, avec le personnage de Julio, jeune comte italien qui, dans le Milan de 1797 (rappelons que le grand-père de Giono était né en 1795, et que Fabrice del Dongo est né lui en 1799), occupé par les troupes françaises, lutte du côté des résistants. Il aime Fulvia, cantatrice qui est aussi aimée par Vincent, un Français capitaine de hussards. Julio et Fulvia mourront, comme dans un opéra de Verdi.

■ **Comparer le passage de la quarantaine à Vaumeilh (p. 372-390) avec le chapitre XVIII de *La Chartreuse de Parme* (Folio nº 155) où Fabrice est enfermé dans la tour Farnèse.**

Si *Angelo*, le premier volume rédigé, est tout à fait stendhalien dans son esprit et dans son tempo, *Le Hussard sur le toit*, lui, est plus complexe. Il reflète l'état d'esprit de Giono au lendemain de cette Seconde Guerre au cours de laquelle, après la déroute de ses idées pacifistes, il a subi deux emprisonnements, connu la méfiance des éditeurs, et pu mesurer la fragilité de bien des amitiés. Le succès le fuit et sa vie matérielle est difficile. *Un roi sans divertissement* témoigne de cette puissance du mal. Le *Hussard*, en combinant la peinture de ce mal absolu qu'est le choléra et le triomphe de l'héroïsme, dépasse le pessimisme du roman précédent et va permettre à Giono de renouer avec les lecteurs. C'est la seconde naissance de l'écrivain.

Contexte historique

Le Piémont vers 1830

En 1830 l'Italie est morcelée en Etats d'inégale importance. Le royaume de Piémont-Sardaigne a été constitué en 1718 sous une forme qui n'a pas varié à l'époque d'Angelo. Au cours du XVIIIe siècle l'Autriche a affirmé son influence sur une grande partie de la Péninsule puis, après la chute de Napoléon Ier, assuré sa domination. La présence française pendant la Révolution et l'Empire (Napoléon annexe le Piémont à la France en 1801) a cependant favorisé le développement d'une conscience nationale. Le Congrès de

Vienne (1815) restaure le royaume de Piémont-Sardaigne. Le régime politique y est particulièrement réactionnaire, la moindre velléité de libéralisme est traquée.

Le désir de liberté et le sentiment national italien vont s'exprimer dans des sociétés secrètes : la plus importante est la « charbonnerie » dont les membres sont appelés « carbonari ». Bien des officiers piémontais, qui ont combattu dans les armées napoléoniennes, sont hostiles au pouvoir en place. Sous le règne de Charles-Albert, couronné en 1831, de nombreux carbonari s'exilent en France. En 1848, le roi se rallie mollement à la cause nationale, et le Piémont, avec d'autres Etats italiens, entre en guerre contre l'Autriche. Après une alternance de succès et d'échecs, les Piémontais sont vaincus à Novare (1849 ; cf. *Le Bonheur fou*). Ce n'est qu'en 1860 que le Piémont, soutenu par la France, s'affranchira de la tutelle autricihienne et deviendra le moteur de l'unité italienne.

- **Se documenter sur la situation politique et sociale de la France de Louis-Philippe de 1830 à 1848.**

2. ASPECTS DU RÉCIT

Titre ▪ Structure ▪ Temporalité ▪ L'espace ▪ Narration ▪ Présentation des personnages. Les noms propres ▪ Quelques pistes pour l'étude d'un personnage ▪ Quelques pistes pour l'étude de l'écriture.

Titre

Le titre de ce long roman ne s'applique réellement qu'à la partie centrale, assez brève : de la page 135 à la page 185, la plus grande partie du chapitre VI. Angelo est arrivé à Manosque pour retrouver Giuseppe ; poursuivi par la foule, il se réfugie par hasard (p. 130) dans une maison où il découvre le cadavre d'une belle femme aux cheveux blonds et un gros chat gris (p. 134) qui va devenir son compagnon.

Angelo monte jusqu'au grenier puis à une galerie, « sorte de terrasse couverte sur le toit » (p. 135) : **le hussard** est maintenant *sur le toit*, où il va passer plusieurs jours et plusieurs nuits à observer la ville d'en haut. C'est dans cet épisode qu'il va rencontrer, dans une autre maison, une jeune femme dont le lecteur, et le personnage ne connaîtront le nom que bien plus tard : Pauline de Théus.

Durant ces nuits sur les toits de Manosque, Giono-

Angelo, dans un long monologue intérieur, livre au lecteur un certain nombre d'informations sur sa naissance, ses origines, sa jeunesse, son tempérament. Le personnage perd un peu de son mystère. C'est là que l'on trouve la formule qui, selon l'écrivain, aurait donné naissance au personnage, qui serait la matrice du roman : « il apparut comme un épi d'or sur son cheval noir » (p. 137).

Giono a pensé à d'autres titres : « Le Fleuve du Tage », « Le Hussard piémontais », « Danse des morts », « Le Hussard », « Le Hussard sur les toits ». (« Le Fleuve du Tage » est le titre d'une célèbre romance de l'époque romantique).

Il a d'abord utilisé ce titre — « Le Hussard sur le toit » — pour la publication dans la revue *La Table ronde* (juillet-octobre 1948) d'une partie du roman (actuels chapitres VI, VII et VIII). C'est à la fin de 1949 qu'il décide de donner ce titre à **l'ensemble du roman**.

■ **Pourquoi, selon vous, Giono a-t-il préféré le titre que nous connaissons ? Pourrait-on en proposer d'autres ?**

Structure

L'épisode est donc bien le **centre** du roman, même s'il n'est pas situé exactement au centre géométrique du livre. Il permet de réfléchir entre autres à l'**architecture** du roman. Ici, le héros est pris au piège, immobilisé (relativement), ce qui forme contraste avec les chapitres précédents et les chapitres suivants où il est presque constamment en mouvement.

● On peut donc déjà penser à une **composition musicale**, celle d'un concerto en trois mouvements :

— Un mouvement rapide : chapitres I à V.
— Un mouvement lent : chapitre VI.
— Un mouvement rapide : chapitres VII à XIV.

La musique : Giono, à propos du projet du cycle du *Hussard* : « Faire ce que Balzac n'a pas vu qu'il manquait, ce que Stendhal a cherché, et ce que Flaubert a cru réussir. Faire du Mozart. »

Pour affiner les choses, on pourrait suivre Giono et donner le titre « Le Hussard sur le toit » aux chapitres VI à VIII (voir la publication dans la revue *La Table ronde*), c'est-à-dire adjoindre à l'épisode des toits proprement dit les chapitres qui se passent dans les collines autour de Manosque, jusqu'au départ d'Angelo (début du chap. X, p. 294). Dès la page 298, Angelo va retrouver Pauline sur la route, et là commence un roman nouveau, le roman d'aventures se doublant d'un roman d'amour.

● Cette **composition en trois parties** introduit une certaine symétrie dans un ensemble qui, au premier abord, peut sembler touffu, désordonné et qui pourrait faire penser à la structure linéaire, accumulative, du roman picaresque, avec sa succession de rencontres hasardeuses :

> *Roman picaresque : le terme vient de l'espagnol* **picaro** *(vaurien, fripon) et désigne un type de roman des* XVIᵉ *et* XVIIᵉ *siècles en Espagne, dont le héros parcourt, au milieu d'aventures qui se succèdent au hasard, les différentes classes de la société. En France, Lesage adapta ce type de roman avec* Gil Blas *(1715-1735).*

— Cinq chapitres : errance solitaire d'Angelo, à la recherche de Giuseppe.

— Quatre chapitres : Manosque, Pauline, Giuseppe.

— Cinq chapitres : avec Pauline, vers Théus et vers l'Italie.

◗ Les repères géographiques (cf. carte, p. 578) indiquent que la première partie se déroule à l'ouest de Manosque et la troisième à l'est ; de l'ouest vers l'est, c'est le mouvement traditionnel du parcours initiatique, vers l'est où se lève le soleil, lieu des origines (de la mère pour Angelo, de l'Italie).

◗ On constate alors une série de **correspondances** (reprises de motifs, de scènes, de thèmes) entre la première et la troisième partie : les deux médecins, les deux religieuses, les deux cochons, les deux scènes d'ivresse, etc.

■ **Etudier les différences et les variations. Compléter cette liste de reprises et d'échos.**

Temporalité

Temporalité externe

■ **Dans *Voyage en Italie* Giono écrit : « Le personnage que j'ai appelé Angelo dans *Le Hussard sur le toit* n'a pas fait que traverser le choléra en 1831. »**
Y a-t-il des indications de dates dans le texte du roman ? Quels sont les éléments qui permettent de situer l'action ? 1831 est-elle une date plausible ? Les éléments de datation sont-ils cohérents les uns avec les autres ? et avec ce que vous savez de cette période ?

Temporalité interne

On partira, pour bien suivre l'**action**, de la **chronologie interne** au roman, c'est-à-dire du relevé des indications précises (jour, nuit, matin, crépuscule, etc.) qui permettent de suivre les actions d'Angelo selon le déroulement du temps. Le plus souvent, ce relevé est facile à établir ; à d'autres moments, il faut se livrer à des recoupements.

Le début de l'action se situe en juillet. Pauline déclare : « Je suis partie de cet endroit-là en juillet » (p. 425).

● Dans un premier temps, on peut suivre jour après jour les déplacements d'Angelo :

Journées	Pages
1	p. 11-43 : aube sur les collines, nuit à Banon
2	p. 44-47 : Banon
3 et 4	p. 47-71 : Les Omergues
5	p. 72-89 : Errance
6	p. 90-109 : Peyruis
7 à 11	p. 109-191 : Manosque

● A partir de la matinée du onzième jour jusqu'à la page 292 (séparation d'avec Giuseppe) le calendrier se brouille : l'imparfait d'habitude s'installe. Cette période dure plusieurs semaines puisqu'elle s'achève à la fin septembre : « Nous sommes aux derniers jours de septembre » (p. 292). Elle comprend deux phases successives : la rencontre avec la nonne (p. 191-210), les retrouvailles avec Giuseppe (p. 253-293).

Entre ces deux étapes non délimitées, s'amorce la reprise d'une chronologie précise : du départ de Manosque, sans doute en fin de matinée, jusqu'à sa rencontre dans la nuit avec Giuseppe (p. 210-253), on retrouve le système temporel des premières pages du roman. Le récit de cette journée assure un lien entre deux blocs temporels aux contours flous.

● De la séparation d'avec Giuseppe (p. 293) juqu'à la fin du roman, on retrouve une chronologie précise, avec cependant quelques flottements : durée du séjour au hameau (p. 408 et 415).

■ **Comparer les précisions temporelles données d'abord par Angelo (p. 404), puis par Pauline (p. 432).**

De la rencontre avec Pauline jusqu'à l'arrivée au relais de poste (p. 298-496) s'écoulent une dizaine de jours ; entre le départ du relais et la fin du roman, quatre jours.

La structuration temporelle ne coïncide pas avec le découpage narratif en trois grands blocs puisque les premiers jours du séjour à Manosque sont traités comme les épisodes précédents. L'abandon de référence chronologique précise coupe ainsi le récit du séjour à Manosque en **deux parties** :

- Sur les toits (c'est toujours la chronique) : le héros arpente ces toits comme il traversait l'espace de la campagne. On est toujours dans la perspective du roman d'aventures.
- Aussitôt qu'Angelo retrouve la terre ferme, il abandonne son rôle de héros épris de liberté (il n'a plus de cheval) et le temps linéaire de l'héroïsme (avec sa succession d'exploits ou de découvertes) pour assumer un **rôle nouveau** : « je remplace le mot liberté par un équivalent » (p. 206). Il n'est pas loin d'une forme de sainteté (p. 204-206). L'accent est mis davantage sur un *état* — le nouvel Angelo — que sur une action. Auprès de Giuseppe, on retrouve les mêmes aspects temporels.

L'espace

Roman d'aventures, le *Hussard* est donc un roman de l'espace dont le héros, on l'a vu, parcourt un itinéraire « orienté » (vers l'Orient). Mais avant d'atteindre son Italie bien-aimée — patrie du bonheur selon Stendhal et donc selon Giono —, Angelo aura dû accomplir un long périple à travers la Provence chère à Giono, c'est-à-dire la haute Provence, celle des collines et des plateaux, celle qui mène à la montagne. « La montagne est ma mère. Je déteste la mer, je l'ai en horreur. A Manosque, je vais toujours me promener vers l'Est pour, au tournant des collines, voir apparaître dans l'échancrure de la Durance, le vaste bol d'opaline où sont entassés les morceaux de sucre des Alpes. »

D'où vient-il, où va-t-il ?

Angelo, dans le roman, apparaît sur une **colline** (p. 11) : c'est le titre du premier roman de Giono... Il dit (p. 12) qu'il vient de Marseille, mais c'est sans doute un mensonge...

■ **Peut-on reconstituer (sans connaître *Angelo*) les déplacements d'Angelo avant le début de l'action du *Hussard* ?**

● Dans son début le roman se compose d'une série de paysages parcourus au pas du cheval, pays anonyme peuplé de silhouettes pittoresques de Français bien loin des « guerriers de l'Arioste dans le soleil » (p. 15).

Peu à peu, ce pays prend un nom : la **Provence**, avec ses villages et ses cultures en terrasses. De Banon, Angelo monte au pas de Redortiers et descend sur Les Omergues. Tous ces noms de lieux se retrouvent sur une carte, un peu au nord-ouest de Manosque. Angelo a quitté le pays légendaire du début pour pénétrer dans un territoire mieux identifiable. Il est dans la **montagne de Lure**. Où va-t-il : autre mystère. Il arrive au château de Ser, déserté par ses habitants (p. 74).

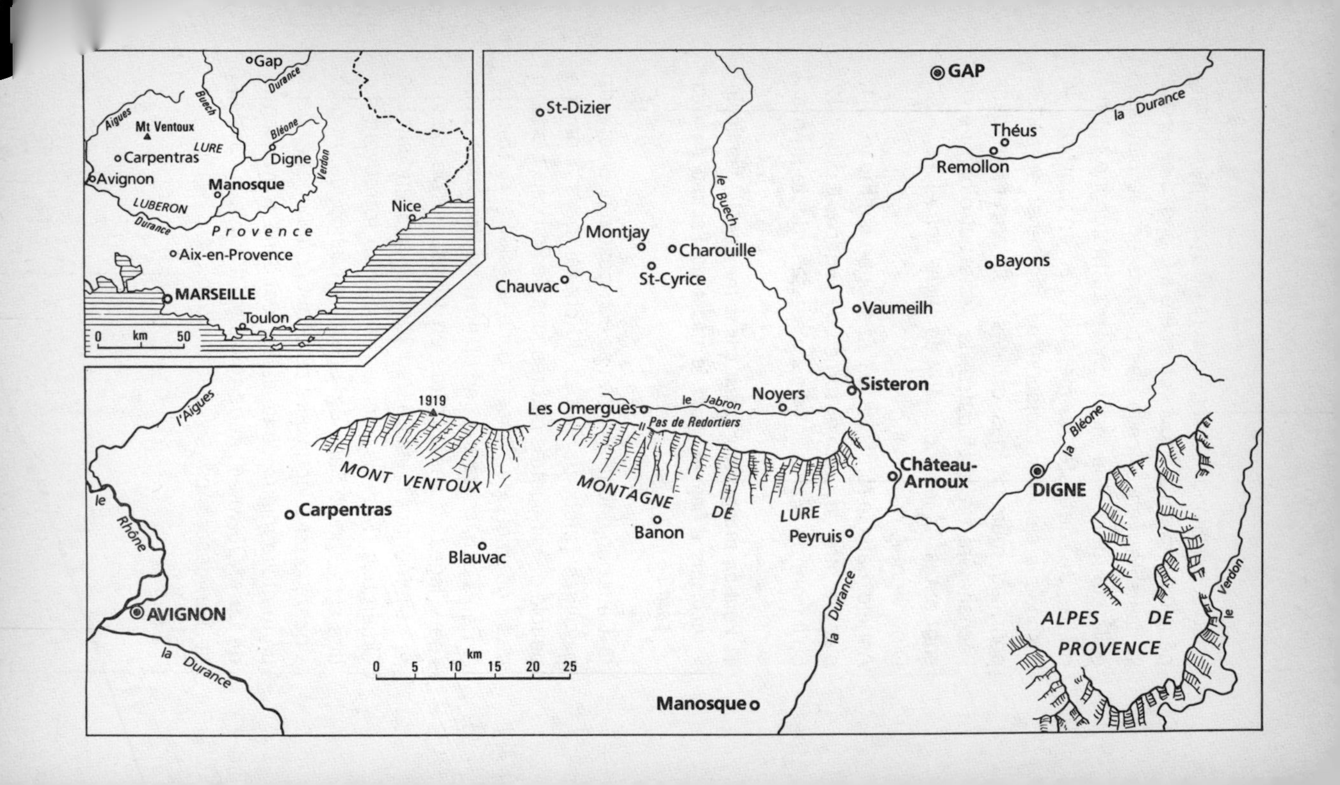
Gap
Durance
Buech
Aigues
Mt Ventoux
LURE
Bléone
Digne
Verdon
Carpentras
Avignon
Manosque
LUBERON
Durance
Nice
Provence
Aix-en-Provence
MARSEILLE
Toulon
0 km 50
GAP
St-Dizier
la Durance
Théus
Remollon
le Buech
Montjay
Charouille
St-Cyrice
Chauvac
Bayons
Vaumeilh
Sisteron
Noyers
1919
Les Omergues
le Jabron
Pas de Redortiers
l'Aigues
MONT VENTOUX
MONTAGNE DE LURE
Château-Arnoux
la Bléone
DIGNE
le Rhône
Carpentras
Banon
Peyruis
Blauvac
la Durance
AVIGNON
ALPES DE PROVENCE
le Verdon
km
0 5 10 15 20 25
Manosque

Ensuite Angelo veut aller à **Manosque** retrouver Giuseppe. Le texte mentionne Château-Arnoux, Sisteron, mais les villes sont barricadées, inaccessibles. Angelo traverse alors d'autres villages sans nom, des bois, il trouve des auberges « de la Belle au bois dormant » : espace à la fois mystérieux et familier, où « le lit sec de la Durance » (p. 111) sert de point de repère.

- **Etudier, dans cette première partie, le mélange de notations créant une impression de pays légendaire et d'indices de la réalité quotidienne.**

● Manosque.

A Manosque, Giono est chez lui, mais pas Angelo. La ville lui est inconnue et presque immédiatement, elle devient, avec ses fontaines et ses petites rues, un monstre menaçant : les agresseurs peuvent surgir de n'importe où, les tombereaux transportent des cercueils.

Dans *Manosque des plateaux* (1930), Giono avait déjà évoqué une épidémie étrange qui frappe un cordonnier toscan et sa famille, ainsi qu'un ancien capitaine. Et surtout, dans la seconde partie, intitulée « Au canon des fontaines », il parle du choléra qui atteignit la ville en 1884, quelques années avant sa naissance : « On enterrait à la grande pelle, on avait des charrois de morts avec tombereau à sonnette et fossoyeurs bénévoles moyennant manteaux de défunts et bijoutaille de famille. On s'était fait des nez en carton pour les fumigations d'herbes ; on portait sous la chemise des chasubles en peau de renard avec le poil en dedans, et renforcées d'un beau dessin de croix à la fleur de soufre, et la queue du renard, tout le temps des mouvements, vous battait doucement la rondeur du ventre. Il paraît que c'est ça que ça y faisait. »

■ **Retrouve-t-on des traces de cette première évocation du choléra dans le *Hussard* ?**

◗ Vue d'en haut, la ville offre un autre visage : comme un mouvement de vagues jusque vers les collines, le contact immédiat avec la beauté. Cette ville des toits est une « terre nouvelle », un « nouveau monde » (p. 167). Mais il est trop tôt pour la révélation, l'aventure n'est pas à son terme, et Angelo est arrivé là par hasard, en fuyant ses poursuivants. Il a encore un long chemin à parcourir.

Par un exploit physique (p. 169), Angelo change de quartier et découvre la lucarne du grenier qui conduit vers la maison aux merveilles et la rencontre avec Pauline.

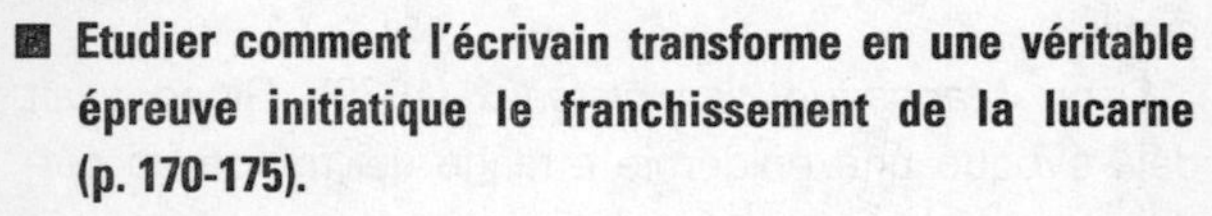

■ **Etudier comment l'écrivain transforme en une véritable épreuve initiatique le franchissement de la lucarne (p. 170-175).**

◗ Redescendu sur terre, et devenu l'aide de la nonne, Angelo parcourt une ville déserte, silencieuse, moribonde. Giono suggère cependant qu'il y a une ville autre, vivante : « Au-delà, c'étaient des rumeurs sourdes [...] oiseaux » (p. 207).

Après la rencontre avec le petit drapier (p. 210), Angelo décide brusquement de chercher Giuseppe dans les collines des environs. Elles sont transformées en un vaste terrain de camping hétéroclite. Les repères y sont naturels : à droite du cyprès, en haut du pré, derrière le bois, une haie, un verger, au loin la vallée, la Durance. Monde à la fois familier et insolite, comme celui des vacances, jusqu'à la « colline des amandiers » où Giuseppe et les siens se sont installés.

Attaquée à son tour par la maladie, cette oasis doit être quittée. La lettre de la mère a fait surgir un espace autre, celui du Piémont, avec d'autres points de repère, ceux de l'enfance et de l'adolescence. Angelo et Giuseppe décident alors de rentrer, non pas en suivant la Durance, trop surveillée, mais à travers la montagne. Rendez-vous est fixé à Sainte-Colombe.

■ **La lettre maternelle (p. 255-261) : pourquoi cette évocation, à deux reprises, de Christophe Colomb ? Les autres fonctions de ce passage.**

● **Vers l'Italie.**

Bien que Giuseppe lui ait dessiné une carte, Angelo, dans cette troisième partie, semble aller au hasard.

Les indications topographiques qui sont données dans le texte n'offrent que **peu de cohérence.** Si l'on suit sur une « vraie » carte (cf. p. 528) l'itinéraire suivi par Angelo seul puis avec Pauline — Bayons, Montjay, Vaumeilh, Saint-Dizier, Théus —, on se rend vite compte qu'il est aberrant, que les distances entre les localités ne correspondent pas aux durées de déplacement, que les hameaux deviennent de gros bourgs fortifiés, que des villes importantes sont escamotées, etc. Tous les noms sonnent vrai (Giono les choisissait sur des cartes d'état-major) mais ne construisent pas un itinéraire acceptable. Qu'importe ! cette Provence invraisemblable est tout à fait vraie : les admirables descrip-

tions installent des paysages que l'on **reconnaît** comme ceux d'un pays idéal (cf. p. 331).

■ **Décor ou paysage état d'âme : montrer — sur deux ou trois exemples — l'accord entre les personnages et les paysages tels que Giono les décrit.**

La nature protège les héros autant qu'elle ravit leurs regards et leurs âmes : évitant les villes, ils échappent au choléra. La nature n'a plus l'allure suspecte des premiers chapitres, où chaleur et choléra minaient les paysages les plus beaux (cf. p. 544).

Dans le dernier chapitre, Giono en revient à une **topographie plus réaliste** : Gap, Saint-Martin, Remollon, Théus, l'itinéraire fictif s'accorde mieux à la réalité des cartes et des lieux. L'important est que le château de Théus, but premier de ce long vagabondage, soit dans une position dominante (p. 498) et qu'il rappelle à Angelo le château de La Brenta : l'Italie n'est plus très loin, juste derrière les montagnes roses.

■ **Les lieux élevés (les toits, Vaumeilh, les différents points de vue, Théus, etc.) : quel rôle Giono leur attribue-t-il ?**

A la frontière du réel et de l'impossible, l'espace, fondé cependant de manière certaine sur des lieux repérables, est davantage une dimension de l'imaginaire, douée de vertus esthétiques aussi bien que morales, que la simple mise en œuvre des données de l'expérience. La Provence du *Hussard* est une Provence avant tout **poétique**, une région du cœur.

Narration

Le trait le plus marquant est la différence entre le début du livre et le reste du roman.

● Chapitre I : ce chapitre s'ouvre sur le réveil d'Angelo : coïncidence entre le début du livre, le début du jour (l'aube) et le réveil du personnage qui, immédiatement, monte à cheval (le hussard).

■ **Comparer avec la fin du roman, p. 499.**

Un narrateur anonyme raconte à la troisième personne les actions d'Angelo. La narration est focalisée sur le point de vue d'Angelo — sur ce qu'il voit, entend, ressent, pense.

Peu à peu, le narrateur parle en son propre nom (cf. p. 15, le paragraphe qui commence par « Il n'y en avait pas... » : ici, le narrateur anticipe sur ce qu'Angelo va bientôt voir, et décrit le paysage qu'il va bientôt parcourir). A la page 24, le point de vue du narrateur se superpose à celui d'Angelo : lui seul peut dénombrer « tout ce qui était mort loin à la ronde dans les collines blêmes ». Et dans le bas de cette même page 24, alors qu'Angelo somnole et donc ne perçoit plus rien (le « sommeil rouge »), le narrateur le quitte pour parcourir tout « le pays du Sud » : le Var, Marseille, Aix, Rians, etc.

A partir de là, **le point de vue devient général**, le narrateur isole un certain nombre de personnages, d'abord anonymes (un charretier, une jeune femme) ou même collectifs (on, tout le monde). Il s'attarde un peu sur « la jeune madame de Théus » sans présenter le personnage.

Le narrateur a un point de vue supérieur qui lui permet une **vision simultanée** de plusieurs points de l'espace — « juste au moment où Angelo... » (p. 25). Il connaît la maladie qu'il ne nomme pourtant pas. Angelo, lui, ne sait pas et le monde lui reste incompréhensible.

Après la jeune femme, le narrateur focalise sur « un médecin important de marine » à Toulon (p. 29-31), puis sur d'autres personnages : montage parallèle, rapprochements dans la même page, le même paragraphe, la même phrase, de personnages éloignés dans l'espace, mais rapprochés dans le temps. Angelo n'est plus qu'un personnage parmi d'autres, qui chevauche, insouciant, inconscient des dangers.

A la page 42 — et le changement est signalé par un blanc typographique —, le narrateur revient à Angelo, au moment où celui-ci découvre, au « sommet de l'éminence », « plus de cinq cents lieues carrées, depuis les Alpes jusqu'aux massifs en bordure de mer » : justification après coup de ce point de vue **dominant** adopté par le narrateur sur tout le « territoire du Sud », et annonce de sa position dominante sur les toits de Manosque.

● A partir de la page 44 (chapitre II), Giono abandonne cette technique simultanéiste. Le narrateur va suivre uniquement **le point de vue d'Angelo.**

■ **Etudier dans le chapitre XIII le discours (c'est presque un**

monologue) du vieux médecin, en particulier la façon dont Giono lui donne un rôle de narrateur par ses commentaires sur ce qu'il dit et sur les actions des autres personnages (cf. p. 476-478).

Présentation des personnages. Les noms propres

Présentation singulière qui contribue au mystère et donc à l'intérêt de lecture. La technique de Giono consiste à prendre le personnage en pleine action et à ne pas interrompre le récit pour le « présenter » au lecteur. Ceci est surtout vrai pour les deux personnages principaux — et l'on peut penser que c'est en partie une conséquence heureuse des circonstances de rédaction (cf. « Genèse » : les héros viennent d'*Angelo*, et Giono n'a plus besoin de les présenter une deuxième fois).

D'Angelo on ne connaît longtemps que le prénom. Et le narrateur ne « reconnaît » pas dans la jeune femme de la grande maison de Manosque cette madame de Théus apparue dans les premières pages ; les images se superposent sans coïncider.

Aucun portrait en forme de Giuseppe non plus : il est vu par Angelo et celui-ci n'a nul besoin de le décrire.

■ **Etudier les apparitions des personnages épisodiques, peints de façon plus traditionnelle : par exemple, le vieux monsieur (p. 94), la nonne de Manosque (p. 187).**

Le système des noms propres n'est pas particulier au *Hussard* ; il est valable pour tout le cycle et c'est dans *Angelo*, écrit d'abord, qu'il vaut mieux l'étudier. Quelques remarques cependant :

Angelo : angelot, l'ange ; Jean à l'envers ; c'est la syllage centrale (phonétiquement parlant) du nom : Je*ang*iono ; Giono a écrit plusieurs livres dont les personnages portent un prénom proche : Angélique, Angiolina, Angèle, Ange ; la grand-mère paternelle s'appelait Angela. Giono n'a pas eu de fils.

Pardi : c'est un nom italien (prononcer à l'italienne : accent tonique sur la première syllabe).

■ **Voir les connotations possibles du nom Pardi pour un lecteur français.**

Pauline : c'est le prénom de la mère de l'écrivain...

Théus : c'est le nom de femme mariée de Pauline : dans le *Hussard*, il n'est pas question que celle-ci soit infidèle : elle aime son mari. C'est le nom de l'héroïne du *Polyeucte* de Corneille, courageuse et fidèle.

A part **Giuseppe**, peu de noms ou de prénoms pour les autres personnages : ce sont des inconnus et qui le plus souvent le restent ; ce qui compte, c'est leur fonction sociale et le rôle qu'ils jouent dans l'évolution d'Angelo (exemple ou repoussoir).

Quelques pistes pour l'étude d'un personnage

Par exemple : Pauline

- Son nom : voir ci-dessus.
- Sa position dans le récit : première apparition tardive, effacement jusqu'à la seconde, puis présence constante.

■ **Analyser cette distribution.**

- Sa place dans le jeu des relations entre les personnages.
  - Par rapport à Angelo, elle peut être un fardeau, une alliée, un intercesseur comme à la page 369 (« c'est un enfant »).
  - Pauline n'existe pas uniquement dans le couple.

■ **Etudier les ressemblances et les oppositions dans ses relations avec d'autres personnages qu'Angelo.**

- Les traits essentiels de sa personnalité.

■ **Faire un portrait qui ne soit pas une simple paraphrase du texte (éviter le psychologisme).**

■ **Etudier les motifs, les constantes de son langage, du langage du narrateur lorsqu'il la met en scène (« le visage en fer de lance », l'ironie, etc.).**

Quelques pistes pour l'étude de l'écriture

Malgré l'horreur du sujet, le roman laisse une impression de vivacité et d'allégresse, impression à vérifier, par exemple, dans les descriptions, les passages d'analyse et les dialogues. Bien évidemment, ces trois techniques ne sont isolées que pour les commodités de l'étude. Dans le texte, elles s'entrelacent au bénéfice de la **dynamique** du récit.

● **Description**. On partira du passage suivant : « Dans la deuxième maison [...] en toute hâte (p. 52-53) ».

■ **Articulation du *narratif*, du *descriptif* et de l'*analyse des réactions d'Angelo*. Le macabre n'est pas la seule dimension de la description : voir comment il se teinte d'insolite, de cocasse, etc. Etudier en particulier les images.**

■ **Comparer ce passage avec les passages : « La porte entrouverte [...] comme un fil de fer » (p. 131-134) et « Elle arrivait [...] s'abattre sur le piano » (p. 193-194). Etudier les variations dans la présentation de l'horreur. Maintenant Angelo sait qu'il s'agit du choléra : en quoi son regard en est-il modifié ?**

● **Analyse psychologique.** Prendre le passage suivant : « C'était à ce moment-là [...] Tout fait ventre (p. 137-140) ».

■ **Le vocabulaire de l'énergie.**

■ **Un personnage divisé : le goût des formules frappantes**

et des idées générales, d'une part ; les incertitudes et le doute, d'autre part.

- **Quel éclairage les interventions du narrateur portent-elles sur le monologue intérieur ?**

● **Dialogue.** Prendre le passage suivant : « Mon mari ne s'en fiche pas [...] un peu ivre » (p. 440-443).

- **Mise en place de l'échange ; changements de rythme : de la brièveté à l'expansion ; du superficiel à la confession.**
- **Analyser le mélange de connivence et d'affrontement. Les différents niveaux de langue.**
- **Effets de ce dialogue (jusqu'à la p. 454) sur l'action : cf. la fin du chapitre.**

3. THÉMATIQUE

Le choléra ▪ Les enjeux moraux ▪ Un roman d'amour ▪ Un roman d'apprentissage

Le choléra

Une réalité transformée

Le roman donne à voir une société géographiquement et historiquement située, même si l'auteur, on l'a vu, reste dans le flou sur la période considérée et prend quelques libertés avec la topographie. Costumes, armes, groupes sociaux, etc., sont fidèles à leurs référents historiques (roman de mœurs). C'est dans l'optique de cet accord avec une réalité donnée qu'on peut d'abord étudier le thème du choléra.

> *Le choléra est une infection intestinale provoquée par le vibrion cholérique, découvert en 1883 par Koch. Cette maladie contagieuse existe à l'état endémique dans la vallée du Gange et en Asie méridionale, d'où elle peut se propager sous forme d'épidémies. Les conditions d'hygiène sont alors déterminantes, car l'eau et les aliments contaminés sont les principaux agents de diffusion.*
> *La maladie se déclare, après une incubation de quelques jours, par une diarrhée abondante et des*

vomissements ; des crampes musculaires et le refroidissement des extrémités apparaissent ensuite. Lèvres bleutées, voix affaiblie, abdomen gonflé caractérisent l'aspect du cholérique. La maladie évolue sur une période de deux à sept jours. Il existe d'ailleurs des formes de choléra de gravité différente. Le principal risque étant celui de la déshydratation du malade, on traite actuellement les cholériques par une réhydratation massive et des antibiotiques.

La dernière grande vague de choléra en Occident date de 1866. Mais jusqu'à la fin du siècle, des épidémies pourront concerner des aires relativement réduites.

● Giono a utilisé une documentation assez riche sur la **médecine du temps** :

◗ Les descriptions cliniques sont nourries des connaissances médicales du XIXe siècle : cf. p. 40-41.

◗ La thérapie (calomel, camphre, saignées, etc.), qui peut paraître surprenante, est pour l'essentiel celle de l'époque.

◗ La médecine populaire n'est pas absente du tableau (la gousse d'ail, p. 35).

● Cependant Giono ne se satisfait pas d'un réalisme myope, le roman n'est pas un roman médical !

◗ Il **choisit** d'insister sur les symptômes les plus impressionnants, telles ces « lèvres retroussées découvrant des mâchoires aux dents de chien » (p. 71), motif **récurrent**, comme celui des mouvements du cadavre juste après la mort.

▸ Il **concentre** la phase de la maladie qui va de l'apparition des premiers symptômes jusqu'à la mort du malade.

▸ Les vomissements semblables à du « riz au lait » sont un symptôme **inventé** par Giono.

■ **Relever plusieurs occurrences de ce symptôme. Quels effets l'auteur en tire-t-il ?**

Choix, concentration, invention : ces notions renvoient à des caractères de la création romanesque. Le « réalisme » leur est subordonné.

● Dès lors que la médecine est peu efficace contre le choléra, s'instaure une **riposte sociale** face à l'épidémie. Le roman s'appuie sur des références historiques :

— fuite des populations
— barrages, patrouilles, quarantaines } Mouvements antagonistes

Là encore les éléments documentaires ont une fonction qui dépasse le simple désir de fidélité à une réalité. Ils renvoient à la structure des **romans d'aventures**, dans lesquels le héros doit surmonter des épreuves, franchir des obstacles, échapper à des pièges (cf. p. 304-307, barrages générateurs d'aventures) : Angelo est retardé dans sa marche, pourchassé, immobilisé dans une quarantaine. Ces obstacles mettent en valeur son courage (p. 75 et p. 117), sa ruse (p. 300-301).

■ **Comparer les deux séjours en quarantaine. Le courage et la ruse d'Angelo. Où sa valeur se manifeste-t-elle le mieux ? Pour quelle raison ?**

● A la fois acte d'hygiène médicale et mesure de

protection sociale, la **destruction des cadavres**. Giono préfère — si l'on peut dire — les brasiers aux fosses couvertes de chaux vive. C'est que l'aspect spectaculaire et infernal des brasiers, surtout la nuit, lui permet des effets dramatiques et plastiques saisissants (cf. p. 81).

Quand Giono décrit Manosque vu des toits, ce n'est pas pour le plaisir de donner l'équivalent d'une photo aérienne, c'est pour offrir un espace à la rêverie d'Angelo, et surtout pour nous faire sentir la mort sous les pieds du héros. La réalité décrite est au service d'une **vision du monde.**

Le choléra au centre d'une vision du monde

Les cadavres, à la fois grotesques et horribles (cf. p. 193) requièrent les **talents descriptifs** du romancier : cf. les pages sur le village des Omergues. Un mot clef : « carnavalesque » (p. 74). Les singeries macabres des trépassés trouvent un écho dans les fêtes funèbres des vivants (p. 338). Giono est aussi sensible à une sublimation de la beauté de la vie par la mort : le visage de la jeune morte « taillé dans de l'onyx » (p. 132). Cette double postulation, dont le jovial médecin de la fin du roman développe les éléments, se retrouve dans l'attirance ambiguë de Pauline pour le tendre et puant corbeau roucouleur (p. 317).

Angelo sert de relais à cette vision de l'auteur. Impressionnable, imaginatif, son observation des cholériques, morts ou vivants, n'est pas celle d'un témoin détaché.

L'intensité de ses émotions accentue l'effet des descriptions : « il était glacé des pieds à la tête » (p. 53) ou « l'émotion [...] avait coupé les jambes à Angelo » (p. 54).

Effets du choléra : un monde bouleversé

De la nature aux hommes, le choléra bouleverse toute la Création :

● La **Nature** prend un aspect louche et malsain. Du soleil « de craie » aux papillons nourris du suc des cadavres, règne un désordre pervers. Les arbres se minéralisent [« arbres à facettes » (p. 15), « oliveraies [...] de fer-blanc » (p. 110)] ; ou s'animalisent : « violents et vifs » (p. 14). Ce dévergondage de la Nature brouille les sensations : l'air est « épais » (p. 13), une odeur peut être qualifiée de « grosse » (p. 16).

On ne sait plus si la chaleur étouffante favorise les progrès du choléra ou si elle en est un effet. Giono imagine non pas la destruction de la nature mais sa **dégradation**, son pourrissement répugnant. Les suintements suspects abondent : de la page 14 à la page 16, on relève : **visqueux, gras, viscosités, huileux, nauséeux.**

■ **Chercher d'autres exemples qui correspondent à ce champ lexical. C'est, sinon réjouissant, du moins facile...**

● Les **animaux** les plus familiers deviennent agressifs. Aux Omergues, Angelo est obligé de tuer un chien à coups de bêche. Les oiseaux ne craignent plus l'homme, et les plus inoffensifs l'attaquent (les hirondelles, p. 160-

161). Deux exceptions : le chat des toits de Manosque (un sage ? goût du romancier pour cet animal ?), et les chevaux, chers au cœur d'Angelo et de Pauline.

■ **Tout un bestiaire peuple le roman. Aussi bien dans la réalité que dans les images (métaphores, comparaisons). L'étudier est très révélateur. Nous vous laissons ce soin.**

Et pour vérifier vos connaissances, nous vous proposons, après, de répondre à ce questionnaire. Il s'agit de découvrir l'animal en question et de retrouver le passage du roman où il apparaît. Les réponses sont à la fin de ce dossier.

1. Il ne vole pas et pourtant les habitants de Manosque le voient dans le ciel.
2. Il entre dans un grenier plus facilement qu'Angelo.
3. Angelo lui fend la tête d'un coup de bêche.
4. Celui-ci, Angelo le tue en l'écrasant sous sa botte.
5. Blanc comme la craie et puant, il apparaît dans un rêve d'Angelo.
6. Saigné à mort et fendu comme une pastèque, il trouve le moyen d'avoir l'air de rire.
7. C'est du nom de cet animal que les voisins de Giuseppe désignent Angelo.
8. Angelo prend un vieux couillon en fugue pour cet animal.
9. Un paysan affirme que ces animaux se font remettre des médailles par un Napoléon souterrain.
10. Angelo, Giuseppe, le choléra en marche et un gros chien de ferme lui sont comparés.

● Le monde des **hommes** est lui aussi perturbé.
Dès qu'un individu est frappé, ses proches le fuient,

les liens familiaux perdent leur sens. Sur le plan social, les hiérarchies sont modifiées : les forçats sont armés par les bourgeois (p. 77), les soldats se moquent de leur mission (p. 72), les riches sont traités comme les pauvres — ce qui ne déplaît pas au révolutionnaire Angelo : « Vive le choléra ! » (p. 298).

Le choléra met le monde **à l'envers** : voilà pourquoi toute la Création prend une allure « carnavalesque ». La raison n'est plus du moindre usage (p. 160), le sens du monde est en débâcle. Mais puisque pour les hommes et les choses « ça fait ce que ça veut » (p. 159), le choléra est aussi un révélateur.

Le choléra révélateur

- Le choléra met à nu la **violence** de la Nature. Les illusions de l'anthropomorphisme [1] sont dissipées : les rossignols sont débarrassés des habituelles connotations sentimentales. Le chien retrouve sa férocité première (p. 50), etc.

- L'**homme** perd les apparences de la sociabilité :

▸ Sa **cupidité** s'étale sans vergogne (l'aubergiste du chapitre V ; le maréchal des logis Dupuis). La prodigalité d'Angelo, sa générosité ne sont pas seulement un trait de caractère du héros : c'est que ni son corps ni son esprit ne sont contaminés. Le choléra fait le partage entre les âmes basses et les âmes fortes (c'est le titre d'un autre livre de Giono) ; cf. la religieuse, p. 370, et

1. Anthropomorphisme : le fait de prêter aux choses et surtout aux animaux des réactions humaines.

son « sordide contentement » : sa vertu n'était qu'un masque social.

■ **L'appât du gain s'explique-t-il seulement par la cupidité naturelle de certains ? Le texte de Giono indique-t-il d'autres causes possibles ?**

◗ La **peur** et ses conséquences (lâcheté, égoïsme) apparaissent à de multiples reprises. La terreur du choléra prépare le terrain à la mort (les hôtes de l'auberge du chapitre V, pour oublier le danger, festoient sans la moindre précaution contre la contagion). La peur pousse les hommes au meurtre (cf. p. 150). Elle incite à traquer et à tuer un bouc émissaire (les agents supposés du gouvernement à Manosque ; cf. aussi les commentaires d'Angelo, p. 311).

■ **En quoi cette conception de la peur peut-elle s'expliquer par la biographie de Giono lui-même ?**

■ **D'autres personnages qu'Angelo ne se laissent pas contaminer par la peur ; pour quelles raisons (elles ne tiennent pas forcément à l'héroïsme) ?**

◗ Le choléra révèle à l'homme son **attirance profonde pour la mort**. C'est ce qu'illustre le discours du vieux médecin à la fin du roman. Du corps, vaste monde dont les secrets nous échappent, surgit la passion la plus irrésistible, le désir de connaître le vrai visage de la mort. Le cholérique n'hésite pas longtemps entre ce que lui apportent les banalités de la vie et l'instinct de mort. Le choléra, c'est la ruée vers cet ailleurs, que le malade, par orgueil, préfère à la platitude : vision poétique et métaphysique du choléra.

Les enjeux moraux

Giono ne prêche pas une morale et ses personnages ne sont pas des symboles. Ils sont cependant confrontés à des choix dramatiques ou du moins difficiles qui exigent des réponses relevant de la conscience morale. La nature même du roman d'aventures ou du roman picaresque implique que ces situations soient fréquentes.

- **Trouver dans d'autres romans d'aventures ou dans des westerns ce type de situations. Trouver les scènes équivalentes dans le *Hussard*.**

La présence du choléra entraîne des enjeux moraux. Le voyageur rencontré par Angelo à Montjay les met en lumière : l'**esprit de conservation**, qui triomphe pendant l'épidémie, s'oppose à l'amour du prochain. Cependant, parmi tous ceux qui souhaitent rester en vie, certains n'en font pas une priorité absolue, et veulent par-dessus tout **conserver une certaine idée d'eux-mêmes**.

La fidélité à soi-même

C'est la fidélité du « pauvre petit Français » à sa conception de son rôle de médecin (le serment d'Hippocrate), alors qu'il perçoit clairement le caractère dérisoire des soins qu'il prodigue. C'est le respect de la nonne pour les devoirs religieux qu'elle pense être les siens. Dans les deux cas, les personnages sont seuls à décider. Cette abnégation ne va pas sans **orgueil** (« Ah ! [...] tu as trouvé ça ! », p. 201), et relève donc finalement de l'**honneur** plus que du seul devoir.

■ **Pour le médecin comme pour la nonne, chercher les indices de ce point d'honneur.**

On retrouve chez Angelo cette capacité à **se dépasser** pour se conformer à un code de l'honneur. L'épigraphe du roman (p. 9) l'annonce : il s'est fixé une image idéale de lui-même et veut la réaliser en actes. Si l'on ajoute à cette donnée fondamentale son insolence, son goût pour le panache, sa maîtrise de soi, Angelo pourrait être un **dandy**, uniquement préoccupé de l'impression qu'il produit sur les autres. Mais ce n'est pas le cas, puisque Angelo, pour être fidèle à lui-même, doit se **dévouer** à **une cause** : la révolution, la liberté, le bonheur du peuple.

Du moins en première analyse, car un passage capital (p. 205-207) montre que cette cause ne s'impose pas à Angelo par un contenu précis, mais par l'exigence d'un **effort** de dépassement : la fidélité à soi passe par un **effort sur soi**.

■ **Relire les pages 23 (« Je me ferai ermite », etc.), 204 à 207, 345 et 346. Il ne s'agit plus de l'indépendance italienne. Et pourtant ces tentations d'un autre idéal peuvent avoir des points communs avec la cause de la liberté de l'Italie, et aussi entre elles. Faire le relevé de ces similitudes.**

Le courage

Condition nécessaire de l'honneur, lui aussi est valorisé par l'**effort**. Pauline et Angelo ont un courage naturel au-dessus du commun. Mais Pauline avoue plusieurs fois sa peur, Angelo, parfois envahi par ses émotions, perd son sang-froid. Si sa bravoure était totalement naturelle, éprouverait-il autant de joie lorsqu'il affronte résolument le danger ?

- **Une situation répétée : Angelo s'avance vers un adversaire qui le menace d'une arme. De quoi est alors fait son bonheur ?**
- **« Le pauvre petit Français » et la nonne : le lecteur ne sait pas de quoi est fait leur courage. Pourquoi ? La réponse est plus dans le mode de narration que dans la psychologie. Pourquoi le lecteur est-il plus au fait de ce qu'éprouvent Pauline et Giuseppe ?**

La lucidité

Le choléra impose de ne pas se payer de mots. Angelo est certes souvent naïf : il s'imagine pouvoir traiter Pauline en compagnon, il voit en Lavinia une allégorie, il ne perçoit pas assez les aspects inquiétants de Giuseppe. D'ailleurs sa naïveté est parfois assumée (cf. p. 336). Il reste que pour lui la lucidité est une **valeur** ; le refus d'être dupe de lui-même explique qu'il s'analyse et se juge fréquemment sans indulgence (cf. p. 172-173). Là encore, on retrouve l'**effort sur soi.**

- **Giuseppe aussi est clairvoyant. Or il n'est ni un héros ni**

un sage. Analyser les contradictions du personnage sur le plan des valeurs morales.

Résoudre ses contradictions ?

Résoudre leurs contradictions constitue aussi un enjeu pour les personnages principaux.

- **Pauline** : elle s'éprend peu à peu d'Angelo, mais elle aime toujours son mari (cf. le thème suivant : le *Hussard*, roman d'amour).
- **Angelo** : il doit concilier son dévouement nécessaire à une cause, ou plus simplement à des individus en détresse, avec une morale essentiellement aristocratique (le perfectionnement de soi, la conquête du droit au mépris).

■ **Trouver des références pour illustrer ce dernier point.**

Comme pour le chevalier du Moyen Age, la défense des faibles (la veuve et l'orphelin : ici, par exemple, la gouvernante et les deux enfants), le secours aux malades sont autant d'épreuves et de preuves qui attestent sa valeur personnelle et lui permettent d'édifier sa « statue ».

Sa morale aristocratique s'harmonise plus difficilement avec l'idéal démocratique (exaltation du peuple, de la liberté) qu'il est censé servir.

■ **« Il voyait toujours la liberté comme les croyants voient la Vierge » (p. 137). Comment cette conception lui permet-elle d'éviter, en général, les conflits entre ses valeurs personnelles et son idéal politique ?**

L'action lui impose pourtant des choix entre son **sens**

de l'honneur et le **pragmatisme** révolutionnaire : ce n'est pas par hasard que les allusions à son **duel** avec le baron Swartz sont évoquées plusieurs fois. Ce sont ses talents de duelliste qui permettent à Angelo de dépasser le conflit : il est sûr de tuer le baron sans passer pour autant pour un assassin.

■ **Est-ce aussi simple ? Retrouver l'argumentation de Giuseppe sur ce point. A quelles occasions les rappels de son duel interviennent-elles ?**

Les valeurs morales supposent effort, conquête. Les lâches, les cupides sont bien en un sens fidèles à eux-mêmes : le choléra révèle leur nature et ils n'ont plus qu'à suivre leur pente. Alors que le médecin des Omergues ne se contente pas d'être un médecin consciencieux, la nonne une religieuse pieuse, Pauline une aristocrate intrépide, Angelo un brillant hussard : ils se sont haussés, eux, au niveau imposé par le choléra, ils ont atteint l'autre part d'eux-mêmes qu'est l'héroïsme.

■ **Chercher dans l'itinéraire de l'écrivain Giono ce qui peut expliquer la complexité du système de valeurs mis en œuvre dans le roman.**

Un roman d'amour

L'amour de Pauline et d'Angelo ne s'accomplit pas sur le plan sexuel. Pourtant le roman comporte tous les éléments favorables à l'**épanouissement d'un amour total** entre les deux jeunes gens : ils affrontent ensemble des dangers qui scellent leur alliance ; ils forment un couple : à plusieurs reprises on les prend pour mari et femme.

■ **Les réactions d'Angelo en ces occasions : sont-elles toujours identiques ?**

Trouver d'autres éléments propices au développement d'un roman d'amour traditionnel. Par exemple :

— dans les personnes d'Angelo et de Pauline (physique, goûts, etc.) ;

— dans l'isolement du couple (lieux favorables ?) ;

— dans l'épidémie elle-même : le choléra crée un climat inhabituel dans les relations humaines, mais il est ambivalent.

Les conditions semblent donc remplies pour que Pauline et Angelo **deviennent amants : ce ne sera pas le cas**.

Prendre en compte le mépris de Giono pour « la partie de jambes en l'air » (cité dans l'édition de la Pléiade, p. 1344) : l'amour physique serait ici une facilité et un **contresens** sur la nature des liens entre les deux jeunes gens :

▸ Angelo estime trop Pauline pour penser qu'elle puisse tromper son mari.

▸ Pauline ne peut en effet se comporter comme une quelconque bourgeoise adultère (cf. aspect cornélien du personnage).

■ **Que laisse déjà entendre cette convergence ? Trouver d'autres raisons pour lesquelles les deux personnages résistent aux relations décrites habituellement par les auteurs de romans d'amour.**

Les obstacles à un amour de convention sont justement à la source d'**un amour hors du commun.**

● La certitude que l'adultère est impossible permet à Angelo de traiter Pauline avec une amitié parfois tendre, parfois bourrue. Il la voit comme une sœur (ou du moins il s'y efforce...), comme son double féminin.

■ **Y parvient-il toujours ? Voir ses rougeurs, ses moments d'embarras.**

La « vertu » de Pauline n'est pas pour Angelo un obstacle, mais la condition nécessaire de son amour qui n'attend rien en retour.

● Quant à Pauline, lorsqu'elle a compris qu'Angelo ne sortira jamais de son rôle de chevalier servant, elle peut impunément se montrer de plus en plus coquette.

■ **Interpréter les soins que Pauline apporte à sa toilette (repérer les passages) ; ce ne sont pas des manœuvres de séduction : quoi alors ?**

● Cet amour se découvre progressivement :

▸ une étape importante : p. 369 (« Elle est très belle [...] mémoire ») : l'émotion de la jeune femme oblige Angelo à ne plus la voir comme un compagnon d'aventures (p. 499 : « Très belle »).

▸ Pauline : une étape importante : l'attaque du corbeau (p. 317).

■ **Les manifestations de l'amour de Pauline : attitudes, regards, etc. Distinguer des constantes et des nuances dans ces aveux indirects.**

La réalisation de cet amour

Giono refuse une autre facilité : le roman d'amour platonique qui mettrait en scène de chastes héros. La sexualité est **transposée**, dans un autre registre corporel : c'est tout le sens du passage où Angelo tente de sauver Pauline du choléra (amorce discrète, p. 394). L'urgence le pousse à dénuder Pauline. La résistance initiale de celle-ci (« J'aime mieux mourir », p. 490) place clairement la scène sur un plan érotique.

- **Comparer cette réaction avec celle de Virginie dans le roman de Bernardin de Saint-Pierre, *Paul et Virginie.***
- **Analyser les signes de la volonté d'Angelo de repousser toute dimension érotique, pendant et après la scène.**
- **Pour Pauline, *il s'agit bien d'une scène d'amour.* Quelles preuves en a le lecteur ? Se rappeler ce que dit le vieux médecin sur la lucidité du cholérique qui « voit clair des deux côtés » (p. 481).**

La guérison de Pauline est donc une preuve d'amour : elle se lie à Angelo en le préférant à la mort ; p. 478-484, notamment : « ... c'est gémissant d'un corps à corps dont vous êtes chassé » (p. 478) et « le meilleur remède serait d'être préféré » (p. 479)

Finalement Angelo et Pauline créent — on pourrait dire **inventent**, tant cette passion est originale — un amour qui permet à l'un de rester fidèle à la cause de la Mère Patrie, et à l'autre de garder intacts ses sentiments pour son mari. Et sans que leur passion ait rien d'un compromis.

■ **Pour un exposé oral, travail d'équipe : « Amour et héroïsme : les antécédents du *Hussard* : les romans de la Table ronde, le *Roland furieux,* le théâtre de Corneille. »**

Un roman d'apprentissage

L'expression « roman d'apprentissage » désigne un type de roman dans lequel le personnage central, en principe jeune, acquiert, au fil de ses aventures, une expérience de la vie, en tire des leçons, découvre le sens de l'existence. Quelques exemples : *Candide* de Voltaire, *La Vie de Marianne* de Marivaux, *Les Années d'apprentissage de Wilhelm Meister* de Goethe, *L'Education sentimentale* de Flaubert, *Les Choses* de Perec (où c'est un couple qui fait son apprentissage de le vie et des lois de la société).

Quelques pistes de recherche :

● Le héros est au début totalement inexpérimenté et d'une totale naïveté. Angelo, lui, a déjà une **expérience de la vie sociale** (il est colonel de hussards, etc.), **de l'amour** (Anna Clèves), **des luttes politiques, de la mort** (son duel).

■ **On peut pourtant parler de roman d'apprentissage à propos du *Hussard,* pourquoi ? A justifier pour chacun des quatre points ci-dessus.**

● Aborder la question par un autre biais :

■ **Qu'apprennent à Angelo ces quelques semaines vécues en temps de choléra :**
— sur lui-même ?
— sur les autres ?

● L'apprentissage peut se solder par un **échec** (Frédéric Moreau dans *L'Education sentimentale*) ou par une **victoire** (la conquête de la sagesse par Candide) :

■ **Qu'en est-il d'Angelo, échec ou victoire ? Quel est le sens de son retour en Italie ?**

● Supposition : après le départ de la nonne, Angelo reste à Manosque ; ou bien il ne se sépare pas de Giuseppe.

■ **Imaginer son destin : écrire quelques lignes (éviter de le faire mourir du choléra au bout de la première phrase...).**

4. DIVERS

Roman et cinéma ▪ Sujets de travail écrit ▪ Réponses au jeu ▪ Conseils de lecture.

Roman et cinéma

Giono a eu avec le cinéma des rapports nombreux et divers (cf. « Repères chronologiques »). Dès les années trente, il tourne en amateur quelques films, sans personnage, qui ont été perdus. Plus tard, s'estimant trahi par les films que Pagnol tire de son œuvre, il décide de s'intéresser de plus près aux adaptations de ses récits.

Plusieurs metteurs en scène de cinéma formèrent le projet de tourner le *Hussard*: René Clément, Luis Buñuel, François Villiers (qui, en 1958, réalisa avec Giono *L'Eau vive* et un court-métrage sur le choléra en Provence, *Le Foulard de Smyrne*).

Giono écrivit un synopsis pour le *Hussard* en cette même année 1958, mais le projet n'aboutit pas. (Ce synopsis a été publié dans le volume IV des *Romans*, Pléiade.) En voici un extrait — c'est le moment où Angelo descend des toits de Manosque :

« Rencontre près d'une fontaine une nonne qui lave un mort. Conversation. A. aurait envie de se livrer à cette occupation parfaitement inutile en fait mais si égoïstement utile pour la figure qu'il fait devant lui-même. La nonne lui rabat son caquet. C'est une question de sacerdoce, dit-elle. Et là il peut toujours courir, il faut avoir été en contact au moins avec les ordres mineurs. Non, ce qu'il peut faire lui, qui a de belles bottes, c'est peut-être s'occuper d'un très beau cheval dont le maître est mort. Elle (la nonne) ne sait pas qu'en faire. Les hommes, dit-elle, j'en fais mon affaire, mais les bêtes, devant elles, je suis timide. Elle mène A. à une écurie où se trouve en effet un très beau cheval solitaire tout de suite très affectueux pour A. que la bête reconnaît pour être un homme de cheval. Vous voyez, dit la nonne, chacun son métier. Moi, c'est l'esprit, vous c'est la matière, flattez-moi cette croupe, caressez cette encolure et allez vous occuper du monde. »

- **Comparer cet extrait du synopsis (les scènes avec la nonne) avec le passage du roman correspondant (p. 187 et suiv.). Se demander pourquoi Giono a radicalement modifié cet épisode : la réponse est-elle déjà dans le roman ? Etudier comment le texte du synopsis explicite ce que le roman laisse à la libre interprétation du lecteur.**

Dans le film que J.-P. Rappeneau a tiré du *Hussard* (1995), sur un scénario de Jean-Claude Carrière, cette scène de la nonne a été purement et simplement supprimée.

- **Réfléchir à cette double modification de la scène romanesque : Giono la transforme, Carrière la supprime. Est-ce justifié et en quoi ? En d'autres termes : quelle est la place exacte de cette scène dans l'économie (la structure) du roman ?**

Sujets de travail écrit

◆ Dans son *Discours de Suède* (1957), Albert Camus affirmait la nécessité de « se forger un art de vivre par temps de catastrophe ». Comment cette formule peut-elle s'appliquer au personnage d'Angelo dans le contexte de l'épidémie de choléra ?

◆ Marcel Arland (dans *La Grâce d'écrire,* 1955) définit Giono essentiellement comme « un homme qui raconte ». Vous mettrez en lumière les différents aspects du talent de conteur de Giono dans *Le Hussard sur le toit.*

◆ Dans un article intitulé « La chasse au bonheur » (repris dans un ouvrage qui porte ce titre, 1988), Giono écrit : « Il y a un compagnon avec lequel on est tout le temps, c'est soi-même : il faut s'arranger pour que ce soit un compagnon aimable. Qui se méprise ne sera jamais heureux et, cependant, le mépris lui-même est un élément de bonheur : mépris de ce qui est laid, de ce qui est bas, de ce qui est facile, de ce qui est commun. » En quoi ces réflexions de l'auteur trouvent-elles une illustration dans le personnage d'Angelo ?

◆ Etudiez les techniques et les fonctions de la description de la Nature dans *Le Hussard sur le toit.*

Réponses au jeu

A propos des animaux mystérieux :

1. Le cheval (p. 152 et 156) ; **2.** Le chat (p. 170) ; **3.** Le chien (p. 50) ; **4.** Le rat (p. 53) ; **5.** Le coq (p. 161-162) ; **6.** Le cochon (p. 354) ; **7.** Le corbeau (p. 282) ; **8.** Le lièvre (p. 227) ; **9.** Les corbeaux (p. 360) ; **10.** Le lion (Angelo : p. 266 ; Giuseppe : p. 341 ; choléra : p. 289 ; chien : p. 353).

Quelle ménagerie !

Conseils de lecture

◆ Giono et Stendhal : nous avons supposé que vous aviez lu *La Chartreuse de Parme* ; si ce n'est pas le cas, lisez-le (Folio n° 155).

◆ Une autre comparaison s'impose : le choléra et la peste. Alors lisez ou relisez le chef-d'œuvre d'Albert Camus, *La Peste* (Folio n° 42).

◆ Si vous voulez retrouver Angelo et Pauline, lisez *Angelo* (Folio n° 1457) ; Angelo sans Pauline mais avec l'Italie : *Le Bonheur fou* (Folio n° 1752) ; et l'Italie sans Angelo mais avec Giono lui-même : *Voyage en Italie* (Folio n° 1143).

Pour en savoir davantage :

● Sur Giono, sa vie, son œuvre : le meilleur ouvrage général est le livre de P. Citron intitulé *Giono*, paru en 1990 aux éditions du Seuil.

● Sur le cycle du *Hussard* : le volume IV des *Œuvres romanesques complètes* de Giono dans la Bibliothèque de la Pléiade (Gallimard) contient tous les romans du cycle, ainsi que des notices, annexes, projets, cartes et toute une documentation.

● Le livre *Manosque des plateaux* se trouve dans le volume *Récits et essais* de la Bibliothèque de la Pléiade.

● Le livre de J. Chabot, *La Provence de Giono* (Edisud, 1980), donne une bonne idée des paysages du *Hussard.*

Bonnes lectures !

DOSSIER

DU MÊME AUTEUR

Aux Éditions Gallimard

Romans – Récits – Nouvelles – Chroniques

LE GRAND TROUPEAU.

SOLITUDE DE LA PITIÉ.

LE CHANT DU MONDE.

BATAILLES DANS LA MONTAGNE.

L'EAU VIVE.

UN ROI SANS DIVERTISSEMENT.

LES ÂMES FORTES.

LES GRANDS CHEMINS.

LE HUSSARD SUR LE TOIT.

LE MOULIN DE POLOGNE.

LE BONHEUR FOU.

ANGELO.

NOÉ.

DEUX CAVALIERS DE L'ORAGE.

ENNEMONDE ET AUTRES CARACTÈRES.

L'IRIS DE SUSE.

POUR SALUER MELVILLE.

LES RÉCITS DE LA DEMI-BRIGADE.

LE DÉSERTEUR ET AUTRES RÉCITS.

LES TERRASSES DE L'ÎLE D'ELBE.

FAUST AU VILLAGE.

ANGÉLIQUE.

CŒURS, PASSIONS, CARACTÈRES.

LES TROIS ARBRES DE PALZEM.

MANOSQUE-DES-PLATEAUX, *suivi de* POÈME DE L'OLIVE.

LA CHASSE AU BONHEUR.

ENTRETIENS avec Jean Amrouche et Taos Amrouche présentés et annotés par Henri Godard.

PROVENCE

Essais

REFUS D'OBÉISSANCE.

LE POIDS DU CIEL.

NOTES SUR L'AFFAIRE DOMINICI, *suivies d'un* ESSAI SUR LE CARACTÈRE DES PERSONNAGES.

Histoire

LE DÉSASTRE DE PAVIE.

Voyage

VOYAGE EN ITALIE.

Théâtre

THÉÂTRE (Le Bout de la route – Lanceurs de graines – La Femme du boulanger).

DOMITIEN *suivi de* JOSEPH À DOTHAN.

LE CHEVAL FOU.

Cahiers Giono

1 et 3. CORRESPONDANCE JEAN GIONO-LUCIEN JACQUES.

I. 1922-1929.

II. 1930-1961
2. DRAGON, *suivi d'*OLYMPE.
4. DE HOMÈRE À MACHIAVEL.

Cahiers du cinéma / Gallimard

ŒUVRES CINÉMATOGRAPHIQUES (1938-1959).

Éditions reliées illustrées

CHRONIQUES ROMANESQUES, tomes I à IV.

En collection « Soleil »

COLLINE.
REGAIN.
UN DE BAUMUGNES.
JEAN LE BLEU.
QUE MA JOIE DEMEURE.

En collection « Pléiade »

ŒUVRES ROMANESQUES COMPLÈTES, I, II, III, IV, V et VI.
RÉCITS ET ESSAIS.
JOURNAL. POÈMES. ESSAIS.

Jeunesse

LE PETIT GARÇON QUI AVAIT ENVIE D'ESPACE. *Illustrations de Gilbert Raffin (collection Enfantimages).*
L'HOMME QUI PLANTAIT DES ARBRES. *Illustrations de Wili Glasauer (Folio Cadet).*

Traductions

Melville : MOBY DICK *(en collaboration avec Joan Smith et Lucien Jacques).*

Tobias G.S. Smollett : L'EXPÉDITION D'HUMPHRY CLINKER *(en collaboration avec Catherine d'Ivernois).*

En collection « Biblos »

ANGELO – LE HUSSARD SUR LE TOIT – LE BONHEUR FOU.